# ORDINARY GRACE

**일러두기**

1. 옮긴이주의 경우 괄호 안에 '옮긴이' 표기를 함께 넣어 표기하였습니다.
2. 본문의 이탤릭체는 원서에서의 이탤릭체를 그대로 표시한 것입니다.

# 철로 된
# 강물처럼

ORDINARY GRACE

윌리엄 켄트 크루거 장편소설
한정아 옮김

알에이치코리아

하나님이 내게 주신 놀라운 은총 다이앤에게 이 책을 바칩니다.

—

로버트 롤린 목사님과 그레그 렌스트롬 목사님은
겸허한 마음으로 하나님의 소명에 응하신 분들로,
미네소타 소지역 공동체에서의 목회활동 경험을
제게 아낌없이 들려주셨습니다.
그 친절과 아량에 깊이 감사드립니다.

마음은 이성이 이해하지 못하는 이유들을 갖고 있다.

_블레이즈 파스칼

# 차 례

프롤로그  8

1. 밤의 비밀  10

2. 천사들의 숨소리  31

3. 그해 여름  43

4. 아버지의 고백  59

5. 악몽의 횡포  74

6. 영웅담  89

7. 상처받은 영혼들의 안식처  99

8. 사적인 대화  123

9. 폭죽놀이  138

10. 충격적인 소식  154

11. 괴성의 습격  168

12. 숨겨진 그 무엇  176

13. 원주민과 백인 소년  184

14. 대결  191

15. 어두운 생각의 방  200

16. 왕성한 호기심  214

17. 독립기념일  225

18. 실종  233

19. 심문  243

20. 삶의 조각  250

21. 고요한 후회의 순간  258

22. 위대한 바보  262

23. 길 잃은 어린 양  276

24. 하나님의 기적  294

25. 불길한 징조  305

26. 커져가는 의심  322

27. 크나큰 파멸  331

28. 말할 수 없는 비밀  337

29. 날 선 공방  348

30. 잠시 찾아온 행복  357

31. 넌 괴물이 아니야  367

32. 망자들의 도시  377

33. 상상 속의 위로  386

34. 죽은 것과 죽어가는 것  399

35. 하나님의 선물  407

36. 놀라운 가능성  412

37. 일상에서의 기적  419

38. 잔인한 은총  431

39. 일흔 번씩 일곱 번  440

에필로그  455


옮긴이의 말  465

# 프롤로그

  그해 여름에 우리를 찾아온 그 모든 비극은 금발에 두꺼운 안경을 낀 한 소년의 죽음과 함께 시작되었다. 소년은 미네소타 주 뉴 브레멘 외곽의 선로 위에서 대평원을 거침없이 달려가던 사우스다코타 행 열차에 치여 죽었다. 소년의 이름은 바비 콜이었다. 꿈꾸는 듯한 눈을 가진 귀엽게 생긴 아이였고, 어떤 문제에 대해 한 시간이나 설명을 듣고서야 겨우 알아듣겠을 때 웃는 것처럼 멋쩍게 웃곤 했다. 그 소년과 더 잘 알고 지내고 더 친해졌어야 했는데 그러지 못했다. 바비는 우리 집에서 그리 멀지 않은 곳에 살았고 나이도 나와 동갑이었다. 그러나 학교에서는 나보다 2학년이나 아래였고 몇몇 친절한 선생님이 없었다면 더 아래였을 수도 있었을 것이다. 바비는 체구가 작고 약간 모자라는 아이여서 유니언 퍼시픽의 디젤 기관차에는 도저히 견줄 수 없는 존재였다.

  그해 여름에는 죽음이 다양한 형태로 우리를 찾아왔다. 사고사. 자연사. 자살. 살인. 그렇다고 내가 그해 여름을 비극적인 시절로 기억하느냐 하면 반드시 그렇지만은 않다. 아버지는 그리스의 극작가 아이스킬로스의 말을 인용하곤 했다. "배움에는 고통이 따른다. 자고 있을 때조차 결코 잊을 수 없는 고통이 심장에 방울방울 떨어지고, 결국에는 우리의 바람과는 반대로 절망 속에서, 신의 잔인한 은총을 통해 지혜가 찾아온다."

돌이켜보면 그해 여름이야말로 신의 잔인한 은총을 통해 지혜가 찾아온 시절이 아니었나 하는 생각이 든다. 그때 나는 바비와 같은 나이였고 그런 것을 전혀 이해하지 못했다. 그 후로 40년이 지난 지금도 완전히 이해한다고 자신할 수는 없다. 아직도 나는 그해 여름에 일어난 일들에 대해 종종 생각해보곤 한다. 지혜의 끔찍한 대가에 대해서, 신의 잔인한 은총에 대해서.

## 1. 밤의 비밀

달빛이 침실 바닥에 웅덩이를 만들었다. 밖에서는 귀뚜라미를 비롯한 여러 야행성 곤충들의 울음소리가 어둠에 생기를 불어넣고 있었다. 아직 7월도 되지 않았는데 날씨가 벌써부터 푹푹 쪘다. 1961년 뉴브레멘에서는 극소수 부자들의 집에만 에어컨이 있었다. 대다수의 사람들은 낮에는 커튼을 쳐서 햇빛을 막는 것으로 더위에 맞섰고 밤에는 시원한 바람을 기대하며 선풍기를 틀었다. 우리 집은 선풍기가 두 대뿐이었는데 나와 동생이 함께 쓰는 방에는 선풍기가 없었다.

너무 더워서 시트 위에서 몸을 뒤척이고 있을 때 전화벨이 울렸다. 아버지는 한밤중에 걸려오는 전화치고 좋은 일로 걸려오는 전화는 하나도 없다고 투덜거리곤 했다. 그러면서도 오는 전화는 다 받았다. 나는 이 전화도 아버지의 직업과 관련된 전화일 거라고, 어머니가 끔찍이도 싫어하는 아버지의 직무와 관계된 전화일 거라고 생각했다. 전화기는 우리 방 바깥의 복도에 있는 작은 탁자 위에 놓여 있었다. 나는 천장을 노려보면서 귀에 거슬리는 전화벨 소리를 듣고 있었다.

잠시 후 복도에 불이 켜졌다.

"네?"

옆 침대에서 제이크가 몸을 뒤척이자 침대 틀이 삐걱거렸다.

아버지가 말했다. "피해는 어느 정도지?" 잠시 후 아버지가 지친 목소리로 점잖게 말했다. "금방 가도록 하지. 고맙네, 클리브."

나는 아버지가 전화를 끊기도 전에 침대에서 일어나 복도로 나갔다. 아버지는 자다 깨서 머리가 부스스했고 두 뺨은 까칠한 수염이 텁수룩하게 자라 푸르스름했으며 눈은 피곤하고 슬퍼 보였다. 반팔 티셔츠에 줄무늬 사각 팬티 차림이었다.

"들어가서 자라, 프랭크." 아버지가 내게 말했다.

"잠이 안 와요." 내가 말했다. "너무 더워서 아까 전부터 깨어 있었는걸요. 누구예요?"

"경찰."

"누가 다쳤대요?"

"아니." 아버지는 눈을 감고 손끝으로 눈꺼풀을 비볐다. "거스 삼촌 때문에."

"취했대요?"

아버지가 하품을 하면서 고개를 끄덕였다.

"유치장에 있대요?"

"들어가서 자라니까."

"따라가도 돼요?"

"들어가서 자라고 했을 텐데."

"제발요. 거치적거리지 않을게요. 그리고 어차피 지금 잠도 안 온다고요."

"목소리 낮춰라. 다들 깨겠다."

"제발요, 아빠."

아버지는 자다 깨서 직무를 수행할 힘은 있었지만, 숨이 턱턱 막히는 무더운 여름밤에 모험을 찾아 떠나려는 열세 살 사내아이의 공세를 막아낼 힘은 없었다.

아버지가 말했다. "그럼 옷 입고 나오든가."

제이크가 침대 가에 앉아 있었다. 반바지는 벌써 입었고, 이제는 양말을 신고 있었다.

"어디 가게?" 내가 물었다.

"아빠랑 형 따라가려고." 제이크는 침실 바닥에 무릎을 꿇고 앉아 운동화를 찾으려고 침대 밑 어둠 속을 더듬었다.

"빌어먹을."

"형 나쁜 말 했다." 제이크가 침대 밑을 계속 더듬으면서 말했다.

"넌 안 돼, 하우디 두디(미국 텔레비전 만화영화에 나오는 못생긴 주인공―옮긴이)."

제이크는 나보다 두 살 어렸고 키는 머리통 두 개만큼 작았다. 빨간 머리에 얼굴은 주근깨투성이고 귀는 설탕그릇 손잡이처럼 툭 튀어나왔기 때문에 뉴 브레멘 주민들은 가끔씩 제이크를 하우디 두디라고 불렀다. 나도 제이크에게 화가 나면 그렇게 불렀다.

"형이 내 대-대-대-대장도 아니면서." 제이크가 말했다.

제이크는 남들 앞에서는 거의 매번 말을 더듬었지만 나와 단둘이 있을 때는 화가 나거나 겁이 날 때만 말을 더듬었다.

"그래, 아니다." 내가 대꾸했다. "하지만 언제든 너를 흠씬 두-두-두-두들겨 패줄 수는 있거든."

제이크가 운동화를 찾아 신기 시작했다.

영혼의 어둠과도 같은 캄캄한 밤, 세상 사람들이 죽은 듯이 곤하게 자고 있을 시각에 일어나 있자니 왠지 죄를 짓는 것 같으면서도 짜릿한 기분이 들었다. 아버지는 오늘처럼 외로운 임무를 수행하러 야밤에 외출하는 일이 잦았지만 내가 따라가는 것은 단 한 번도 허락해주지 않았다. 이번엔 특별한 경우였고 나는 이 특별한 경험을 제이크와 함께하고 싶지 않았다. 귀중한 시간을 벌써 많이 허비했다는 생각이 들어 말싸움을 그만두고 옷을 입었다.

방을 나가니 동생이 복도에서 기다리고 있었다. 한마디 더 하려는데 아버지가 살그머니 침실을 빠져나와 조심스레 문을 닫았다. 제이크를 보고 언짢은 말을 하려다가 마는 것 같았다. 아버지는 한숨을 쉬더니 우리에게 계단을 먼저 내려가라고 손짓을 했다.

밖에서는 귀뚜라미의 울음소리가 극성스러워지고 있었다. 정체된 검은 대기 속에서 반딧불이가 꿈꾸는 눈처럼 천천히 빛을 깜박거리고 있었다. 차고로 걸어가는 우리를 미끄러지듯 앞서가는 그림자는 은은한 달빛 바다를 떠다니는 검은 배 같았다.

"조수석." 제이크가 말했다.

"아, 정말. 넌 원래 따라오지도 못하는 거였다고."

"내가 먼저 말했다, 형."

그게 규칙이었다. 독일인들이 터를 잡고 모여 살아온 소도시인 뉴브레멘에서는 규칙을 지키는 것이 중시되었다. 그걸 알면서도 내가 계속 투덜거리니까 아버지가 끼어들었다.

"제이크가 먼저 말했으니 더 이상 말하지 마라, 프랭크."

우리는 1955년형 패커드 클리퍼에 탔다. 어머니는 통조림에 든 완두콩 색깔인 이 자동차에 '리지'라는 이름을 붙였다. 어머니는 우리가 소유했던 모든 자동차에 이름을 붙였다. 스투드베이커는 '젤다'라고 불렀다. 폰티악 스타 치프는 만화에 나오는 등장인물의 이름을 따서 '리틀 루루'라고 불렀다. 그밖에도 몇 대가 더 있었지만 어머니가, 아니 사실 아버지 빼고 우리 식구 모두가 가장 좋아한 차는 이 패커드 클리퍼였다. 차가 크고 힘이 좋으면서도 품격이 있었다. 외할아버지가 사주신 것으로 부모님 사이의 논쟁거리였다. 지금 와서 생각해보면 아버지가 드러내놓고 말하지는 않았지만, 별로 좋아하지도 않고 추구하는 가치도 다른 사람에게서 그렇게 사치스러운 선물을 받은 것이 아버지의 자존심에 생채기를 냈을 거라는 생각이 든다. 그 당시에도 나는 외할아버지가 아버지를 인생에 실패한 사람으로 보고 있고, 어머니에게 어울리는 배우자가 아니라고 생각한다는 사실을 알고 있었다. 외할아버지와 아버지가 식탁에 마주 앉아 저녁을 먹는 자리에는 늘 폭풍전야처럼 불안감이 감돌았다.

차가 진입로를 빠져나가 '평지대'를 달려갔다. 사람들은 뉴 브레멘에서 우리가 사는 지역을 평지대라고 불렀다. 평지대는 부자들이 모여 사는 '고지대' 아래로 미네소타 강을 따라 펼쳐져 있었다. 고지대에 사는 사람들 중에 부자가 아닌 사람들은 꽤 있었지만 평지대에 사는 부자는 한 명도 없었다. 차가 바비 콜의 집 앞을 지나갔다. 지나오면서 본 다른 모든 집들과 마찬가지로 그 집도 불이 다 꺼져 있었다. 나는 그 전날 일어난 바비 콜의 사망 사고로 생각이 이어지는 것을 막으려고 애를 썼다. 그때까지 내가 알았던 아이들 중에는 죽은 아이가 한 명도 없어서, 바비 콜의 죽음은 마치 바비가 괴물에게 붙잡혀간 것처럼 뭔가 기이하고 불길하게 느껴졌다.

"거스 삼촌한테 무-무-문제가 생겼어요?" 제이크가 물었다.

"그렇긴 한데 심각한 건 아니야." 아버지가 대답했다.

"또 뭘 때려 부쉈대요?"

"아니, 이번에는 다른 사람이랑 싸웠대."

"맨날 싸우네."

"술에 취했을 때만 싸우지, 뭐 맨날이냐." 내가 뒷좌석에서 말했다.

보통 땐 아버지가 거스 삼촌 편을 들고 나서는데 이날은 웬일인지 조용했다.

"그럼 맨날 술에 취하는 거네 뭐." 제이크가 말했다.

"자자, 그만." 아버지가 한 손을 들자 우리는 입을 다물었다.

우리는 타일러 거리를 달려가 메인으로 접어들었다. 시내는 깜깜했고 기분 좋은 가능성이 넘쳐났다. 나는 뉴 브레멘을 내 얼굴만큼이나 잘 알고 있었지만 밤에는 상황이 달랐다. 밤의 도심은 다른 얼굴을 하고 있었다. 시 경찰서가 중앙 광장에 자리하고 있었다. 뉴 브레멘에서 제일 복음주의 루터 교회 다음으로 오래된 건물이었다. 두 건물 모두 근교에서 캔 화강암으로 지어졌다. 아버지는 경찰서 앞에 비스듬히 주차를 했다.

"너희는 여기서 기다려." 아버지가 말했다.

"화장실 가고 싶은데요."

아버지가 나를 날카롭게 노려보았다.

"죄송해요. 못 참겠어요."

"그럼 따라와. 제이크, 너도."

아버지가 이렇게 쉽게 져주는 걸 보니 정말 피곤한 모양이었다.

경찰서에 들어가 본 적은 없었지만 그곳은 늘 나의 상상력을 자극

하는 곳이었다. 안에 들어가니 형광등을 밝힌 작고 칙칙한 방이 있었는데 외할아버지의 부동산중개소와 별반 다르지 않았다. 책상 두 개와 파일 캐비닛, 포스터가 몇 장 붙어 있는 게시판이 있었다. 동쪽 벽을 따라 쇠창살이 있는 유치장이 있었고 그 안에 수감자가 한 명 있었다.

"와주셔서 감사합니다, 드럼 목사님." 경찰관이 말했다.

아버지가 경찰관과 악수를 한 뒤 우리를 소개했다. 클리브 블레이크 경관은 아버지보다 어려 보였고 금테 안경을 쓰고 있었는데 안경 속의 파란 눈은 불안할 정도로 솔직해 보였다. 습도가 매우 높은 밤이었지만 제복을 입은 경관은 깔끔하고 단정해 보였다.

"어린이들이 밖에 나와 있기에는 좀 늦은 시각인 것 같지 않니?"

"잠이 안 와서요." 내가 경관에게 말했다. "너무 더워서."

제이크는 아무 말도 하지 않았다. 공개적인 자리에서 말을 더듬을까 봐 걱정이 될 땐 아예 말을 하지 않는 것이 동생의 전략이었다.

유치장 안에 있는 남자는 내가 아는 사람이었다. 모리스 엥달. 건달이었다. 검은 머리는 옆머리를 길게 길러 기름을 듬뿍 발라서는 뒤로 넘겨 오리 꼬리 모양을 하고 다녔고 검은색 가죽 재킷을 즐겨 입었다. 나이는 얼마 전에 고등학교를 졸업한 우리 누나보다 한 살 많았다. 엥달은 학교를 졸업하지 못했다. 들리는 말로는 데이트를 거절한 여학생의 사물함에 똥을 눴다가 퇴학당했다고 했다. 엥달은 그때까지 내가 본 것 중에 가장 멋진 자동차를 몰고 다녔다. 32년형 검은색 포드 듀스 쿠페였는데 수어사이드 도어(경첩이 뒤쪽에 달려 보통 차문과는 열리는 방향이 반대로 앞쪽이 열리는 문으로, 운전 중 문이 열려 사고가 날 위험이 커서 '자살 문'이란 별칭이 붙게 되었다─옮긴이)와 반짝이는 크롬 그릴,

커다란 화이트월 타이어(측면이 흰색인 타이어─옮긴이)가 있었고 차 옆면에 불꽃을 그려놓아 차가 달리면 불타는 차가 달리는 것 같았다.

"오호, 프랭크 소시지랑 하우디 두-두-두-두디 아니야." 엥달이 말했다.

한쪽 눈에 시퍼렇게 멍이 들어 있었고 부르튼 입술 사이로 새어나오는 말은 발음이 분명치 않았다. 그가 창살 안에 앉아서 비열한 눈으로 제이크를 보고 있었다.

"자-자-잘 지냈냐, 저능아?"

제이크는 말을 더듬는 버릇 때문에 온갖 조롱과 비아냥을 다 들었다. 상처 받고 고통스러웠을 텐데도 반응은 늘 입을 꼭 다물고 상대방을 노려보는 것뿐이었다.

"제이크는 저능아가 아니야, 엥달." 아버지가 조용히 말했다. "말을 더듬을 뿐이지."

나는 아버지가 모리스 엥달을 알아서 깜짝 놀랐다. 아버지와 엥달은 행동반경이 겹치는 사람들이 아니었다.

"아, 그-그-그-그러세요." 엥달이 말했다.

"그만해라, 모리스." 블레이크 경관이 말했다.

아버지는 엥달은 더 이상 신경 쓰지 않고 경관에게 어떻게 된 상황인지 물었다.

경관이 어깨를 으쓱거렸다. "술 취한 인간 둘이서 무례한 말 한마디 때문에 한판 떴답니다. 쟤가 불난 집에 부채질을 한 거죠."

"취하긴 누가 취했다고 그래요." 엥달은 긴 철제 벤치 끝에 걸터앉아 등을 구부리고 바닥에다 토할까 말까 고민하는 것처럼 바닥을 노려보고 있었다.

"그리고 저 친구는 술집에서 술을 마실 수 있는 나이가 아직 안 된 걸로 아는데, 클리브." 아버지가 지적했다.

"로지스 사람들에게 어떻게 된 건지 물어보고 시정하겠습니다." 경관이 말했다.

뒤쪽 벽에 있는 문 뒤에서 변기 물 내리는 소리가 들렸다.

"피해는?" 아버지가 물었다.

"주로 모리스가 입었어요. 주차장으로 나가서 제대로 한판 붙었답니다."

뒷벽에 있는 문이 열리더니 한 남자가 바지 지퍼를 올리면서 걸어 나왔다.

"도일, 자네가 엥달과 거스를 연행한 경위를 목사님께 말씀드리고 있던 참이야."

남자는 의자에 앉아서 책상 위로 두 발을 올려놓았다. 경찰복을 입고 있진 않았지만 경찰서에서 제집처럼 편안하게 행동하는 것을 보면 경찰이 틀림없었다.

그가 말했다. "아, 내가 마침 비번이라 로지스에서 한잔하고 있었는데, 이 친구들이 술집 안에서 시비가 붙어 옥신각신하더니 밖으로 튀어나가더라고요. 떼어놔야겠다 싶어서 데리고 왔죠."

아버지가 블레이크 경관에게 말했다. "지금 거스를 데려가도 될까?"

"그럼요, 저기 뒤쪽에 있습니다." 경관이 책상 서랍을 열고 열쇠를 찾아 더듬거렸다. "콜 씨네 아들 일로 훌쩍거리고 있습니다. 목사님은 어제 줄곧 유가족 곁에 있어주셨다면서요."

"응." 아버지가 대답했다.

"목사라는 직업보다는 제 직업이 훨씬 더 나은 것 같은데요."

"근데 참 이상하단 말이야." 비번인 도일 경관이 말했다. "걔를 그 선로 위에서 본 게 수백 번도 넘거든. 기차를 엄청 좋아하는 것 같더라고. 근데 어떡하다 기차에 치여 죽었을까, 도무지 이해가 안 간단 말이지."

"그게 무슨 말이야?" 블레이크 경관이 물었다.

"현장에 제일 먼저 출동한 짐 갠트 보안관보가 그러는데, 아이가 선로에 그냥 앉아 있었던 것 같더래. 열차가 다가와도 꼼짝하지 않고. 이상하지 않아? 귀머거리가 아니었는데."

"여기 하우디 두디만큼 덜 떨어졌었나 보죠 뭐." 유치장에서 엥달이 말했다. "선로에서 비켜야 한다는 걸 몰랐던 거죠."

"그 입에서 한마디만 더 나오면 맞는다, 너." 도일이 말했다.

"수사에 착수했나?" 블레이크 경관이 열쇠를 찾아 꺼낸 후 서랍을 닫으며 물었다.

"아닌 걸로 아는데. 공식적으로는 사고사로 결론이 났거든. 사고사가 아니라고 말하는 목격자도 없고."

"너희는 여기서 기다려라. 그리고 모리스, 너는 입 다물고 있고." 블레이크 경관이 말했다.

"아들이 화장실 좀 써도 되겠나, 클리브?" 아버지가 물었다.

"그럼요." 경관이 말했다.

그는 뒷벽에 있는 금속 문의 잠금장치를 열고 아버지를 안내해 들어갔다.

나는 화장실에 가고 싶지 않았다. 경찰서 안으로 들어오려고 꾸며낸 말이었다. 도일이 왜 화장실에 안 가느냐고 물을까 봐 걱정이 되었지만, 그는 그런 건 아무 관심도 없는 것 같았다.

제이크는 엥달을 노려보고 있었다. 눈빛이 칼날처럼 매서웠다.

"뭘 봐, 저능아?"

"저능아 아닌데." 내가 말했다.

"그럼, 그렇고말고. 니 누나도 언청이가 아니고 니 아빠도 고리타분한 샌님이 아니지. 그럼, 그럼." 엥달이 고개를 젖혀 벽에 기대더니 눈을 감았다.

내가 도일에게 물었다. "아까 바비에 대해서 말씀하신 것 무슨 뜻이에요?"

도일은 키가 크고 말랐으며 강단이 있어 보였다. 머리는 스포츠형으로 짧게 깎았고 밤의 열기로 이마에 땀이 송골송골 맺혀 있었다. 귀는 제이크의 귀만큼 컸지만 정신이 똑바로 박힌 사람이라면 누구도 감히 그를 하우디 두디라고 부르지는 못할 것 같았다.

"바비를 아니?" 그가 물었다.

"네."

"착한 아이였는데, 그치? 약간 느리긴 했지만."

"기차도 못 피할 만큼 느려 터졌었죠." 엥달이 말했다.

"입 닥쳐, 엥달!" 도일이 다시 나를 돌아보았다. "너도 선로 위에서 노니?"

"아니요." 나는 거짓말을 했다.

도일이 제이크를 쳐다보았다. "너는?"

"아니요." 내가 제이크 대신 대답했다.

"그래야지. 그 주변에 부랑아가 많거든. 뉴 브레멘에 사는 점잖은 사람들하고는 아주 딴판인 사람들 말이야. 그런 사람이 너에게 접근하면 즉시 여기로 와서 말해줘야 된다. 도일 경관을 찾아, 알았지?"

나는 깜짝 놀라 물었다. "바비가 그렇게 된 거라고 생각하세요?"

바비의 죽음이 사고가 아니라는 생각은 전혀 해보지 못했었다. 하지만 그 당시의 나는 도일 경관처럼 노련한 경찰관이 아니었다.

도일이 손가락 마디를 뚝뚝 꺾기 시작했다. "아니 그냥, 선로를 따라 어슬렁거리는 사람들을 조심하라는 말이야. 알겠니?"

"네, 경관님."

"조심하지 않으면 도깨비들이 잡아먹는다." 엥달이 말했다. "도깨비들은 너랑 저능아처럼 말랑말랑한 고기를 좋아하거든."

도일이 일어서서 유치장으로 걸어가더니 모리스 엥달에게 창살 앞으로 오라고 손짓을 했다. 엥달은 벤치에서 허리를 똑바로 펴고 앉아 벽에 등을 기댔다.

"진작 그럴 일이지." 도일이 말했다.

금속 문이 열리더니 블레이크 경관이 들어왔고, 아버지가 그 뒤를 따라 들어왔다. 아버지는 비틀거리는 거스 삼촌을 부축하고 있었다. 거스 삼촌이 엥달보다 더 취한 듯했지만 얼굴은 다친 곳 없이 멀쩡해 보였다.

"저 사람은 내보내게요? 우아, 이거 진짜 불공평하네." 엥달이 투덜거리며 말했다.

"니 아버지한테 전화했더니 너는 유치장에서 하룻밤 재우라던데. 할 말 있으면 아버지한테 해." 블레이크 경관이 말했다.

"가서 문 열어라, 프랭크." 아버지가 말하더니 블레이크 경관을 바라보았다. "고맙네, 클리브. 정말 고마워."

"데리고 가주면 우리도 편합니다. 그래도 거스, 앞으로는 조심 좀 해. 서장님의 인내심이 다해가는 것 같으니까."

거스 삼촌이 취기 어린 얼굴로 씩 웃었다. "서장님이 하실 말씀이 있으면 언제 맥주라도 한잔하면서 하자고 전해줘."

내가 문을 잡고 있자 아버지가 거스 삼촌을 끌고 나갔다. 나는 딱딱한 벤치에 앉아 있는 모리스 앵달을 돌아보았다. 40년이 지난 지금에 와서야 그때 내가 본 것은 나보다 나이도 별로 많지 않은 어린 소년이었다는 것을 깨닫는다. 비쩍 마르고 화가 나 있고 눈이 먼 상태로 창살 안에 갇혀 있는 소년. 그렇게 갇힌 것이 그때가 처음이 아니었고 마지막도 아니었던. 그에게 증오가 아닌 다른 감정을 느꼈어야 했었다. 나는 문을 닫았다.

자동차 앞에 이르자 거스 삼촌이 갑자기 자세를 바로 하고 아버지를 돌아보았다. "감사합니다, 대위님."

"타."

"오토바이는요?" 거스 삼촌이 물었다.

"어디 있는데?"

"로지스요."

"내일 술 깨고 찾아오면 되지. 어서 타."

거스 삼촌이 살짝 비틀거리더니 중심을 잡고 서서 달을 올려다보았다. 희미한 달빛에 드러난 삼촌의 얼굴은 핏기가 전혀 없고 안색이 창백했다. "왜 그러시는 걸까요, 대위님?"

"누가?"

"하나님이요. 왜 자꾸 착한 사람들을 데려가시는 걸까요?"

"결국에는 우리 모두를 데려가서, 거스."

"하지만 어떻게 어린애를 그렇게?"

"그래서 싸웠어? 바비 콜 때문에?"

"엥달이 저능아라잖아요 걔가. 죽는 게 낫다면서. 근데 어떻게 그냥 넘어갑니까." 거스 삼촌이 혼란스럽다는 듯이 고개를 가로저었다. "근데 정말 하나님은 왜 그러시는 겁니까, 대위님?"

"나도 몰라, 거스."

"모르시면 어떡합니까. 이런 개떡 같은 일들이 일어나는 이유를 아는 게 대위님 일인데요." 거스 삼촌은 실망한 듯 보였다. 그러곤 잠시후 말을 이었다. "죽음이란 게 도대체 뭘까요?"

제이크가 나섰다. "다른 사람들이 노-노-노-놀릴까 봐 거-거-걱정하지 않아도 되는 거요."

거스 삼촌이 제이크를 보면서 눈을 깜박였다. "그래, 네 말이 맞는 것 같다. 죽음이 그런 건지도 모르지. 대위님은 어떻게 생각하세요?"

"그런 것도 같군."

거스 삼촌은 아버지의 대답에 만족했는지 고개를 끄덕였다. 그러고는 뒷좌석에 타려고 열린 차 문 안으로 몸을 굽히더니 꿱꿱 토악질을 했다.

"아이고, 거스, 좌석에다 토하면 어떡하냐." 아버지가 말했다.

거스 삼촌은 몸을 일으켜 세우고 서서 바지에서 셔츠 자락을 꺼내 입을 닦았다. "죄송합니다, 대위님. 갑자기 나오는 바람에."

"앞으로 타." 아버지는 나를 돌아보았다. "프랭크, 제이크와 걸어와야겠다. 괜찮지?"

"그럼요. 괜찮아요. 근데 트렁크에서 타이어 지렛대 꺼내가도 돼요? 호신용으로."

뉴 브레멘은 자기방어를 위해 타이어 지렛대가 필요한 도시가 결코 아니었지만, 나는 깜깜한 밤에 집까지 걸어가야 한다는 생각에 얼굴이 하얗게 질린 제이크를 고갯짓으로 가리켰고, 아버지는 내 말뜻을 이해했다. 아버지가 트렁크를 열고 지렛대를 꺼내 내게 건네주었다.

"꾸물거리지 말고 빨리 와라." 아버지가 말했다.

아버지가 운전석에 탔다. "또 토해야겠으면 창밖으로 토해, 거스. 알 겠지?"

"네, 아주 잘 알겠습니다, 대위님." 거스 삼촌이 씩씩하게 웃더니 우리를 향해 손을 들어 보였다.

아버지가 곧 차를 출발시켰다.

우리는 달빛을 받으며 텅 빈 광장에 서 있었다. 불이 켜진 건물이라고는 경찰서밖에 없었다. 잔디밭 건너편에 있는 법원의 시계가 종을 네 번 쳤다.

"한 시간 후면 동이 트겠다." 내가 말했다.

"집까지 걸어가기 싫어. 피곤해." 제이크가 말했다.

"그럼 여기 있던가."

내가 먼저 출발했다. 잠시 후 제이크도 따라왔다.

집으로 곧장 가지는 않았다. 메인과 샌드스톤 사거리에 이르자 우리는 메인을 벗어나 샌드스톤 거리로 방향을 틀었다.

"어디 가?" 제이크가 물었다.

"따라와 보면 알아."

"집에 가고 싶은데."

"그럼 넌 집에 가."

"혼자 가는 건 싫어."

"그럼 따라오던가. 너도 좋아할 거야, 분명히."

"뭔데 좋아해?"

"기다려봐."

메인에서 한 블록 떨어진 월넛 사거리에 '로지스'라는 간판이 문 위에 붙은 술집이 있었다. 그 술집 주차장에 사이드카(오토바이 옆에 사람을 태우거나 물건을 싣기 위해 달아놓은 운반차–옮긴이)가 달린 53년형 인디언 치프가 서 있었다. 거스 삼촌의 오토바이였다. 거기 주차된 자동차는 한 대뿐이었다. 측면에 불꽃이 그려진 검은색 듀스 쿠페. 나는 그 근사한 차로 다가가 은색의 뱀 같은 달빛이 검은색 에나멜 판을 휘감고 있는 앞바퀴 바퀴집의 경사면을 부드럽게 어루만졌다. 그러고는 마음을 다잡고 타이어 지렛대를 힘껏 휘둘러 왼쪽 전조등을 박살냈다.

"뭐 하는 거야, 형?" 제이크가 소리쳤다.

나는 오른쪽 전조등 앞으로 걸어갔고, 유리가 박살나는 소리가 또 한 번 밤의 정적을 깼다.

"자, 여기." 타이어 지렛대를 동생에게 내밀었다. "미등은 네가 해."

"싫어." 제이크가 말했다.

"그 자식이 널 저능아라고 놀렸잖아. 너랑 바비 콜을. 그리고 에어리얼 누나를 언청이라고 아빠를 샌님이라고 놀렸고. 그런데도 그 자식 차를 가만 놔둘 거야?"

"응." 제이크가 나를 보다가 타이어 지렛대로 눈길을 돌리더니 잠시 후엔 자동차로 눈을 돌렸다. "아니."

나는 복수를 감행할 마술 지팡이를 제이크에게 건네주었다. 제이크는 모리스 엥달이 애지중지하는 자동차의 뒤쪽으로 걸어갔다. 내가 안심시켜주기를 바라는 듯 나를 흘끗 쳐다보더니 지렛대를 휘둘렀다. 그러나 빗나가서 금속을 쾅 내리쳤고 타이어 지렛대가 제이크의 손에서 튀어나갔다.

"헐, 완전 바보잖아." 내가 말했다.

"다시 해볼게."

내가 타이어 지렛대를 집어서 제이크에게 건네주었다. 이번에는 제이크가 제대로 해냈고 빨간 유리조각들이 사방으로 날아가자 뒤로 물러섰다.

"다른 쪽도 내가 하면 안 돼?" 제이크가 애원했다.

제이크가 복수를 끝낸 후 뒤로 물러서서 우리의 업적에 감탄하고 있는데 길 건너편 집의 현관문이 삐걱거리면서 열리더니 남자가 외쳤다.

"이봐, 거기 무슨 일이오?"

우리는 샌드스톤 거리를 뛰다시피 걸어서 메인 거리로 돌아갔고 거기서 타일러 거리로 향했다. 평지대에 이를 때까지 한 번도 걸음을 멈추지 않았다.

제이크가 허리를 굽히고 늑골을 부여잡더니 숨을 헐떡이며 말했다. "옆구리 아파."

나도 숨을 거칠게 몰아쉬면서 동생의 어깨를 한 팔로 감싸 안았다. "로지스에서 너 멋지던데. 미키 맨틀(1950~60년대에 메이저리그 뉴욕 양키스에서 활약한 강타자─옮긴이) 같았어."

"문제가 생기지 않을까?"

"생기든 말든 무슨 상관? 기분 짜릿하지 않았냐?"

"응, 진짜 짜릿했어." 제이크가 말했다.

우리 집에서 도로 건너편에 있는 교회의 주차장에 패커드가 주차되어 있었다. 교회 옆문 위의 현관 등이 켜져 있는 것을 보니 아버지는 아직도 거스 삼촌의 잠자리를 봐주고 있는 모양이었다. 나는 패커드의 엔진 덮개 위에 타이어 지렛대를 올려놓고 제이크와 함께 옆문으로 걸어갔다. 문을 여니 교회 지하실로 이어지는 계단이 나왔다. 거스 삼촌은 지하실, 보일러 옆에 있는 쪽방에서 기거하고 있었다.

거스 삼촌은 우리와 혈연관계는 아니지만 기묘한 인연으로 한 가족이 되었다. 삼촌은 제2차 세계대전에 참전해서 아버지와 같은 부대에 있었는데, 아버지는 그 경험이 두 사람을 친형제보다 가깝게 만들어주었다고 이야기했다. 아버지와 거스 삼촌은 제대하고 나서도 계속 연락하고 지냈고, 아버지가 가끔 우리에게 전해주는 오랜 친구에 관한 새 소식은 주로 그 친구가 그동안 저지른 수많은 실수에 하나를 더 보탰다는 이야기였다. 그러다가 우리 가족이 뉴 브레멘으로 이사 오고 얼마 안 됐을 때 거스 삼촌이 어느 날 갑자기 우리 앞에 나타났다. 술을 마신 얼굴이었다. 실직한 후, 갖고 있던 짐을 한데 꾸려 오토바이 사이드카에 싣고 달려왔다고 했다. 아버지는 거스 삼촌에게 거처와 일자리를 제공해주었고 그 후로 거스 삼촌은 줄곧 우리와 함께 지냈다. 거스 삼촌은 부모님이 싸우는 주된 원인이었다. 물론 싸움거리는 그 외에도 많이 있었지만. 하지만 제이크와 나는 거스 삼촌을 굉장히 좋아했다. 어쩌면 우리를 어린애 취급하지 않아서였는지도 모르겠다. 어쩌면 가진 것이 많지 않은데도 욕심이 별로 없고 자신의 처량하고 열악한 환경에 좌절하지 않는 모습 때문이었는지도 모르겠다. 어쩌면 가끔씩 과음하고 문제를 일으켜서 아버지가 해결사로 나서게 만드는 삼촌의 모습이 어른이 아니라 사고뭉치 형의 모습으로 보였기 때문인지도 모르겠다.

교회 지하실에 있는 거스 삼촌 방의 살림살이는 단출했다. 침대, 서랍장, 작은 침실용 탁자와 램프, 거울, 책이 가득 꽂힌 세 칸짜리 작은 책꽂이가 전부였다. 시멘트 바닥에 작은 빨간색 카펫을 깔아놓아 우중충한 느낌은 좀 덜했다. 벽의 지상 높이에 창문이 있었지만 채광은 잘 되지 않았다. 방 반대쪽 끝에는 아버지와 삼촌이 직접 만든 작은 화장실이 있었다. 우리가 내려갔을 때 두 사람은 거기에 있었다. 거스 삼촌은 변기 앞에 무릎을 꿇고 토하고 있었고 아버지는 뒤에 서서 참을성 있게 기다리고 있었다. 제이크와 나는 지하실 한복판, 천장에 달린 알전구 밑에 서 있었다. 아버지는 우리가 온 것을 알아차리지 못한 것 같았다.

"아직도 토악질하네." 내가 제이크에게 속삭였다.

"토악질?"

"그래, 토악질. 토한다고." 나는 토하는 시늉을 하며 그 단어를 말했다.

"이제 됐어요, 대위님."

거스 삼촌이 힘겹게 일어서자 아버지가 얼굴 닦을 물수건을 건넸다. 아버지는 변기 물을 내리고 거스 삼촌을 부축해서 방으로 갔다. 그러고는 삼촌이 더러워진 셔츠와 바지를 벗는 걸 도와주었다. 삼촌은 러닝셔츠와 팬티 바람으로 침대에 누웠다. 지하실이 바깥보다 시원했다. 아버지가 시트를 끌어다가 친구를 덮어주었다.

"감사합니다, 대위님." 거스 삼촌이 눈을 감으면서 중얼거렸다.

"푹 자."

그때 거스 삼촌이 내가 한 번도 들은 적이 없는 이상한 말을 했다. "대위님, 대위님은 여전히 개새끼예요. 앞으로도 쭉 그럴 거고."

"알아, 거스."

"다들 대위님 때문에 죽었습니다. 앞으로도 쭉 그럴 거고요."

"빨리 자."

거스 삼촌은 아버지의 말이 끝나기가 무섭게 코를 골았다. 아버지는 돌아서서 지하실 한복판에 서 있는 우리를 바라보았다.

"집에 가서 자." 아버지가 말했다. "아빤 여기서 기도 좀 하고 갈 테니까."

"차에 토사물이 가득해요." 내가 말했다. "엄마가 알면 난리가 날 텐데요."

"내가 치울게."

아버지는 예배실로 갔고 제이크와 나는 옆문으로 나갔다. 그러나 나는 아직 잘 생각이 없었다. 내가 교회 앞 계단에 앉자 제이크도 따라 앉았다. 피곤한지 내 어깨에 머리를 기댔다.

"거스 삼촌 말이 무슨 말이야?" 제이크가 물었다. "아빠가 사람들을 죽였댔잖아. 그게 무슨 뜻이야?"

나도 궁금하던 참이었다. "나도 몰라."

어느새 나무에서 새들이 지저귀고 있었다. 미네소타 강 유역을 에워싼 산 위로 동이 트면서 하늘 끝자락이 주황색으로 물들기 시작했다. 다른 것도 눈에 들어왔다. 도로 건너편 우리 집 마당가를 따라 늘어선 라일락 덤불에서 낯익은 사람의 형체가 떨어져 나왔다. 나는 누나가 살금살금 잔디밭을 가로질러 뒷문으로 숨어 들어가는 것을 지켜보았다. 오, 밤의 비밀들이여.

나는 아버지 교회의 계단에 앉아서 내가 어둠을 얼마나 사랑하는지 생각했다. 내 상상력이라는 혀에 내려앉은 어둠은 달콤했다. 양심에 거리끼는 짓을 할 때의 긴장감과 화끈거림은 감미로웠다. 나는 죄인이었다. 그것은 의심의 여지가 없는 사실이었다. 그러나 나는 혼자가 아니었다. 그리고 밤이 우리 모두의 공범이었다.

"제이크?"

동생은 대답이 없었다. 돌아보니 자고 있었다.

아버지는 오랫동안 기도할 것이었다. 아버지가 다시 잠자리에 들기에는 너무 늦었고 아침식사를 준비하기에는 너무 일렀다. 아버지는 말을 더듬는 작은아들과 불량 청소년으로 자라고 있는 큰아들, 구순구개열(태어나면서부터 입술과 입천장이 갈라져 있는 기형 — 옮긴이)을 앓고 있고 밤에 어딘지는 하나님만 아시는 곳에 갔다가 몰래 집으로 숨어드는 딸, 그리고 남편의 직업을 못마땅해하는 아내로 이루어진 집안의 가장이었다. 그러나 나는 아버지가 자기 자신이나 우리 가족을 위해서 기도하고 있지 않다는 걸 알고 있었다. 아마도 바비 콜의 부모를 위해 기도하고 있을 것이었다. 그리고 모리스 엥달이라는 개자식을 위해서도 기도하고 있을 것이 틀림없었다. 그들을 대신하여 기도하고 있을 것이었다. 하나님의 잔인한 은총을 깨닫게 해달라고 기도하고 있을 것이었다.

## 2. 천사들의 숨소리

　어머니는 흰색 목욕가운 차림에 맨발이었다. 식탁 위에는 블랙커피가 놓여 있었다. 어머니는 커피 잔에 팸플릿을 기대놓았고 오른손에는 샤프펜슬을 들고 있었다. 빨간색 포마이카 식탁 상판에는 속기사 공책이 펼쳐져 있었다. 그 옆에는 러슈모어 산의 네 대통령이 금박으로 돋을새김이 된 세라믹 재떨이가 있었고 반 정도 남은 담배가 그 안에서 타들어가고 있었다. 어머니는 이따금씩 샤프를 내려놓고 생각에 잠긴 표정으로 담배를 집어 한 모금 빨고는 천천히 연기를 내뿜었다. 담배 연기가 식탁 위에 구름처럼 걸려 있었다.

　"폭풍우에 덜그럭거리는 덧문처럼 불안한." 어머니가 말했다.

　그러고는 담배 연기가 천천히 스러지는 것을 보면서 표현을 음미했다. 만족스러운지 샤프를 집어 들고 공책에 썼다.

　이때는 어머니가 에인 랜드(미국의 여류소설가이자 철학자─옮긴이)의 작품에 매료되어 자기도 세계적으로 유명한 작가가 되겠다고 결심했던 때였다. 작가의 소질이 있는지 알아보기 위해 뉴욕 시에 있는 작가

학교에 테스트를 신청해놓은 상태였다.

제이크는 슈거 팝스를 먹으면서 그 시리얼 상자에서 꺼낸 다이버가 물 컵 속에서 서서히 가라앉는 것을 지켜보았다. 잠시 후, 제이크가 다이버의 등에 있는 작은 수납 칸에 넣어둔 베이킹파우더가 공기 방울을 만들더니 다이버를 수면으로 밀어 올렸다. 나는 크런치 땅콩버터를 바른 토스트 한 장과 포도 젤리를 먹었다. 나는 알갱이가 씹히는 땅콩버터를 싫어했지만 할인상품이었기 때문에 어머니는 내 불평 따위는 들은 척도 하지 않았다.

어머니가 말했다. "마룻바닥을 기어가는 고양이는……." 그러고는 담배를 집어 들고 골똘히 생각했다.

"사냥감에게 몰래 접근하는 암살범 같았다." 내가 문장을 끝맺었다.

"마저 먹기나 해, 프랭키." 어머니가 말했다.

"돈을 뺏으려고 살금살금 다가오는 강도 같았다." 제이크가 말했다.

제이크의 눈은 여전히 컵 속의 다이버를 보고 있었다.

"고맙긴 한데 너희 도움은 필요 없거든."

어머니는 잠깐 더 생각하더니 공책에 썼다. 나는 몸을 구부리고 어머니가 쓴 것을 보았다. ……마음에 스며드는 사랑 같았다.

아버지가 들어왔다. 흰 와이셔츠에 파란색 넥타이를 매고 검은색 정장을 말쑥하게 차려입고 있었다. "12시에 예배야, 루스."

"준비할게, 네이선." 어머니는 팸플릿에서 고개를 들지 않았다.

"그보다 훨씬 전부터 조문객들이 모이기 시작할 거야, 루스."

"나도 장례식엔 다닐 만큼 다녀봤어, 네이선."

"너희도 옷 제대로 갖춰 입고."

"어떻게 해야 하는지 애네들도 다 알아."

아버지는 잠자코 서서 어머니의 뒤통수를 잠깐 물끄러미 바라보더니 현관문으로 걸어가 밖으로 나갔다. 아버지가 나가자마자 어머니는 공책을 덮고 그 위에 팸플릿을 올려놓았다. 그러고는 담배를 비벼 끄면서 말했다.

"2분 안에 다 먹어라, 알았지?"

한 시간 뒤 어머니는 검은색 원피스를 입고 아래층으로 내려왔다. 검은색 베일이 있는 검은 모자를 쓰고 검은색 펌프스(끈이나 고리가 없고 발등이 깊이 파여 있는 여성용 구두―옮긴이)를 신고 있었다. 제이크와 나도 예배용 정장으로 갈아입었다. 우리는 텔레비전을 틀고 〈레스트리스 건(The Restless Gun)〉(1957년에서 59년까지 NBC에서 방송한 서부극 시리즈―옮긴이) 재방송을 보고 있었다. 어머니는 아름다웠다. 우리, 무심한 아들들조차도 그 사실을 알고 있었다. 사람들은 항상 어머니가 리타 헤이워드처럼 아름다운 영화배우가 될 수 있었을 거라고 말했다.

"엄만 지금 교회로 간다. 너희는 30분 후에 와. 그리고 프랭키, 둘 다 옷 더러워지지 않게 조심하고."

우리는 단벌 정장을 입고 있었다. 나는 넥타이를 맨 후 제이크의 넥타이도 매주었다. 세수를 하고 머리에 물을 적셔 깔끔하게 뒤로 넘겼다. 크게 흉잡힐 게 없는 차림새였다.

어머니가 나가자마자 내가 말했다. "넌 여기 있어."

"형은 어디 갈 건데?" 제이크가 물었다.

"신경 끄고 가만히 있기나 해."

나는 뒷문으로 집을 나갔다. 우리 집 뒤에 작은 초원이 있었다. 우리가 이사 왔을 땐 말 두 마리가 거기에서 풀을 뜯어먹고 있었다. 그 말들은 이젠 없지만 초원에는 아직도 풀이 무성하고 야생 데이지와 보라색 클로버가 자랐다. 초원 반대쪽 끝엔 오래된 농가가 한 채 있었다. 버드나무에 둘러싸인 노란 집이었다. 나무 울타리가 그 집 뒷마당과 초원의 경계를 이루고 있었다. 나는 키 큰 풀숲을 기어갔다. 사냥감에게 몰래 접근하는 암살범처럼. 비틀어진 널빤지를 붙여 만들어 아귀가 잘 맞지 않고 틈이 여기저기 벌어진, 날림으로 만든 울타리를 향해 살금살금 다가갔다. 그러고는 벌어진 널빤지 사이로 안을 들여다보았다.

그 집은 에이비스와 에드너 스위니 부부의 집이었다. 에이비스는 평지대 끝자락에 있는 대형 곡물 창고에서 일했다. 목울대가 엄청 크고 대꼬챙이처럼 빼빼 마른 남자였다. 에드너는 금발에 항공모함의 뱃머리처럼 풍만한 가슴을 가진 여자였다. 스위니 부부의 집 마당에는 식물과 꽃이 많았고 에드너가 정원을 가꿨다. 그녀는 늘 딱 붙는 짧은 반바지에 가슴이 보일락 말락 할 정도로 파인 홀터탑(등과 어깨가 완전히 드러나게 윗부분이 끈으로 되어 있는 윗옷─옮긴이)을 입고 정원일을 했다. 내가 어쩌다가 에드너 스위니를 훔쳐보는 기쁨을 알게 됐는지는 기억나지 않지만 그때 나는 그런 식으로 옷을 입고 허리를 굽히고 일을 하는 그녀를 훔쳐보는 재미에 푹 빠져 있었다. 그해 여름 나는 울타리 사이의 빈틈에 눈을 딱 붙이고서 많은 시간을 보냈다.

그날 아침 에드너는 마당에 없었지만 그녀가 해놓은 빨래가 마당 빨랫줄에 널려 있었다. 거기 널린 흰 속옷들 중에는 컵이 엄청나게 큰 브래지어 두 개와 레이스가 달린 팬티가 몇 장 있었다. 에드너의 것이 틀림없었다. 나는 제이크가 뒤에서 다가오는 소리를 듣지 못했다. 그래서 제이크의 손이 내 어깨를 만지자 소스라치게 놀랐다.

"어우, 깜짝이야." 내가 말했다.

"뭘 그렇게 놀라."

"여기서 뭐해?"

"형은 여기서 뭐해?"

"아무것도 안 해." 나는 제이크의 손을 잡고 우리 집 쪽으로 돌려 세우려고 했다. "가자."

하지만 제이크는 내 손을 뿌리치더니 울타리 틈새에 눈을 갖다 댔다.

"빌어먹을."

"형 또 나쁜 말 했다. 뭘 보고 있었어?"

"아무것도 안 봤다니까."

"여자 속옷을 보고 있었잖아."

"그래, 여자 속옷 봤다, 어쩔래. 너도 보고 있잖아."

제이크는 더 잘 보려고 고개를 약간 돌리고 눈의 위치를 조정했다.

"가자." 내가 제이크의 소매를 거칠게 잡아당겼다. 제이크는 꿈쩍도 하지 않았고 정장 윗도리의 어깨솔기가 쭉 찢어졌다. "아, 빌어먹을."

제이크가 몸을 똑바로 하고 섰다. "형 또……."

"알아 알아, 나쁜 말 한 거. 어디 봐봐." 나는 제이크를 돌려 세우고 내가 입힌 피해 상황을 찬찬히 살펴보았다. 사실대로 말하려고 하면 사고 정황을 설명하기가 곤란할 것이었다. 그러므로 진실은 고려 대상이 아니었다. 하지만 거짓말은 제이크에게 달려 있는데 그게 문제였다. 함께 거짓말을 꾸며내자고 설득한다고 해도 지독히도 말을 더듬을 테니 거짓말인 게 금방 들통이 날 터였다.

제이크가 목을 길게 빼고 찢어진 곳을 돌아보았다. "크-크-크-큰일 났다."

"아냐, 괜찮아. 가자."

나는 키 큰 풀들과 야생 데이지와 보라색 클로버가 한창인 초원을 가로질러 달려갔다. 제이크가 바로 뒤에서 따라왔다. 우리는 뒷문을 통해 집 안으로 뛰어 들어가 2층 부모님 침실로 향했다. 나는 벽장 선반에서 바느질 바구니를 꺼낸 후 황갈색 실이 감긴 실패를 집어 들었다. 실을 길게 풀어 이로 끊어내서 바늘귀에 꿰었다.

"재킷 줘봐." 나는 동생의 재킷을 받아들고 바로 작업에 들어갔다.

나는 보이스카우트였다. 모범대원은 아니었다. 믿음, 충성, 근검, 용기, 순결, 경건함이라는 보이스카우트의 규율을 좋아하긴 했지만 그 중요한 덕목들의 실천은 늘 내 능력 이상의 노력을 요해서 힘이 들었다. 하지만 보이스카우트 활동을 통해 유익한 것을 많이 배웠다. 이를테면 스카우트 단복에 마크를 바느질해 다는 방법 같은 것들을 배웠다. 중간 크기의 바늘을 휘둘러서 재킷의 찢어진 곳에 급히 시침질을 하고 보니 자세히 들여다보지 않으면 표가 날 것 같진 않았다.

"자, 여기." 재킷을 제이크에게 주면서 내가 말했다.

제이크는 의심스러운 눈초리로 재킷을 이리저리 살피다가 입더니 엉성한 바늘땀 사이로 손가락을 쑥 밀어 넣었다. "아직도 구-구-구멍이 있는데."

"자꾸 그렇게 찔러대지 않으면 괜찮을 거야." 나는 바느질 바구니를 벽장 선반에 다시 놓고 침대 옆 탁자에 놓인 시계를 보았다. "빨리 가야 돼. 곧 예배 시작이야."


에어리얼 누나는 지난 5월에 열여덟 살이 되었고 6월에 뉴 브레멘 고등학교를 졸업했으며 가을에는 줄리어드 음대 입학을 계획하고 있었다. 제이크와 내가 예배당으로 들어갔을 때 에어리얼 누나가 오르간 앞에 앉아서 아마도 헨델의 작품인 것 같은 슬프고도 아름다운 곡을 연주하고 있었다. 교인석은 벌써 꽤 많이 차 있었다. 대개가 아는 사람들이었다. 예배를 보러 온 교인들과 유족의 친구들, 이웃들이었다. 아버지의 교회에 정기적으로 오는 사람들 중에는 우리 교회 교인이 아닌 사람들도 꽤 있었다. 심지어 감리교도가 아닌 사람들도 있었다. 그들이 우리 교회에 오는 것은 평지대에 교회가 우리 교회밖에 없기 때문이었다. 제이크와 나는 교인석 끝줄에 자리를 잡고 앉았다. 어머니는 맨 앞쪽 성가대석에 앉아 있었다. 검은 원피스 위에 붉은색 공단으로 된 성가대 가운을 입고 있었다. 에어리얼 누나의 연주를 들으면서 아까 식탁 앞에 앉아 좋은 표현을 고민할 때처럼 먼 곳을 응시하는 눈길로 스테인드글라스 창문을 바라보고 있었다. 내게는 음악뿐만 아니라 에어리얼 누나가 그 음악을 연주하는 모습이 아직도 인상 깊은 기억으로 남아 있다. 지금도 어떤 곡들을 들으면 누나의 손가락이 하나님이 나비의 날개를 형상화하신 것처럼 화려하고 아름답게 음악의 형상을 만들어가는 모습을 상상하게 되곤 한다.

강단 난간 앞에 양 옆면이 꽃으로 장식된 관이 놓여 있었다. 예배당 안에서 백합꽃 향기가 났다. 바비의 부모님은 교인석 맨 앞줄에 앉아 있었다. 바비는 노부부가 늘그막에 얻은 귀한 아들이었다. 나는 그 부부가 바비를 얼마나 애지중지했는지 잘 알고 있었다. 그들은 나란히 앉아 무릎 위에 두 손을 가지런히 모으고 관 너머 제단 위에 달린 도금된 십자가를 조용히 올려다보고 있었다.

아버지의 모습이 보이지 않았다.

제이크가 내게 몸을 기울였다. "저 안에 있어?"

나는 무슨 말인지 알아들었다. "응."

바비가 죽기 전에는 죽음에 대해 생각해본 적이 거의 없었는데, 작은 관 안에 누워 있는 바비를 상상하니 죽는다는 게 어떤 건지 갑자기 너무 궁금해졌다. 나는 진주의 문(일부 기독교파에서 믿는 천국의 문을 일컫는데, 요한계시록에 열두 개의 천국의 문이 진주로 이루어졌다는 내용이 나온 데서 비롯되었다−옮긴이)을 통과해 천국에 들어간다는 식의 이야기를 믿지 않았기 때문에 바비 콜이 어떻게 되었을까 하는 의문이 들자 혼란스럽고 무서웠다.

거스 삼촌이 예배당으로 걸어 들어왔다. 걸음걸이가 불안정한 것을 보니 술을 마신 것이 틀림없었다. 주일날 입는 제일 좋은 옷인 검은색 중고 정장을 입고 있었다. 넥타이는 삐뚜름히 매어져 있었고 뒤통수에는 빨간 머리카락이 삐죽 비어져 나와 있었다. 삼촌은 복도를 사이에 두고 우리 건너편에 앉았지만 우리를 보지 못한 것 같았다. 바비의 관을 노려보면서 큰 소리로 트림을 했다.

드디어 아버지가 나타났다. 검은색 목사 가운을 입고 흰색 영대(領帶)를 어깨에 늘어뜨린 모습으로 목사실 문을 열고 나왔다. 목사 가운을 입으니 더욱 잘생기고 기품 있어 보였다. 아버지는 콜 부부 옆을 지나다가 걸음을 멈추고 그들과 조용히 이야기를 나눈 뒤 강대상 뒤에 있는 의자로 걸어가서 앉았다.

에어리얼 누나의 연주가 끝나고, 어머니가 일어섰다. 누나가 다시 오르간 건반 위에 손을 올려놓고 심호흡을 하더니 연주를 시작했다. 그러자 어머니는 눈을 감고 목을 가다듬었다.

어머니가 부르는 노래를 듣고 있으면 나는 천국이 있다는 걸 믿고 싶어졌다. 어머니는 아름다운 목소리뿐만 아니라 노래가 가슴에 와

닿게 전달하는 능력도 갖고 있었다. 어머니의 노래는 울타리 기둥이 울게 만들 수 있었다. 어머니의 노래는 사람들이 웃음을 터뜨리게도, 사랑에 빠지게도, 전쟁터로 나가게도 만들 수 있었다. 어머니가 노래를 부르기 전에 잠깐 숨을 고르는 동안 교회 안에 들리는 소리라고는 열린 출입구로 속삭이듯 불어오는 산들바람 소리밖에 없었다. 콜 부부는 어머니에게 〈내가 탄 짐마차는(Swing Low, Sweet Chariot)〉이라는 흑인영가를 불러달라고 부탁했는데 이상한 선택이었다. 아마도 미주리 주 남부 출신인 콜 부인이 고른 것 같았다.

마침내 어머니가 그 찬송가를 부르기 시작하자 그 노래는 따뜻한 위로가 되어 우리의 마음을 보듬었다. 어머니는 풍부한 음색으로 느리게 노래를 불렀고 그 멋진 흑인영가의 핵심을 마치 천국을 보여주듯 명확히 전달했으며, 노래를 부르는 어머니의 얼굴은 아름답고 평화로웠다. 나는 눈을 감고 어머니의 노래를 들었다. 어머니의 노래가 내게 다가와 내 눈물을 닦아주고 내 마음을 끌어안아주고 바비 콜은 본향으로 돌아갔다고 속삭였다. 노래를 들으니 바비가 죽은 것이 바비를 위해 오히려 잘됐다는 생각이 들었다. 그 귀여운 소년이 도무지 이해할 수 없는 세상을 이해하려고 애쓸 필요가 없게 됐기 때문이었다. 그 잔인한 조롱과 모욕을 더 이상 견뎌낼 필요가 없게 됐기 때문이었다. 자기가 자라서 어떤 사람이 될지, 나이 든 부모님이 자기를 보호해주고 보살펴줄 수 없게 될 때 자신이 어떻게 될지 걱정하지 않아도 되기 때문이었다. 어머니의 노래를 듣고 있자니 하나님이 최고의 선의로 바비 콜을 데려가셨다는 생각이 들었다.

어머니의 노래가 끝나자 출입구로 불어 들어오는 산들바람이 기뻐하는 천사들의 숨소리로 느껴졌다.

아버지가 일어서서 강대상에서 성경을 봉독했지만 설교는 거기서 하지 않았다. 계단을 내려와 강단 난간 사이의 틈을 통과해 관 옆에 가서 섰다. 사실 나는 아버지의 설교에 그다지 귀를 기울이지 않았다. 내 마음이 어머니의 노래로 이미 위로를 받았고 머릿속에는 죽음에 대한 경이로움이 가득 찼기 때문이기도 했지만, 아버지의 설교를 천 번도 넘게 들었기 때문이기도 했다. 사람들은 아버지가 일부 교인들이 바라는 것처럼 카리스마 넘치고 열정적이지는 않지만 설교를 잘한다고 말했다. 아버지는 침착하고 진지하게, 진심 어린 태도로 설교를 했다. 아버지는 자신의 생각을 차분하게 말하는 사람이었지, 화려한 미사여구와 과장된 몸짓으로 교인들의 마음을 확 잡아끄는 사람이 아니었다.

아버지의 설교가 끝났을 때 교회 안은 고요했고 열린 문 사이로 선선한 산들바람이 불어 들어왔으며 관 옆면을 장식한 꽃들은 마치 누군가가 스치고 지나간 것처럼 바스락거렸다.

그때 거스 삼촌이 일어섰다.

삼촌은 교회 중앙 복도로 나가 바비의 관을 향해 걸어갔다. 관 앞에 이르자 윤이 나는 나무 관 위에 한 손을 올려놓았다. 아버지는 속으로는 놀라거나 걱정이 됐는지 몰라도 겉으로는 전혀 내색하지 않았다.

아버지가 말했다. "거스, 뭐 하고 싶은 말이라도 있어?"

거스 삼촌은 개의 부드러운 털을 쓰다듬듯 관을 어루만졌다. 나는 삼촌의 몸이 들썩이는 것을 보고 울고 있다는 것을 알아차렸다. 교인석에 앉은 누군가가 기침을 했다. 어색함을 모면하기 위한 헛기침 같았다. 그 소리가 들리자 거스 삼촌이 교인들을 향해 돌아섰다.

삼촌이 말했다. "바비는 가끔씩 제가 묘지를 관리하는 걸 도와줬습니다. 그 아이는 조용한 걸 좋아했어요. 풀과 꽃을 좋아했죠. 저한테나 여러분한테는 말이 별로 없었지만 묘비 앞에서는 거기 묻힌 사람과 무슨 비밀 이야기라도 하는 것처럼 소곤거렸어요. 바비에게는 비밀이 있었습니다. 그게 뭔지 아십니까? 그 아이를 행복하게 해주기 위해서 특별한 무언가가 필요치 않았다는 겁니다. 네, 진짜로요. 바비는 행복을 자기 손에 쥐고 있었어요. 뭐랄까, 땅에서 풀잎 하나를 뽑아 든 것처럼 말이죠. 그리고 그 짧은 생을 살다 가면서 그 아이가 한 일이라고는 자기를 향해 웃어주는 사람에게 행복을 나눠준 것밖에 없었습니다. 그 아이가 저한테 바랐던 건 그것뿐이었어요. 여러분한테, 우리 모두에게 바랐던 것도 그것밖에 없었습니다. 웃음이요."

삼촌은 관을 돌아보더니 갑자기 화가 치미는지 양미간을 찌푸렸다.

"그런데 사람들은 그 아이를 어떻게 대했습니까? 아이를 놀려대기나 했죠. 기독교인이라면서 상처 주는 말로 아이에게 돌을 던졌고요. 목사님의 말씀이 맞기를 바랍니다. 바비가 천국에서 하나님의 품에 안겨 편히 쉬었으면 좋겠습니다. 그렇게 사랑스러운 아이였는데도 여기서는 놀림만 당했으니까요. 바비가 그리울 것 같군요. 개똥지빠귀가 돌아오지 않으면 그리워하듯이 바비를 그리워할 것 같습니다."

거스 삼촌의 얼굴은 온통 눈물범벅이었다. 나도 울고 있었다. 이런, 다들 울고 있었다. 거스 삼촌이 자기 자리로 돌아가자 혼자만 침착함을 유지하고 있던 아버지가 입을 열었다.

"추도사 해주실 분 더 계십니까?"

내가 일어날까 하는 생각이 들었다. 1학년 때 교실 뒷자리에 앉아 있던 바비 이야기를 할까도 생각했다. 선생님은 바비에게 별로 신경을 쓰지 않았다. 바비에게 찰흙을 줘서 놀게 하고 다른 아이들과 수업을 했다. 바비는 찰흙을 돌돌 말아 뱀을 만들어서 책상 위에 줄줄이 늘어놓으면서 시간을 보냈고, 가끔씩 고개를 들고 알파벳을 따라 읽거나 2 더하기 2를 하고 있는 친구들을 둘러보곤 했는데, 두꺼운 금테 안경 속에 있는 근시안은 만족스럽고 행복해 보였다. 또 나는 바비가 구제불능이라고 생각했는데 내 생각이 틀렸고 거스 삼촌의 생각이 옳다는 걸 깨달았다는 이야기도 할까 싶었다. 바비는 단순함이라는 재능을 타고났다. 바비 콜에게 있어 세상은 이해할 필요 없이 있는 그대로 받아들여야 하는 곳이었다. 반면에 나는 자라면서 의미를 알아내려고 애를 썼고 그럴수록 더 큰 혼란과 두려움에 빠져들었다.

나는 일어서지 않았다. 아무 말도 하지 않았다. 다른 사람들처럼 멍하니 앉아서 아버지가 마침기도를 하고 붉은 공단으로 된 성가대 가운을 입은 어머니가 일어서서 에어리얼 누나의 반주에 맞춰 마지막 특송을 하는 것을 듣고 있었다.

잠시 후 어머니의 찬양이 끝나자 열린 교회 문 밖에서 검은색 영구차가 공회전하는 소리가 들렸고, 거스 삼촌이 파놓은 구덩이가 있는 묘지로 향하는 바비를 따라가기 위해 모두 자리에서 일어섰다.

## 3. 그해 여름

"그 아이의 죽음과 관련해서 왠지 좀 찜찜한 느낌이 들어." 도일이
말했다.

바비 콜의 장례식 다음 날인 토요일 오후였다. 그날 오전 내내 제이
크와 나는 외할아버지 댁 정원을 손질했다. 잔디를 깎고 가지치기를
하고 낙엽을 긁어모았다. 그해 여름 우리는 주말마다 외갓집에 가서
정원 손질을 하고 용돈을 벌었다. 외할아버지는 고지대에 대저택을
갖고 있었고 그 집의 너른 마당에는 잔디가 아름다운 초록의 바다처
럼 펼쳐져 있었다. 부동산중개업을 하는 할아버지는 자기 집의 모습
이 옥외 광고판에 싣는 광고만큼이나 큰 홍보효과가 있다고 주장했
다. 할아버지는 우리에게 수고비를 두둑이 주었지만 우리의 일거수일
투족을 감시했다. 그래서 일이 다 끝날 때쯤이면 보수가 후하다는 생
각이 전혀 들지 않았다.

일이 끝나면 우리는 늘 온몸에 땀이 번들거리고 옷 여기저기에 풀
잎 조각이 묻은 채로 핼더슨 씨네 약국으로 달려가 탄산음료 카운터

43

에서 하얗게 서리가 낀 머그잔에 따라주는 루트 비어(생강과 다른 식물 뿌리로 만든 탄산음료—옮긴이)를 사 마시곤 했다.

약국 뒤쪽에는 창고로 가는 복도가 있었다. 보통 땐 그 창고 문간에 커튼이 쳐져 있는데 그날 오후엔 걷혀 있었다. 창고 천장에 매달린 알전구가 쏟아내는 노란 불빛 속에 남자 세 명이 보였다. 그들은 나무 궤짝 위에 앉아 있었다. 두 사람은 맥주가 든 게 분명한 갈색 병을 들고 마시고 있었다. 마시지 않는 남자는 약국 주인인 핼더슨 씨였다. 다른 두 남자 중 한 명은 거스 삼촌이었고 다른 한 명은 경찰서에서 만났던 비번인 경찰관이었다. 도일. 지금 말하고 있는 사람은 도일이었다.

"느린 아이였다는 건 나도 알아. 근데 귀가 먹은 건 아니었거든. 열차가 달려오는 소리는 들었을 거 아냐."

"깜빡 잠이 들었나 보지." 핼더슨이 말했다.

"선로 위에서? 못이 촘촘히 박힌 침대 위에 누워 자는 어느 족장들처럼 선로 위에 누워 잤다고?"

"고행 수도자야." 거스 삼촌이 말했다.

"뭐?"

"족장이 아니라 고행 수도자라고."

"뭐가 됐든."

도일이 꿀꺽꿀꺽 소리를 내면서 한참이나 맥주를 마셨다.

"내가 하고 싶은 말은 그 아이의 죽음에 뭔가 더 있다는 거야. 그동안 내가 그 선로 위에서 잡아들인 양아치 새끼들이 얼마나 많은 줄 알아? 부모가 포기한 애들 말이야. 정말 믿을 수 없을 정도로 못돼 처먹은 또라이 새끼들."

"에이, 전부 다 그렇지는 않지." 핼더슨이 말했다.

"문제는 잘못된 시각에 잘못된 장소에서 못된 놈을 만나면 그걸로 끝이라는 거야. 바비란 애가 그렇게 모자란 애였으니 얼마나 쉬운 표적이 되었겠어."

거스 삼촌이 말했다. "정말로 그렇게 된 거라고 믿어?"

"내가 경찰 일을 하면서 본 것들을 말해주면 다들 속이 뒤집어지고 난리가 날걸." 도일이 말했다. 그러고는 병나발을 불다가, 카운터 앞에 서서 이야기를 엿듣고 있는 제이크와 나를 발견했다. 그가 맥주병을 내리고 우리에게 가까이 오라고 손짓했다. "이리 와봐, 너희 둘."

제이크가 나를 쳐다봤다. 이 남자들에게 다가가고 싶지 않은 것이 분명했다. 나는 창고 방 대담에 참여하는 것이 싫지 않았다. 내가 걸상에서 미끄러지듯 내려섰다. 제이크가 천천히 내 뒤를 따라왔다.

"너희 목사님네 애들이지?"

"네."

"그 선로 위에서 논 적 있니?"

며칠 전날 밤 경찰서에서 물었던 것과 똑같은 질문이었다. 그가 앉은 궤짝 옆에 놓인 두 개의 빈 맥주병이 그로 하여금 똑같은 질문을 또 하게 만든 것인지, 아니면 질문한 사실을 잊은 것인지, 아니면 그때 내가 한 대답을 잊어서 다시 한 것인지, 그것도 아니면 같은 질문을 또 하고 또 해서 헷갈리게 만드는 게 원래 경찰이 하는 일인지 알수가 없었다. 어쨌든 나는 헷갈리지 않았다.

"아니요." 나는 거짓말을 했다. 지난번과 마찬가지로.

툭 튀어나온 이마 때문에 그늘이 져 있는 도일의 눈이 제이크에게로 옮겨갔다. "너는?"

제이크는 대답이 없었다.

"응?"

제이크의 입이 일그러지면서 대답이 나오려고 했다.

"그래, 어서 말해봐."

"얘가 말을 좀 더듬어." 거스 삼촌이 말했다.

"그래, 그런 것 같군." 도일이 날카롭게 말했다. "사실대로 말해봐, 얘야."

제이크는 도일에게 잔뜩 겁을 먹은 모양이었다. 힘들어도 대답하려고 애를 썼다. 얼굴이 일그러져 주름진 얼굴로 도일을 쳐다보았다. 그 깊은 주름 속에는 좌절감에서 비롯된 음울한 분노가 가득했다. 그러다가 결국 대답을 포기하고 고개를 세차게 흔들었다.

"그래, 그럼 말고."

나는 그런 반응을 보이는 도일이 혐오스러웠다. 제이크를 그토록 고통스럽게 만들어놓고 별것 아닌 양 넘어가는 것이 화가 났다.

"얘네 아버지가 선로 위에서 놀게 하나, 어디." 거스 삼촌이 말했다.

"그러니까 얘들은 거기 안 간다고?" 도일이 음모의 속삭임을 담은 듯한 눈으로 나를 쳐다보았다. 마치 나를 잘 안다는 듯이, 나에 대해 알고 있는 내용 때문에 나를 비난하지는 않는다는 듯이, 어떻게 보면 자기와 내가 한 형제라는 듯이, 나를 쳐다보았다.

나는 이 남자가 점점 더 싫어지는 것을 느끼며 한 걸음 뒤로 물러섰다. "가도 돼요?"

"그래, 가라." 도일은 체포하지 않기로 결정한 용의자를 풀어주듯 우리를 보내주었다.

나는 고개를 숙이고 성난 눈으로 바닥을 노려보고 있는 제이크를 한 팔로 감싸 안고 돌려세웠다. 우리는 남자들 곁을 떠났다. 우리의 등을 보며 조용히 비열하게 웃고 있을 도일 곁을 떠났다.

바깥은 무덥기 짝이 없었다. 하늘의 태양이 마구 쏟아내는 열기를 인도가 고스란히 받아서 운동화의 밑창을 지글지글 구워대고 있었다. 포장도로의 실금을 메운 콜타르가 녹아내려 찐득찐득한 검은 액체로 변해 있어서 잘 살피며 걸어야 했다. 우리는 남자들의 느긋한 목소리와 머릿기름 냄새가 열린 문을 통해 흘러나오는 본 톤 이발소를 지나갔다. 1930년대에 프리티 보이 플로이드(대공황시대에 활약했던 유명한 은행 강도-옮긴이)와 마 바커(대공황시대에 활동했던 바커 카피스 갱단의 여자 두목으로 절도, 납치, 은행 강도를 일삼았다-옮긴이)의 조직원들에게 강도를 당했고 오래전부터 내 백일몽의 중요한 무대가 되고 있던 은행도 지나갔다. 6월 말의 그 무덥던 날, 다들 낮잠을 자느라 한산해진 거리의 상점들 앞을 지나갔다. 우리는 차양 그늘 밑으로만 걸으면서 한마디 말도 하지 않았고 제이크는 인도를 노려보면서 씩씩대고 있었다.

우리는 상점들을 뒤로하고 메인 거리를 걸어 타일러 거리로 향했다. 산에 있는 집들은 오래전에 지어진 것들이고 빅토리아 시대풍의 저택이 많았으며 더위를 막기 위해 두꺼운 커튼이 드리워져 있었지만, 가끔씩 그런 집들의 서늘하고 어두운 실내에서 야구 중계방송 소리가 흘러나왔다. 우리는 타일러 거리를 걸어 내려가 평지대로 향했다. 나는 제이크의 분노가 발밑의 콘크리트만큼이나 뜨거운 것을 느낄 수 있었다.

"잊어버려." 내가 말했다. "그 인간 아주 개자식이야."

"그런 마-마-마-말 하지 마."

"사실인데 뭐."

"그 단어 쓰지 말라고."

"개자식?"

제이크가 나를 죽일 듯이 노려보았다.

"그런 인간한테 쫄면 안 돼. 아주 하찮은 인간이야."

"세상에 하-하-하찮은 인간은 아무도 없어."

"웃기시네, 모두가 하찮은 인간이거든. 그리고 나도 안다, 내가 '웃기시네'라고 나쁜 말 한 거."

평지대의 철길을 따라 대형 곡물 창고가 줄지어 서 있었다. 흰색의 높은 창고 건물들이 보행자용 통로와 컨베이어 벨트로 연결되고 있었다. 뼈로 만든 조각품들처럼 우뚝 솟은 건물들이 황량한 아름다움을 뽐내고 있었다. 그 창고들 옆으로는 개저식(배나 트럭 따위의 밑바닥을 여닫도록 되어 있는 방식—옮긴이) 화물차가 굴러와서 곡물을 실을 수 있도록 철도 측선이 이어지고 있었지만 그날 오후에는 철길과 곡물 창고가 모두 텅 비어 있었다. 우리는 타일러 거리 건널목에서 철길을 건넜다. 제이크는 집을 향해 계속 걸어갔다. 나는 걸음을 멈추고 주위를 둘러보다가 작달막한 내 그림자를 따라 동쪽으로, 선로 위를 걸어갔다.

"뭐해?" 제이크가 물었다.

"어떤 기분일까?"

"철도 선로 위에서 놀면 안 되잖아."

"노는 거 아냐. 걷는 거지. 이리로 올래, 아니면 거기서 질질 짜고 있을래?"

"나 질질 안 짜거든."

나는 줄을 타는 곡예사처럼 아슬아슬하게 선로 위를 걸었다. 찜통 더위 속을 걸었다. 노반의 열암과 침목의 크레오소트(콜타르로 만든 진한 갈색 액체로 목재 보존재로 쓰인다−옮긴이)에서 올라오는 고약한 냄새를 맡으면서 걸었다.

"안 올 거지?" 내가 물었다.

"갈 거거든."

"그럼 빨리 오든가."

제이크의 그림자가 내 그림자를 따라잡았고 제이크는 내 옆 선로 위를 걸었다. 우리는 평지대를 벗어나 걸어갔다. 그땐 몰랐지만 우리는 그렇게 그해 여름의 두 번째 죽음을 향해 다가가고 있었다.

미네소타 강 계곡은 약 1만여 년 전 빙하기의 아가시즈 호수가 녹아내리면서 발생한 대홍수에 의해 만들어졌다. 캘리포니아 주 전체 면적보다도 큰, 미네소타와 노스다코타와 캐나다 중부 지역을 아우르는 거대한 얼음호수가 녹아내린 것이다. 그 물이 빠지는 배수관 역할을 했던 강은 워런 강이라고 불렸고, 그 강의 지류가 주변 육지 깊숙이까지 실핏줄처럼 파고들어가 있었다. 현재 남은 것은 그 거대한 강의 작은 조각에 불과하다. 여름에는 강둑을 따라 이어지는 땅이 대두와 옥수숫대와 호밀로 초록의 바다를 이루며 바람에 물결치듯 흔들리고 있다. 오래된 낙엽활엽수의 나뭇가지에 포스터제비갈매기와 검은 배 제비갈매기, 왜가리, 흰머리독수리, 휘파람새 등 어찌나 많은 새들이 둥지를 틀고 살고 있는지 그 새들이 마치 바람에 날리는 민들레 홀씨처럼 하늘을 가득 채우고 있는 것 같다. 강은 그 길이가 무려 650 킬로미터나 되고 하류로 내려갈수록 점점 더 갈색을 띤다. 강은 '말하는 호수'라는 뜻의 라크뤼파를레 호수에서도 흘러나온다. 그 강이 끝나는 곳에 미니애폴리스와 세인트폴이라는 도시가 있다.

오늘날에는 그 강의 상당 길이에 철도의 그림자가 드리워져 있다. 1961년 열세 살 소년에게는 그 선로가 세상의 소리가 들려오는 저 멀리 지평선 너머까지 가 닿을 것처럼 보였다.

우리는 평지대를 벗어나 800~900미터 가까이 걸어 강을 가로지르는 철교에 이르렀다. 선로 노반의 가장자리를 따라 갯보리와 블랙베리 덤불, 엉겅퀴가 자라고 있었다. 이 철교에 와서 위험을 무릅쓰고 낚시질을 하는 사람들이 가끔 있었다. 바비 콜이 사망한 곳도 바로 여기였다.

내가 걸음을 멈추자 제이크가 물었다. "뭐 하게?"

"글쎄."

사실 나는 전에는 생각해보지 못했던 일의 증거를 찾고 있었다. 바비 콜은 낚시꾼이 아니었으니까 익은 블랙베리를 따먹기 위해서나 철교 위에 앉아 흐르는 강물을 내려다보면서 가끔씩 수면 위로 튀어오르는 잉어와 메기와 동갈치를 찾기 위해 여기 왔을 거라는 생각이 들었다. 내가 여기 올 때 하는 일이, 그리고 제이크가 나를 따라올 때 우리가 하는 일이 바로 그런 거였다. 아니면 나뭇가지를 강물로 던진 후 철도 침목 사이에서 주워 모은 돌을 던져 그 나뭇가지를 맞히는 놀이를 했다. 그러나 도일 경관은 바비의 죽음이 백일몽에 푹 빠져 있어서 다가오는 죽음의 천둥소리를 듣지 못한 소년의 비극이라고 보기에는 무언가 더 불길한 것이 있다고 추측했었다. 그의 말을 듣자 나도 갑자기 그런 게 아닐까 하는 의심이 들었다.

"돌 던지기 하려고?" 제이크가 물었다.

"아니. 조용. 들어봐."

철교 근처 강둑에서 백만 개의 작은 뼈들이 우두두둑 부러지는 것 같은 소리가 올라왔다. 커다란 동물이 관목을 헤집고 나아가고 있었다. 가끔 강가에서 사슴이 누웠다가 떠난 후 납작하게 누운 풀 위에 사슴의 몸의 윤곽이 그대로 드러나 있는 곳을 발견할 때가 있었는데 이번에도 그런 경우가 아닌가 싶었다. 우리는 움직이지 않았고 우리의 그림자는 선로 위에서 쉬고 있었다. 가지가 울창하고 골풀에 둘러싸인 버드나무 밑에서 한 남자가 옷에 붙은 가시를 떼어내며 나타났다. 검은 머리가 없고 오래 유통된 5센트짜리 동전처럼 칙칙한 은회색인 걸 보니 노인인 것 같았다. 더러운 카키색 바지에 민소매 러닝셔츠를 입고 있었고 옷에 달라붙은 가시를 떼어내며 투덜거렸다. 그는 강을 가로지르는 철교의 둑비탈 밑으로 사라졌다. 나는 철교 위로 기어가 무릎을 꿇고 첫 두 개의 침목 사이 틈으로 아래를 내려다보았다. 제이크가 내 옆에 무릎을 꿇었다. 우리 바로 밑에서는 그 남자가 강둑의 마른 흙 위에 앉아 있었고, 그 옆에는 다른 남자가 널브러져 누워 있었다. 누운 남자는 자고 있는 것처럼 보였다. 골풀 속에서 나타난 남자가 자는 남자의 호주머니를 뒤지기 시작했다. 제이크가 내 옷소매를 잡아당기더니 뒤쪽의 선로를 가리키며 그만 돌아가자고 신호를 보냈다. 나는 고개를 저은 후 철교 밑에서의 움직임을 다시 지켜보았다.

무더운 날이었는데도, 대자로 뻗은 남자는 두꺼운 외투를 입고 있었다. 연녹색의 캔버스 천으로 만든 외투였는데 여기저기 헝겊으로 누비고 수선한 흔적이 있고 더러웠다. 첫 번째 남자는 외투 바깥쪽 주머니에 손을 넣더니 호박색 액체가 담겨 있고 상표가 붙어 있는 병을 꺼냈다. 그는 뚜껑을 돌려 따고 킁킁 냄새를 맡더니 병을 기울여 그 안에 든 것을 마셨다.

제이크가 내 귀에 대고 속삭였다. "가자."

밑에서 고개를 들고 술을 마시던 남자가 제이크의 말을 들었나 보았다. 그가 고개를 좀 더 젖히고 침목 사이로 자기를 내려다보고 있는 우리를 올려다보았다. 그가 병을 내렸다.

"죽었어." 그가 말했다. 그러고는 땅바닥에 누워 있는 남자를 고갯짓으로 가리켰다. "골로 갔다니까. 보고 싶으면 내려와 보든가."

그것은 명령이 아니라 초대였다. 나는 초대에 응하기 위해 기꺼이 일어섰다.

그때를 돌아보면 놀랍기 그지없다. 자식을 낳아 키워본 나는 내 자식이나 손자 손녀가 낯선 사람한테 가려고 그 둑비탈을 내려간다는 생각만 해도 심히 걱정스러워 가슴이 졸아드는 것 같다. 그런데 그 당시의 난 내가 조심성 없는 아이라고 생각하지 않았다. 내 안에는 알아내고 느껴보고 싶은 신비와 경이가 자리하고 있었을 뿐이다. 어찌됐든 시체를 매일 볼 수 있는 건 아니었으니까.

제이크가 내 팔을 잡아끌었지만 나는 동생의 손을 뿌리쳤다.

"가-가-가-가자." 제이크가 말했다.

"너나 가." 나는 강둑을 향해 철로의 비탈면을 걸어 내려가기 시작했다.

"프-프-프-프랭크 형." 제이크가 성난 목소리로 나를 불렀다.

"집에 가라고." 내가 말했다.

그러나 동생은 나를 혼자 두고 가려 하지 않았다. 내가 비틀거리며 둑비탈을 걸어 내려가자 제이크도 비틀거리며 내 뒤를 따라 내려왔다.

병을 들고 있는 남자는 원주민이었다. 미네소타 강 골짜기에 원주민이 많이 살았기 때문에 원주민을 만나는 일이 보기 드문 일은 아니었다. 백인들이 들어오기 훨씬 전부터 이 지역에는 다코타 수 족이 살았는데 백인들이 들어와 수단과 방법을 가리지 않고 이 땅을 수 족에게서 빼앗았다. 정부는 훨씬 더 서쪽에 소규모의 원주민 보호구역을 여러 개 만들었지만 원주민들은 그곳으로 가지 않고 미네소타 강을 따라 사방으로 흩어졌다.

그는 우리에게 더 가까이 오라고 손짓하더니 앉으라고 시체를 사이에 두고 자기 맞은편을 가리켰다.

그가 말했다. "죽은 사람 본 적 있니?"

"많아요." 내가 말했다.

"오, 그래?"

그는 내 말을 믿지 않았다.

"아버지가 목사님이에요. 장례 예배 하시는 거 많이 봤어요."

"얼굴에 화장을 하고 멋진 관 속에 누워 있는 모습을 봤겠구나." 원주민이 말했다. "잘 봐둬라. 입관 준비를 하기 전에는 이런 모습이다."

"자는 것 같은데요." 내가 말했다.

"곱게 죽은 거야."

"곱게 죽었다고요?"

"내가 전쟁에 나갔다 왔거든." 원주민이 말했다. "제1차 세계대전에. 모든 전쟁을 끝내기 위한 전쟁에." 그가 병을 바라보다가 쭉 들이켰다. "그때 인간이 이렇게 죽으면 안 되는데 싶을 정도로 끔찍하게 죽은 사람들을 많이 봤지."

"이 사람은 어떻게 죽었는데요?" 내가 물었다.

원주민이 어깨를 으쓱거렸다. "그냥 죽었어. 저기 앉아서 나하고 얘기를 하고 있었는데 갑자기 푹 쓰러지더라. 한순간에 저렇게 널브러졌어. 심장마비나 뇌졸중이나 뭐 그런 거겠지. 누가 알겠니? 죽으면 그뿐인데." 그가 병을 들어 더 마셨다.

"저 사람 이름이 뭔데요?"

"이름? 나도 모르지. 근데 자기를 '선장'이라고 부르더라. 마치 무슨 배의 선장이라도 되는 듯이. 또 모르지, 진짜로 선장이었을지도. 누가 알겠냐?"

"할아버지 친구였어요?"

"뭐 그렇다고도 할 수 있겠고."

"이 사람, 죽을 만큼 늙은 것 같지는 않은데요."

원주민이 껄껄 웃었다. "죽는 건 투표를 하거나 운전면허증을 따는 것처럼 꼭 특정 나이가 되어야 가능한 일은 아니란다, 애야."

그는 다시 죽은 남자의 외투 주머니를 뒤지기 시작했다. 그러더니 외투 안주머니에서 빛바래고 손때 묻은 사진을 한 장 꺼냈다. 그는 사진을 한참 동안 바라보다가 뒤집어서 눈을 가늘게 뜨고 뒷면을 살펴보았다.

"뒤에 메모가 있구나." 그가 말했다. "안경을 잃어버려서 그런데 읽어주겠니?"

"네." 내가 말했다.

원주민이 시신 너머로 내게 사진을 건네주었다. 나는 사진을 받아들고 바라보았고 내 옆에 있던 제이크도 내게로 몸을 기울이며 사진을 보았다. 어떤 여자가 아기를 품에 안고 있는 흑백사진이었다. 여자는 흰 데이지 꽃무늬가 있는 수수한 회색 원피스를 입고 있었다. 예쁜 얼굴로 웃고 있었고, 그녀 뒤로 헛간이 보였다. 나는 사진을 뒤집어 뒷면에 적힌 메모를 큰 소리로 읽었다.

1944년 10월 23일, 자니의 첫 번째 생일날. 당신이 크리스마스에 는 집에 올 수 있기를 당신을 그리워하는 아들과 함께 간절히 바라 며. 메리.

나는 사진을 돌려주었다. 원주민의 손이 약간 떨렸고 손바닥은 더 럽고 손톱에도 때가 새까맣고 삐죽삐죽했다.

그가 말했다. "모든 전쟁을 끝내기 위한 제2차 세계대전에 참전했 었나 보구먼. 흠, 아니면 진짜 배의 선장이었는지도 모르겠군." 원주민 은 병을 들고 더 마시더니 고개를 뒤로 젖혀 둑비탈에 기대고 철교를 올려다보며 말을 이었다. "내가 철도 선로를 왜 좋아하는지 아니? 항 상 저기 있지만 또 항상 움직이고 있기 때문이지."

"강물처럼요." 제이크가 말했다.

나는 제이크가 말을 해서, 그것도 더듬지 않고 말을 해서 깜짝 놀랐 다. 낯선 사람과 있을 땐 지독히도 말을 더듬는 아이인데. 원주민은 내 동생을 보면서 제이크가 위대한 지혜를 말하기라도 한 것처럼 진 지하게 고개를 끄덕였다.

"철로 된 강물처럼." 그가 말했다. "똑똑하구나, 애야, 정말 똑똑해."

제이크는 갑작스러운 칭찬에 당황해서 고개를 푹 숙였다. 원주민은 죽은 남자 너머로, 내 몸 너머로, 그 더러운 손바닥과 삐죽삐죽한 손 톱이 있는 손을 뻗어 제이크의 다리를 만졌다. 나는 그 친근한 몸짓에 기겁을 했다. 내 동생의 다리 위에 있는 낯선 사람의 손을 보자 이 상황에 내재된 위험성이 일순간에 확 일어나는 불꽃처럼 순식간에 인지가 되었다. 나는 벌떡 일어서면서 그 불쾌한 손을 뿌리쳤고 동생을 잡아끌어 일으켜 세운 후 동생의 손을 잡고 선로를 향해 강둑의 비탈면을 기어 올라갔다.

뒤에서 원주민이 소리쳤다. "별 뜻 없었다, 얘들아. 아무것도 아니었다고."

그러나 나는 벌써 제이크를 끌고 뛰어가고 있었다. 내 마음속에서는 원주민의 손이 거미가 되어 제이크의 다리 위를 기어가고 있었다. 있는 힘을 다해 달아난 우리는 핼더슨 약국으로 돌아갔다. 남자들은 아직도 창고 방에 앉아서 갈색 병에 든 맥주를 마시고 있었다. 우리가 비틀거리며 걸어 들어가 숨을 헐떡이며 그들 앞에 서자 그들이 말을 멈췄다.

거스 삼촌이 찌푸린 얼굴로 나를 보며 물었다. "무슨 일이니, 프랭크?"

"선로 있는 데 가봤어요." 내가 숨을 헐떡이면서 말했다.

도일이 만족스러운 표정으로 싱긋 웃었다. "쟤네 아버지가 선로에서 놀게 하지 않는다며."

거스 삼촌은 도일의 말을 무시하고 침착하게 말했다. "선로라니 무슨 선로?"

"낯선 사람이 거기 있었어요. 남자예요." 나는 급박하게 상황을 알렸다.

원주민의 손이 너무도 자연스럽게 제이크의 다리를 만지는 모습이 떠오르면서 내가 동생을 위험에 빠뜨린 것에 대한 죄책감 때문에 철교에서부터 뛰어오는 내내 마음이 더욱더 급해졌다.

세 남자의 얼굴 표정이 순식간에 무섭게 바뀌었다. 바보같이 만족스러워하던 표정이 어느새 도일의 얼굴에서 사라지고 없었다. 거스 삼촌의 끈질긴 인내심도 사라졌다. 핼더슨도 온화함이 사라지고 표적을 향해 총알을 장전한 총을 겨누는 사람처럼 눈빛이 날카롭게 빛났다. 세 남자 모두 우리를 노려보고 있었고, 그들의 표정에서 나는 내 자신의 두려움이 반영되고 확대되어 있는 것을 볼 수 있었다. 그들은 내 예상보다 훨씬 더 심각한 반응을 보였다. 어쩌면 그 당시의 나는 몰랐지만 어른들은 잘 알고 있었던 그 모든 끔찍한 가능성들 때문에 심각한 반응을 보였는지도 몰랐다. 어쩌면 그들이 마셔댔던 술 때문에 더 심각한 반응을 보인 것일 수도 있었다. 그리고 성인 남자로서 지역 사회의 어린이들을 보호해야 한다는 책임감 때문에 더 심각한 반응을 보인 것이 틀림없었다.

"남자?" 도일이 일어서서 내 팔을 잡더니 나를 자기 쪽으로 끌어당겼다. 그가 말을 할 때마다 입에서 맥주 냄새가 풍겼다. "어떤 남자? 너희를 위협했니?"

나는 대답하지 않았다.

도일이 내 팔을 아프게 꽉 잡았다. "말해봐, 애야. 어떤 남자였어?"

나는 거스 삼촌이 내 고통스러운 표정을 보고 도와주기를 바라면서 삼촌을 쳐다보았다. 그러나 삼촌은 취기가 오른 데다 믿었던 내게 배신을 당했다는 사실 때문에 혼란스러워서 정신이 없는 것 같았다.

거스 삼촌이 말했다. "말해, 프랭키. 그 남자에 대해서 말씀드려."

그러나 나는 말하지 않았다.

도일이 나를 잡고 흔들었다. 봉제인형처럼 잡고 흔들었다. "말해봐."

핼더슨도 거들었다. "말해봐라, 애야."

"말씀드려, 프랭크." 거스 삼촌이 말했다.

도일이 이젠 고함을 쳤다. "말해보라니까 그러네. 어떤 남자였어?"

나는 그들의 공격적인 태도에 어안이 벙벙해서 그들을 물끄러미 쳐다보고만 있었고 내가 결코 말하지 않을 것임을 알고 있었다.

나를 구해준 사람은 제이크였다.

제이크가 말했다. "죽은 남자요."

## 4. 아버지의 고백

우리 가족은 목사 봉급에 맞춰 식료품비 지출에 신경을 쓰면서도 잘 먹고 살았다. 음식이 맛있었다는 뜻은 아니다. 어머니는 요리 솜씨가 형편없는 것으로 악명 높았다. 그러나 현명한 소비자였고 가족들이 먹을 식료품을 항상 넉넉하게 구입했다. 토요일 저녁에는 주로 아버지가 햄버거와 밀크셰이크를 만들었고, 우리는 거기에 감자칩을 곁들여 먹었다. 샐러드는 햄버거에 넣은 양상추와 토마토, 양파로 대신했고 가끔은 어머니가 당근과 셀러리를 막대 모양으로 썰어서 내기도 했다. 우리는 가끔씩 뒷마당에 있는 피크닉테이블에서 먹곤 했던 토요일의 저녁식사를 늘 기쁜 마음으로 기다렸다.

그런데 그 토요일은 상황이 달라졌고 죽은 남자 때문에, 그리고 제이크와 내가 시신이 있다고 신고했기 때문에 상황이 달라진 거였다. 아버지는 우리가 거스 삼촌과 함께 기다리고 있는 경찰서로 직접 데리러 오셨다. 우리는 윌로 크리크에 있는 자기 목장에서 일하다가 급히 경찰서로 불려온 그레고르라는 이름의 카운티 보안관의 심문을 받았다. 그는 보안관처럼 보이지 않았다. 상하의가 붙은 작업복을 입고 있었고 머리에는 건초 먼지를 잔뜩 뒤집어쓰고 있었다. 선로는 어린이들이 놀 곳이 아니라며 엄하게 꾸짖기는 했지만 대체적으로 친절하게 대해주었다. 그는 우리에게 바비 콜의 불행을 상기시켰다. 그가 바비의 죽음에 대해 이야기할 때 진심으로 슬퍼하는 것이 느껴졌고, 그 죽음이 그에게 큰 의미가 있는 것으로 느껴졌기 때문에, 나는 그가 좋아질 것 같은 느낌이 들었다.

제이크는 심문받을 때 지독히도 말을 더듬어서 결국에는 모든 이야기를 내가 다 했다. 나는 원주민 이야기는 하지 않았다. 왜 그랬는지는 모르겠다. 보안관을 비롯해 경찰서에 있는 남자들은 술을 마시지 않은 상태였고 합리적인 사람들로 보였으며 그들이 원주민을 연행하면서 폭력을 행사할지 모른다는 걱정이 들지도 않았다. 그러나 제이크가 약국 창고 방에서 말할 때 원주민 이야기는 빠뜨렸고, 그럼으로 거짓말을 했으며, 한번 내뱉은 거짓말은 석회암 덩어리를 끌로 긁어 점차 형태를 만들어가듯 확실하게 형태를 갖추어갔다. 그런 거짓말을 번복하는 것은 애초에 왜 거짓말을 했는지 그 이유를 설명하는 엄청난 책임을, 제이크가 도저히 감당할 수 없는 책임을 그 아이의 어깨에 지우는 것이 될 터였다. 제이크는 자기가 거짓말을 했다는 것을 깨닫고 경악한 그 순간부터 한마디라도 하려고 하면 알아들을 수 없는 말을 길게 웅얼거리면서 더듬거렸고, 그것은 자신에게도 말을 듣고 있는 상대방에게도 당혹스럽고 민망한 일이었다.

경찰서에 도착한 아버지는 상황을 미리 들어 다 알고 있었다. 아버지와 거스 삼촌은 우리가 심문을 다 받을 때까지 함께 서서 기다렸고 심문이 끝나자 우리를 패커드로 데려갔다. 거스 삼촌이 뒷좌석에 토한 후 아버지가 깨끗이 청소를 했지만 아직도 불쾌한 냄새가 희미하게나마 남아 있어서 창문을 모두 내리고 집을 향해 달려갔다. 아버지가 차고로 들어가 차를 세웠고 우리가 차에서 내리자 아버지가 말했다. "얘들아, 얘기 좀 하자." 아버지가 거스 삼촌을 쳐다보자 삼촌은 고개를 끄덕이더니 자리를 떴다. 우리는 열린 차고 문 앞에 서 있었다. 길 건너편에선 교회가 늦은 오후의 햇살을 흠뻑 받고 있었고 흰 측벽이 꽃가루처럼 노랗게 변해 있었다. 나는 교회의 첨탑을 올려다보았다. 첨탑에 달린 십자가가 석양이 지는 하늘을 배경으로 검은 낙인이 찍혀 있는 것처럼 보였다. 나는 이제 무슨 일이 생길지 알 것 같았다. 아버지가 우리를 때린 적은 한 번도 없지만 우리가 하나님을 화나게 했구나 하는 느낌이 들게끔 말을 했다. 이제 곧 그런 느낌을 받게 될 것 같았다.

"내가 너희를 믿을 수 있어야 할 텐데 큰일이다. 엄마 아빠가 하루 종일 너희만 지켜보고 있을 수는 없지 않니? 너희가 책임감 있게 행동하고 위험한 일은 하지 않겠다고 약속해줘야겠다." 아버지가 말했다.

"선로는 위험한 곳이 아닌데요." 내가 말했다.

"바비 콜이 그 선로에서 죽었잖아." 아버지가 말했다.

"바비는 달랐죠. 선로에서 놀다가 죽은 애가 몇이나 되겠어요? 위험하기로 치면 도로가 더 위험하죠. 제이크와 제가 찻길을 건너다가 죽을 확률이 훨씬 더 높을 것 같은데요."

"지금 너랑 말싸움할 생각 없다, 프랭크."

"전 그냥 조심하지 않으면 모든 게 다 위험할 수 있다는 말씀을 드리는 거예요. 하지만 제이크와 저는 항상 조심하니까 걱정 마세요. 오늘 죽은 그 사람이 우리가 조심하지 않았기 때문에 죽은 것은 아니잖아요."

"좋아, 그건 그렇다 치고, 하나 약속해줘야겠어. 내가 너희에게 무엇을 요구하면 꼭 내 말대로 하겠다고 약속해라. 선로에 가지 말라고 하면 가지 않을 거라고 내가 믿을 수 있게 행동하라는 거야. 알아듣겠니?"

"네, 아빠."

"제일 중요한 건 믿음이야, 프랭크." 아버지가 제이크를 바라보며 말을 이었다. "너도 알아듣겠어?"

제이크가 말했다. "네, 아-아-아-아빠."

"내 말을 잘 기억하고 따르는지 연습을 한번 해야겠다. 앞으로 일주일 동안 너희는 나나 엄마의 허락 없이는 이 마당 밖으로 나가서는 안 된다. 알겠니?"

모든 상황을 고려해볼 때 나는 그것이 그리 나쁜 제안은 아니라는 생각이 들어서 알아들었다는 뜻으로 고개를 끄덕였다. 제이크도 나를 따라했다.

나는 이제 끝났을 거라고 생각했는데 아버지는 움직일 생각을 하지 않았다. 아버지는 우리 너머로 어두운 차고 뒤쪽을 바라보면서 생각에 잠긴 듯 말이 없었다. 그러다가 돌아서서 차고의 열린 문을 통해 교회를 바라보았다. 아버지가 어떤 결심을 한 것 같았다.

아버지가 말했다. "지금 처음 얘기하는 건데, 전쟁터에서 관 밖에 있는 죽은 사람을 처음 봤단다."

아버지는 우리와 눈높이를 맞추기 위해 패커드의 뒤쪽 범퍼 위에 걸터앉았다.

"무서웠어. 근데 호기심도 생기더라. 그래서 위험한 일인 줄 알면서도 멈춰 서서 죽은 병사를 한참 살펴봤어. 독일군이었지. 아직 앳된

소년에 불과했고. 프랭크 너보다 두세 살 많을까. 그렇게 우두커니 서서 어린 병사의 시신을 내려다보고 있는데, 전투 경험이 많은 병사 하나가 지나가다가 걸음을 멈추고 나한테 그러더라. '익숙해질 거야, 아들.' 정말로 아들이라고 불렀어. 나보다 어렸는데도 말이지." 아버지가 고개를 가로젓더니 숨을 깊이 내쉬었다. "근데 그 병사의 말이 틀렸어, 얘들아. 죽음에는 조금도 익숙해지지 않더구나."

아버지는 두 팔을 허벅지에 대고 가끔 혼자 교인석에 앉아 기도할 때처럼 두 손을 맞잡았다.

"전쟁에 나가야 했었다." 아버지가 말했다. "아니, 나가야 한다고 느꼈어. 전쟁터에서 무엇을 보게 될지 어느 정도 알고 있다고 생각했었고. 근데도 죽음은 충격이더구나."

아버지가 우리를 바라보았다. 짙은 갈색의 눈에 자상함과 슬픔이 깃들어 있었다.

"너희가 절대로 보지 않게 막아주고 싶었는데, 결국 오늘 보고 말았구나. 그 얘기를 하고 싶으면 하렴, 들어줄 테니까."

제이크를 흘끗 쳐다보니 동생은 고개를 숙이고 낡은 차고의 흙바닥을 노려보고 있었다. 나는 알고 싶은 게 많았지만 꾹 참았다.

아버지는 참을성 있게 기다렸고 우리가 침묵하는 데도 실망한 기색을 전혀 보이지 않았다. "그래, 그럼." 아버지가 말하더니 일어섰다. "안으로 들어가자. 어떻게 된 거냐고 엄마가 궁금해하고 있을 것 같은데."

어머니는 초조해서 어쩔 줄을 몰라 하고 있었다. 우리를 와락 끌어안고는 호들갑을 떨었다. 우리의 행동을 꾸짖고 혼내다가 안전하게 돌아온 것만으로도 다행이라고 안도하기도 했다. 어머니는 대단히 감성적이고 극적인 여성이어서 부엌 한가운데에 서서 제이크와 내게 그 깊은 감성의 드라마를 쏟아냈다. 우리가 애완동물인 양 머리카락을 쓰다듬다가도 왜 그런 짓을 했느냐고 두 손으로 우리의 어깨를 꽉 붙잡고 흔들어대기도 했으며 나중에는 우리의 정수리에 입을 맞췄다. 아버지는 물 한 잔을 따라 마시러 싱크대로 걸어갔다. 어머니가 아버지에게 경찰서에서는 무슨 일이 있었느냐고 물었다.

아버지가 말했다. "얘들아, 2층으로 올라가. 아빠는 엄마랑 할 얘기가 좀 있으니까."

우리는 터벅터벅 걸어 침실로 올라가서 각자의 침대에 벌러덩 누웠다. 한낮의 무더위는 수그러들었지만 침실 안은 여전히 후텁지근했다.

"원주민 이야기는 왜 안 했어?" 내가 물었다.

제이크는 대답에 뜸을 들였다. 침대에 누운 채로 조금 전 침실 바닥에서 집어 든 낡은 야구공을 위로 던졌다 받기를 반복했다. 그러다가 입을 열었다.

"원주민이 우릴 해칠 생각은 없었으니까."

"그걸 네가 어떻게 아냐?"

"그냥 알아. 그러는 형은 왜 아무 말 안 했어?"

"나도 모르겠어. 그냥 하면 안 될 것 같았어."

"애초에 선로에 가는 게 아니었어."

"그건 잘못한 것 같지 않은데."

"하지만 아빠가 말씀……."

"아빠가 뭐랬는지 나도 알아."

"언젠가는 형이 우리를 큰 곤란에 빠뜨릴 것 같아."

"그러면 비루먹은 개처럼 내 뒤를 졸졸 따라다니지 말든가."

제이크가 공 던지기를 멈췄다. "형이 내 제일 친한 친군걸."

천장을 올려다보니 반짝이는 초록색 몸뚱이를 가진 파리 한 마리가 회반죽을 바른 천장을 기어 다니고 있었다. 저렇게 거꾸로 서서 걸어 다니면 어떤 기분이 들까 궁금했다. 제이크가 한 말은 내가 이미 아는 내용이었지만 나는 알은체를 하지 않았다. 사실 제이크에게는 나 말고는 친구가 없었다. 나는 제이크의 고백을 어떻게 받아들여야 할지, 그리고 어떤 반응을 보여야 할지 몰라 난감했다.

"안녕, 악당들."

에어리얼 누나가 팔짱을 끼고 문틀에 기대서서 비웃듯이 웃고 있었다. 누나는 예쁜 아가씨였다. 어머니를 닮아 적갈색 머리에 부드러운 푸른 눈을 가졌고 아버지를 닮아 조용하고 생각이 깊은 표정을 하고 있었다. 그러나 모리스 엥달이 누나에 대해 한 말은 사실이었다. 누나는 태어날 때부터 구순구개열이 있었고 아기 때 성형수술을 받았지만 흉터가 아직 남아 있었다. 누나는 그런 건 전혀 신경 안 쓴다고 주장했고 잘 모르는 사람이 그 흉터에 대해서 물어보면 고개를 살짝 젖히고 대답했다. "천사가 제 얼굴을 만지다가 남긴 자국이에요." 누나가 무척 진지하게 말했기 때문에 보통 그 말을 끝으로 기형이라고 생각되는 증세에 대한 토론은 끝이 나곤 했다.

누나가 방으로 들어와 제이크를 옆으로 살짝 밀치고 침대에 걸터앉았다.

"지금 온 거야?" 내가 물었다.

에어리얼 누나는 고지대 남쪽에 있는 컨트리클럽의 식당에서 서빙 아르바이트를 했다.

"응. 엄마 아빠가 니들에 대해서 아주 격론을 벌이고 있던데. 죽은 남자? 진짜로 시체를 발견했어, 니들이? 우아, 진짜 무서웠겠다."

"아냐, 안 무서웠어. 자고 있는 것 같던데."

"그럼 죽은 건 어떻게 알았어?"

그건 보안관도 물어본 질문이어서 나는 보안관에게 했던 대답을 누나에게도 그대로 해줬다. 그 사람이 다친 줄 알고 철교에서 소리쳐 불렀는데도 아무 대답이 없어서 확인하려고 내려갔더니 죽어 있었다고 말했다.

"자고 있는 것 같았다며." 에어리얼 누나가 말했다. "자는지 어떤지 가서 찔러보기라도 했어?"

내가 말했다. "가까이 가니까 죽은 걸 알겠더라고. 무엇보다 숨을 안 쉬던데 뭘."

"죽은 사람을 자세히도 살펴봤네." 누나가 말했다.

그러고는 집게손가락으로 입술에 있는 흉터를 만졌다. 깊은 생각에 잠길 때 자주 하는 행동이었다. 누나는 한참 동안 나를 쳐다보았다. 그러다가 제이크에게로 고개를 돌렸다.

"넌 어땠어, 제이키? 무서웠니?"

제이크는 그 질문에는 대답하지 않고 다른 말을 했다. "거기 가면 안 되는 거였어."

누나가 킥킥 웃으면서 말했다. "살다 보면 가면 안 되는 곳들이 되게 많이 생길 거야. 걸리지만 마."

"엊그제께 밤에 누나가 집에 몰래 숨어들어오는 거 봤어." 내가 말했다.

누나의 얼굴에서 장난기가 싹 가시더니 누나가 나를 차갑게 쳐다보왔다.

"걱정하지 마. 아무한테도 말 안 했으니까."

"말해도 상관없어." 누나가 말했다.

그러나 실제로는 그 반대라는 것을 느낄 수 있었다.

에어리얼 누나는 부모님이 가장 사랑하는 자식이었다. 두뇌 회전이 빠르고 누구나 쉽게 빠질 만큼 매력적이며 건반 위에서 마술을 부리는 손가락을 갖고 있어서 누나를 사랑하는 우리 가족 모두는 누나가 훌륭한 음악가가 될 거라고 믿고 있었다. 누나는 어머니가 가장 사랑하는 자식이었고 아버지의 마음은 확실히는 모르겠지만 아마 아버지에게도 그러할 것이었다. 아버지는 자녀들에 대해 말할 때 대단히 신중했지만, 열정적이고 극적이며 자유로운 어머니는 에어리얼 누나가 자신에게 기쁨을 주는 딸이라고 자랑스럽게 선언했다. 어머니가 직접적으로 말하진 않았지만 에어리얼 누나가 어머니의 못 다 한 꿈을 이루어줄 거라고 기대하고 있다는 것을 우리 모두 잘 알고 있었다. 다른 아이들 같으면 그런 에어리얼 누나를 미워할 수도 있었을 것이다. 그러나 제이크와 나는 누나를 아주 좋아했다. 누나는 우리와 비밀을 나누는 절친한 친구였다. 우리의 공모자이자 보호자이기도 했다. 항상 바쁘고 신경 쓸 일이 많은 부모님보다는 누나가 우리의 작은 성취에 대해서 더 잘 알고 있었고 칭찬을 아끼지 않았다. 누나는 우리 집 뒤의 초원에서 자라는 야생 데이지처럼 꾸미지 않은 아름다움을 자랑하고 있었다.

"죽은 사람이라니." 누나가 고개를 가로저으면서 중얼거렸다. "누군지는 밝혀졌어?"

"자기가 선장이라고 그랬대." 제이크가 말했다.

"그건 어떻게 알아?"

제이크가 도움을 청하는 표정으로 조용히 나를 쳐다보았지만 내가 대답하기 전에 에어리얼 누나가 먼저 말했다. "니들 나한테 말 안 하고 있는 게 있구나."

"남자가 두 명 있었어." 제이크가 서둘러서 말했고 사실을 그렇게 쏟아내고 나서 안도하는 기색이 역력했다.

"두 명?" 누나가 제이크를 쳐다보다가 고개를 돌려 나를 쳐다봤다. "다른 사람은 누구였는데?"

제이크 덕분에 진실이 우리 앞에 갓 토해놓은 토사물처럼 놓여 있었다. 더 거짓말을 할 이유가, 그것도 에어리얼 누나에게 거짓말을 할 이유가 없었다.

내가 말했다. "원주민. 죽은 사람 친구래."

나는 일어난 일을 하나도 빠짐없이 이야기했다.

누나는 조용히 들으면서 부드러운 파란 눈으로 제이크와 나를 번갈아가며 쳐다보았다. 내 말이 다 끝나자 누나가 말했다.

"너희들 그러다가 큰일 난다."

"그-그-그-그것 봐." 제이크가 나를 흘겨보며 말했다.

"괜찮아, 제이키." 누나가 제이크의 다리를 톡톡 치며 말했다. "비밀 지켜줄게. 근데, 얘들아, 아빠 말씀 새겨들어야 해. 아빠가 너희 걱정 많이 하셔. 우리 모두 너희 걱정을 많이 해."

"그 원주민 이야기 누구한테 해야 될까, 누나?" 제이크가 물었다.

누나는 잠시 생각했다. "그 원주민이 무섭거나 위험해 보였어?"

"제이크의 다리를 만졌어." 내가 말했다.

"그건 안 무서웠어." 제이크가 말했다. "우릴 해치려고 그런 건 아닌 것 같아."

"그럼 그 부분은 계속 비밀로 해도 괜찮을 것 같네." 누나가 일어섰다. "그렇지만 이젠 철길에 가서 놀지 않겠다고 약속해."

"약속할게." 제이크가 말했다.

에어리얼 누나는 내가 대답할 때까지 나를 노려보면서 기다렸다. 내 대답을 듣고 나서야 문으로 걸어가더니 과장된 몸짓으로 뒤돌아서서 손을 크게 흔들었다.

"나는 극장 간다." 누나는 '간다'를 '가안다'처럼 발음했다. "자동차 극장." 누나가 덧붙이더니 가상의 숄을 어깨에 두르고 엉덩이를 과장되게 흔들면서 방을 나갔다.

그날 밤 아버지는 햄버거와 밀크셰이크를 만들지 않았다. 아버지는 죽은 남자의 시신이 안치된 반 데르 발 장례식장에 불려가서 장의사와 보안관과 함께 낯선 남자의 장례에 대해 논의했다. 아버지는 밤늦게까지 돌아오지 않았다. 결국 어머니가 캠벨 토마토 수프를 데우고 벨비타 치즈로 구운 치즈 샌드위치를 만들어서 저녁을 먹었다. 그 후에는 〈서부의 파라딘(Have Gun-Will Travel)〉(1950~60년대에 큰 인기를 끈 미국의 서부극 시리즈 - 옮긴이)을 보았다. 아주 외딴 지역이라 TV 수신 상태가 안 좋아서 화면에 계속 비가 내렸지만 토요일 밤마다 제이크와 나는 그걸 보겠다고 고집을 부렸다. 에어리얼 누나가 친구들과 자동차 극장에 간다고 나서자 어머니가 말했다.

"자정까지는 들어와라." 누나가 어머니의 이마에 부드럽게 입을 맞추었다.

"그럴게요, 사랑하는 어머니."

우리는 토요일 밤의 의식인 목욕을 한 후 아버지가 돌아오기 전에 잠자리에 들었다. 아버지가 돌아왔을 때 나는 여전히 깨어 있었고 우리 방 바로 밑에 있는 부엌에서 부모님이 나누는 대화를 다 들었다. 방바닥의 격자무늬 나무판 틈새로 부모님의 목소리가 올라와서 마치 한방에 있는 것처럼 잘 들렸다. 부모님은 당신들이 부엌에서 나누는 이야기를 내가 다 들을 수 있다는 사실을 모르고 있었다. 부모님은 죽은 남자의 매장식에 대해서 몇 분간 이야기를 나누었다. 아버지가 매장예배를 인도하기로 했다고 했다. 그러고 나서 부모님은 에어리얼 누나 이야기로 옮겨갔다.

아버지가 말했다. "에어리얼은 칼하고 나갔어?"

"아니." 어머니가 대답했다. "여자애들하고. 당신이 걱정할 걸 알기 때문에 자정까지는 들어오라고 했어."

"줄리어드로 가면 지 마음대로 늦게까지 돌아다녀도 내가 뭐랄 수가 없겠지만 우리 집에서 우리와 함께 사는 동안엔 자정까지는 들어와야 돼." 아버지가 말했다.

"날 설득할 필요 없어, 네이선."

"걔가 요즘 달라졌어." 아버지가 말했다. "당신도 느꼈어?"

"어떻게 달라져?"

"뭔가 마음에 걸리는 일이 있어서 말을 하려다가 마는 그런 느낌을 받았어."

"마음에 걸리는 일이 있으면 나한테 털어놓을 거야, 네이선. 나한테는 모든 걸 다 얘기하잖아."

"그래, 그럼 다행이고." 아버지가 말했다.

어머니가 물었다. "그 죽은 떠돌이의 매장식은 언제야?"

어머니는 '부랑자'나 '노숙자'보다 순화된 표현이라면서 '떠돌이'라는 말을 썼고, 그다음부터는 다들 그 죽은 남자를 지칭할 땐 그 단어를 쓰기 시작했다.

"월요일."

"내가 가서 추모 찬송 할까?"

"매장식엔 나와 거스, 반 데르 발만 참석할 거야. 음악은 필요 없고 추도사 몇 마디면 될 것 같아."

식탁 의자가 리놀륨 바닥에 긁히는 소리가 나더니 부모님이 부엌을 나갔고 이젠 아무 소리도 들리지 않았다.

죽은 남자를 생각하니 매장식에 가야 할 것 같은 생각이 들었다. 돌아누워 눈을 감으니까 관 속에 누워 있는 바비 콜이 떠올랐고 곧 관 속에 눕게 될 떠돌이 남자의 모습도 상상이 되었다. 그러다가 어둡고 불안정한 잠속으로 빠져들었다.

한밤중에 우리 집 앞 도로에서 차문이 닫히는 소리와 에어리얼 누나의 웃음소리가 나서 잠이 깼다. 복도 맞은편에 있는 부모님 침실에서 희미한 불빛이 새어나왔다. 자동차가 떠나고 잠시 후 앞쪽 현관문의 경첩이 살짝 삐걱거리는 소리가 들렸다. 부모님 방의 불이 꺼졌고 작은 한숨과 함께 조용히 문이 닫혔다. 에어리얼 누나가 계단을 올라왔고 잠시 후 나는 다시 잠이 들었다.

나중에는 천둥소리에 잠이 깼다. 창가로 가보니 심한 뇌우가 계곡 북쪽을 훑고 지나가는 것이 보였다. 우리 동네에는 비가 안 올 것 같지만 거대한 소나기구름이라는 모루에서 벼려진 은색의 번개가 번쩍거리는 것은 아주 잘 보였다. 나는 살그머니 아래층으로 내려와 현관을 나가 현관 앞 계단에 앉았다. 지난 며칠간 내가 느껴본 그 어떤 것보다도 시원한 바람이 얼굴로 불어왔고 나는 광포하고 아름다운 동물이 다가왔다가 지나가는 것을 지켜보는 것처럼 뇌우가 가는 길을 지켜보았다.

저 멀리서 들리는 천둥소리가 마치 대포 소리 같았다. 나는 아버지가 제이크와 내게 해준 전쟁 이야기가 떠올랐다. 그 이야기는 이제까지 아버지가 우리에게 해준 그 어떤 이야기보다도 훨씬 더 큰 의미가 있었다. 아버지에게 묻고 싶은 것이 참 많았는데 왜 가만있었는지 모르겠다. 아버지가 비록 내색은 하지 않았지만 어렵게 자기 경험을 털어놓았는데 우리가 보인 반응이라고는 침묵뿐이어서 상처를 받았을 것이 틀림없었다. 사실 나는 죽음에 대해서, 죽을 때 아픈지, 죽은 다음에는 무엇이 기다리고 있는지 물어보고 싶었다. 진주 문이니 뭐니 하는 말도 안 되는 이야기 말고 진실을 말해달라고 하고 싶었다. 죽음은 내 마음을 괴롭히는 심각한 주제였고 나는 누군가와 그것에 대해서 이야기를 나누고 싶었다. 아버지와 동생과 함께 차고 흙바닥에 서 있을 때가 바로 그럴 수 있는 절호의 기회였는데 그걸 그냥 놓치고 말았다.

계단에 앉아 있던 나는 누군가가 우리 집 뒷문에서 튀어나와 마당을 가로질러 쏜살같이 달려가더니 타일러 거리로 걸어가 고지대로 올라가는 것을 보았다. 평지대에는 가로등이 없었지만 우리 집에서 몰래 빠져나간 사람이 누구인지는 가로등이 없어도 알 수 있었다.

나는 방으로 돌아가려고 일어섰고 우리 계곡을 둘러싸고 있는 땅을 번개가 마구 찔러대는 것을 마지막으로 한 번 더 구경했다.

그해 여름 벌써 두 건의 죽음이 찾아왔고, 그때 나는 전혀 알 길이 없었지만, 세 건의 죽음이 더 우리를 기다리고 있었다.

그리고 다음 번에 찾아올 죽음이 우리에게 가장 견디기 힘든 죽음이 될 것이었다.

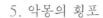

## 5. 악몽의 횡포

아버지는 세 군데 교회에서 담임목사로 목회활동을 하고 있었다. 그것은 아버지가 세 개 교회 교인들의 영적인 욕구를 충족시켜줘야 한다는 뜻이어서 주일마다 세 번의 예배를 인도했다. 우리는 목회자 가족으로서 그 세 번의 예배에 모두 참석해야 했다.

그중 첫 번째인 캐드버리 교회 예배가 오전 8시에 시작되었다. 캐드버리는 뉴 브레멘에서 남동쪽으로 25킬로미터 정도 떨어진 곳에 있는 작은 마을이었다. 그 교회에는 독실한 교인들이 많았고 상당수가 주변에 자기 교파의 교회가 없어서 모여든 다른 교파의 개신교도들이었다. 그들은 미네소타에서 돼지풀만큼이나 흔히 볼 수 있는 루터교회의 엄격한 분위기보다는 격식을 차리지 않고 편안한 감리교회의 분위기를 선호해서 찾아온 사람들이었다. 어머니는 그 교회에서 성가대 단장으로 활동했고 그곳 성가대를 매우 자랑스러워했다. 주일마다 어머니는 캐드버리 교회 성가대의 남녀 단원들에게서 풍부하고 아름답고 귀가 행복한 소리를 끌어냈다. 그곳에는 도움을 주는 사람들이 있었다. 남자 단원들 중 한 명은 아름다운 바리톤의 목소리를 갖고 있었고 어머니의 지도를 받아 훌륭한 악기가 되었다. 여자 단원들 중 한 명은 어머니의 아름다운 소프라노 목소리를 보완해줄 강한 알토 목소리를 갖고 있었다. 이 매력적인 세 목소리에 의존하는 찬송가로 어머니가 고른 곡들을 듣는 것만으로도 교회에 올 충분한 이유가 되었다. 에어리얼 누나는 거기서 케이크의 당의에 해당하는 존재였다. 누나의 능숙한 손가락들이 작고 보잘 것 없는 오르간의 파이프에서 그 작은 교회의 교인들이 그때까지 한 번도 들어본 적이 없는 음악을 뽑아냈다. 제이크와 나는 마지못해 모든 예배에 참석했고 예배가 진행되는 동안 꼼지락대지 않으려고 안간힘을 썼다. 캐드버리 교회 예배는 주일의 첫 번째 예배라서 그래도 괜찮았다. 세 번째 예배 때쯤 되면 엉덩이가 아프고 인내심이 극심한 시험을 받았다. 그래서 우리는 캐드버리 교회 예배를 제일 좋아했다.

아버지는 시골 교회에서 인기가 있었다. 전도를 위해 열변을 토하기보다는 하나님의 무한하신 은혜에 대해 조용히 설명하는 쪽인 아버지의 설교는 공적인 자리에서는 자신의 감정을 잘 드러내지 않고 분별력이 있는 농부들에게 잘 받아들여졌다. 또한 아버지는 모든 감리교회의 부속 기구인 교회위원회에 영감을 주는 데 특별한 재능이 있었다. 그래서 평일 저녁에는 거의 집을 비우고 캐드버리나 뉴 브레멘, 또는 아버지의 세 번째 담임 교구인 포스버그에서 열리는 교회위원회에 참석했다. 아버지는 자신의 임무라고 생각하는 것을 한결같이 성실하게 수행했고 따라서 아버지로서 자주 부재중인 것은 아버지가 받은 소명의 피치 못할 대가였다.

캐드버리는 미네소타 강의 지류인 수 크리크를 따라 움푹 들어간 지역에 위치해 있었다. 마을로 내려가는 고속도로의 가장 높은 곳에 서서 보면 울창한 나무들 사이로 교회 첨탑 세 개가 불쑥 솟아 있는 것이 보였다. 그중 가장 가까이 있는 것이 캐드버리 감리교회의 첨탑 이었다. 교회 앞에는 번화가가 있었는데 제2차 세계대전 후 호황일 때 번창했던 상점들이 두 블록에 걸쳐서 늘어서 있었다. 교회 위로 몇 그루의 키 큰 느릅나무가 그늘을 드리우고 있어서 여름날 아침에 가 보면 교회가 서늘하고 고요했다. 아버지는 교회 문을 열고 목사실로 가고 에어리얼 누나는 오르간 앞으로, 어머니는 성가대실로 갔다. 제 이크와 나는 자리 안내원들에게 헌금접시를 내다주는 일을 맡았고 교회 안이 후텁지근하면 창문을 여는 일도 우리가 했다. 그러고 나서 우리는 맨 뒷줄에 앉아서 교인들이 모여들고 성가대원들이 모일 때 까지 기다렸다.

그날 아침 예배 시작 직전에 어머니가 성가대실에서 나오더니 제단 근처에 서서 걱정스러운 얼굴로 예배당 안을 둘러보았다.

어머니가 내게 다가와서 물었다. "클레멘트 부인 봤니?"

나는 못 봤다고 대답했다.

"밖에 나가서 찾아봐. 부인이 오는 게 보이면 즉시 와서 알려주고."

"네, 엄마." 내가 대답했다.

내가 밖으로 나가자 제이크가 따라 나왔고 우리는 교회 앞에 서서 거리를 위아래로 살펴보았다. 클레멘트 부인이 바로 강한 알토 목소 리를 가진 성가대원이었다. 어머니와 동갑이었고 열두 살 된 피터라 는 아들이 있었다. 피터는 자기 어머니가 성가대에서 노래를 불렀기 때문에 예배 시간에 혼자 남았고 그래서 보통은 제이크와 나와 같이 앉았다. 피터의 아버지는 교회에 다니지 않았는데, 들리는 말로는 종교에는 별 관심이 없고 불행을 가져오는 여러 가지에 과도하게 집착하는 사람이었다. 그런 사람이 건실한 감리교 교리에 따라 살면 좋은 방향으로 바뀔 수 있을 텐데 안타까운 일이었다.

우리가 클레멘트 부인을 찾는 동안 많은 교인들이 우리 곁을 지나쳐 교회로 들어가면서 유쾌하고 친근하게 인사말을 건넸다. 마을의 은행가이고 홀아비인 테디어스 포터 씨가 위풍당당하게 우리에게로 걸어와서 멈춰서더니 뒷짐을 진 채 군대를 사열하는 장군처럼 우리를 내려다보았다.

"너희가 시신을 발견했다던데 사실이냐?" 그가 물었다.

"네, 포터 씨." 내가 대답했다.

"정말 놀라운 발견을 했구나."

"네, 포터 씨."

"충격에서 완전히 회복했나 보지?"

"실은요, 포터 씨, 별로 놀라지 않았어요."

"아." 그는 별로 놀라지 않은 것이 그리 나쁜 일은 아니라는 듯 고개를 끄덕였다. "아주 간 큰 아이들이로구나. 안에서 보자." 그가 돌아서서 침착하게 계단을 올라갔다.

그 주일날 아침에는 클레멘트 부인도 피터도 나타나지 않았다. 나중에 어머니는 클레멘트 부인이 결석해서 특송과 봉헌 찬송이 큰 타격을 입었다고 말했다. 예배를 마친 후 우리는 교회 친교실에서 잠깐 머물렀는데 제이크와 내가 발견한 시신에 관해서 질문 세례를 받았다. 나는 그 이야기를 반복할 때마다 조금씩 이야기를 미화시켰고 제이크는 그런 나를 못마땅한 표정으로 노려보았다. 어찌나 이야기를 많이 꾸며냈는지 마지막에 이야기할 때는 제이크의 역할이 이야기속 각주에 불과한 정도로 축소되어 있었다.

그날 마지막 예배는 뉴 브레멘에서 북쪽으로 20킬로미터쯤 더 가는 포스버그의 교회에서 정오에 시작되었다. 그 예배가 끝나자 아버지가 가족 모두를 차에 태우고 집으로 돌아왔다. 늘 그랬듯 나는 오랜 시간을 지옥에서 고통 받다가 드디어 하나님의 용서를 받은 것 같은 기분이 들었다. 나는 우리 방으로 뛰어 올라가서 옷을 갈아입고 남은 시간을 즐길 준비를 했다. 아래층으로 내려가니 어머니가 부엌 냉장고에서 음식을 꺼내고 있었다. 어머니는 전날 밤 내가 이건 내일 저녁에 먹겠구나 생각했었던 참치 캐서롤(오븐에 넣어서 천천히 익혀 만드는, 한국 음식의 찌개나 찜 비슷한 요리―옮긴이)과 젤오 샐러드를 식탁에 올려놓았다. 나를 따라 부엌으로 들어온 아버지도 그것을 보고 나와 똑같은 생각을 한 모양이었다.

"벌써 저녁 차리게?"

"우리가 먹을 거 아냐." 어머니가 대답했다. "아멜리아 클레멘트에게 갖다 주려고. 성가대 자매들 말로는 오늘 몸이 많이 아파서 못 나온 거래."

캐서롤이 담긴 냄비를 든 어머니는 아버지를 스치듯 지나쳐 조리대로 걸어갔다.

어머니가 말을 이었다. "아멜리아는 트래비스 클레멘트라는 간수의 횡포를 견디면서 감옥에 갇혀 살고 있어. 트래비스가 최악의 남편이 아니라면 적어도 2, 3등 안에는 들걸. 아멜리아는 수요일에 하는 성가대 연습과 주일 예배를 고대하면서 일주일을 버틴다고 내게 수도 없이 말했었어. 근데 오늘 예배에 못 나온 걸 보면 어디가 많이 아픈가 봐. 그래서 한번 들여다보고 가족들 저녁 챙겨 먹일 걱정은 안 해도 되게 해주려고. 우선 이 캐서롤부터 완성하고 나서 갖다 주러 갈 거니까 나 좀 태워줘."

"그럼 우리 저녁은 어떡해요?" 이런 걸 물어봐도 되는지 생각하기도 전에 내 입에서 말이 먼저 튀어나왔다.

어머니가 나무라는 표정을 지었다. "굶기진 않을 테니까 걱정 마. 뭐라도 만들어놓을게."

사실 나는 아무 상관없었다. 참치 캐서롤을 좋아하지도 않았다. 게다가 부모님이 피터 클레멘트의 집에 갈 때 나도 따라가서 피터에게 죽은 남자 이야기를 해줄 수도 있지 않을까 생각하고 있었다. 이 이야기를 듣고 사람들이 어떤 반응을 보일지 기대감이 갈수록 커지고 있는 중이었다.

에어리얼 누나가 컨트리클럽에서 일할 복장을 하고 부엌으로 들어왔다.

어머니가 물었다. "가기 전에 샌드위치 하나 먹을래?"

"아뇨, 거기 가서 먹을게요." 누나는 머뭇거리다가 조리대에 기대서서 말했다. "올가을에 줄리어드에 안 가면 어떨까요, 엄마?"

냉장고 위에 있는 바나나 한 손에서 한 개를 떼어낸 아버지가 껍질을 까면서 말했다. "그럼 소금광산에 일하러 가야지."

"농담 아니에요." 누나가 말했다. "맨케이토 주립(미네소타 주립 대학교 맨케이토 캠퍼스를 이른다―옮긴이)에 가면 학비가 더 싸잖아요."

"넌 장학생이잖아." 아버지가 지적하더니 바나나의 3분의 1을 한입에 집어넣었다.

"알아요. 그래도 엄마 아빠가 부담해야 할 비용이 상당할 거예요."

"그건 우리가 걱정할게." 아버지가 말했다.

"에밀 브란트 선생님과 공부를 계속할 수도 있을 거고요. 브란트 선생님도 줄리어드 교수님들만큼 훌륭한 분이에요."

5년 전 우리 가족이 뉴 브레멘으로 이사 온 이후로 에밀 브란트가 에어리얼 누나를 줄곧 가르쳐왔다. 사실 우리가 이곳으로 이사 온 가장 큰 이유가 그 사람 때문이었다. 어머니는 누나가 미네소타 최고의 작곡자이자 피아니스트에게 배우기를 바랐고 그 사람이 바로 브란트였다. 또한 그는 어릴 때부터 어머니의 친한 친구이기도 했다.

나는 어머니와 에밀 브란트의 역사에 대해서 오랜 세월에 걸쳐 차츰차츰 알게 되었다. 1961년 당시에 알고 있었던 것들도 있고 나이를 먹어가면서 알게 된 일들도 있었다. 그 당시엔, 어머니가 아직 소녀티가 남아 있는 앳된 처녀였을 때 몇 년 선배였던 브란트와 잠깐 약혼한 사이였다는 사실을 알고 있었다. 또한 뉴 브레멘의 고리타분한 독일계 주민들의 기준에서 볼 때 에밀 브란트는 이른바 '자유인'이었다는 사실도 알게 되었다. 그는 뛰어난 재능을 가진 음악가였을 뿐만 아니라 막강한 부와 권력을 자랑하는 브란트 가(家)의 일원이기도 했다. 브란트 가 사람들은 그가 더 위대한 인물이 될 운명이라고 굳게 믿었다. 어머니에게 청혼하고 얼마 지나지 않아서 브란트는 어머니 곁에서 홀연히 사라졌다. 미안하다는 말 한마디 없이 자신의 삶을 개척하기 위해 뉴욕 시로 떠나버린 것이다. 그러나 1961년 여름이 되었을 땐 그 모든 일은 먼 옛날이야기가 되었고 어머니는 에밀 브란트를 제일 친한 친구들 중 하나로 생각했다. 이렇게 된 데에는 세월이 주는 치유 효과도 분명히 한몫했지만 브란트가 신체적으로 큰 부상을 입고 귀향해서 어머니에게서 지극한 동정심을 유발했기 때문이기도 하다고 나는 믿고 있다.

어머니가 하던 일을 멈추고 엄격한 눈으로 딸을 쳐다보았다. "칼 때문이니? 남자친구 곁을 떠나고 싶지 않아서?"

"그런 게 아니에요, 엄마."

"그럼 뭔데? 돈 때문은 아니잖아. 그 문제는 오래전에 해결됐으니까. 네가 필요한 건 다 지원해주기로 외할아버지가 약속하셨잖아."

아버지가 바나나 하나를 우걱우걱 씹어 삼키고 나서 말했다. "장인어른한테서는 아무것도 받을 필요 없어."

어머니는 아버지의 말을 못 들은 척하고 계속 에어리얼 누나를 주시하고 있었다.

누나가 다시 설득에 나섰다. "가족과 멀리 떨어져 살고 싶지 않아요."

"핑계치고는 너무 약하다. 에어리얼 루이스, 그렇지 않니? 무슨 일이야?"

"전 그냥…… 아니에요, 신경 쓰지 마세요." 누나가 말하더니 현관문을 향해 서둘러 걸어가 집을 나갔다.

아버지가 눈으로 에어리얼 누나를 좇았다. "쟤가 왜 저러는 거야?"

"칼 때문이지 뭐." 어머니가 말했다. "둘이 오래가는 게 불안하더라니. 결국 이렇게 흔들리게 될 줄 알았어."

"오래가면 좋은 거지, 루스."

"걔들은 너무 심각해, 네이션. 시간 날 때마다 꼭 붙어 있는다구."

"어젯밤엔 다른 애들하고 놀러 갔다 왔잖아."

나는 에어리얼 누나가 자동차 극장에서 돌아온 후에 다시 몰래 집을 빠져나간 것을 떠올렸고 누나가 정말 칼을 만나러 간 것인지 궁금했다.

어머니가 싱크대 너머 창턱에 놔둔 담뱃갑을 낚아채듯 집어 들고 성마르게 톡톡 쳐서 한 개비를 빼냈다. 그러고는 성냥을 그어 불을 붙인 뒤 한 모금 빨고 연기를 내뿜었다.

"에어리얼이 대학 안 가고 결혼할 생각을 하고 있다면, 지금 당장 꿈을 깨게 해야겠어." 어머니가 말했다.

아버지가 말했다. "루스, 그런 건지 어떤 건지 아직 모르잖아. 그래도 데리고 앉아서 무슨 일이 있는지 알아보는 게 좋을 것 같아. 차분하게 얘기해봐."

"차분하게 엉덩이 좀 때려줄게." 어머니가 말했다.

아버지가 미소를 지었다. "당신은 애들 절대로 안 때리잖아, 루스."

"걘 애가 아니야."

"그렇다면 더더욱 어른으로 대해줘야지. 아르바이트 갔다 오면 오늘 밤에 얘기해봅시다."

부모님이 클레멘트 가족의 집으로 갈 준비가 끝났을 때 나도 따라가서 피터와 놀아도 되느냐고 물었다. 내가 가도 된다면 제이크도 함께 가야 한다는 뜻이었다. 아버지는 본인의 허락 없이는 마당을 벗어나지 못하는 벌을 받고 있는 우리를 굳이 놔두고 갈 이유를 찾지 못했다. 제이크도 가는 것을 꺼리지 않았다. 제이크는 차에서 읽는다고 《아쿠아맨》과 《그린 랜턴》(두 가지 모두 1940년대부터 현재까지 미국에서 출간되고 있는 슈퍼 히어로들을 주인공으로 한 만화책—옮긴이) 최근호를 챙겨 갔다. 우리는 패커드를 타고 캐드버리로 향했다.


클레멘트 씨는 자기 집 옆에 있는 헛간을 작은 엔진 수리점으로 개조해서 운영하고 있었다. 그의 아버지는 예전에 근교에 80만 제곱미터가 넘는 땅을 소유했는데 죽을 때가 되자 농부가 될 기질도 의향도 없는 아들에게 그 땅을 물려주었다. 트래비스 클레멘트는 경작지는 팔아치웠지만 집과 부속건물들은 쥐고 있었고 부속건물에서 자기 사업을 시작했다.

우리는 더위가 맹위를 떨치는 이른 오후에 그 집에 도착했다. 자갈이 깔린 진입로로 들어가 커다란 호두나무의 그늘 아래에 주차를 했다. 어머니는 캐서롤을 들고 아버지는 젤오 샐러드 사발을 들고 집 앞 계단을 올라가 곧 무너질 것 같은 현관에 서서 현관문을 두드렸다. 제이크와 나는 뒤에 남아 있었다. 마당에서 보니까 북쪽으로 300~400미터 떨어진 곳에 캐드버리의 교회 첨탑들이 보였다. 클레멘트 가족의 집과 마을 사이에 수 크리크라는 개울이 흐르고 있었다. 우리가 지루한 교회 행사에서 몰래 빠져나올 수 있었을 땐 그 개울 위에 놓인 작은 다리 밑에서 피터와 함께 가재를 잡으면서 놀았다. 한번은 여우 가족이 개울둑을 따라 이어지는 덤불숲으로 잽싸게 숨어드는 것을 목격하기도 했다.

피터가 나와서 현관문 뒤에 서자 아버지가 말했다. "안녕, 피터. 어머니 집에 계시니?"

"잠깐만요." 피터가 말했다.

피터는 우리 부모님 너머로 마당에 있는 제이크와 나를 흘끗 쳐다보더니 돌아서서 어두운 집 안으로 사라졌다. 잠시 후 피터의 어머니가 나왔다. 클레멘트 부인은 평범한 얼굴이었지만 비단 밧줄 같은 긴 금발을 한 갈래로 땋아 허리까지 늘어뜨리고 다녀서 완벽한 평범함을 피할 수 있었다. 노란색의 단순한 민소매 원피스를 입고 있었다. 그녀는 문을 열지도 않고 우리 부모님을 똑바로 쳐다보지도 않은 채 현관문 뒤 어둠 속에 숨어서 페인트칠도 하지 않은 현관 나무 널에 매혹되기라도 한 것처럼 고개를 숙이고 나무 널을 내려다보았고 말을 할 땐 목소리가 너무 작아서 무슨 말인지 들리지도 않았다. 목사님 가족을 이렇게 대하다니 이상한 일이었다. 사람들은 대체로 우리를 반갑게 맞아들였다. 나는 살며시 현관 위로 올라가서 어른들 말이 들릴 만큼 가까이에 섰다.

"오늘 아침에 당신이 얼마나 그리웠는지 몰라요, 아멜리아." 어머니가 말했다. "당신이 없으니까 노래가 어찌나 밋밋하던지."

클레멘트 부인이 말했다. "죄송해요, 사모님."

"물론 어찌어찌 잘 끝내기는 했지만, 빨리 나아서 수요일 연습에는 꼭 함께하면 좋겠어요, 아멜리아."

"네, 그럴게요." 클레멘트 부인이 말했다.

"그리고 저녁거리 좀 가지고 왔어요. 가족들 챙겨 먹일 걱정하지 말고 푹 쉬면서 빨리 나으라고요. 네이선?"

아버지는 젤오 샐러드 사발을, 어머니는 참치 캐서롤이 든 냄비를 내밀었다. 클레멘트 부인은 음식을 받아야 할지 말아야 할지 망설이는 것 같았다. 마침내 그녀가 피터를 불렀고 피터가 오자 음식이 통과할 수 있을 정도로만 현관문을 살짝 밀어 열었다. 음식을 받아들고 나서 그녀가 재빨리 뒤로 물러서자 현관문이 저절로 닫혔다.

"다음 주일날엔 듀엣을 해볼까 생각중이에요. 당신과 나 둘이서, 아멜리아. 굉장히 아름다운 곡이 될 것 같지 않아요?"

나는 어른들끼리 대화를 계속하게 내버려두고 슬슬 뒤로 빠져서 계단을 내려왔다. 그러고는 오래된 농가의 옆면으로 돌아갔다. 마당의 풀은 거의 다 말라비틀어져서 걸을 때마다 바스락거리는 소리가 났다. 나는 열려 있는 헛간 문을 향해 걸어갔고 제이크가 바로 뒤에서 따라왔다. 우리는 문 앞에 서서 헛간 안 흙바닥에 여기저기 흩어져 있는 분해된 예초기 부품들과 냉장고 냉각기와 모터 부품들을 둘러보았다. 그런 것들이 널려 있는 헛간이 패자의 사지가 훼손된 채로 남겨져 있는 고대의 검투 경기장을 연상시켰다. 어린 우리의 눈에는 그 모습이 매혹적이면서도 약간 불안감을 느끼게 했다.

등 뒤에서 자갈 밟는 소리가 나서 돌아보니 피터가 다가오고 있었다. 강렬한 햇빛으로부터 얼굴을 보호하려는 듯 야구모자를 푹 눌러쓰고 있었다.

"거기 가까이 가지 않는 게 좋을 거야." 피터가 말했다. "아빠가 화낼 수도 있어."

나는 허리를 굽히고 야구모자 챙이 만들어낸 그늘 속을 들여다보았다. "어디서 이렇게 시퍼렇게 멍이 들었어?"

피터가 멍든 눈을 만지더니 홱 돌아섰다.

"나 들어가 봐야 돼." 피터가 말했다. "형도 가야 될걸. 제이크 너도."

사실이었다. 돌아보니 부모님이 자동차로 걸어가면서 우리에게 오라고 손짓하고 있었다. 피터는 자기 집 뒷문으로 걸어가더니 뒤도 돌아보지 않고 한마디 인사도 없이 집 안으로 들어갔다.

차를 타고 집으로 돌아오는 동안 다들 말이 없었다. 집에 들어오자 어머니가 말했다. "너희는 밖에 나가서 좀 놀다가 들어올래? 그때까지 쿨에이드(과일향이 들어간 주스 가루 또는 그 가루를 넣어 만든 음료수─옮긴이)와 샌드위치 만들어놓을게."

우리 집 옆 마당에는 커다란 느릅나무에 밧줄을 매어 만들어놓은 타이어 그네가 있었다. 제이크가 그 그네를 매우 좋아했다. 줄곧 혼잣말을 하면서 몇 시간이고 그네를 탈 수 있었다.

제이크가 타이어에 올라타더니 말했다. "돌려줘."

나는 동생의 양 어깨를 잡고 밧줄이 단단히 꼬일 때까지 동생을 돌리고 또 돌린 다음 손을 떼고 뒤로 물러섰다. 제이크가 팽이처럼 뱅글뱅글 돌았다.

내 등 뒤에 있는 부엌 창문을 통해서 부모님이 나누는 이야기가 단편적으로 들려왔다.

"그 자매들이 거짓말을 했어, 네이선. 성가대원들 모두가 그랬거든, 아멜리아가 아프다고. 나는 왜 눈치를 못 챘을까."

"그럼 뭐라고 말할 줄 알았어? 남편한테 맞아서 멍든 얼굴을 보이기 싫어서 안 왔다고?"

"아멜리아만 맞은 게 아니야, 네이선. 피터도 맞았더라."

그네에서 내린 제이크가 어지러워서 비틀거리는 걸 보느라고 나는 부엌에서의 대화를 잠깐 놓쳤다. 제이크가 픽 쓰러졌고 어머니의 격앙된 목소리가 다시 들렸다.

"나한테 사실을 말해주길 기대하는 게 아니야, 네이선. 분명히 그 자매들, 속으로는 부부간의 일이니까 남이 상관할 바가 아니라고 생각했을 거야. 하지만 그래도 당신한테는 말을 했어야지."

"내가 그 자매님들의 담임목사라서?"

"당신이 아멜리아의 담임목사이기도 하니까. 그리고 아멜리아가 기대고 의지할 사람이 아무도 없다고 해도 담임목사한테는 의지할 수 있어야 하는 거잖아. 사람들이 당신한텐 자기들 비밀을 털어놓잖아, 네이선. 그러는 거 나도 알아. 그리고 그게 당신이 담임목사이기 때문만은 아니라는 것도 알고."

제이크가 일어나서 그네로 돌아갔다. 내가 더 돌려주려고 돌아보았지만 제이크는 손사래를 치더니 정상적으로 그네를 타기 시작했다.

부엌 싱크대에서 수돗물을 유리컵에 따르는 소리가 잠깐 들리더니 아버지가 말했다. "그 사람 북한 전쟁포로수용소에 있었대. 알고 있었어, 루스? 아직도 악몽을 꾼다더군. 술을 마시면 악몽을 덜 꾸는 것 같아서 마신다나 봐."

"악몽은 당신도 꾸잖아. 그래도 술 안 마시고."

"전쟁이 남긴 상처를 치유하는 방식은 사람마다 다 달라, 루스."

"전쟁을 쉽게 잊어버리는 사람들도 있어. 군대에 있을 때가 인생의 전성기였다고 말하는 남자들도 있던데."

"그럼 그 사람들은 나와 트래비스 클레멘트가 참전한 전쟁이 아닌 다른 전쟁에 참전했던 거겠지."

그네에서 제이크가 내게 소리쳤다. "캐치볼 할래, 형?"

나는 한다고 말하고 야구공과 글러브를 가지러 집으로 발걸음을 옮겼다. 아버지가 부엌에 달려 있는 옆문으로 나와 교회를 향해 걸어갔다. 나는 재빨리 아버지를 따라가며 어디 가시냐고 물었다.

"거스 삼촌 만나러." 아버지가 말했다.

"왜요?"

나는 아버지의 대답을 듣기도 전에 그 이유를 알 것 같았다. 거스 삼촌은 미네소타 강 계곡 지역의 술꾼들 모두와 친분이 있었지만 아버지는 아니었다. 삼촌이라면 분명히 클레멘트 씨가 어디서 술을 마시는지 알고 있을 것이었다.

"도움이 필요해서." 아버지가 대답했다.

"따라가도 돼요?"

"안 돼."

"제발요."

"안 된다고 했다." 아버지가 날카롭게 말하는 경우가 거의 없었지만 이번에는 목소리에서 이 문제에 대해서는 어떤 반론이나 논쟁도 용납하지 않겠다는 단호함이 느껴졌다. 나는 걸음을 멈췄고 아버지 혼자 교회로 걸어갔다.

제이크와 내가 집 안으로 들어가 보니 어머니는 딴 데 정신이 팔린 듯한 표정으로 점심식사를 준비하고 있었다. 2층 우리 방에서 제이크는 바닥에 놓여 있던 글러브를 집어 들었다. 나는 내 글러브를 찾으려고 벽장 속을 뒤지기 시작했다.

제이크는 자기 침대에 앉아 오래된 가죽에서 나는 좋은 냄새를 맡으려는 듯 글러브를 코에 갖다 대며 말했다. "아빠 전쟁 얘기 진짜 안 한다, 그치?"

제이크가 타이어 그네 타는 데 정신이 팔려서 부엌에서 들리는 이야기를 들었을 리 없다고 생각했기 때문에 나는 깜짝 놀랐다. 제이크는 항상 이런 식으로 나를 놀라게 했다. 내 낡은 롤링스 1루수 글러브를 찾은 나는 글러브를 끼고 단단한 주먹으로 글러브의 부드러운 손바닥을 툭툭 쳤다.

"언젠가는 얘기하겠지." 내가 말했다.

"그래, 맞아, 언젠가는." 제이크는 전적으로 그렇게 믿지는 않으면서도 내 말에 동의했다. 가끔은 그냥 내 말에 맞장구쳐주는 걸 좋아하는 것 같았다.

## 6. 영웅담

칼은 악셀 브란트와 줄리아 브란트 부부의 외동아들이었다. 악셀 브란트는 뉴 브레멘에서 양조장을 운영하고 있었다. 그의 증조부가 설립한 그 양조장은 마을이 형성되던 시기에 설립된 최초의 사업체 중 하나였다. 그 기업은 백 년이 넘는 세월 동안 날로 번창했다. 대규모 고용창출로 뉴 브레멘 경제의 생명선이 되었다. 어떤 면에서 보면 그 양조장은 뉴 브레멘 경제의 핵심이었고 브란트 가문은 뉴 브레멘의 귀족이라고 말할 수 있었다. 그들은 물론 고지대에, 흰 기둥이 든든하게 받치고 있는 대저택에 살았고, 그 저택 뒤쪽, 커다란 대리석으로 지은 테라스에서는 아래쪽에 있는 동네와 그 동네 너머의 평지대와 평지대 너머로 굽이굽이 흐르는 너른 강줄기가 한눈에 들어왔다.

칼 브란트와 에어리얼 누나는 1년 가까이 꾸준히 만나왔고, 우리 어머니는 인정하고 싶어 하지 않지만, 그 둘은 사실 어머니가 맺어준 것이나 다름없었다. 우리 가족이 뉴 브레멘으로 이사 온 후로 매년 여름마다 어머니는 우리 시 청소년들의 소질과 재능을 계발한다는 취지로 뮤지컬을 제작해서 8월 첫째 주말에 루터 공원 음악당에서 상연했다. 수많은 뉴 브레멘 시민들이 공연을 보러 왔다. 공연 후 무대 인사가 끝나고 나서도 흐뭇해진 관객들은 서로 이야기를 나누느라 한동안 자리를 뜨지 않았다. 그들은 청소년들이 그토록 뛰어난 재능을 보여주었다는 사실에 자부심을 느꼈고, 또한 뉴 브레멘이 지역공동체와 조국에 기여하는 가치들을 청소년들의 마음속에 심어주고 있다는 사실을 공연을 통해 확인하고서 자부심을 느꼈다. 에어리얼과 칼이 열일곱 살이던 해 여름에는 어머니가 두 사람을 〈남자친구〉라는 뮤지컬의 남녀 주인공으로 발탁했다. 공연이 끝날 때까지 그 두 주인공은 바늘과 실처럼 붙어 다녔다. 한동안 어머니는 그 둘의 관계를 두 10대 청소년이 뮤지컬에 들인 시간과 노력의 연장선으로 보면서 단풍이 들기 전에 끝날 거라고 예상했다. 그러나 단풍이 들고 해가 바뀌고 또 한 번의 여름이 미네소타 강 계곡을 찾아왔지만 칼과 에어리얼의 관계는 여전히 애틋했다. 그 둘의 관계는 우리 어머니뿐만 아니라 칼의 어머니 줄리아 브란트마저 경악케 했다. 두 어머니가 마주칠 때마다 줄리아 브란트는, 뉴욕의 유명한 작가학교 선생들이 감탄할 만한 우리 어머니의 표현을 빌리자면, "북극의 겨울처럼 매서웠다."

우리 어머니는 자기 딸이 칼과 사귀는 것은 못마땅해하면서도 칼을 좋아해서 저녁식사에 종종 초대하곤 했다. 반면에 에어리얼 누나는 브란트 가족과 저녁을 먹은 적이 한 번도 없었고, 어머니는 그 사실을 꽁하게 마음에 담아두고 있었다. 칼은 예의 바르고 유쾌한 청년이었고 미식축구와 농구, 야구 실력이 출중해서 고등학교 대표선수로 뛸 정도로 만능 스포츠맨이었다. 그는 미네소타 주 노스필드에 있는 세인트 올라프 대학교의 입학 허가를 받았다. 그곳에서 축구선수로 뛰면서 학위를 받은 뒤 뉴 브레멘으로 돌아와 부친의 양조장 운영을 도울 계획이라고 했다. 가끔씩 내가 마을에서 언덕을 올려다보다가 초록의 숲에 둘러싸인 흰 저택을 볼 때면 칼 브란트는 미래가 아주 밝을 거라는 생각이 들었다.

그 주일날 저녁, 칼과 에어리얼은 보트를 타러 가기로 되어 있었다. 칼의 가족은 요트와, 모터로 가는 대형 보트를 갖고 있었고, 그것들을 싱글턴 호수의 정박지에 묶어놓고 있었다. 에어리얼 누나는 보트 타기를 좋아했다. 물 위에서 느끼는 바람결과 머리 위의 맑고 푸른 하늘과 가늘고 긴 다리로 호숫가의 갈대밭을 뻣뻣하게 걸어 다니는 왜가리들이 좋다고 했다. 터무니없이 단단한 땅바닥에서 벗어나 출렁이는 물 위에 있는 것이 좋다고 했다.

저녁식사 후 에어리얼 누나는 현관 계단에 앉아서 칼을 기다렸다. 내가 밖으로 나와 누나 옆에 앉았다. 누나는 내가 옆에 있는 것을 언제나 좋아하는 것 같았다. 그 이유 하나만으로도 나는 누나를 사랑했다. 아버지가 트래비스 클레멘트를 찾으러 나가서 아직 돌아오지 않았기 때문에 나는 누나 옆에 앉아서 우리 패커드가 보이는지 타일러 거리를 지켜보고 있었다.

에어리얼 누나는 흰 반바지에 빨간색과 흰색의 가로 줄무늬가 있는 티셔츠를 입고 흰색 캔버스화를 신고 있었다. 머리는 빨간색 리본으로 묶었다.

"예쁘다, 누나." 내가 말했다.

"고마워, 프랭키. 칭찬 들으니까 기분 좋은데." 누나가 엉덩이로 내 엉덩이를 툭 쳤다.

"어떤 기분이야?" 내가 물었다.

"뭐가?"

"사랑에 빠지는 거. 말랑말랑하고 끈적끈적하고 뭐 그런가?"

누나가 웃음을 터뜨렸다. "처음에는 행복해. 그다음엔 무섭고. 그리고 나선……." 누나가 언덕 쪽을, 고지대 쪽을 바라보았다. "복잡해져."

"형이랑 결혼할 거야?"

"칼?" 누나가 고개를 가로저었다.

"엄마는 누나가 형이랑 결혼한다고 할까 봐 걱정이던데."

"엄마가 뭘 잘 몰라서 그래."

"엄마는 누나를 사랑하니까 걱정하는 거래."

"엄마는 말이야, 프랭키. 내가 엄마처럼 될까 봐 걱정하는 거야."

나는 누나의 말이 무슨 뜻인지 정확히는 알지 못했지만 어머니가 목사의 아내로 사는 것을 기뻐하지 않는다는 것은 알고 있었다. 어머니는 기회 있을 때마다 그렇게 말했다. *당신과 결혼할 때, 네이선, 난 미래의 변호사와 결혼하는 줄 알았어. 목사의 아내가 될 줄 알았으면 다시 생각해보는 건데.* 어머니는 술을 마시고서 이런 말을 자주 했다. 목사 부인은 술을 마시면 안 되는 거였지만 어머니는 개의치 않고 마셨다. 마티니를 좋아해서 가끔은 저녁에 두 잔을 만들어 거실로 가서, 부엌 스토브에서 저녁 요리가 보글보글 끓고 있는 동안 혼자 그 두 잔을 다 마시곤 했다.

"엄마가 아빠한테 클레멘트 씨를 찾아보라고 했어." 내가 말했다. "클레멘트 씨가 클레멘트 부인과 피터를 때렸대."

"들었어." 에어리얼 누나가 말했다.

"난 맞을 짓을 많이 하긴 하는데 한 번도 맞진 않았어. 큰 소리로 꾸중만 들었지. 그래도 할 말 없어. 착한 아이가 아니니까."

누나가 심각한 표정으로 나를 돌아보았다. "프랭키, 너 자신을 그렇게 과소평가하지 마. 놀랄 만한 장점이 얼마나 많은데."

"책임감이 부족해." 내가 말했다.

"책임감을 가져야 할 일이 앞으로 얼마나 많은데. 그리고 책임을 진다는 게 사람들이 말하는 것처럼 그렇게 좋은 것만은 아니다, 너." 누나가 매우 침울한 목소리로 말했다.

나는 누나에게 몸을 기대고 말했다. "누나가 집을 떠나지 않았으면 좋겠어."

"안 떠날 수도 있어, 프랭키." 누나가 말했다. "안 갈 수도 있어."

누나에게 더 캐물으려고 하는데 칼이 작은 스포츠카를 몰고 나타났다. 칼은 부모님이 열여덟 번째 생일 선물로 사준 빨간색 트라이엄프 TR3를 어딜 가나 몰고 다녔다. 칼이 차에서 내려 누나와 내가 앉아 있는 현관 계단을 향해 경중경중 뛰어왔다. 그는 금발에 키가 크고 항상 웃는 얼굴이었다. 그가 나를 '친구'라고 부르면서 내 머리카락을 헝클어뜨리더니 누나에게 말했다.

"준비됐어?"

"자정까지는 돌아와라." 우리 뒤에 있는 현관문을 통해 어머니의 목소리가 들렸다. "안녕, 칼."

"안녕하세요, 드럼 부인. 아름다운 저녁이네요, 그쵸? 자정까지는 돌아오겠습니다, 약속할게요."

"재미있게 놀다 와." 어머니가 마지못해 이렇게 말했다.

에어리얼 누나와 칼이 칼의 스포츠카에 타더니 쌩하니 속력을 내어 타일러 거리를 달려가 시야에서 금방 사라졌다. 등 뒤에서 어머니의 한숨 소리가 들렸다.

저녁때가 되어도 아버지가 돌아오지 않아서 우리끼리 저녁을 먹었다. 어머니는 살짝 탄 햄버거에 대용량 깡통에 든 프랑코아메리칸 스파게티를 따서 곁들였고 늦게 귀가할 아버지를 위해 스파게티를 스토브에 계속 데웠다. 제이크와 나는 TV 앞에 간이식탁을 놓고 월트 디즈니의 〈원더풀 월드 오브 컬러(Wonderful World of Color)〉를 보면서 저녁을 먹었다. 우리 집에 있는 낡은 RCA 텔레비전 속의 세상은 근사하지도 다채롭지도 않은 24인치 넓이의 흑백의 세상이었다. 해가 지고 저 멀리 보이는 언덕 위로 땅거미가 내려앉아 검푸르게 변하고 있을 때 현관문을 두드리는 소리가 들렸다. 대니 오키프가 현관에 서서 팔에 난 모기 물린 상처를 긁으면서 할 일이 있다며 밖으로 나와보라고 말했다.

이름과는 어울리지 않게 대니 오키프는 원주민이었다. 구체적으로 말하면 다코타 족이었는데 그 당시에는 수 족이라고 불렸다. 대니는 인디언이라고 불리는 것을 좋아하지 않았는데 원주민들이 백인들의 마음속에 조롱과 증오의 대상으로 각인된 것을 생각하면 충분히 이해할 수 있는 일이었다. 미네소타 강 계곡에서—그 당시엔 아마 어디에서라도—원주민으로 사는 것은 위험한 일이었다. 1862년 이 지역에 살던 수 족이 백인 정착민들에 맞서서 반란을 일으켰고 얼마 안 가 진압된 그 반란을 모든 미네소타 주민들은 '수 족의 대반란'이라고 불렀다. 뉴 브레멘이 포위되었고 많은 건물이 불에 탔다. 백인의 지배를 받으며 온갖 학대와 기만의 세월을 견뎌온 수 족에게 이번에는 부당한 죽음과 고통이 찾아왔다. 그런데도 수 족의 반란은 학교에서는 백인의 입장에서 해석되어 수 족은 은혜도 모르는 범죄자들이라고 가르쳤다. 우리가 더 어렸을 때 카우보이와 원주민 놀이를 했었는데 그

때마다 대니는 자기 유전자가 규정하는 그 역할을 맡고 싶지 않다며 거부했다.

밖에 나가보니 평지대에 사는 아이들이 잔디가 깔린 우리 집 마당에 모여 있었다. 제이크와 내가 시체를 발견한 이야기를 듣고 싶어 온 거였다. 내가 이야기를 해줬다. 잔뜩 꾸며낸 이야기가, 아주 흥미진진하고 위험과 스릴이 넘치는 영웅담이 내 입에서 술술 흘러나왔다. 남자들 목소리가 들린 것 같았어. 싸우는 소리 같기도 했고. 그래서 거기 죽은 사람 말고 다른 누가 있다고 확신했지. 그 남자가 살해된 게 아닐까, 그 시체를 우리가 발견했으니까 우리도 위험에 빠진 게 아닐까 하는 생각이 들어서 다리가 막 후들거리는 거 있지. 제이크가 황당하다는 표정으로 나를 노려보았지만 내 말을 반박하는 어떤 말도 하지 않았고, 다른 아이들의 눈에는 부러움과 존경심이 담겨 있어서 우쭐한 마음이 들었다.

우리는 우리 집 뒤 초원에서 소프트볼을 했고 어두워져서 공이 안 보이게 되자 다른 아이들은 흩어져서 제집으로 돌아가고 제이크와 나도 집으로 들어왔다. 트래비스 클레멘트를 찾으러 나간 아버지는 아직도 돌아오지 않았다. 어머니는 부엌 싱크대 앞에 서서 담배를 피우면서 창밖으로 타일러 거리를 내다보고 있었다. 간식을 달라고 하니까 아이스크림을 먹으라고 해서 에드 설리번(1950년대와 60년대에 미국에서 큰 인기를 누렸던 〈에드 설리번 쇼〉의 사회자―옮긴이)을 보면서 아이스크림을 먹었다. 잠잘 준비를 하고 어머니의 뺨에 키스를 하는데 어머니가 뺨은 우리에게 돌려 댔지만 눈은 계속 타일러 거리를 보고 있는 것으로 보아 생각은 딴 데 가 있는 게 분명했다. 아버지는 교인들의 부름을 받고 나가면 힘든 일을 겪는 그들을 위로해주거나 중

병이나 죽음 앞에서 철야기도를 함께하느라고 오래 머물다가 오는 일이 잦았기 때문에 뭘 그렇게 걱정하나 싶었다.

2층 우리 방에서 제이크가 말했다. "형, 그 이야기는 그만하는 게 좋겠어."

"무슨 얘기?"

"형이 죽은 남자를 찾아낸 영웅으로 등장하는 이야기."

"영웅 맞잖아."

"나도 거기 있었다고."

"누가 아니래?"

"근데 형은 꼭 내가 거기 없었던 것처럼 말하던데."

"그럼 다음번엔 네가 얘기하든가."

이 말에 제이크가 입을 다물었지만 방 한쪽에서 제이크의 속이 부글부글 끓고 있는 것을 느낄 수 있었다.

우리가 크리스마스 선물로 받은 시계 겸용 라디오는 타이머 기능이 있어서 라디오를 한 시간 듣고 나면 자동으로 전원이 꺼졌다. 주일날 밤마다 제이크와 나는 시카고에 있는 '오래된 등대'라는 방송국에서 내보내는 〈구원의 소식〉이라는 종교 프로그램을 즐겨 들었다. 그 프로그램에는 어둠 속을 헤매며 살던 사람이 하나님의 빛을 받아 구원을 얻는 이야기를 드라마로 꾸민 코너가 있었다. 나는 그 프로그램에서 설교 부분은 그다지 좋아하지 않았지만 당시에 드물었던 라디오 드라마는 재미있게 들었다. 제이크는 보통 프로그램이 진행되는 중간에 잠이 들었는데 그날 밤도 예외가 아니었다.

나는 열심히 듣다가 라디오가 꺼지자 잠을 청하기 시작했는데 마침 패커드가 돌아오는 소리가 들려서 눈이 번쩍 떠졌다. 우리 방 밑에서 현관문이 열리는 소리가 들렸다. 어머니가 아버지를 맞으러 현관으로 나간 것이다. 침대에서 일어나 창가로 가서 내려다보니 아버지가 거스 삼촌과 함께 차고에서 걸어오고 있었다.

"고마워, 거스." 아버지가 말했다.

"수고하셨습니다, 대위님. 효과가 있어야 할 텐데요. 안녕히 주무십시오."

거스 삼촌은 교회로 걸음을 옮겼다. 아버지는 현관으로 올라와서 어머니와 함께 집 안으로 들어와 부엌으로 갔다. 이제 어머니가 데워 놓은 스파게티를 접시에 담아 내놓을 것이었다. 나는 다시 침대에 누웠다. 부모님이 식탁 앞에 앉으면서 의자가 리놀륨 바닥을 긁는 소리가 난방기 쇠살대를 통해서 들리더니 곧이어 아버지가 식사를 하는지 한동안 조용했다.

"맨케이토에 있는 술집에서 그 사람을 찾아냈어." 아버지가 말했다. "술이 꽤 취했더라구. 술 깨게 하려고 애 좀 썼지. 뭐 좀 먹게 했고. 이야기를 나누면서 함께 기도하자고 설득해봤는데 끝까지 거부하더라구. 그래도 나중에는 술이 좀 깨는 것 같았어. 집에 갈 준비도 됐고. 아멜리아와 피터를 그렇게 때려놓고 많이 자책하더라고. 요즘 되는 일도 없고 많이 힘들었대. 다시는 그런 일이 없게 하겠다고 맹세했어."

"그래서 당신은 그 사람 말을 믿어?"

아버지가 남은 스파게티를 모아서 먹는지 포크가 접시를 긁는 소리가 들렸다. "루스, 사실 난 하나님이 모두에게 임하실 수 있는지 잘 모르겠어. 아니, 그게 아니라 모든 이를 하나님께로 인도하려면 어떻게 해야 하는지를 잘 모르겠어. 트래비스는 아직도 곤경에서 벗어나지 못하고 있어. 그 사람과 그 가족이 많이 걱정돼. 그렇지만 지금으로서는 그들을 위해 기도하는 것 말고 무엇을 더 할 수 있을까."

싱크대에서 수돗물이 흐르고 접시와 포크가 덜그럭거리는 소리가 나는 것을 보니 어머니가 설거지거리를 싱크대에 놓고 있는 모양이었다. 그러고는 잠시 침묵이 흘렀다. 어머니가 아직 식탁 앞에 앉아 있는 아버지를 등지고 싱크대 앞에 서 있는 모습이 그려졌다. 그날 밤 내가 마지막으로 들은 것은 어머니의 부드러운 목소리였다.

"고마워, 네이선. 애써줘서 고마워."

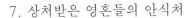

# 7. 상처받은 영혼들의 안식처

　월요일은 아버지의 공식 휴일이었다. 아침식사를 마치면 아버지는 보통 평지대의 우리 집에서 에밀 브란트의 집까지 걸어가는, 이른바 산책길에 나섰다. 브란트에게는 리사라는 여동생이 있었고 제이크는 오래전부터 리사와 친하게 지내고 있었기 때문에 자주 아버지를 따라나섰다. 부모님의 허락 없이는 우리 집 마당을 벗어나서는 안 된다는 벌을 받고 있던 나도 그 월요일에는 기꺼이 따라나섰다. 마치 교도소에서 외출 허가를 받아 나가는 것 같은 기분이 들었다. 에어리얼 누나도 따라갔지만 누나는 어차피 에밀 브란트의 집을 제집 드나들듯 하고 있었다. 에밀 브란트에게서 피아노와 오르간 교습을 받고 있었을 뿐만 아니라 1년 전부터는 에밀 브란트가 구술하고 있는 회고록을 타이핑하고 있었기 때문이었다.

　에밀 브란트와 리사 브란트는 브란트 가(家)의 일원이긴 했지만─그들은 악셀 브란트의 형제자매였으므로 칼 브란트의 삼촌과 고모가 되었다─뉴 브레멘에서도 미네소타 강이 내려다보이는 서쪽 끝에 위치한 아름답게 개조한 농가에서 일종의 유배생활을 하고 있었다. 그들은 명예와 부라는 측면에서 보면 브란트 가의 사람들이었지만 다른 가족들하고는 많이 달랐다. 에밀 브란트는 피아노의 거장이자 상당히 명성이 있는 작곡가였고 젊었을 땐 엄청난 유명세를 치르던 한량이었다. 그는 우리 어머니에게 청혼했다가 어머니를 버리고 떠난 후에 음악을 공부하기 위해 뉴욕 시로 갔고 거기서 애런 코플랜드와 친구가 되었다. 당시 코플랜드는 할리우드에서 존 스타인벡의 《생쥐와 인간》을 영화화한 작품의 배경음악을 작곡해서 큰 성공을 거둔 후 뉴욕으로 돌아와 있었다. 그 작곡가는 야심만만한 에밀에게 서부로 가서 길을 찾아보라고 충고했고 젊은 음악가는 그 충고를 받아들였다. 에밀 브란트는 처음부터 모든 일이 순조로웠다. 영화음악 분야에서 일거리를 쉽게 찾았고 쾌락을 좇는 할리우드 사람들과 잘 어울려 다녔다. 무명에 가까운 말년을 보내고 있던 스콧 피츠제럴드, 미네소타 출신인 앤드루스 시스터즈, 역시 미네소타 출신인 주디 갈랜드—본명은 프랜시스 검—와도 친해졌다. 전쟁이 발발하여 스타들과 흥청망청 마시고 노는 것을 중단하게 될 때까지 그는 두 갈래 길 앞에 선 청년 음악가였다. 하나는 영화음악 작곡가라는 화려한 직업을 향해 나아가는 길이었고 다른 하나는 자기가 왔던 곳으로, 검은 흙과 강한 바람과 깊은 뿌리에서 나오는 음악으로 돌아가는 길이었다. 이 모든 이야기는 에어리얼 누나가 에밀 브란트가 불러주는 회고록을 타이핑하면서 알게 된 사실을 내게 말해준 거였다.

리사 브란트는 또 다른 이야기였다. 리사는 에밀 브란트보다 10년 늦게, 청각장애아이자 자폐아로 태어났다. 브란트 가 사람들은 혹시라도 어린 리사에 대해 말할 경우가 생기면 침울한 어조로 말을 했다.

그녀는 학교는 다니지 않았지만 집에 상주하는 가정교사들로부터 학교교육에 못지않은 사교육을 받았다. 그녀는 자주 짜증을 내고 분노 발작을 일으켰는데 브란트 가 사람들 중에서 에밀만이 그 발작을 참고 받아줄 수 있었고, 그래서 그녀는 당연히 에밀을 아주 좋아했다. 시력을 잃고 여기저기 부상을 당한 상이군인이 되어 제2차 세계대전에서 살아 돌아온 에밀이 혼자 고독을 씹으며 살고 싶어 하자 그의 가족은 고지대 동네 끝에 있는 농가를 매입해서 완벽하게 개조했다. 그러고는 평범한 여자로서의 미래가 없는 10대 중반의 리사를 적적할 테니 함께 살라고 딸려 보냈다. 이 동거는 상처받은 두 사람 모두에게 유익한 것으로 판명이 되었다. 리사는 오빠를 돌봤고 오빠는 외롭고 고요한 여생을 앞에 둔 여동생이 목표를 갖고 일하고 보호받을 수 있는 가정이라는 울타리를 만들어주었다.

이것도 에어리얼 누나가 해준 이야기였는데, 나는 그로부터 한참 세월이 흐른 후에야 이런 것들의 중요성을 이해하게 되었다.

우리가 흰 말뚝 울타리로 다가갔을 때 리사 브란트는 벌써 자기 채소밭 밭고랑에서 일을 하고 있었다. 흙 묻은 장갑을 끼고 괭이 날로 축축한 흙을 뒤엎고 있었다. 에밀 브란트는 베란다에 있는 고리버들 의자에 앉아 있었고 그 옆에는 흰 고리버들 탁자와 빈 의자가 있었으며 탁자 위에는 체스 판이 놓여 있고 체스 말들이 전열을 가다듬고 서 있었다.

"커피 마시겠나, 네이선?" 우리가 대문으로 들어서자 에밀 브란트가 우리를 향해 큰 소리로 말했다.

그는 우리가 오는 것을 알고 있었던 데다 대문이 삐걱거리는 소리가 나자 우리가 도착한 사실을 눈치챈 게 분명했지만 눈이 전혀 안 보이면서도 어떤 식으로든 우리를 볼 수 있다는 인상을 주고 싶어 했다. 우리가 진입로를 걸어서 다가가자 그가 웃으면서 말했다.

"자네 옆에 있는 사람이 에어리얼하고 자네가 아들들이라고 주장하는 두 악동들인가?"

에밀 브란트가 아버지의 수행단의 구성을 어떻게 그렇게 정확하게 알아맞혔는지 그저 신기하기만 했다. 아버지는 자기가 아는 사람들 중에서 에밀 브란트가 제일 똑똑하다고 했는데 과연 그는 비범한 사람임이 틀림없었다. 리사는 괭이질을 멈춘 뒤 허리를 펴고 서서 허수아비처럼 수수하고 고요한 모습으로 우리가 침입하는 것을 지켜보고 있었다. 제이크가 일행에서 떨어져 그녀에게로 뛰어가 수화와 몸짓으로 이야기를 나누지 않았다면 그것은 분명히 침입이었을 것이다. 제이크는 리사를 따라 공구 창고로 가더니 정원용 갈퀴를 가지고 나와 다시 밭일을 시작한 그녀를 그림자처럼 따라다니며 일을 거들었다.

아버지가 계단을 오르면서 말했다. "그래, 한잔 마시고 싶군, 에밀."

눈 먼 남자가 말했다. "네가 가서 가져올래, 에어리얼? 뭐가 어디 있는지 다 알지? 그리고 너도 원하는 대로 알아서 마시고. 녹음기는 내 책상에 두었고 타자 용지도 많이 내놨다."

"네." 에어리얼 누나가 대답했다. 그러고는 마치 제집 들어가듯 익숙하게 안으로 들어갔다.

나는 현관 계단에 앉고 아버지는 빈 고리버들 의자에 앉았다.

"회고록은 어떻게 되어가나?" 아버지가 물었다.

"말은 악보하곤 다르더라구, 네이선. 꽤 힘이 드는데 과연 잘하고 있는 건지 잘 모르겠어. 그래도 뭐 그럭저럭 쓰고는 있지."

에밀과 리사 브란트의 농가는 뉴 브레멘에서 가장 아름다운 농가들 중 하나로 손꼽혔다. 리사가 울타리를 따라 심어놓은 부들레아 관목에서는 여름 내내 빨간색과 노란색의 꽃들이 활짝 피었다. 또한 그녀는 잔디밭 여기저기에 화단을 만들어놓았는데 붉은 벽돌로 가장자리를 두른 그 화단에는 10여 가지의 다채롭고 다양한 모양의 꽃들이 흐드러지게 피었다. 우리 집 전체 면적에 맞먹는 채소밭에서는 해마다 여름이 끝날 때까지 토마토와 양배추, 당근, 사탕옥수수, 호박 같은 갖가지 채소들이 덩굴과 줄기에 주렁주렁 열렸다. 리사는 인간 세상과는 의사소통이 어렵지만 식물과는 서로를 완벽하게 이해하고 있는 것 같았다.

에어리얼 누나가 아버지에게 커피를 내오고 나서 에밀 브란트에게 말했다. "바로 시작할게요."

"그래." 브란트가 미소를 짓자 정상적인 오른뺨은 부드럽게 살이 접혔지만 두꺼운 흉터가 있는 왼뺨은 잔주름이 자글자글해졌다.

에어리얼 누나가 다시 집 안으로 들어가고 몇 분 후 구석방의 창문 너머로 녹음기에서 나오는 브란트의 목소리와 빠르게 타자 치는 소리가 들렸다. 아버지와 에밀 브란트는 담소를 나누며 매주 하는 체스 게임을 시작했고 나는 누나의 손가락이 타자기 자판 위를 날아다니는 소리에 귀를 기울였다. 아버지는 예전부터 누나가 실업과목을 수강하고 타자와 부기를 배워야 한다고 주장했다. 누나의 꿈과 목표와는 별개로 그런 교육을 받아두면 여성에게 도움이 될 거라고 생각했기 때문이었다.

"E-4(체스의 폰을 세로줄 E열에 가로줄 4열이 만나는 칸으로 움직이라는 뜻─옮긴이)." 브란트가 체스 오프닝을 주문했다.

아버지는 브란트의 지시대로 폰(장기나 체스 판의 졸─옮긴이)을 움직였다. 브란트는 체스 판을 자기 눈으로 볼 수는 없었지만 게임의 진행 상황을 시각화하는 놀라운 능력을 가지고 있었고, 아버지는 그런 브란트의 지시대로 기물을 움직여주었다.

아버지는 덜루스라는 거친 항구도시에서 배를 타기 위해 장기간 집을 비우는 선원의 아들로 태어났다. 할아버지는 집에 있을 때면 술이나 퍼마시면서 아내와 아들에게 폭력을 휘두르는 사람이었기 때문에 장기간의 부재가 아버지에게는 그리 나쁜 환경이 아니었다. 할아버지가 일하던 석탄 운반선이 노바스코샤 해역에서 돌풍에 침몰하면서 할아버지는 스물아홉 명의 동료들과 함께 실종되었다. 그래서 나는 친할아버지를 한 번도 본 적이 없었다. 아버지는 드럼 가문에서 최초로 대학에 들어간 사람이었다. 아버지는 소송전문 변호사가 되려고 했다. 어머니가 들려준 이야기에 따르면, 어머니는 아버지를 처음 만났을 때 아버지가 매우 똑똑하고 자신만만한 청년이어서 미네소타 주 최고의 변호사가 될 거라고 확신했다. 미네소타 대학교에서 음악과 드라마를 전공하던 어머니는 3학년 때 아버지와 결혼했다. 어머니의 여학생 동아리 회원들이 이구동성으로 말했듯, 어머니가 대어를 낚은 거였다. 아버지는 그때 법대를 갓 졸업한 청년이었다. 그때가 1942년이었다. 그때 아버지는 군에 입대하여 참전 준비를 하고 있었다. 파병되기 전에 벌써 어머니가 에어리얼 누나를 임신 중이었다. 파병된 아버지는 북아프리카를 시작으로 수많은 군사작전에 참여했고 나중에는 벌지 전투(제2차 세계대전 당시 독일군의 대반격이 벌어진 전투-옮긴이)에까지 참가했다. 전쟁은 우리 아버지 네이선 드럼과 그의 인생 목표를 완전히 바꿔놓았다. 아버지가 전쟁터에서 집으로 돌아왔을 때 법정이라는 전쟁터에 뛰어들겠다는 욕망은 완전히 사라지고 없었다. 대신 아버지는 신학교에 들어갔고 목사 안수를 받았다. 평지대에서 3번가 감리교회의 담임목사로 임직하기 전에 우리 가족은 미네소타 변두리의 네 개 마을을 옮겨 다니며 살았다. 목사 가족은 한 곳에 오래 머물 수가 없었다. 사람들은 우리가 그런 현실을 불평 없이 받아들일 것으로 기대했지만 그러기가 결코 쉽지 않았다. 그러나 뉴 브레멘은 달랐다. 어머니가 뉴 브레멘에서 자랐고 우리도 외가댁에 자주 왔었기 때문에 오기 전부터 이 도시를 잘 알고 있었다. 아버지와 에밀 브란트는 안면이 있는 사이이긴 했지만, 그 둘이 가까워지는 계기가 된 것은 매주 가진 체스 회동이었다. 체스 회동은 점차 진화해서 동갑에다가 같은 전쟁에서 입은 상처를 갖고 있는 아버지와 에밀 브란트가 어머니 없이 자기들만의 유대감을 형성하는 계기가 되었다. 브란트가 한때 어머니를 사랑했고 어머니를 버렸지만 그런 것은 문제가 되지 않는 것 같았다. 적어도 그때의 나는 그렇게 믿었다.

"폰을 E-5로." 아버지가 선언하고 자신의 폰을 움직였다. "에어리얼 말이, 매혹적이라던데. 자네 회고록 말이야."

"에어리얼 같은 어린 아가씨들은 무엇에나 쉽게 빠지잖아. 자네 딸은 다방면에 재주가 있지만 더 넓은 세상에 대해서 배워야 할 게 아직 많은 것 같아, 친구. 나이트를 F-3으로(나이트를 세로줄 F열에 가로줄 3열이 만나는 칸으로 옮긴다는 뜻─옮긴이)."

아버지가 브란트의 나이트를 들어 적절한 칸으로 옮겨놓았다. "루스는 그 아이가 위대한 음악가가 될 거라고 믿고 있는데, 자네 생각은 어때, 에밀? 폰을 D-6로."

"폰을 D-4로. 에어리얼은 장래가 촉망되는 음악가야. 그건 의심의 여지가 없어. 또래의 여느 음악가 못지않지. 줄리어드를 졸업하고 나서 어느 유수의 관현악단을 찾아가 오디션을 받아도 합격할 거야. 그리고 작곡가로도 재능이 있어. 아직 배울 게 많지만 그건 세월이 흐르고 성숙해지면 해결될 일이고. 게다가 본인이 원한다면 좋은 선생님이 될 수도 있을걸. 그러니까 내 말은 말이야, 네이선, 에어리얼은 많은 분야에서 커다란 잠재력을 갖고 있다는 뜻이야. 근데 위대한 음악가? 그건 누가 알겠나? 그건 우리 자신의 노력보다는 하나님의 뜻과 환경에 달린 거라고 보는데."

"루스가 그 아이한테 거는 기대가 커. 비숍이 G-4로 갈게." 아버지가 말하더니 비숍을 옮겼다.

"자식이 훌륭하게 되기를 바라는 건 어느 부모나 마찬가지지. 아닌가? 자식이 없으니 내가 뭘 알겠나? D열에 있는 폰이 E-5에 있는 폰 잡을게."

"그럼 난 비숍이 F-3에 있는 나이트 먹는다. 그건 부모마다 달라질 수 있겠지. 에어리얼이 줄리어드에 가지 않겠다는군."

"뭐?" 브란트의 시력 없는 눈이 놀라서 휘둥그레지는 것 같았다.

"망설여지는 거겠지. 막상 가려고 하니까 가는 게 좋을까 싶어서 말이야."

"아." 브란트가 이해한다는 듯 고개를 끄덕였다. "그럴 만도 하지. 그나저나 그 아이가 가고 나면 많이 보고 싶을 거야. 에어리얼이 아닌 다른 사람에게 내 옛날 일을 털어놓고 회고록을 쓸 수 있을지 모르겠어. 퀸이 F-3에 있는 비숍 잡을게."

에어리얼 누나가 브란트의 회고록 집필을 돕는 것은 브란트가 누나에게 피아노와 작곡을 가르쳐주는 것에 대한 보수를 지불하는 대신 하기로 한 일이었다. 우리 부모님은 합당한 레슨비를 지불할 능력이 없었다. 브란트 같은 지위의 사람에게는 회고록 집필 도움은 매우 하잘 것 없는 수고비에 불과했지만 그는 우리 어머니에 대한 애정과 아버지와의 우정 때문에 기꺼이 누나의 음악 공부를 돕고 있었다.

"에어리얼이 폭탄 발언을 했을 때 루스는 뭐래?"

"길길이 뛰었지 뭐." 아버지가 말했다.

브란트가 껄껄 웃었다. "그랬겠지. 그럼 자네는?"

아버지는 체스 판을 물끄러미 내려다보았다. "난 그 아이가 행복하기를 바랄 뿐이야. D열에 있는 폰이 E-5 잡을게."

"비숍이 C-4로. 행복이란 게 뭘까, 네이선? 내 경험으로는, 길고 험난한 길을 가는 중에 중간중간 잠시 쉬었다 가는 것, 그게 행복이던데. 항상 행복한 사람이 어디 있겠나. 행복이 아니라 지혜라는 변덕스럽지 않은 미덕을 갖게 되길 바라는 게 더 나을 것 같아."

"나이트를 F-6로." 아버지가 고민하다가 말했다.

"퀸을 B-3로." 브란트가 즉시 대응했다.

아버지가 1분 정도 체스 판을 살펴보다가 말했다. "퀸을 E-7로. 트래비스 클레멘트라는 사람을 알아, 에밀?"

"아니, 나이트를 C-3로 옮길게."

"캐드버리에 사는데. 부인이 우리 교회 교인이지. 참전용사라던데, 한국전쟁. 거기서 고생을 많이 했다더라구. 그 트라우마로 힘들어하는 것 같고. 술을 마시더라구. 가족들을 괴롭히고. 폰을 C-6로."

"가끔은 말이야, 전쟁 때문에 그렇게 된 것도 있지만 전쟁터로 가기 전부터 문제의 소지를 갖고 있었다는 생각이 들어. 우리 마음속에 이미 틈이 있었는데 전쟁이 그 틈새를 벌려놓은 거지. 그렇지 않았다면 마음속에 꾹꾹 눌려 있었을 것이 그래서 다 터져 나왔던 거고. 예를 들어 자네와 자네의 인생철학만 봐도 그래. 자넨 돌아와서 잘 나가는 변호사가 되겠다고 생각하면서 전쟁터에 갔을는지 모르지만 자네 마음 깊은 곳에는 이미 목사의 씨앗이 심어져 있었을 거야."

"그럼 자네 마음속에는?"

"시각장애자의 씨앗?" 브란트가 미소를 지으며 말했다.

"트래비스에게 어떻게 다가가면 좋을지 모르겠어."

"자네가 누구에게 다가간다고 해서 그 사람들을 다 도와줄 수는 없을 거야, 네이선. 자신에 대한 기대가 너무 큰 거 같은데. 비숍을 G-5로 옮기자."

아버지가 의자에 등을 기대앉아서 뺨을 어루만졌다.

"폰을 B-5로." 아버지가 큰 확신은 없는 목소리로 말했다.

"아빠." 제이크가 소리치며 마당에서 뛰어왔다. 한 손에는 갈퀴를 다른 손에는 꿈틀거리는 가터 뱀(독이 없는 줄무늬 뱀─옮긴이)을 들고 있었다.

"괴롭히지 마라, 아들." 아버지가 말했다.

"안 괴롭혀요." 제이크가 나를 쳐다보며 말을 이었다. "멋지지, 형."

"가터 뱀? 흥, 겨우 그거 가지고 뭘." 내가 말했다. "방울뱀이라면 또 몰라도."

내 반응이 제이크의 흥분을 가라앉히지는 못했다. 제이크는 리사가 기다리는 마당으로 기분 좋게 돌아갔다. 둘이서 수화로 대화를 하더니 제이크가 뱀을 내려놓았고 둘이 나란히 서서 뱀이 사탕옥수수 줄기 사이로 재빨리 미끄러져 사라지는 것을 지켜보았다.

제이크와 리사 브란트의 관계는 왠지 기이한 느낌이 들었는데 그것은 둘 다 다른 사람들과는 쉽게 의사소통을 할 수가 없었기 때문이었다. 리사는 귀가 먹었어도 말은 배워서 할 수 있었지만 남들에게 이상하고 단조롭게 들리는 말을 입 밖으로 내뱉기를 극도로 꺼려 했다. 제이크도 논리적이고 조리 있는 문장을 만들지 못했다. 그들은 수화와 몸짓과 표정과 심지어 마음으로 의사소통을 했다. 리사는 자기 오빠와 제이크를 제외한 다른 모든 사람들에게 까다롭게 굴었다. 지금와 생각해보면 일종의 자폐증이 아니었나 싶은데 그 시절에는 다들 정신이상이라고 했다. 말을 할 땐 상대방의 눈을 똑바로 쳐다보지 못했고 아주 가끔 피치 못한 일로 안전한 자기 집을 떠나 시내로 들어갈 때 저 앞에서 사람이 걸어오면 접촉을 피하기 위해 길을 건너가곤 했었기 때문에 사람들은 그녀가 둔하거나 모자라다고 생각했다. 그녀는 주로 흰 말뚝 울타리 안에 머물면서 정원과 채소밭과 오빠를 돌봤다.

"제이크 같은 친구가 있으니까 리사는 운이 좋은 것 같아." 에밀 브란트가 말했다. "나이트가 B-5 잡을게."

"제이크도 리사와 함께 있는 걸 얼마나 좋아하는데. C에 있는 폰이 B-5 나이트 잡는다."

"리사에겐 다른 친구가 없어. 사실 나 말고는 아무도 없지. 나도 리사에게 많이 의존하고 있고. 내가 죽으면 리사가 어떻게 될지 걱정이야. 비숍이 B-5 잡을게. 체크."

"한참 후의 일을 뭐 하러 미리 걱정해, 에밀. 게다가 자네 말고도 가족이 있는데."

"그 가족들이 리사를 등한시하니까 문제지. 리사는 가족들한테 평생을 무시당하면서 살았어. 가끔은 그런 생각까지 들어. 내가 눈이 멀어 집으로 돌아왔을 때 다들 천만다행으로 여겼겠다는 생각. 가족 중 두 명의 부적응자를 통제 가능한 방식으로 한데 묶어놓을 절호의 기회가 생겼잖아. 그래서 우리가 여기 이 울타리 안에 살게 된 거고. 사실 여기가 우리 세상의 전부라고 할 수 있지. 근데 이상한 게 뭔 줄 아나, 네이션? 이 안에 갇혀 사는 게 행복하다는 거야. 내겐 음악과 리사가 있고, 리사에겐 정원과 내가 있으니 말이야."

"자네 입으로 행복이란 덧없는 거라고 했던 것 같은데."

브란트가 껄껄 웃으면서 말했다. "자기가 놓은 덫에 자기가 걸려든 격이군. 그나저나 체스 판을 자세히 살펴보면 내가 자네를 위해 함정을 하나 마련해놓은 게 보일 거야, 네이션."

아버지는 한동안 체스 판을 들여다보더니 말했다. "아, 무슨 말인지 알겠어. 영리하구먼, 에밀. 내가 졌네."

아버지와 에밀 브란트는 계속 이야기를 나눴고 나는 정원에 있는 제이크와 리사를 지켜보면서 서재에서 에어리얼 누나가 타자 치는 소리를 듣고 있었다. 어느 순간 그 말뚝 울타리 안의 세계가 살기 좋은 곳이라는, 모든 상처받은 영혼들이 서로를 어루만지며 살아가는 곳이라는 느낌이 들었다.


이른 오후 나는 떠돌이라고 불리는 남자의 매장식을 준비하고 있는 아버지에게 나도 따라가고 싶다고 말했다. 아버지가 이유를 물었고, 나는 사실 그 이유를 잘 모르면서도 또박또박 이유를 대려고 애를 썼다. 그냥 그렇게 해야 할 것 같았다. 그 주검을 발견한 사람이 나니까 영원한 어둠에 묻히는 순간에도 내가 거기 있어야 할 것 같았다. 그렇게 말하려고 했지만 말하는 동안에도 그런 뜻을 제대로 전달하지 못하고 있다는 것을 알고 있었다. 내 말을 다 들은 아버지는 나를 한참 동안 쳐다보더니 내가 가면 안 될 이유가 없겠다면서 참석을 허락했다. 단 우리가 아는 사람의 장례식에 참석할 때처럼 옷을 갖춰 입고 와야 한다고 조건을 붙였다. 주일날 입는 제일 좋은 옷을 입으라는 뜻이었다.

제이크는 죽은 남자에 대해서는 별 관심이 없는 것 같았다. 매장식에 갈 생각은 전혀 없다고 했고 더 나아가 내가 이 모든 일을 내게 이롭게 이용하고 있다고 비난하기까지 했다.

"형 되게 잘난 척한다."

제이크가 거실에 카드 테이블을 펴놓고 페인트 바이 넘버(각각 다른 색깔을 칠하도록 칸을 나누고 숫자를 매겨놓은 것—옮긴이) 그림을 색칠하고 있다가 고개를 들고 나를 쳐다보며 말했다. 상자 표지에 있는 바위가 많은 해변은 메인 주의 어디인 것 같았고 목가적이고 아름다웠지만, 선과 숫자의 도움을 받는다고 해도 제이크가 색칠을 끝내고 나면 색칠이 서투른 어린아이나 바보가 한 것처럼 엉망진창이 되고 말 것이 분명했다.

"신경 꺼라." 나는 퉁명스럽게 말하고 나서 옷을 갈아입었다.

아버지는 패커드를 몰고 마을 동쪽 언덕에 있는 묘지로 갔다. 묘혈이 이미 파여 있었고 거스 삼촌이 기다리고 있었다. 왜 왔는지는 모르겠지만 그레고르 보안관도 와 있었다. 우리가 도착하고 얼마 후 장의사 반 데르 발이 영구차를 몰고 왔다. 아버지와 거스 삼촌과 보안관과 장의사가 영구차 뒤칸에서 관을 끌어내렸다. 대패질을 하고 매끈하게 사포질을 한 소나무 관이었는데 손잡이가 없었다. 남자들이 관을 들어 어깨에 메고 무덤으로 옮겼다. 거스 삼촌이 관을 구덩이 밑으로 내릴 때 쓰려고 캔버스 천 끈 두 줄을 구덩이 위에 가로로 걸쳐놓고 5×10센티미터 각목도 여러 개 가로로 걸쳐놓았는데, 그 위에 남자들이 관을 내려놓았다. 그러고는 뒤로 물러섰고 아버지가 성경을 펼쳤다. 나는 남자들 옆으로 다가가 섰다.

그날은 참 죽기 좋은 날 같았다. 죽어서 평생 어깨에 짊어졌던 근심 걱정을 모두 벗어버리고 편안히 누워 하나님의 창조물 중에서 가장 좋은 것들을 즐길 수 있게 된다면, 그렇게 하기에 딱 좋은 날이었다는 뜻이다. 대기는 따스했고 바람 한 점 없었으며, 거스 삼촌이 늘 물을 주고 잘 깎아놓은 묘지의 잔디는 연초록의 카펫처럼 펼쳐져 있었다. 그리고 하늘을 담은 강물은 기다란 파란색 리본처럼 구불거리며 흘러가고 있었다. 내가 죽으면 바로 이런 곳에 누워 이런 풍경을 보고 싶다는 생각이 들었다. 그리고 이런 명당자리가 아무것도 가진 것 없고 이름조차 알려지지 않은 남자에게 돌아가다니 이상하다는 생각도 들었다. 그렇게 된 속사정은 그때나 지금이나 전혀 알지 못하지만, 아버지가 손을 쓰신 게 아닌가 하는 생각이 들긴 했다. 모두를 포용하는 아버지의 따뜻한 마음이 만들어낸 일이 아닌가 싶었다.

아버지는 시편 23편을 읽은 후 롬 8장 38절과 39절 말씀을 읽었다. "내가 확신하노니 사망이나 생명이나 천사들이나 권세자들이나 현재 일이나 장래 일이나 능력이나 높음이나 깊음이나 다른 아무 피조물이라도 우리를 우리 주 그리스도 예수 안에 있는 하나님의 사랑에서 끊을 수 없으리라."

아버지가 성경을 덮었다.

"우리는 자꾸만 우리가 걷는 인생길을 홀로 걷고 있다고 생각합니다. 그러나 절대로 그렇지 않습니다. 우리에겐 전혀 알려지지 않은 이 남자조차도 하나님께는 알려져 있었고 하나님은 줄곧 이 남자와 함께 길을 걸어오셨습니다. 하나님은 우리에게 쉬운 삶을 약속하시지 않았습니다. 우리가 고통 받지 않게 하겠다고, 절망과 고독, 혼돈, 자포자기의 감정을 느끼지 않게 하겠다고 약속하시지 않았습니다. 하나님께서 약속하신 것은 우리를 고통 중에 혼자 있지 않게 하겠다는 것이었습니다. 그리고 때로는 우리가 눈이 멀고 귀가 먹어 하나님의 함께하심을 보고 듣지 못하지만, 하나님은 언제나 우리 곁에, 우리 주위에, 우리 안에 계십니다. 우리는 결코 하나님의 사랑에서 끊어지지 않습니다. 그리고 하나님은 우리에게 다른 것을, 모든 것 중에 가장 중요한 것을 약속해주셨습니다. 바로 끝이 있게 하겠다는 약속입니다. 우리의 아픔에, 우리의 고통에, 우리의 외로움에 끝이 있게 하겠다고, 우리가 하나님과 함께 있게 하겠다고 그리고 하나님을 알게 하겠다고, 그래서 그곳이 천국이 되게 하겠다고 약속하셨습니다. 살았을 땐 지독한 외로움을 느꼈을 이 남자도 이젠 더 이상 외롭지 않습니다. 살았을 땐 끝없는 기다림의 나날을 보냈을 이 남자도 이젠 더 이상 기다리지 않습니다. 그는 하나님이 마련하신 자기 자리에 앉아 있습니다. 그리고 그것이 바로 지금 우리가 기뻐하는 이유입니다."

조사를 마친 아버지의 인도에 따라 우리는 주기도문을 바쳤고 한동안 침묵하면서 검은 묘혈 위에 걸쳐져 있는 옅은 노란색의 소박한 관을 내려다보았다. 그때 아버지가 깜짝 놀랄 말을 했다.

"참 죽기 좋은 날이군요." 내가 생각했던 것과 똑같은 말이었다. 아버지가 말을 이었다. "고인이 이 아름다운 곳에서 영원한 평화의 안식을 누리기를 빕니다."

이것도 내가 생각했던 것과 매우 비슷했다. 아버지가 다른 남자들에게 고개를 끄덕여 보이자 각자 끈의 끄트머리를 잡았다.

장의사가 말했다. "프랭크, 우리가 관을 들면 각목들을 좀 치워주겠니?"

남자들이 관을 들자 나는 허리를 굽히고 관 밑에 있는 5×10센티미터 각목들을 옆으로 밀어냈다. 남자들이 천천히 관을 내렸다. 관이 놓이자 그들은 끈을 끌어당겨 빼냈다.

아버지가 말했다. "거스, 도와줄까?"

"아뇨, 대위님. 시간 많은데 천천히 혼자 하죠, 뭐."

아버지는 보안관과 장의사와 악수를 나눈 후 나와 함께 패커드로 걸어갔고 거스 삼촌이 자신이 파낸 흙을 메워 무덤을 만들게 내버려두고 묘지를 떠났다.


집에 돌아오자 아버지가 말했다. "난 다시 시내로 들어가 봐야 돼. 그레고르 보안관과 반 데르 발 씨와 마무리할 일이 남았거든." 아버지는 다시 패커드를 타고 떠났다. 집 안 어디에도 제이크가 보이지 않았다. 길 건너편 교회에서는 에어리얼 누나의 오르간 연주에 맞춰 어머니가 부르는 노랫소리가 들렸다. 나는 옷을 갈아입고 교회로 가서 제이크는 어디 갔느냐고 물었다.

"대니 오키프의 작은할아버지가 집을 나가 돌아다니고 있는가 보더라." 어머니가 말했다. "대니가 그 할아버질 찾는 걸 돕겠다고 나갔어. 아빠는?"

대니에게 뉴 브레멘에 사는 작은할아버지가 있었다니 놀라웠다. 자기 친척들은 거의가 그래닛 폴스 근처에 산다고 했었다.

"일이 있어서 다시 시내로 들어가셨어요." 그리고 나서 말을 이었다. "제이크에게 외출을 허락했어요? 걔도 나처럼 외출금진데."

어머니는 손에 든 악보를 보느라고 내게는 별로 관심을 기울이지 않았다. 어머니와 에어리얼 누나는 일주일 후에 열릴 독립기념일 기념행사에서 선보일 계획으로 누나가 작곡한 합창곡을 함께 연습하고 있었다.

"친구를 돕겠다고 해서 그러라고 했는데, 왜?" 어머니가 말했다.

"그럼 저도 도와줘도 돼요?"

"음…… 뭐라고?" 어머니가 악보를 보며 얼굴을 찡그렸다.

"프랭키도 도와주라고 해요, 엄마." 에어리얼 누나가 오르간 의자에 앉아서 나를 향해 미소 지으며 눈을 찡긋했다. "더 빨리 찾을 수 있게."

"그래, 그래." 어머니가 나를 향해 손을 내저으며 말했다. "갔다 와."

내가 누나를 쳐다보며 물었다. "걔네들 어디로 갔어?"

"대니네 집으로." 누나가 말했다. "15분 전에."

나는 어머니가 마음을 바꾸기 전에 재빨리 교회를 나왔다.

나는 평지대의 서쪽 끝에 위치해 있어 강이 내다보이는 대니 오키프의 집으로 달려갔다. 대니의 어머니가 뒷마당에서 빨래를 널고 있었다. 키가 나와 엇비슷할 정도로 작았고 검은 머리에 눈은 아몬드 모양이었으며 피부 색깔과 골격이 영락없는 수 족이었다. 대니는 자기 혈통에 대해서 한 번도 말하지 않았지만 나는 그의 어머니가 미시시피 강을 따라 저 멀리 서부까지 널리 퍼져 살고 있는 북부 수 족 출신이라는 이야기를 들은 적이 있었다. 그녀는 황갈색 7부 바지에 초록색 민소매 티셔츠를 입고 흰색 운동화를 신고 있었다. 그녀는 초등학교 교사였다. 내가 5학년 때 담임선생님이었는데, 나는 그녀를 좋아했다. 내가 마당으로 들어섰을 때 그녀는 허리를 굽히고 빨래바구니에서 빨래를 집어 들고 있었다.

"안녕하세요, 오키프 선생님." 내가 쾌활하게 인사했다. "대니 안에 있어요?"

오키프 부인이 파란색 수건을 들어 빨랫줄에 널고 빨래집게로 집으면서 말했다. "작은할아버지 찾아오라고 보냈는데."

"네, 들었어요. 저도 도와주려고 왔어요."

"참 착하구나, 프랭크. 하지만 대니 혼자서 할 수 있을 거야."

"제 동생도 대니와 함께 있어요."

오키프 부인은 놀라는 기색이었고 왠지 탐탁치가 않은 것 같았다.

"어느 쪽으로 갔는지 아세요?" 내가 물었다.

그녀가 얼굴을 찌푸리며 말했다. "작은할아버지가 낚시를 좋아하시거든. 그래서 강을 따라 걸어가면서 찾아보라고 했어."

"감사합니다. 찾아서 모시고 올게요."

오키프 부인은 그리 감동을 받은 것 같지 않았다.

나는 강을 향해 달려갔고 2분쯤 후에는 강가를 걷고 있었다.

나는 낚시를 별로 좋아하지 않았지만 낚시 애호가들을 많이 알고 있었고 그들이 낚시를 위해 즐겨 찾는 장소도 잘 알고 있었다. 낚고 싶은 어종에 따라 선호하는 장소가 달랐다. 오래된 목재 야적장 뒤로 수심이 깊은 곳에서는 메기가 잘 잡혔다. 그곳에서 400미터쯤 하류로 내려가면 잔뜩 쌓인 모래가 강물을 절반가량이나 막고 있어 덩치가 크고 살집이 있는 물고기들이 좋아하는 호수처럼 되어버린 곳이 있었는데 그 모래톱에서는 강꼬치고기가 잘 잡혔다. 그리고 마을 외곽으로 800미터 가까이 떨어진 곳에 있는 철교도 물론 낚시꾼들이 즐겨 찾는 곳이었다. 평지대 반대편 강의 북쪽에는 경작지가 펼쳐져 있고 미루나무와 포플러나무의 그늘 속에 농가들이 드문드문 웅크리고 있었다. 마을 밖 저 멀리로는 강 계곡의 작은 마을들과 동쪽으로

60킬로미터쯤 떨어진 곳에 있는 맨케이토 시를 연결하는 고속도로가 지나가고 있었다. 고속도로 저 너머로는 고대 빙하기의 워런 강의 발자취를 그대로 보여주는 언덕과 절벽이 솟아 있었다.

강가의 굽이진 곳을 돌아가니 목소리와 웃음소리가 들렸고 무성하게 자란 골풀 덤불 건너편에서 물수제비를 뜨고 있는 제이크와 대니가 보였다. 그 아이들이 던지는 조약돌이 수면 위를 통통 튀어가면서 구리로 만든 접시 같은 동심원을 연달아 만들었다. 나를 본 대니와 제이크가 하던 일을 멈추더니 태양을 등지고 서서 그늘진 얼굴에 눈을 가늘게 뜨고 나를 쳐다보았다.

"할아버지 찾았어?" 내가 물었다.

"아니, 아직." 대니가 말했다.

"여기서 돌이나 던지고 있으면 어떻게 찾냐."

"형이 우리 대-대-대-대장도 아니면서." 제이크가 말했다.

그러고는 납작한 돌을 집어 강물로 홱 던졌다. 돌은 비스듬히 날아가더니 한 번도 튕기지 않고 그대로 가라앉았다.

"나한테 왜 이렇게 화를 내?"

"왜-왜-왜-왜-왜……." 제이크의 얼굴이 고통스럽게 일그러졌다. "왜-왜-왜……." 제이크가 눈을 질끈 감았다. "왜냐하면 형은 거짓말쟁이니까."

"무슨 소리야?"

"알면서." 제이크는 조약돌을 던지지 않고 만지작거리고 있는 대니를 슬쩍 쳐다보았다.

"그래, 나 거짓말쟁이다. 됐냐? 작은할아버지 빨리 찾아야지, 대니." 나는 제이크와 대니를 밀치고 강을 따라 계속 걸어 내려갔다.

대니는 곧 나를 따라와 내 옆에서 함께 걸었지만 뒤를 돌아보니 제이크는 아까 그 자리에 서서 뚱한 얼굴로 선택을 고민하고 있었다. 결국에는 따라오긴 했지만 줄곧 멀찌감치 떨어져서 따라왔다. 우리는 가능한 한 뜨거운 햇볕에 지글지글 구워지고 바삭바삭 금이 가고 있는 모래사장과 진흙땅 위로 걸으려고 애썼다. 하지만 강가를 따라 무성하게 자란 키 큰 갈대와 골풀을 헤치고 걸어야 할 때도 있었다. 대니는 최근에 읽은 책이라면서 뱀파이어 박쥐에 물려 좀비가 된 남자가 세상의 마지막 인간으로 사방을 헤매 다니는 이야기를 들려주었다. 대니는 공상과학소설을 많이 읽었고 줄거리를 이야기해주는 걸 좋아했다. 이야기를 꽤 재미있게 해서 이야기가 끝나갈 땐 어느새 우리가 넓은 모래땅을 덮고 있는 골풀들을 헤치고 나아가 작은 공터 앞에 서 있었다. 공터 한가운데에 허름한 천막 같은 것이 있었다. 물에 떠내려온 나뭇가지들을 묶어 양쪽에 기둥처럼 세우고 쓰레기더미를 뒤져서 찾아낸 물결 모양의 양철 판을 지붕 겸 벽을 삼아 기둥에 비스듬히 기대 세워놓은 임시구조물이었다. 그 달개집이 만들어낸 깊은 그늘 속에 한 남자가 앉아 있었다. 허리를 꼿꼿하게 펴고 양반 다리를 하고 앉아서 공터 끝에 서 있는 우리를 물끄러미 쳐다보았다.

"우리 워런 할아버지야." 대니가 말했다.

대니의 작은할아버지를 알아본 제이크와 나는 서로를 쳐다보았다. 전에 본 적이 있는 사람이었다. 죽은 남자와 함께 있었던 노인이었다.

대니의 할아버지가 그늘에서 소리쳤다. "네 엄마가 날 찾아오라던?"

대니가 말했다. "네."

노인의 두 손이 구부린 무릎 위에 가만히 놓여 있었다. 그가 뭔가 생각하는 표정으로 고개를 끄덕였다.

"내가 뭐 줄 테니까 못 찾았다고 말해줄래?" 그가 말했다.

대니가 운동화 자국을 남기면서 할아버지를 향해 모래밭을 가로질러 걸어갔다. 나는 대니의 발자국을 밟으며 따라갔고 제이크는 내 발자국을 밟고 왔다.

"뇌물이죠?" 대니가 물었다.

그 제안에 대해 진지하게 생각해보는 것 같았다. 제안을 받아들일 것인지에 대해 심각하게 고민해보는 것인지, 아니면 제안이 장난인지 진짜인지 가늠해보는 것인지는 알 수 없었다. 어쨌든 잠시 후 대니가 고개를 저었다.

"그럴 줄 알았다." 대니의 작은할아버지가 말했다. "그럼 이건 어떠냐? 네 엄마한테 내가 저녁식사 때까지는 들어갈 거라고 말해주는 거. 그때까지 나는 계속 낚시나 하고."

"하지만 지금 낚시 안 하시잖아요."

"낚시란 마음의 상태를 말하는 거란다, 대니 보이. 어떤 사람들은 낚시를 할 때 고기를 낚으려고 하지. 하지만 나는 낚싯바늘로 낚을 수 없는 것들을 낚으려고 한다." 그가 제이크와 나를 올려다보았다. "내가 아는 아이들 같은데."

"네, 할아버지." 내가 말했다.

"선장을 묻어줬다는 얘기는 들었다."

"네, 할아버지. 오늘이요. 저도 거기 갔었어요."

"너도? 왜?"

"모르겠어요. 그냥 그래야 할 것 같아서."

"그래야 할 것 같았다고?" 그의 입술은 싱긋 웃음을 지었지만 눈빛은 진지했다. "다른 사람도 갔었니?"

"우리 아버지요. 목사님이라 기도를 하셨어요. 그리고 거스 삼촌도요. 무덤을 만들어주었죠. 그리고 보안관이랑 장의사도."

"놀랍구나, 참석자가 그렇게나 많았다니."

"매장식을 잘 치러줬어요. 진짜 좋은 자리에 묻어줬고요."

"그래? 대단하구나. 많은 사람들이 친절을 베풀었구먼. 너무 늦긴 했지만, 안 그러냐?"

"네?"

"너희 '이토카가타 이야예(itokagata iyaye)'가 무슨 뜻인지 아니? 대니, 너는?"

"모르는데요."

"다코타 족의 말인데, 영혼이 남쪽으로 갔다는 뜻이다. 다시 말해 선장이 죽었다는 뜻이지. 네 애미 애비는 우리말도 안 가르치고 뭐 한다니, 대니?"

"영어가 우리말인데요." 대니가 말했다.

"그래, 그렇게 말할 줄 알았다." 대니의 할아버지가 말했다. "그렇게 말할 줄 알았어."

"할아버지한테 편지 왔어요." 대니는 바지 뒷주머니에서 접은 편지를 꺼내 노인에게 건넸다.

편지봉투를 받아든 대니의 작은할아버지는 눈을 가늘게 뜨고 봉투를 쳐다보았다. 그러더니 셔츠 주머니에 손을 넣어 렌즈가 두꺼운 금테 안경을 꺼냈다. 그는 안경을 쓰지 않고 돋보기처럼 편지에 갖다 대고 힘겹게 발신자 주소를 읽었다. 그러고는 봉투 덮개 속으로 손가락을 집어넣어 조심스럽게 봉투를 찢은 후 편지를 꺼내 아까처럼 안경 렌즈를 대고 천천히 편지를 읽었다.

나는 엉거주춤 서서 이제 가보라는 말이 나오기를 기다리고 있었다. 빨리 그곳을 벗어나고 싶었다.

"빌어먹을." 대니의 작은할아버지가 투덜거리면서 편지를 마구 구겨서 모래밭으로 던졌다. 그러고는 대니를 올려다보며 말했다. "가서 엄마한테 뭐라고 말하라고 알려주지 않았니? 뭘 기다리고 있는 거야?"

대니가 뒷걸음을 치더니 돌아서서 뛰기 시작했고 제이크와 나도 그 뒤를 따라 뛰었다. 공터를 벗어나 멀찌감치 떨어지고 대니의 작은할아버지가 키 큰 골풀에 가려 보이지 않게 되었을 때 내가 입을 열었다.

"너네 할아버지 왜 저래?"

"나도 저 할아버지 잘 몰라. 오랫동안 고향을 떠났다가 돌아오셨대. 문제가 생겨서 고향을 떠나야 했었대." 대니가 말했다.

"무슨 문제?" 제이크가 물었다.

대니가 어깨를 으쓱거렸다. "몰라. 엄마 아빠가 얘기 안 해줘. 지난주에 워런 할아버지가 갑자기 나타났고 엄마가 우리 집에서 모시자고 했어. 아빠한테 어쩔 수 없다고 모셔야 한다고 말했어. 가족이니까. 근데 같이 지내보니까 그리 나쁜 사람은 아니야. 웃길 때도 많아. 근데 집 안에 있는 걸 안 좋아해서. 벽만 보면 감옥에 갇힌 기분이 든다면서."

우리는 강을 따라 대니의 집 근처까지 왔고, 강둑을 올라가 제이크와 나는 우리 집으로 갔고 대니는 자기 어머니에게 할아버지 말씀을 전하러 집으로 들어갔다. 나는 대니가 어머니에게 뭐라고 전할지 궁금했다.

우리 집 마당에 도착하자 제이크는 계단을 올라가기 시작했지만 나는 꾸물거리고 서 있었다.

"왜?" 제이크가 물었다.

"봤어?"

"뭘?"

"대니의 작은할아버지가 갖고 있던 안경."

"그게 뭐?"

"그거 그 할아버지 거 아니야, 제이크. 바비 콜 거였어."

그 순간 제이크는 얼어붙은 듯 멍하니 서서 나를 쳐다보았다. 그러더니 눈이 반짝였다.

## 8. 사적인 대화

그날 저녁에 외할아버지가 식사를 함께하러 우리 집에 오셨다. 아내를 데려왔는데, 어머니의 계모였다. 엘리자베스라는 이름의 그 여자는 외할아버지의 비서였다가 점차 더 큰 의미가 되었다. 친 외할머니는 내가 아주 어렸을 때 암으로 돌아가셔서 얼굴도 기억나지 않았고, 그래서 어머니의 계모인 리즈가―그녀는 할머니가 아니라 리즈라고 불러달라고 했다―내가 아는 유일한 외할머니였다. 나는 그녀를 좋아했고 제이크와 에어리얼 누나도 마찬가지였다. 아버지도 외할아버지는 좋아하지 않았지만 리즈에 대해서는 다른 감정인 것이 분명했다. 어머니만 리즈와 잘 지내지 못했다. 어머니는 리즈에게 공손하게 대하면서 거리를 두고 서먹하게 지냈다.

어머니가 마티니 칵테일을 만들었지만 아버지는 늘 그랬듯 사양했다. 다들 거실에 둘러앉았고 어른들은 대화를 나눴다. 할아버지는 멕시코 농부들이 떼거지로 몰려와서 지역사회에 달갑지 않은 영향을 미치고 있다고 개탄했고 아버지는 그 이주자들의 도움이 없다면 농민들이 어떻게 농사를 짓겠느냐고 반문했다. 리즈는 자기가 마을에서 본 이주민들은 항상 깔끔하고 정중했으며 아이들도 예의가 바르더라면서 생계유지를 위해 어린애들까지 포함해서 온 가족이 들판에 나가 일을 해야 한다니 가슴이 아프다고 했다.

할아버지가 말했다. "영어라도 할 수 있으면 좀 좋아."

제이크와 나는 잠자코 앉아서 이런 이야기를 듣고 있으니까 좀이 쑤셔서 죽을 지경이었다. 우리 의견을 묻는 사람은 아무도 없었고 우리도 의견을 말할 의무를 느끼지 못했다. 어머니가 요리한 구운 치킨과 으깬 감자와 아스파라거스를 먹었는데 치킨은 바싹 마르고 탄 맛이 났고 그레이비소스는 건더기가 물컹하게 씹혔으며 아스파라거스는 섬유질이 씹히고 질겼지만 할아버지는 맛있다고 극찬을 했다. 저녁식사가 끝난 후 할아버지는 세련된 뷰익 승용차에 리즈를 태우고 집으로 돌아가셨다. 어머니와 에어리얼 누나는 어머니가 2년 전에 창단한 뉴 브레멘 합창단과 연습을 하러 갔다. 누나가 독립기념일 행사를 위해 작곡한 합창곡을 연습할 거라고 했다. 아버지는 교회 목사실로 갔고 제이크와 나만 남아서 설거지를 했다. 내가 그릇을 씻었고 제이크가 마른 수건으로 물기를 닦았다.

"어떡해야 돼?" 제이크가 깨끗한 접시를 들고 오래된 리놀륨 바닥으로 물을 뚝뚝 흘리면서 물었다.

"뭘?"

"바비 안경 말이야." 제이크가 말했다.

"글쎄."

"주운 걸 수도 있어. 바비가 기차에 치였던 그 선로 옆에서 말이야."

"그럴 수도 있겠지. 그런데 너 그거 빨리 안 닦으면 바닥에 호수가 생기겠다."

제이크가 마른 수건으로 접시를 닦기 시작했다. "누구한테 알려야 하지 않을까?"

"누구한테?"

"글쎄, 아빠?"

"그래, 그러고 나서 우리가 시체를 어떻게 찾았는지 얘기할 때 거짓말을 했었다고 말하고? 그러고 싶어?"

제이크는 우리가 이런 곤경에 처한 것이 다 나 때문이라는 듯 뚱한 표정으로 나를 쳐다보았다. "그러니까 형이 처음부터 사실대로 얘기했으면 좋았잖아."

"야, 대니의 작은할아버지에 대해서 아무 말도 안 한 건 너였다. 난 그냥 맞춰준 것뿐이라고. 기억 안 나?"

"내가 그만 집에 가자고 했을 때 갔으면, 거짓말할 필요도 없었잖아."

"그래, 그래. 어쨌든, 거짓말한 건 너였어. 그리고 재미있는 건, 너 그땐 말도 안 더듬더라. 그건 무슨 뜻이라고 생각하냐?"

제이크는 닦은 접시를 조리대 위에 놓고 설거지 선반에서 다음 것을 집어 들었다. "에어리얼 누나한테 말할까?"

나는 어머니가 치킨구이를 할 때 사용해서 검게 탄 치킨 껍질이 눌어붙어 있는 프라이팬 바닥을 S.O.S 수세미로 박박 닦았다.

"누난 이거 아니라도 걱정거리 많아." 내가 말했다.

나는 어머니한테 말하는 건 생각도 하지 않았고 그건 제이크도 마찬가지였다. 어머니는 자기 삶에 대한 불같은 열정에 사로잡혀 살았고 사실 에어리얼 누나만을 편애했으며 두 아들을 돌보는 일은 거의 다 남편에게 맡겼다.

"그럼 거스 삼촌은 어때?" 제이크가 말했다.

나는 수세미질을 멈췄다. 거스 삼촌이라면 괜찮을 것 같았다. 지난 토요일 핼더슨 약국 뒤쪽 창고 방에서는 약간 이상해 보이기는 했지만 그건 술을 마신 데다 나 같으면 기꺼이 잊어버렸을 그 끔찍한 순간에 관해 다른 이상한 정황들이 나와 심란해서 그랬을 것 같았다. 이젠 시간이 충분히 지났으니 좀 더 사려 깊은 충고를 해줄 수 있을 것 같았다.

"좋아." 내가 말했다. "설거지 빨리 끝내고 가보자."

우리가 길을 건너가 거스 삼촌 방이 있는 교회 지하실로 향하는 옆문에 도착했을 땐 땅거미가 어둑어둑 지고 있었고 청개구리와 귀뚜라미가 유쾌하게 울어대고 있었다. 거스 삼촌의 인디언 치프가 교회 주차장에 낯선 자동차 두 대와 나란히 서 있었다. 목사실에 불이 켜져 있고 차이콥스키의 피아노 협주곡 제1번의 아름답고 웅장한 선율이 창밖으로 흘러나왔다. 아버지는 목사실에 전축과 책장 한 칸을 가득 채울 만큼의 음반을 갖다놓고, 일하면서 음악을 자주 들었다. 이 피아노 협주곡은 아버지가 좋아하는 곡들 중 하나였다. 옆문을 열고 들어가 계단을 내려간 우리는 깜짝 놀라 그 자리에 멈춰 섰다. 지하실 한가운데 갓을 씌우지 않은 알전구의 강렬한 불빛 아래에 카드 테이블이 놓여 있었고 거스 삼촌과 다른 세 남자가 둘러앉아 있었다. 테이블에는 카드와 포커 칩이 놓여 있었고 방 안에는 담배 연기가 자욱했으며 각자 쌓아놓은 포커 칩 옆에 브란트 맥주가 한 병씩 놓여 있었다. 거기 있는 남자들 모두 아는 사람들이었다. 약사인 핼더슨 씨와 우편배달부이자 아버지 교회의 교인인 에드 플로린, 그리고 도일 경관이었다. 남자들이 우리를 본 순간 도박이 중단되었다.

"들켰네." 도일이 싱긋 웃으면서 말했다.

"이리 와봐, 애들아." 거스 삼촌이 우리를 손짓해 불렀다.

나는 즉시 삼촌에게로 걸어갔지만 제이크는 계단 앞에 그대로 서 있었다.

"친구들끼리 심심풀이로 하는 거야." 거스 삼촌이 말했다.

그러고는 한 팔로 나를 감싸 안고 자기 카드를 보여주었다. 나는 삼촌한테서 포커를 배웠기 때문에 지금 삼촌한테 패가 잘 들어왔다는 것을 알 수 있었다. 2자 카드 세 장과 퀸 두 장이 있는 풀하우스였다.

"별것 아니야." 거스 삼촌이 말했다. "그래도 아빠가 모르는 게 좋을 것 같다, 그치?"

거스 삼촌이 조용히 말했고 나는 그 이유를 알았다. 지하실 한 구석에 있는 벽난로가 고장 나서 수리를 해야 했다. 삼촌이 수리를 맡았는데 한여름이라 서두르지 않고 있었다. 배관이 모두 분리됐고 지하실 소음이 배관구멍을 타고 올라가 예배당과 회합실과 목사실로 들어가는 것을 막기 위해 넝마로 배관구멍을 틀어막은 상태였다. 넝마와 차이콥스키의 협주곡 덕분에 카드 게임 하는 소리가 아버지의 귀에 들어가지 않았지만 삼촌은 혹시라도 들킬까 봐 조심하고 있는 거였다.

"알았어요." 내가 조용히 말했다.

거스 삼촌이 제이크를 쳐다보았다. "제이크, 너는?"

제이크는 대답하지 않았지만 어깨를 으쓱거려서 마지못해 동의를 표시했다.

거스 삼촌이 말했다. "근데 무슨 볼일로 왔니?"

나는 테이블에 둘러앉은 남자들을 둘러보았다. 제이크와 내가 주검을 발견한 날 약국 창고에 있었던 사람들과 거의 같은 구성이었지만 그땐 비밀을 털어놓을 수 있는 절친한 친구들로 느껴졌었는데 지금은 아니었다.

"그냥요. 볼일은 무슨 볼일이요." 내가 말했다.

"그럼 그만 가보는 게 좋겠다. 그리고 이 게임은 비밀로 해주는 거 잊지 말고. 참, 최고의 맛을 자랑하는 브란트 맥주 한 모금 하고 갈래?" 거스 삼촌이 웃으면서 말했다.

나는 미지근한 맥주를 한 모금 마셨다. 술을 마신 것이 처음이 아니었는데도 어른들은 뭐가 맛있다고 술을 마시는지 아직은 이해할 수 없었다. 내가 손등으로 입을 쓱 닦자 도일이 내 등을 토닥이면서 말했다.

"그놈 진짜 사나이가 되겠는데."

목사실 문을 두드리는 소리가 들렸다. 소리가 밑에까지 들리는 걸 보니 아주 세게 두드리는 게 틀림없었고 차이콥스키의 선율을 누르고 들리게 하기 위해서 그렇게 세게 두드리는 것 같았다. 갑자기 음악이 멈췄다. 아버지가 문을 향해 걸어가면서 마룻널이 삐걱거리는 소리가 났다.

거스 삼촌이 손가락을 입에 대어 조용히 하라고 신호를 보내더니 자리에서 일어나 목사실로 연결된 난방배관이 있는 곳으로 걸어가서 넝마를 꺼냈다. 이젠 아버지의 말소리가 아주 선명하게 들렸다.

"안녕하세요. 어서 오세요. 어쩐 일이십니까?"

"들어가도 될까요, 목사님?"

나는 누구의 목소리인지 금방 알아차렸다. 바비 콜의 장례식 날 그녀의 집 뒷마당 빨랫줄에 널려 있던 그 놀라운 속옷의 주인인 에드너 스위니였다.

"그럼요, 물론이죠." 아버지가 말했다. "잘 지내셨습니까, 에이비스?"

"그럼요, 그럼요." 에이비스 스위니가 대답은 이렇게 했지만 그렇게 잘 지낸 것 같은 목소리는 아니었다.

"자, 앉으시죠."

거스 삼촌은 배관에 넝마를 다시 틀어막고 낮은 목소리로 "갑자기 소변이 마려워서"라고 말하더니 화장실로 향했다. 우리 머리 위에서는 의자들이 아무것도 깔지 않은 나무 마룻바닥을 긁는 소리가 났다. 도일이 카드를 내려놓고 일어서서 배관으로 걸어가더니 넝마를 빼냈다.

"자, 무엇을 도와드릴까요?" 아버지가 말했다.

잠깐 침묵이 흐르더니 에드너 스위니가 입을 열었다. "목사님이 부부 상담도 해주시는 거 맞죠?"

"특정 상황에서는 상담을 합니다."

"우리 결혼생활의 문제에 관해 상담을 받고 싶어요, 목사님."

"어떤 문제죠?"

다시 침묵이 흘렀고 에이비스의 헛기침 소리가 들렸다.

"부부간의 성생활에 관해서요." 에드너 스위니가 말했다.

"그렇군요." 아버지가 차분하게 말했다. 에드너가 '기도에 관해 말씀 나누고 싶어요'라고 말했어도 이보다 더 차분한 반응을 보이지는 않았을 것 같았다.

내가 뭔가 해야 한다는 생각이 들었다. 도일에게 다가가서 그의 손에서 넝마를 낚아채 배관구멍에 다시 틀어막아야 한다는 생각이 들었다. 그러나 나는 어른들 틈에 낀 어린아이에 불과해서 어른들의 뜻에 반하는 행동을 하기가 겁이 났다.

"제 말은, 그러니까, 부부간의 성생활에 관해서 충고 좀 해주시라는 거예요. 기독교적인 관점에서요." 에드너 스위니가 말했다.

"무슨 말씀이신지 알겠습니다." 아버지가 말했다.

"뭐냐면요, 에이비스와 저는 부부관계에 있어서 눈높이가 안 맞아요. 사실요, 목사님, 에이비스보다 제가 성관계를 더 많이 원하는 것 같아요. 에이비스가 준비가 안 됐을 때도 자꾸 요구하죠. 그러니까 남편은 제가 성욕이 비정상적으로 강하다고 생각해요. 정말 그렇게 말했어요. 비정상적으로 강하다고. 제가 뭐 섹스에 환장한 여자라도 되는 것처럼 말이에요." 에드너 스위니는 차분한 어조로 말을 시작했지만 금세 말이 빨라지고 흥분했으며 끝에 가서는 거의 격분한 어조였다.

도일이 잠깐 넝마를 배관구멍에 밀어 넣더니 다른 남자들에게 속삭였다. "내 전처가 저 정도로 열성적이었으면 난 아직도 유부남일 거야." 남자들이 숨죽여 키득거렸고 도일이 다시 넝마를 빼냈다.

"그랬군요." 아버지가 말했다. "그럼, 에이비스, 당신은 뭐 할 말 없어요?"

"있죠, 목사님. 난 하루 종일 대형 곡물 창고에서 힘들게 일하다가 녹초가 돼서 집에 돌아옵니다. 정말 뭐 빠지게 일하고 나서 집으로 기어 들어가 보면―어, 말이 좀 거칠어서 죄송해요―에드너가 흥분해서 쌕쌕거리며 기다리고 있는 거예요. 내 머릿속엔 시원한 맥주와 다리를 어디 올려놓고 소파에 기대 쉴 생각밖에 없는데 말이죠. 에드너는 내가 발정난 개처럼 달려들어 주길 바라는 것 같은데 내가 그럴 기운이 어딨겠습니까."

목사실에 앉아 있는 대꼬챙이처럼 빼빼 마른 에이비스 스위니의 모습이, 엄청나게 큰 목울대가 스카이콩콩을 타듯 목 위아래로 오르락내리락하는 모습이 상상이 되었다. 약사 헬더슨 씨도 같은 상상을 했는지 조용히 웃으면서 고개를 가로저었다. 대화를 엿들으면 안 된다는 것을 알고 있었고 거스 삼촌이 있었으면 못 듣게 막았을 거라는 생각이 들었다. 삼촌이 없을 땐 내가 그 임무를 맡았어야 했다는 것도 알고 있었다. 그러나 사실 나는 어른들에게 맞서는 것이 겁이 나서가 아니라 목사실에서 오가는 이야기가 매우 흥미로웠기 때문에 아무 말도 안 하고 잠자코 있었다.

"조금만 애정을 표현해달라는 거야, 에이비스." 에드너 스위니가 말했다. "내가 원하는 건 그것밖에 없어."

"아니, 에드너, 당신은 당신 말 한마디에 발정 나서 달려드는 색광을 원하고 있어. 근데 난 그런 놈이 못된다고, 이 여자야. 이제 아시겠죠, 목사님? 난 너무 피곤해서 침대에서 시체놀이나 하고 싶은데 이 여자는 흥분한 암곰처럼 들이댄다니까요."

"그런 여자를 원하는 남자들이 얼마나 많은데." 에드너가 날카롭게 맞받았다.

"그럼 그런 남자하고 결혼을 했어야지."

"그런 남잔 줄 알았지."

"자자, 진정합시다." 아버지가 침착하게 말했다. 그러고는 잠시 입을 다물고 신중하게 생각한 뒤 입을 열었다. "남녀 간의 육체관계는 개인의 욕구와 기질이 섬세한 부분까지 조화를 이루어야 바람직한 상태를 유지할 수 있는데 이 모든 요소들이 쉽게 조화를 이루는 경우는 거의 없어요. 에드너, 에이비스의 말을 듣고 있나요? 남편은 힘든 하루를 보내고 와서 잠깐 쉴 시간을 달라는 겁니다. 그리고 나서 사랑을 나누자는 거죠."

"잠깐 쉰다고요? 흥, 목사님, 어떤 줄 아세요? 맥주를 퍼마시고 꾸벅 꾸벅 졸아요. 그럼 다 끝난 거죠 뭐. 사랑 나누기는 무슨."

"에이비스, 맥주 대신 아이스티 한 잔은 어때요?"

"목사님, 뜨거운 오후에 노예처럼 일할 때 내가 어떻게 버티는 줄 아세요? 냉장고 안에서 나를 기다리고 있을 시원한 맥주를 생각하면서 버틴다구요."

에드너 스위니가 말했다. "침대에서 기다리고 있을 마누라를 생각하며 버티는 남자들도 많을 텐데."

"우리 결혼한 지 13년이 넘었어, 에드너. 뭐 새로울 게 있다고 마누라를 생각하며 하루를 버티나."

"13년이요? 꽤 오래됐네요. 두 분이 어떻게 만났습니까?" 아버지가 말했다.

"그게 무슨 상관이에요?" 에이비스 스위니가 말했다.

"소풍 가서 만났어요." 에드너가 말했다. "루터 공원에서요. 지인들 중에 에이비스의 직장 동료가 몇 명 있었는데 우리 둘을 다 초대했더라구요. 다리를 놓은 거죠. 그땐 몰랐지만."

"에이비스의 어떤 점이 마음에 들었어요?"

"아우, 그땐 진짜 귀엽고 자신감이 넘치더라구요. 다들 소프트볼을 하는데 우린 계속 이야기를 나눴어요. 그리고 저녁때 다들 돌아가려고 준비하는데 에이비스가 나를 위해 차 문을 열어주더라구요. 멋진 신사 같았어요." 에드너는 말을 멈추고 잠시 침묵했고 다시 입을 열었을 땐 목이 멘 목소리였다. "그때 에이비스의 눈을 봤어요, 목사님. 이 남자 눈 속에 다른 남자들에게서는 볼 수 없었던 친절함이 보이더군요."

"아름다운 이야기군요, 에드너. 에이비스, 당신은 에드너의 뭘 보고 사랑에 빠졌죠?"

"흠, 글쎄, 잘 모르겠는데요."

"천천히 한번 생각해봐요."

"그땐 진짜 예뻤어요. 말도 안 되는 소릴 지껄이지도 않았고. 가족 이야기를, 특히 병약한 어머니 이야기를 많이 하더군요. 어머니를 많이 걱정하고 사랑한다는 걸 느낄 수 있었죠. 그러다가 내가 아팠던 적이 있었어요. 심한 독감에 걸렸는데, 날마다 갖가지 수프를 만들어서 갖다 줬어요. 이 여자가 요리 하나는 끝내줍니다, 목사님."

"그렇다고 들었어요, 에이비스. 내가 보기에 두 분은 서로 사랑하고 있군요. 그렇게 서로 사랑한다면, 다른 문제는 모두 해결해나갈 수가 있습니다. 제안 하나 하죠. 친한 친구들 중에 제리 스토라는 목사가 있는데, 부부관계에 위기를 맞고 있는 부부들 상담도 전문으로 하거든요. 대단히 유능해서 분명히 두 분을 도와줄 수 있을 것 같은데, 연락해서 상담 날짜를 한 번 잡아보라고 할까요?"

"글쎄요." 에이비스가 말했다.

"나를 찾아온 것만으로도 제일 힘든 발걸음은 내디딘 겁니다." 아버지가 말했다.

"네, 상담 받아보고 싶어요." 에드너 스위니가 말했다. "부탁이야, 에이비스."

지하실 카드 테이블에 둘러앉은 남자들은 돌처럼 굳은 자세로 앉아 있었다.

"그래, 좋아." 마침내 에이비스가 말했다.

거스 삼촌의 화장실에서 변기 물 내리는 소리가 나더니 잠시 후 문이 열리고 삼촌이 허리띠 버클을 채우면서 나왔다. 삼촌은 고개를 들더니 잠깐 사태 파악을 하는 것 같았다.

위층에서 아버지가 말했다. "내일 아침 일찍 제리에게 전화해서 상담 약속을 잡아볼게요. 에이비스, 에드너, 나는 진짜 문제가 있는 부부들을 자주 봅니다. 사랑의 굳건한 토대를 잃은 부부들이요. 분명한 건 당신들은 거기에 속하지 않는다는 겁니다. 에이비스, 에드너의 손을 잡아요. 함께 기도합시다."

거스 삼촌은 재빨리 도일이 서 있는 곳으로 가서 넝마를 낚아채 배관구멍을 틀어막았다. 그러고는 성난 목소리로 속삭였다. "도대체 뭐 하는 짓이야, 도일?"

도일은 거스 삼촌의 분노를 대수롭지 않게 넘겼다. "그냥 궁금해서." 그러고는 카드 테이블로 느긋하게 걸어갔다.

위에서 의자가 바닥을 긁는 소리가 나더니 곧이어 문으로 향하는 발소리가 들렸고 잠시 후 차이콥스키의 음악이 다시 시작되었다.

핼더슨이 고개를 가로저었다. "목사라는 직업이 이렇게 재미있는 직업일 줄 누가 알았겠어?"

도일이 말했다. "내 말 들어봐, 친구들. 에이비스가 저 여자를 품어주지 않으면, 다른 놈이 옳다구나 하고 달려들걸, 틀림없이."

"왜, 생각 있어, 자네?" 핼더슨이 물었다.

"그럼, 생각 있지. 생각 있고말고. 항상 생각 있지." 도일이 말했다.

거스 삼촌이 테이블로 돌아왔지만 즉시 카드를 집어 들진 않았다. 아직도 도일에게 화가 나 있는 게 분명했다. 나와 제이크를 쳐다보는 삼촌의 눈빛을 보니 그 화가 우리에게 쏟아질 것 같았다.

"너희는 돌아간 줄 알았는데." 삼촌이 말했다.

우리는 뒷걸음질을 치기 시작했다.

"야, 얘들아." 도일이 카드를 들면서 말했다. "아까도 말했지만, 이건 우리끼리만 아는 일이다, 알겠지? 친구들끼리 장난 좀 치는 건데 니들 아버지가 알고 열 받을 필요는 없잖아. 안 그래, 거스?"

거스 삼촌은 아무 말도 하지 않았지만 우리를 보는 표정이 그렇다고 말하고 있었다.

우리는 집으로 돌아갔고 아무 말도 하지 않았다. 바비 콜의 안경 처리 문제에 관해서는 상황이 아까보다 나아진 게 하나도 없었다. 그러나 아버지 교회의 지하실에서 놀라운 일이 일어난 것은 분명했다. 우린 남자 어른들과 어울렸고 불법의 느낌이 나는 비밀을 그들과 공유했다. 어찌 보면 내 아버지를 희생하면서 얻어낸 소득이었지만 나는 그런 비밀 모임에 함께했다는 것에, 그 사나이들 집단의 일원이었다는 것에 희열을 느꼈다.

마침내 제이크가 입을 열었을 땐 나와는 다른 견해를 갖고 있다는 것을 분명히 알 수 있었다.

"듣지 말았어야 했어. 사적인 일이었는데."

제이크는 소파에 앉아서 꺼진 텔레비전 화면을 노려보고 있었다.

나는 뒤쪽 창가에 서서 검은 초원 너머에 있는 스위니의 집을 보고 있었다. 그 집 뒤쪽 방에 불이 켜져 있었는데 아마도 침실일 것이다.

"우리가 뭐 일부러 그랬냐. 우연히 듣게 된 거지."

"그냥 나올 수도 있었잖아."

"그럼 나가지, 왜 안 나갔어?"

제이크는 대답하지 않았다. 스위니의 집의 전등불이 꺼졌고 그 후로 그 집은 칠흑같이 깜깜했다.

"대니 작은할아버지는 어떡하지?" 제이크가 물었다.

나는 아버지가 책을 읽을 때 앉는 커다란 안락의자에 털썩 주저앉았다.

"그건 우리만 알고 있자." 내가 말했다.

곧 아버지가 돌아왔다. 아버지는 우리가 텔레비전을 보고 있는 거실로 고개를 들이밀고 말했다. "아이스크림 먹을 건데, 먹을 사람?"

우리 둘 다 먹고 싶다고 했고 몇 분 후 아버지가 초콜릿 아이스크림이 한 국자씩 담긴 사발을 가져왔다. 우리는 나란히 앉아 말없이 아이스크림을 먹으면서 〈서프사이드 6(Surfside 6)〉(1960년대에 ABC에서 방영된 드라마-옮긴이)를 보았다. 다 먹고 난 후 제이크와 나는 각자의 사발을 가지고 부엌으로 가서 물로 헹군 후 나중에 설거지하게 싱크대 안에 내려놓은 뒤 자러 가려고 계단으로 향했다. 아버지는 자기 빈 그릇을 싱크대 안에 내려놓고 텔레비전을 끈 후 안락의자로 갔다. 무릎에 책을 펼쳐놓고 읽다가 우리가 거실을 가로질러 계단으로 걸어가니까 책에서 고개를 들고는 호기심 어린 눈초리로 우리를 쳐다보았다.

"아까 너희 둘 교회로 건너오는 거 봤어. 나한테 할 얘기가 있어서 오는 줄 알았는데."

"아뇨. 거스 삼촌한테 인사하러 갔었어요." 내가 말했다.

"아, 그래? 거스 삼촌은 좀 어떻든?" 아버지가 말했다.

제이크는 계단 난간에 한 손을 올려놓고 한 발은 첫 번째 계단에 올려놓은 채 걱정스러운 표정으로 나를 쳐다보았다.

"잘 있던데요." 내가 말했다.

아버지는 내가 중대한 소식을 전한 것처럼 심각한 표정으로 고개를 끄덕이더니 물었다. "이기고 있든?"

아버지의 얼굴은 무표정하기 이를 데 없어서 무슨 생각을 하는지 도저히 알 수가 없었다.

내가 제이크였다면 심하게 말을 더듬었을 것이다. 나는 놀란 마음을 겨우 진정시키고 나서 대답했다. "네."

아버지는 또 고개를 끄덕이더니 다시 고개를 숙이고 책을 읽기 시작했다. "잘 자라, 얘들아."

## 9. 폭죽놀이

　7월 4일 독립기념일은 내가 세 번째로 좋아하는 공휴일, 핼러윈과 크리스마스 다음으로 좋아하는 공휴일이었다. 내게 독립기념일이 특별했던 이유는 모든 아이들이 독립기념일을 특별하게 생각하는 이유와 마찬가지로 폭죽놀이 때문이었다. 요즘 미네소타에서는 폭발력이 지나치게 큰 폭죽은 판매가 금지되고 있지만, 1961년 뉴 브레멘에서는 돈만 있으면 원하는 폭죽을 마음대로 살 수 있었다. 나는 폭죽을 사기 위해 외할아버지 댁 정원을 손질하고 받은 용돈의 대부분을 저금했다. 독립기념일 2주 전부터 빨간색, 흰색, 파란색 리본으로 장식한 폭죽 노점상이 시내에 등장해서 각양각색의 탐나는 폭죽을 팔았고, 나는 그 앞을 지나가며 베니어판으로 만든 가판대에 늘어 놓여 있거나 천막 그늘 안에 차곡차곡 쌓여 있는 상자에 수북이 들어 있는 폭죽을 볼 때마다 기대감에 가슴이 부풀었다. 나는 아버지의 허락 없이는 아무것도 살 수 없었고—아버지가 함께 다니면서 폭죽을 하나하나 살펴보고 허락해주어야 살 수 있었다—폭죽을 미리 터뜨려보고 싶은 마음이 걷잡을 수 없이 커질 것이기 때문에 미리 사놓고 싶지는 않아서, 가판대를 구경하고 다니면서 사고 싶은 것들의 목록을 마음속에 적어보았고 밤마다 잠자리에 누워 폭죽 쇼핑에 나설 그날을 고대하면서 그 목록을 고치고 또 고쳤다.

폭죽은 부모님의 부부싸움거리였다. 어머니는 아들들이 에어로켓, 폭죽, 원통형 폭죽 같은 것들 곁에는 얼씬도 않기를 바랐다. 우리의 안전에 대해 늘 노심초사했고 그 걱정스러운 마음을 우리와 아버지에게 분명하게 표현했다. 반면에 아버지는 폭죽은 독립기념일 기념행사 전통의 일부이고 적절한 감독하에 폭죽을 터뜨린다면 안전에 크게 문제 될 게 없다면서 조심스럽게 반론을 제기했다. 어머니는 그 말에 동의하지 않는 게 분명했지만 어머니가 단호히 반대할 경우 제이크와 내가 반기를 들고 맞설 텐데 아버지의 전폭적인 지지 없이는 자기 뜻을 관철시킬 수 없다는 것을 잘 알고 있었다. 결국 어머니는 못마땅한 표정으로 아버지에게 경고를 하는 것에 만족했다.

"혹시 쟤네들한테 무슨 일이 생기면, 다 당신 책임이야, 네이선." 어머니가 말했다.

독립기념일 한 주 전쯤부터 아버지는 신경쇠약 환자 같은 모습을 보였다. 사실 폭죽을 싫어하는 것으로는 아버지가 어머니보다 훨씬 더 했다. 7월 4일이 다가오면서 간혹 가다 체리 모양의 폭죽이나 줄줄이 폭죽이 불시에 터져서 마을의 고요를 깨뜨릴 때면 아버지는 눈에 띄게 동요하곤 했다. 긴장하고 경계하는 표정을 지었고 내가 아버지와 있을 때 갑자기 폭죽이 터져서 돌아보면 아버지는 금세 몸이 굳은 채 주위를 두리번거리면서 소리의 근원지가 어딘지 찾으려고 애를 썼다. 그럼에도 아들들이 남들처럼 휴일을 즐길 권리를 인정해준 것이다.

독립기념일 열흘 전 토요일, 외할아버지 댁 정원 손질을 마치고 수고비 2달러씩을 받은 제이크와 나는 루트 비어로 갈증을 해소하기 위해 핼더슨 약국으로 향했다. 우리가 앞쪽 두꺼운 판유리 창 위에 있는 차양의 그늘 속으로 들어서는데 문이 열리면서 거스 삼촌과 도일 경관이 잇따라 걸어 나왔다. 껄껄 웃으면서 걸어 나오던 그들이 우리와 부딪칠 뻔했고 그들에게서 맥주 냄새가 났다.

"폭죽 사러 가는데, 함께 갈래?" 거스 삼촌이 물었다.

나는 한 주 동안의 근신 처분이 끝난 터라 기꺼이 그 제안을 받아들였다. 그러나 제이크는 도일을 쳐다보더니 고개를 저었다.

"아뇨, 아-아-안 갈래요."

"가자, 뭐 하나씩 사줄게." 거스 삼촌이 말했다.

"아뇨." 제이크는 두 손을 바지 주머니에 찔러 넣고 고개를 숙이고 인도를 내려다보았다.

"우리끼리 가요." 내가 말했다.

거스 삼촌이 어깨를 으쓱거렸다. "그래, 그럼. 가자, 프랭키."

삼촌이 돌아서더니 도일을 향해 걸어갔다. 도일은 보도연석에 바싹 대어 세워놓은 회색 스투드베이커의 운전석 문을 열어놓고 그 뒤에 서서 기다리고 있었다.

제이크가 내 팔을 잡았다. "가-가-가지 마, 형."

"왜?"

"느-느-느낌이 안 좋아."

"괜찮아, 걱정하지 말고, 집에 가." 나는 동생의 손을 뿌리치고 스투드베이커의 뒷좌석에 탔다.

제이크가 약국 차양 밑에 서서 지켜보는 가운데 도일이 모는 스투드베이커가 연석에서 떨어져 출발했다. 조수석에 앉은 거스 삼촌이 주먹으로 계기판을 탕 치며 말했다. "친구들, 한바탕 신나게 놀아보자고."

우리는 텍사코 주유소 맞은편 공터에 차려진 '자유의 폭죽' 가판대 앞에 차를 세웠다. 가판대 앞에 사람들이 많이 서 있었는데 도일은 일일이 이름을 부르며 그들과 악수를 하고 돌아다녔다. 그는 잡은 손을 놓기 전에 "손가락이 7월 4일까지 온전히 붙어 있어야 할 텐데"라고 말하면서 껄껄 웃었다. 거스 삼촌과 도일이 한 묶음의 폭죽을 샀고 가판대 주인이 그 폭죽을 두 개의 갈색 종이봉투에 나눠 담아주었다.

마침내 거스 삼촌이 나를 돌아보며 물었다. "넌 뭐 살래, 프랭키?"

나는 손가락을 모두 날려버릴 수 있을 만큼 강력한 폭죽이라 아버지는 절대로 허락해주지 않을 M-80이 담긴 상자를 쳐다보았다.

그리고 그것을 가리키며 말했다. "저거요."

"네 아빠가 뭐라 할 텐데." 거스 삼촌이 말했다.

도일이 끼어들었다. "야야, 내가 사줄게."

그러고는 M-80 폭죽을 한 움큼 집어 들고 합판 가판대 위에 돈을 내려놓은 뒤 그곳을 떠났다. 주류 판매점에 들러 도일이 캔 맥주를 사고 나서 마을 외곽, 강변에 위치한 시블리 공원으로 달려갔다. 공원은 에밀 브란트의 집에서 200~300미터 떨어진 곳에 있었는데, 지나가면서 보니까 에어리얼 누나가 브란트와 함께 베란다에 앉아 있었다. 누나가 종이를 들고 있는 것을 보니 회고록 작업 중인 모양이었다. 리사는 호스를 들고 울타리를 따라 피어 있는 꽃에 물을 주고 있었다. 멜빵 청바지에 초록색 민소매 셔츠를 입고 커다란 밀짚모자를 쓰고 원예용 장갑을 끼고 있는 모습이 예뻐 보이기까지 했다. 쌩 하고 달려가는 도일의 스투드베이커에는 아무도 관심을 보이지 않았다. 공원에는 야구장과 흉물이 된 금속 놀이기구가 있는 놀이터가 있었다. 정글짐과 긴 미끄럼틀과 그네와 녹슨 회전목마는 뜨거운 여름날에 타면 불이 붙은 성냥처럼 화상을 입힐 것 같았다. 물을 주지 않아 7월 말이 되면 바싹 말라 죽는 잔디밭에 낡은 피크닉테이블이 서너 개 놓여 있었다. 공원은 비어 있었고 자갈이 깔린 주차장으로 들어서는 도일의 스투드베이커가 그곳에 있는 유일한 차량이었다. 차에서 내린 후 나는 두 남자를 따라 무성하게 자란 풀밭을 가로질러 걸어갔다. 공원과 나란히 이어지는 철길을 건너고 미루나무 숲길을 지나 강을 향해 걸어가자 가끔씩 고등학생들이 와서 모닥불을 피워놓고 맥주를 마시는 길쭉한 모래밭이 나타났다. 타고 남은 숯이 검은 병변처럼 모래 위에 남아 있었다. 도일과 거스 삼촌은 폭죽이 가득 든 종이봉투를 미루나무 그늘 밑에 내려놓았다. 도일은 주머니에서 맥주 캔 따개를 꺼내 맥주 캔에 구멍을 뚫은 후 거스 삼촌에게 건넸다. 그러고 나서 자기 것도 한 캔 땄다. 그들은 그늘에 앉아 맥주를 마시면서 이야기를 나눴고 나는 그들 옆에 앉아서 재미난 일은 언제 시작되는 건지 궁금해하고 있었다.

그들은 야구 이야기를 했다. 당시 워싱턴 세너터스가 구단 이름을 미네소타 트윈스로 바꾸고 첫 시즌을 치르고 있었다. 하먼 킬브루, 밥 앨리슨, 짐 레먼 같은 선수들 이름이 사람들 입에 오르내렸다.

"어떻게 생각하니, 프랭키? 미네소타가 실력 있는 구단을 데려온 것 같아?" 도일이 내게 물었다.

내 의견을 물어보는 어른이 그리 많지 않기 때문에 나는 도일의

질문을 받고 약간 당황했다. 하지만 나는 많이 아는 것처럼 말하려고
애를 썼다.

"네, 불펜이 좀 약하지만 강타자가 꽤 있으니까요." 내가 말했다.

"그래, 그렇지?" 도일이 말했다. "거스 말로는 너도 야구 좀 한다고
하던데."

"웬만큼 해요. 타격도 좀 되고." 내가 말했다.

"야구단에서 뛰고 있니?"

"아뇨. 평지대 아이들하고 그냥 노는 거예요."

"커서 야구선수가 되고 싶어?"

"그건 아니고요."

"그럼 뭐? 네 아빠처럼 목사?"

도일은 목사가 되는 것이 무슨 우스운 농담이라도 되는 것처럼 낄
낄거리면서 이 말을 했다.

"얘네 아빠는 착한 분이고 훌륭한 목사님이야." 거스 삼촌이 말했다.

"폭죽을 무서워하지만 말이지." 도일이 말했다.

도일이 그걸 어떻게 알았을까 궁금했지만 거스 삼촌의 표정을 보니
그 정보가 어디서 나왔는지 알 것 같았다.

"전쟁 때문에 그래. 그런 남자들 많아." 삼촌이 말했다.

"나나 자넨 안 그렇잖아." 도일이 말했다.

"그건 사람마다 다르니까."

도일이 맥주를 마시고 나서 말했다. "간이 생기다 만 인간들이 있다
니까."

"우리 대위님은 그런 사람이 아니라니까 그러네." 거스 삼촌이 노여
운 목소리로 말했다.

도일은 삼촌의 불편한 심기를 간파하고 싱긋 웃었다. "아직도 대위님이야? 왜?"

"처음 만났을 때 대위님이었으니까. 얼마나 점잖은 장교였는데."

"그래?" 도일이 다 알고 있다는 듯 음흉한 눈초리로 삼촌을 쳐다보았다. "들리는 말로는 살짝 맛이 갔다던데."

삼촌이 나를 흘낏 쳐다보고 나서 말했다. "도일 경관, 귀가 너무 밝은 거 아니야? 쓸데없는 소문이나 듣고 다니고."

도일이 껄껄 웃었다. "그런가? 어쨌든 밝은 귀 덕분에 알게 된 게 얼마나 많은데 그래. 웬만한 건 다 알걸."

거스 삼촌은 화제를 정치로 돌렸고 도일과 케네디에 대해 토론했다. 나는 금방 관심을 잃고 갈색 종이봉투 안에 든 폭죽에 대해서, 특히 내 몫으로 산 커다란 M-80에 대해서 생각하기 시작했다. 그러다가 두 남자의 대화가 솔깃한 화제로 다시 바뀌었음을 깨달았다.

"평지대에서 몇 번 봤어. 안 그래도 누군가 했지." 거스 삼촌이 말하고 있었다.

"이름은 워런 레드스톤이야." 도일이 말했다. "마을에 모습을 드러내자마자 서장이 잘 감시하라고 하더라구. 아주 옛날부터 말썽을 많이 부렸거든. 여러 해 전엔 여기 계곡에서 반란을 일으키려고 수 족을 선동하고 다녔어. FBI가 쫓아오니까 급히 이곳을 떴고. 서장이 FBI에 연락을 취해놓긴 했는데, FBI는 이젠 그 인간한테 아무 관심도 없는 것 같아. 전과 기록은 있는데 길게 살고 나온 적은 없고. 지금은 조카딸네 집에 머물고 있어. 오키프 부부네 말이야. 난 근무 시간에 순찰차를 몰고 평지대를 돌아다녀, 꽤 정기적으로. 내가 돌고 있다는 걸 알려주려고."

"그래서 우리 동네에서 그렇게 자주 보이는 거야? 난 또 에드너 스위니 때문인 줄 알았네." 거스 삼촌이 말했다.

도일은 고개를 뒤로 젖히더니 늑대 울음소리를 냈다. 그는 자기 맥주 캔을 찌그러뜨려 모래 위로 던졌다. 그러고는 종이봉투로 손을 뻗으면서 말했다.

"자자, 쓸데없는 소리 집어치우고, 좀 놀아보세나."

도일이 에어로켓 몇 개를 세워놓고 불쏘시개 세 개에 불을 붙여 우리에게 건넸다. 우리가 동시에 도화선에 불을 붙이자 로켓이 슝 하고 하늘로 날아올랐고 거의 동시에 터지면서 검은 연기가 폭발하는 모습이 마치 하늘이라는 푸른 벽에 진흙이 날아와 철퍽철퍽 터지는 것처럼 보였다. 우리는 폭죽 여러 개의 도화선을 잡아당겨 터뜨렸고 도일이 거스 삼촌의 빈 맥주 캔 속에 체리 모양의 폭죽을 집어넣자 맥주 캔이 마치 산탄총에 맞은 것처럼 튀어 오르며 폭발했다. 도일은 또 M-80 세 개를 꺼내 한 개씩 나눠주었다. 그러고는 자기 M-80에 불을 붙여 하늘로 던졌다. 그것은 너무 가까이에서 귀가 찢어질 듯한 굉음과 함께 폭발해 마치 얼굴에 총을 맞은 느낌이 들어 나도 모르게 움찔했다. 그러나 거스 삼촌과 도일은 전혀 아랑곳하지 않는 것 같았다. 삼촌이 자기 M-80에 불을 붙여 던지자 나는 기대감에 차서 눈을 가늘게 뜨고 지켜보았지만 아무 일도 일어나지 않았다.

"불구네, 불구." 도일이 말했다. "어째 터지질 않냐. 그나저나 자네도 가끔 그런 문제가 있다면서, 거스." 도일이 호탕하게 웃어젖혔다.

나는 도대체 무슨 말을 하는 건지 알 수가 없었다.

"네 차례야, 프랭키. 던져봐." 도일이 말했다.

나는 내 손으로 직접 M-80에 불을 붙이고 싶진 않았다. 폭죽이 내 안에 있는 경솔함에 불을 지피기는 했지만 아직도 마음속에는 아버지가 정한 엄격한 규칙에 대한 건강한 관심이 자리하고 있었고, 불이 붙은 폭죽을, 그것도 내 손가락을 전부 날려버릴 수 있을 만큼 강력한 폭죽을 들고 싶은 마음은 별로 없었다. 그래서 나는 모래를 끌어 모아 작은 언덕을 만들고 생일 케이크에 생일 초 꽂듯 그 속에 M-80을 꽂고는 도화선에 불을 지핀 뒤 뒤로 물러섰다. 잠시 후 폭발로 모래 언덕이 초토화되면서 따가운 모래 알갱이가 우리에게 날아왔다.

도일이 춤을 추듯 뒤로 물러섰고 나는 폭발 때 뭐가 날아와 다친 것이 아닌가 생각했다. 그가 갑자기 우리 곁을 떠나 왼쪽 오른쪽으로 요리조리 피하면서 모래밭을 향해 달려가더니 두 팔을 앞으로 뻗은 채 몸을 날려 모래밭으로 넘어졌다. 잠시 후 두 손을 모아 가슴에 꽉 붙이고 몸을 일으켜 무릎을 꿇은 뒤 일어서서 멍청하게 헤벌쭉 웃으며 우리에게로 돌아왔다. 컵 모양으로 모아 쥔 두 손을 우리 앞으로 뻗어서 살펴보니까 엄지손가락들 사이의 작은 구멍으로 커다란 황소개구리가 밖을 내다보고 있었다.

"M-80 한 개만 줘봐." 도일이 거스 삼촌에게 말했다.

삼촌은 종이봉투에서 커다란 폭죽 한 개를 꺼냈다. 도일은 한 손으로 개구리를 꽉 쥐고 다른 손으로 개구리의 입을 억지로 벌렸다.

"이 안에 넣어봐." 도일이 말했다.

"개구리를 날려버리려고?" 거스 삼촌이 물었다.

"한번 해보게."

"에이, 그러면 되나." 삼촌이 말했다.

나는 지금 이 상황이 믿어지지 않아 멍하니 서서 도일이 거스 삼촌에게서 M-80을 낚아채는 것을 바라보았다. 도일은 도화선을 밖으로 빼고 그 폭죽을 개구리의 입에 밀어 넣은 후 바지주머니에서 라이터를 꺼냈다. 라이터 뚜껑을 열고 엄지손가락으로 부싯돌을 잡아당겨 불을 켠 후 그 불꽃을 도화선에 갖다 대 불을 붙인 다음 폭죽을 개구리의 목 깊숙이 밀어 넣었다. 그러고 나서 개구리를 공중으로 던졌다. 그 불쌍한 생명체는 우리에게서 채 1.5미터도 떨어지지 않은 곳에서 폭발했고 피와 내장이 우리 얼굴에도 튀었다. 도일은 고개를 뒤로 젖히고 하늘을 바라보며 껄껄 웃었고 거스 삼촌은 "빌어먹을"이라고 투덜거렸다. 나는 얼굴에 튄 개구리 내장을 닦아냈다. 너무 역겨워서 구역질이 날 것 같았다.

"우아." 도일이 탄성을 지르고는 집게손가락으로 뺨에 묻은 개구리 내장 조각을 닦아냈다. "잘 터지는데."

"괜찮니, 프랭크?" 거스 삼촌이 팔을 뻗어 내 어깨에 손을 얹고 내 얼굴을 들여다보려고 했지만 나는 고개를 돌렸다.

"집에 가야겠어요." 내가 말했다.

"야야, 겨우 개구리 한 마리 갖고 뭘 그래." 도일이 말했다.

"어쨌든 저는 갈게요." 나는 뒤도 돌아보지 않고 말했다.

"태워줄게, 프랭크." 거스 삼촌이 말했다.

"아뇨, 걸어갈게요." 내가 말했다.

나는 그들 곁을 떠나 미루나무 사이로 구불구불 이어지다가 선로를 가로질러 공원으로 이어지는 길을 따라 걸었다.

"프랭크." 거스 삼촌이 불렀다.

"그냥 가게 내버려둬." 도일이 말하는 소리가 들렸다. "그리고 맥주나 한 캔 더 줘."

나는 시블리 공원의 마른 풀 위를 터벅터벅 걸었다. 셔츠 여기저기에 개구리 내장과 피가 묻어 있었다. 머리카락에도 묻어 있었고 턱 선을 따라 흘러내리고도 있었다. 나는 얼굴을 닦고 더러워진 옷을 내려다보았다. 내 자신에게, 도일에게, 그리고 아무 잘못도 없지만 거스 삼촌에게도 화가 났다. 오후를 어떻게 보낼까 잔뜩 기대하고 있었는데 생각 없는 잔인한 행동 때문에 완전히 망쳐버리고 말았다. 거스 삼촌은 왜 도일을 말리지 않았을까? 나는 왜? 나는 울고 있었고 그렇게 약한 모습을 보이는 내 자신이 혐오스러웠다. 도로로 올라가서 걷기 시작했지만 곧 이 길로 계속 가면 에밀 브란트의 집 앞을 지나가야 하고 시내를 통과해야 한다는 것을 깨달았다. 나는 지금의 모습을 누구에게도 들키고 싶지 않아서 걸음을 돌려 철길로 돌아갔다. 그리고 철길을 따라 평지대로 향했다.

나는 조심스럽게 집으로 다가갔다. 내가 죽은 황소개구리의 말라가는 거무스레한 잔해를 온몸에 묻히고 있는 것을 부모님이 보면, 부모님께 어떻게 설명할 것인가? 나는 살그머니 뒷문으로 들어가 부엌으로 가서 귀를 기울였다. 집 안은 서늘했고 처음에는 고요한 것 같았다. 그러나 곧 숨죽여 흐느끼는 소리가 들려서 거실을 들여다보았다. 에어리얼 누나가 업라이트 피아노(공명판과 현판이 건반에 대해 수직으로 고정되어 있는 피아노—옮긴이) 앞 긴 의자에 앉아 있었다. 두 팔을 건반 위에 올려놓고 두 손으로 얼굴을 감싸 쥐고 있었다. 어깨가 들썩거렸고 흐느낌 사이에 꺽꺽거리는 숨소리가 작게 들렸다.

"누나?" 내가 말했다.

에어리얼 누나는 재빨리 고개를 들고 허리를 꼿꼿하게 폈다. 고개를 돌려 나를 바라보는 누나는 평소의 누나가 아니라 겁에 질린 동물 같았다. 그런 누나를 보자 폭약이 목으로 밀어 넣어지던 순간의 황소

개구리가 떠올랐다. 잠시 후 내 더러워진 셔츠와 뺨과 머리에 묻은 채 말라가고 있는 개구리 내장 조각들을 본 누나는 깜짝 놀라 눈이 휘둥 그레졌다.

"프랭키." 누나가 피아노 의자에서 벌떡 일어서면서 소리쳤다. "오, 프랭키, 괜찮아?"

누나는 그 순간 자신을 고통스럽게 하던 일을 다 잊고 모든 관심을 내게 기울였다. 그리고 나는 이기적인 순진함으로 그 관심을 받아들 였다.

나는 무슨 일이 있었는지 누나에게 이야기했다. 가만히 듣고 있던 누나가 동정 어린 표정으로 고개를 가로저었다.

"엄마가 돌아오기 전에 그 옷부터 벗어서 빨아야겠다. 그리고 목욕 도 하고."

그리고 나서 남을 함부로 판단하지 않는 천사 누나가 동생 구하기 에 나섰다.


그날 저녁, 식사를 마치고 나서 나는 동네 친구들을 만나 소프트볼 게임을 했다. 어슴푸레 어둠이 깔릴 때까지 소프트볼을 했고 공이 안 보여 타격도 수비도 할 수 없게 되자 우리의 굳건한 우정을 확인하는 시간을 연장하기 위해 다른 놀이를 하자는 제안이 여기저기서 터져 나왔다. 그러나 집에 가야 하는 아이들이 있어서 모임은 자연스레 해 산되었고 다들 자기 집으로 돌아갔다. 제이크와 나는 함께 걸었다. 제 이크는 걸음을 내디딜 때마다 마치 드럼으로 박자를 맞추듯이 글러 브로 자기 허벅지를 툭툭 쳤다.

"손가락이 아직도 멀쩡하네." 제이크가 말했다.

"뭐?"

"폭죽놀이 하다가 다 잘라먹을 줄 알았는데."

나는 동생이 무슨 얘기를 하는 건지 알았다. 폭발한 개구리 이야기를 할까 하다가, 자기 말이 맞았다고, 내가 거스 삼촌과 도일과 함께 가서는 안 되는 거였다며 의기양양해하는 모습을 보고 싶지 않아서 그만두었다.

"되게 재미있었어. M-80도 몇 개 터뜨려봤다." 내가 말했다.

"M-80?"

어둠 속에서도 제이크의 커다란 눈망울에 부러움과 책망이 가득 담긴 것을 볼 수 있었다.

집에 와보니 아버지가 베란다에 서서 파이프 담배를 피우고 있었다. 파이프를 빨자 파이프 속 잉걸불이 밝게 빛났고 체리 향의 달콤한 냄새가 났다. 거스 삼촌이 함께 있었다. 그들은 친구들이 그렇게 하듯 조용히 담소를 나누고 있었다.

우리가 진입로를 걸어서 다가가자 아버지가 우리에게 말했다. "게임은 어땠니, 얘들아?"

"재미있었어요." 내가 말했다.

"너희가 이겼어?" 거스 삼촌이 물었다.

"동네 야구였는데요 뭘." 내가 차가운 어조로 말했다. "이기고 말고도 없었어요."

"프랭키, 나랑 얘기 좀 할까? 오늘 오후에 있었던 일 아빠한테 다 얘기했어." 거스 삼촌이 말했다.

나는 나무라는 기색이 있나 아버지의 표정을 살폈지만 집 안의 따뜻한 불빛을 등지고 다가오는 밤의 그늘 속에 서 있는 아버지의 얼굴에는 그런 기색이 보이지 않았다.

"그래, 그렇게 해." 아버지가 말했다.

"네, 좋아요." 내가 말했다.

제이크는 계단을 올라가다 말고 어리둥절한 표정으로 거스 삼촌과 아버지와 나를 번갈아 쳐다보았다.

"좀 걸을까?" 거스 삼촌이 말했다.

"제이크는 아빠랑 체커 게임 한 판 어때?" 아버지가 말했다.

거스 삼촌이 베란다를 내려왔고 나는 집에서 돌아서서 삼촌과 함께 땅거미가 지는 어둑어둑한 거리를 걸었다. 줄지어 선 느릅나무와 단풍나무의 가지들이 아직 불도 들어오지 않고 있고 지나다니는 사람도 없는 거리를 둥그렇게 감싸 안고 있었다.

한참을 걷다가 거스 삼촌이 비로소 입을 열었다. "미안하다, 프랭키. 그런 일이 일어나게 해서는 안 되는 거였는데."

"괜찮아요." 내가 말했다.

"그렇지 않아, 프랭키. 도일 경관은 참 특이한 사람이야. 사실 나쁜 사람은 아닌데 좀 경솔하지. 하긴 그건 나도 마찬가지지만. 그 사람과 내가 다른 점은 난 너를 돌볼 책임이 있다는 건데, 근데도 오늘 널 실망시켰구나. 다시는 그런 일이 없도록 할게. 약속해."

밤과 함께 찾아온 적막 속에서 귀뚜라미와 청개구리가 갑자기 울어 대기 시작했고 우리 머리 위를 뒤덮은 나뭇잎 장막 사이사이로 보이는 하늘에 별이 하나둘씩 나타나기 시작했다. 거리에서 들어앉은 암회색 집들의 불을 밝힌 창문들은 마치 무관심한 노란 눈이 우리가 지나가는 것을 지켜보고 있는 것 같았다.

"도일 경관이 했던 말이 무슨 뜻이에요, 거스 삼촌? 아빠가 전쟁 때 살짝 맛이 갔다면서요." 내가 말했다.

거스 삼촌은 걸음을 멈추고 하늘을 물끄러미 올려다보다가 고개를 옆으로 비스듬히 기울였다. 마치 밤이 깊어지면서 점점 더 커지는 합창에 귀를 기울이는 것 같은 모습이었다.

"전쟁에 대해서 아빠와 얘기해본 적 있니?" 삼촌이 물었다.

"몇 번 있어요. 독일군을 죽인 적이 있느냐고 내가 계속 물어봤거든요. 그럼 아빠는 독일군을 많이 쐈봤다고만 하던데요."

"프랭크, 네 아버지가 전쟁 중에 겪은 일에 대해서 내가 뭐라고 얘기할 입장은 아니야. 그래도 전쟁 전반에 대해서는 얘기해줄게. 도일 같은 사람하고 얘기하면 말도 안 되는 헛소리를 많이 할 거다. 영화를 보면 존 웨인이나 오디 머피가 사람을 아주 쉽게 죽이는 것 같고. 하지만 실제로는 네가 누구를 죽인다면, 그가 네 적이든 아니든, 너를 죽이려고 했든 안 했든 상관없이, 그가 죽음을 맞이하는 순간이 평생 동안 너를 괴롭힐 거다. 네 뇌리 속에 너무 깊이 박혀서 하나님의 손조차도 그걸 끄집어내 던져버릴 수가 없지. 네가 아무리 그렇게 해달라고 기도를 해도 말이야. 그리고 몇 년 동안은 그 느낌이 날이 갈수록 커지고 상상했던 것보다 훨씬 더 큰 불행과 공포를 가져다 줄 거야. 그리고 그 끔찍한 무감각과 절망감이 네게 총을 겨누는 사람만큼이나 무서운 너의 적이 되는 거지. 네 아버지 같은 사람들은 군 장교였기 때문에 그런 무자비한 일을 기획하고 지휘할 수밖에 없었어. 세상 그 누구도 짊어져서는 안 되는 짐을 자신에게 그리고 휘하의 병사들에게 걸머지울 수밖에 없었지. 프랭키, 언젠가는 아버지가 네게 전쟁에 대해 얘기해줄 수도 있고 아니면 끝까지 안 할 수도 있어. 하지만 도일이나 다른 누군가에게서 무슨 말을 듣더라도 그건 결코 네 아버지의 진실이 아니라는 것을 기억해라."

"그래도 삼촌은 폭죽을 무서워하지는 않잖아요." 내가 말했다.

"내가 무서워하는 건 따로 있어. 도일도 마찬가지고."

어느새 우리는 도로가 끝나는 지점에 도착했고 가드레일 너머 30미터쯤 떨어진 곳에 강이 흐르고 있었다. 어스름한 저녁 빛 속에 보이는 강물은 검푸르게 변해 있었고 드레스에서 찢겨나간 공단 리본처럼 보였다. 저 멀리 보이는 맨케이토 방면 고속도로에서는 자동차의 전조등 불빛이 깜박이며 언덕을 오르락내리락하다가 간간이 나무와 헛간과 부속건물에 가려져 보이지 않기도 하는 것이 마치 반딧불이 같았다. 나는 가드레일 위에 앉아서 지속적으로 불빛이 반짝이는 평지대의 주택들을 돌아보았다.

"27달러를 모았어요, 거스 삼촌. 폭죽을 왕창 사려고요. 근데 이젠 폭죽이 싫어요."

거스 삼촌이 내 옆에 앉았다. "사고 싶은 게 또 생길 거야, 프랭키. 아니면 나 좀 빌려주든가."

삼촌이 하하 웃으면서 자기 다리로 내 다리를 장난처럼 툭 치더니 일어섰다. 그러고는 황소개구리들이 단체로 정신이 쏙 빠질 정도로 시끄럽게 울어대고 있는 강을 흘끗 쳐다보았다.

"이제 돌아가자." 삼촌이 말했다.

# 10. 충격적인 소식

주일 아침, 제이크는 몸이 안 좋다면서 집에 있어도 되느냐고 물었다. 예배를 빼먹는 것은 내겐 늘 달콤한 상상이었다. 세 차례의 예배를 모두 빼먹고 잠옷 바람으로 집에서 빈둥거리는 것을 상상만 해도 행복했다. 내가 그런 요청을 했다면 어머니는 꾀병이 아닐까 의심했겠지만 내 동생은 꾀병을 부리는 아이가 아니었다. 어머니는 제이크의 이마에 손등을 대보더니 체온계로 열을 쟀다. 열은 없었다. 제이크의 목을 조심스레 만지면서 붓지는 않았는지 살폈지만 아무 이상이 없었다. 어머니가 구체적으로 어디가 아프냐고 묻자 제이크는 힘없는 눈초리로 어머니를 쳐다보면서 그냥 몸이 안 좋다고 했다. 어머니는 아버지와 이 문제를 상의했고 제이크를 누워 있게 하기로 결정했다. 캐드버리 교회에서 예배를 드린 후 뉴 브레멘으로 돌아와서 다시 살펴보기로 했다.

캐드버리 교회에서 나는 피터 클레멘트와 나란히 앉아 예배를 드렸다. 피터는 성가대원인 어머니와 함께 교회에 왔다. 그 아이의 집을 방문한 그날 오후에 보았던 눈 주위의 시퍼런 멍은 이젠 거의 사라지고 희미한 자국만 남아 있었지만 나도 피터도 그 이야기는 꺼내지 않았다. 예배가 끝나고 친교의 시간에 우린 맨케이토에 들어오는 서커스단의 공연 포스터가 붙어 있는 전신주를 향해 돌 던지기 놀이를 하면서 미네소타 트윈스에 관해 이야기를 나눴다. 나중에 에어리얼 누나가 날 데리러 와서 나는 두 번째 예배를 위해 가족과 함께 뉴 브레멘으로 돌아왔다.

우리가 집 앞에 차를 댔을 때 제이크가 거스 삼촌과 함께 베란다에서 우리를 기다리고 있었다. 우리를 보고 서둘러 계단을 내려오는 것을 보니 무슨 일이 있는 게 분명했다.

"병원에 가보셔야겠어요, 대위님." 거스 삼촌이 말했다. "에밀 브란트가 오늘 아침에 자살을 기도했답니다."

부모님과 에어리얼 누나가 병원으로 달려가고 제이크와 나는 집에 남았다. 나는 제이크에게서 자세한 이야기를 들었다. 그것은 이렇게 된 일이었다.

제이크는 침대에 누워 잠을 청하고 있었다. 우리가 나가고 15분도 채 안 되어 현관문을 거세게 두드리는 소리가 들렸다. 침대에서 일어나 아래층으로 내려간 제이크는 현관 앞에 서 있는 리사 브란트를 발견했다. 그녀의 얼굴은 괴물 영화에 나오는 생명체처럼 심하게 일그러지고 무서운 표정이었다. 그녀는 열심히 손짓발짓 하면서 알아들을 수 없는 말을 웅얼거렸다. 현관 밖으로 나온 제이크는 그녀에게 진정하라고 말했지만 정작 자신은 심장이 사정없이 쿵쾅거리고 있었다. 그녀가 무슨 말을 하려는 건지는 몰라도, 뭔가 아주 끔찍한 일이 일어난 것만은 확실해 보였기 때문이었다. 그녀가 두 손으로 제이크의 머리를 붙잡고 어찌나 힘껏 누르는지 제이크는 눈알이 튀어나올 것 같았다. 제이크가 무슨 일인지 알아채기까지 몇 분이 걸리긴 했지만 결국에는 알아차렸다. 에밀에게 문제가 생겼다. 에밀이 죽어가고 있었던 것이다.

제이크는 리사와 함께 도로를 건너 교회로 달려가 지하실로 뛰어 내려갔다. 거스 삼촌은 화장실 변기에 앉아 있었다. 삼촌은 제이크와 리사에게 불같이 화를 내며 팔을 뻗어 화장실 문을 쾅 닫았다. 제이크는 그 문을 세게 두드리며 에밀 브란트가 죽어가고 있다고, 삼촌의 도움이 필요하다고 소리쳤다. 거스 삼촌은 서둘러 화장실을 나와서 제이크와 리사를 데리고 우리 집으로 갔다. 삼촌은 소방서에 전화해서 에밀 브란트의 집에 가보라고, 그가 죽어가고 있다고 신고했다. 그러고는 오토바이에 올라타고 자기 뒤에는 제이크를, 사이드카에는 리사를 태운 후 브란트의 집을 향해 정신없이 달렸다. 그 집에 도착해보니 소방서의 구급차가 집 앞에 주차되어 있었다.

에밀 브란트가 수면제 한 병을 다 털어 넣은 것 같다고 소방관이 거스 삼촌에게 말했다. 소방관들이 위세척을 하고 있었다. 그들은 리사가 침실로 들어가지 못하게 했지만 리사는 막무가내로 밀고 들어가려 했고, 그러자 거스 삼촌에게 상황을 설명했던 소방관이 그녀를 잡아 세웠다. 그의 손이 그녀의 몸에 닿는 순간 그녀가 날뛰기 시작했다. 마치 불에 덴 것처럼 날뛰었다. 펄쩍 뛰며 뒤로 물러서더니 거실한 귀퉁이에 쭈그리고 앉아 미친 듯이 비명을 질렀다. 소방관이 다시 그녀를 향해 팔을 뻗자 제이크가 그러지 말라고, 만지지 말라고, 그녀는 낯선 사람이 자기를 만지는 것을 견딜 수 없어 한다고 말해주었다.

그러고는 기다리라고, 결국에는 진정할 거라고 말했다. 리사가 거실한 귀퉁이에서 비명을 지르는 사이에 에밀 브란트는 바퀴 달린 들것에 실려 나갔고 구급차로 옮겨져 병원으로 이송되었다. 예상했던 대로 리사가 안정을 되찾자 제이크는 그동안 일어난 일을 설명해주었고, 그녀는 오빠 걱정에 몹시 동요되었지만 다시 비명을 지르지는 않았다.

누구한테 연락을 받았는지는 몰라도 악셀 브란트는 소방관들이 에밀을 싣고 떠나고 나서 몇 분 후에 그 집에 도착했다. 거스 삼촌이 자초지종을 설명하자 그는 여동생에게 수화로 이야기를 하더니 자기들은 병원에 가볼 거라고 말했다. 그들이 떠나자 집 안은 적막하기 그지없었고 마치 회오리바람이 휩쓸고 지나가면서 공기란 공기는 다 빨아들인 것 같았다. 거스 삼촌도 제이크도 그곳에 더 있고 싶지 않았다. 그들은 오토바이를 타고 집으로 돌아와 이 소식을 전하기 위해 부모님이 돌아오기를 기다렸다.

아버지는 예배 준비를 돕기 위해 보통 일찍 교회에 도착하는 앨버트 그리즈월드 집사에게 상황을 잘 설명하라고 거스 삼촌에게 지시했다. 그리즈월드는 장황한 말로 머리를 멍하게 만드는 재주가 있는 시의원이었다. 그는 자기가 예배를 인도하게 되었다는 이야기를 듣고 기뻐하는 기색이 역력했다. 그의 아내 로레인 그리즈월드는 성가대원이었고 꽤 실력 있는 오르간 연주자였는데 어머니는 거스 삼촌을 통해서 그녀에게 성가대 지휘를 부탁했다.

제이크가 어디가 어떻게 아팠는지는 모르겠지만 그날 아침의 사건으로 인해 완전히 나은 것 같았고, 부모님이 병원으로 떠난 후에는 주일에 입는 제일 좋은 옷으로 갈아입고 예배에 참석할 준비를 했다. 나는 예배를 빼먹는 달콤한 가능성을 잠깐 저울질해보았다. 이렇게 혼란스러운 상황에서 알아차릴 사람이 있을까? 그러나 그런 상황이기 때문에 나와 제이크의 예배 참석이 장한 일로 여겨질 것 같아서 나는 오랜 고문의 시간을 감내하기로 결심했다. 교회에 가서 보니까 제이크는 일약 유명인사가 되어 있었다. 동생에게는 너무나 경악스럽게도 많은 교인들이 무슨 일이 있었느냐고 질문을 퍼부어댔다. 제이크는 대답하려고 애를 썼지만 말 더듬는 버릇이 말을 하는 자신에게나 듣는 사람에게나 모두 고역이었다. 결국 제이크는 나를 쳐다보며 눈짓으로 도움을 청했다. 나는 기꺼이 나서서 상황을 설명했고 우리 마을에서 가장 유명한 시민이 자살 시도에서 살아남을 수 있었던 것은 제이크의 재빠른 대처 덕분이었다고 주장하면서 제이크를 영웅으로 만들었다.

사람들은 깜짝 놀란 표정이었다. "자살? 에밀 브란트가 자살을 기도했다고?"

"네, 분명히 그렇게 보였대요." 내가 말했다. "제이크가 몇 분만 늦게 갔으면, 브란트 씨는 아마 죽었을 걸요."

사람들의 눈에는 브란트의 예기치 못한 행동과 어린 제이크의 용감한 행동에 대한 놀라움이 가득했다.

나는 이렇게 제이크를 영웅으로 만들어줌으로써 철교 밑에서 변사체를 발견한 일을 이야기하면서 자기를 미미하고 하찮은 존재로 묘사했다는 제이크의 불만을 해소시킬 수 있을 거라고 생각했다. 그러나 그렇지 않았다. 내가 그날 아침의 일을 여러 번 되풀이하여 이야기하는 동안 제이크의 역할의 중요성이 조금씩 더 부풀려졌고, 제이크가 나를 쏘아보는 눈초리는 점점 더 날카로워졌다. 급기야 제이크가 내 재킷 소매를 잡고 교회 밖으로 나를 끌고 나오더니 말을 더듬으면서 말했다.

"제발 그-그-그-그만 좀 해."

"뭘?" 내가 물었다.

"그냥 사-사-사실만 마-마-말하라구."

"그러고 있잖아."

"개소리하고 있네, 빌어먹을!"

태양이 솟아오르다가 멈췄고 지구가 자전을 멈췄다. 나는 너무 놀라서, 교회 계단에 서서 안에 있는 교인들이 모두 들을 수 있을 정도로 힘 있고 분명하게 말도 더듬지 않고 거침없이 욕을 한 제이크를 멍하니 쳐다보았다. 교회 안에 앉아 있는 교인들의 눈길이 우리가 서 있는 교회 계단으로 옮겨오는 것을 느꼈고 비난의 따가운 눈초리를 느꼈다. 자신이 무슨 짓을 했는지를 깨달은 제이크가 놀람과 두려움과 수치심에 휘둥그레진 눈으로 나를 쳐다보았다. 깜짝 놀라 일순간 조용해진 교인들을 보고 잔뜩 겁을 집어먹은 거였다.

그 순간 나는 웃음을 터뜨렸다. 오, 하나님, 웃음이 터져 나왔다. 전혀 예상치 못한 비현실적인 일이 갑자기 일어난 것이 너무 웃겨서 도저히 웃음을 참을 수가 없었다. 제이크는 계단을 뛰어 내려가 길을 건너 집으로 도망쳤다. 나는 돌아서서 웃는 얼굴로 그늘진 교회 안으로 걸어 들어갔고 교인들의 비난의 눈초리를 견디면서 자리에 앉아 긴 예배 시간을 온전히 견뎌냈다. 앨버트 그리즈월드 집사는 젊은이들의 마음에 신앙의 가치를 깊이 새겨줄 필요성에 대해 즉흥적이고도 장황한 설교를 했다. 예배가 끝나 집으로 돌아간 나는 2층 우리 방에서 제이크를 발견하고 사과했다.

제이크는 시무룩하게 천장을 쳐다보기만 할 뿐 아무 말도 하지 않았다.

"괜찮아, 제이크. 별일 아니야."

"다들 들었잖아."

"그래서?"

"아빠한테 이르면 어떡해."

"신경 안 쓸 거야."

"쓸 거야. 너무 끔찍한 말이었잖아. 그게 다 혀-혀-형 때문이야."

"왜 나한테 화를 내냐. 난 널 도와주고 있었는데."

"형 도움 이젠 피-피-필요 없어."

우리 방 밖의 마루 널이 삐걱거리는 소리가 들려서 돌아보니 거스 삼촌이 문설주에 기대면서 엄한 얼굴로 제이크를 쳐다보았다.

"개소리하고 있네, 빌어먹을." 삼촌이 제이크가 한 욕을 따라했다. "개소리하고 있네, 빌어먹을, 교회 문 바로 밖에서." 삼촌은 입술을 작은 회초리처럼 일자로 굳게 다물었다가 다시 입을 열었다. "개소리하고 있네, 빌어먹을." 삼촌이 고개를 가로젓다가 갑자기 얼굴이 환해지면서 폭소를 터뜨렸다. "제이키, 이제까지 교회에서 이렇게 재미있었던 적이 없었어. 최고야, 최고. 엄숙하고 신앙심이 깊은 척하고 있던 사람들을 크게 한 방 먹인 거야, 네가. 개소리하고 있네, 빌어먹을."

삼촌의 말에도 제이크의 기분은 별로 나아지지 않았다.

"아빠가 화낼 거예요." 제이크가 말했다.

"내가 잘 말해줄게." 거스 삼촌이 말했다. "그리고 제이크, 앞으로 살다 보면 후회할 일이 많이 생길 거야. 후회는 그때를 위해 남겨둬, 알았지?"

거스 삼촌이 돌아서서 방을 나갔고 곧 계단을 내려가는 발소리와 여전한 웃음소리가 들렸다. 삼촌이 나가고 나서 돌아보니 제이크는 삼촌의 밝고 긍정적인 생각 덕분에 기분이 좀 나아졌는지, 마치 형 집행을 유예 받은 사람처럼 보였다.

그날 오후 늦게 병원에서 돌아온 아버지가 제이크를 찾았다. 아버지가 우리 방으로 올라왔을 때 제이크는 만화책을 읽고 있었고 나는 대니 오키프가 재미있다고 추천해준 《나는 전설이다》(리처드 매드슨의 흡혈귀가 등장하는 공포소설-옮긴이)라는 소설을 읽고 있었다. 오래전에 아버지는 만성적으로 고전을 면치 못하는 은행 잔고에 엄청난 타격을 주면서까지 54권짜리 책 한 질을, 브리태니커 백과사전이 출간한 위대한 서양 고전 시리즈를 구입했다. 그 시리즈에는 호메로스, 아이스킬로스, 소포클레스, 플라톤, 아리스토텔레스, 토머스 아퀴나스, 단테, 초서, 셰익스피어, 프로이트의 작품들이 들어 있었다. 그 시리즈에는 지난 이삼천 년 동안의 위대한 서양 사상가들의 계몽사상이 가득 들어 있었다. 그날 오후 우리 방에 들어와 그런 책 대신 만화책과 저속한 소설을 읽고 있는 아들들을 보고 실망했을 법도 한데 아버지는 아무 내색도 하지 않았다.

아버지가 제이크에게 말했다. "네 도움이 필요해, 제이크."

제이크는 만화책을 내려놓고 일어나 앉았다. "뭔데요?"

"리사 아줌마 일이야. 에밀 아저씨와 함께가 아니면 집에 가지 않겠다고 버티는데 병원에서는 에밀 아저씨를 한동안 입원시켜야 한다고 하거든. 리사 아줌마가 에밀 아저씨나 악셀 아저씨의 말도 들으려고 하지 않고 아무리 설득해도 도무지 듣질 않아. 에밀 아저씨가 네 말이라면 들을지 모르겠다고 하던데. 특히 아저씨가 집으로 돌아갈 때까지 네가 아줌마 곁에 있어준다면 말이야. 어때, 그렇게 할래?"

"좋아요." 제이크는 서둘러서 침대에서 내려왔다.

"저도 가도 돼요?" 내가 물었다.

아버지는 고개를 끄덕이더니 빨리 준비하라고 손짓했다.

미네소타 밸리 병원은 뉴 브레멘이 내려다보이는 언덕에 새빨간 벽돌로 지은 신축 건물이었다. 그 건물의 건축은 브란트 가문의 후원에 힘입은 바가 컸다. 에밀의 병실은 2층에 있었고 2층 대기실은 북적거렸다. 에밀 브란트의 직계가족인 그의 형 악셀과 악셀의 부인 줄리아, 조카 칼이 그곳에 와 있었다. 칼은 여자친구를 보호하려는 듯 에어리얼 누나의 어깨를 감싸 안고 앉아 있었다. 에밀이 음악학부의 스타 교수로 재직 중인 근처의 작은 대학에서 나온 사람들도 있었다. 어머니는 주일에 입는 제일 근사한 원피스를 입고 창턱에 걸터앉아 깊은 생각에 잠긴 얼굴로 담배를 피우고 있었다. 그곳에 있을 거라 예상했는데 보이지 않는 사람은 딱 한 명, 리사 브란트였다.

제이크를 본 악셀 브란트가 성큼성큼 다가왔다. 그는 키가 크고 잘생기고 건장한 남자였고 금발은 머리숱이 점점 줄어들고 있었으며 눈은 어찌나 새파란지 마치 하늘을 몇 조각 떼어다가 눈에 담아놓은 것 같았다. 그의 얼굴 표정은 대체로 한 번씩 볼 때마다 괜히 봤다고 후회하게 만드는 그런 표정이었다.

"고맙다, 제이크." 악셀 브란트가 대단히 진지하게 말했다.

제이크는 고개를 끄덕였고 나는 제이크가 말하기를 꺼린다는 것을 눈치챘다.

"리사는 어디 있죠?" 아버지가 물었다.

"에밀의 방에요. 리사 옆에 가까이 갈 수가 없네요. 아무도 못 오게 해서요. 제이크, 리사 아줌마가 여길 떠나려고 하질 않아. 근데 꼭 집으로 가야 돼. 에밀 아저씨에겐 휴식이 절실히 필요하거든. 아줌마 좀 설득해줄래?"

제이크는 비어 있는 복도를 바라보았다.

"강제로 데리고 나갈 수는 있어." 악셀이 말을 이었다. "하지만 그렇게 되면 큰 소란이 일어날 것이고 에밀 아저씨를 더 자극하게 될 텐데 그건 정말 원하지 않거든. 제발, 제이크, 리사 아줌마 좀 설득해봐라."

제이크가 악셀 브란트를 올려다보더니 고개를 끄덕였다.

에어리얼 누나가 칼 곁을 떠나 제이크에게 다가와 무릎을 꿇고 제이크와 눈높이를 맞췄다. 누나가 간절한 눈으로 제이크를 바라보며 말했다. "아, 제이키, 제발 리사 아줌마 좀 조용히 데리고 나가줘. 에밀 선생님은 절대안정을 취해야 돼."

"노력해볼게." 제이크가 중얼거리는 소리가 들렸다.

누나가 제이크의 뺨에 입을 맞췄고 제이크는 돌아서서 걸어갔다. 아버지와 악셀 브란트가 제이크의 양옆에서 함께 걸어갔다. 제이크가 자기보다 훨씬 큰 어른들 사이에 끼어서 보조를 맞춰 걸어가는 것을 보면서 사형장으로 끌려가는 것은 아니지만 그 작은 어깨에 무거운 짐을 지고 있다는 것을 느낄 수 있었다. 그날 아침, 나는 동생을 영웅으로 만들기 위해 진실을 왜곡하기까지 했었다. 그러나 제이크가 에밀 브란트의 병실로 들어가는 모습을 보니까 내가 그렇게까지 할 필요가 없었다는 생각이 들면서 마음이 흐뭇했다.

나는 어머니 옆으로 가서 창턱 위에 올라 앉아 밖을 내다보았다. 창밖으로 마을의 멋진 전경이 펼쳐져 있었다. 언덕은 높고 가팔랐고 그 언덕 밑으로 조용히 주일 오후를 맞고 있는 뉴 브레멘이 내려다보였다. 초기의 독일 이민자들이 심혈을 기울여 설계한 거리들은 아버지와 에밀 브란트가 매주 사용하는 체스 판의 정사각형 선분처럼 네모반듯했다. 그나저나 이번 월요일에는 체스 게임을 못 하겠구나 하는 생각이 들었다. 어머니가 내 다리 위에 손을 올려놓더니 다리를 꽉 쥐었다. 어머니가 나를 쳐다보지 않아서 나는 그것이 무언의 신호인지, 아니면 불안한 마음을 진정시키고 위안을 얻기 위해 잡고 있는 것인지 알 수가 없었다.

잠시 후 어머니가 물었다. "예배 때 찬양은 괜찮았니?"

"네. 근데 엄마가 있을 때만큼 좋진 않았어요." 내가 말했다.

어머니가 고개를 끄덕였다. 웃지는 않았지만 내 말에 기분이 좋아졌다는 것을 알 수 있었다.

"괜찮을까요? 브란트 선생님이요."

어머니는 옆에 있는 정사각형 유리 재떨이에 담배를 비벼 끈 후 검은 재를 노려보다가 천천히 대답했다. "중태이긴 하지만 꼭 회복할 거야."

"왜 그랬을까요?" 나는 다른 사람들이 들을 수 없게 조용히 말했다. "아저씬 유명인사고 부자잖아요. 얼굴 때문에 그래요?"

"에밀은 아름다운 사람이야, 프랭키." 어머니가 말했다. "얼굴은 중요하지 않아."

*선생님한텐 중요한지도 모르잖아요.* 나는 생각했지만 입 밖으로 말하지는 않았다.

줄리아 브란트가 일어서서 우리에게로 걸어왔다. 그녀는 가두리에 검은 단을 댄 분홍색 원피스를 입고 이와 어울리게 분홍색과 검은색이 섞인 하이힐을 신고 있었으며 진주목걸이와 진주귀걸이를 하고 있었다. 머리는 달이 뜨지 않은 밤처럼 까만색이었고 눈은 차가운 재처럼 짙은 회색이었다. 나는 줄리아 브란트를 좋아하지 않았고 그건 어머니도 마찬가지였다.

"정말 끔찍한 일이네요, 루스." 브란트 부인이 괴로운 표정으로 말했다.

"그러게 말이에요." 어머니가 말했다.

브란트 부인은 들고 있던 지갑에 손을 넣어 금도금이 된 담배 케이스를 꺼내더니 톡 쳐서 열었다. 그러고는 어머니에게 담배 케이스를 내밀어 담배를 권했지만, 어머니는 고개를 저었다.

"아뇨, 괜찮아요, 줄리아."

브란트 부인은 담배 한 개비를 꺼내 담배 케이스 뚜껑에 대고 톡톡 친 후 케이스를 지갑에 도로 집어넣고 중앙에 작은 사파이어가 박힌 금제 라이터를 꺼냈다. 진홍색 입술에 담배를 끼워 물고 라이터를 툭 밀어 연 다음 부싯돌을 켜서 담뱃불을 붙이고는 금방이라도 울부짖을 것 같은 야생 동물처럼 고개를 높이 들고 희뿌연 담배 연기를 내뿜었다.

"비극이에요." 줄리아 브란트가 말했다.

그녀는 대기실 한 구석에 나란히 앉아 있는 칼과 에어리얼을 보았고 그 순간 그 짙은 잿빛 눈에서 작은 불꽃이 확 일어나는 것처럼 보였다.

그녀가 말했다. "어떤 면에서는 다행이기도 하네요."

"다행이라고요?" 어머니의 목소리와 표정이 굳어졌다.

"에어리얼과 칼에게는 다행이라고요. 둘이 서로에게서 위로를 얻을 수 있을 때 이런 일이 생겨서요. 몇 주만 지나면 각자 제 갈 길로 갈 거고 서로에게서 아주 멀어지게 될 테니까요."

"줄리아, 에밀의 자살 기도가 성공하지 못했다는 것을 빼고는 지금 다행인 일은 하나도 없는 것 같은데요." 어머니가 말했다.

브란트 부인이 미소를 지으며 담배를 빨았고 잠시 후 입술 사이로 연기가 새어나왔다.

"당신과 에밀은 항상 가까운 사이였죠. 예전에 다들 당신들이 결혼할 거라고 생각한 적도 있었는데. 하마터면 우리가 동서지간이 될 뻔했네요." 그녀가 어머니의 주일 예배용 원피스를 찬찬히 살펴보더니 고개를 절레절레 흔들었다. "도무지 상상이 안 가요, 목사랑 결혼해서 항상 그렇게……." 그녀는 다시 담배를 한 모금 빨고 연기를 내뿜은 다음 말을 이었다. "실용적으로 옷을 입고 사는 게 어떤 느낌인지. 하지만 뭐 나름대로 멋진 삶을 살고 있겠죠, 당신은? 아주 영적인 삶을."

"그리고 당신은 나와는 아주 다른 삶을 살고 있는 게 확실하고요, 줄리아."

"브란트 가문의 일원으로 살아간다는 게 얼마나 책임이 막중한지 결코 쉽지 않아요, 루스."

"굉장한 부담이겠네요." 어머니가 동의했다.

"얼마나 힘든지 당신은 상상도 못 할 거예요." 브란트 부인이 한숨을 푹 쉬면서 말했다.

"아뇨, 충분히 상상이 가요, 줄리아. 당신 얼굴에 주름이 자글자글한 걸 보니까. 잠깐 실례할게요." 어머니가 창턱에서 미끄러지듯 내려서면서 말했다. "신선한 공기 좀 마시고 싶어서."

어머니가 대기실에서 걸어 나갔고 브란트 부인은 담배를 한 모금

더 길게 피우고 나서 중얼거렸다. "개 같은 년." 그러고는 나를 내려다
보며 미소를 짓더니 돌아섰다.

제이크는 리사 브란트를 달래서 에밀 브란트의 병실에서 데리고 나오는데 성공했고 제이크와 아버지와 악셀 브란트가 리사와 함께 악셀의 캐딜락을 타고 그녀의 집으로 향했다. 어머니는 에어리얼 누나와 나를 패커드에 태우고 뒤따라갔다. 칼은 자기 스포츠카로 자기 어머니를 대저택으로 모셔다주었다. 에밀은 혼자 남아 다들 필요하다고 주장하는 절대안정을 취하게 되었다.

에어리얼 누나와 제이크는 그 집에 자주 드나들었고 또 기꺼이 함께하겠다고 했기 때문에 에밀 브란트가 퇴원할 때까지 그 집에서 리사와 함께 지내기로 결정이 되었다. 어머니는 집에 가서 며칠 묵을 수 있게 짐을 싸서 오겠다고 말했다. 다들 떠났지만 나는 누나와 제이크와 좀 더 함께 있다가 가기로 하고 남았다.

에밀 브란트의 집에는 창문마다 커튼이 달려 있었지만 사방 벽은 거의 비어 있었다. 시각장애자라 인테리어에는 신경을 전혀 쓰지 않은 것 같았고 리사 브란트는 너무나 불가사의한 인물이어서 도대체 어떤 사람인지 가늠조차 할 수 없었다. 가구가 거의 없었고 그나마 있는 것은 서로 멀리 떨어져 놓여 있었다. 예전에 에어리얼 누나한테서 브란트 씨가 눈이 보이지 않기 때문에 가구를 재배치한 적이 한 번도 없다고 들은 기억이 났다. 책장도 책도 없었다. 그러나 꽃은 많았다. 꽃은 아름답게 꽃꽂이를 해서 꽃병에 담아 방마다 놓아두고 있었다. 그 집의 중심은 예전에는 식당이었을 곳의 공간 전체를 차지하고 있는 그랜드피아노 같았다. 누나한테 들은 바로는 에밀 브란트는 이곳에서 연습을 하고 작곡을 했다. 피아노 옆에는 고가로 보이는 오픈 릴식의 녹음기가 놓여 있었는데, 브란트는 눈이 보이지 않아 악보에 적을 수 없기 때문에 작곡할 때 이 녹음기를 사용했다. 거실에는 거대한 스피커가 달린 근사한 하이파이 시스템이 있었고 거실 한 벽 전체가 레코드판이 빽빽이 꽂힌 선반이었다. 나는 집 안을 둘러보고 꽃잎처럼 부드러운 가구 덮개를 보면서, 방마다 가득한 꽃향기를 맡고 온 집안을 음악으로 가득 채우는 피아노와 스테레오 스피커를 보면서, 에밀 브란트가 자기만의 감각으로 자기만의 세상을 꾸며놓았다고 생각했다.

부엌은 집 안 다른 곳들과는 달랐다. 그곳은 리사의 영역이었다. 부엌은 널찍하고 깔끔하게 정리가 되어 있고 다채로우며 뒷벽에 널따란 미닫이문이 있어서 밀고 나가면 정원과 강이 내려다보이는 아름다운 베란다가 나왔다.

늦은 오후가 되어서야 얼추 정리가 끝났고 리사 브란트가 저녁식사를 준비하기 시작했다. 에어리얼 누나가 리사 앞에 서서 리사가 입술을 읽을 수 있도록 또박또박 발음하면서 도와줄까 물었다. 리사는 고개를 가로젓고 손을 내저어 누나를 물리친 후 제이크를 손짓해 불러자기를 돕게 했다. 우리는 부엌 식탁에 앉아 식사를 했는데, 리사가 만든 음식이 어머니가 만들어준 그 어떤 음식보다도 맛있었다. 프라이드치킨, 그레이비소스를 곁들인 으깬 감자, 버터 바른 당근, 구운 호박, 모든 게 맛이 있었다. 나는 에밀 브란트가 비록 눈은 멀었지만 운이 좋은 사람이라고 생각했다. 식사를 마친 후 에어리얼 누나가 설거지를 자청하고 나섰지만 이번에도 리사는 누나의 도움을 거절하고 제이크의 도움만 받았다.

해 질 녘 리사가 상하의가 붙은 작업복으로 갈아입더니 제이크와 나에게 정원에서 아직 할 일이 있다고 수화로 말했다. 제이크는 내키지 않는 것 같았지만 같이 하겠다고 말했다. 그리고 나도 나가서 도와도 되는지 물었다. 리사는 한동안 심사숙고하더니 고개를 끄덕였다. 집 안에 남은 에어리얼 누나가 그랜드피아노로 연주하는 음악이 창밖으로 흘러나왔다. 에밀 브란트가 작곡한 곡을 많이 알고 있었던 나는 누나가 연주하는 곡이 브란트가 작곡한 슬프고도 아름다운 단조의 작품이라고 확신했다. 큰 공구 창고에서 리사가 벽에 걸려 있던 곡괭이와 삽과 쇠지렛대를 내려서 하나씩 나눠주었다. 나는 곡괭이를, 제이크는 삽을, 리사는 쇠지렛대를 잡았다. 그녀는 집 뒤쪽 말뚝 울타리를 따라 최근에 흙을 갈아엎은 곳으로 우리를 데려갔다. 가서 보니까 정원을 확장하려다가 장애물을 만난 것을 알 수 있었다. 농작물 경연대회에서 상을 탄 호박만큼이나 커다란 바위가 새로 일군 밭의 한 중간에 떡하니 버티고 있었다. 진흙땅 속에 깊이 박혀 있는 것이 고대 빙하기의 워런 강이 다코타에서 휘몰아쳐 내려올 때부터 거기 있었을 것 같았다. 우리는 잠깐 거기 서서 바위를 여러 각도에서 관찰했다.

내가 손을 들어 리사의 주의를 끌고 나서 말했다. "바위는 그냥 내버려두고 그 둘레를 따라 심는 게 어때요?" 리사가 내 입술을 읽을 수 있도록 또박또박 발음했다.

그녀는 세차게 고개를 가로젓더니 내 곡괭이를 가리키며 땅을 파는 시늉을 했다.

"알았어요." 내가 말했다. "뒤로 물러서요."

나는 곡괭이를 들어 바위 옆의 진흙에 푹 꽂았다. 리사와 제이크는 뒤로 물러서서 나를 보고 있었다. 나는 그곳의 땅을 판 후 바위를 빙 돌아가며 계속 땅을 팠다. 그러자 내가 파놓은 땅에서 제이크가 삽으로 커다란 흙덩어리들을 파서 딴 곳으로 던졌다. 우리가 이런 식으로 30분 가까이 일하는 동안 리사는 옆에서 구경만 하고 있었다. 나는 이렇게 힘들게 일하는 데도 우리가 하는 짓이 마음에 안 든다는 듯 고개를 내젓고만 있는 리사의 태도에 슬슬 짜증이 나기 시작했다. 내가 뒤로 물러서서 한마디 하려는데 리사가 제이크의 어깨를 톡톡 치더니 일을 그만하라고 수화로 말했다. 그녀는 쇠지렛대를 내려놓고 창고로 가서 동쪽에 쌓여 있는 돌무더기에서 빵 한 덩이 크기와 모양의 바위 하나를 집어 들었다. 그것을 가지고 와서 밭의 큰 바위에서 15센티미터쯤 떨어진 곳에 놓았다. 그녀는 쇠지렛대를 다시 집어 들고 끝날 모양인 면을 큰 바위 밑에 밀어 넣고 작은 바위를 지렛목으로 이용해서 온몸의 힘을 다해 그 커다란 장애물을 그 끈끈한 진흙에서 밀어 올렸다. 그녀의 얼굴에는 단호함의 상징처럼 주름이 깊게 패었고 맨 팔은 놀라울 정도로 근육이 단단해 보였고 굵은 힘줄이 불끈불끈 솟아 있었다. 제이크와 나는 도구를 집어던지고 바위 양옆에 무릎을 꿇고 앉아 바위를 꽉 붙잡고 있는 힘껏 밀어 올렸다. 마침내 바위가 빠져나왔다. 바위는 너무 무거워 들 수가 없어서 거대한 호박 같은 바위를 창고를 향해 천천히 굴렀다. 창고에 다다른 바위는 리사 브란트가 정원을 가꾸기 위해 골라내 모아둔 다른 바위들과 돌들 옆에 자리를 잡았다. 정리가 끝나자 제이크가 펄쩍 뛰면서 승리의 함성을 질렀다. 리사는 한 손으로 쇠지렛대를 잡고 다른 한 손으로는 공중을 찌르면서 허스키한 괴성을 길게 질렀다. 인간의 함성이 아닌 것 같았고 그런 소리를 나 혼자 있을 때 들었다면 무서워서 꼼짝도 못할 것 같았다. 그러나 나는 그 소리가 어떤 뜻인지를 이해했고, 그래서 나도 그 승리의 함성을 지르는 무리에 합류했다.

그리고 바로 그때 내가 실수를 저질렀다.

나는 흥분해서 친구들끼리 흔히 하듯이 제이크의 어깨를 툭 쳤고 리사 브란트에게도 같은 행동을 했다. 내가 그녀의 어깨를 툭 치는 순간 그녀는 쥐고 있던 쇠지렛대를 휘둘렀다. 내가 재빨리 물러서서 피하지 않았다면 그 쇠지렛대가 내 머리통을 부숴버렸을 것이다. 지는 해의 붉은 노을빛이 느릅나무 가지 사이로 길게 스며 들어와 그녀의 얼굴을 붉게 비추었다. 그녀는 눈을 사납게 부릅뜨고 입을 벌리더니 소방관이 그녀를 제지했을 때처럼 비명을 지르기 시작했다.

나는 절박한 표정으로 제이크를 바라보며 소리쳤다. "어떡하지?"

"우리가 할 수 있는 일은 아무것도 없어." 제이크가 말했다. 리사 브란트의 불가해한 고통이 마치 자신의 고통인 양 괴로운 표정이었다. "그냥 놔두면 멈출 거야."

나는 리사 브란트에게 통사정을 하듯 말했다. "미안해요, 리사 아줌마. 아무 뜻 없었어요."

그러나 그녀는 듣지 않았다. 나는 두 손으로 귀를 틀어막고 뒤로 물러섰다.

에어리얼 누나가 집에서 뛰어나와 우리에게 달려오면서 소리쳤다. "무슨 일이야?"

"아무 일 아냐." 제이크가 말했다. "형이 아줌마를 건드려서 그래. 모르고 그런 거야. 좀 있으면 진정할 거야. 괜찮아질 거야."

"난 갈란다." 내가 말했다.

"가." 제이크가 말했다. "빨리 가." 그러고는 열심히 손을 내저었다.

뒤쪽 울타리에 문이 있어서 나는 그 문을 밀고 나갔다. 문을 나서니 언덕을 내려가는 꼬불꼬불한 비탈길이, 브란트 가문의 땅과 강 사이에 있는 철길로 향하는 비탈길이 보였다. 리사 브란트의 비명을 피해 도망쳤지만 그 비명은 내가 언덕을 내려가고 철길을 건너 미루나무 숲을 지날 때까지 계속 따라왔고 강둑을 미끄러져 내려가 평평한 모래밭에 이르렀을 때에야 마침내 그 끔찍한 소리가 들리지 않았다. 가슴이 터질 것처럼 두근거렸고 그것은 달리기 때문만이 아니라 리사의 끔찍한 비명으로 인해 공포에 질렸기 때문이기도 했다. 나는 악셀과 줄리아 브란트 부부가 리사 브란트를 뉴 브레멘 주민들의 가청 거리 너머에 있는 먼 곳으로 유배 보낸 이유를 이해하고도 남을 것 같았다.

어스름한 저녁, 복된 고요 속에서, 나는 강을 따라 걸어 집으로 향했다. 검은 제비갈매기 몇 마리가 강물 위를 날다가 갑자기 몸을 웅크리고 돌진해 공중에서 벌레를 잡았다. 하늘의 구름은 홍학의 깃털 같은 색으로 변해 있었다. 평지대의 집들이 저 앞에 보이기 시작하고 미루나무 숲 너머에서 대니 오키프를 비롯한 여러 아이들이 떠드는 소리가 들렸지만 나는 그 아이들과 어울리고 싶지 않았다. 마른 갯벌을 가로질러 걸어가자 골풀로 덮인 모래밭과 대니의 작은할아버지가 지어놓은 달개집이 나타났다. 키 큰 갈대숲 깊숙이에서 누군가가 바스락거리며 나를 향해 걸어오는 소리가 들려서 나는 골풀 속으로 몸을 숨겼다. 잠시 후 한 남자가 내가 웅크리고 있는 곳에서 3~4미터 떨어진 곳을 지나갔다. 워런 레드스톤이었다. 그는 대니의 집 쪽으로 천천히 걸어가더니 강둑을 기어 올라가 사라졌다. 나는 대니의 작은할아버지가 완전히 사라졌다는 확신이 들 때까지 잠깐 기다렸다가 일어나서 그 노인보다 더 조용히 움직이려고 조심하면서 골풀을 헤치고 걸어가기 시작했다. 그렇게 하기를 잘한 것이, 워런 레드스톤이 지은 작은 달개집이 있는 공터에 이르렀을 때 어두운 형체의 한 사람이 그 임시 숙소에 웅크리고 있는 것을 보았다. 나는 앞으로 기어가 모래밭 갈대숲 속에 다시 몸을 웅크리고 노을빛 속에서 그를 지켜보았다.

한 남자가 두 손과 두 무릎을 땅에 대고 엎드려 있었고 윗몸은 달개집 안 깊숙이에, 엉덩이와 다리는 바깥으로 나와 있었다. 그가 잠깐 달개집 안 그늘 속을 뒤지더니 뒤로 물러나와 일어섰다. 사방이 어둠침침하고 그가 계속 내게 등을 보이고 있어서 누군지는 알 수 없었다. 두 손으로 모아 쥐고 있는 무언가를 관찰하고 있는 것 같았다. 그는 다시 무릎을 꿇더니 달개집 안으로 기어들어갔고 이번에는 손전등 불빛이 어두운 달개집 안 곳곳을 비추었다. 그때까지도 나는 그가 무엇을 하는지 알 수 없었다. 몇 분 후 그는 뒤로 물러나와 일어서서 두 손과 바지 무릎 부분에서 모래를 털어냈다. 그러고는 골풀 몇 가닥을 꺾어 빗자루처럼 한데 모아 쥐더니 바닥을 쓱쓱 쓸어 자신의 흔적을 지웠고 그렇게 비질을 계속하면서 뒷걸음질을 쳤다. 갈대숲 앞에 이르자 그는 허리띠에서 손전등을 떼어내 모래밭과 주위를 비춰보며 자기가 그곳에 왔었던 흔적을 모두 지웠는지 확인했다. 그러고는 돌아서서 마을 쪽으로 사라졌다.

손전등 불빛 속에서 나는 그의 얼굴을 보았다. 그는 거스 삼촌의 친구 도일 경관이었다.

내가 숨어 있던 곳을 떠날 때에는 벌써 어둠이 내려 있었다. 달개집으로 가서 안을 살펴보았지만 사방이 너무 어두워서 도일의 관심을 끈 것이 무엇인지는 몰라도 내 눈에는 아무것도 보이지 않았다. 나는 도일이 했던 것처럼 내 흔적을 지울까 생각했지만 그럴 이유도 없을 것 같았고 마침 황소개구리들이 목청 높여 구애를 하기 시작해서 황급히 자리를 떴다.

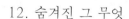

## 12. 숨겨진 그 무엇

　에밀 브란트는 독립기념일 사흘 전인 그다음 토요일에야 집에 돌아
왔다. 뉴 브레멘에서 트윈시티(미국 미네소타 주에 있는 미니애폴리스와
세인트폴을 함께 가리키는 말−옮긴이)에 있는 개인병원으로 옮겨 치료를
받고 요양을 하다가 온 것이다. 악셀 브란트가 동생을 퇴원시켜 마을
외곽에 있는 농가로 데려왔다. 아버지는 그들을 맞이하기 위해 그 집
에 가 있었고 나도 아버지를 따라가 있었다. 에밀은 눈이 퀭하고 얼굴
은 핼쑥했지만 웃고 있었고, 리사는 오빠가 왔다고 엄청나게 호들갑
을 떨면서 자기는 남이 자기 몸을 살짝 건드리는 것도 그렇게 싫어하
면서 오빠를 몇 번이고 가볍게 만져봤다. 그녀의 두 손은 그의 팔과
어깨에 가볍게 내려앉는 나비 같았다. 에어리얼 누나는 에밀 브란트
를 끌어안고 한참 동안 눈물을 흘렸다.
　"난 괜찮아." 에밀 브란트가 에어리얼 누나에게 말했다. 그러고는
우리 모두를 향해 말했다. "난 괜찮아."
　악셀 브란트는 동생을 데려다놓고 오래 머물지 않았다. 그는 에어

리얼 누나와 제이크에게 도와주어 고맙다고 인사를 한 뒤 그 커다란 검은색 캐딜락을 몰고 떠났다. 내 눈에는 그가 이 드라마에서 자기가 맡은 역할을 다 하고 빠지는 것에 대단히 안도하는 것으로 보였다. 아버지와 누나가 에밀 브란트에게 쉴 것을 권했지만 그는 평소처럼 해야 한다면서 리사에게 체스 판을 준비해달라고 수화로 부탁했고 아버지와 함께 체스를 둘 준비를 했다.

"이번 일은 내 회고록에서 재미있는 장이 될 것 같지 않니?" 브란트가 에어리얼 누나에게 말했다.

"제발 그런 농담 하지 마세요, 선생님." 누나가 대꾸했다.

브란트가 손을 뻗자 누나가 그의 손을 잡았다.

그가 부드럽게 말했다. "사고였어. 끔찍한 사고였을 뿐이야. 이젠 다 끝났고. 그러니 이제 집에 가라. 그동안 정말 수고 많았다."

"아뇨." 에어리얼이 말했다. "좀 더 있을게요."

에밀 브란트는 고개를 끄덕였고 보이지 않는 그의 눈이 마치 누나를 완벽히 볼 수 있는 것처럼 누나의 얼굴을 물끄러미 바라보았다.

"그래라, 그럼." 그가 말했다. "타이핑 거리가 있으니까."

에어리얼 누나가 자리를 떴고 몇 분 뒤에는 누나의 손가락이 타자기 자판 위에서 춤을 추는 소리가 서재 창문 너머로 들려왔다.

아버지는 에밀 브란트와 체스 게임을 시작하면서 내게 안으로 들어가서 리사가 내 도움을 필요로 하지는 않는지 알아보라고 말했다.

"제이크가 돕고 있어요." 내가 말했다.

"네가 할 수 있는 일이 있을 거야." 아버지의 대답을 듣고 보니 내가 옆에 있는 것을 원치 않는 것 같았다.

나는 집 안으로 들어가 부엌 문간에 섰다. 제이크와 리사는 선반에서 물건을 끌어내리느라고 바빴다. 도와줄까 묻자 제이크는 괜찮다고 말했고 리사는 나를 보자 짜증난 표정으로 휘이휘이 소리를 내며 두 손을 내저었다. 나는 기분이 상해 그곳을 떠났다. 어슬렁거리며 거실로 가서 벽에 걸린 근사한 상패를 구경했다. 비엔나 음악축제에서 받은 것으로 중앙에 은도금이 된 에밀 브란트의 이름이 새겨져 있었다. 앞 베란다가 내다보이는 거실 창문을 통해 아버지에게 체스 말의 움직임을 지시하는 브란트의 목소리가 들렸다.

잠시 후 아버지가 말했다. "얼마 전만 해도 행복하다고 했잖아, 에밀. 어떻게 된 거야?"

"어떻게 된 거냐고? 위스키를 과하게 마시고는 수면제를 너무 많이 먹었어. 사고였어, 진짜로."

"그 말 안 믿어. 그런 말을 누가 믿겠나, 에밀."

"자네나 다른 사람들이 믿든 안 믿든 난 별로 관심 없는데, 네이선."

"다들 자넬 걱정하고 있어."

"그게 사실이라면 그 이야긴 이제 그만하지."

"그러다가 자네가 또 우연히 수면제를 너무 많이 먹으면?"

에밀 브란트는 오랫동안 말이 없었고 들리는 소리라고는 부엌에서 들리는 제이크의 웃음소리와 에어리얼 누나의 손가락이 타자기 자판 위를 달리는 소리, 멀리서 강을 따라 이어지는 선로 위를 달려오는 기차 소리뿐이었다. 기차가 천둥소리를 내며 지나가는 동안 집이 약간 흔들렸다.

기차가 지나가고 나자 브란트가 말했다. "다시 시도할 용기는 없어, 네이선."

"근데 왜, 에밀? 왜 그런 짓을 했어?"

브란트가 쓸쓸하게 웃었다. "자넨 그렇게 남부러울 것 없이 살고 있으니 아마 이해 못 할 거야."

"남부러울 것 없는 걸로 치면야 자네가 더하지, 에밀. 음악만 해도 그래. 엄청난 축복이 아닌가 말이야."

"앞으로는 어떨지 모르겠지만, 그게 그렇게 큰 비중을 차지하는 건 아니더라고."

"그럼 저울의 맞은편에서 그렇게 큰 비중을 차지하는 건 뭔데?"

브란트는 그 질문에는 대답하지 않았다. 대신 그가 말했다. "오늘 체스는 이 정도로 끝내지. 좀 쉬고 싶어서 말이야."

"말해보라고, 에밀."

"이제 그만하자고 했잖아."

브란트가 일어나서 현관문으로 걸어가는 소리가 들렸다.

내가 서둘러서 부엌으로 가보니 제이크는 밀가루를 뒤집어쓰고 있었고 리사는 커다란 빵 도마 위에 반죽을 놓고 굴리고 있었다. 거실에서 우리를 부르는 아버지의 목소리가 들렸다.

"얘들아, 집에 갈 시간이다."

제이크가 리사에게 집에 간다고 몸짓으로 말하자 그녀는 실망한 표정을 지었지만 알았으니 그렇게 하라는 뜻으로 고개를 끄덕였다. 제이크는 옷에서 밀가루를 털어낸 후 부엌 문 앞에 서 있는 내게로 다가왔다.

에밀 브란트는 우리 모두에게서 벗어나기를 갈망하는 표정으로 거실에서 팔짱을 끼고 서 있었다. 제이크와 내가 인사를 하자 그는 간단히 고개만 한번 끄덕였다. 우리는 현관문을 열어 붙잡고 서 있는 아버지에게로 걸어갔다.

"자넬 위해 기도할게, 에밀." 아버지가 말했다.

"기도나 우물에 동전을 던지면서 소원을 비는 거나 거기서 거기 아닐까, 네이선."

우리는 터벅터벅 걸어 패커드로 돌아갔고 차 앞에 서서 내가 말했다. "아빠, 제이크랑 저랑 집까지 걸어가도 돼요?"

제이크는 이건 또 무슨 소리냐는 눈초리로 나를 쳐다보았지만 말은 하지 않았다.

"그래라." 아버지가 건성으로 말했다.

아버지는 브란트의 집을 돌아보고 있었다. 나는 아버지가 조금 전 절친한 친구와 나눴던 불편한 대화에 대해 생각하고 있을 거라고 확신했다.

"어슬렁거리지 말고 빨리 오고." 말을 마친 아버지는 차에 타더니 바로 출발했다.

"우린 왜 걸어가?" 제이크가 불평을 토로했다.

"강가에 살펴보고 갈 게 있어서. 가자."

벌써부터 무덥고 습했다. 철길을 향해 갈대를 헤치고 비탈면을 내려가는데 메뚜기들이 항의의 표시로 불쑥불쑥 우리 앞에 날아올랐다.

제이크가 또 투덜거렸다. "어디 가는데, 형?"

"곧 알게 될 거야."

"재미만 없었단 봐."

우리는 철길을 건너 미루나무 숲을 통과했고, 강가에 이르러 평지대를 향해 걸었다. 골풀로 뒤덮인 모래밭이 나타나자 제이크는 강둑을 향해 방향을 틀었다. 나는 계속 앞으로 걸어갔다.

제이크가 물었다. "어디 가?"

"말했잖아, 곧 알게 될 거라고."

그 순간 제이크는 내가 가는 목적지를 알아차렸는지 거세게 고개를 내저었다. "거긴 가지 말자, 형."

나는 손가락을 입에 대 조용히 하라는 신호를 보낸 후 최대한 살금살금 골풀을 헤치고 나아가기 시작했다. 제이크는 망설이다가 강둑을 향해 걷기 시작하더니 곧 걸음을 멈추고는 결국 나를 따라왔다. 공터 근처에 이르러 나는 두 무릎과 두 손을 바닥에 대고 먹이를 향해 몰래 접근하는 동물처럼 기어갔고 제이크도 나를 따라했다. 공터에는 아무도 없었고 달개집도 비어 있었다. 내가 주위를 살피며 기다리는 1분여 동안 잠자리들이 우리 주위의 무거운 아침 공기 속을 헤매고 날아다녔다. 마침내 내가 일어섰다.

"이게 뭐 하는 짓이냐고." 제이크가 말했다.

"조용히 해라." 내가 말했다.

달개집 앞에서 나는 무릎을 꿇고 그늘 속으로 기어들어갔다. 내가 무엇을 찾는 건지도 몰랐고 처음에는 볼 만한 것이 하나도 없는 것 같았다. 그러다가 한 구석에 있는 작은 모래 더미를 보고 파기 시작했고 곧 30센티미터 높이에 지름이 20센티미터 정도 되는 커다란 주석 깡통을 발견했다. 깡통 입구에는 흰 천이 덮여 있고 고무줄로 고정되어 있었다. 나는 모래에서 깡통을 끌어내 햇빛이 있는 바깥으로 갖고 나왔다. 제이크가 뚱한 얼굴로 지켜보는 가운데 고무줄과 흰 천을 벗긴 후 안을 들여다보았다. 깡통 속에는 많은 물건이 들어 있었다. 내가 제일 먼저 꺼낸 것은 둘둘 말린 《플레이보이》라는 잡지였다. 이 잡지에 대해서 알고는 있었지만 실물을 본 적은 한 번도 없었다. 나는 입을 헤 벌리고 몇 분간 잡지를 뒤적였고 제이크도 내 어깨 너머로 잡지를 보았다. 마침내 나는 그 잡지를 옆으로 치워두고 다시 깡통 속을 뒤졌다. 시침인지 분침인지 모를 미키마우스의 손 하나가 사라진 미키마우스 손목시계가 있었다. 내 엄지손가락 크기의 개구리 도자기 인형도 보였다. 사슴가죽 옷을 입은 작은 원주민 인형과 조각 세공품으로 장식한 상아 빗과 퍼플 하트 훈장도 한 개 있었다. 그밖에도 여러 가지가 있었는데 그중에는 한때 바비 콜의 것이었던 안경과 죽은 남자의 것이었던 사진도 있었다. 이런 물건들이 왜 중요한지 알 수 없었지만 대니의 작은할아버지에게는 소중한 의미가 있는 것이 틀림없었다. 나는 도일이 이 깡통 속의 내용물에 대해 관심을 가진 이유가 궁금했다.

"그게 다 뭐야?" 제이크가 물었다.

"글쎄."

"그 할아버지가 그것들을 다 주운 거라고 생각해?"

"주웠거나 훔쳤겠지. 저 갈대 좀 꺾어와 봐." 내가 고갯짓으로 골풀 쪽을 가리키며 말했다.

"왜?"

"그냥 꺾어와."

제이크는 내가 시키는 대로 했다. 나는 모든 것을 깡통 속에 도로 집어넣고—《플레이보이》는 다시 넣기가 많이 망설여졌다—흰 천으로 깡통 입구를 덮은 후 고무줄로 고정하고 깡통을 달개집 한 구석에 있는 커다란 모래 구멍에 도로 갖다놓고는 원래대로 모래를 덮었다. 제이크가 갈대를 대여섯 개 꺾어왔다. 나는 그것들을 한데 모아 덥수룩한 이파리 쪽으로 며칠 전에 도일이 만들었던 것처럼 빗자루를 만들었다.

"아까 왔던 발자국을 밟으면서 가." 내가 제이크에게 말했다.

제이크가 먼저 갔고 내가 그 뒤를 따라가면서 빗자루로 쓱쓱 쓸어 우리가 거기 왔었다는 흔적을 지웠다.

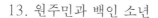

# 13. 원주민과 백인 소년

제이크와 내가 토요일마다 하는 외할아버지 댁 정원 손질을 끝내고
집으로 돌아왔을 때 대니 오키프가 전화를 걸어 자기 집에 와서 리스
크(다섯 명의 플레이어가 플라스틱 군인 말을 가지고 세계지도 판에서 협상과
전쟁을 통해 세계를 정복하는 내용의 보드게임—옮긴이)를 하지 않겠느냐고
물었다. 대니의 집에 갔더니 생긴 건 멀쩡한데 도무지 이를 닦지 않아
항상 입에서 시큼한 양배추 냄새가 나는 리 켈리라는 아이도 와 있었
다. 평소에는 지하실에서 게임을 했는데 그날은 웬일인지 식탁에서
했다. 리스크 게임을 할 때 제이크는 항상 보수적인 태도를 취했다.
호주에 은둔하면서 적들을 인도네시아에 에베레스트 산처럼 쌓아놓
아 천하의 얼간이가 아니라면 누구도 제이크의 대륙을 넘볼 생각을
하지 못했다. 보통 내가 그 얼간이가 되곤 했다. 그날도 나는 아시아
전역에 내 병정들을 배치해놓고 야심차게 제이크의 근거지를 공격했
다. 그러나 실패로 돌아갔고 제이크가 내 병정들을 무찌르고 나서 은
신처인 호주로 유유히 돌아갔다. 그런 다음에는 대니와 리가 미주대

류과 아프리카에서 나를 공격했다. 나는 30분도 안 되어 빈털터리가
된 채 손을 털었고 제이크가 내 카드를 몽땅 차지했다. 보통 나는 내
가 가진 자원에 크게 집착하지 않고 성급하게 플레이를 했다. 하지만
그렇게 대패하자 인간이라면, 특히 한심한 보드게임을 할 때는, 자기
가 가진 것보다 더 많은 것을 가져야겠다고 욕심을 내야 한다는 진리
를 뼈저리게 느꼈다.

　나는 한동안 다른 아이들이 게임하는 것을 하릴없이 구경하다가 대
니에게 냉장고에서 네히 포도주스를 꺼내 마셔도 되느냐고 물었다.
주스 병을 꺼내는데 트윈스 경기 중계방송 소리가 지하실 계단을 타
고 올라오는 것이 들려서 발걸음이 저절로 그곳으로 향했다. 오키프
가의 지하실은 짙은 색 나무판자로 마감이 되어 있었다. 소파와 낡은
마차 바퀴를 가져다가 재활용해서 만든 것 같은 작은 테이블도 몇 개
있고 램프도 두 개 있었다. 램프 갓은 돌리면 돌아갔고 노출이 심한
옷차림을 한 예쁜 여자들이 그려져 있었다. 우리가 리스크를 비롯한
여러 보드게임을 그 지하실에서 즐겨했던 이유 중 하나가 바로 그 여
자들 그림 때문이었다. 대니의 작은할아버지가 소파에 앉아서 야구
중계방송을 보고 있었다. 깔끔하게 빗은 머리에 깨끗한 체크무늬 셔
츠와 면바지를 입고 로퍼를 신고 있었다. 죽은 남자 옆에 앉아 있던
모습과는 사뭇 달랐다.

　내가 맨 밑의 계단에서 바닥으로 내려섰을 때 그가 화면에서 고개
를 돌려 나를 흘끗 쳐다보더니 말했다. "트윈스 열심히 깨지고 있다."
그의 짙은 눈에서는 아무 감정도 보이지 않았고 나를 알아본 것 같지
도 않았다.

　"몇 회예요?" 내가 물었다.

"8회말. 기적이 일어나면 몰라도 끝났어."

그는 쥐고 있던 브란트 맥주 캔을 들어 한 모금 마셨다. 내가 거기 내려와 혼자만의 시간을 방해한 것에 별로 개의치 않는 것 같았다.

"이름이 뭐냐?" 그가 물었다.

"프랭크 드럼이요."

"드럼이라." 그가 맥주를 한 모금 더 마셨다. "무슨 이름이 그래? 원주민 이름 같은데."

"스코틀랜드계예요."

그가 고개를 끄덕였다. 그때 킬브루가 홈런을 쳤고 대니의 작은할아버지는 나에 대해서는 까맣게 잊은 듯했다.

나는 야구장의 흥분이 가라앉을 때까지 기다렸다가 말했다. "사진은 어떻게 하셨어요?"

"사진?" 그가 눈을 가늘게 뜨고 나를 쳐다보았다.

"죽은 남자의 시신에서 발견했던 거요."

"네가 무슨 상관이야?"

"그냥 궁금해서요. 그 사람을 매장할 때 이름을 아는 사람이 아무도 없었어요. 사진이 있었으면 도움이 되었겠다 싶었거든요."

그가 맥주를 내려놓았다. "그 이야기 누구한테라도 했니? 나에 대해서도?"

"아뇨."

"왜?"

"모르겠어요."

"내가 그 사람의 죽음에 관련이 있다고 생각하냐?"

"아뇨."

대니의 작은할아버지가 나를 뚫어지게 쳐다보았고 나는 쥐고 있는 네히 포도주스가 미지근해지는 것을 느끼면서 서 있었다.

마침내 그가 물었다. "사진을 원하니?"

"아, 네."

"사진 갖다가 뭐 하려고? 경찰에 넘기게?"

"뭐 그럴 수도 있고요."

"경찰이 어디서 났느냐고 물으면 뭐라고 할 건데?"

"주웠다고요. 철교 밑에서."

"네가 가면 안 되는 곳에서?"

"갈 수 있어요."

"대니는 그렇게 말 안 하던데."

대니가 내 행동을 자기 작은할아버지에게 일러바치는 모습을 상상하자 오싹하는 느낌이 들었다.

"감옥에 있었다고 들었어요." 내가 말했다.

"누가 그러든?"

"그냥 어디서 들었어요. 사실이에요?"

"사실의 일부에 불과하지."

"그럼 나머지는 뭔데요?"

"내가 감옥에 간 이유도 들었니?"

"아뇨."

"그 이유가 그 나머지지."

"그래서 그게 뭔데요?"

"워 이요끼히(Wo iyokihi)."

"그게 뭔데요?"

"책임이라는 뜻이지. 우리 수 족은 백인들이 자기들끼리 하는 거짓말에 의해, 그리고 우리에게 하는 거짓말에 의해 과거가 왜곡되지 않도록 해야 하는 책임이 있다. 1862년에 다코타 족이 백인들에 맞서 싸웠던 전쟁에 대해 알고 있니?"

"그럼요. 원주민들이 뉴 브레멘을 공격해서 정착민들을 많이 죽였잖아요."

"우리 원주민들이 그런 짓을 한 이유는 알고 있니?"

사실 나는 알지 못했다. 원주민들이 그냥 그런 짓을 했다는 것만 알고 있었지 그 이유는 알지 못했지만, 아무 대답도 하지 않았다.

"배가 고파서 그런 거야." 레드스톤이 말했다. "백인들이 우리 땅에 쳐들어와서는 우리 초원의 풀을 뜯어서 자기네 가축을 먹이고 우리 나무를 베어서 자기들이 살 집을 만들고 많지도 않은 사냥감을 다 사냥해 갔거든. 게다가 흉년까지 들어서 겨울을 나기가 너무너무 힘들었지. 그래서 우린 백인들에게 우리와 맺은 조약에서 약속했던 식량을 달라고 요구했어. 그랬더니 그들이 굶주리고 있는 우리 원주민들에게 뭐라고 말한 줄 아냐? '가서 풀이나 뜯어먹으라고 해.' 그래서 우리가 싸운 거야. 식량을 얻기 위해서. 약속이 지켜지지 않았기 때문에 싸웠고 백인들의 장화 발에 짓밟히지 않기 위해서 싸웠어. 우리에게 풀이나 뜯어먹으라고 했던 자는 죽임을 당했고 우리 전사들이 그자의 입에 풀을 잔뜩 처넣었어. 그래도 상황은 우리에게 절망적이었다. 백인들에게는 군대가 있었고 총과 돈과 온갖 거짓말을 일삼는 신문이 있었거든. 결국 우리 민족은 모든 것을 잃고 이곳에서 쫓겨났지. 우리 전사들 서른여덟 명이 한꺼번에 교수형을 당했고 그걸 지켜보던 백인들은 환호성을 질렀다."

학교에서는 그 폭동에서 대해서 다르게 배웠기 때문에 나는 누구 말을 믿어야 할지 헷갈렸다. 그러나 나는 교실에서 배운 내용을 언제든 무시해버릴 준비가 되어 있었다. 학교가 내가 좋아하는 장소였던 적은 한 번도 없었고 내가 선생님들이 좋아하는 학생이었던 적도 한 번도 없었다. 많은 선생님들이 내가 질문을 너무 많이 하고 게다가 건방지게 물어볼 때도 종종 있다고 말했다. 내게 불리한 증언이 많이 나올 수 있어서 나는 학부모 상담 때가 되면 잔뜩 긴장했다. 에어리얼 누나와 제이크는 달랐다. 둘은 항상 칭찬만 받았다.

"그게 할아버지가 감옥 간 거랑 무슨 상관이 있어요?" 내가 물었다.

레드스톤은 맥주를 다 마신 후 일어서서 구석에 있는 작은 냉장고로 가서 브란트 맥주 한 캔을 더 꺼내 맥주 깡통 따개로 맥주를 땄다. 그러고는 길게 한 모금 들이켰다. 그가 똑바로 서 있는 것을 처음 보았는데, 키가 정말 크다는 생각이, 적어도 예순은 되어 보이는데도 힘도 엄청 세 보인다는 생각이 문득 들었다. 그는 빛바랜 빨간 벽돌색의 거대한 손등으로 입을 닦았다.

"내가 진실을 말했거든. 그래서 문제 인물로 낙인 찍혀 감옥에 가게 됐지."

"우리나라에서는 문제 인물이라는 이유만으로 사람을 감옥에 가두지는 않잖아요." 내가 맞대꾸했다.

워런 레드스톤이 성난 눈으로 나를 노려보았고 나는 학살된 정착민이 분노한 수 족 전사를 맞닥뜨렸을 때 얼마나 불안하고 겁이 났을지 알 것 같았다.

"그들은 항상 그런 식으로 발뺌을 했다." 그가 단호하게 말했다.

대니가 위층에서 소리쳤다. "야! 게임 끝났어. 수영하러 갈래?"

워런 레드스톤의 분노에 찬 눈길에 나는 잠깐 옴짝달싹도 못하고 서 있었다.

잠시 후 그가 말했다. "가서 놀아라, 백인 소년."

그러고는 내게서 돌아섰다.

## 14. 대결

　뉴 브레멘에는 수영할 데가 세 군데 있었다. 하나는 북적거리고 시끄럽고 구조대원들이 끊임없이 호루라기를 불어대는 시립 수영장이었다. 다른 하나는 컨트리클럽이었는데 이곳을 이용하려면 돈이 있거나 돈 있는 사람과 친구여야 했다. 나머지 하나는 마을 남쪽에 있는 오래된 채석장이었는데 그곳은 예전에 갑자기 지하수가 터져 나와 그 거대한 동굴을 단숨에 삼켜버리는 바람에 많은 장비를 그대로 두고 떠나야 했다고 들었다. 물속 깊이 수영해 들어가면 아직도 바닥에 잠자는 괴물처럼 놓여 있는 거대한 장비들의 희미하고 불길한 형체를 볼 수 있다는 소문이 있었다. 채석장 주위로 울타리가 쳐지고 무단침입을 금하는 경고문도 붙어 있었지만 그런 것을 신경 쓰는 사람은 아무도 없었다. 우리 부모님도 우리에게 그곳에 가지 말라고 경고했지만 그곳은 더운 여름날 우리가 즐겨 찾는 장소 중 하나였다. 지극히 순수한 마음을 가진 제이크조차도 부모님의 엄명을 어기고 항상 우리를 따라다녔다.

제이크, 대니, 리와 나는 자전거를 타고 뉴 브레멘을 관통하여 시 경계를 벗어나 1.5킬로미터쯤 더 간 다음 서쪽으로 방향을 돌려 길게 자란 잡초들 속에 자동차 바큇자국이 나 있는 흙길을 달려갔다. 채석장은 줄지어 늘어선 자작나무들 끝자락에 있었는데 그 자작나무들로 인해 그 지역은 더욱 외딴 곳으로 느껴졌다. 그곳에서 캐던 암석이 붉은색 화강암이어서 건축용으로 부적당한 붉은색 폐석이 사방에 흩어져 있었다. 오늘날까지도 그 채석장을 생각하면 깊고 무심한 상처가 숨겨져 있는 곳이라는 느낌이 든다. 채석장 앞에 자전거를 세우면서 보니까 사람들이 채석장으로 드나드는 출입구로 사용하는 개구멍—굵은 철사를 다이아몬드 모양으로 엮어 만든 울타리에 사람 한 명이 겨우 지나다닐 수 있는 개구멍이 뚫려 있었다—옆에 32년형 검은색 듀스 쿠페가 서 있었다. 그것을 보고 나는 경악했다. 부서진 전조등과 미등은 새것으로 교체되어 있었다.

"모리스 엥달 차잖아." 대니가 말했다.

"오리들을 괴롭히러 왔나 보네." 내가 말했다.

제이크가 실망한 표정으로 자전거를 돌렸다. "집에 가자, 형."

대니와 리도 제이크를 따라 자전거를 돌렸다.

"난 안 가." 내가 말했다. "수영하러 왔는데 왜 그냥 가."

나는 자전거에서 내린 후 자전거를 울타리로 끌고 가서 받침다리를 내리고 자전거를 세웠다.

제이크가 입을 벌렸다가 다물더니 다시 벌렸다가 또 다물었을 뿐 한마디도 입에서 나오지 않았다. 마치 금붕어가 숨을 쉬려고 입을 빼끔빼끔하는 것 같았다.

"난 모르겠다." 대니가 말했다. 자전거를 탄 채로 아주 난감한 표정으로 친구들을 둘러보았다.

"정말 갈 거야?" 리가 내게 물었다.

"그럼, 잘 봐." 나는 몸을 한껏 수그리고 울타리에 난 개구멍을 통과해 잡초 속에 생겨난 길을 천천히 걸어갔다. 뒤에서 아이들이 나를 따라 뛰어오는 소리가 들렸다.

채석장의 서쪽 끝에 엄청나게 크고 식탁처럼 평평한 붉은 암석이 있었는데 물에서 2미터 가까이 되는 높이에 놓여 있었고 버드나무에 둘러싸여 있어 우리가 있는 곳에서는 버드나무에 가려 잘 보이지 않았다. 그곳은 물이 곧장 떨어지고 수심도 깊어서 수면 밑에 뭐가 있는지 걱정할 필요 없이 다이빙할 수 있고, 물에서 올라올 때는 바위 표면에 자연적으로 생긴 계단과 손잡을 데가 있어서, 우리가 수영을 하러 즐겨 찾는 장소였다. 버드나무 저 너머에서 음악이 들렸다. 트랜지스터라디오의 찍찍거리는 소리와 함께 로이 오비슨이 부르는 〈러닝 스캐어드(Running Scared)〉가 들렸다. 우리는 한 줄로 서서 숨죽인 채 걸어갔고 버드나무 숲에 이르렀을 때 내가 손을 들어 다른 아이들에게 멈추라고 신호를 보낸 후 앞으로 기어갔다.

그 널찍하고 평평한 바위 위에 커다란 담요가 펼쳐져 있고 그 위에 그들이 누워 있었다. 흰색 수영 팬츠를 입은 모리스 엥달이 빨간색 수영복을 입은 긴 금발의 아가씨에게 착 달라붙어 있었다. 아이스박스 위에 맥주 두 병과 트랜지스터라디오가 놓여 있었고 이젠 라디오에서 델 샤논의 〈런어웨이(Runaway)〉가 흘러나오고 있었다. 나는 버드나무 그늘에 숨어서 모리스 엥달의 왼손이 커다란 흰 거미처럼 아가씨의 오른쪽 가슴으로 기어 올라가 수영복을 입은 가슴을 주무르는 것을 지켜보았다. 여자는 엥달의 손길에 반응하여 등을 동그랗게 구부리고 그에게 몸을 더욱 밀착시켰다.

우리가 조용히 하려고 애를 썼지만 엥달이 우리 쪽으로 고개를 돌린 것을 보면 바스락거리는 소리가 들린 것이 틀림없었다.

"이런, 프랭크 소시지랑 하우디 두-두-두-두디 아냐. 똘마니들도 왔네. 어때, 구경 잘 했냐?"

"수영하러 조금 전에 왔거든." 내가 말했다.

모리스는 아가씨에게 계속 몸을 밀착시키고 있었다. "그래? 근데 우리가 니들보다 먼저 왔으니까 꺼져줘야겠는데." 그가 말했다.

"옆에 자리 많잖아."

"가-가-가-가자, 형." 제이크가 말했다.

"그거 조-조-조-좋겠다." 엥달이 낄낄거리면서 말했다.

"가자, 프랭크." 대니가 말했다.

"아냐. 우리도 수영해도 돼. 공간이 많잖아."

엥달이 고개를 가로젓더니 마침내 아가씨에게서 떨어져 나왔다. "내 눈에는 별로 없는 것 같은데." 그가 말했다.

나는 다른 아이들에게 따라오라고 손짓을 했다. "이쪽으로 돌아서 반대편으로 가자."

"쟤네들 여기 있는 거 싫어, 모리." 아가씨가 말했다.

그녀가 일어나 앉자 빨간 수영복 속의 가슴이 원뿔형의 도로 표지처럼 두드러져 보였다. 선홍색으로 칠한 입술은 뾰로통하게 튀어나와 있었다. 그녀가 아이스박스 위의 맥주를 향해 손을 뻗었다.

"들었지?" 엥달이 말했다. "가라."

"싫으면 당신들이 가든가." 내가 말했다. "여긴 자유국가거든."

"뭐야, 이 거머리 같은 애들은. 모리?"

"얘네 둘은 에어리얼 드럼의 동생들이야."

"에어리얼 드럼?" 아가씨가 소똥으로 만든 샌드위치를 한입 베어 문 것 같은 표정을 지었다. "아, 그 날라리."

"날라리 아니거든." 나는 날라리가 무슨 뜻인지도 잘 모르면서 용감하게 맞받았다.

"잘 들어, 새꺄." 엥달이 말했다. "부잣집 아들이 니 누나를 데리고 논다고 해서 니 누나가 날라리가 아니라는 뜻은 아니거든."

"누가 누나를 데리고 논다고 그래." 내가 맞받아치면서 두 주먹을 불끈 쥐고 엥달에게 다가갔다. 그러면서 아가씨를 향해 한마디 내뱉었다. "날라리는 그쪽이 날라리구만."

"내가 이런 말 듣는 데도 가만히 있을 거야, 모리?"

엥달이 벌떡 일어났다. 맨발이었다. 그는 마른 몸매에 피부색은 비스킷 반죽처럼 하얬지만 키는 나보다 머리통 하나만큼이나 더 컸고 싸움도 할 만큼 해봤을 것이 분명하며 내 얼굴을 묵사발로 만드는 것을 망설이고 있는 것 같지도 않았다. 갑자기 엄습한 공포 속에서 나는 두 가지 선택안이 있다고 판단했다. 하나는 도망치는 것이었다. 다른 하나는 어깨를 한껏 수그리고 모리스 엥달을 향해 달려드는 것이었다. 나는 후자를 택했다. 주먹에 59킬로그램의 체중을 실어서 그의 배를 힘껏 가격했다. 급습에 허를 찔린 그와 온몸의 힘을 실어 달려든 나는 함께 물속으로 굴러 떨어졌다. 나는 푸푸거리면서 수면 위로 올라와 바위를 향해 빠르게 헤엄쳐왔고 엥달이 나를 잡아채기 전에 재빨리 바위 위로 기어 올라갔다. 나는 동생과 친구들이 서 있는 곳으로 춤을 추듯 걸어가서 엥달이 바로 뒤에 있을 것을 기대하며 홱 돌아섰다. 그런데 뒤에 없었다. 엥달은 아직도 물속에서 필사적으로 허우적거리고 있었다.

"모리는 수영 못해." 아가씨가 우리에게 소리쳤다. 그녀가 두 손으로 바위 바닥을 짚고 무릎을 꿇은 채 물을 내려다보고 있어서 가슴이 많이 들여다보였고 잠깐 동안은 그 모습이 모리스 엥달의 운명보다도 훨씬 더 내 관심을 끌었다. 잠시 후 제이크가 족히 2.5미터는 되어 보이는 죽은 버드나무 가지를 내 얼굴 앞에 들이밀고 흔들었다. 나는 그 가지를 잡고 바위 가장자리로 가서 가지 끝을 엥달에게 내밀었다.

"잡아!" 내가 소리쳤다.

엥달의 눈은 거의 하얗게 변해 있었고 두 팔로 어찌나 허우적거리는지 주위의 수면이 산산이 부서져 알알이 날아가는 다이아몬드처럼 보였으며 기침을 심하게 하고 있어서 완전히 넋이 나가버린 것은 아닌지 걱정이 될 지경이었다. 그러나 그는 가까스로 가지 끝을 붙잡았다. 내가 가지를 잡아당기자 엥달의 여자친구도 함께 가지를 잡아당겼다. 우리 둘이 힘을 합해 엥달을 바위 쪽으로 끌어왔고 마침내 엥달의 두 손이 바위에서 붙잡을 만한 곳을 찾아냈다. 그는 몸은 그대로 물속에 있으면서 오랫동안 바위를 꽉 붙들고 있었다. 그러면서 가쁜 숨을 몰아쉬고는 천천히 기어 올라오기 시작했다. 마침내 그가 바위 위로, 내가 반바지와 티셔츠에 운동화 차림으로 물을 뚝뚝 흘리면서 서 있는 곳으로 올라왔다. 그는 깊고도 거칠게 숨을 몰아쉬었고 아직도 경악한 표정이었다. 그는 얼굴에서 긴 검은 머리를 쓸어내 뒤로 넘겼다.

그가 갑자기 내게 달려들어 내 티셔츠를 움켜쥐었다. 얇은 면 셔츠를 그 큰 주먹으로 어찌나 세게 움켜쥐었던지 물이 줄줄 흘렀다. 그의 입술은 굳게 다물어져 있었는데 놀랍게도 그 사이로 말이 흘러나왔다.

"확 죽여버린다, 너." 그가 말했다.

나는 그의 얼굴을, 위협적으로 번뜩이는 짙은 파란색의 그의 눈을 바라보았다. 분노에 가득 찬 눈에서는 이성의 빛이라고는 조금도 보이지 않아서 나는 이제 죽은 목숨이라는 생각이 들었다.

"나-나-나-나-놔줘요!" 제이크가 소리쳤다.

친구들도 따라서 외쳤다. "놔줘요!"

황홀한 가슴의 소유자인 아가씨도 외쳤다. "모리, 그러지 마!"

엥달이 아무 반응이 없자 그녀가 다가와 나와 엥달 사이로 몸을 비집고 들어왔다. 엥달이 내 셔츠에서 손을 떼게 하려고 끼어든 것 같았다. 비현실적으로 느껴지는 순간이었다. 죽음이 바로 앞에서 내 얼굴을 바라보고 있는데 정작 나는 아가씨의 가슴이 내 어깨에 따뜻하게 밀착되는 감촉만을 느끼고 있었다. 마치 죽기 직전에 천국을 맛보는 걸 허락받은 느낌이었고 나는 내 운명이 나쁘지 않다고 생각했다.

"모리." 아가씨는 모든 남자가 갖고 있는 본능적인 성욕에 호소하듯 약간 쉰 듯한 목소리로 나지막이 엥달을 불렀다. "모리, 자기야, 애 놔줘."

엥달은 다양한 면모를 갖고 있었다. 잔인하고 단순 무식하고 냉담하고 자기중심적이며 그 순간에는 당혹스러워하고 화가 나 있었다. 그러나 그는 열아홉 살이기도 해서 그의 여러 면모 중 하나가 다른 모든 것을 압도했고 그 덕분에 금발 아가씨는 그를 매혹시킬 수 있었다. 나는 그의 손아귀에서 힘이 풀리고 잠시 후 셔츠에서 완전히 손을 떼는 것을 느꼈다. 그는 말이 히히힝 콧소리를 내듯 깊이 숨을 내뿜더니 뒤로 물러섰다. 아가씨도 따라서 물러섰고 너무나 유혹적인 포즈를 취해서 모리스 엥달은 그녀에게서 눈을 뗄 수 없었다.

나는 그 순간을 놓치지 않았다. 다시 한 번 엥달에게 달려들어 그를 거칠게 밀었다. 그는 비틀거리며 뒷걸음질 치다가 또 한 번 바위에서 물속으로 곤두박질쳤다. 나는 바위 끝에 서서 그가 어푸어푸거리며 허우적대는 것을 내려다보았다. 이번에는 그가 자력으로 바위에서 붙잡을 데를 찾아 붙잡고 기어 올라오기 시작했다.

"뛰어!" 내가 외치고는 홱 돌아서서 채석장에서 도망치기 시작했고 다른 아이들이 나를 따라서 뛰어왔다. 우리는 악마가 쫓아오는 것처럼 달렸다. 울타리까지 좁고 구불구불한 길을 쿵쾅거리며 달려가서 몸을 쭈그리고 개구멍을 통과한 후 자전거에 올라타고 마을로 가는 주 도로를 향해 바큇자국이 난 흙길을 달려갔다.

"우릴 따라잡을 거야!" 대니가 목숨 걸고 페달을 밟으면서 소리쳤다. "우릴 들이받을 거라고!"

아마도 그럴 것 같았다. 엥달이 듀스 쿠페를 타고 몇 분 안에 우리를 따라잡을 수 있었다.

"나 따라와!" 내가 소리를 지르고는 흙길에서 홱 방향을 틀어 채석장과 도로 사이에 있는 키 큰 잡초 밭으로 달려 들어갔다. 나는 빈 채석장에 버려져 있는 폐석 더미들 중 한 군데를 향하여 필사적으로 달려가 그 뒤로 돌아간 후 급히 자전거에서 내려 자전거를 풀 속으로 던졌다. 대니와 리와 제이크도 나를 쫓아와 나를 따라했고 우린 폐석 더미 뒤에 몸을 웅크리고 가슴을 졸이면서 숨어 있었다. 1분 후 자작나무들 뒤 도로에서 포드 차가 포효하며 달려가는 소리가 들렸다. 엥달이 운전대를 잡고 있고 그 금발의 아가씨가 조수석에 앉아 있는 듀스 쿠페가 쏜살같이 달려갔다. 차 옆면에 불꽃을 그려 넣은 검은색의 개조한 자동차가 끼익 소리를 내며 마을을 향해 좌회전을 하더니 그날은 결코 발견하지 못할 네 소년을 찾으러 가는 엥달과 함께 사라졌다.

　우리는 서로를 바라보다가 마침내 숨을 내쉰 후 웃기 시작했고 풀에 대자로 쓰러져 누워 안도감과 승리감에 도취되어 미친 듯이 웃어젖혔다. 우리가 다양한 면모를 가지고 있던 모리스 엥달을 이긴 것이다. 거칠고, 야비하고, 복수심에 불타는 엥달을. 그리고 그 여름날 오후 우리에게 매우 다행스럽게도 어리석었던 엥달을.

## 15. 어두운 생각의 방

　그날 저녁 어머니와 에어리얼 누나는 누나가 작곡한 합창곡의 최종 리허설이 있어서 패커드를 타고 외출했다. 그 곡은 루터 공원에서 열리는 독립기념일 기념행사에서 발표될 예정이었고 다들 행사의 하이라이트가 될 것으로 기대하고 있었다. 그날 오후 아버지는 시내의 동료 성직자인 피터 드리스콜 신부라는 가톨릭 사제와 테니스를 쳤다. 아버지는 그 신부를 피트라고 불렀고, 우리는 피터 신부님이라고 불렀다. 시합이 끝난 후 아버지는 신부를 저녁식사에 초대했고 어머니와 에어리얼 누나가 집에 없었기 때문에 아버지가 웨건 휠 드라이브인에서 구운 치킨과 감자칩, 양배추 샐러드를 사와서 식탁을 차렸다. 집 안의 모든 남자들이 피터 신부와 함께 식탁에 둘러앉아 편안하게 저녁을 먹었다.

　나는 피터 신부를 좋아했다. 젊고 농담을 잘했고 잘생겼다. 붉은 머리의 신부를 보면《라이프》지 표지에 나온 케네디 대통령이 연상되었다. 피터 신부는 노트르담 대학교에 다니면서 그 대학 야구부에서 유격수로 뛰었기 때문에 야구 지식이 해박했고 트윈스 팬이었다. 식사가 끝나자 제이크와 나는 설거지를 했고 여전히 흰색 테니스복 차림인 아버지와 피터 신부는 베란다로 나가서 파이프에 담배를 담아 피웠다.

설거지가 끝나자 제이크가 말했다. "이제 뭐할까?"

"글쎄." 내가 말했다. "아무 생각 없는데."

제이크는 만들고 있던 모형비행기나 계속 만들어야겠다며 2층으로 올라갔다. 나는 대니의 작은할아버지를 만난 일과 모리스 엥달과 있었던 일을 거스 삼촌에게 털어놓을까 생각했다. 내가 누구에겐가 털어놓고 싶었던 이야기는 그밖에도 또 있었다. 채석장 사건 이후로 줄곧 마음에 걸렸던 일이었지만, 털어놓을 상대가 거스 삼촌이라는 확신은 없었다. 어차피 앞쪽 창밖으로 내다보이는 교회 주차장에 거스 삼촌의 오토바이가 없으니까 고민할 필요도 없었다. 아버지와 피터 신부님의 이야기 소리가 현관문을 통해 다 들렸다.

"내가 들은 것을 얘기해주는 거야, 네이선. 뉴 브레멘은 작은 마을이잖나. 사람들이 말도 많고." 신부님이 말했다.

"아니, 가톨릭 신자들은 감리교 목사의 부인에 대해서도 말이 많은가 보지?" 아버지가 살짝 놀리는 말투로 말했다.

"우리 교구 신자들은 모든 일에 대해서 그리고 모든 사람에 대해서 말이 많은 것 같아. 루스와 함께 자란 사람들도 꽤 되고. 솔직히 말해서 그 사람들은 루스가 목사하고 결혼해서 깜짝 놀랐다더라구. 루스가 젊었을 땐 꽤 열정적이고 야성적이었다던데."

"지금도 그래, 피트. 하지만 우리 결혼할 때 난 목사가 아니었어. 그때 난 법대생이었고 법정을 내 마음대로 주무르면서 수백만 달러를 벌어들이는 변호사가 될 거라고 아주 자신만만했었지. 그런데 전쟁 때문에 상황이 완전히 바뀐 거야. 루스가 목사 부인이 되겠다고 작정한 것은 아니지만 최선을 다해서 목사 부인 노릇을 하고 있다네."

"술을 마신다면서, 네이선."

"집에서만 마시는데 뭘."

"담배도 피운다던데."

"내가 본 영화에선 여자들도 다들 담배를 피우던걸. 우리 교회 여자 성도들 중에도 혼자 있을 땐 담배를 피우는 자매들이 많아. 루스는 흡연 사실을 숨기지 않기로 한 것뿐이야."

"게다가 루스는 기독교여성연합회 활동을 기피한다던데."

기독교여성연합회는 교회에서 중요한 역할을 하는 단체였고 아버지의 교회의 여자 교인들은 그 단체 소속으로 활동하는 것에 큰 자부심을 갖고 있었다.

"대신 루스는 세 교회의 성가대 활동에 전념하고 있어." 아버지가 말했다. "마음이 가는 곳이 그건가 보더라구."

"날 설득하려고 할 필요는 없어, 네이선. 난 루스를 좋아하고 루스의 영혼을 사랑하니까. 루스가 음악 활동으로 이 지역사회에, 그리고 자네가 목회하는 교회에 커다란 기여를 하고 있다는 걸 잘 알고 높이 평가하고 있으니까 말이야. 하지만 난 자네 교회의 교인도 아니고 자네 교구 감독의 귀를 막아줄 사람도 아니잖나."

베란다에 침묵이 흘렀다. 그때 기차의 기적 소리가 들리더니 1분 후에는 소란스러운 화물열차가 한 블록 떨어진 곳에 있는 선로를 덜컹거리며 지나가는 소리가 들렸다.

기차가 지나가고 나자 아버지가 말했다. "루스는 바뀌지 않을 거야.

내가 루스에게 변화를 요구할 생각도 없고."

"변화를 요구하라고 충고하고 있는 게 아니야. 난 그냥 사람들이 하는 말을 자네가 알고 싶어 할지도 모른다고 생각했어."

"사람들이 뭐라 말하는지는 이미 알고 있어, 피트."

"아, 네이선, 교회와 결혼하는 게 훨씬 쉬운 것 같아."

"하지만 교회는 등이 가려울 때 긁어주지도 못하고 추운 밤에 자네 품으로 파고들지도 않잖아."

두 남자가 껄껄 웃었다.

"이제 가봐야겠군. 저녁 잘 먹었네, 고마워." 피터 신부가 말했다.

그날 저녁 나는 아버지에게 고지대에 좀 갔다 오겠다고 말했지만 이유는 밝히지 않았다. 아버지는 독서를 하다가 고개를 들고 나를 쳐다보며 말했다.

"어두워지기 전에 돌아와라."

나는 집을 나와 타일러 거리를 걸었다. 1분쯤 후에 뒤에서 뛰어오는 운동화 소리가 들리더니 제이크가 내 옆으로 다가왔다.

"어디 가?" 제이크가 약간 숨을 헐떡이며 물었다.

"윗마을에." 내가 말했다. "거스 삼촌 찾으러."

"나도 가도 돼?"

"그러든가."

제이크가 내 뒤로 한 걸음 뒤처졌다. "거스 삼촌한테 모리스 엥달 얘기 할 거야?" 동생이 물었다.

"아마도."

"좀 생각해봤는데, 프랭크 형. 형이 그 사람한테 미안하다고 해야 할 것 같아."

"엥달한테? 미쳤냐."

"그 사람이 형을 잡으면 형을 해칠지도 몰라." 제이크가 잠깐 말을 멈췄다가 계속했다. "아니면 나를 해치거나."

"넌 걱정할 필요 없어." 내가 말했다. "그 인간을 물에 처넣은 건 나니까."

우리는 철길을 건너갔다. 제이크가 돌멩이를 한 개 집어 들더니 건널목 표지판을 향해 던졌고 돌멩이가 표지판에 맞으면서 탕 하고 작은 총성 같은 소리가 났다.

"그 사람이 나를 하우디 두디라고 부르는 거 정말 싫어." 제이크가 말했다.

그 후 우리는 각자 자기만의 생각에 사로잡혀 말없이 걸어갔다. 별 걱정 다 한다고 콧방귀를 뀌긴 했지만 제이크가 자신의 안전을 걱정하는 것이 전혀 쓸데없는 걱정은 아니라는 생각이 들었다. 모리스 엥달은 내게 원한이 있으면 기꺼이 내 동생을 흠씬 두들겨 패줄 인간으로 보였다. 우리는 타일러 거리에서 메인 거리로 접어들어 상점들이 늘어서 있는 시내로 향했다. 8시가 되기 직전이었고 나뭇가지에 걸린 해가 시내 잔디밭 위로 부드러운 석양빛을 내리비추고 있었다. 우리가 건너온 거리 저 아래쪽에서 간간이 폭죽 터지는 소리와 에어로켓이 발사되는 소리가 들릴 뿐 저녁의 시내 거리는 차분하고 조용한 분위기였다. 모리스 엥달과 그의 여자친구가 에어리얼 누나를 날라리라고 했던 말이 자꾸만 마음에 걸렸다. 나는 그 말이 마음에 들지 않았다. 소리도 싫었고 그날 오후에 그 말이 내 입에서 나올 때의 느낌도 싫었으며 그 말이 지닌 뉘앙스도 싫었다. 내 생각에는 날라리라는 말은 남자들과, 특히 모리스 엥달 같은 양아치들과 섹스하는 여자를 지칭하는 것 같았다. 에어리얼 누나를 그런 저속한 행동과 결부시켜 생각하자니 마음이 쓰라렸다.

나는 섹스에 대해 무지하지 않았다. 다만 그것은 결혼한 사람들이 하는 것이라고 생각했고 혼전에 성행위에 탐닉하는 남녀는 여러 면에서 불행해질 것이라고 믿었으며 에어리얼 누나가 어떤 식으로든 불행해지는 것은 상상도 할 수 없었다. 내 머릿속에 새로이 문을 연 어두운 생각의 방 구석구석에는 별 생각 없이 모아둔 일들이 이미 많이 쌓여 있었다. 누나의 야밤 외출. 평생 꿈꿔왔던 줄리어드 입학을 갑자기 포기하고 뉴 브레멘을 떠나지 않겠다고 하는 것. 얼마 전에 혼자 울고 있었던 일. 채석장을 떠난 이후로 그간의 일들을 돌이켜본 나는 누나가 칼 브란트와 사랑에 빠졌을 뿐만 아니라 그와 동침을 했을 거라는 사실을 깨닫게 되었다. 열세 살의 나는 이 문제를 어쩌면 좋을지 알 수 없었다.

호랑이도 제 말 하면 온다더니 그때 칼 브란트가 지붕 뚜껑을 연 빨간색 트라이엄프 스포츠카를 몰고 나타나 우리 옆에 차를 세웠다.

"여어, 떨떨이들." 그가 친숙하게 농담을 던졌다. "어디 가냐?"

나는 칼 브란트를 노려보면서 그가 우리 가족의 삶에서 갖게 된 새로운 의미에 맞춰 그를 새로운 눈으로 바라보려고 애썼다. 확실한 것은 내가 그를 좋아한다는 사실이었다. 나는 여전히 그를 좋아했다. 그에게서는 오만함이 보이지 않았고, 그가 우리를 깔본다는 느낌도 전혀 받지 못했으며, 그가 그렇게나 자주 우리 집에 놀러 와 함께 있어 봤지만 단 한 번도 그가 순수한 애정 말고 다른 감정으로 에어리얼 누나를 대한다고 느껴본 적이 없었다. 하긴 내가 뭘 안다고.

"거스 삼촌 찾으러 가." 제이크가 말했다.

"난 못 봤는데." 칼이 말했다. "리허설 끝나면 에어리얼 태워오려고 대학교로 가는 중인데. 내 빨간 애마 타고 드라이브 한 번 할까?"

"우아, 좋아, 형." 제이크가 말했다.

칼이 몸을 기울여 문을 열어주었다.

그 차에는 뒷좌석이 없어서 제이크와 나는 조수석에 꼭 붙어 앉아야 했다.

"준비됐어?" 칼이 물었다.

그가 모는 스포츠카가 총알처럼 튀어나가자 주위에서 거센 바람이 일었다.

우리는 루터 공원을 내려다보고 있는 병원에서 그리 멀지 않은 언덕 위에 있는 대학교로 곧장 가지 않았다. 칼은 한동안 뉴 브레멘 시내를 누비고 다녔고 시 경계를 벗어나서는 계속 가속 페달을 밟으면서 시골길을 질주했다. 바람이 울부짖는 소리가 들렸고 제이크는 바람 소리에 맞춰 미친놈처럼 소리를 질렀으며 칼의 금발 머리카락은 회오리바람에 날리는 옥수수염처럼 휘날렸고 그는 진심으로 기쁜 듯이 유쾌하게 웃어젖혔다. 그러나 나는 예전과는 달리 함께 즐길 수가 없었다. 그를 바라보면서 그의 삶은 어쩌면 저렇게 편하고 안락할 수 있을까 하는 감탄과 동시에 전에는 느껴보지 못했던 분노의 감정이 서서히 마음속으로 스며드는 것을 느꼈다.

다시 시내로 들어와 칼이 브레이크를 밟아 속도를 줄이고 바람 소리가 잦아들자 내가 물었다. "형, 에어리얼 누나랑 결혼할 거야?"

칼이 고개를 돌려 나를 보기까지 잠깐 시간이 걸렸고 나는 그의 망설임이 신중한 운전과는 아무 관계가 없고 그저 내 눈을 똑바로 마주하기가 어려워서 그러는 것 같다고 느꼈다.

"결혼 얘기는 안 해봤는데, 프랭키."

"누나랑 결혼하고 싶지 않아?"

"우리 둘 다 지금 당장은 다른 계획이 있거든."

"대학?"

"응, 대학."

"누나는 줄리어드에 가고 싶지 않대."

"그래, 들었어."

"왜 그러는지 알아?"

"있잖아, 프랭키, 너랑 이런 얘기는 안 하고 싶다. 이건 에어리얼과 내 문제잖아."

"누나를 사랑해?"

칼은 도로를 바라보았고 나는 그것이 나를 똑바로 볼 수 없기 때문이라는 것을 알았다.

"누나는 형을 사랑해." 내가 말했다.

"프랭키, 넌 그게 무슨 말인지도 모르면서 하고 있는 거야."

"누나도 사랑이 복잡한 거라고 했어. 근데 난 아주 단순한 거 같아. 서로 사랑하면 결혼하는 거지. 그게 사랑이잖아."

"항상 그런 건 아니야, 프랭키. 항상 그런 건 아니지." 그가 어찌나 무거운 어조로 말하는지 마음에 큰 짐을 진 사람처럼 보였다.

대학 교정은 자그마했고 교육의 주요 목표는 루터파 목사들을 배출하는 것이었다. 그 대학에는 훌륭한 음악 학부와 꽤 좋은 강당이 있었는데 우리는 그 강당에서 어머니와 에어리얼 누나와 놀랍게도 에밀 브란트를 발견했다. 우리가 도착했을 땐 리허설이 막 끝나서 대학생과 시민으로 구성된 합창단이 해산하고 있는 중이었다. 어머니와 에어리얼 누나와 브란트는 무대에 놓여 있는 소형 그랜드피아노 앞에 모여 서 있었다. 나는 브란트가 합창 반주를 해주기로 했고 그의 참여가 이 행사 홍보에 지대한 기여를 했다는 사실을 알고 있었지만 최근에 죽을 고비를 넘긴 터라 참가가 무산된 것이 아닌가 생각했었다. 그런데 그게 아닌가 보았다.

칼이 계단을 뛰어올라가 자기 삼촌과 우리 어머니에게 인사를 하더니 에어리얼 누나의 뺨에 가볍게 입을 맞춘 후 누나에게 말했다. "준비 다 끝났어?"

"너희 둘이 먼저 가." 어머니가 칼과 에어리얼 누나에게 말했다. "브란트 선생님은 내가 댁까지 모셔다 드릴 테니까."

칼이 누나의 손을 잡고 무대를 내려왔다. 제이크와 내가 서 있는 복도를 지나가면서 칼이 말했다. "니들은 알아서 집에 가라."

무대 위에는 어머니와 에밀 브란트가 함께 서 있었고 어머니는 아들들도 빨리 떠나서 그와 단둘이 남게 되기를 바라는 것 같았다. 어머니는 멜빵 청바지에 흰 티셔츠를 입고 그 위에 청 남방을 입었는데 주디 갈랜드가 쇼 비즈니스계 사람들의 이야기를 다룬 어느 영화에서 보여준 것처럼 남방 자락을 모아 허리춤에 느슨하게 매듭을 지어 묶고 있었다.

"프랭크." 어머니가 연극 대사 같은 어조로 내게 말했다. "어두워지기 전에 집에 도착하려면 제이크랑 빨리 출발해야지."

제이크는 어머니의 말에 복종하여 아무 말 없이 돌아서서 강당을 걸어 나갔다. 조명이 꺼지면서 관객석이 하나둘씩 어둠에 잠겨갔다. 나는 아직 뭔가 미진한 게 있는 것 같아 잠깐 머뭇거렸다.

"너도 가야지, 프랭크." 어머니가 무대에서 말했다.

나는 제이크를 따라 몇 개의 희미한 천장 등이 켜져 있는 로비로 나갔다.

동생이 말했다. "화장실 갔다 올게, 형."

나는 홀 저 아래쪽을 가리켰다. "저쪽이야. 난 여기서 기다리고 있을게."

강당 문이 열려 있었고 강당 안의 음향 시설이 훌륭했다. 어머니와 에밀 브란트가 무대에서 대화에 열중하고 있었는데 내가 제이크를 기다리며 서 있는 로비에서도 그들의 말이 다 들렸다.

브란트가 말했다. "이번에 에어리얼이 작곡한 곡, 참으로 아름다운 작품이야, 루스."

"당신이 잘 가르쳐준 덕분이야, 에밀."

"무슨, 재능을 타고났는데. 당신한테서 재능을 물려받은 것 같아."

"난 재능을 펼쳐보지도 못했지만 에어리얼은 다를 거야."

피아노로 연주하는 단순한 멜로디가 들리더니 에밀 브란트가 말했다. "이거 기억해?"

"물론이지. 당신이 날 위해 쓴 거잖아."

"열여섯 살 생일선물이었지."

"그리고 이틀 후엔 당신이 작별인사 한마디 없이 뉴욕으로 떠나버렸고."

"내가 지금 아는 것을 그때 알았더라면 다른 결정을 내렸을 거야. 그랬다면 현재의 이 얼굴이 아닐지도 모르지. 아직도 눈이 보일 거고 당신 아이들 같은 아이들이 있겠지. 에어리얼은 당신과 꼭 닮았어, 루스. 그 아이의 목소리에서 당신 목소리가 들려. 그 아이의 손길에서 당신이 느껴지고."

"에어리얼은 당신을 흠모하고 있어, 에밀. 그리고 난 항상 당신을 사랑할 거야."

"아니, 당신은 네이선을 사랑하잖아."

"그리고 당신도."

"그건 다른 사랑이지."

"그건 그래."

"네이선은 행운아야."

"당신도 마찬가지야, 에밀. 당신도 축복 받은 사람이라고. 그걸 모르겠어?"

"난 어둠에 침잠해 있는 시간이 많아, 루스. 그런 끔찍한 어둠을 당신은 상상도 할 수 없을 거야."

"그땐 전화를 해, 에밀. 어둠이 찾아올 때, 전화를 해. 그럼 내가 달려갈게, 맹세해."

그들의 대화가 계속되는 동안 나는 천천히 강당 문 앞으로 다가가 무대에 있는 그들을 훔쳐보았다. 그들은 피아노 의자에 나란히 앉아 있었다. 어머니의 손이 브란트의 왼뺨을, 두꺼운 흉터가 있는 뺨을 어루만지고 있었다. 내가 지켜보는 가운데, 브란트가 손을 들어 어머니의 손을 덮었다.

"사랑해." 그가 말했다.

"많이 피곤해 보이네." 어머니가 대꾸하더니 그의 손을 들어 그 손에 부드럽게 입 맞추고 나서 말했다. "집에 데려다줄게."

어머니가 일어섰다. 에밀 브란트는 나이에 맞지 않게 노인처럼 어머니의 부축을 받으며 일어섰다.

"그게 무슨 뜻이야? 날라리?"

제이크는 캄캄한 우리 방에서 자기 침대에 누워 있었다.

"별 뜻 없어." 내가 대답했다.

나는 두 팔을 머리 뒤로 돌려 팔베개를 하고 침대에 누워 천장을 노려보며 그날 오후에 보았던 빨간색 수영복을 입은 금발 아가씨가 바위에서 몸을 숙일 때 드러났던 가슴을 자세히 떠올려보려고 애를 쓰고 있었다.

"나쁜 거야?"

"아무것도 아니라니까."

"채석장에서 본 누나가 말하는 투로는 뭔가 특별한 의미가 있는 것 같던데."

나는 제이크가 그 이야기를 꺼내서 좀 놀랐다. 동생은 그때까지는 모리스 엥달이 우리에게 어떤 보복을 하려고 생각하고 있을까 걱정하는 것 말고는 채석장 일에 대해서는 아무 말도 하지 않았었다. 나는 그래서 다행이라고 생각했었다. 날라리 어쩌구 하는 말이 제이크의 머리에서 완전히 지워지기를 바랐었다. 그런데 그게 아닌 것이다.

대강 얼버무리고 넘어갈까 생각했지만 제이크는 무언가에 한번 꽂히면 만족할 때까지 파고드는 성격이었고 내가 설명해주지 않으면 부모님에게서 해답을 얻으려고 할까 봐 걱정이 돼서, 그리고 그렇게 되면 여러 가지로 일이 커지기 때문에 그냥 내가 진실을 말해주기로 했다. 아니, 내가 아는 데까지 설명해주기로 했다.

"도덕적으로 해이한 여자를 말하는 거야." 나는 너무 적나라하게 느껴지지 않도록 점잖은 말로 설명하려고 노력했다.

"도덕적으로 해이한 여자." 제이크가 내 말을 곱씹었다. 그러고는

한동안 말이 없다가 다시 물었다. "부잣집 아들이 누나를 데리고 논다
는 말은 무슨 뜻이야?"

　그 말을 듣자 지난봄 심방 가는 아버지를 따라가서 본 장면이 생각
이 났다. 심방 간 집 주인은 가축을 많이 키우는 카크차마렉이라는 대
농장주였다. 아버지가 마당에 서서 카크차마렉과 이야기를 나누는 동
안 나는 말들이 풀을 뜯어먹고 있는 초원을 돌아다녔다. 그러다가 밤
색에 흰색 털이 섞인 종마가 검은 암말에게 다가가 올라타는 것을 보
았다. 내 팔뚝만 한 종마의 음경이 암말의 엉덩이 속으로 완전히 사라
졌다. 짝짓기가 끝나자 종마는 암말의 등에서 미끄러지듯 내려와 마
치 아무 일도 없었다는 듯 다시 풀을 뜯으러 돌아갔다.

　나는 머릿속에서 그 장면을 지우려고 애를 썼다.

　"둘이 끌어안고 키스하고 그런다는 뜻이야." 내가 말했다.

　"키스가 나쁜 건 아니지 않아?"

　"아니지, 물론." 내가 말했다.

　"형은 여자한테 키스해봤어?"

　"응. 음, 그게 아니고, 여자가 나한테 키스했어."

　"누구?"

　"로리 디드릭."

　"어땠어?"

　"빨리 끝나서 어떤지 느낄 새도 없었어."

　"형이 다시 키스하진 않았고?"

　"그게 작년 자선바자회 때였거든." 내가 설명했다. "로리가 감초 아
이스크림콘을 먹어서 아이스크림을 거뭇거뭇한 콧수염처럼 묻히고
있었어. 그루초 막스(콧수염이 인상적인 미국의 희극배우이자 영화배우—옮

긴이) 같았다구."

　아래층에서는 어머니가 치는 피아노 소리가 들렸다. 독립기념일에 무대에 올릴 에어리얼 누나의 합창곡을 치고 또 치고 있었다. 어머니는 자기가 지휘하는 공연 전에는 항상 긴장했고, 그럴 땐 피아노 연주가 긴장 완화에 도움이 되는 모양이었다.

　"그 누나 있잖아." 제이크가 말했다. "모리스 엥달하고 함께 있던 누나. 예쁘던데. 둘이 미친 듯이 키스하고 있었잖아. 그 누나 날라리야?"

　어머니의 피아노 연주가 끝나자 집 안이 고요해졌고 밖에서 귀뚜라미들이 짝짓기를 하는지 귀뚤귀뚤 시끄럽게 울어대는 소리만 들려왔다.

　"그래, 맞아." 나는 엥달 여자친구의 가슴을 머릿속에서 지우려고 애를 쓰면서 말했다. "날라리야."

## 16. 왕성한 호기심

　며칠 전부터 전쟁이 난 듯 요란하게 터지는 폭죽과 함께 드디어 독
립기념일이 되었다. 내가 일어났을 땐 아버지는 벌써 아침식사를 끝
내고 교회 목사실로 숨어버린 뒤였다. 아버지는 그곳에서 창문을 모
두 닫고 축음기 볼륨을 한껏 높여 폭죽이 퍽퍽 터지는 소리가 음악소
리에 묻혀버리게 하고 있을 것이었다. 저녁에 있을 합창곡 공연에 대
한 긴장과 걱정 때문인지 어머니도 평소보다 일찍 일어나 있었다. 손
가락 사이에 담배를 끼고 연기를 뒤로 날리면서 거실 안을 서성이고
있었다. 내가 계단을 내려오는 것을 본 어머니는 걸음을 멈추고 나를
물끄러미 쳐다보았다.

　"프랭키, 에밀 브란트 선생님 댁에 좀 갔다 와야겠다. 에어리얼 누
나가 거기 있거든. 가서 지금 당장 할 얘기가 있으니까 건너오라고 전
해줘." 어머니가 말했다.

　"전화로 하면 안 돼요?"

　"해봤는데, 아무도 안 받네. 네가 갔다 와."

"먼저 뭐 좀 먹고 가도 돼요?"

"그래, 근데 빨리." 어머니가 말했다.

내 뒤의 계단이 삐걱거리는 소리가 들려서 돌아보니 제이크가 잠옷 바람으로 나를 따라 내려오고 있었다.

"나도 갈래요." 제이크가 말했다.

"아니, 넌 다른 일을 해줘야 돼, 제이크." 어머니가 식탁으로 가서 종이 한 묶음을 집어 들었다. "이걸 밥 하트윅 씨 댁에 갖다드려. 기다리고 있을 거야."

하트윅은 주간지인《뉴 브레멘 쿠리어》의 편집장이었다.

"오늘 밤에 공연하는 사람들 명단하고 작품 설명, 에어리얼의 약력이야. 어제 갖다 줬어야 하는 건데 깜박했어. 오늘 있을 모든 기념행사에 관한 기사를 쓰는 데 도움이 되라고." 어머니가 말했다.

"에어리얼 누나한테 가고 싶은데." 제이크가 말했다.

"시키는 대로 해."

어머니는 지휘를 하거나 지시할 때 반기를 드는 것을 허용하지 않았다. 우리 교회와 공원에서 열린 여름 뮤지컬 축제에서 어머니가 이끄는 합창단이 그렇게 큰 성과를 거둔 것은 이제 전설에 가까운 이야기가 되었지만 상당 부분은 어머니가 철권통치를 한 덕분이기도 했다. 어머니의 명령에 제이크가 입을 뾰로통하게 내밀자 어머니는 얼음처럼 냉담한 눈으로 맞섰다.

제이크는 잔뜩 성이 난 것이 틀림없었지만 나중에 나한테 불만을 토로하고 투덜거릴지는 몰라도 어머니 앞에서는 순하게 대답했다. "네, 어-어-엄마."

우리는 시리얼을 꺼내 식탁에 앉았다. 제이크는 조용히 시리얼을 먹으면서 자기가 처한 상황이 나하고는 아무 상관이 없는데도 나를 노려보았다. 나로 말할 것 같으면 제이크의 불행을 즐기고 있었다.

우리는 옷을 갈아입고 고지대를 향해 출발했다. 독립기념일로서는 참 좋은 날씨였다. 해가 쨍쨍했고 하루 종일 이렇게 화창할 것 같았으며 벌써부터 더웠다. 나는 시블리 옛길에서 제이크와 헤어져 오른쪽으로 방향을 틀었고, 800미터쯤 떨어진 곳에 있는 에밀 브란트의 집을 향해 걸어갔다. 제이크는 하트윅 씨가 사는 오스틴 거리를 향해 묵묵히 고지대를 올라갔다. 뒤를 돌아보니 제이크는 걸음을 멈추고 전신주를 향해 돌멩이를 연신 던져대고 있었다. 그 순간 동생의 마음속에서는 그 전신주가 어머니일 것이었다.

에어리얼 누나가 패커드를 몰고 갔는데 내가 브란트의 집에 도착했을 땐 패커드가 어디에도 보이지 않았다. 나는 차고로 가서 창문으로 들여다보았다. 안에 있는 자동차라고는 아무도 몰지 않는 것 같은 검은색 크라이슬러 한 대뿐이었다. 나는 현관 계단을 올라가 문을 두드렸다. 아무도 나오지 않았다. 소리 높여 불렀다. "에어리얼 누나! 브란트 선생님!" 역시 아무 대답도 없었고 나는 현관 앞에 서서 갈팡질팡하고 있었다. 현재 어머니의 상태로 볼 때 누나 없이 혼자 집으로 돌아가면 난 말 그대로 죽은 목숨일 것 같았다. 나는 다시 한 번 문을 두드리고 소리쳐 불렀다. 역시 무반응이었다. 그때 리사가 내 소리를 들을 수는 없어도 자기 오빠와 내 누나가 어디 있는지 알고는 있을 거라는 생각이 들었다. 리사는 나보다는 제이크와 더 쉽게 의사소통을 할 수 있기 때문에 나 말고 제이크가 오는 게 나았을 것 같았다. 그러나 지금 그곳에 있는 사람은 바로 나였다. 나는 현관문을 열고 브란트의 집으로 들어감으로써 내 인생에서 가장 기이한 순간들 중 한순간으로 걸어 들어갔다.

그 집에 들어가 본 적이 별로 없었던 나는 내부 구조를 잘 알지 못해서 도둑처럼 집 안을 헤매고 다녔다. 나는 어머니가 관리하는 우리 집 부엌보다 훨씬 더 청결하고 정리가 잘 되어 있는 부엌으로 살금살금 걸어갔다. 부엌에 있는 뒷문을 통해 뒷마당의 넓고 아름다운 정원을 살펴보았지만 아무도 없었다. 거실로 돌아와 서서 어떻게 할까 궁리했다. 에어리얼 누나가 에밀 브란트의 회고록을 기록하고 있던 뒷방으로 가서 살펴봐야 한다는 생각이 들었지만 이건 비도덕적인 무단침입이라는 생각이 고개를 내밀더니 점점 더 강해졌다. 그냥 나가서 집으로 돌아가 어머니와 부딪쳐봐야겠다고 결심을 굳혔을 때 복도 끝에 있는 어느 방에서 이상한 소리가 들렸다. 낮고 부드러운 옹알이였는데 브란트 남매가 새장 안에 새를 키우는 게 아닌가 하는 생각이 들었다.

"거기 누구 있어요?" 내가 소리쳤다.

옹알이는 2~3초간 계속되다가 그쳤고 누가 대답을 하겠거니 생각했는데 아무도 대답이 없었으며 부드러운 옹알이가 곧 다시 시작되었다.

그 소리를 새소리에 비유했지만 사실 내가 들어본 어떤 새소리와도 어떤 동물의 울음소리와도 닮지 않았다. 일단 이상하다는 생각이 들자 그 궁금증을 풀지 않고는 견딜 수가 없었다. 무엇인지 꼭 알아야 했다.

브란트 남매의 농가가 개조된 것이기는 해도 우리가 살고 있는 목사관처럼 지어진 지 오래된 집이라는 사실과 언제라도 내 발이 헐거운 나무 널을 건드려 걸어차인 고양이처럼 날카로운 비명이 울릴 수 있다는 사실을 잘 알고 있었기 때문에 나는 한 걸음 한 걸음 최대한 소리를 내지 않고 살금살금 걸어서 복도로 향했다. 바닥에 아름다운 카펫이 깔려 있었고 카펫에는 헐벗은 검은 가지들이 달린 나무들과 그 가지에 앉아 있는 파랑새들을 그린 동양적인 그림이 그려져 있었다. 나는 이 얇은 가지들과 말 못하는 파랑새들을 발끝으로 밟으면서 어두운 복도 끝에 살짝 열려 있는 문을 향해 나아갔다. 문 틈새로 보았더니 깔끔하게 정돈이 된 침대 반쪽과 맞은편 벽에 아침햇살을 가려주는 망사 커튼이 달린 창문이 보였지만 소리의 근원지가 어디인지는 알 수 없었다. 나는 팔을 뻗어 문을 좀 더 밀어 열었다.

그때까지 나는 완전히 벌거벗은 여자를 직접 본 적이 한 번도 없었다. 그보다 며칠 전에 몰래 보았던 《플레이보이》에 나온 사진들조차도 1961년 독립기념일에 리사 브란트의 침실에서 내가 본 충격적인 장면에 비하면 아무것도 아니었다. 그 방은 평평한 면마다 꽃병이 놓여 있고 꽃병마다 정원에서 꺾어온 꽃들이 터져나갈 듯 한 아름 꽂혀 있었으며 꽃향기가 방 안에 가득했다. 리사 브란트가 나에게 등을 보이고 서 있었다. 머리를 풀어 긴 갈색 머리가 어깨까지 내려왔다. 다림질대 앞에 서서 한 손에는 뜨거운 다리미를 들고 허리를 굽혀 발 옆에 놓인 바구니에서 세탁한 오빠 옷을 하나씩 꺼내서 다림질하고 있었다. 그녀가 부드러운 옹알이의 원천이었다. 그 옹알이는 지금 하고 있는 지루한 노동이 세상에서 가장 즐거운 여가활동이라도 되는 것처럼 만족감에 가득 차서 내는 소리였다. 그녀는 자기만 들을 수 있는 음악에 맞춘 듯 리듬을 타면서 다림질을 했다. 나는 그녀의 어깨와 등과 엉덩이의 강한 근육들이 긴장했다가 풀어지기를 반복하는 모습을 지켜보면서 그녀의 몸의 모든 부분이 커다란 몸체의 한 요소가 아니라 자체적으로 살아 움직이는 것 같다고 생각했다.

나는 큰 충격을 받았지만 완전히 혼이 빠진 것은 아니어서 언제고 발각될 수 있다는 사실을 알고 있었다. 며칠 전 정원에서 리사를 우연히 만졌을 때 일어났던, 재난에 가까운 사건을 기억하고 있었다. 나는 방문 앞에서 살며시 물러나와 복도를 조용히 걸어갔다. 악을 쓰고 떠들어도 달라지는 것은 아무것도 없을 터이지만. 나는 곧바로 현관 밖으로 나와 베란다 의자에 앉아서 무릎에 두 손을 올려놓고 에어리얼 누나가 돌아오기를 기다렸다.

20분 후 리사 브란트가 옷을 갖춰 입고 현관 밖으로 나왔다. 머리를 뒤로 넘겨 하나로 묶고 있었다. 그녀가 의심스러운 눈초리로 나를 바라보더니 자신이 싫어하는 그 목소리로 물었다.

"여긴 웬일이야?"

"에어리얼 누나를 데리러 왔어요." 나는 그녀가 내 입술을 읽을 수 있도록 그녀를 똑바로 쳐다보면서 말했다.

"갔어. 오빠를 태우고." 그녀는 자신은 들을 수 없는 말들을 어눌하게 발음하며 단조롭게 말했다.

"어디 갔는지 알아요?"

그녀는 고개를 저었다.

"언제 돌아올지 알아요?"

그녀는 또 고개를 가로젓더니 물었다. "제이크는 어디 있어?"

"엄마 심부름 갔어요."

그녀가 나를 물끄러미 쳐다보면서 물었다. "레모네이드 마실래?"

"아뇨, 괜찮아요. 갈게요."

그녀는 고개를 끄덕이더니 나랑 볼일이 끝났는지 돌아섰다.

나는 방금 전 리사 브란트가 전라로 다림질대 앞에 서서 황홀경에 빠진 듯 다림질하는 모습을 세세한 것 하나까지 영원히 기억하려고 애를 쓰면서 집으로 걸어갔다. 우리 어머니는 다림질할 땐 항상 기분이 안 좋은 상태로 마지못해서 했다. 물론 옷을 입고 했는데 옷을 벗고 하면 달라지는 건지 호기심이 새록새록 솟았다.

에어리얼 누나는 에밀 브란트의 요청으로 그를 태우고 드라이브를 했다. 그날 아침 누나는 그가 그 여름날을 한껏 느낄 수 있도록 패커드의 창문을 모두 내리고 강 계곡을 한 바퀴 돌았다. 그는 악상(樂想)이 무르익었다고 누나에게 말했다. 시골 바람을 얼굴에 느끼고 싶고, 흙냄새를 맡고 싶고, 새소리와 옥수수 밭에서 옥수수가 바람에 바스락거리는 소리를 듣고 싶다고 했다. 오랫동안 작곡을 하지 못했던 에밀 브란트가 위대한 작품을, 미네소타 강 계곡의 찬가를 작곡할 준비가 되었다고 주장했다. 죽을 고비를 넘기면서 인생관이 달라졌다고 말했다. 지난 몇 년 동안의 무기력에서 벗어나 창작 욕구가 충만하다고 했다. 다시 달려들어 작곡을 할 준비가 되었다고 말했다.

식탁에 둘러앉아 프라이드 볼로냐 샌드위치와 감자칩, 체리 맛 쿨에이드를 먹고 마시는 동안 누나가 가족들에게 이 이야기를 했다.

아버지가 말했다. "그것참 잘됐구나."

그러나 어머니는 무언가 미심쩍은 표정으로 물었다. "진짜 그렇게 말했어?"

아버지가 유리컵을 내려놓더니 어깨를 으쓱거렸다. "그랬다잖아, 루스, 죽을 고비를 넘기면서 인생관이 달라졌다고. 죽음의 문턱까지 갔다가 돌아오면 사람이 완전히 바뀔 수 있어."

"최근에 나랑 얘기할 때는, 아직도 우울증으로 힘들어하는 것 같았는데."

"브란트 선생님이 다시 행복해지기 위해서는 일이 필요해요." 에어리얼 누나가 말했다.

어머니가 누나를 쳐다보았다. "그건 네 의견이니?"

"선생님이 그렇게 말씀하셨어요."

"샌드위치 하나 더 먹어도 돼요?" 내가 물었다.

"볼로냐 소시지는 네가 튀겨." 어머니가 말했다.

"나도 더 먹을래." 제이크가 말했다.

나는 아직 스토브 위에 놓여 있는 프라이팬에 볼로냐 소시지 두 장을 던져 넣고 불을 켰다.

"글쎄, 난 잘 모르겠다." 어머니가 말했다.

"엄마가 선생님을 어떻게 알겠어요." 에어리얼 누나가 말했다.

어머니가 누나를 날카롭게 노려보았다. 누나에게 그런 표정을 짓는 것은 한 번도 본 적이 없었는데.

"그럼 너는 아니?" 어머니가 물었다.

"가끔 선생님의 진면목을 알아보는 사람은 저밖에 없다는 생각이 들어요." 누나가 말했다. "선생님은 천재예요."

"그 말이 틀리다고는 하지 않을게." 어머니가 말했다. "하지만 에밀은 그 외에도 훨씬 더 많은 면모를 갖고 있어. 난 평생 동안 에밀과 친구로 지내왔어, 에어리얼. 에밀은 굉장히 복잡한 사람이야."

"그런 것 같진 않은데요." 누나가 말했다.

"그래?" 어머니가 말했다.

딱 한마디. 맨살에 와 닿는 얼음조각처럼 차가운 말투였다. 에어리얼 누나를 흘끗 보았더니 누나는 결코 물러서지 않을 기세였다.

"선생님이 살아온 이야기를 제가 기록했잖아요." 누나가 말했다. "그래서 선생님을 잘 알아요."

어머니는 식탁에 두 팔꿈치를 대고 두 손을 맞잡아 턱 밑에 괴고서 에어리얼을 물끄러미 쳐다보며 말했다. "그래, 그럼 얘기 좀 해봐, 에밀 브란트는 어떤 사람인데?"

"상처받은 남자예요." 에어리얼 누나가 거침없이 대답했다.

어머니가 하하 웃었지만 싸늘한 웃음이었다. "이런, 세상에. 에어리얼, 에밀은 옛날부터 상처받은 남자였어. 늘 제대로 이해받지 못하고, 인정받지 못하고, 여기 사람들의 지역적인 편견에 발목이 묶인 데다, 그 어떤 것도 자신의 이기적인 마음에서 나오는 욕구와 욕망을 충족시켜주질 못해서 상처를 많이 받았지."

제이크가 식탁을 떠나 스토브로 다가왔다. 안전지역으로 피신한 거였다.

"언젠가 엄마가 그랬잖아요, 위대함은 이기심을 필요로 한다고." 누나가 날카롭게 맞받았다. "그리고 선생님은 이기적이지 않아요."

"에밀이 단순히 위대하다고?" 어머니가 다시 웃음을 터뜨렸다. "아, 얘야, 넌 아직 너무 어리구나. 배워야 할 게 참 많네."

"제 나이가 일종의 장애인 것처럼 말씀하시네요."

"어느 면에서 보면 장애거든. 언젠가는 너도 알게 될 거야."

아버지가 분위기를 누그러뜨리려는 듯 손을 들었지만 무슨 말을 하기도 전에 에어리얼 누나가 화난 목소리로 어머니에게 쏘아붙였다.

"엄마가 선생님 친구 줄 알았는데요."

"친구지. 예전부터 친구였고. 하지만 그게 내가 에밀을 있는 그대로 보지 못한다는 뜻은 아닌 거야. 에밀은 많은 결점을 갖고 있어, 에어리얼."

"결점 없는 사람이 어디 있겠어요?"

"에밀이 아주 깊은 우울의 늪에 빠져 있어서 다시 빛 속으로 나올 수 있을까 걱정스러울 때가 한두 번이 아니었어. 이전에 자살을 시도하지 않았다는 게 놀라울 정도니까."

"자살 기도한 적 있어요." 에어리얼 누나가 말했다.

어머니가 놀란 눈으로 누나를 쳐다보았다. "넌 어떻게 아니?"

"회고록에 들어 있으니까요."

"나한테는 그런 얘기 한 번도 안 했는데."

"그랬다면 그만한 이유가 있겠죠." 에어리얼 누나가 선로의 대못처럼 딱딱하고 날카로운 눈으로 어머니를 쳐다보며 말했다. 그러고는 의자를 뒤로 빼고 일어나서 식탁 앞을 떠났다.

어머니가 물었다. "어디 가니?"

"몰라요. 잠깐 걸으려고요."

"그래. 머리 좀 식히고 와. 저녁에 중요한 공연이 있으니까."

"공연? 흥, 엿 먹으라 그래요." 누나가 말하더니 휙 돌아서서 부엌을 뛰쳐나갔다.

에어리얼 누나가 그렇게 욕을 한 적이 한 번도 없었기 때문에 다들 깜짝 놀랐다. 부엌 안에서 들리는 소리라고는 프라이팬 안에서 볼로냐 소시지가 지글지글 튀겨지는 소리뿐이었다.

어머니가 누나를 뒤쫓아 나가려는 듯 의자를 뒤로 밀고 벌떡 일어섰다.

"가지 마, 루스." 아버지가 어머니의 팔을 잡으면서 말했다. "좀 걸으

223

면서 머리 좀 식히고 돌아오게 내버려둬."

"건방지게 구는 건 용서 못해, 네이선."

"사과할 때가 되면 할 거야, 루스. 그럴 거라는 거 알잖아. 오늘 스트레스를 너무 많이 받아서 그래. 그건 당신도 마찬가지고."

어머니는 입을 일자로 꽉 다문 채 현관문을 노려보고 서 있었다. 그러다가 긴장을 푸는 것이 보였다.

"당신 말이 맞아." 어머니가 아버지를 내려다보았다. "당신 말이 맞아." 그러고는 낮은 목소리로 놀라운 사실을 털어놓았다. "에밀이 전에도 자살을 기도한 적이 있었어."

어머니가 식탁을 떠나 거실로 갔고, 곧이어 피아노 소리가 집 안을 가득 채웠다.

## 17. 독립기념일

매년 독립기념일마다 열리는 퍼레이드가 그날 오후에도 열렸다. 고
등학교 고적대가 장식용 수술이 달린 제복을 입고 행진을 했고 해외
전쟁참전군인협회 회원들도 행진을 했는데 상당수는 자신이 복무했
던 부대의 군복을 갖춰 입고 있었다. 소방관들은 소방차를 몰고 갔고,
시장을 비롯한 시 정치인들은 자동차를 타고 손을 흔들며 지나갔으
며, 이날을 위해 깨끗이 세차하고 왁스칠을 한 픽업트럭들은 뒤에 달
린 평상을 꽃수레로 장식해 끌고 갔다. 치어리더들은 리본으로 장식
한 말을 타고 지나갔고, 어린이들도 퍼레이드에 참가해서 빨간색, 흰
색, 파란색 주름종이로 장식한 라디오 플라이어 유모차에 애완동물이
나 어린 동생을 태워 밀고 지나갔다. 행렬은 군중이 길 양옆으로 늘어
서서 환호성을 지르고 있는 메인 거리를 지나 루터 거리에서 방향을
틀었고 400미터를 더 가서 루터 공원으로 들어갔다. 공원에는 솜사
탕과 핫도그, 브라트브루스트 소시지, 미니 도넛, 헬륨 풍선 등을 파는
노점상들이 넘쳐났다. 시의 모든 단체가 가판대를 차려놓고 수제 피

클이나 구운 요리, 코 뜨개 바느질로 예쁘게 짠 의자 등받이와 냄비 장갑 등을 팔고 있는 것 같았다. 상품을 내건 게임 가판대도 여럿 있었고 폴카 밴드가 와서 잔디밭에 임시 무도장을 차려놓은 곳도 있었다. 뒤쪽이 반원형으로 된 야외 공연장에서는 지역 음악인들과 만담가들과 기이한 재주를 가진 사람들의 공연이 이어지고 있었다. 그리고 브란트 양조장이 제공한 맥주 시음 천막도 있었다.

제이크와 나는 퍼레이드를 구경하다가 외할아버지 댁 잔디를 깎아주고 받은 용돈으로 먹을 것도 사먹고 고리 던지기도 했으며 별로 갖고 싶지도 않은 봉제인형을 따기 위해 우유병 쓰러뜨리기도 했다. 그러다가 대니 오키프를 우연히 만나 셋이서 함께 다녔다. 해가 떨어지고 공원이 저녁노을로 물들기 시작하자 사람들이 하나둘씩 야외공연장으로 모여들었다. 공연장 뒤쪽에는 에어리얼 누나의 합창곡 공연에 뒤이어 그날의 대미를 장식할 초대형 폭죽놀이를 위해 엄청난 양의 폭죽이 설치되어 있었다. 제이크와 대니와 내가 도착했을 땐 사람들이 접이용 의자를 다 차지해버려서 우리는 주변에 있는 커다란 느릅나무 몸통에 기대섰는데 거기에서도 무대는 잘 보였다. 무대 조명이 켜지고 시장이 무대에 올라가 짧은 연설을 했다. 그다음에는 신디 웨스트롬이라는 여학생이 무대에 올라 해외전쟁참전군인협회가 후원한 글짓기 대회에서 대상을 수상해 25달러의 상금을 탄, 자유에 관한 수필을 낭독했다. 나는 화장실에 갔다 오겠다고 말한 뒤 제이크와 대니 곁을 떠나 맥주 시음장 근처에 설치된 이동식 화장실로 향했다.

앞에 몇 사람이 있어서 줄을 서서 기다리다가 모리스 엥달이 맥주 시음장에서 나오는 것을 보았다. 엥달은 혼자 맥주를 홀짝이면서 입에 대고 있는 컵 위로 눈을 치뜨고 덤빌 테면 덤벼보라는 듯한 눈초리로 사람들을 둘러보았다. 나는 얼른 등을 돌렸고 잠시 후 화장실 한 칸이 비자 잽싸게 그리로 뛰어 들어갔다. 볼일을 다 보았고 화장실 악취도 심했지만 앵달에게 다른 곳으로 갈 시간을 주기 위해 2~3분 정도 더 있었다. 내가 문을 열고 나오자 한 남자가 나를 밀치고 오줌이 마려워 죽겠다는 듯 사타구니를 움켜쥐고 있는 다섯 살쯤 되어 보이는 아이를 끌고 화장실로 들어갔다. 조심스럽게 주위를 살펴보던 나는 어디에서도 모리스 앵달의 모습이 보이지 않아 안도했다.

느릅나무 아래로 돌아가 보니 제이크와 대니 곁에 워런 레드스톤이 서 있었다. 그들은 아무 말도 하지 않고 모여 서서 공연장 무대 위에서 고적대장 제복을 입은 여학생이 양 끝에 불꽃이 반짝이는 지휘봉을 자유자재로 돌리는 모습을 넋 놓고 바라보고 있었다. 지휘봉을 돌리는 솜씨가 장난이 아니어서 나도 그들과 함께 서서 공연에 빠져들었고 무슨 말을 할 필요를 느끼지 못했다. 불꽃이 나오는 지휘봉 공연이 끝난 후에는 밴조 연주자가 나와 〈양키 두들〉이라는 빠르고 경쾌한 민요를 연주했고 이 연주에 맞춰 다른 남자가 옆에서 미친 듯이 탭댄스를 추었다. 관객들이 열화와 같은 박수를 보냈다. 그다음에는 고등학교에서 연극을 가르치는 여교사가 무대에 올라 독립선언서 전문을 낭독했다. 낭독 중간에 누가 내 팔을 잡아 거칠게 돌려세워서 보니까 모리스 앵달이 술에 취한 눈으로 나를 노려보고 있었다.

"내가 널 얼마나 찾아다닌 줄 알아, 이 개새끼야."

앵달이 모인 사람들 너머로 보이는 점점 더 넓어지고 있는 어둠 속으로 나를 잡아끌고 가려고 했다.

그때 거대한 손 하나가 튀어나와 내 팔에서 앵달의 손을 떼어내더니 앵달과 나 사이로 끼어들었다. 워런 레드스톤이었다.

레드스톤이 말했다. "넌 코흘리개 애들만 상대하냐? 그런 게 아니라면 남자답게 나하고 한판 붙어볼까?"

대니의 작은할아버지가 늙었는지는 모르겠지만 키가 크고 힘이 세 보였고 바위라도 쪼갤 듯이 엄하고 날카로운 표정으로 모리스 엥달을 지그시 내려다보고 있었다. 엥달은 벌써 한 방 얻어맞은 것처럼 한 걸음 뒤로 물러서서 눈 한 번 깜박이지 않고 자신을 내려다보고 있는 레드스톤의 갈색 눈을 올려다보더니 노인의 기개에 맞설 배짱이 자신에겐 없다는 것을 깨달은 모양이었다.

엥달이 말했다. "이건 이 새끼하고 나 사이의 일이에요."

"무슨, 애하고 너 사이엔 내가 있잖아. 얘를 데리고 가고 싶으면 나부터 상대해봐."

순간 나는 엥달이 어리석은 짓을 할지도 모른다고 생각했다. 워런 레드스톤과 대결하는 것이 적어도 내게는 어리석은 짓으로 보였다. 그러나 엥달의 비겁함이 어리석음을 능가했다. 그는 몇 걸음 더 물러나더니 손가락으로 나를 가리켰다.

"죽었어." 그가 말했다. "너 죽었어."

그러고는 돌아서서 조금 전 나를 끌고 들어가려고 했던 어둠 속으로 사라졌다.

레드스톤은 엥달이 사라지는 모습을 끝까지 지켜보더니 물었다. "친구냐?"

"채석장에서 수영을 못하게 하잖아요. 그래서 물속으로 밀어버렸어요. 그랬더니 완전 열 받았나 봐요." 내가 대답했다.

"물속으로 밀었다고?" 레드스톤이 대니를 쳐다보았다. "너도 거기 있었니?"

"네, 할아버지." 대니가 말했다.

레드스톤이 다시 나를 쳐다보았는데 이번에는 다른 눈초리였다.

"드럼." 그는 내 이름이 마음에 드는 것 같았다. "네 몸 속에 수 족의 피가 흐르는 것 아니냐?"

50미터 떨어진 곳에서는 합창단원들이 야외공연장 무대로 올라가서 무대 위 계단에 자리를 잡고 서기 시작했다. 정확히 세어보지는 않았지만 대략 30~40명은 되는 것 같았다. 관객들이 조용해지기 시작했고 몇 초 뒤에는 어머니가 에밀 브란트의 손을 잡고 계단을 올라가 무대 위에 놓인 그랜드피아노 앞으로 그를 안내했다. 에밀 브란트가 대중 앞에 나와 공연을 하는 것은 지극히 드문 일이었기 때문에 관객들이 우레와 같은 박수로 그를 맞았다. 브란트는 얼굴에서 흉터가 있는 쪽을 관객들이 보지 못하게 무대 쪽으로 돌린 상태로 피아노 앞에 앉았고 어머니는 무대 중앙으로 걸어갔다. 순간 사방이 고요해졌다. 물론 그때도 음식 가판대에서 사람들이 웃는 소리가 희미하게 들렸고 루터 거리에서 누가 소리 지르는 것도 들렸으며 저 멀리 평지대에서 기차가 타일러 거리의 건널목을 향해 달려오면서 울리는 기적 소리도 들렸지만 어머니의 목소리가 그 모든 것을 압도했다.

"우리나라의 탄생을 축하하기 위해 오늘 이 자리에 모이신 여러분, 감사합니다. 이 나라의 역사는 애국자들의 피와 농부와 노동자들의 땀으로 쓰였습니다. 오늘 저녁 이 자리에 모인 우리와 조금도 다르지 않은 평범한 우리 선조들의 피땀으로 쓰였습니다. 이 나라의 역사는 우리 선조들이, 185년 전의 그 용감한 애국자들이 품은 꿈에서 시작되었습니다. 지금까지도 여전히 살아 있고 역동적이며 밝은 미래를 약속하는 그 꿈에서 말이지요. 그 꿈을 바탕으로 한 우리나라의 건국을 축하하고 기념하기 위하여 제 딸 에어리얼이 〈자유의 길〉이라는 제목의 합창곡을 작곡했고, 우리 시가 낳은 세계적인 작곡가이자 피아니스트인 에밀 브란트 씨의 반주에 맞춰 뉴 브레멘 타운 합창단이 오늘 저녁 여러분 앞에서 최초로 선보이겠습니다."

어머니가 합창단원들을 향해 돌아서서 두 손을 들어 단원들을 잠깐 정지 상태로 두더니 브란트를 불렀다. "지금이야, 에밀."

브란트의 손가락이 천천히 건반 위를 걸어가기 시작하면서 합창곡이 시작되었다. 곡은 점차로 템포가 빨라지더니 곧 그의 손가락이 격정적으로 건반 위를 내달리다가 어느 순간 합창단이 끼어들어 "전투 준비! 전투 준비!"라고 황급히 외쳤다. 에어리얼 누나의 합창곡은 독립혁명에서부터 한국전쟁까지 우리나라의 역사를 쭉 훑었고, 누나가 작사한 가사를 빌리자면, '신의 상상력이라는 흙'에서 나라를 창조한 개척자들과 군인들과 선구자들을 기렸다. 어머니는 화려하고 격정적으로 지휘를 했고 음악은 짜릿한 전율을 느끼게 했으며 피아노를 치는 브란트는 충만한 영감을 받아 연주에 심취했고 야외공연장이라는 흰 컵에서 쏟아져 나오는 합창단원들의 노래는 아름답고 웅장해서 이 모든 것이 모두를 흠뻑 취하게 만들었다. 12분간 지속되었던 합창이 끝나자 관객들이 열광했다. 모두 기립박수를 보냈고 환호성을 지르며 휘파람까지 불어댔는데 그 소리가 마치 협곡에 울려 퍼지는 천둥소리 같았다. 어머니는 아버지와 칼 브란트와 함께 공연장 무대 계단 밑에 서 있던 에어리얼 누나에게 올라오라고 손짓했다. 누나가 계단을 올라가 에밀 브란트를 무대 중앙으로 안내하려고 그의 손을 잡았지만 그는 손을 뒤로 빼더니 멀쩡한 뺨이 관객들을 향한 상태로 피아노 앞에 계속 앉아 있으면서 누나의 귀에 대고 무슨 말을 속삭였다.

그러자 누나는 브란트를 내버려두고 혼자 무대 중앙으로 걸어가 어머니와 나란히 서서 함께 허리를 깊숙이 숙여 인사를 했다. 그날 저녁 에어리얼 누나는 아름다운 빨간색 원피스를 입고 있었다. 우리 집안의 가보인, 자개로 만든 하트 모양의 작은 사진첩이 달린 금목걸이를 하고 자개 핀을 꽂고 있었고, 부모님에게서 졸업선물로 받은 금시계를 차고 있었다. 그리고 그 순간에는 달에서도 볼 수 있을 것 같은 환한 미소를 짓고 있었다. 나는 누나가 세상에서 가장 특별한 사람이라고 생각했고 훌륭한 음악가가 될 것임을 믿어 의심치 않았다.

워런 레드스톤이 내 팔을 만졌다. "저 아가씨 이름이 드럼이네. 너랑 무슨 관계냐?"

"우리 누나예요." 내가 소음 속에서 큰 소리로 대답했다.

그가 누나를 유심히 보더니 고개를 끄덕였다. "수 족이라고 해도 될 만큼 예쁘구나."


불꽃놀이가 끝난 후 제이크와 나는 천천히 걸어서 집으로 돌아왔다. 뉴 브레멘 전역에서 축하행사가 계속되었고 하늘은 사방에서 피어나는 화려한 불꽃들로 생기가 넘쳤으며 교차로 저 아래로 어두운 곳에서는 폭죽이 연달아 터지는 소리가 들렸다. 거스 삼촌의 오토바이가 보이지 않아서 나는 삼촌이 술집에서 독립기념일 축하행사를 마무리하려나 보다고 생각했다. 교회 목사실에 불이 켜져 있었고 창문은 꼭꼭 닫혀 있었으며 차이콥스키 음악이 흘러나왔다. 차고에 패커드가 없는 것을 보니 어머니는 에어리얼 누나와 에밀 브란트와 뉴 브레멘 타운 합창단원들과 쫑파티를 하고 있는 듯했고 그렇다면 아주 늦게야 귀가할 것이었다.

우리는 잠잘 시각을 통보받았던 터라 잠옷으로 갈아입고 10시 30분에 잠자리에 들었다. 나는 우리 방 창문의 방충망을 통해 요란하던 폭죽 소리가 점점 더 잦아들어 이따금씩 저 멀리서 들리는 딱총 소리로 변하는 것을 듣고 있었고 아버지가 교회에서 건너오는 소리도 들었으며 한참 더 지난 뒤에는 희미한 잠의 베일에 싸여 있으면서도 패커드가 자갈을 밟으며 우리 집 진입로로 들어오는 소리와 차 문이 쾅 닫히는 소리도 들었다.

그리고 훨씬 더 시간이 흐른 후에는 문득 잠이 깨어 아버지가 통화하는 소리와 옆에서 거드는 어머니의 걱정스러운 목소리를 들었다. 밖은 칠흑같이 어두웠고 귀뚜라미 울음소리도 들리지 않았다. 침대에서 일어나 아래층으로 내려가 보니 부모님이 초췌하고 피곤한 얼굴로 서성이고 있었다. 무슨 일이냐고 묻자 아버지가 에어리얼 누나가 아직 돌아오지 않았다면서 다시 들어가서 자라고 했다.

나는 아버지의 직업 덕분에 한밤의 응급상황에 익숙해 있었고, 그해 여름에 내가 직접 본 적도 있어서 누나가 밤늦게 몰래 집을 빠져나가 새벽녘에 안전하게 귀가하는 것에 익숙해 있었으며, 아직은 환상이라는 담요에 싸여 있는 어린아이였기 때문에, 부모님이 어떤 일이라도 해결할 수 있다고 믿었다. 그래서 나는 우리 방으로 돌아가서 부모님이 심란한 목소리로 여기저기 전화를 걸고 딸의 소식을 애타게 기다리는 소리를 어렴풋이 들으면서 이기적으로 잠에 빠져들었다.

## 18. 실종

다음 날 아침, 잠에서 깨어보니 하늘이 어두컴컴한 것이 금방이라도 비가 쏟아질 것 같았다.

아래층 부엌에는 부모님이 칼 브란트와 그레고르 보안관, 졸리 하움트만이라는 부관과 함께 있었다. 보안관은 청바지에 파란색 반팔 작업복 셔츠를 입고 있었고 방금 면도를 마치고 나온 것처럼 두 뺨이 붉고 반들반들했다. 부관은 제복을 입고 있었다. 그들은 식탁 앞에 둘러앉아 커피를 마시고 있었고, 그레고르 보안관은 수첩을 앞에 놓고 부모님의 이야기를 들으며 무언가 메모를 하고 있었다. 내가 식당 문앞에 서 있었지만 아무도 내가 있는 것을 알아차리지 못했다.

어른들의 대화를 들으면서 알아낸 바로는, 에어리얼 누나는 전날 밤 칼 브란트와 다른 친구들과 함께 있었다. 그들은 시블리 공원의 강가에 모여 도일이 M-80으로 개구리를 날려버린 바로 그 모래밭에서 모닥불을 피우고 놀았다. 다들 술을 마시고 있었는데 어느 시점에선가 에어리얼 누나가 사라졌다. 누나가 언제 사라졌는지 어디 갔는지

233

아무도, 심지어 칼조차도, 알지 못했다. 그냥 홀연히 사라져버린 것이다. 보안관이 다른 친구들의 이름을 묻자 칼이 10여 명의 이름을 댔다.

"에어리얼도 술을 마시고 있었어?" 보안관이 물었다.

칼이 대답했다. "네."

"네가 에어리얼을 그리로 데려갔고? 강가로?"

"파티가 끝난 다음에요." 칼이 말했다.

"뉴 브레멘 타운 합창단과의 파티?"

"네, 그거요."

"근데 강가 광란의 파티가 끝난 다음에는 에어리얼을 집에 데려다주지 않았구먼. 왜지?"

"제가 집에 가려고 할 때 에어리얼이 보이지 않아서요."

"그래서 걱정이 됐어?"

"네. 하지만 다른 친구 차를 타고 갔을 거라고 생각했습니다. 그때 제가 꽤 취해 있었거든요."

"아직 술 마실 나이가 안 된 걸로 아는데." 보안관이 말했다.

"네, 지금은 그걸 걱정하기엔 좀 늦은 감이 있지만요."

"만약 네가 술을 마시지 않았다면 에어리얼이 어디 있는지 알고 있었겠군."

칼은 죄책감을 느끼는 듯한 표정을 지으면서 입을 꾹 다물었다.

"에어리얼 말고 또 사라진 친구가 있어?"

칼은 잠깐 생각하더니 어깨를 으쓱거렸다. "밤새도록 애들이 들락날락했어요."

"에어리얼이 떠나기 전에 너한텐 아무 말 안 했고?"

"네." 칼이 말했다. "간다는 이야긴 없었어요."

"넌 몇 시에 그 파티장을 떠났어?"

"정확히는 모르겠어요. 2시? 2시 반?"

"곧장 집으로 갔나?"

"네."

그레고르 보안관이 수첩에서 칼이 불러준 이름들을 받아 적은 페이지를 쭉 찢어 하웁트만 부관에게 건네면서 말했다. "전화 돌려봐, 졸리."

하웁트만이 현관문을 밀고 밖으로 나가더니 곧 순찰차에 시동 거는 소리와 차가 출발하는 소리가 들렸다.

보안관이 부모님에게 말했다. "따님이 어젯밤에 함께 있었을 만한 특별한 친구가 있어요?"

"네." 어머니가 말했다. "그 친구들한테 우리가 다 전화 걸어봤어요. 아무도 에어리얼을 못 봤대요."

"그 친구들 이름을 말해주시겠어요? 내가 직접 만나봐야겠는데."

"물론이죠."

어머니가 여섯 명의 이름을 줄줄이 대자 보안관이 받아 적었다.

아버지가 일어나서 커피포트가 있는 스토브로 걸어가 자기 컵에 커피를 한 잔 더 따랐다. 그러고는 문간에 서 있는 나를 보더니 말했다. "올라가서 옷 입어라, 프랭크."

내가 말했다. "에어리얼 누나는 어디 있어요?"

"글쎄다."

"안녕, 프랭크." 그레고르 보안관이 오랜 친구에게 하듯 친근하게 인사를 건넸는데 가식이 아닌 진심인 것 같았다.

"안녕하세요." 내가 말했다.

"에어리얼이 어젯밤에 집에 들어오지 않았어." 보안관이 말했다. "그래서 부모님이 좀 걱정하시는데, 누나가 집에 있지 않으면 어디에 있을지 어디 짚이는 데라도 있니?"

"브란트 씨 댁이요." 나는 생각할 것도 없이 바로 대답했다.

"에밀!" 어머니가 대발견이라도 한 것처럼 외쳤다. 그러고는 벌떡 일어서더니 나를 지나쳐 전화기가 있는 거실로 서둘러 걸어갔다.

"브란트 씨 댁엔 왜?" 보안관이 나를 쳐다보다가 아버지에게로 눈길을 돌렸다.

"둘이 좋은 친구 사이거든." 아버지가 말했다. "그리고 시블리 공원에서 아주 가까운 곳에 살고."

아버지의 목소리에서 희망이 묻어났다. 아버지는 커피 잔을 들고 내가 서 있는 곳으로 와서 내 어깨너머로 거실을 바라보며 어머니와 에밀 브란트의 통화 내용에 귀를 기울였다.

"어젯밤에 집에 들어오지 않았어, 에밀." 어머니가 말하고 있었다. "당신 집에 갔을지 모른다고 생각했는데." 어머니가 에밀의 말을 들으면서 바닥을 내려다보았다. "아니, 아니, 칼도 모른대. 둘이 친구들과 시블리 공원에 가서 강가에서 모닥불을 피우고 놀았대. 그러다가 에어리얼이 사라졌는데 그 아이가 언제 사라졌는지 누구랑 사라졌는지 아무도 몰라."

어머니가 이번에는 눈을 감고 에밀의 말을 들었고 다시 입을 열었을 땐 목소리가 떨리는 것이 느껴졌다. 곧 울음이 터져 나올 전조였다.

"그럴게, 에밀." 어머니가 말했다. "무슨 소식이라도 있으면."

어머니가 전화를 끊었고 자기를 보고 있는 아버지를 발견하고는 고개를 가로저은 후 아버지에게로 걸어와 아버지의 어깨에 뺨을 기대더니 울음을 터뜨렸다.

그레고르 보안관이 일어나서 수첩을 셔츠 주머니에 밀어 넣었다.

그가 말했다. "지원인력 두세 명 데리고 시블리 공원으로 가서 수색해볼게요. 칼, 너도 같이 가서 파티를 했던 곳이 어딘지 알려주면 좋겠다. 에어리얼의 친구들을 내가 직접 만나서 두 분한테 했던 말과 다른 말을 하는지 어떤지 알아볼게요. 잘 들으세요, 두 분. 내 경험으로 볼 때 아이들은 반드시 돌아옵니다. 부끄럽거나 어리석은 짓을 했거나 갑작스러운 충동에 사로잡혀 트윈 시티로 훌쩍 떠나지만 결국에는 돌아온다고요. 진짜로요, 반드시 돌아옵니다." 보안관이 우리를 안심시키려고 애써 미소를 지었다.

"고마워, 그레고르. 아버지가 말했다. "강가를 수색할 때 따라가도 괜찮겠지?"

보안관이 말했다. "난 상관없어. 우선 사무실부터 들를 건데. 30분 후에 시블리 공원에서 봅시다. 너도, 칼."

보안관이 떠난 후 칼이 부모님에게 말했다. "죄송해요. 정말 죄송합니다. 좀 더 책임감 있게 행동했어야 하는 건데. 에어리얼이 어디 갔는지 도무지 모르겠어요."

"강가에서부터 시작하자." 아버지가 말했다.

내가 부엌으로 한 걸음 들어왔다. "따라가도 돼요?"

아버지는 생각은 딴 데 가 있으면서도 내 요청에 대해 잠깐 생각해보는 듯했다. 놀랍게도 아버지가 승낙했다. "그래, 좋아."

어머니가 불안한 표정으로 눈물을 닦고 있었다. "난 뭘 해야 할지 모르겠어."

"기도해." 아버지가 충고했다. "그리고 에어리얼이 전화할지 모르니까 여기 전화기 옆에 꼭 붙어 있고."

2층 우리 방으로 들어가니 제이크가 잠은 깼으면서도 아직 침대에 누워 있었다.

"무슨 일이야?" 동생이 물었다.

나는 잠옷을 벗었다. "에어리얼 누나가 사라졌어."

"어디로 사라져?"

"그걸 몰라, 아무도." 나는 전날 입었다가 벗어서 바닥에 아무렇게나 던져둔 옷을 집어 입기 시작했다.

제이크가 일어나 앉았다. "어디 가?"

"시블리 공원. 어젯밤에 누나가 거기 있었대."

"나도 같이 가." 제이크가 부리나케 침대에서 내려와 잠옷을 벗고 옷을 입기 시작했다.


해가 나오지 않았고 나올 기미도 없었다. 두꺼운 잿빛 구름이 하늘에 낮게 깔려 있어 마치 평평한 바위가 계곡을 누르고 있는 것같이 보였다. 우리는 보안관보다 먼저 시블리 공원에 도착해서 에어리얼 누나가 마지막으로 목격된 강가에 서 있었다. 모래밭 여기저기에 모닥불을 피우고 남은 차가운 숯들이 널려 있었다. 전날 밤 불을 지핀 자리에서는 아직도 연기가 조금씩 올라오고 있었다. 그 주위로 사람들이 앉았다가 일어나 움푹 들어간 자리들이 있었고 빈 맥주 캔과 맥주병들이 나뒹굴고 있어서 얼마나 떠들썩하게 마시고 놀았는지 상상이 되었다.

"꽤 요란하게 놀았구나." 아버지가 말했다.

칼 브란트는 두 손을 바지 주머니에 넣고 고개를 늘어뜨린 채 아무 대답도 하지 않았다.

나는 에어리얼 누나가 영원히 사라졌을지도 모른다고는 상상도 할 수 없었다. 대신 우리가 모험을 하고 있는 것이고, 그 모험의 끝에 가면 사방에 연기가 자욱하게 깔리면서 에어리얼 누나가 짠 하고 나타나 우리에게 돌아올 거라고 어린애 같은 상상을 했다. 나는 무겁게 내려앉은 하늘 아래에 서서 어수선하고 어지러운 모래밭과 아직도 연기가 피어오르는 숯을 바라보면서 누나를 찾게 해줄 단서를 반드시 찾을 수 있을 거라고 생각했다. 그렇게 굳게 믿었고 그 단서 찾기를 당장이라도 시작하고 싶었다.

모닥불을 피웠던 자리로 걸어가자 제이크가 따라오면서 물었다.

"우리 뭘 찾는 거야?"

"거기 서라, 얘들아." 아버지가 말했다. "아직은 아무것도 찾지 마. 보안관을 기다려야 돼."

시간낭비 같았지만 아버지가 말씀하신 이상 따를 수밖에 없었다.

10분 후에 보안관이 남자 두 명과 함께 왔다. 한 명은 보안관 부관의 제복을 입고 있었고 다른 한 명은 도일 경관이었다. 그들은 미루나무 사이로 난 길을 성큼성큼 걸어와 우리와 함께 모래밭에 서서 현장을 살펴보았다.

"이런 세상에, 난장판이구먼." 보안관은 대단히 못마땅한 표정으로 칼 브란트를 노려보았다. "어린것들이 무슨 생각으로 이런 거냐?"

칼이 어깨를 으쓱거렸다. "파티였어요."

"아주 광란의 파티였구먼. 이 일이 해결되면, 여기 청소하는 거다, 너랑 네 친구들이, 알겠니?"

"네, 보안관님."

"좋아." 보안관이 말했다. "우선 모닥불 주위부터 한번 둘러봅시다. 그러고 나서 주변으로 흩어져서 뭐가 있는지 찾아보고. 아무것도 건드리지 말고, 흥미로운 것이 있으면 소리를 질러. 절대 만지지 말고. 알겠습니까?"

나와 제이크를 포함하여 모두가 고개를 끄덕였다.

"너희는 아버지랑 함께 다녀라. 아버지가 하라는 대로 하고." 보안관이 말했다.

"네." 내가 대답했다.

제이크의 머리가 용수철에 붙어 있는 것처럼 까닥거렸다.

다 타버린 모닥불 주위로 10미터 안에서는 현장의 모습이 기본적으로 똑같았다. 모래 속에 엉덩이가 앉아 있던 자국이 보였고 발을 질질 끈 흔적도 있었으며 한 군데에서는 마치 싸움이 있었던 것처럼 모든 것이 헝클어져 있었다.

보안관이 어찌된 일인지 묻자 칼이 말했다. "모리스 엥달하고 한스 호일이 차 때문에 주먹다짐을 벌였어요."

"차?"

칼이 어깨를 으쓱거렸다. "걔네들한텐 차가 중요한 건가 보죠. 어쨌든 둘 다 다치지는 않았어요."

모리스 엥달이 언급되자 제이크가 나를 날카롭게 쳐다보았다. "말해, 형."

"뭘 말하라는 거니?" 보안관이 물었다.

이야기를 시작하면 채석장 사건까지 거슬러 올라가 전부 이야기를 해야 하고 아버지가 가지 말라고 한 곳에 갔었다는 사실까지 실토해야 하기 때문에 나는 아무 말도 하고 싶지 않았다. 하지만 제이크가 내 어깨를 쿡쿡 찌르고 아버지와 도일과 다른 두 남자가 나를 쳐다보고 있었기 때문에 대답을 피할 방법이 없겠다 싶어서 모든 것을 솔직히 털어놓았다. 채석장 사건과 엥달이 우리를 쫓아왔던 일과 루터 공원에서 열린 독립기념일 기념행사 때 엥달이 나를 어두운 곳으로 끌고 가려고 했던 일을 이야기했고 왜 그랬는지는 모르겠지만 "엥달이 에어리얼 누나를 싫어했어요"라고도 말해버렸다.

"네가 그건 어떻게 아니?" 보안관이 물었다.

"누나한테 욕을 했어요."

"뭐라고 욕을 했는데?"

"날라리라고요."

"그것뿐이야?"

"언청이라고도 했고요."

"그랬구나." 보안관이 말했다.

모닥불이 타고 남은 숯을 사이에 두고 건너편에 서 있던 아버지가 내게 물었다. "프랭크, 엥달이 그런 이야기를 너한테 했다고?"

"네, 저랑 제이크한테요."

"그 자식 아주 쓰레기 같은 놈이구먼." 도일이 말했다.

보안관이 말했다. "먼저 여기 일부터 끝내고 모리스 엥달은 그다음에 걱정하자구."

우리는 흩어져서 강둑을 따라 양방향으로 100미터에 이르는 지역을 수색했지만 보안관이 중요하다고 생각하는 것은 아무것도 찾아내지 못했다.

우리가 모닥불 앞에 다시 모였을 때 보안관이 말했다. "자, 이 정도

로 하고, 모리스 엥달을 보안관서로 불러서 심문을 좀 해야겠어. 드럼,
자네도 그 자리에 함께하면 좋겠는데."

"그러지." 아버지가 말했다.

"그리고 너희도 같이 있으면 좋겠다." 보안관이 덧붙였다. "아버지
가 괜찮다고 하면. 엥달과 싸웠던 일에 대해서 완전한 진술을 받아야
해서 그래. 그리고 다들 엥달이 무슨 이야기를 하는지 듣고 싶을 것
같은데, 여러 가지 면에서."

우리는 미루나무 숲길을 걸어가기 시작했지만 도일은 뒤에 처졌다.
그날 아침 내가 마지막으로 본 그의 모습은 강을 따라 평지대 쪽으로
내려가는 모습이었다.

## 19. 심문

집에 가보니 거스 삼촌이 어머니와 함께 있었다. 이상한 일이었다. 어머니는 거스 삼촌이 함께 있는 것을 참아주긴 했지만 삼촌을 별로 좋아하지 않았다. 아버지에게 당신 친구는 저속하고 천박하다면서 분명히 아들들에게 나쁜 영향을 미칠 것이고 그래서 나중에는 거스 삼촌을 함께 살게 한 것을 모두 후회하게 될 거라고 말하곤 했다. 아버지는 어머니가 한 말이 상당 부분 사실이라고 인정하면서도 결국에는 늘 삼촌을 옹호했다. 거스는 내 생명의 은인이야, 루스. 아버지는 이렇게 말하곤 했지만 어떻게 된 경위인지 설명해준 적은 한 번도 없었다.

거스 삼촌과 어머니가 식탁 앞에 앉아 담배를 피우고 있었다. 우리가 들어가자 어머니가 벌떡 일어서서 기대에 찬 눈빛으로 아버지를 바라보았다.

아버지가 고개를 가로저었다. "아무것도 못 찾았어."

"보안관이 모리스 엥달을 찾고 있어요." 내가 말했다.

"엥달?" 거스가 홱 돌아서서 의심스러운 눈초리로 나를 쳐다보았다. "엥달은 왜?"

나는 삼촌에게 채석장과 루터 공원에서 있었던 일을 얘기해주었다.

어머니가 깜짝 놀라 한 손으로 입을 가리고 말했다. "그 사람이 에어리얼에게 무슨 짓을 했을 수도 있다고 생각해?"

"아직 아무것도 몰라." 아버지가 말했다. "만나서 얘길 해보겠대."

우리는 아침식사를 했다. 무거운 침묵 속에서 바나나를 썰어 넣은 시리얼을 씹다가 꿀꺽 삼켰다. 식사가 끝나갈 때쯤 거실에서 전화벨이 울리자 아버지가 벌떡 일어나서 받으러 갔다.

"아, 헥터, 오랜만이야." 아버지가 말했다. 아버지는 고개를 숙이고 눈을 감은 채 듣고 있다가 말했다. "여기 문제가 생겨서 말이야, 회의에는 참석 못 하겠어. 회의에서 결정한 대로 따를게." 아버지가 전화를 끊고 부엌으로 돌아왔다. "헥터 패딜라야. 오늘 오전에 이주 노동자 쉼터에 관한 회의가 있거든."

다시 전화벨이 울렸고 이번에는 그리즈월드 집사가 전화해서 에어리얼 소식을 들었다면서 자기가 도울 일이 있으면 알려달라고 했다. 그리고 몇 분 후에 또 전화벨이 울렸는데 이번에는 글래디스 라인골드가 사모님이 누가 옆에 있어주길 바란다면 자기가 기꺼이 와 있겠다고 말했다. 그 후에도 전화벨은 계속해서 울려댔는데 마을 사람들과 이웃들이 에어리얼 누나의 소식을 듣고 자기들이 도울 일이 있는지 알아보러 전화를 한 거였다. 그리고 마침내 보안관이 전화를 걸어 모리스 엥달을 보안관실에 불러다 놨으니 아버지와 제이크와 내가 그곳으로 와달라고 했다.

"제가 따라가도 될까요?" 거스 삼촌이 물었다.

"안 될 이유가 없을 것 같군." 아버지가 대답했다. 그러고는 어머니에게 말했다. "글래디스 오라고 할까?"

"아니, 난 괜찮아." 어머니가 말했다.

그러나 내가 볼 땐 분명히 어머니는 괜찮지 않았다. 아파 보였고 얼굴은 핼쑥하고 창백했으며 줄담배를 피우면서 손가락으로 식탁을 쉴 새 없이 두드리고 있었다.

"알았어, 그럼." 아버지가 말했다. "프랭크, 제이크, 가자."

우리 세 부자는 어머니를 남겨두고 집을 나왔다. 어머니는 식탁 앞에 앉아 부엌 수납장을 노려보고 있었고, 자욱한 담배 연기가 몸에 불이 붙은 것처럼 어머니의 머리 위에 떠 있었다.


보안관은 팔짱 낀 두 팔을 탁자 위에 올려놓고 앉아 있었다. 엥달은 보안관 맞은편 의자에 등을 기대고 다리를 쫙 벌린 채 건방지게 앉아 있었다. 일부러 지루한 표정을 짓고 있는 것 같았다.

보안관이 말했다. "네가 이 아이들을 위협했다던데, 사실이야?"

"엉덩이를 걷어차 주겠다고 했어요, 네."

"어젯밤에 프랭크를 폭행했다면서?"

"폭행이요? 허이구, 저 새끼 팔을 잡았을 뿐인데요."

"워런 레드스톤이 거기 없었으면 더한 짓도 했을 거 아냐."

"레드스톤이요? 그게 누군데요?"

"덩치 큰 원주민."

"아, 그 사람. 옥신각신하다가 내가 그 자리를 떴어요. 그게 다예요."

"그리고 어디 갔는데?"

"기억 안 나요. 돌아다녔어요."

"혼자?"

"주디 클라인슈미트를 우연히 만나서 밤새 퍼마시고 놀았는데요."

"시블리 공원에 가서 거기 있던 친구들과 파티를 했다며?"

"네."

"에어리얼 드럼을 봤어?"

"네, 봤어요."

"얘기도 했고?"

"아마 했을 걸요. 거기서 나랑 같이 얘기한 애들, 걔 말고도 많아요."

"한스 호일하고 한판 했다며."

"네. 몇 대 때리고 맞았죠. 별것 아니었어요. 내 차를 똥차라고 하잖아요."

"입은 너도 조심해야 돼, 모리스. 몇 시에 파티장을 떠났지?"

"기억이 안 나요."

"혼자 떠났어?"

"아뇨. 주디와 함께요."

보안관이 부관에게 고개를 끄덕여 보이자 그가 자리를 떴다.

"그래서 곧장 집으로 갔어?"

"아뇨."

"어디 갔는데 그럼?"

"말 안 하는 게 좋을 것 같은데요."

"말하는 게 좋을걸."

엥달이 잠깐 생각하더니 뭐 어떠냐는 듯이 어깨를 으쓱거렸다. "돈 길에 있는 뮬러 가의 옛날 집으로 갔어요." 그가 말했다.

"왜?"

"집은 비어 있고 헛간에는 건초가 잔뜩 쌓여 있고 내 차에 담요도 한 장 있었으니까요. 무슨 뜻인지 알죠?"

보안관은 잠깐 들은 내용을 종합해보았다. "너랑 클라인슈미트가?"

"네, 나랑 주디가요."

"얼마나 있었어, 거기?"

"꽤 오래 있었죠." 엥달이 이를 다 드러내 보이며 싱긋 웃었다.

"그런 다음에는?"

"걔를 집까지 데려다줬어요. 그러고 나서 나도 집으로 갔고요."

"그게 몇 시였어?"

"글쎄요. 해가 막 뜨려고 하던 참이었어요."

"네가 집에 들어가는 걸 본 사람은?"

엥달이 재빨리 고개를 가로저었다. "아버지가 어젯밤에 술을 엄청 마시고 소파에서 요란하게 코를 골며 자고 있었어요. 폭탄이 터졌어도 못 들었을 걸요."

보안관은 의자에 등을 기대고 가슴에 팔짱을 낀 채 1분 동안 아무 말 없이 모리스 엥달을 지그시 쳐다보았다. 그 1분 동안 엥달은 구부정하게 앉아 있다가 허리를 곧추세우고 앉더니 곧 불안한 듯 어깨를 으쓱거렸다.

그러고는 입을 열었다. "하나도 숨기지 않고 다 말했어요. 에어리얼 드럼에 대해서는 아무것도 몰라요. 강가 파티에서 보기만 했을 뿐이라구요. 어휴 진짜, 말 한마디 안 했다니까요. 모닥불을 사이에 두고 내 맞은편에 앉아서 자긴 너무 고상해서 우리 같은 아이들하고는 말도 섞기 싫다는 듯이 입 딱 다물고 모닥불만 들여다보고 있었다구요. 걔는 항상 그런 식이에요. 언청이인 주제에." 엥달이 주절거리다가 말고 뜨끔한 표정으로 아버지를 흘끗 쳐다보았다.

보안관은 말이 이어지기를 기다렸지만 한번 다물어진 엥달의 입은 다시 열리지 않았다.

"좋아, 모리스. 우리가 주디를 찾아서 얘기해볼 때까지 어디 가지 말고 여기 있어."

"여기 있으라구요? 4시까진 통조림 공장에 가야 하는데요, 조업 시작이라."

"그 시간까진 보내주도록 노력해볼게."

"어휴. 진짜, 제발요."

"루, 모리스를 유치장에 넣어, 누워서 쉴 수 있게. 금방이라도 곯아떨어지겠구먼."

"날 가두려고요? 아무 짓도 안 했는데 왜요."

"체포하는 거 아냐, 모리스. 잠깐 쉴 수 있게 편의를 제공하는 거라고. 우리가 주디 클라인슈미트를 만나 얘기를 들어볼 때까지."

"빌어먹을." 엥달이 투덜거렸다.

"말조심해라." 보안관이 쏘아붙였다. "어린아이들이 있는데."

엥달이 나를 노려보았다. 표정으로 사람을 죽일 수 있다면 나는 열두 번도 더 죽었을 것이다.

우리는 집으로 돌아갔다. 집에 도착해보니 뉴 브레멘 경찰서 순찰차 한 대가 자갈로 된 우리 집 진입로에 주차되어 있었다. 아버지는 그 차 옆 잔디밭에 차를 세웠다. 안으로 들어가 보니 도일 경관이 어머니와 함께 식탁 앞에 앉아 있었다.

"네이선." 어머니가 겁에 질려 어쩔 줄 몰라 하는 얼굴로 아버지를 올려다보며 말했다.

도일이 일어서서 아버지에게로 돌아서더니 왼손을 내밀었다. "드럼 목사님, 보여드리고 싶은 게 있는데요. 이거 따님 것인가요?"

도일의 큰 손바닥에 깨끗한 손수건에 싸인 무언가가 놓여 있었다. 그는 오른손으로 손수건을 펴서 자개로 된 하트 모양의 사진첩이 달린 금목걸이를 보여주었다.

"네." 아버지가 말했다. "어젯밤에 그걸 걸고 있었는데. 어디서 났어요?"

도일의 얼굴은 겨울날의 콘크리트처럼 냉정한 표정이었다. "워런 레드스톤이 갖고 있던데요."

# 20. 삶의 조각

아버지는 에어리얼 누나의 목걸이에 관해 논의하기 위해 거스 삼촌과 도일 경관과 함께 보안관서로 갔다. 제이크와 나는 어머니와 함께 집에 남았는데 어머니 곁을 지키는 것은 쉽지 않은 일이었다. 어머니는 침묵과 즉흥적인 행동을 통해 자신이 얼마나 두려워하고 있는지를 우리에게 알려주었다. 식탁 앞에 앉아 담배를 피우다가 갑자기 벌떡 일어서서 부엌을 서성거리더니 이윽고 거실로 들어가 전화를 할 것처럼 수화기를 집어 들었다가 곧 다시 내려놓고 가슴에 팔짱을 끼고 손에서 담뱃불이 타들어가는 것도 아랑곳 않은 채 창밖을 멍하니 내다보았다. 나는 식탁 앞에 앉아서 끔찍한 생각이나 상상에 사로잡혀 꼼짝 못하고 서 있는 어머니의 손에서 담배의 잉걸불이 손가락을 향해 서서히 타들어가는 것을 지켜보고 있었다.

어머니의 손이 탈 것 같아 더 이상 가만히 있을 수가 없었다. "엄마."

하지만 어머니는 나를 돌아보지 않았다.

"엄마!" 내가 외쳤다. "담배!"

어머니는 움직이지 않았고 내 말을 들은 것 같지도 않았다. 내가 재빨리 뛰어가 어머니의 팔을 건드리자 그제야 손을 내려다보고 무슨 일이 벌어지려는 찰나인지 알아차리고는 담배를 떨어뜨리고 잉걸불을 발로 밟아 벌꿀색의 마루 널에 검은 얼룩을 남겼다.

나는 부엌을 흘끗 돌아보았다. 제이크가 겁에 질린 표정으로 우리를 보고 있었다. 어머니가 있는 집은 극한의 걱정에 압도된 공간이었고 나는 무엇을 해야 할지 어떻게 도와야 할지 알 수가 없었다.

그때 진입로에서 자갈이 으스러지는 소리가 들렸다. 나는 재빨리 부엌으로 가서 창밖을 내다보았다. 칼이 에밀을 조수석에 태우고 와서 트라이엄프를 주차하고 있었다. 그들의 머리 위로 음울한 하늘이 낮게 깔려 있었다. 칼은 차에서 내리는 삼촌을 부축해서 부엌 문 쪽으로 안내했다.

"브란트 선생님이 오셨어요!" 내가 소리쳤다.

"아, 에밀." 어머니가 미끄러지듯 부엌으로 걸어와서 에밀 브란트를 끌어안았다. "와줘서 정말 고마워."

"이 일이 해결되기를 가만히 앉아서 기다리고 있을 수가 없었어, 루스. 그래서 왔어."

"알아, 알아. 이리 와서 같이 앉자."

어머니가 브란트를 이끌고 거실로 들어가 소파에 나란히 앉았다.

칼은 제이크와 나와 함께 뒤에 남았다.

칼이 물었다. "무슨 소식 있어?"

"사진첩 목걸이를 찾아냈대." 내가 말했다.

"누가?"

"도일 경관이. 워런 레드스톤이 갖고 있었대."

"워런 레드스톤이 누군데?"

"대니 오키프의 작은할아버지." 제이크가 말했다.

"그 사람이 어떻게 그걸 갖고 있었지?"

"나도 모르겠어." 내가 말했다. "아빠와 거스 삼촌, 도일 경관이 그 목걸이를 갖고 보안관서로 갔어."

"언제?"

"30분쯤 전에."

칼이 거실 문간으로 걸어가더니 말했다. "잠깐 나갔다 올게요, 에밀 삼촌. 모시러 다시 올 거예요."

칼은 서둘러서 집을 나갔다. 빨간색 스포츠카에 급히 올라타더니 로켓이 발사되듯 진입로를 뛰쳐나가 시내를 향해 타일러 거리를 전속력으로 달려갔다. 어머니와 에밀 브란트는 거실에 있고 아버지와 다른 모든 사람들은 보안관서로 가고 없어서, 제이크와 나는 각자의 근심 걱정을 가지고 단둘이 남게 되었다.

"배고파?" 내가 물었다.

"아니." 제이크가 대답했다.

"나도." 나는 식탁 앞에 앉아 매끈한 포마이카 상판을 어루만졌다. "그걸 어떻게 갖게 됐을까?"

"뭘?"

"에어리얼 누나의 사진첩 목걸이."

"글쎄." 제이크도 식탁 의자에 앉았다. "누나가 준 거 아닐까?"

"왜?"

"그건 모르지."

"아니면 그 할아버지가 주웠거나."

"어디서?"

"그것도 모르지." 내가 말했다.

"그 할아버지가 누나를 해쳤거나 뭐 그런 건 아니겠지?"

철교 밑에서 남자의 시신과 함께 있던 워런 레드스톤을 처음 만났을 때 제이크를 해칠까 봐 걱정했던 일이 떠올랐다. 대니와 함께 그를 찾으러 다니다가 강가의 달개집에서 그를 우연히 만났던 일과 대니가 도망갔던 것도 생각이 났다. 채석장으로 가기 직전에 대니의 집 지하실에서 레드스톤이 나를 차갑게 대하던 것도 기억이 났다. 그리고 어젯밤 그가 나를 위해 나서주었을 때 그에게는 모리스 엥달조차도 두려움에 떨게 만드는 카리스마가 있었다는 사실도 생각이 났다.

내가 일어섰다. "여길 나가야겠어."

제이크도 따라 일어섰다. "어디 갈 건데?"

"강가에."

"나도." 제이크가 말했다.

거실 문간으로 걸어간 나는 어머니와 브란트가 심각하게 대화를 나누는 걸 보았다.

"제이크랑 잠깐 나갔다 올게요." 내가 말했다.

어머니는 내가 있는 쪽을 흘끗 돌아보더니 다시 고개를 돌려 브란트와 이야기를 계속했다. 제이크와 나는 부엌문을 통해 밖으로 나갔다.

하늘이 바뀌어 있었다. 회색이 짙어져 암회색으로 변해 있었고 구름이 빠르게 모여들고 있었다. 변덕스러운 바람이 일었고 그 돌풍과 함께 서쪽 저 멀리서 천둥소리도 희미하게 들려왔다. 우리는 뒷마당과 초원을 가로질러 걸었다. 마치 대지의 표면이 살아 있는 것처럼 잡초와 데이지가 바람에 따라 물결치고 있었다. 스위니 부부의 집을 에

둘러 가면서 보니까 빨랫줄에 빨래가 널려 있었고 침대보가 바람에 펄럭이는 소리가 들렸다. 우리는 4번가를 가로질러가서 울타리가 없는 집 두 채 사이로 난 길을 걸어가 5번가도 가로질렀다. 땅이 급격히 비탈져 강으로 내려가는 비탈면이 저 멀리에 보였다. 그 비탈면은 검은딸기나무로 덮여 있었지만 오래전부터 그 얼키설키한 가시덤불 사이로 길이 생겨나 있어서 우리는 그 길을 걸어 내려가 갈색의 강물이 흐르는 강가의 마른 개펄에 이르렀고 거기서 북동쪽으로 방향을 바꿔 걸었다. 200미터쯤 더 가면 키 큰 갈대가 무성한 모래밭과 워런 레드스톤이 지은 달개집이 있었다.

"우리 뭐 하는 거야?" 제이크가 물었다.

"찾고 있는 거야." 내가 말했다.

"뭘?"

"글쎄."

"그 할아버지가 거기 있으면 어떡하지?"

"있으면 있는 거지. 겁나?"

"아니."

"그럼 가자." 내가 말했다.

빗방울을 맞았기 때문에 걸음을 빨리했다.

갈대 숲속을 걸어가면서 우리가 접근하는 것을 굳이 숨기려고 한 것은 아니었지만 성인 남자의 키보다도 더 크게 자란 갈대들에 쏙 묻히고 말았다. 갈대밭을 벗어나 공터로 나와 보니 그곳은 텅 비어 있었다. 곧장 달개집으로 가서 몸을 깊이 수그리고 안으로 들어가 보니 묻혀 있던 깡통이 사라지고 없었다. 남아 있는 건 빈 구멍 옆에 낮게 쌓인 모래더미뿐이었다.

"없네."

중얼거리면서 뒤로 물러나와 일어서서 돌아보니 제이크가 워런 레드스톤에게 붙잡혀 겁에 질린 표정으로 소리도 못 지르고 나를 보고 있었다.

"이 도둑놈들." 레드스톤이 말했다.

"우리가 왜 도둑이에요." 내가 날카롭게 맞받았다. "할아버지가 도둑이지. 우리 누나 사진첩 목걸이를 훔쳐갔잖아요."

"내 깡통은 어디 있냐?" 레드스톤이 물었다.

"우리한테 없어요. 경찰이 갖고 있지. 경찰이 에어리얼 누나의 사진첩 목걸이를 갖고 있고 할아버지를 곧 체포할 거예요."

"무슨 죄목으로?" 레드스톤이 말했다.

"제이크를 놓아주세요." 내가 말했다.

레드스톤은 내가 요구한 대로 했다. 제이크를 내 쪽으로 거칠게 슬쩍 밀어서 보내주었다. 동생은 비틀거리며 내 옆으로 와서 돌아섰고 우리는 대니의 작은할아버지와 마주 보고 서 있었다.

"에어리얼 누나는 어디 있어요?" 내가 물었다.

워런 레드스톤이 나를 쳐다보았는데 표정을 읽을 수가 없었다.

그가 물었다. "네 누나?"

"어디 있어요?"

"본 적이 없는데."

"거짓말 마세요. 사진첩 목걸이를 갖고 있었잖아요."

"그건 주운 거야."

"어디에서요?"

"강 상류에서."

"할아버지 말 안 믿어요."

"날 믿든 말든 그건 내 알 바 아니고, 깡통이나 내놔."

"경찰이 갖고 있다니까요. 그리고 누나를 어떻게 했는지 말 안 하면 경찰이 할아버지를 감옥에 가둘 거예요."

"이런 세상에, 얘야, 그 깡통 안에는 내 삶의 조각들밖에 없어. 다른 사람들한테는 아무 가치가 없는, 오직 나한테만 소중한 것들 말이야. 전부 다 내가 어디서 주운 것이거나 누구한테서 받은 거지 훔친 건 하나도 없다. 그리고 네 누나에 대해서는 아무것도 모르고."

레드스톤이 나를 노려보았고 나도 지지 않고 그를 노려보았다. 내 안에 두려움이 있었는지 모르겠지만 있었다면 내 끓어오르는 분노 밑에 깊이 숨어 있어서 겉으로는 전혀 표시가 나지 않았다. 그 순간 레드스톤이 공격했다면 나도 필사적으로 달려들어 싸웠을 것이다.

굵은 빗방울이 우두둑 떨어지기 시작해 모래에 움푹 팬 자국을 만들었다. 강한 바람이 계속 불었고 멀리서 들리던 천둥도 이젠 마을 위에서 쳤으며 번개를 보진 못했지만 전류를 머금은 듯한 뇌우의 냄새를 맡을 수 있었다. 바위로 물이 흘러내리듯 빗방울이 레드스톤의 얼굴을 타고 주룩주룩 흘러내렸지만 여전히 그는 내게서 고개를 돌리지도 물러서지도 않았다. 그가 그 큰 주먹으로 언제든 나를 묵사발로 만들 수 있다는 걸 알았지만 나도 한 발짝도 물러서지 않고 그를 노려보았다.

그때 다가오는 사이렌 소리가 들렸다.

레드스톤이 고개를 갸우뚱 기울인 채 귀를 기울였다. 5번가를 따라 이어지는 비탈면 쪽에서 자동차 문이 연이어 쾅쾅 닫히고 남자들이 외치는 소리가 들렸다.

내가 소리를 질렀다. "여기요! 그가 여기 있어요!"

레드스톤이 고개를 돌려 내 얼굴을 바라보았고 그 눈 속에는 그제야 내가 이해했고 오늘날까지도 나를 부끄럽게 만드는 무언가가 담겨 있었다.

그가 증오심이 느껴지지 않는 차분한 어조로 말했다. "방금 넌 나를 죽인 거야, 백인 소년."

그가 돌아서서 달리기 시작했다.

## 21. 고요한 후회의 순간

코끼리 떼가 달려오는 것처럼 골풀이 마구 흔들리더니 곧 한 무리의 남자들이 공터로 들이닥쳤다. 아버지와 칼 브란트, 거스 삼촌, 보안관, 도일 경관, 그리고 두 명의 보안관 부관이 보였다. 그들은 달개집앞에 서 있는 제이크와 나를 보고 걸음을 멈췄다. 다들 머뭇거리고 있는데 아버지가 우리에게로 곧장 걸어와 어리둥절하면서도 근심 어린 표정으로 우리를 바라보았다.

"여기서 뭐 하는 거니?"

"워런 레드스톤을 찾고 있었어요." 내가 말했다.

보안관이 다가와 아버지 옆에 서서 무뚝뚝하게 물었다. "그 사람 어디로 갔어?"

방금 전 레드스톤이 도망치며 했던 말이 떠올랐다. 방금 넌 나를 죽인 거야, 백인 소년. 그리고 핼더슨 약국 뒤쪽 창고에서 보았던 술 취한 남자들과 그들의 살기 어린 표정이 떠올랐다. 아버지의 얼굴에서는 빗물이 이마를 타고 주룩주룩 흘러내리고 있었고 두려움과 필사적인 마음이 엿보였다. 보안관은 연민이라곤 전혀 찾아볼 수 없고 굳은 결의에 차 있는 냉혹한 표정이었다. 두 남자 누구에게서도 살기가 느껴지진 않았지만 그 표정들은 입을 다물게 하기에 충분할 만큼 무서웠다.

"저쪽이다." 도일이 외치더니 제이크와 내가 갈대숲을 헤치면서 걸어온 그 길을, 워런 레드스톤이 도망가며 선택한 강 하류 쪽의 그 길을 가리켰다.

"언제 떠났니?" 보안관이 물었다.

"2~3분 전에요." 내가 말했다.

아버지만 빼고 남자들 모두가 도보 경주를 시작했다. 아버지는 잠깐 머뭇거리다가 강둑의 경사면을 가리키며 말했다. "올라가서 차에 가 있어, 알겠지?" 그러고는 우리의 대답을 기다리지도 않고 수색에 합류하기 위해 다른 남자들을 쫓아갔다.

나는 비를 맞고 서서 우리가 갈대 속을 헤치고 걸어왔던 그 험한 길을 바라보았다.

내 옆에게 제이크가 말했다. "그게 사실이야?"

"뭐가?"

"그 할아버지가 죽은 목숨이라는 거. 경찰이 그 할아버지를 죽일 거라는 것."

"할아버지는 그렇게 생각하나 보던데." 내가 말했다.

"형은 할아버지가 에어리얼 누나를 해쳤다고 생각해?"

"모르겠어."

"난 그렇게 생각 안 해, 형."

분노의 순간이 지나고 고요한 후회의 순간이 찾아온 지금 나는 제이크의 말이 옳다고 생각했다.

"가자." 내가 말했다.

그러고는 레드스톤과 남자들이 간 방향으로 뛰기 시작했다.

우리 머리 위에서 천둥이 연달아 치고 번개가 번쩍여서 비의 회색 장막을 하얗게 비추었다. 빗줄기가 얼마나 거센지 가시거리가 30미터도 되지 않았고 그 가시거리 안에서는 남자들이 보이지 않았다. 우리는 다리가 허락하는 한 최대로 빨리 달렸지만 남자 어른들의 다리는 우리보다 두 배는 길어서 우리의 두 배 속도로 달려갔을 터이고 따라서 그들을 따라잡기란 불가능할 것 같았다. 처음에는 내 옆에서 달리던 제이크도 차츰 뒤처졌다. 제이크가 기다리라고 외쳤지만 무시하고 혼자 달렸다. 불과 15분 전에 우리가 평지대에서 내려왔던 곳을 지나, 5번가를 따라 늘어선 주택들 중 끝에 있는 집들을 지나서, 마침내 워런 레드스톤과 나와의 역사가 시작됐던 강 위 철교에 이르렀다.

나는 숨이 턱에 차도록 달려가 철교 밑으로 가서 레드스톤이 남자의 시신 옆에 앉아 있었던 바로 그 자리에 서서 빗물을 뚝뚝 흘리고 있었다. 가쁜 숨을 몰아쉬었고 옆구리가 아팠다. 비 때문에 강둑이 미끄러웠고 진흙땅에서 앞서간 남자들이 레드스톤을 추적하며 남긴 발자국이 보였다. 그들이 서로에게 소리치는 것을 들은 것도 같았지만 몰아치는 강풍과 쏟아지는 거센 빗줄기에서 나는 소리가 다른 모든 소리를 삼켜버려서 확신할 수는 없었다. 레드스톤을 처음 만났을 때 그가 고개를 하늘로 쳐들고 철교의 침목 사이로 자기를 훔쳐보고 있는 제이크와 나를 발견한 것처럼 나도 고개를 쳐들고 철교를 올려다보았다. 그 침목 사이로 레드스톤의 얼굴이 보였다. 그가 우리를 내려다보고 있었다.

그는 움직이지 않았다. 말을 하지도 않았다. 그냥 철교 위에 엎드려서 그와 똑같이 워런이라는 이름을 가진 1만 년 전 빙하기의 그 강을 따라 굴러다녔던 두 개의 돌처럼 낡고 닳은 갈색의 눈으로 나를 내려다보고 있었다.

우리가 처음 만났을 때 그가 제이크에게 했던 말이 떠올랐다. 그는 선로는 강과 같아서, 철로 된 강과 같아서, 항상 거기 있으면서도 또 항상 움직인다고 했었다. 나는 워런 레드스톤이 따라가고자 했던 강은 물로 된 강이 아니었다는 것을 깨달았다.

그가 일어섰다. 그가 철교를 건너기 시작하면서 침목 사이로 그의 몸이 보였다 안 보였다 했다. 나는 철교 밑에서 걸어 나와 강둑을 따라 걸으면서 그가 발을 잘못 디뎌 떨어지지 않으려고 고개를 숙이고 조심스럽게, 그러나 재빨리 침목에서 침목으로 건너가는 모습을 지켜보았다. 그는 내 의중을 알아보기 위한 것처럼 딱 한 번 고개를 돌려 나를 내려다보았지만 곧 다시 도망치는 일에 집중했다.

그날 내가 마지막으로 본 그의 모습은 철교를 다 건너가 장대비의 장막 속으로 미끄러지듯 사라지는 모습이었다.

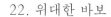

## 22. 위대한 바보

　보안관의 사람들이 마침내 강 건너편 선로 수색에 나섰지만 그땐 이미 워런 레드스톤이 사라지고 한참이 지난 후였다. 나는 그를 보았다는 사실을 누구에게도 말하지 않았다. 나의 침묵을, 그의 도피에 협조한 내 행동을, 나 자신도 이해할 수 없었던 그 행동을 어떻게 설명할 수 있겠는가? 내 머리가 이해하지 못하는 행동을 내 심장이 시켰고 이미 해버린 행동은 돌이킬 수가 없었다. 그리고 그 행동이 나를 무겁게 짓눌렀다. 그리고 앞으로 일어나게 될 그 모든 일과 함께, 내가 침묵한 것에 대한 죄책감은 결국에는 나를 파멸 직전까지 몰아갈 것이었다.

　그날 오후 세찬 비바람 속에서 수색이 실시되었고 보안관의 사람들은 강 양쪽 편을 모두, 시블리 공원 훨씬 위쪽에서부터 철교 너머 훨씬 아래쪽까지 샅샅이 뒤졌다. 그러나 아무것도 나오지 않았다. 사람들은 또 워런 레드스톤이 묵고 있던 대니 오키프의 집 지하실도 수색했다. 그들은 레드스톤을 에어리얼 누나와 연결시켜줄 추가 증거가 나오기를 바랐지만, 누나의 사진첩 목걸이와 마찬가지로 자개로 만든 머리핀이나 그날 밤 누나가 찼던 금시계라도 나오기를 바랐지만, 아무것도 나오지 않았다. 보안관은 인근 모든 지역의 보안관서에 알려놓았으니 레드스톤이 곧 잡힐 거라고 우리를 안심시켰다. 한편으로는 에어리얼 누나를 찾기 위한 노력도 계속하겠다고 약속했다.

결국에는 주디 클라인슈미트가 모리스 엥달의 주장이 사실임을 확인해주어서 그의 알리바이가 입증되었고 엥달은 몇 시간 동안 유치장에 갇혀 있다가 풀려났다. 보안관은 아버지에게 엥달과 클라인슈미트의 진술을 믿지는 않았지만 엥달을 석방하는 것밖에 달리 도리가 없었다고, 특히 사진첩 목걸이가 워런 레드스톤의 수중에 있었다는 사실이 밝혀진 이상 석방할 수밖에 없었다고 고백했다.

그날 저녁때까지는 우리 집 소식이 뉴 브레멘 전체에 쫙 퍼졌다. 외할아버지와 리즈가 달려왔고 리즈가 식사 준비를 도맡아서 했는데 요리를 엄청 잘했기 때문에 그나마 불행 중 다행이었다. 집으로 돌아갔던 에밀 브란트가 다시 왔고 에어리얼을 찾을 때까지 집에서 혼자 기다릴 수가 없어서 돌아왔노라고 어머니에게 말했다. 그를 태우고 온 칼은 힘들어하는 우리 가족들과 함께 있는 것이 불편해 보였고 그래서인지 금방 갔다. 폭우가 계속되었고 다른 날보다 일찍 날이 어두워졌다. 저녁식사 후 어른들은 거실에 앉아 있었고 제이크와 나는 베란다에 앉아 아무 말 없이 비 내리는 풍경을 물끄러미 바라보고 있었다. 비가 어찌나 거센지 나무에서 나뭇잎들이 금방이라도 우수수 떨어져버릴 것만 같았다.

그날 밤을 기준으로 드럼 가에서의 시간이 완전히 바뀌었다. 매 순간이 절대적으로 필요한 희망과, 최악에 대한 끔찍하고 견디기 어려운 예상에 짓눌려 무겁게 흘러가는 시기로 접어들었다. 그런 시간에 대한 아버지의 대처법은 기도였다. 아버지는 자주, 그리고 열성적으로 기도했다. 혼자 기도했고 가족과 함께 기도했다. 가끔 나도 아버지와 함께 기도했고 제이크도 그러했지만 어머니는 기도하지 않았고 우리가 기도할 때면 어머니는 당혹감과 분노 사이에서 흔들리는 것 같은 표정으로 앞만 노려보고 있었다.

목요일 아침부터 사람들이 찾아오기 시작했다.

이웃들과 아버지 교회의 교인들이 잠깐 들러 식구들의 끼니를 책임지는 일에서 어머니를 해방시켜주기 위해 가져온 캐서롤이나 집에서 구운 빵 한 덩어리 혹은 파이를 전하면서 좋은 소식이 있기를 빌어주고 갔다. 외할아버지와 리즈도 일찌감치 건너왔다. 리즈는 이웃들에게서 받은 음식으로 식사 준비를 했고 할아버지는 우리 부모님을 대신하여 현관에서 방문객들을 맞고 고마움을 표했으며 방문객이 없을 땐 외할아버지와 리즈가 늘 어머니 곁에 있는 에밀 브란트와 함께 거실에 앉아 있었다. 콘래드 스티븐스라는 감리교 교구 감독이 맨케이토에서 찾아와 아버지가 목회활동을 하고 있는 세 교회의 일요 예배를 대신 인도해주겠다고 제안했다. 아버지는 고맙다고 생각해보겠다고 했다.

거스 삼촌은 들락날락했다. 삼촌의 오토바이가 부르릉거리며 나가거나 돌아오는 소리가 자주 들렸다. 삼촌은 에어리얼 누나를 찾는 일에 깊이 관여하고 있는 도일과 계속 연락을 취하고 있었고 종종 슬그머니 집 안으로 들어와 낮은 목소리로 아버지와 대화를 나눈 뒤 우리에게는 한마디 말도 없이 나가곤 했다. 나중에야 안 일이지만 삼촌은 누나의 실종과 관련해서 보안관과 마을 경찰서장이 보고받고 있는 신고 내용을 아버지에게 전하고 있었다. 에어리얼 누나와 인상착의가 일치하는 소녀가 블루 어스에서 몇 명의 소년들과 함께 있는 것이 목격되었다. 에어리얼 누나로 보이는 소녀가 모튼의 도로를 따라 걷고 있는 것을 봤다거나 레드우드 폴스에 있는 트럭 정류장에서 누나를 봤다는 신고도 있었다.

끔찍한 시기였고 제이크와 나는 우리 방으로 피신해 들어와 안식을 찾는 일이 잦았다. 제이크는 침대에 만화책을 펼쳐만 놓고 누워서 말없이 천장을 노려보고 있을 때가 많았다. 그러지 않으면 작은 작업대 앞에 앉아서 플라스틱 모형 비행기 조립에 집중하려고 애를 썼고 그럴 때면 방 안에 독한 풀냄새가 진동하곤 했다. 나는 종종 거실 창문 옆 바닥에 앉아서 길 건너의 교회를 바라보며 아버지의 하나님에 대해 생각해보곤 했다. 아버지는 설교에서 하나님을 믿어야 한다고, 우리가 철저하게 혼자라고 느끼는 순간에도 하나님이 항상 우리와 함께 계신다는 것을 믿어야 한다고 말했다. 그러나 나는 이 끔찍한 기다림의 시간에 하나님이 우리와 함께하심을 전혀 느끼지 못했다. 기도는 했지만 하나님이 자신의 기도를 들어주신다고 믿는 아버지와는 달리 나는 공기하고 대화를 하고 있는 것 같은 심정이었다. 보답으로 아무것도 오지 않았다. 에어리얼도, 누나 걱정에서 벗어나게 하는 어떠한 위로도.

하루 종일 비가 내렸고 두려움과 기다림의 안개 속에서 시간이 흘러갔다. 부모님은 에어리얼 누나가 실종된 후로 잠을 거의 자지 못해선지 안색이 말이 아니었다.

그날 밤 제이크와 내가 침대에 누워 있을 때 아버지가 보안관의 전화를 받았다. 아버지가 우리 방 바깥 복도에서 전화를 받는 동안 나는 침대에서 일어나 문간에 서서 아버지가 하는 말에 귀를 기울였다. 아버지는 침울하고 속상한 목소리였다. 전화를 끊고는 내게 들어가 자라고 한 뒤 어머니와 에밀 브란트와 외할아버지와 리즈가 앉아 있는 거실로 내려갔다. 나는 최대한 조용히 계단으로 걸어가서 귀를 기울였다.

아버지는 에어리얼 누나의 실종으로 고통 받는 가족이 우리 말고도 또 있다고 말했다. 워런 레드스톤 때문에 대니 오키프의 가족이 괴롭힘을 당하고 있었다. 그들은 협박전화가 빗발치자 전화를 아예 받지 않기로 했다. 바로 그날 밤 집 밖의 어둠 속에서 날아든 커다란 돌멩이가 그들 집의 거실 창문을 박살냈다. 아버지는 오키프 가로 가서 사과해야겠다고 말했다.

"뭐를 사과한다는 건가?" 외할아버지가 물었다.

"다른 사람들의 무지를요." 아버지가 대답했다.

"무지라니 무슨 무지?" 할아버지가 집요하게 물고 늘어졌다. "그 사람들은 레드스톤을 먹여주고 재워줬네. 오, 주여. 네이선, 자넨 그 사람들이 그가 어떤 인간인지 몰랐을 거라고 생각하나?"

"그가 어떤 인간입니까, 장인어른?"

외할아버지가 말을 더듬었다. "그는…… 그는…… 말썽꾼이지."

"무슨 말썽을 피웠는데요?"

"오래전에 피웠잖은가." 할아버지가 말했다.

"장인어른, 제가 워런 레드스톤에 대해서 확실히 알고 있는 것은 모리스 엥달이 프랭크를 해치려고 할 때 그 사람이 끼어들어 막아줬다는 사실뿐입니다."

"그 사람이 에어리얼의 사진첩 목걸이를 갖고 있었어." 어머니가 냉랭한 목소리로 말했다.

"그러게 말이다." 할아버지가 맞장구를 쳤다. "그건 어떻게 설명할 텐가?"

"프랭크 말로는 레드스톤이 그걸 주었다고 했다는데요."

"그럼 자네는 그 원주민의 거짓말을 믿나?" 할아버지가 날카롭게 맞받았다.

"네, 원주민 맞습니다." 아버지의 목소리는 단호했지만 차갑지는 않았다. "저는요, 장인어른, 사람들이 오키프 가족을 괴롭히는 이유가 전적으로 그것 때문이라고 생각합니다. 에어리얼하고는 아무 상관도 없고요. 에어리얼은 일부 사람들이 편견과 잔인한 폭력을 휘두르기 위해 이용하는 핑계에 불과하다고 생각합니다. 그래서 저는 오키프 가에 가서 이런 시련을 겪게 해서 미안하다고 말할 겁니다."

할아버지가 냉혹하게 몰아붙였다. "그러다가 레드스톤이 에어리얼의 실종에 책임이 있는 것으로 밝혀지면?"

"에어리얼이 사라진 데는 이유가 있을 겁니다." 아버지가 대답했다. "분명히 그럴 거라고 믿습니다. 그리고 에어리얼이 우리에게 돌아올 거라고 믿고요. 하지만 오키프 가족이 고통을 겪어야 할 이유는 전혀 없다는 겁니다."

어두운 계단 꼭대기에 몸을 숨기고 앉아 있던 나는 아버지가 거실을 걸어가는 소리를 들었고 곧이어 현관문을 나가는 아버지의 뒷모습을 언뜻 보았다.

"바보 같으니라고." 할아버지가 말했다.

"맞습니다. 하지만 위대한 바보죠." 에밀 브란트가 대꾸했다.

상실이 확실해지면 그것은 손에 쥔 돌멩이와 같다. 무게가 있고 크기가 있고 질감이 있다. 단단하고, 평가와 처리가 가능하다. 그것을 들어 자신을 칠 수도 있고 그냥 던져버릴 수도 있다. 그러나 에어리얼 누나의 실종은 모든 것이 불확실하다는 점에서 일반적인 상실과는 많이 달랐다. 그 불확실함이 우리를 감쌌고 우리에게 들러붙었다. 그 불확실함을 들이쉬고 내쉬었지만 그것이 무엇으로 구성되어 있는지 정확히 알 수가 없었다. 걱정할 이유가 분명히 있었지만 누나에게 무슨 일이 일어났는지 혹은 일어나고 있는지 모르는 상황이어서 희망을 품을 이유도 충분히 있었다. 아버지가 부여잡은 것은 희망이었다. 반면에 어머니는 절망을 선택했다. 에밀 브란트는 늘 우리와 함께 있으면서 어머니에게 큰 위로가 되었고 때로는 더 안 좋은 상황이 될 가능성에 대해서 아버지는 할 수 없는 방식으로 어머니와 논의할 수도 있었다. 제이크는 침묵에 의지했는데 말 더듬는 버릇 때문에 자주 드나들던 안식처를 택한 것이다. 거스 삼촌은 항상 침울해 보였다.

나로 말할 것 같으면 가장 좋은 시나리오를 꿈꾸었다. 나는 뉴 브레멘에서의 생활에 염증을 느낀 에어리얼 누나가 새로운 경험을 찾아 떠나는 모습을 상상했다. 누나가 대평원을 가로지르는 트럭을 얻어 타고 친절한 운전기사 옆에 앉아 누런 밀밭 위로 높푸른 물결처럼 솟아 있는 로키 산맥을 물끄러미 바라보는 모습을 상상했다. 그 산맥 너머에는 할리우드가, 꿈에 그리던 성공이 있었다. 아니면 역시 성공해서 유명해질 목적으로 시카고나 뉴올리언스로 향하는 에어리얼 누나의 모습도 보았다. 잔뜩 겁을 먹고 절박한 표정의 누나 모습도 떠올랐는데, 그런 상태가 어떻게 보면 희망적인 것이, 누나가 밝히고 싶지 않아 하는 어딘가에 있는 공중전화박스에서 집에 전화를 걸어 아버지에게 제발 자기를 데리러 와달라고 애원할 수도 있기 때문이었다. 나는 조만간 누나로부터 연락이 올 것이고 누나가 돌아올 거라고 믿었다. 진심으로 그렇게 믿었고, 그렇게 되게 해달라고 기도했다.

보안관서와 시 경찰서가 강에서 있었던 캠프파이어에 참석했던 청소년들과 에어리얼 누나의 친구들을 상대로 이틀에 걸쳐 수십 건의 면담조사를 실시했지만 미스터리를 푸는 데 도움이 될 단서는 아무것도 얻지 못했다.

사흘째 되는 날 오후가 되자 집 안 분위기가 어찌나 무겁게 가라앉았던지 금방이라도 질식하거나 미쳐버릴 것 같다는 생각이 들기 시작했다. 아버지는 오키프 가뿐만 아니라 여러 수 족 가족에게 폭력이 가해질 우려가 있어 다른 성직자들과 대처 방안을 논의하기 위해 회의에 가고 없었다. 이들 원주민 가족들은 에어리얼 누나와 아무런 관련이 없는데도 가만히 두지 않겠다는 협박을 받고 있었다. 평지대의 다른 아이들이 대니를 멀리하고 있다는 소리도 들렸다. 나는 그것이 잘못된 일이라고 생각했고 우리 사이에는 아무런 악감정이 없고 그동안 우리가 나눠온 우정만 존재한다는 것을 대니에게 보여주고 싶었다. 대니의 집에 갈 거라고 제이크에게 말하니까 따라가겠다고 해서 그러라고 했다. 어머니는 커튼이 드리워진 거실에 에밀 브란트와 함께 앉아 있었다. 나는 그 서늘한 어둠에 대고 말했다.

"제이크랑 대니네 집에 갔다 올게요." 내가 말했다. "요즘 힘들게 지낸다고 해서요."

"누가 지 아빠 아들 아니랄까 봐." 어머니가 말했다.

어머니의 얼굴을 볼 수는 없었지만 목소리를 들어보니 심기가 매우 불편한 것 같았다.

"가도 돼요?"

어머니는 즉시 대답하지 않았지만 에밀 브란트가 뭐라고 속삭이자 허락을 해주었다. "그래, 그렇지만 조심해야 된다."

전날 내리던 비도 밤사이에 그쳤고 뜨겁고 바람 한 점 없는 여름날이 이어졌다. 모든 것이 젖어 있었고 땅은 질척거렸으며 습도가 매우 높아서 우리가 마시는 공기가 가슴속에 무겁게 내려앉는 느낌이었다. 평지대에서는 가랑개미 한 마리 움직이지 않았다. 더위를 막기 위해 집집마다 커튼이 쳐져 있었고 아이들이 노는 소리는 어디서도 들리지 않았다. 아버지는 에어리얼 누나 실종사건의 미스터리가 풀릴 때까지는 부모들이 자식들을 조심스럽게 지켜보면서 항상 집 근처에 머물도록 붙잡아두고 있다고 말했었다. 그 말을 듣자 〈트와일라잇 존(The Twilight Zone)〉(1950~60년대에 인기를 끌었던 미국의 TV 드라마 시리즈―옮긴이)의 한 장면이, 제이크와 나만 빼고 세상 사람 모두가 사라지는 장면이 연상되었었다.

대니의 어머니가 문을 열어주었다. 깜짝 놀란 표정이었지만 그리 불친절해 보이지는 않았다. 그녀는 우리 어깨 너머로 거리를 살폈고 나는 그녀가 겁을 내고 있다는 것을 알아차렸다.

"대니, 집에 있어요?" 내가 물었다.

"여긴 왜 왔니?" 오키프 부인이 대답은 하지 않고 질문을 던졌다.

"대니하고 놀고 싶어서요."

"대니는 그래닛 폴스에 있는 친척 집에 갔는데 며칠 있다 올 거야." 그녀가 말했다.

나는 고개를 끄덕인 뒤 잠시 망설이다가 말했다. "유감이에요. 오키프 선생님."

"뭐가, 프랭크?"

"지금 선생님 가족이 곤란을 겪고 있는 거요."

"그래, 나도 네가 그런 일을 겪고 있어서 유감이다."

"네. 그럼 안녕히 계세요."

"잘 가라, 프랭크." 오키프 부인이 제이크를 쳐다봐서 제이크에게도 인사를 하려나 보다고 생각했는데 하지 않았다. 아마도 제이크의 이름이 기억이 나지 않는 모양이었다. 제이크가 다른 사람들과 있을 땐 주로 침묵하는 버릇이 있는 것을 감안하면 그럴 만도 했다.

오키프의 집을 떠나면서 제이크가 물었다. "이제 뭐 하지?"

"강에 가보자." 내가 말했다.

그 당시에 평지대는 오키프의 집에서 끝났다. 그 너머에는 개발이 안 된 습지대가 펼쳐져 있었다. 평지대의 아이들 모두가 잘 아는 길을, 부들개지가 무성한 오솔길을 걸어가자 강둑이 나타났다. 이틀 동안 내린 비로 강물이 엄청나게 불어나 있었고 수위와 물살은 지난 몇 주 동안의 그 어느 때보다도 훨씬 더 높고 훨씬 더 셌다. 우리는 우리 집이 있는 강 하류의 평지대를 향해 무작정 걷기 시작했다. 강가는 변화무쌍해서 어느 때는 모래밭이다가 어느 때는 진흙투성이였고, 또 어느 때는 악대가 지나가도 될 만큼 넓다가도 어느 때는 어린 소년 둘이 나란히 걷기에도 비좁을 지경이었다. 대니의 작은할아버지가 달개집을 지어놓았던 갈대가 무성한 모래밭의 공터는 지금은 물에 거의 다 잠겨 있었고 우리는 유사(流沙, 바람이나 물에 의해 아래로 흘러내리는 모래를 가리키는 말로, 사람이 들어가면 늪에 빠진 것처럼 헤어나오지 못한다—옮긴이)를 조심하라는 경고를 자주 들었기 때문에 그 근처에는 얼씬도 하지 않았다. 우리가 집에 쉽게 가고 싶었다면 강둑으로 올라갔을 지점을 지나쳤지만, 나는 두려움에 압도되어 분위기가 무겁게 가라앉아 있는 집으로 돌아가고 싶지 않았다. 제이크도 나와 마찬가지 심정이었는지 자기 팔만큼 긴 유목(流木)을 집어 들더니 내게 말했다.

"보트 경주 할래, 형?"

나도 비슷한 크기의 나무토막을 찾아들고 말했다. "시작!"

가상의 보트를 강물에 띄우자 물살이 보트를 낚아채 끌고 갔고 우리는 보트를 따라 뛰어갔다. 보트가 빙그르르 돌다가 물에 잠긴 통나무 옆을 미끄러지듯 지나갔다. 통나무의 가지들이 수면 위로 삐죽 튀어나와 있는 것이 마치 우리를 끌어당겨 잡아먹으려는 수중 괴물의 손가락 같았다.

"내가 이기고 있어." 제이크가 소리를 지르면서 며칠 만에 처음으로 유쾌하게 웃었다.

우리는 그해 여름의 비극이 벌써 너무도 많이 펼쳐진 철교를 향해 뛰어갔다. 철교 교각 주위로 강물이 소용돌이치고 있는 곳에 폭우로 불어나 물살이 세진 강물이 끌고 온 쓰레기로 작은 댐이 형성되어 있었고, 우리의 보트들이 나뭇가지를 비롯한 잡다한 쓰레기에 막혀 서버려서 보트 경주는 거기서 끝이 났다. 우리는 강기슭, 철교가 만들어준 그늘에 서서 땀을 뻘뻘 흘리면서 가쁜 숨을 몰아쉬었다. 운동화는 진흙투성이고 옷에는 가시가 잔뜩 묻어 있었지만 마음은 에어리얼 누나가 사라지고 난 후 처음으로 조금 가벼워져 있었다.

"앉자." 내가 말했다.

"어디에?" 제이크가 질척한 강기슭을 둘러보며 물었다.

"저 위에." 나는 우리 머리 위로 보이는 철교의 침목들을 가리켰다.

제이크가 싫다고 저항했지만 내가 벌써 강둑을 올라가고 있었기 때문에 따라올 수밖에 없었다.

땀범벅으로 등에 달라붙은 셔츠를 벗어서 어깨에 걸쳤더니 제이크도 똑같이 따라했다. 몇 달을 여름날의 뜨거운 태양 아래에서 놀았던 터라 둘 다 피부가 밤색으로 변해 있었다. 나는 침목 사이로 발을 늘어뜨리고 앉을 수 있는 데까지 교각 위를 걸어가서 침목에 걸터앉았다. 제이크는 걱정스럽게 선로를 바라보며 조심스럽게 귀를 기울이다가 마침내 내 옆에 앉았다. 나는 선로 옆 노반에서 돌멩이를 한 줌 주워들고 강물 위를 떠내려가는 나뭇가지들과 다른 쓰레기를 향해 돌을 던지기 시작했다. 내가 하는 것을 보더니 제이크도 돌멩이를 한 줌 주웠다.

푹푹 찌는 것 같았던 7월의 그날 오후 우리는 철교 위에 조용히 앉아 그렇게 몇 분을 있었다. 하늘은 구름 한 점 없이 푸르렀고, 강 건너편에 있는 옥수수 밭은 짙은 비취빛이었으며, 저 멀리 보이는 산들은 거북이 등처럼 얼룩덜룩한 초록색이었고, 미네소타 강의 강물은 탁한 사과주스 같은 색깔이었다. 나는 계곡의 기름진 땅냄새에 익숙해져 있어서 태양열이 비에 젖은 검붉은 흙에서 끌어낸 원초적인 향기를 잘 알아차리지 못했다. 내가 주목한 것은, 단 한순간이었지만 그때 모든 것이 다시 정상으로 느껴졌다는 사실이었다. 오, 하나님. 나는 그 순간이 영원하기를 바랐다. 그리고 너무 미안한 일이지만 에어리얼 누나가 우리에게 돌아오기를 바란 것보다 훨씬 더 많이 모든 것이 그저 예전 그대로이기를 바랐다.

제이크가 돌멩이를 한 개 던지고 나서 말했다. "에어리얼 누나를 생각할 때마다 내 배를 강하게 한 방 맞은 느낌이야. 누나가 돌아올 거라고 생각해, 형?"

"잘 모르겠어."

"난 처음에는 돌아올 거라고 생각했는데 지금은 아니야."

"왜?"

"그냥 그런 느낌이 들어."

"그런 느낌은 버려." 내가 말하고 나서 돌멩이를 던졌다.

"누나가 자꾸 꿈에 나와."

"그래?"

"누나가 천국에 있는 꿈을 꿔."

나는 돌을 한 개 더 던지려다 말고, 심지어 팔도 젖힌 상태로 동생을 바라보았다. "어떤데?"

"대체로 누나는 그냥 행복해 보여. 깨고 나면 기분이 좋아져."

"빌어먹을, 나도 그런 꿈 꾸고 싶은데."

"형 또……." 제이크가 여느 때처럼 내 말에 트집을 잡으려다 말고 내 어깨 너머로 강을 내려다보면서 말했다. "저건 뭐야, 형?"

나는 눈을 돌려 제이크가 가리키는 곳을, 강물에 휩쓸려 내려온 쓰레기가 철교 교각에 막혀 작은 댐을 이룬 것을 내려다보았다. 갖가지 색조의 갈색과 검은색의 나뭇가지들과 덤불이 두껍게 엉켜 있는 속에서 선홍색의 무언가가 어른거렸다. 강둑에서는 보이지 않았지만 철교 위에서는 분명히 보였다. 나는 일어서서 철교 가운데로 더 기어가 그 쓰레기 더미 바로 위쪽에 다다랐다. 제이크는 따라오지 않고 그대로 있었다. 나는 쓰레기와 나뭇가지들 사이를, 거세게 흐르는 탁한 강물 때문에 수면 밑의 모든 것이 잘 보이지 않는 그곳을 열심히 내려다보았다. 잠시 후 나는 내가 보고 있는 것이 무엇인지 알아차렸다. 그러자 헉 소리가 저절로 나왔다.

"뭔데, 형?"

나는 고개를 들 수가 없었다. 고개를 돌릴 수도 없었다. 말을 할 수도 없었다.

"프랭크 형?" 제이크가 말했다.

"가서 아빠 모셔와." 내가 가까스로 입을 열었다.

"뭔데 그래?" 제이크가 끈질기게 물었다.

"잔말 말고 가서 아빠 모셔와. 지금 당장. 가라고. 난 여기서 기다릴 테니까."

제이크가 일어서서 철교 가운데로 걸어오기 시작했다.

내가 제이크에게 소리쳤다. "오지 마. 한 발짝도 더 걸어오지 말라고. 빨리 가서 아빠 모시고 오라니까, 이 새끼가."

제이크는 비틀거리며 뒷걸음질 치다가 넘어지면서 철교에서 떨어질 뻔하더니 벌떡 일어나 돌아서서 평지대를 향해 선로를 따라 뛰기 시작했다.

몸의 모든 근육에서 힘이 쭉 빠져나가 털썩 주저앉은 나는 침목 사이로 잔잔하게 일렁이는 빨간색의 천 조각을 뚫어지게 바라보았다. 조금 전 나는 그것이 물살에 흔들리는 원피스라는 사실을 알아차렸다. 그 천 조각 옆에서는 불투명한 강물 속에서 더 짙은 색의 물결이 빙빙 돌기도 하고 가볍게 흔들리기도 했는데, 그것은 다름 아닌 에어리얼 누나의 적갈색의 긴 머리였다.

무덥고 바람 한 점 없고 하늘이 한없이 파랗던 그날, 나는 철교에 홀로 앉아서 누나가 떠 있는 강을 내려다보며 하염없이 울었다.

## 23. 길 잃은 어린 양

아는 것이 모르는 것보다 훨씬 더 끔찍했다.

모르면 그래도 희망이 있었다. 우리가 간과한 어떤 가능성이 있을 거라는 희망. 기적이 일어날 수도 있다는 희망. 언젠가는 전화벨이 울리고 수화기 너머로 아침을 맞아 노래하는 새처럼 낭랑한 에어리얼 누나의 목소리가 들려올 것이라는 희망.

반면에 아는 것은 오직 죽음만을 가져왔다. 에어리얼의 죽음, 희망의 죽음, 내가 처음에는 보지 못했지만 시간이 지남에 따라 그 상실의 의미를 점점 더 크게 느끼게 될 어떤 것의 죽음.

뉴 브레멘은 수 카운티 안에 있었고 시골 카운티에 흔히 있듯이 사망 원인을 규명하는 것이 주된 의무인 민선 검시관이 있었다. 우리 카운티의 검시관은 장의사인 반 데르 발이었다. 이런 정보는 내 또래의 아이들은 잘 모르는 정보였지만 나는 임종을 지킬 일이 많은 직업을 가진 아버지가 어머니에게 반 데르 발이 밝힌 사인을 자세히 이야기 해주는 것을 자주 들어서 알고 있었다. 그해 여름에는 벌써 바비 콜과 부랑자가 사망하여 땅에 묻혔기 때문에 반 데르 발은 내게 훨씬 더 친숙한 인물이 되어 있었다.

반 데르 발은 키가 크고 희끗희끗한 은발에 같은 색의 콧수염이 있었으며 말할 때 무의식적으로 콧수염을 매만지는 습관이 있었다. 말이 느렸고 단어 선택이 신중했으며 섬뜩한 직업을 갖고 있음에도 사람은 참 친절하고 좋은 것 같았다.

보안관의 사람들이 에어리얼 누나의 시신을 수습해서 반 데르 발의 장례식장으로 이송할 때 나는 강가에서 지켜보는 것을 허락받지 못했다. 그때 그곳에 있었던 아버지는 오늘날까지도 그 일에 대해서는 한마디도 하지 않았다. 나는 그해 여름을 보내면서 그 장면을 수백 번도 넘게 상상했다. 그 장면이 내 머릿속을 떠나지 않고 쫓아다니며 나를 괴롭혔다. 풀리지 않는 의문으로 남아 있었던 누나의 죽음 그 자체가 아니라, 누나가 강에서 아버지와 다른 남자들의 손에 들려 나오는 모습과 반 데르 발 장례식장에서 공단으로 덮인 관 속의 깨끗하고 부드러운 바닥에 누워 영원히 잠든 누나의 모습이 자꾸만 상상이 되었다. 그때는 지금처럼 익사에 관해, 사흘간 물속에 잠겨 있었던 시신에 관해, 부검하는 동안 일어나는 신체의 훼손에 관해 잘 알지 못했을 때였고, 지금 여기에서 그런 이야기를 하고 싶은 마음도 없다. 나는 관 속에 누워 있는 에어리얼 누나의 모습을 상상할 때에도 내가 마지막으로 본 누나의 모습으로 상상했다. 빨간 원피스를 입고 적갈색의 긴 머리는 깔끔하게 뒤로 빗어 넘겨 자개 핀을 꽂았으며 하트 모양의 사진첩이 달린 금목걸이에 손목에는 금시계를 차고, 7월 4일 밤 루터 공원에서 자신이 작곡한 합창곡을 발표한 뒤 박수갈채가 쏟아지자 행복에 겨워 눈물을 글썽이던 모습으로.

철교 밑 탁한 물속에서 무엇을 보았느냐고, 무엇을 보았기에 자기는 보지도 못하게 했느냐고 제이크가 내게 물었을 때, 나는 에어리얼 누나가 강한 바람을 맞으며 서 있는 것처럼 머리카락이 수면 위로 퍼지고 원피스가 일렁이는 모습을 보았다고 대답했다. 제이크는 내 대답에 만족하고 안도하는 것 같았다. 나는 누나의 몸이 실제로는 어떠했을지 이젠 아느냐고 제이크에게 물어보지 않았고, 나 자신도 그런 모습을 상상하지 않으려고 했다.

끔찍한 침묵이 우리 집에 찾아들었다. 어머니는 굳건히 입을 다물었고 어머니에게서 나오는 소리라고는 흐느끼는 소리밖에 없을 때가 많았다. 항상 커튼을 치고 있어서 집 안에 영원한 밤이 찾아든 것 같았다. 평소에도 주부로서 집안일을 하는 것에 크게 의욕을 보이지 않았던 어머니는 요리와 청소에서 완전히 손을 뗐고 고요하고 어두컴컴한 거실에 몇 시간이고 우두커니 앉아 있었다. 어머니는 영혼이 없는 육체, 시력이 없는 눈이었다. 나는 누나뿐만 아니라 어머니까지 잃은 것 같았다.

외할아버지와 리즈가 매일 우리 집에 와서 거의 하루 종일 머물다 갔다. 리즈가 부엌살림을 맡았고 끊임없이 울려대는 조문 전화를 받았으며 직접 찾아와서 캐서롤 같은 음식과 위로의 말을 전하는 사람들을 응대했다. 우리 집 부엌은 곧 중서부 지방의 더운 요리들이 넘쳐나는 환상의 뷔페가 되었다. 에밀 브란트도 계속 머물면서 어머니 곁에 있어줬지만 어머니를 절망의 나락에서 끌어올리기에는 역부족이었다.

아버지는 철교 위 내 옆에 서서 내가 본 것을 본 그 순간부터 완전히 다른 사람이 되었다.

아버지가 나를 돌아보며 말했다. "가자, 프랭크."

마치 우리가 본 것이 불쾌한 것이나 실례가 되는 것에 지나지 않고 무시하는 게 최선인 것처럼 아무렇지도 않은 말투였다. 집으로 돌아오는 동안 아버지는 내게 한마디도 하지 않았고 집에 도착하자 나를 데리고 2층 우리 방으로 올라온 후 복도에 있는 전화로 보안관에게 전화를 걸었다. 아버지가 통화를 끝내고 침대에 앉아 있는 내게로 다가와서 말했다.

"엄마한테는 말하지 마라, 프랭크. 확실히 알게 될 때까지는 한마디도 해서는 안 돼."

나는 밀랍 인형처럼 창백하게 굳어 있는 아버지의 얼굴을 보면서 우리가 본 것이 무엇인지 아버지도 나만큼 확신하고 있다는 것을 깨달았다. 우리 방을 나간 아버지가 아래층으로 내려가 외할아버지와 이야기하는 소리가 들리더니 곧 현관문을 여닫는 소리가 났다. 나는 창가로 가서 혼자 철교로 돌아가는 아버지의 뒷모습을 바라보았다. 에어리얼 누나 때문에 가슴이 찢어질 듯 아팠는데 아버지를 보니까 더 아팠다.

그 후로 여러 날 동안 제이크는 침울한 상태로 방에 틀어박혀 있었다. 나는 에어리얼 누나의 죽음에 엄청난 충격을 받아서 시도 때도 없이 울음을 터뜨렸지만 제이크가 보인 반응은 분노였다. 침대에 누워 생각에 빠져 있는 제이크에게 내가 무슨 말이라도 할라 치면 까칠하게 덤벼들곤 했다. 제이크도 울긴 울었지만 주르륵 흘러내리는 뜨거운 눈물을 두 주먹으로 훔쳐버리곤 냉정을 찾으려고 애썼다. 제이크의 분노는 모든 사람과 모든 것에 쏟아졌지만 그중에서도 특히 하나님을 향하는 것 같았다. 우리 가족은 늘 밤에 함께 모여 기도해왔지만 누나가 죽은 다음부터 제이크는 기도를 거부했다. 식사 전 기도도 하지 않았다. 그래도 아버지는 뭐라 하지 않았다. 이미 어깨에 너무 많은 짐을 지고 있어서 이 문제만큼은 당사자인 제이크와 하나님이 알아서 해결하도록 내버려두기로 한 것이 아닐까 싶었다. 그러나 나는 어느 날 밤 2층 우리 방에서 동생을 설득하려고 시도했다. 제이크는 자기를 가만히 내-내-내-내버려두라고 말했다. 그 말을 듣는 순간 열이 확 뻗쳐서 내가 소리를 질렀다.

"그럼 네 맘대로 하든가. 왜 나한테 화를 내고 난리야! 내가 누나를 주-주-주-죽인 것도 아닌데."

제이크가 침대에 누워 나를 올려다보며 협박조로 말했다. "누군가가 죽였잖아."

그것은 내가 마음속에서 한사코 떨쳐내려고 했던 가능성이었다. 나는 에어리얼 누나가 캠프파이어에서 술을 너무 많이 마시고 비틀거리며 걷다가 강에 빠져서 익사한 거라고 믿고 싶었다. 누나의 죽음은 우리 가족에게 믿을 수 없을 정도로 끔찍한 비극이었지만 사고였고, 사고는 항상, 심지어 가장 선한 사람들에게도 일어났다. 아니, 그렇다고 되뇌며 나 자신을 세뇌시켰다. 지금 와서 돌이켜보니 그때 내가 그토록 두려워했던 것이 무엇인지 금방 알겠다. 그것은 에어리얼 누나의 죽음이 사고가 아니라면, 그 죽음에 책임이 있을 가능성이 가장 높은 사람의 도피를 내가 도와주었다는 뜻이고, 오 하나님, 나는 그런 진실을 가슴에 담고 살아갈 수 있을 것 같지가 않다는 사실이었다.

그래서 제이크가 그런 가능성을 제기하고 난 후에도 나는 계속 눈을 감고 있으려고 노력했다. 그러나 결국 거스 삼촌과 도일 경관이 내 눈을 뜨게 했다.

우리 가족이 에어리얼 누나의 죽음으로 경황이 없는 동안 거스 삼촌은 늘, 그러나 조용히 우리 곁에 있어주었다. 삼촌은 집 안으로 들어와도 어머니가 비극을 곱씹고 있는 동굴이 되어버린 거실로는 감히 들어가지 못했다. 항상 부엌으로 와서 아버지와 대화를 했고 리즈가 친구들과 이웃들, 교인들이 갖다 준 음식을 가지고 차려주는 식사를 했다. 삼촌이 아버지의 짐을 덜어주기 위해 전령이자 친구이자 심부름꾼의 역할을 도맡아 하고 있는 것 같았다.

토요일 오후 늦게, 나 혼자 앞마당에서 막대기로 개미떼를 괴롭히고 있는데 거스 삼촌이 다가왔다. 삼촌은 내 옆에 서서 내가 개미들이 조심스럽게 쌓아올린 개미집을 파헤쳐서 개미들 사이에 분노를 조장하는 것을 지켜보았다.

"요즘 어떠냐, 프랭크?" 삼촌이 물었다.

나는 한동안 개미들이 광분하는 것을 구경하다가 대답했다. "좋아요, 아마도."

"밖에서 잘 안 보이더라."

"너무 더워서요." 내가 말했다.

사실은 누구를 보고 싶지도, 누구 눈에 띄고 싶지도 않았다. 에어리얼 누나가 너무도 그리웠고, 너무도 공허하고 가슴이 아파서, 아무 때고 무너져 내려 울음을 터뜨릴 수도 있을 것 같아 두려웠고, 만일 그런 일이 일어난다면 그런 내 모습을 누구에게도 들키고 싶지 않았다.

"얼린 머그잔에 나오는 루트 비어 큰 거 한 잔 마시면 금방 시원해질 텐데. 오토바이 타고 핼더슨 약국에 가는 거 어때?"

거스 삼촌의 인디언 치프를 타는 것은 언제나 즐거운 일이었고 집과 집 안의 어둠과 뚱한 제이크가 버거웠으며 예전에는 그토록 익숙

했던 모든 것들이 갑자기 낯설게 느껴지는 것이 지겨워서 나는 그 제안을 받아들였다. "좋아요."

"제이크도 가고 싶어 할까?"

나는 고개를 흔들었다. "걔는 그냥 2층에서 화 내면서 있고 싶어 할 거예요."

"그래도 한 번 물어보자."

나는 어깨를 으쓱거리고는 개미들 괴롭히기로 돌아갔다.

몇 분 후 거스 삼촌이 제이크 없이 혼자 돌아왔다. 나는 동생이 삼촌에게 꺼-꺼-꺼-꺼지라고 말했을 거라고 확신했지만 삼촌은 제이크가 지금은 혼자 있고 싶다고 했다고 전했다.

삼촌이 내 팔을 가볍게 툭 치면서 말했다. "가자, 프랭키. 오토바이 타러."

우리는 핼더슨 약국으로 곧장 가지 않았다. 거스 삼촌의 오토바이는 나를 태우고 마을을 빠져나가 시골길을 달렸다. 우리는 사방으로 지평선까지 펼쳐져 있는 옥수수 밭 사이를 나는 듯이 달려갔다. 내 허리 정도까지 자란 옥수수의 이파리 위로 은빛 햇살이 쏟아져서 마치 끝이 없는 초록의 바다처럼 반짝였다. 그리고 우리는 미루나무와 팽나무와 자작나무의 가지들이 천막처럼 드리워져 시원한 그늘이 진 시냇가에 앉아 발을 담그기도 했다. 강 계곡의 남쪽 경계선을 이루는 산마루로 올라가서 내려다보니 가을의 풍성한 수확을 약속하는 땅이 우리 앞에 펼쳐졌고 그 땅은 강에 의해 둘로 나뉘어져 있었다. 그 강은 그곳의 풍요로운 삶이 가능한 이유였다. 비록 나는 에어리얼 누나의 죽음 때문에 강한테 화가 나 있었지만, 강이 비난받을 일은 아니라는 것쯤은 나도 알고 있었다.

나는 줄곧 사이드카에 앉아서 바람과 태양과 대지의 아름다움이 나를 씻어주게 가만히 몸을 내맡기고 있었다. 에어리얼 누나가 실종된 후로 그 어느 때보다도 깨끗해진 느낌이었고 기분도 한결 좋아졌다. 돌아가고 싶지 않았다. 그 큰 오토바이를 타고 뉴 브레멘을 영원히 떠나고 싶었다. 그러나 결국에는 거스 삼촌이 마을로 돌아가 핼더슨 약국 앞에 인디언 치프를 세우고 시동을 껐고 나도 사이드카에서 뛰어내려 둘이 함께 안으로 들어갔다.

코딜리아 룬드그렌이 소다수 판매대 뒤에 서 있었다. 잘 알지는 못하고 에어리얼 누나의 친구라는 정도만 알고 있는 아가씨였다. 거구에다 안색이 안 좋았고 나를 보았을 땐 무슨 말을 해야 할지 난감해하는 기색이 역력했다. 결국 그녀는 아무 말도 하지 않았다.

"루트 비어 두 잔." 거스 삼촌이 등받이와 팔걸이가 없는 높은 의자에 앉으면서 말했다. "아주 시원하게 얼린 머그잔에 부탁해."

핼더슨이 약제실에서 나와 카운터에 기대섰다.

"이분들 건 돈 받지 말고." 그가 코딜리아에게 말했다. 그러고는 나를 바라보며 말을 이었다. "프랭크, 누나 일은 정말 유감이다. 참으로 끔찍한 일이야."

"감사합니다, 아저씨." 나는 대꾸를 한 뒤 루트 비어를 기다렸다.

"뭐 새로운 소식이라도 있어, 거스?"

"아니." 거스 삼촌이 말했다.

곁눈질로 흘낏 보니 삼촌이 핼더슨에게 더 이상 물어보지 말라는 시늉을 하고 있었다.

"왜? 난 그냥 내가 얼마나 안타까워하는지 말해주고 싶었을 뿐인데……"

나는 소다수 준비대를 따라 일렬로 늘어서 있는, 인산 소다수 제조용 체리와 라임 시럽, 선데 제조용 초콜릿, 스카치캔디, 딸기, 견과류 가루, 바나나와 휘핑크림 등의 잡화를 찬찬히 살펴보았다.

핼더슨을 쳐다보지 않은 채 내가 말했다. "네, 아저씨, 감사합니다."

"너나 네 가족한테 필요한 게 있으면 말만 해라."

"네, 아저씨."

죽음의 손길에 이끌려 어색한 춤을 추고 있는 느낌이었다. 어찌 보면 친절하려고 애를 쓰는 핼더슨 씨가 안돼 보였다. 코딜리아가 루트비어를 가져오고 핼더슨이 약제실로 돌아가자 비로소 마음이 놓였다.

10분 후 도일 경관이 약국으로 들어왔다. 경찰복을 입은 그가 거스 삼촌과 내가 있는 곳으로 곧장 걸어왔다.

"앞에 오토바이 댄 거 봤어." 도일이 말했다.

"응, 프랭키랑 시골길로 드라이브 좀 했어."

"누나 일은 정말 안됐다, 프랭크. 누나를 죽인 개자식을 꼭 잡아 처넣을게, 약속한다."

"무슨 소리야? 강에서 익사한 거 아니었어?" 핼더슨이 말했다.

도일이 들어오는 것을 보고 어느새 약제실에서 나와 서 있었다.

"검시관의 1차 소견에 의하면, 단순 익사가 아니래." 도일이 말했다. 그러고는 거스 삼촌 옆의 의자에 걸터앉았다.

"나중에 얘기하지 그래." 거스 삼촌이 내 쪽으로 고갯짓을 해 보이며 말했다.

"저도 알고 싶은데요." 내가 말했다.

"그건 안 돼." 거스 삼촌이 대꾸했다.

도일이 말했다. "얘도 알 권리가 있잖아."

"자네가 알려줄 권리를 갖고 있는 건 아닌 것 같은데." 거스 삼촌이 말했다.

"참 내, 조만간 알게 될 텐데 뭘."

"말해주세요." 내가 말했다.

도일은 거스 삼촌의 못마땅해하는 표정을 못 본 척하며 입을 열었다. "검시관 말로는 네 누나가 익사한 건 맞는데 직접적인 사인은 그게 아니었대. 둔기로 머리를 맞고 의식을 잃고 쓰러진 상태에서 강에 던져진 것 같다더라고. 맨케이토에서 유능한 부검의가 와서 제대로 부검을 해보면 좋겠다더라."

오, 하나님, 안 돼요. 나는 생각했다.

"누가 그랬을지 짚이는 데라도 있어?" 약사가 물었다.

"원주민이 범인일 가능성이 높아." 도일이 말했다. "레드스톤 말이야. 에어리얼의 목걸이를 갖고 있었거든."

죄책감의 파도가 순식간에 나를 들어 올려 빙글빙글 돌리는 것처럼 눈앞이 아찔했다. 오 하나님 오 하나님 오 하나님, 그 사람이 도망가게 도와준 저는 어떡하라구요. 나는 생각했다.

죄책감을 견딜 수 없었던 나는 레드스톤은 다른 사람들 생각과는 다른 사람이라는, 내가 그에 대해 가졌던 그러나 이제는 점점 더 희미해져가는 느낌을 부여잡았다.

내가 숨 가쁘게 말했다. "그 사진첩 목걸이는 주웠다던데요."

"그래서 그 인간 말을 믿는다고? 원주민 말을?" 도일이 뭐 이런 바보 같은 자식이 다 있느냐는 표정으로 나를 쳐다보았다.

도일은 경찰관이었다. 사실관계에만 관심이 있었다. 워런 레드스톤에 대한 나의 느낌을 그가 어떻게 이해할 수 있겠는가? 그런데도 나는 필사적으로 레드스톤을 변호했다.

내가 말했다. "뭐 하러 에어리얼을 해치려고 들겠어요? 누나를 알지도 못했는데요."

"왜 그랬는지는 부검 결과가 말해주겠지." 도일이 수수께끼 같은 말을 하면서 의미심장한 표정으로 거스 삼촌을 흘끗 쳐다보았다.

"그 사람이 안 그랬어요." 나는 어린애처럼 논리 따윈 무시하고 우겨댔다.

"그 원주민이 범인이 아니면 어쩌려고 그래?" 거스 삼촌이 자기 친구에게 물었다.

내가 더 어리석어 보이지 않게 도와주려는 것 같기도 하고 부검 결과가 말해줄 거라는 도일의 은근한 언급에 대해 내가 깊이 파고들지 않게 관심을 딴 데로 돌리려는 것도 같았다.

도일이 어깨를 으쓱거렸다. "그러면 엥달을 족쳐봐야지."

그 말을 듣자 안도감이 물밀듯이 밀려들었고 나는 냉큼 그 가능성을 편들고 나섰다.

"그 형이랑 같이 있던 누나는 완전 날라리예요." 내가 말했다. "그날 밤에 대해서 그 누나가 말한 거 전부 거짓말일 거예요, 틀림없어요."

"날라리?" 도일은 그 말이 재미있는지 싱긋 웃으면서 말했다. "보안관이 걔네들 찾으면, 날라리라고 하더라고 꼭 전해줄게, 프랭키."

"걔네들을 찾으면?" 핼더슨이 되물었다.

"보안관이 지금 찾고 있어." 도일이 말했다. "엥달하고 그 여자친구 둘 다 뿅 하고 사라졌어."

"사라졌다는 게 반드시 무슨 죄를 저지른 증거라고 보기는 어렵지 않을까?" 핼더슨이 지적했다.

"그렇긴 한데 수상쩍기는 하지." 도일이 나를 쳐다보며 말을 이었다. "네 아버지는 이런 거 다 알고 있을 거다. 보니까 보안관이 네 아버지한텐 수사 상황을 재깍재깍 다 알려주는 것 같던데. 젠장, 거스 자네도 벌써 다 알고 있었던 거 아냐?"

삼촌의 표정을 보니 정말로 다 알고 있었던 게 분명했다.

나는 의자에서 미끄러져 내려와 약국을 나갔다. 거스 삼촌이 따라나왔다.

"프랭크, 잠깐만."

"집까지 걸어갈게요." 나는 삼촌을 돌아보며 말한 후 계속 걸었다.

삼촌이 곧 나를 따라잡았다. "화났니, 프랭크? 네 아버지가 아무 말도 하지 말랬어."

"아버지가 나한테 말해줄 수도 있었잖아요."

"네 아버진 네가 여기서 더 다치는 걸 원하지 않아."

우리가 이발소 앞을 지나고 있었는데 트윈스 경기를 중계하는 허브 카니얼의 목소리가 열린 문으로 들려왔다.

"조만간 다 알게 될 텐데요 뭘." 내가 말했다.

"나중에 알게 되는 게 낫다고 생각하는 거겠지. 넌 이미 나쁜 소식은 들을 만큼 들었잖니."

나는 거스 삼촌의 생각에 동의하지 않았다. 아무리 나쁜 소식이라 할지라도 나는 진실을 알고 싶었다. 그래서 그 진실을 숨긴 아버지에게 화가 났다.

"아버지가 내게 말해줬어야 했어요." 내가 말했다.

거스 삼촌이 걸음을 멈췄다. 삼촌이 멈춰서 나도 멈췄다. 돌아서보니 삼촌이 콘크리트 바닥에 드리워진 내 그림자를 밟고 서서 엄한 표정으로 나를 바라보고 있었다.

"넌 네 어머니가 이런 소식을 들을 준비가 됐다고 생각하냐? 아이고, 프랭키, 제발 생각 좀 해보고 말해라. 네 아버지는 지금도 어깨에 엄청난 짐을 지고 있는데, 네가 아버지를 좀 봐줘야 하지 않을까? 그래, 마음 상했겠지. 그럼 네 아버지는 마음 상하지 않았을 것 같아? 빌어먹을." 거스 삼촌은 울화가 치미는 모양이었다. "집까지 걸어가고 싶으면 걸어가."

거스 삼촌은 오토바이를 향해 돌아섰고 나는 집을 향해 돌아섰다. 나는 두 손을 바지 주머니에 찔러 넣고 길고 비스듬하게 비치는 늦은 오후의 햇빛을 받으면서 너무도 익숙해야 하는데 한없이 낯설게 느껴지는 메인 거리를 걸어갔다. 9월부터 다음 해 6월까지 평일에 제이크와 내가 등교할 때 걸어가는 시더 거리로 접어들었다. 그리고 조금 후엔 구텐버그 씨네 집이 있는 애슈 거리와의 교차로가 나왔다. 지난 겨울 그곳에서 제이크와 대니 오키프와 내가 스킵 구텐버그와 함께 거대한 눈 요새를 쌓아놓고 길 건너에 사는 브래들리 형제와 눈싸움을 했었다. 잠시 후엔 샌드스톤 거리가 나왔고 여기서 북쪽으로 한 블록을 더 가면 제이크와 내가 모리스 엥달의 듀스 쿠페의 전조등과 미등을 박살낸 로지스의 주차장이 있었다. 이런 거리에 얽힌 기억들이 다른 시간대의 기억처럼, 심지어 다른 사람의 기억처럼 느껴졌다. 에어리얼 누나의 죽음이 나를 낯선 세계로 밀어 넣은 것 같은 느낌이 들었다. 거스 삼촌이 그 시골길에서 약국으로 나를 데려가지 않았더라면 좋았을 뻔했다. 이렇게 길을 잃은 느낌은, 혼자가 된 느낌은 처음이었다.

저 멀리서부터 인디언 치프가 달려오는 소리가 들리더니 한참 후에 거스 삼촌의 오토바이가 내 옆에 와서 섰다.

"타." 시끄러운 엔진 소리 속에서 삼촌이 큰 소리로 말하면서 사이드카 쪽으로 고갯짓을 했다. "집까지 데려다줄게."

나는 거부하지 않았다.


그날 밤 에밀 브란트와 외할아버지와 리즈가 모두 떠나고 제이크가 잠들고 나서도 나는 잠을 이루지 못하고 창밖 나무들 사이로 부는 바람 소리를 듣고 있었다. 나뭇잎을 흔들어대고 나뭇가지를 구부리는 매서운 바람 소리가 분노의 고함처럼 들렸다. 곧 폭풍이 몰아닥치려나 보다고 생각했는데 천둥소리가 들리지 않았다. 침대에서 일어나 창가로 가서 밖을 내다보니 놀랍게도 하늘은 청명하고 무수하게 많은 별이 반짝이는 데다, 곧 달이 뜨려고 하고 있었다.

자꾸만 워런 레드스톤이 생각났다. 그가 도망가게 도와줬다는 무거운 죄책감이 나를 짓누르고 있었다. 기도하고 싶었지만 다른 어느 때보다도 더 후회스럽다는 말밖에는 하나님한테 할 말이 전혀 떠오르지 않았다. 에어리얼 누나의 긴 머리가 강물에 흔들리고 빨간 원피스가 일렁이는 모습이, 철교 위에서 레드스톤이 슬그머니 도망치는 모습이 자꾸만 머릿속에 그려졌다. 나는 두 주먹을 꽉 쥐고 그런 장면들을 머릿속에서 몰아내려는 듯 눈동자를 꽉 눌렀다.

복도에 불이 켜져 있었고 휴식하지 못하는 아버지가 계단을 내려가는 무거운 발소리가 들렸다. 방을 나가 보니 늦은 시각이었는데도 부모님의 침대는 비어 있었다. 나는 층계참으로 걸어갔다. 밑의 거실이 잘 보이지는 않았지만 램프 불빛이 희미하게 비치고 있는 것은 알 수 있었다.

아버지의 목소리가 들렸다. "내가 옆에 있어줄까?"

아무 반응이 없었다.

"창문을 다 닫아야겠어, 루스. 폭풍이 부는 것 같아."

"이대로가 좋아."

"당신 옆에 앉아서 책을 읽어도 될까?"

"당신 하고 싶은 대로 해."

잠깐 침묵이 흘렀다.

이번에는 어머니가 말했다. "성경이야?"

"이 안에서 위로를 얻어."

"난 아니야."

"소리 내지 않고 읽을게."

"그걸 읽어야겠으면 어디 딴 데 가서 읽어."

"하나님한테 화가 난 거야, 루스?"

"그런 말투로 말하지 마."

"어떤 말투?"

"내가 당신의 어린 양들 중에 하나인 것 같은 말투. 길 잃은 양 말이야. 난 당신 도움 필요 없어, 네이선. 그 책에 나오는 말로 나를 위로하려고 하지 마."

"그럼 어떤 도움이 필요해?"

"모르겠어, 네이선. 하지만 그건 아니야."

"알았어. 그럼 그냥 가만히 앉아 있을게."

긴장된 침묵이 잠시 흐른 후 어머니가 말했다. "자러 갈게."

아버지가 무슨 행동을 해서 화가 났는지는 모르겠지만, 아버지가 곁에 있는 것이 짜증난다는 말투였다. 어머니가 마루 널을 밟는 소리가 들려서 나는 재빨리 침실로 돌아가 문은 열어놓은 채 침대에 누웠다. 어머니가 2층으로 올라와 화장실로 들어가더니 곧 세면대에 물 흐르는 소리와 양치하는 소리가 잠깐 들렸다. 그러고 나서 어머니는 복도를 건너가 침실로 들어간 후 문을 닫았다. 아버지는 어머니를 따라 올라오지 않았다.

나는 침대에 누워서도 오랫동안 잠들지 못하고 바람이 나무들을 잡아 흔드는 소리를 들었다. 아직도 눈이 말똥말똥한데 현관문이 열렸다가 닫히는 소리가 들렸다. 나는 잽싸게 일어나 창가로 가서 아버지가 길을 건너 교회로 가는 것을 내려다보았다. 아버지는 곧 교회의 어둠 속으로 사라졌다.

나는 맨발에 잠옷 바람으로 아래층으로 내려와 현관 밖으로 나가 길을 건너 아버지를 따라갔다. 무더운 밤이었고 뜨거운 바람이 얼굴에 확확 불어왔다. 교회 계단을 올라가니 문이 완전히 닫히지 않았고 바람 때문에 내가 소리를 내지 않고 옆으로 미끄러지듯 들어갈 수 있을 정도로 열려 있는 것이 보였다. 내 눈은 이미 어둠에 적응이 되어 있었고 교회 안이 완전히 깜깜하지는 않아서 제단 앞에 있는 아버지의 검은 형체가 보였다. 아버지는 내게 등을 보이고 있었다. 아버지는 성냥불을 켜서 제단에 놓인 십자가 양쪽에 있는 초의 심지에 불을 붙였다. 그러고는 성냥불을 끄고 제단 앞에 무릎을 꿇더니 이마가 바닥에 닿을 정도로 몸을 완전히 숙였다. 그런 자세로 오랫동안 꼼짝하지 않았고 너무도 조용해서 혹시 기절한 것이 아닐까 하는 걱정마저 들었다.

"대위님?"

거스 삼촌이 지하실 계단으로 이어지는 출입구에서 예배당 안으로 들어왔다. 아버지가 몸을 일으키더니 벌떡 일어섰다.

"무슨 일이야, 거스?"

"아무 일도 아닙니다. 누가 들어오는 소리가 들려서요. 대위님일 거라 생각했죠. 친구가 필요하실지 몰라서요. 제 생각이 틀렸습니까?"

"아냐, 거스. 들어와."

나는 재빨리 바닥으로 주저앉아 몸을 낮추고 앞문 근처의 그늘 속에 몸을 숨겼다. 아버지가 제단에 등을 기대고 앉았고 거스 삼촌도 아버지 옆으로 가서 똑같이 제단에 등을 기대고 앉았다. 두 사람의 모습이 친숙해 보였다.

아버지가 말했다. "친구가 필요해서 여기 왔어, 거스. 하나님이 내게 해주실 말씀이 있을지도 모른다고 생각했고."

"이를테면요, 대위님?"

아버지는 말이 없었고 뒤에 있는 제단에 촛불이 있었기 때문에 얼굴에 그늘이 져서 표정이 보이지 않았다.

마침내 아버지가 말했다. "하나님께 똑같은 질문을 하고 또 하고 있어. '왜 에어리얼입니까? 왜 제가 아니죠? 죄는 제가 지었는데요. 왜 에어리얼을 벌주십니까? 왜 루스를 벌주시는 거죠?' 하고 말이야. 이 일로 루스는 서서히 죽어가고 있어, 거스. 그리고 애들은 무슨 일인지 알지도 못하면서 상처를 받고 있지. 이게 다 내 잘못이야. 다 내 죄지."

거스 삼촌이 말했다. "하나님이 그런 식으로 역사하신다고 생각하세요, 대위님? 그렇다면 그동안 제게 말씀하신 거하고는 다른데요. 그리고 대위님 죄라는 건 전쟁을 말씀하시는 건가 본데 항상 그러지 않았습니까, 대위님과 저를 비롯해서 우리 모두가 용서받을 수 있다고요. 아침마다 태양이 떠오르는 것을 믿듯이 죄의 용서받음을 믿는다고 하셨잖아요. 대위님이 너무나 확신에 차 있어서 저도 그렇게 믿었는데." 거스 삼촌은 몸을 약간 숙이고 촛불 불빛 속에서 밀랍처럼 창백해 보이는 두 손을 바라보았다. "아무리 생각해도 대위님이 저와 다른 모든 이에게 말씀하셨던 그 하나님이 에어리얼의 죽음에 책임이 있다고는 생각되지 않아요. 하나님이 대위님의 죄를 묻기 위해서 그렇게 아름다운 아이를 해쳤을 거라고는 도저히 믿어지지가 않는다고요. 단 한순간도 그런 생각은 안 듭니다."

평소에 아버지가 대변하는 모든 것에 대해 의문을 제기하던 거스 삼촌이 이런 말을 하다니 나야말로 내 귀를 의심했다.

"대위님이 지금 많이 힘들어서 비틀거리고 있는 것 같은데요. 얼굴에 한 방 얻어맞은 것처럼 말이죠. 정신이 돌아오면 자신이 항상 옳았다는 걸 알게 될 겁니다. 제가 대위님의 종교에 대해서 항상 반기를 들고 대위님을 괴롭히긴 했지만 대위님의 믿음에 대해 제가 마음으로 고마워하지 않는다면 전 사람도 아닙니다. 누군가는 믿어야 해요. 우리 모두를 위해서, 대위님, 누군가는 믿어야 한다고요."

거스 삼촌이 말을 멈췄고 나는 낯설고 당황스러운 소리가 성소 안에서 점점 더 커지는 것을 들었다. 처음에는 그 소리가 무엇인지 어디에서 나는 것인지 알지 못했지만 곧 그것이 아버지의 울음소리라는 것을 깨달았다. 거대한 울음소리가 아버지의 입에서 터져 나와 예배당 안에 울려 퍼졌다. 아버지는 몸을 숙이고 두 손에 얼굴을 묻은 채 흐느꼈고 거스 삼촌이 아버지를 다정하게 감싸 안았다.

나는 최대한 조용히 밖으로, 바람이 부는 깜깜한 밤 속으로 기어나갔다.

## 24. 하나님의 기적

에어리얼 누나의 사망 소식이 전해지자, 교구 감독은 그 주일날에 아버지가 담임으로 있는 세 교회의 모든 예배를 대신 인도해주겠다고 제안했다. 아버지는 캐드버리 교회에서의 첫 예배와 포스버그 교회의 마지막 예배를 그에게 부탁했지만 뉴 브레멘 3번가 감리교회에서의 예배는 자신이 인도하겠다고 고집했다.

전날 밤 휘몰아쳤던 강풍에 습기가 싹 사라지고 하늘이 맑고 햇살이 눈부시게 비치는 화창한 날씨였다. 캐드버리와 포스버그 교회의 교인들까지 아버지의 설교를 듣기 위해 3번가 교회로 몰려와서 교인석을 가득 채운 것을 보면 그 두 교회의 예배 출석률은 상당히 낮았을 것이다. 클레멘트 부인도 피터와 함께 와 있었고 놀랍게도 그녀 옆에는 남편 트래비스가 구깃구깃한 양복을 입고 불편한 표정으로 앉아 있었다. 다른 사람들과 마찬가지로 그들도 이 고통 받는 아버지가 무슨 말을 할지, 하나님에 대해 어떤 말을 할지 궁금했을 것이다. 어머니와 제이크는 예배 참석을 거부했고, 아버지는 늘 그렇듯이 강요하지 않았다. 루터 교회 교인인 외할아버지와 리즈는 나와 함께 예배에 참석했고 거스 삼촌까지 합세해서 맨 앞줄에 나란히 앉았다. 40년이 지난 지금도 그날의 예배는 생생히 기억하고 있다. 찬양은 아버지가 좋아하는 〈내 주는 강한 성이요(A Mighty Fortress)〉를 불렀고 어머니가 성가대를 지휘하지도 소프라노로 노래를 부르지도 않았지만 아름다운 찬양이었다. 오르간 반주를 맡은 그리즈월드는 한 음도 놓치지 않았다. 성경 봉독은 전도서와 누가복음의 말씀을 읽었다. 평신도 봉독자로서 읽다가 더듬거리는 일이 잦았던 버드 소렌슨이 그날은 완벽하게 읽었다. 그들이 그렇게 완벽하게 자기 임무를 수행한 것은 에어리얼 누나를 추모하고 어머니와 아버지를 위로하기 위해 최선을 다하고 싶었기 때문이 아닐까 하는 생각이 들었다.

설교 순서가 되었을 때 나는 좀 걱정이 되었다. 아버지가 설교 준비를 하는 것을 보지 못했기 때문이었다. 아버지는 강대상 뒤에 서서 교인석을 가득 메운 교인들을 잠깐 둘러보았다. 그러고 나서 설교를 시작했다.

"오늘이 부활절은 아니지만, 이번 주간에 저는 예수님의 부활 이야기에 대해 많이 생각하게 되었습니다. 부활절에 우리가 축하하는 예수님의 영광스러운 부활이 아니라 그전에 오는 어둠에 대해서 말이죠. 저는 성경에서 예수님이 십자가에 매달려 극심한 고통을 받으시면서 '아버지 어찌하여 저를 버리시나이까?'라고 절규했던 그 순간보다 더 어두운 순간을 알지 못합니다. 그 순간은 그 뒤에 금방 따라오는 죽음의 순간보다도 더 짙은 암흑의 순간이라고 생각합니다. 예수님이 돌아가실 때에는 마침내 자신을 오로지 하나님 아버지의 뜻에 맡기셨으니까요. 그러나 고통 중에 절규하시던 바로 그 순간에는 예수님도 자기 아버지에게, 자신이 늘 그토록 깊이 절대적으로 사랑했던 아버지에게 철저하게 버림받았다고 생각하면서 엄청난 배신감을 느끼셨을 겁니다. 그 순간에 예수님은 얼마나 끔찍한 기분이었을까요. 얼마나 외로웠을까요. 죽는 순간부터는 모든 것을 알게 되셨을 겁니다. 하지만 살아 있는 동안에는 예수님도 우리처럼 유한한 인간의 눈으로 사물을 보았고, 육체의 고통을 느꼈고, 불완전한 인간의 이해력 때문에 혼돈을 느끼셨을 것입니다.

저는 인간의 눈으로 봅니다. 오늘 아침 인간인 저의 마음은 찢어집니다. 그리고 저는 이해할 수가 없습니다. 고백컨대, 저도 하나님께 울부짖었습니다. '왜 저를 버리시나이까?'"

여기서 아버지는 말을 멈췄고 나는 아버지가 목이 메어 설교를 계속할 수 없을 거라고 생각했다. 그러나 한참 침묵이 흐른 후 아버지는 감정을 추스르고 다시 입을 열었다.

"우리가 버림받았다고, 혼자라고, 길을 잃었다고 느낄 때, 우리에게는 무엇이 남습니까? 하나님을 욕하고 싶고, 우리를 이런 어두운 밤으로 이끌었다고 하나님을 원망하고 싶고, 우리에게 이런 고통을 주셨다고 하나님을 비난하고 싶고, 우리를 돌보지 않으셨다고 하나님한테 투정부리고 싶은 강한 유혹 말고, 저에게, 여러분에게, 우리에게 무엇이 남습니까? 우리가 가장 사랑하는 사람을 데려가셨을 때 우리에게 무엇이 남습니까?

무엇이 남는지 알려드릴까요? 세 가지 심오한 축복이 남습니다. 고린도전서에서 사도 바울은 그것이 무엇인지 우리에게 명확하게 말해 줍니다. 믿음, 소망, 사랑이라고요. 영원의 토대가 되는 이 세 가지 축복을 하나님께서 우리에게 주셨고 그것에 대한 완전한 통제권을 우리에게 주셨습니다. 가장 어두운 밤이라도 믿음을 부여잡고 있을 힘이 아직 우리에게 있습니다. 아직도 소망을 품고 있을 수 있습니다. 우리 자신이 사랑받지 못한다고 느낄 때라도 사람들과 하나님에 대한 사랑을 굳건히 지킬 수 있습니다. 이 모든 것이 우리의 통제권 안에 있는 것입니다. 하나님이 이 세 가지 선물을 우리에게 주셨고 절대로 다시 빼앗아가지 않으십니다. 이 선물들을 버리는 것은 바로 우리입니다.

여러분의 어두운 밤에, 부디 믿음을 붙잡으십시오. 소망을 품으시고, 사랑을 불타는 양초처럼 여러분 앞에 들고 계십시오. 그러면 그것이 여러분의 길을 밝혀줄 것입니다.

그러면 여러분이 기적을 믿든 믿지 않든, 장담컨대 여러분은 기적을 경험하게 될 것입니다. 그것은 여러분이 기도로 간구했던 그런 기적이 아닐 수도 있습니다. 하나님은 이미 이루어진 일을 되돌리지는 않으실 것입니다. 그러나 여러분은 어느 날 아침에 일어나 새로운 하루의 아름다움을 다시 볼 수 있게 될 것입니다. 그것이 바로 하나님이 주실 기적입니다.

예수님은 어두운 밤과 죽음을 겪으셨고 사흘째 되는 날 사랑하는 아버지의 은혜로 다시 살아나셨습니다. 우리도 해가 지고 해가 뜨듯 우리 주님의 은혜로 우리의 어두운 밤을 견디고 다시 살아나 새로운 새벽을 맞으며 기뻐할 것입니다.

그러므로 형제자매 여러분, 주님께서 우리에게 주신 크나큰 은혜와 이 아침의 아름다움에 저와 함께 기뻐합시다."

아버지의 눈이 고개를 쳐든 민들레처럼 조용히 자신을 올려다보고 있는, 교인석을 가득 채운 교인들을 둘러보았다. 그러고는 미소 지으며 말했다. "아멘."

그리고 잠시 후 내 옆에 앉은 거스 삼촌이 큰 소리로 외쳤다. "아멘." 아멘을 외치다니 대단히 감리교 교인답지 않은 행동이었다. 곧 또 다른 목소리가 외쳤다. "아멘." 돌아보니 "아멘"을 외친 사람은 트래비스 클레멘트였고, 그의 부인이 그의 팔을 다정하게 잡고 있었다.

그날 아침 나는 기적을 경험했다고 느끼면서—지금까지도 그렇게 생각하고 있다—아버지가 심오하고도 단순한 진리를 설파하며 약속한 그 기적을 방금 경험했다고 느끼면서 교회를 떠났다. 길을 건너 집으로 들어가니 어머니는 아침 햇살을 막기 위해 커튼을 드리운 거실에 에밀 브란트와 함께 앉아 있었다. 2층으로 올라가 우리 방으로 들어가니 제이크는 아직도 잠옷 바람으로 침대에 누워 있었다.

나는 내 침대에 걸터앉아 제이크에게 말했다. "너한테 말 안 한 게 있어. 중요한 거야."

"그래?" 제이크가 심드렁하게 대꾸했다.

"넌 내 제일 친한 친구야, 제이크. 이 세상에서 가장 친한 친구. 항상 그랬고, 앞으로도 계속 그럴 거야."

밖에서는 교인들이 서로 작별인사를 나누는 소리와 차 문이 쾅 닫히고 차바퀴가 자갈길을 굴러가 교회 주차장을 떠나는 소리가 들렸다. 제이크는 두 손을 깍지 껴 머리 뒤에 받치고 천장을 노려보고 있었다. 꼼짝도 하지 않았다. 마침내 길 건너에서 들리던 소리가 완전히 사라지고 이젠 제이크와 나와 고요만 남았다.

"걱정돼, 형도 죽을까 봐." 제이크가 먼저 입을 열었다.

"걱정 마, 안 죽어."

제이크의 눈이 천장에서 미끄러져 내려와 내 얼굴을 바라보았다.

"인간은 다 죽잖아."

"난 안 죽을 거야. 절대로 죽지 않는 최초의 인간이 될 거야. 그리고 넌 두 번째 인간이 될 거고."

제이크가 웃기라도 할 줄 알았는데 그러지 않았다. 진지하고 생각이 많아 보였다.

"내가 죽는 건 상관없어. 하지만 형은 죽지 않았으면 좋겠어."

"맹세해, 제이크. 난 안 죽을 거야. 절대 네 곁을 떠나지 않을 거야."

제이크가 천천히 일어나 앉아 두 다리를 침대 밑으로 내려놓았다. "그러는 게 좋을 거야." 그러고 나서 말을 이었다. "모든 것이 낯설게, 이상하게 느껴져."

"모든 것이?"

"응. 낮도 밤도 먹는 것도 여기 누워 생각하는 것도 모두. 다 뭔가 잘못된 것 같아. 계속 기다리게 돼, 누나가 2층으로 올라와서 우리 방 안으로 고개를 들이밀고 농담 따먹기 하는 걸."

"무슨 말인지 알아." 내가 말했다.

"이제 우리 어쩌지, 형?"

"그냥 평소처럼 계속 살아가야지. 평소처럼 행동하면서 살다 보면 언젠가는 다시 모든 것이 제자리로 돌아갈 때가 있을 거야."

"그럴까? 정말?"

"응, 그럴 거야."

제이크가 고개를 끄덕이고 나서 말했다. "오늘은 뭐 하고 싶어?"

"좋은 생각이 있긴 한데 너는 안 좋아할지도 모르겠다."

외할아버지와 리즈는 예배가 끝난 후 외갓집으로 돌아갔다. 잠깐 쉬고 오겠다고 리즈가 미리 말했었다. 잠깐 쉬다가 돌아와서 저녁을 준비해주겠다고 약속했다. 돌이켜 생각해보니 두 분은 에어리얼 누나가 실종된 날부터 줄곧 우리와 함께 있었으므로 우리를 보살피느라 지칠 대로 지쳤을 것이고 누나의 죽음으로 우리와 마찬가지로 큰 상처를 받았을 텐데 그동안 불평 한마디 없었던 것이다.

제이크와 내가 외할아버지 댁에 도착했을 때 두 분은 그늘진 기다란 앞쪽 베란다에 놓인 의자에 앉아 있었다. 우릴 보고 깜짝 놀라더니 이내 걱정스러운 표정이 되었다. 우리가 그곳에 간 이유를 내가 설명했다.

"안식일이다. 하루 쉬는 날." 외할아버지가 말했다.

"솔직히 말해서 하루 종일 집에 앉아 있는 것보다 이게 더 휴식이 될 것 같아요." 내가 말했다.

제이크와 나는 평소 같으면 하루 전인 토요일에 했을 정원 손질에 착수했고 나는 일을 하면서 그늘진 베란다를 자꾸 힐끔거렸다. 에어리얼 누나의 실종과 죽음을 계기로 나는 외할아버지와 리즈를 다시 보게 되었다. 리즈는 원래도 좋아했지만 지금은 더 좋아하게 되었다. 할아버지는 내가 그동안 잘못 판단해왔다는 것을 깨달았다. 할아버지를 항상 나의 관점에서 바라봤었는데 그것은 작은 성냥불 한 개로 거대한 어둠을 밝히겠다고 나선 것이나 마찬가지였다. 물론 할아버지에게도 단점이 있었다. 요구가 많았고 자존심이 셌으며 편협한 생각을 가졌다고 볼 수도 있었다. 무언가를 선물로 주고서도 그에 상응하는 보상을 기대했다. 그러나 할아버지는 가족을 사랑했다. 그건 분명한 사실이었다.

우리가 정원 손질을 끝내고 도구를 다 정리한 후 베란다로 갔더니 리즈가 커다란 유리 주전자와 유리컵을 내다놓고 기다리고 있었다. 리즈가 우리에게 레모네이드를 따라주었다.

할아버지가 오후 햇살 속에서 초록으로 반짝이며 갓 깎은 신선한 풀냄새가 나는 잔디밭을 흐뭇하게 바라보면서 말했다. "얘기한 적이 있는지 모르겠다, 너희가 해주는 일을 내가 얼마나 고마워하고 있는지 말이야. 덕분에 우리 집이 멋져 보인다는 칭찬을 얼마나 자주 듣는지 모른다."

사실 할아버지는 단 한 번도 우리를 칭찬하지 않았다. 늘 '내가 보수를 두둑이 주잖니'라든가 '일을 하려면 똑바로 해라' 같은 말을 했을 뿐이었다. 우리는 할아버지가 지켜보는 눈길을 느끼면서 기를 쓰며 일을 했고 할아버지는 계속 지시를 하고 잔소리를 늘어놓았을 뿐 단 한 번도 우리의 노력에 대해 우호적으로 말한 적이 없었다.

"옛다. 보너스도 좀 넣었다." 할아버지가 말했다.

정원 손질에 대한 대가로 보통은 2달러씩 받았는데 그날은 할아버지가 10달러짜리 지폐를 한 장씩 주었다. 언젠가 부모님이 치열하게 부부싸움을 할 때 아버지가 했던 말이 기억난다. 외할아버지는 사랑을 포함해서 인생의 모든 것을 돈으로 살 수 있다고 믿는 사람이라고 했었다. 그런 생각을 깊이 해본 적은 없지만 나는 아버지의 평가에 대체로 동의했다. 그러나 그 주일날 오후에는 할아버지가 다르게 보였다. 에어리얼 누나의 죽음으로 내가 눈을 뜨게 된 것인지 아니면 외할아버지의 마음과 행동이 바뀐 것인지는 잘 모르겠지만, 나는 할아버지 댁의 그늘진 베란다에서 차가운 레모네이드가 든 잔을 들고 서서 과거 어느 때보다도 더 감사하는 마음과 애정을 담아서 할아버지를 바라보았다.

마침내 리즈가 다 함께 우리 집으로 돌아가야 할 시간이라면서 저녁식사 메뉴를 무엇으로 할지 생각해봐야겠다고 말했다.

할아버지가 말했다. "너희는 준비됐니?"

"저는 집까지 걸어가고 싶어요." 내가 말했다.

"그래? 정말이냐? 제이크, 너는?"

"형이 걸어가면 저도 걸어갈래요." 제이크가 말했다.

"좋아, 그럼 그렇게 해라." 할아버지가 안락의자에서 일어섰다.

집까지 걸어가는 데 전날과는 느낌이 많이 달랐다. 어찌 보면 더 쉬워졌다고 말할 수 있었다. 제이크가 옆에서 함께 걸으니 좀 더 일상으로 돌아온 느낌이었고 거리도 낯설게 느껴지지 않았다. 그러나 모든 것이 달라졌다. 그것은 의심의 여지가 없는 사실이었다.

제이크가 갑자기 걸음을 멈추더니 몸에서 공기가 모두 빠져나가버린 것처럼 어깨를 축 늘어뜨리고 서 있었다.

"왜 그래?" 내가 물었다.

제이크가 목이 멘 듯 울먹이는 목소리로 말했다. "누나가 다시 살아오면 얼마나 좋을까, 자꾸자꾸 그 생각만 하게 돼."

"괜찮아질 거야."

"언제, 형?"

나는 죽음에 대해 아는 것이 아무것도 없었다. 심지어 애완동물이 죽은 적도 없었다. 그러나 나는 바비를 잃었을 때 모든 것을 잃어버린 바비 콜의 부모님을 생각했다. 그리고 그전 주에 대니 오키프를 만나 놀다가 집으로 돌아가는 길에 바비 콜의 집 앞을 지나가면서 바비 콜의 아버지를 만난 일을 떠올렸다. 콜 씨는 마당에 서서 저녁 하늘을 올려다보다가 내가 집 앞을 지나가는 것을 보고 먼저 말을 걸었다.

"아름다운 저녁이구나. 안 그러냐, 프랭크?"

모든 것을 잃은 사람이 아직도 일몰 풍경에서 아름다움을 느낄 수 있다면 조만간 제이크와 나와 부모님도 그렇게 될 거라고 생각했다.

나는 한 팔로 동생의 어깨를 감싸 안고 말했다. "몰라. 하지만 분명히 그렇게 될 거야."

집에 도착해보니 아버지는 외출하고 없었다. 거스 삼촌은 교회 주차장에 세워진 인디언 치프에 앉아서 창문을 열어놓은 순찰차 안에 앉아 있는 도일 경관과 이야기를 나누고 있었다. 제이크와 나는 주위를 어슬렁거렸다.

"어이, 얘들아." 도일이 우리를 불렀다.

나는 그의 여러 가지 면을 봐서 그런지 그와 기이한 유대감 같은 것을 느꼈다.

"지금 거스에게 모리스 엥달과 클라인슈미트라는 여자애를 찾았다고 말하던 참이었어."

"어디서 찾았는데요?" 내가 물었다.

"수 폴스에 있는 모텔에서 뒹굴고 있었다더라. 여자애가 이제 겨우 열일곱 살이라 거기 보안관이 엥달을 맨 법(매춘 등을 목적으로 한 주에서 다른 주로 여자를 데려가는 것을 금지한 매춘금지법—옮긴이) 위반 혐의로 체포했는데 곧 이리로 데려와서 조사할 예정이야."

나는 맨 법이 뭔지도 몰랐고 관심도 없었다. 나는 다만 모리스 엥달이 에어리얼의 죽음에 대해서 무엇을 알고 있는지 듣고 싶을 뿐이었다. 나는 엥달이 살인을 저지르고도 남을 만큼 천박하고 악하다고 굳게 믿었고 다른 사람들도 다 나와 같은 생각일 거라고 확신했다.

그러나 그다음 날 맨케이토에서 뉴 브레멘으로 출장 온 부검의사가 전면적인 부검을 실시했고 그가 밝혀낸 사실은 우리 모두의 생각을 완전히 바꾸어놓았다.

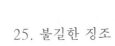

# 25. 불길한 징조

　제이크는 말 더듬는 버릇을 고치기 위해 월요일마다 맨케이토에 가서 언어치료를 받았다.

　나는 동생이 왜 말을 더듬는지 몰랐다. 예전부터 말을 더듬었다는 사실만 알고 있었다. 제이크를 담당한 언어치료사들은 인내심이 있고 격려를 잘하는 좋은 사람들이었다. 제이크도 그들이 마음에 든다고 했다. 그러나 그렇게 여러 해 동안 치료를 받았는데도 효과는 별로 없었다. 제이크는 아직도 불안하거나 화가 날 때면 말을 더듬었고 공적인 자리에서 말을 해야 한다는 생각만 해도 한없이 허둥지둥했다. 제이크의 자꾸만 끊어지는 대답을 기다리는 일은 본인을 포함해서 모두에게 고문이었기 때문에 선생님들은 수업 시간에 제이크에게 질문하지 않았다. 제이크는 항상 교실 뒤쪽에 앉았다. 언어치료는 보통 이른 오후로 예약이 되어 있어서 어머니가 점심시간에 제이크를 조퇴시켜 데려갔고 그러면 그날은 학교로 돌아갈 필요가 없었다. 제이크는 말더듬이로 태어나서 딱 하나 좋은 게 그거라고 했다.

305

제이크를 오래 두고 보지 않은 사람들은 그 아이가 어떤 사람인지 평가하기 힘들었을 것이다. 침묵을 고집하고 사물을 보는 관점이 남달랐기 때문에 섬뜩한 아이라고 생각하는 사람들도 제법 있었다. 그러나 제이크는 앞으로 나서지 않고 관찰하는 일에 만족했기 때문에 어떤 상황이나 사람에 대해서 남들보다 훨씬 더 정확하게 파악하곤 했다. 밤에 방에서 어떤 상황에 대해 내가 주저리주저리 이야기를 늘어놓으면 제이크는 자기 침대에서 내 말을 귀 기울여 듣고 있다가 내 말이 끝나면 상황의 역학관계에서 내가 놓친 것을 날카롭게 지적하는 질문을 하거나 상황을 파악해서 간단히 정리하곤 했다.

평소에는 어머니가 제이크를 언어치료에 데려갔는데 에어리얼 누나가 죽고 난 다음 주 월요일에는 그러지 않았다. 그날 아침 어머니는 집을 나갔다. 아침식사를 하다가 내가 오렌지 주스를 달라고 하자 벌떡 일어서더니 이 빌어먹을 집구석에는 단 1분도 더 있을 수가 없다면서 에밀 브란트의 집으로 가겠다고 선언했다. 그러고는 집을 뛰쳐나갔고 현관문이 그 뒤에서 쾅하고 닫혔다. 어머니는 마당을 가로질러 타일러 거리에 있는 철도 건널목 쪽으로 씩씩거리며 걸어갔고 아버지는 부엌 창문 앞에 서서 어머니의 뒷모습을 지켜보았다.

"왜 저렇게 화가 난 거예요?" 내가 물었다.

아버지는 고개를 돌리지 않고 계속 창밖을 내다보며 말했다. "지금은 모든 것에 화가 나나 봐, 프랭크."

말을 마친 아버지는 부엌을 나가 2층으로 올라갔다.

알파 비츠 시리얼(알파벳 철자 모양의 시리얼-옮긴이)로 문장을 만들고 있던 제이크가 철자들을 다시 막 섞어놓고 나서 말했다. "엄만 아빠한테 화가 난 거야."

"아빠가 뭘 잘못했는데?"

"잘못한 건 하나도 없지. 하지만 아빠가 하나님이잖아."

"하나님? 아빠가? 그건 또 무슨 헛소리야."

"내 말은 엄마한테는 아빠가 하나님이나 마찬가지라는 얘기야." 제이크는 어떻게 그런 것도 모르냐는 투로 찬찬히 설명하더니 다시 시리얼로 문장 만들기에 돌입했다.

그 순간에는 제이크가 무슨 말을 하는 건지 도통 알 수가 없었지만 그 이후로 종종 그 말을 떠올렸고 이젠 그 뜻을 완전히 이해하게 되었다. 어머니는 하나님을 직접적으로 비난하거나 욕할 수 없었을 것이고 그래서 대신 아버지를 비난한 것이었다. 제이크는 또 한 번 내가 보지 못했던 것을 보고 이해했던 것이다.

아버지가 부엌으로 돌아오자 제이크가 심드렁하게 물었다. "오늘 맨케이토에 꼭 가야 돼요?"

언어치료에 대해서는 아무 생각도 없었다가 이 말을 들은 아버지는 깜짝 놀라더니 잠깐 생각해본 다음에 대답했다. "그럼, 가야지. 내가 데리고 갈게."

그래서 나는 그날 오후 보안관이 우리 집에 와서 아버지를 찾았을 때 집에 혼자 있었다. 보안관이 앞쪽 현관문을 두드렸다. 라디오에서는 트윈스 경기가 중계되고 있었고 나는 거실 소파에 앉아서 중계방송을 듣다가 제이크의 만화책을 읽기도 하면서 시간을 보내고 있었다. 카키색 제복 차림의 보안관이 모자를 벗었다. 사람들이 우리 집을 방문했을 때 부모님이 현관문 앞에 나타나면 존경의 표시로 모자를 벗었지만 나를 보고 모자를 벗은 사람은 한 명도 없었다. 그런데 모자를 벗는 보안관을 보니 왠지 모르게 긴장이 되고 불안해졌다.

"아버지 집에 계시냐, 프랭크? 교회에 가서 문을 두드렸는데 아무도 안 나오던데." 보안관이 말했다.

"아뇨, 보안관님. 동생을 데리고 맨케이토에 가셨는데요."

보안관은 고개를 끄덕이더니 내 어깨 너머로 내 뒤의 어둠 속을 살펴보았다. 내가 거짓말을 하고 있다고 생각하는 건지, 아니면 직업상 그렇게 주변을 살피는 일에 익숙해진 것인지 궁금했다.

"내 부탁 하나 들어줄래, 프랭크? 아버지가 돌아오시면 내게 전화 좀 해달라고 전해줄래? 중요한 일인데."

"어머니가 에밀 브란트 선생님 댁에 계시거든요. 어머니한테 말씀하시죠?" 내가 말했다.

"아버지와 의논하는 게 나을 것 같다. 잊어버리지 않을 거지?"

"그럼요, 보안관님. 꼭 기억했다가 말씀드릴게요."

보안관이 돌아서서 모자를 쓰고 두세 걸음 내딛다가 걸음을 멈추더니 다시 돌아섰다. "잠깐 이리로 나와 볼래, 프랭크? 물어보고 싶은 게 몇 가지 있는데."

나는 보안관이 내게서 무엇을 알고 싶은 걸까 궁금해하며 현관으로 나갔다.

"잠깐 앉자." 보안관이 제안했다.

우리는 맨 위 계단에 앉아서 마당과 길 건너의 교회와 교회 너머 저 멀리 철길 옆에 고요히 서 있는 대형 곡물 창고들을 바라보았다. 평지대의 모든 것이 침묵하고 있었다. 보안관은 키가 크지 않았고 앉은키가 나와 별반 차이가 없었다. 그가 두 손으로 모자를 돌리다가 모자 속의 땀 흡수 밴드를 만지작거렸다.

"누나 말이야, 브란트 가의 남자애한테 꽤 다정하게 굴었지? 맞니?"

브란트 가의 남자애? 나는 어리둥절했다. 칼 브란트는 내게는 항상 성숙하고 세련된 청년으로 보였었다. 그런데 지금 보안관은 그를 다른 사람들이 나를 지칭할 때처럼 남자애라고 부르고 있었다.

나는 에어리얼 누나와 칼 브란트를, 두 사람이 얼마나 잘 어울렸는지를 생각했다. 둘이 함께 한 모든 일을 생각했다. 누나가 야밤에 집을 몰래 빠져나가 동이 트기 전에 돌아오곤 했던 일들이 떠올랐다. 제이크와 내가 칼의 스포츠카에 탔을 때 내가 칼에게 질문했던 것도 생각이 났다. 형, 에어리얼 누나랑 결혼할 거야? 그리고 칼이 발뺌하던 것도 생각이 났다.

마침내 내가 말했다. "좀 복잡한 관계였어요."

언젠가 영화에서 들어본 말이었다.

"어떻게 복잡했는데?"

"누나는 형을 많이 좋아했는데 형은 그만큼은 아니었던 것 같아요."

"왜 그렇게 생각하니?"

"누나와 결혼할 생각은 없었거든요."

보안관이 모자 돌리기를 멈추고 천천히 고개를 돌려 나를 쳐다보았다. "누나가 칼과 결혼하고 싶어 했어?"

"누난 두 달 후에 줄리어드에 진학할 예정이었거든요. 항상 거기 가고 싶어 했었구요. 그런데 최근에는 달라졌어요. 형이 있는 여기에서 계속 살고 싶어 하는 느낌을 받았어요."

"하지만 브란트 가의 남자애는 세인트 올라프로 갈 건데 뭘."

"맞아요, 보안관님. 그러겠죠."

보안관은 입을 다물고 목에서 나는 음 하는 소리를 내더니 다시 모자 돌리기를 시작했다.

"칼 브란트에 대해서 너는 어떻게 생각하냐, 프랭크?"

칼의 스포츠카를 타고 갔던 일과 그가 에어리얼 누나와의 결혼을 거절했던 일이 또 생각이 났지만 나는 대답하지 않고 어깨를 으쓱거리기만 했다.

"최근에 누나에게서 뭔가 다른 점은 못 느꼈니?"

"느꼈어요. 누나는 아무것도 아닌 일에 슬퍼하고, 또 화를 낼 때도 있었어요."

"이유를 말해주든?"

"아니요."

"칼 때문일 수도 있다고 생각하니?"

"네. 누난 형을 진심으로 사랑했어요."

마지막 말은 그게 진실이라는 것을 알고 있었기 때문이 아니라 그게 진실인 것처럼 느껴졌기 때문에 했다. 아니, 그게 진실이어야 한다고 생각했기 때문에 했다.

"누나가 칼과 함께 보내는 시간이 많았어?"

"네, 많았어요."

"둘이 싸우는 것을 본 적이 있니?"

나는 즉시 대답할 수 있었지만 열심히 생각해보는 시늉을 했다.

"아니요." 내가 대답했다.

그것은 보안관이 원하는 대답이 아닌 듯했다.

"딱 한 번이요." 내가 재빨리 말했다. "딱 한 번 에어리얼 누나가 굉장히 화가 나서 데이트에서 돌아온 적이 있었어요."

"칼에게 화가 나서?"

"누나가 데이트했던 상대가 형이었을 것 같은데요."

"최근에?"

"2주 전쯤에요."

"누나가 너한테 말했어, 프랭크? 부모님한테는 안 하는 얘기를 너한테는 했어?"

"우린 우애가 돈독했어요." 나는 어른스럽게 말하려고 애를 썼다.

"누나가 무슨 말을 하든?"

나는 스스로 덫을 놓았다는 사실을 문득 깨달았다. 정확한 진실이 아닌 상황을 암시하면서 보안관이 내게서 뭔가를, 나는 주는 방법을 모르는 뭔가를, 기대하게 만들었다는 사실을 갑자기 깨달았다. 에어리얼 누나가 내게 비밀을 털어놓았을지도 모른다고 기대하게 만들었다는 사실을 말이다.

"누나는 가끔 몰래 집을 나갔어요." 내가 당황해서 어쩔 줄을 몰라 하며 말했다. "식구들 모두가 잠든 다음에요. 그리고 새벽녘에야 집으로 돌아왔고요."

"집을 나갔다고? 칼 브란트와 함께?"

"그런 것 같아요."

"몰래 집을 나갔어?"

"그렇다니까요."

"넌 알고 있었고? 부모님한테는 이야기했니?"

상황이 시시각각으로 안 좋아지고 있었다.

"누나를 밀고하고 싶진 않았어요." 내가 말했다.

그 말이 내 입에서 튀어나오는 순간에도 내 뜻을 표현하는 좋은 단어는 아니라는 생각이 들었는데 꼭 제임스 캐그니(1930년대 미국의 영화배우로, 갱 영화의 원조 일컬어지는 〈공공의 적〉에서 악랄한 악당 역으로

311

유명하다─옮긴이)가 하는 말 같았고 내가 공공의 적이 된 것 같은 기분
이 들었기 때문이었다.

보안관이 나를 한참 동안 쳐다보았고 나는 그의 표정을 분명하게
읽을 수는 없었지만 굉장히 못마땅해하는 것은 아닐까 하는 생각이
들어 걱정이 됐다.

"제 말은 그러니까…… 누나가 다 컸으니까요." 내가 더듬거리며 말
했다.

"다 컸다고? 어떤 면에서 말이냐?"

"글쎄요, 키도 크고 덩치도 크고 어른이 다 됐잖아요. 저는 아직 어
린애고요."

나는 이렇게 말하면서 아직 어린애라는 사실이 나를 곤경에서 벗어
나게 해주기를 간절히 바랐다. 그 곤경이 무엇이든 말이었다. 그게 어
떤 곤경인지 나도 확실히 알지 못했다. 내가 분명히 알고 있었던 것은
상황이 내가 감당하기에는 너무 버거워지고 있다는 사실이었다.

"다 컸지." 보안관이 슬픈 목소리로 아까 내가 한 말을 되풀이했다.
"그래 맞다, 프랭크." 그가 계단에서 천천히 일어서더니 보안관 모자
를 머리에 썼다. "아버지한테 내게 전화하라고 전해주는 거 잊지 마
라, 알겠지?"

"네, 그럼요." 내가 말했다.

"좋아, 그럼."

보안관은 계단을 내려가 차고 앞 자갈을 깐 진입로에 세워둔 자기
차를 향해 걸어갔다. 그러고는 차를 후진해 타일러 거리로 진입하더
니 금방 사라졌다. 그리고 얼마 지나지 않아 기차가 포효하며 달려왔
고 베란다의 나무 널이 흔들리고 귀청이 터질 듯한 기적 소리가 울려

퍼지는 동안 나는 계단에 그대로 앉아서 내가 떨고 있다는 사실과 그 것은 기차가 지나가는 것과는 아무 상관도 없는 일이라는 사실을 깨 달았다.

나는 현관 앞에 그대로 앉아서 패커드가 돌아오기를 기다렸고 오후 느지막이 패커드가 덜컹거리며 철길을 건너오는 것을 보았다. 아버지 가 주차하자마자 제이크가 조수석에서 튀어나와 집을 향해 전력질주 하면서 내 곁을 바람같이 지나가 집 안으로 뛰어 들어갔다. 곧 계단을 쿵쾅거리며 올라가더니 2층 화장실 문이 쾅하고 닫히는 소리가 들렸 다. 제이크는 방광이 지독히도 작았다. 아버지는 천천히 걸어왔다.

"보안관이 왔다 갔어요." 내가 아버지에게 말했다.

낡은 계단을 내려다보면서 계단을 올라오던 아버지가 고개를 들었 다. "왜 왔대?"

"왜 왔는지는 정확히 말하지 않았어요. 저한테 몇 가지 물어보더니 아빠가 돌아오면 자기한테 전화해달라고 하던데요."

"뭘 물어봤는데?"

"에어리얼 누나와 칼에 대해서요."

"칼?"

"네. 형한테 관심이 많았어요."

"고맙다, 프랭크." 아버지가 말하더니 집 안으로 들어갔다.

나도 따라 들어가서 거실 소파에 털썩 주저앉아 보안관이 왔을 때 읽고 있었던 만화책을 집어 들었다. 계단 옆 전화기 탁자에 가까이 있 었기 때문에 아버지가 통화하는 말이 다 들렸다.

"네이선 드럼이야. 아들 말이 우리 집에 왔다 갔다던데."

2층 화장실에서 변기 물을 내리는 소리가 나더니 물이 벽의 파이프를 타고 흘러내리는 소리도 났다.

"그랬군." 아버지가 무거운 목소리로 말했고 나는 나쁜 소식이라는 것을 직감했다. "괜찮다면 몇 분 후에 내 사무실에서 보도록 하지."

2층에서 화장실 문이 열리고 제이크가 복도로 나왔다.

"그래. 기다릴게."

아버지가 수화기를 내려놓았다.

내가 물었다. "왜 그런대요?"

거실은 어두웠다. 어머니가 하루 종일 집에 없었지만 나는 커튼을 드리운 채로 내버려두었다. 앞쪽 현관문을 통해 들어오는 직사각형의 햇빛 속에 서 있는 아버지의 윤곽이 보였다. 내게 등을 보이고 서 있어서 아버지의 얼굴을 볼 수가 없었다.

"부검이 끝났단다. 부검 결과에 대해 이야기하고 싶다네."

"나쁜 소식이래요?"

"나도 모르겠어. 네 엄마는 봤니?"

"아뇨, 아빠."

"혹시 전화가 오면 교회에 있다고 말해라."

아버지가 집을 나갔고 나는 현관문까지 따라가서 아버지가 교회로 걸어가는 것을 지켜보았다. 반쯤 갔을 때 아버지가 갑자기 걸음을 멈추고 도로 한복판에서 얼어붙은 듯이 서 있었다. 길을 잃은 것 같아 보였고 그러다가 지나가는 차에 치이지는 않을까 걱정이 되었다. 차가 다닌다는 사실도 잊고 있는 것 같았다. 아버지를 불러야겠다고 생각하면서 내가 현관문을 밀어 열었지만 아버지가 먼저 정신을 차리고 다시 걷기 시작했다.

제이크가 계단을 뛰어내려오더니 머뭇머뭇하면서 내 옆으로 다가와 섰다.

"우리 밀크셰이크 마셨다." 제이크가 말했다. "아빠랑 나. 맨케이토에 있는 데어리 퀸에서."

약 올리는 게 분명했지만 내 머릿속에는 다른 일이 가득 들어차 있어서 굳이 대답하려고도 하지 않았다.

제이크가 물었다. "아빠는?"

나는 교회 쪽으로 고갯짓을 하고 나서 말했다. "보안관이 다시 온대서 기다리고 있어."

나는 현관 밖으로 걸어 나갔다.

제이크도 바로 뒤따라 나왔다. "보안관이 왔었어? 왜 왔대?"

"아빠 만나러. 근데 나한테도 칼과 에어리얼 누나에 대해서 몇 가지 물어보더라."

"어떤 걸?"

"그냥 일반적인 거."

나는 다른 것이 관심을 사로잡았기 때문에 제이크가 더 캐묻는 것을 막기 위해 퉁명스럽게 말했다. 나는 에어리얼 누나가 죽고 난 뒤 불길한 징조로 보이는 특이한 자연현상을 목격했다. 하나님으로부터 나왔다기보다는 내 제한된 이해력을 넘어서는 불가사의한 힘으로부터 나온 것이 분명한 현상이었다.

전날 밤 나는 동쪽 하늘에서 유성 두 개가 떨어지면서 잠깐 서로 스쳐가는 것을 목격했고 그것이 뭔가 특별한 뜻이 있을 거라고 생각했지만 정확히 어떤 뜻인지는 알 수가 없었다. 그리고 아버지와 제이크가 언어치료를 받으러 맨케이토로 가고 나서 라디오로 트윈스 경기

중계를 듣고 있었을 때에도, 잠깐 잡음이 들리면서 다른 방송에서 나오는 목소리가 들렸는데 확실하진 않지만 '해답'이라는 말을 들은 것 같았다. 무엇에 대한 해답을 말하는 거지? 그 말을 듣는 순간 궁금했었다.

지금 현관 앞에 서 있는데 태양이 교회 첨탑 뒤에서 비추면서 첨탑의 그림자가 거리를 건너와 명령하는 기다란 손가락처럼 나를 콕 집어 가리키고 있었다.

"형, 왜 그래?"

보안관의 차가 타일러 거리를 달려와 3번가로 접어들더니 교회 주차장으로 들어왔다. 곧 보안관이 차에서 내려 교회 주 출입문으로 걸어가 안으로 들어갔다.

제이크가 내 팔을 잡아당겼다. "프랭크 형!"

나는 제이크의 손을 뿌리치고 재빨리 계단을 내려갔다.

"어디 가?"

내가 대답했다. "아무 데도 안 가."

순식간에 제이크가 내 옆에 와 있었다. 나는 옥신각신하고 싶지 않아 따라오게 내버려뒀다. 나는 교회 지하실 계단으로 통하는 옆문으로 달려갔다. 그러고는 거스 삼촌의 오토바이가 하루 종일 보이지 않는 걸로 보아 삼촌이 없을 거라고 확신하면서 서늘한 지하실로 내려갔다. 배관이 분리된 벽난로 앞으로 걸어가 목사실로 이어지는 배관 구멍에 틀어막아놓은 넝마를 빼냈다. 나를 지켜보는 제이크의 눈초리는 내가 엄청난 잘못을 저지르고 있다고 생각한다는 사실을 여실히 보여주었다.

"형." 제이크가 속삭였다.

나는 제이크를 쳐다보며 입 다물고 가만히 있으라고 눈빛으로 말했다.

목사실 문을 두드리는 소리가 들렸고 아버지가 손님을 맞기 위해 걸어가면서 우리 머리 위의 마루 널이 삐걱거렸다.

"와줘서 고마워." 아버지가 말했다.

"앉아서 얘기할까, 드럼 목사?"

"그러지."

두 사람이 아버지의 책상으로 걸어갔고 의자가 바닥을 긁는 소리가 났다.

아버지가 물었다. "부검의가 뭐라고 했는데?"

보안관이 말했다. "반 데르 발의 1차 소견이 맞았다고 확인해주더군. 당신 딸은 가늘고 긴 도구로 두부를 가격 당했대. 타이어를 떼어 낼 때 쓰는 쇠지렛대 같은 걸로. 하지만 직접적인 사인은 익사였다고 하더군. 폐에 물이 차 있었고 미네소타 강에서 볼 수 있는 아주 가는 모래가 들어 있었대. 그런데 또 다른 소식도 있어, 드럼 목사. 살해당한 사람이 당신 딸 혼자만이 아니었다고 하는군."

"지금 무슨 말을 하는 거야?"

"이 소식이 널리 알려지는 것은 정말 원하지 않지만 워낙 작은 마을이라 조만간 모두가 알게 될 것 같은데, 그렇다면 당신이 제일 먼저 알아야 한다고 생각해서 말하는 거야. 에어리얼은 사망할 당시 임신한 상태였어."

위에서는 아무 소리도 나지 않았다. 배관을 타고 내려오는 소리가 전혀 없었는데 내 옆에서 제이크가 충격에 빠져 헉 하고 숨을 빨아들이는 소리가 나서 나는 황급히 제이크를 붙잡고 입을 틀어막았다.

"알고 있었나, 드럼 목사?"

"전혀 몰랐어." 대답하는 아버지의 목소리에서 얼마나 큰 충격을 받았는지를 느낄 수 있었다.

"부검의 말로는 임신 5~6주쯤 된 것 같다더군"

"아기를 가졌다……." 아버지가 말했다. "오, 하나님, 이게 무슨 일입니까."

"정말 유감이야, 드럼 목사. 그래도 몇 가지 물어봐야 할 게 있는데."

한참 동안 고통스러운 침묵이 흐른 후 아버지가 말했다. "좋아, 물어봐."

"딸이 칼 브란트와 사귄 지 얼마나 됐지?"

"1년 가까이 됐지."

"둘이 결혼할 거라고 믿었어?"

"결혼? 아니. 둘 다 다른 계획이 있었는데 뭘."

"아까 아들한테서 들었는데, 에어리얼이 집을 떠나 대학에 진학하려던 마음을 바꿨다면서."

"집을 떠나는 게 불안했겠지."

"아직도 그렇게 생각해? 부검의의 소견을 듣고도?"

"잘 모르겠어."

"그리고 또 아들 말로는 에어리얼이 가끔 밤에 몰래 집을 나갔다가 새벽녘에 돌아왔다고 하던데."

"그건 아닐 거야."

"아들이 그렇게 말했어. 그 말이 사실이라면 딸이 어디 갔을지 혹시 생각나는 데라도 있어?"

"아니."

"딸이 몰래 집을 빠져나가 브란트 가의 아들과 함께 있었을 가능성도 있을까?"

"있을 것 같군. 근데 왜 그렇게 칼에게 관심을 보이는 거야?"

"아, 그게 말이야, 드럼 목사. 이제까진 줄곧 워런 레드스톤이나 모리스 엥달이 당신 딸을 죽인 범인일 거라고 생각하고 수사를 해왔거든. 그런데 레드스톤의 전과를 확인해봤더니 교도소를 자주 드나들긴 했지만 폭력 전과는 전혀 없었어. 그리고 도일이 강가에 있는 레드스톤의 달개집에서 발견한 물건들은 아무런 가치가 없고 철길이나 강둑이나 골목길에서 주운 것들 같았고. 그래서 지금은 레드스톤이 에어리얼을 살해한 범인이라는 느낌은 별로 안 들어. 그리고 오늘 아침 일찍 내가 수 폴스로 가서 모리스 엥달과 주디 클라인슈미트를 만나 봤는데, 진술이 일치하더라구. 두 사람 다 에어리얼이 실종된 날 밤 뮬러 씨 집 헛간에서 함께 있었다고 진술했어. 그리고 당신 아들과 약간의 언쟁이 있었던 것 말고는 엥달을 의심해볼 이유가 전혀 없고. 물론 항상 사고를 치고 다니는 문제아이긴 하지만 말이야. 맨 법 위반 혐의로 묶어놓고 계속 쪽쳐보면 뭐 또 건질 게 있을지도 모르지."

아버지가 말했다. "하지만 에어리얼이 임신 중이었고 칼과 사귀고 있었으니까 칼이 에어리얼의 죽음에 관련이 있을 가능성이 더 크다, 이렇게 생각하는 거야?"

"드럼 목사, 살인사건 수사는 사실 이번이 처음이야. 이런 일은 수 카운티에서는 거의 일어나지 않지. 그래서 지금 궁금한 걸 물어보면서 실마리를 찾으려고 애쓰고 있는 거야."

"칼이 에어리얼을 해치는 일은 상상도 할 수 없어."

"딸이 실종되기 전날 두 사람이 크게 싸웠다는 것은 알고 있었어?"

"아니."

"그 싸움을 목격한 에어리얼의 친구 몇 명한테서 들었어. 둘 다 굉장히 화가 나 있었다고 하더라고. 근데 무엇 때문인지는 모르겠다고 하던데, 당신은 혹시 알아?"

"아니, 전혀 모르겠어."

"혹시 아기 때문이 아닐까? 아기가 생기는 바람에 두 사람의 인생이 복잡하게 꼬여버려서?"

"글쎄, 모르겠어."

"아들 말로는 에어리얼이 칼을 더 많이 좋아했다고 하던데."

"그런 걸 그 아이가 어떻게 알았는지 모르겠군."

"혹시 사모님은 알고 있을까?"

아버지는 즉시 대답하지 않았다. 제이크를 흘끗 쳐다보니 어둠 속에서도 제이크가 얼굴을 붉히면서 벽난로 배관을 마치 길길이 날뛰는 말이라도 되는 것처럼 꽉 붙잡고 있는 것이 보였다.

"아내에게 물어보겠네." 아버지가 말했다.

"제일 먼저 당신한테 달려온 거야. 이젠 칼 브란트를 만나볼 거고. 그러고 나서는 사모님을 만나보고 싶은데, 물론 자네가 먼저 내가 한 이야기를 전해준 다음에 말이야. 이따가 들르면 만날 수 있겠지?"

"기다리고 있으라고 할게."

"고맙네."

의자 하나가 바닥을 긁는 소리가 나더니 잠시 후에 또 하나가 긁는 소리가 들렸고 방을 나가는 두 남자의 무게 때문에 마루 널이 요란하게 삐걱거리는 소리가 났다. 곧 우리 머리 위에서는 아무 소리도 들리지 않았고 지하실에서는 충격 이후의 정적이 흐르다가 이윽고 제이크가 충격과 분노가 섞인 목소리로 더듬거렸다.

"카-카-카-칼."

## 26. 커져가는 의심

아버지는 교회에서 집으로 갔다가 우리가 보이지 않자 다시 현관 밖으로 나왔다. 남서쪽에서 불어오는 바람이 두꺼운 먹구름을 몰고 왔고 하늘은 무겁게 내려앉아 있었다. 아버지는 교회 주차장에서 집으로 걸어오고 있는 우리를 발견하고 걱정스러운 눈으로 쳐다보았다.

"거스 삼촌을 찾고 있었어요." 내가 아무렇지도 않게 거짓말을 했고 제이크도 내 말을 반박하려고 하지 않았다.

"아빠는 에밀 브란트 선생님 댁에 갔다 와야겠구나." 아버지가 말했다.

"따라가도 돼요?"

"둘 다 집에 있어라." 아버지가 반항은 용납하지 않겠다는 어조로 말했다. "리즈를 기다리고 있어야지. 곧 오셔서 식사를 준비해주실 거야. 외할아버지도 같이 오실 거고."

"저녁식사 때까지는 돌아오실 거죠? 엄마도요?" 내가 물었다.

"글쎄다." 아버지가 무뚝뚝하게 대답했다. "가봐야 알겠지."

아버지는 패커드로 바삐 걸어가 자갈로 된 진입로에서 후진으로 차를 빼더니 타일러 거리를 쾌속으로 달려갔다. 아버지가 떠나자마자 나는 강으로 달려갔다. 제이크는 어디 가는 거냐고 귀찮게 캐묻지도 않고 뒤따라 달려왔다.

짙은 먹구름이 깔린 하늘 밑에서 미네소타 강이 오래되어 말라버린 핏자국처럼 검붉은색으로 흐르고 있었다. 나는 검은딸기나무 덤불을 헤치고 진흙에 발이 푹푹 빠지는 걸 아랑곳하지 않으면서 물가를 따라 달려갔고 가능하면 빨리 달릴 수 있는 모래 위를 밟으려고 했다. 뒤따라오는 제이크가 숨을 헐떡이는 소리가 들려서 동생이 나를 따라잡으려고 애를 쓰고 있다는 건 알았지만 더 중요한 일이 마음을 사로잡은 상태였고 동생도 아무런 불평을 하지 않았다.

우리는 미루나무 숲속으로 이어지는 좁은 오솔길에 이르렀다. 그 길을 계속 걸어가 철길을 건너 비탈길을 올라가면 에밀과 리사 브란트의 오래된 농가가 나왔다. 우리는 그 길을 걸어갔다. 얼마 후 브란트 농가를 에워싸고 있는 말뚝 울타리에 난 대문 앞에서 걸음을 멈췄다. 제이크가 허리를 굽히고 숨을 헐떡였고 곧 토할 것 같아 보였다. 숨을 돌린 제이크가 부모님 말씀을 안 듣고 내 마음대로 한다고 평소처럼 나를 비난할 거라 생각했는데 그러지 않았다.

제이크가 말했다. "이제 어쩔 건데?"

지금까지 일어난 일을 내가 상당 부분 알게 된 것은 나의 교활함과 난방 쇠살대와 난방배관 덕분이었고 내가 기꺼이 벽에 그림자처럼 달라붙거나 방충망 앞을 날아다니는 파리가 된 덕분이기도 했다. 나는 어른들이 알고 있는 모든 것과 생각하고 있는 모든 것을 알고 싶었고 어린애처럼 아무것도 모르고 어둠 속에 있는 것은 매우 옳지 않은 일이라고 굳게 믿었다. 나도 제이크도 이젠 어린아이가 아니었다.

나는 리사 브란트가 씨앗을 심고 우리의 도움을 받아 확장한 채소밭 너머를 바라보았다. 길고 탁 트인 마당 저 건너편에 농가가 있었다. 그 집으로 달려가 몸을 한껏 수그리고 집 앞으로 돌아가 열린 거실 창문 밑에 몸을 숨기면 집 안에서 나누는 대화를 엿들을 수 있을 것 같았다. 신중하고 신속하게 행동하면 가능할 듯했다.

내가 대문의 빗장을 끄르고 안으로 들어가려는데 농가의 뒷문이 벌컥 열리더니 리사 브란트가 뛰어 나왔다. 작업복 바지에 티셔츠를 입고 있었다. 그녀가 공중에서 손을 열심히 파닥거리며 뭐라고 웅얼거리더니 소리를 내지 못하는 단어는 화가 나서 수화를 했다. 그러더니 마당을 가로질러 정원 창고로 향했고 분노에 사로잡힌 나머지 우리를 보지 못하고 안으로 사라졌다.

제이크가 다시 속삭였다. "이제 뭘 하지, 형?"

내가 집을 쳐다보면서 계산해보니 우리가 지금 즉시 뛰기 시작하면 리사가 창고에서 나오기 전에 집 앞에 이를 수 있을 것 같았다.

"가자." 나는 말을 하는 것과 동시에 뛰기 시작했다.

그러나 그것은 훌륭한 계획이 아니었음이 금방 판명되었다.

채소밭을 지나 몇 걸음을 더 뛰어갔을 때 뒤에서 유령이 지르는 것 같은 날카로운 비명이 울려 퍼졌다. 그 소리가 얼마나 끔찍한지 나라면 기꺼이 계속 도망쳤을 텐데 제이크는 소리를 듣자마자 멈춰 서더니 돌아섰다. 나는 딱 걸렸다 싶은 생각에 어깨를 잔뜩 움츠리고 리사 브란트라는 유령을 맞닥뜨릴 마음의 준비를 하며 돌아섰다. 그녀는 쇠갈퀴 같은 원예 공구를 오른손에 들고 발톱을 가진 동물처럼 달려드는 시늉을 하며 우리를 위협했다. 금방이라도 우리를 갈가리 찢어놓을 것 같았다.

그러나 리사 브란트는 제이크를 보는 순간 태도가 싹 바뀌었다. 제이크에게 달려가 수화를 써가며 빠르게 말을 했는데 내 귀에는 말이 되다가 만 옹알이처럼 들렸다. 그녀는 그 갈퀴로 집 쪽을 가리키며 흔들었고 나는 그녀가 집 안에 있는 무언가를 공격하려고 하는 것인지, 아니면 금방이라도 울음을 터뜨리려는 것인지 알 수가 없었다.

결국에는 울음이 터졌다. 나는 리사 브란트가 우는 것을 그때 처음이자 마지막으로 보았다. 그리고 다른 무언가를 목격한 것도 그때가 처음이자 마지막이었다. 다른 사람의 손이 자기 몸에 닿을 때마다 미친 듯이 날뛰던 그녀가 내 동생이 위로하려고 감싸 안는데도 가만히 안긴 채로 울고 있었다.

제이크가 내게 말했다. "에어리얼 누나가 죽은 후로 에밀 선생님이 자기를 무시해서 화가 났대. 에밀 선생님이 맨날 우리 집에 가 있고 지금은 엄마가 여기 와서 하루 종일 있으니까 자기 오빠와 자기 집을 잃어버린 것 같은 느낌이 드나 봐."

나는 리사 브란트의 장황한 옹알이에서 그런 말을 단 한마디도 알아듣지 못했는데 놀랍게도 제이크는 다 알아들은 것이다.

리사는 자기가 지금 무엇을 허용했는지를 갑자기 깨달았는지 제이크의 팔에서 황급히 떨어져 나갔다.

제이크가 그녀에게 말했다. "채소밭에서 일할 생각이었죠? 우리가 도와줄까요?"

그녀가 제이크에게 그 쇠갈퀴를 건네주었고 웃지는 않았지만 기분이 좀 나아진 듯 보였다.

나는 음울한 하늘 아래에 서서 집 쪽을 바라보았다. 안에서 무슨 일이 벌어지든 내가 대화를 엿들을 가능성은 이제 거의 없었다. 나는 리사를 따라 정원 창고로 갔다. 리사가 벽에 걸린 괭이를 내리더니 제이크에게 건넸고 제이크는 그것을 다시 내게 건넸다. 리사 자신은 모종삽을 집어 들었고 우리 셋은 채소밭을 향해 걸어갔다.

일을 시작하고 그리 오래되지 않았을 때 농가의 현관문이 열리는 소리가 들렸다. 잠시 후 우리 부모님이 농가 옆쪽에서 나타나 채소밭으로 왔다.

"집에 있으라고 했던 것 같은데." 아버지가 말했다.

기분이 좋아 보이지는 않았지만 그렇다고 화가 난 것도 아닌 것 같았다.

나는 거짓말이 빨리 생각나지 않아서 진실을 말해버렸다. "무슨 일인지 우리도 알고 싶었어요."

리사 브란트는 밭에 무릎을 꿇고 앉아서 모종삽으로 열심히 흙을 파헤치고 있었다. 우리 부모님을 애써 무시하고 있는 것이 분명했다.

"집에 가자." 아버지가 말했다. "가서 얘기하자."

제이크가 리사에게 다가갔지만 리사는 동생을 본 척도 하지 않고 하는 일에 열중했다. 제이크는 쇠갈퀴를 그녀 옆에 내려놓았고 나는 괭이를 내려놓은 다음 부모님을 따라 대문 밖에 서 있는 패커드로 걸어갔다. 에밀 브란트는 베란다에 서서 시각장애인이면서도 우리의 움직임이 보이는 듯 우리가 가는 방향으로 천천히 고개를 돌렸다. 그의 표정과 안색은 먹구름이 잔뜩 낀 하늘을 닮아 있었고 그래서 나는 그가 모든 것을 전해 들었다는 사실을 알아차렸다. 그래서 그가 미웠다. 아버지가 제이크와 내게는 말해주지 않은 것을 에밀 브란트에게는 다 털어놓았다는 것인데, 나는 왠지 모르게 그것이 배신처럼 느껴졌다.

집까지 가는 동안 다들 한마디도 하지 않았다. 집에 도착해보니 외할아버지의 뷰익이 집 앞에 주차되어 있었다. 외할아버지가 리즈와 함께 베란다로 나왔고 두 분 다 걱정스러운 표정이었다.

"집에 아무도 없어서 걱정했다." 외할아버지가 말했다.

"안으로 들어가시죠." 아버지가 말했다. "할 얘기가 있습니다."

"브란트 가 인간들 정말 싫어." 그날 밤 내가 침대에 누워서 중얼거렸다.

먹구름이 여름날의 폭풍우를 몰고 왔다. 비가 들이칠까 봐 창문을 모두 닫아놓았는데 그랬더니 침실이 더워서 숨이 턱턱 막혔다. 외할아버지는 에어리얼 누나의 임신 소식을 듣고는 노발대발하면서 칼 브란트를 만나기만 하면 목을 비틀어버릴 거라고 말했다. 화가 나면 욕을 하는 습관이 있던 할아버지는 이번에도 욕을 몇 마디 했고 아버지는 제이크와 내가 옆에 있다면서 주의시켰지만 할아버지는 콧방귀도 뀌지 않았다.

"허, 참, 얘들도 이젠 애들이 아니야, 네이선. 그리고 얘들도 사나이들이 어떻게 말하는지 알아야지."

그러고는 아까보다 더 심한 표현을 쓰면서 칼 브란트에 대한 위협을 계속했다. 리즈가 할아버지의 팔을 잡았지만 할아버지는 그 손을 떨쳐내고 일어서서 부엌 안을 서성거렸다.

리즈가 조용히 물었다. "누가 칼을 만나봤니?"

"보안관이요." 아버지가 말했다.

"칼이 뭐랬다던가?"

"그건 모르겠습니다."

"칼을 단죄하기 전에, 칼의 입장도 들어봐야지." 리즈가 조심스럽게 제안했다.

어머니가 말했다. "브란트 가 사람들은 항상 자기들이 원하는 건 다 가졌어요. 원하지 않는 건 다 던져버렸고요. 칼이라고 다르겠어요?"

아버지가 말했다. "칼과 그 부모를 내가 만나봐야겠어."

"우리가 만나봐야지." 어머니가 말했다.

"맹세코, 나도 그 자리에 있어야겠다." 할아버지가 외쳤다.

"아뇨. 브란트 가 사람들과 루스, 그리고 저만 만나야 할 것 같습니다, 장인어른." 아버지가 대답했다.

"보안관도 있어야죠." 내가 말했다.

마치 내가 시베리아에서 와서 러시아어로 말하기라도 한 것처럼 모두들 일제히 나를 쳐다보았다. 그 후에도 더 말하고 싶은 마음이 굴뚝같았지만 꾹 참고 가만히 있었다.

우리가 잠자리에 들 준비를 마쳤을 때 아버지가 우리 방으로 올라와서 이야기를 나누었다.

"아마 칼이 누나를 강간했을 거예요." 내가 어디서 들었는지 나 자신도 신기한 용어를 써가며 말했다.

"그런 일은 없었을 거야, 프랭크. 가끔 연인들이 잘못된 결정을 내리기도 하거든. 그런 걸 거야."

"그래서 칼이 누나를 죽인 거예요? 잘못된 결정을 내려서?"

"칼이 에어리얼의 죽음과 관련이 있는지 어떤지는 아직 모르잖니."

"모르긴 왜 몰라요? 아기가 생기는 바람에 칼의 인생이 복잡하게 꼬여서 그랬을 거예요." 나는 그날 오후 목사실에서 보안관이 했던 말을 비슷하게 되풀이했다.

"프랭크, 넌 칼이 어떤 사람인지 알잖아. 걔가 에어리얼에게 일어난 그런 일을 할 수 있다고 생각하니?"

"임신시킨 거요?"

"그 말 다시는 입에 담지 마라. 내 말이 무슨 뜻인지 알면서."

"오 예수님, 그걸 제가 어떻게 알아요."

아버지는 내가 주님의 이름을 헛되이 부른 것을 꾸짖을 수도 있었을 텐데 그냥 내 침대에 차분히 앉아서 부드럽고 논리적인 말로 씁쓸한 분노에서 나를 끌어내리려고 했다.

"사람을 죽이는 일은 말이다, 프랭크. 아무나 할 수 있는 일이 아니야. 믿을 수 없을 정도로 굉장히 힘든 일이지."

"아버지도 사람들을 죽였잖아요."

나는 아버지가 그때는 전시였고 상황이 달랐다고 말할 거라 생각했는데 아버지는 아무 대꾸도 하지 않았다.

아버지가 말했다. "할 수만 있다면 그 일이 있기 전으로 되돌아가고 싶구나."

이 말을 어찌나 슬픈 표정으로 선언하듯 하는지 언젠가 거스 삼촌이 술에 취해서 암시했었고 며칠 전 어두운 예배당에서 다시 한 번 말했던 그 불가사의한 살인에 관해서 언젠가는 꼭 더 캐물어보고 싶었는데도 물어볼 수가 없었다.

"넌 항상 칼을 좋아했잖니." 아버지가 내게 좋았던 옛 시절을 상기시켰다. "다들 좋아했지. 칼은 언제나 점잖은 청년이었으니까."

"분명히 그랬지만 항상 그랬던 건 아니었던 거죠." 내가 말했다.

아래층에서 언쟁이 있을 때 아버지가 늘 똑같은 말을 할 때마다 어머니가 이렇게 대꾸하는 것을 듣고 나도 그대로 따라한 것이다.

"부탁할 게 있다, 너희 둘한테." 아버지가 침묵을 지키고 있는 제이크를 쳐다보며 말했다. "엄마 아빠가 칼과 그 부모를 만나볼 때까지 어떤 판단도 내리지 마라. 아무한테도 말하지 말고. 누가 꼬치꼬치 캐물어도 말이야. 나쁜 소문이 퍼져나가는 건 또 다른 비극이 될 거야. 내 말 알아듣겠니?"

제이크가 즉시 대답했다. "네, 아빠."

"프랭크?"

"알겠어요."

"그럼 내가 부탁한 대로 하는 거지?"

나는 잠깐 망설였지만 결국에는 약속했다. "네, 아빠."

침대에서 일어선 아버지가 방을 나가기 전에 몇 마디 덧붙였다. "애들아, 우린 지금 어둠 속을 지나가고 있는 거야. 나도 솔직히 무엇이 옳은지 잘 모르겠어. 그래도 한 가지 확실히 아는 것은 우리 모두 하나님을 믿고 따라야 한다는 거다. 분명히 이 어둠을 벗어날 길이 있고, 하나님이 우리를 이끌어주실 거야. 난 그렇다고 굳게 믿고 있고, 너희도 그러기를 바란다."

아버지가 방을 나가고 나서 나는 천장을 노려보며 말했다. "브란트가 인간들 정말 싫어."

제이크는 아무 대꾸도 하지 않았고 나는 침대에 홀로 누워 창문을 두들기는 빗소리를 들으면서 사람을 죽이는 게 정말로 그렇게 힘든 일일까 생각했다. 바로 그 순간에 나도 누군가를 죽일 수 있을 것 같다는 생각이 들었기 때문이었다.

## 27. 크나큰 파멸

작은 마을에는 비밀이라는 게 없다. 소문이 신기한 마술처럼 전염병이 퍼지듯 순식간에 온 동네에 파다하게 퍼진다. 얼마 지나지 않아 대다수의 뉴 브레멘 주민들이 에어리얼 누나의 임신 소식과 보안관이 칼 브란트를 의심한다는 사실을 알게 되었다.

칼의 친구들이 보안관과 면담을 했고, 그중에서 남자들은 칼이 최근에 말하는 걸 듣고 칼이 에어리얼과 잤다고 믿게 되었다고 말했다.

에어리얼 누나의 친구들은 에어리얼이 화가 나 있었지만 화가 난 이유는 전혀 말하지 않았다고 진술했다. 다들 칼 때문에 그러는 걸 거라고 추측했고 두세 명은 에어리얼이 임신했을지도 모른다고 생각했다고 말했다.

칼 브란트의 부모 악셀과 줄리아는 침묵을 지키면서 아들을 고지대의 대저택에 가둬놓고 집 밖 출입을 금하고 있었다. 아버지는 상황을 모두가 잘 이해하기 위해서는 칼 브란트 가족과의 만남이 절대적으로 필요하다고 믿었기 때문에 만날 약속을 잡으려고 최선을 다했지만 외부의 전화를 모두 받아서 걸러내고 있는 브란트 가의 집사 사이먼 가이거에게 번번이 막혔다. 직접 부딪혀보기로 결심한 아버지가 어머니와 함께 브란트 가의 대저택을 찾아갔지만 문전박대를 당했다. 하나님이 좋은 길로 인도해주실 거라고 굳게 믿는 아버지였지만 번번이 거부당하자 쾌씸해하는 기색이 역력했다.

반면에 보안관은 개방적이었다. 칼 브란트를 조사할 때마다 항상 변호사가 입회하는 바람에 별 소득은 없었다면서도 조사 과정에서 알게 된 사실들을 우리 부모님에게 알려주었다. 칼 브란트는 에어리얼의 임신과 관련한 자신의 역할을 확인도 부인도 하지 않았고 결혼에 대해서는 자신과 에어리얼 둘 다 결혼할 의사가 전혀 없었다고 단호하게 말했다. 에어리얼이 실종된 날 밤 자신은 강가 캠프파이어에서 만취해서 에어리얼이 사라진 것도 몰랐다는 이전의 주장을 고수했다. 보안관은 우리 부모님에게 칼이 대사를 달달 외워서 반복하고 있는 것 같았다고 털어놨다.

에밀 브란트는 우리 가족의 삶에서 떨어져 나간 것 같았다. 에어리얼 누나가 사라진 순간부터 줄곧 어머니 옆에 붙어 있었던 그였지만 누나의 임신 사실이 밝혀지고 브란트 가의 명예가 땅에 떨어지자 칩거에 들어갔고 그에 대한 어머니의 애정도 완전히 식어버린 것 같았다. 어머니는 감정의 격랑에 휘말린 것 같았다. 항상 화가 나 있었다. 아버지에게 화가 났고 브란트 가 사람들에게 화가 나 있는 것 같았다. 제이크와 내가 앞에서 얼쩡거리면 우리에게도 화를 냈다. 그리고 그 시절에 항상 그랬듯이 하나님에게 화가 난 것 같았다. 우리는 최선을 다해 어머니에게게서 멀찌감치 떨어져 있을 수밖에 없었다.

수요일 오후에 아버지는 토요일로 예정된 에어리얼 누나의 장례식 준비를 마무리하기 위해서 반 데르 발 장례식장에 갔다. 제이크와 나는 어머니와 함께 집에 있었고 어머니는 베란다에 있는 안락의자에 앉아서 남들이 다 볼 수 있는 곳에서 줄담배를 피우면서 길 건너에 있는 교회를 노려보고 있었다. 머리는 빗질을 하지 않아 부스스했고 실내복에 슬리퍼를 신고 있었다. 외출하기 전에 아버지가 옷을 갈아입으라고 어머니를 설득해보았지만 헛수고였다.

거스 삼촌이 교회 주차장으로 들어가 오토바이를 세웠을 때 나는 차고에서 자전거를 엎어놓고 펑크 난 타이어의 튜브를 빼내고 있었다. 삼촌은 길을 건너오면서 어머니를 쳐다보느라고 나를 보지 못했다. 차고 창문에 거미줄이 엉켜 있었고 창유리가 더러웠지만 내가 있는 곳에서 베란다가 꽤 잘 보였고 그곳에서 오고 가는 이야기도 들을 수 있었다.

베란다 맨 아래 계단 앞에서 거스 삼촌이 걸음을 멈췄다. "대위님 계세요, 사모님?"

"나가고 없어요." 어머니가 말한 후 담배 연기를 내뿜었다.

"언제 돌아오실지 아세요?"

"몰라요. 장례식 준비를 다 끝내고 오겠죠. 도일 경관한테서 무슨 소식이라도 들었어요? 그래서 네이선을 찾는 거예요?"

"대위님께 직접 말씀드리는 게 나을 것 같은데요."

"뭐 알고 있는 게 있으면 내게 말해줘요."

거스 삼촌은 그늘진 베란다에 놓여 있는 안락의자에 앉아 천천히 의자를 흔들고 있는 어머니를 올려다보았다.

"그러죠." 마침내 삼촌이 말했다.

그러고는 계단을 올라가 어머니 앞에 섰다.

삼촌이 말했다. "도일 말로는 보안관이 에어리얼이 강에 던져지기 전에 에어리얼의 두개골을 가격하는 데 쓰인 범행도구를 찾고 싶어 했답니다. 쇠지렛대 같은 건데 칼이 아직도 어딘가에 숨겨놓고 있을지도 모른다고 생각했다네요. 그런데 카운티 검사장은 판사에게 청원하기를 거절했답니다. 증거가 부족하다면서요. 보안관은 증거가 부족한 게 아니라 증거를 찾겠다는 카운티 검사장의 의지가 부족한 거라고 생각하고 있답니다."

어머니가 콧구멍으로 담배 연기를 내뿜으면서 말했다. "아서 멘델슨은 항상 꼬붕이었어요. 어렸을 때도 꼬붕이었고 어른이 되고 나서도 꼬붕이죠. 절대로 악셀 브란트에게 맞서지 못할 거예요."

어머니는 담배를 입에 물고 거스 삼촌의 얼굴을 바라보았다.

어머니가 물었다. "쇠지렛대에 대해서는 어떻게 생각해요?"

거스 삼촌은 대답을 고민하는 것 같기도 하고 대답을 할까 말까 고민하는 것 같기도 했다. 그러다가 대답했다. "편리하고 효과적일 것 같긴 한데요."

"쇠지렛대를 무기 삼아 휘둘러본 적 있어요?"

"아뇨, 하지만 휘두르면 파괴력이 엄청나겠죠." 거스 삼촌이 말했다.

"사람 많이 죽여봤잖아요, 거스. 전쟁터에서."

거스 삼촌은 아무 대꾸 없이 어머니를 물끄러미 쳐다보았다.

"힘든 일이에요?"

"멀리서 죽였어요. 그때 그들은 형태만 보였지, 얼굴은 보이지 않았어요. 어떤 사람의 얼굴을 보면서 죽이는 건 완전히 다른 느낌일 거 같은데."

"냉혈한이어야 하겠죠, 그렇죠?"

"네, 그렇겠죠."

"사람들이 당신을 속일 수도 있을 거예요, 안 그래요, 거스?"

"그렇죠."

"네이선에게 전할 말 더 있어요?"

"아뇨, 그게 다인데요."

"내가 전할게요."

아버지의 친구는 베란다를 떠나 교회로 가서 자기가 묵고 있는 지하실 방으로 이어지는 옆문으로 들어가 사라졌다. 어머니는 담배를 끄고 나서 또 한 대를 더 붙여 물었다.

그로부터 한 시간이 안 되어 아버지가 반 데르 발의 장례식장에서 돌아왔다. 점심때가 다 되어서 아버지는 점심식사를 준비하기 위해 곧장 부엌으로 들어갔다. 어머니가 아버지를 따라 들어갔고 나도 그 뒤를 따라 들어갔다. 아버지는 장례식 준비 최종 점검 결과를 어머니에게 말해주었다. 어머니는 장례식 준비에는 일절 관여하지 않겠다고 선언하고 뒤로 물러나 있는 상태였다. 나는, 아니 우리 모두는 어머니가 세상에서 자꾸만 뒷걸음질 치고 있는 것을, 어머니의 세계가 날이 갈수록 조금씩 작아지고 있는 것을 지켜보았다. 어머니는 식탁 위에 팔꿈치를 괴고 앉아 한 손에는 담배를 들고 아버지가 냉장고에서 음식 재료를 꺼내면서 하는 이야기를 귀 기울여 들었다. 아버지는 내가 부엌으로 들어오는 것을 알아차렸지만 어머니는 내게 전혀 주의를 기울이지 않았다.

어머니는 들을 만큼 충분히 들었다고 판단이 되자 아버지의 말을 자르고 불쑥 끼어들었다. "칼이 에어리얼의 두개골을 가격하는 데 사용한 범행도구를 찾아내려고 한대, 보안관. 그래서 브란트 가에 대한 압수수색영장을 신청하려고 했는데, 카운티 검사장이 안 도와준 다네."

아버지가 반 갤런짜리 우유병을 든 채로 냉장고에서 돌아섰다. "그 걸 당신이 어떻게 알아?"

"당신이 장례식장 가고 없을 때 거스가 왔었어."

"도일이 그렇게 말했대?"

"응."

아버지가 우유를 식탁에 내려놓았다. "루스, 칼이 에어리얼의 죽음 에 관련이 있는지 없는지는 아직 모르는 거야."

어머니는 아버지와의 사이에 연기의 장막을 쳤다. "무슨 소리야, 나 는 관련이 있다고 생각해."

"내가 보안관한테 전화해볼게."

"그래, 해봐."

아버지가 나가고 나서야 어머니는 부엌 문간에 서 있는 나를 쳐다 보았다.

어머니가 눈을 치켜뜨면서 말했다. "이런 구약성경 구절 기억나니, 프랭키?"

나는 잠자코 어머니를 바라보았다.

어머니가 말했다. "그 땅에 싸움의 소리와 큰 파멸이 있으리라(예레 미야 50장 22절—옮긴이)."

어머니는 담배를 길게 한 모금 빨고 나서 연기를 내뱉었다.

## 28. 말할 수 없는 비밀

　저녁식사를 마치고 어둠이 내리기 시작할 무렵 어머니가 사라졌다.
어머니는 산책을 다녀오겠다고 했다. 매일 리즈와 함께 와서 저녁식
사를 함께 했던 외할아버지가 어머니에게 어디로 갈 거냐고 물었다.
우리 부모님과 외할아버지 부부는 베란다에 앉아서 서늘한 저녁 바
람을 맞으면서 한낮의 무더위로 지친 심신을 식히고 있었다. 나는 마
당 잔디 위에 누워 저 멀리 계곡 위의 하늘에서 붉은 노을이 지는 것
을 보고 있었다.
　어머니가 말했다. "동네나 한 바퀴 돌고 오려고요."
　그러고는 일어서서 누가 반대를 하거나 같이 가자고 제안하기도 전
에 도망치듯 집을 나섰다. 그 후 외할아버지 부부와 아버지는 어머니
이야기를 했다. 어른들은 어머니를 걱정하고 있었다. 아니, 우리 모두
가 어머니를 걱정하고 있었다.
　밤이 깊어가는데도 어머니가 돌아오지 않자 아버지는 패커드를, 외
할아버지는 그 큰 뷰익을 몰고 어머니를 찾아 나섰다. 리즈는 우리와

함께 집에 있었다. 혹시 누구라도 정보를 가지고 전화를 걸어올 경우를 대비해서 전화기 옆을 지켰다. 제이크는 저녁 내내 우리 방에 틀어박혀 모형비행기 조립에 몰두했고 남자 어른들이 차를 타고 떠나고 나서야 아래층으로 내려왔다. 무슨 일인지 내가 말해주자 제이크는 어머니가 마을 밖 철교를 향해 선로를 따라 걷는 것을 보았다고 말했다.

"왜 말 안 했어?"

제이크는 어깨를 으쓱거리더니 억울하다는 표정으로 나를 쳐다보며 대답했다. "그냥 걷고 있었으니까."

"선로를 따라서? 너 엄마가 철길을 걷는 거 한번이라도 본 적 있냐? 빌어먹을."

나는 서둘러 부엌으로 가서 리즈에게 이 사실을 알린 후 내가 가서 어머니를 모셔 오겠다고 말했다.

"안 돼. 밤에 그 철길에 가는 것은 안 된다." 리즈가 대답했다.

"손전등도 가져가고, 조심할게요."

"나도 같이 가-가-가-갈게요." 제이크가 더듬거리며 말했다. 잔뜩 겁을 집어먹은 게 틀림없었다.

리즈는 내키지 않는 모양이었지만 나는 빨리 누군가가 가보지 않으면 무슨 일이 일어날지 누가 알겠느냐고 지적했고 결국 리즈가 항복했다.

우리 둘 다 손전등을 챙겨 들고 집을 나섰지만 평지대를 벗어나면 서부터는 필요가 없었다. 보름달이 우리 앞을 밝게 비추어서 철길이 잘 보였기 때문이었다.

"엄마는 괘-괘-괜찮을 거야." 제이크가 같은 말을 되풀이했다.

나도 제이크와 같은 말을 반복했다. "엄마는 괜찮을 거야. 엄마는 괜찮아."

에어리얼 누나의 죽음으로 정상적이고 평범한 삶이라는 관념이 완전히 무너졌고 미래의 어느 순간에라도 예측하지 못한 불행이 일어날 수 있다는 것을 알게 되었기 때문에 우리는 이런 말로 서로를 안심시켰다. 하나님이 에어리얼 누나를 죽게 하셨다면, 그리고 그 어린 바비 콜이 그토록 잔혹하게 죽임을 당하게 하셨다면, 전능하신 하나님과 그리 좋은 관계를 유지하지 못하고 있는 어머니가 비극 속으로 걸어 들어가게 내버려두실 수도 있다는 생각이 들어 점점 더 두려워졌다.

선로의 표면이 달빛을 받아 은색으로 반짝였고 우리는 달빛을 받으며 선로 위를 걸어 철교로 갔다. 어머니가 철교 위에 앉아서 유유히 흐르는 미네소타 강을 내려다보고 있었다. 어머니를 보자마자, 내가 제이크를 돌아보며 말했다.

"집에 가서 리즈한테 우리가 있는 곳을 알려줘. 난 여기서 엄마를 지켜보고 있을게."

제이크가 우리와 마을 사이의 긴 어둠의 터널을 돌아보면서 말했다. "혼자 가라고?"

"그래, 멍청아. 한 명은 가고 한 명은 지키고 있어야 하잖아."

"내가 지-지-지-지키고 있으면 안 돼?"

"엄마가 뛰어내리거나 하면 어쩔 건데? 따라서 뛰어내릴래? 얼른 가. 빨리."

제이크는 좀 더 따져볼까 생각하는 눈치였지만 결국에는 자기 임무를 받아들였고 흔들리는 손전등 불빛을 따라 집으로 돌아갔다.

가장 두려웠던 것은 어머니가 어떤 정신 상태인지는 하나님만 아시는 상태로 철교 한가운데에 앉아 있는데 언제라도 기차가 포효하며 달려오고 내가 제때에 어머니를 구해내지 못할지도 모른다는 점이었다. 다행인 것은 밤이라서 기차가 강에 이르기 훨씬 전부터 달려오는 기차의 전조등이 보일 거라는 점이었다. 나는 조심스럽게 철교 위를 기어갔다. 어머니는 내 쪽을 돌아보지 않았고 내가 거기 와 있는 걸 아는지 모르는지 알 수가 없었다. 그러나 내가 몇 발자국 떨어진 곳까지 가까이 갔을 때 어머니가 내게 말했다.

"여기가 거기지, 그렇지, 프랭키?"

나는 어머니 옆에 서서 어머니가 보고 있는 곳을 내려다보았다. 강물이 환한 달빛을 받으며 은은하게 흐르고 있었다.

내가 대답했다. "네, 맞아요."

"뭘 보았니?"

"누나의 옷이랑 머리카락이요. 그게 다예요."

어머니가 나를 올려다보았고 나는 어머니의 두 뺨에서 얇고 투명한 물줄기의 흔적을 보고 어머니가 울고 있다는 것을 알아차렸다.

"여기서 수영 많이 했었어." 어머니가 말했다. "어렸을 때. 하류로 3킬로미터쯤 가면 코튼우드 개울과 합쳐지는 지점에 깊고 깨끗한 웅덩이가 있어. 거기 가봤니?"

"그럼요." 내가 말했다.

"앉아, 여기." 어머니가 자기 옆의 침목을 톡톡 쳤고 난 어머니가 하라는 대로 했다.

"난 이 강이 위험하다고 생각해본 적이 한 번도 없어, 프랭키. 근데 너는 여기서 또 다른 시신도 발견했지."

"네, 떠돌이요."

"떠돌이……." 어머니가 고개를 살짝 가로저었다. "한 사람의 삶이 그 한 단어로 요약이 되다니. 그리고 그 어린 바비 콜도, 개도 혹시……?"

"네, 개도요."

"참 기막힌 곳이구나." 어머니가 말했다. "그 모든 죽음이 다 여기서 일어났다니. 뭔가 이상하다는 생각은 안 들었어? 제이크랑 여기 자주 오니?"

"자주 왔었는데 이젠 안 와요. 이제 집에 가야 돼요, 엄마."

"너도 엄마가 걱정되니, 프랭키? 다들 내 걱정하는 거 알고 있어."

"요즘 엄마를 보면 무서워질 때가 가끔 있어요."

"나도 내가 겁이 나."

"집에 가요, 엄마."

"난 말이야, 네 아빠랑 말도 하기 싫어. 네 아빠한테 너무 화가 나. 모든 사람들한테 화가 나."

"하나님한테도요?"

"프랭키, 하나님은 없어. 내가 지금 당장 저 강물로 뛰어들어도 나를 구하려고 손을 내미는 하나님은 없다고. 그걸로 끝인 거야."

"나나 제이크나 아빠가 가만있지 않고 구해줄 거예요."

"내 말이 바로 그거야. 우리에게 관심을 가져주는 하나님이란 존재는 없어. 우리에겐 우리 자신과 사랑하는 가족이 있을 뿐이지."

어머니가 팔을 뻗어 내 어깨를 감싸 안고 자기 쪽으로 부드럽게 끌어당겼다. 어렸을 때 내가 무언가에 겁을 내고 있었을 때 어머니가 지금처럼 이렇게 안아주었던 것이 기억이 났다.

"그렇지만 네 아빠는 말이야, 프랭키. 우리보다 하나님한테 관심이 더 많고 하나님을 더 좋아하는 것 같아. 그리고 그게 엄마한테는 네 아빠가 가족보다 공기를 더 좋아하는 거나 마찬가지로 느껴져서 그래서 네 아빠가 싫은 거야."

나는 며칠 전날 밤 아버지가 교회 제단 앞에서 거스 삼촌의 팔에 안겨 우는 것을 보았다고 어머니에게 말해주고 싶었다. 그리고 그다음 날 아버지가 어떤 설교를 했는지 말해주고 싶었고, 아버지가 가족보다 더 좋아하는 것 같다고 어머니가 비난하고 있는 그 공기에서 아버지가 얼마나 놀라운 힘을 얻었는지도 말해주고 싶었다. 그러나 나는 아무 말 없이 어머니에게 기대어 어머니가 울고 있는 것을 느끼면서 달을 올려다보았고 강가에서 개구리의 울음소리를 들었다. 그때 마을 쪽 어둠 속에서 남자들의 목소리가 다가오는 것을 들었고 손전등 불빛이 선로를 비추는 것을 보았다.

"빌어먹을." 어머니가 조용히 말했다. "네이션 성인이 구조하러 오시는군." 어머니가 나를, 내 눈을 똑바로 쳐다보았다. "내 부탁 하나 들어줄래, 프랭키? 아빠한테는 말하면 안 되는 건데."

불빛이 철교에서 그리 멀지 않은 곳에 있어서 1~2분 후면 그들이 우리가 있는 곳에 다다를 것 같았다. 나는 결정을 내려야 했고 그것도 빨리 내려야 했다. 어머니는 너무나 외로워 보였다. 그리고 하나님과 아버지는 어머니의 부탁을 들어줄 것 같지 않아서 내가 들어주어야 할 것 같았다.

내가 대답했다. "네."


한밤중에 침대에서 일어났다. 잠잘 준비를 할 때 옷을 의자에 잘 개켜놓았더니 평소와는 다른 모습에 제이크가 이상하다는 눈초리로 나를 쳐다보았다. 그러나 낯선 밤이었고 그 당시에는 모든 것이 낯설게 느껴졌기 때문에 제이크는 내게 왜 그러느냐고 물어보지 않았다.

나는 옷을 집어 들고 복도로 나왔다. 부모님 방문은 닫혀 있었다. 어머니가 아직 자지 않고 내가 나가는 소리를 듣고 있는지 궁금했다. 나는 삐걱거리는 소리를 내서 요즘 거실 소파에서 자고 있는 아버지에게 내가 계단을 내려오고 있다는 사실을 알려줄 것 같은 계단 칸을 피해서 조심조심 계단을 내려왔다. 부엌으로 들어가 달빛에 비치는 벽시계를 보니 새벽 2시 35분을 가리키고 있었다. 나는 현관문을 살그머니 열고 나가 마당으로 가서 바지와 셔츠를 입고 양말과 운동화를 신었다. 잠옷은 잘 개어서 차고로 가져가 기름통 옆에 있는 선반에 올려두었다. 그러고는 자전거를 끌고 나가 올라탄 후 달빛을 받아 우윳빛으로 빛나는 도로를 달려 시내로 향했다.

나는 뉴 브레멘에서 살기 전에 목사인 아버지를 따라 여러 지역을 돌아다니면서 살았고 그래서 새로운 곳에 금방 익숙해지고 특별하거나 재미있는 것을 쉽게 발견하곤 했지만 뉴 브레멘만큼 친숙하게 느껴지는 곳은 없었다. 그런데 에어리얼 누나의 죽음으로 모든 것이 달라졌다. 마을은 내게 생경한 곳이 되었고 밤이면 특히 더 무서워서 자전거를 타고 인적이 끊긴 도로를 달리는데 사방에서 위험이 도사리고 있는 것처럼 느껴졌다. 불이 꺼진 집의 창문들은 나를 지켜보고 있는 검은 눈 같았다. 달이 만들어낸 그늘 속에 무서운 것들이 도사리고 있을 것 같았다. 나는 고지대까지 가는 3킬로미터를 귀신에게 쫓기듯이 전속력으로 페달을 밟았다.

브란트 가의 저택은 미식축구 경기장만큼이나 넓은 잔디밭 뒤에 서 있었고 잔디밭은 매우 깔끔하게 손질이 되어 있어서 마치 카펫을 깔아놓은 것 같았다. 그 드넓은 잔디밭 여기저기에 꽃들이 한창인 꽃밭이 있었고, 이 모든 것은 페트로프라는 정원 관리인이 돌봤다. 그의 아들 이반은 학교에서 나와 같은 반이었다. 단철로 만든 높은 울타리가 저택을 에워싸고 있었고 그 안으로 들어가는 유일한 방법은 대문을 통과해 들어가 긴 진입로를 거쳐 집 안으로 들어가는 길뿐이었다. 철 대문에 화려하게 장식이 된 B라는 커다란 쇠 철자가 붙어 있었다. 대문 양옆으로 거대한 돌기둥이 하나씩 서 있었고 그 대문 앞으로 다가가면서 보니까 기둥 하나에 검은색 스프레이로 '살인자(Murdrer)' (murderer를 잘못 쓴 것—옮긴이)라고 휘갈겨 쓰여 있는 것이 달빛 속에 드러나 보였다.

나는 대문 앞에 서서 철자가 잘못 적힌 성난 글씨체의 단어를 노려보았다. 그리 멀지 않은 곳 땅바닥에 스프레이 페인트 깡통이 놓여 있었다. 나는 유령 같은 불빛 속에 펼쳐진 텅 빈 거리를 바라보았다. 저 멀리 보이는 집들도 전부 대저택이었고 상당히 넓은 땅에 지어져 있었지만 브란트 가의 규모에는 댈 것도 아니었다. 그 저택들 모두가 완전한 어둠에 잠겨 있었다.

나는 100미터 가까이 더 가서 울타리 밖에 커다란 단풍나무가 한 그루 서 있는 곳에 멈춰 섰다. 그 나뭇가지들의 일부는 단철 울타리 안으로 뻗어 있었다. 나는 나무 몸통에 자전거를 기대 세워놓고 나무를 기어 올라가 가장 두꺼운 가지를 타고 기어나가서 브란트 가의 마당으로 뛰어내렸다. 그러고는 달빛이 만들어낸 넓은 호수를 가로질러 집을 향해 뛰어갔다. 브란트 가의 저택은 흰 대리석과 흰 기둥이 인상적이었고 뉴 브레멘 마을이 형성되던 초기에 지어진 건물이었다. 나는 방향을 바꿔서 마차 차고를 개조한 차고를 향해 뛰어갔다. 그 앞

진입로에 칼 브란트의 빨간색 소형 스포츠카가 주차되어 있었다.

나는 엄마가 지시한 대로 한 다음 다시 울타리로 달려갔다. 도와줄 단풍나무가 없어서 단철 울타리를 오르는데 힘이 들었지만 결국에는 넘어왔고 자전거를 타고 집을 향해 열심히 페달을 밟았다.

그리 멀리 가지 않아 시내 중심가로 향하는 내리막길 도로로 접어들려고 급커브를 도는데 맞은편에서 다가오는 자동차의 전조등 때문에 눈이 부셨다. 급히 방향을 바꾸다가 자전거에서 떨어질 뻔했다. 나는 자전거를 멈춰 세웠고 자동차도 멈춰 섰다. 차 문이 열렸다가 닫히는 소리가 들렸다. 너무 밝은 전조등 불빛 때문에 누군지 보이지 않았다. 그러나 잠시 후 도일의 커다란 그림자가 내게로 드리워졌고 나는 이제 죽었구나 싶었다.

"누가 브란트 가 주변을 배회한다는 신고가 들어왔어." 도일이 말했다. "그게 너라는 사실이 왜 놀랍지가 않을까? 자전거에서 내려라, 프랭크. 가자."

나는 도일을 따라 그의 순찰차 뒤쪽으로 갔다.

도일이 트렁크를 열었다. "자전거 여기다 실어." 시키는 대로 하자 그가 조수석을 가리키며 말했다. "타."

우리가 탄 순찰차가 브란트 가 저택의 대문 앞에 이르자 전조등 불빛에 낙서가 드러났다. 도일은 옆에 앉은 나를 돌아보았지만 말은 하지 않았다. 그가 차에서 내려 스프레이 페인트 깡통을 들고 다시 탔다. 그러고는 차를 돌려서 천천히 고지대에서 내려갔다. 도일은 오랫동안 아무 말 없이 한 손으로 운전대를 잡고 운전만 했다. 순찰차 무전기가 가끔씩 삑삑거리며 신호를 보내왔지만 그는 마이크를 집어들 생각도 하지 않았다.

나는 참담한 마음으로 도일 경관 옆에 앉아 있었다. 아버지가 언젠가 거스 삼촌을 데리러 오셨듯이 한밤중에 나를 데리러 유치장을 찾아오는 모습이, 아버지의 표정이 보이는 것만 같았다.

메인 거리와의 교차로에서 도일은 경찰서가 있는 시 광장 쪽으로 방향을 바꾸지 않고 평지대를 향해 달려갔다.

도일이 말했다. "브란트 가 사람들이 분수를 모르고 너무 잘난 체한다고 생각하는 사람들이 많아. 무슨 뜻인지 알겠니?"

"네, 경관님."

"누나에게 일어난 일로 주민들이 화가 많이 났다. 그래도 장담컨대 브란트 가의 아들은 처벌을 받지 않고 끝날 거야. 유감이지만, 프랭크, 세상이 그렇게 돌아간다. 부자들은 죽마를 타고 걸어 다니고 우리 같은 서민들은 그 밑에서 흙바닥을 기어 다니는 거지. 그러면 어떻게 해야 할까? 세상 사람들이 다 볼 수 있도록 스프레이 페인트로 진실을 써놓는 것도 한 방법이긴 해. 그들이 무슨 짓을 했는지 어떤 인간들인지 폭로하면 속이라도 좀 풀릴 테니까." 그가 미소를 짓다가 작은 소리로 허허 웃었다.

나는 브란트 가 사람들을 증오한다고 생각했지만 도일의 말을 들어보니 왠지 불안한 느낌이 들었고 우리 둘이 더 크고 더 어두운 음모의 일부인 것 같은 생각이 들었는데, 내가 그런 음모에 가담하고 싶은지는 나 자신도 알 수 없었다. 그러나 유치장으로 끌려가는 것보다는 나았다.

도일이 우리 집 앞에 차를 세웠고 둘 다 차에서 내렸다. 도일은 내가 자전거를 내릴 수 있도록 트렁크를 열어주었다. 그는 브란트 가의 대문 옆에 놓여 있었던 스프레이 페인트 깡통을 집어 들었다.

"괜찮다면 이건 내가 가져갈게." 도일이 말했다. "아무도 못 찾게 어디다 갖다버려야지. 프랭크, 이건 우리 둘만의 비밀이다, 알겠니? 네가 누구에게 한마디라도 하면 난 네가 거짓말쟁이라고 떠들고 다닐 거다. 알겠니?"

"네, 경관님."

"좋아, 그럼. 들어가서 좀 자둬."

도일은 내가 차고 벽에 자전거를 기대 세워놓고 부엌으로 통하는 옆문으로 살그머니 들어가는 것을 지켜보았다. 내가 2층 우리 방으로 올라가기 전에 거실 창밖을 내다보니 도일은 가고 없었다.

## 29. 날 선 공방

그다음 날 아침 일찍 보안관이 우리 집에 왔다. 침대에서 일어나지
않고 있는 어머니를 빼고 가족 모두가 모여서 아침식사를 하고 있을
때였다. 아버지가 현관문을 열어주었고 보안관이 안으로 들어왔다.
나는 의자에서 일어나 부엌 문간으로 가서 숨을 죽이고 두 남자의 이
야기를 엿들었다.

"어젯밤에 브란트 가의 저택에 누가 찾아가서 대문에다 스프레이
페인트로 '살인자'라고 적어놓고 갔어. 근데 그 범인이 똑똑한 사람은
아닌 거 같아. 철자에서 e를 빼먹고 '*Murdrer*'라고 적어놨더라구. 그
래도 무슨 뜻인지는 다 아는 거지만."

"저런, 그랬구나." 아버지가 말했다.

"당신이나 당신 가족은 이 일에 대해서 아는 게 없겠지?"

"없어. 그런데 왜 우리를 의심하는 거지?"

"의심하는 게 아니고 그냥 확인하는 거야. 사실 의심을 하자면 주민
들 전체를 의심해야 되겠지. 요즘 브란트 가에 대한 반감이 대단하거

든. 그건 그렇고 어젯밤에 사모님을 잃어버릴 뻔했다면서."

"아니, 그런 건 아니고, 루스가 산책을 나서면서 어디 간다고 아무한 테도 알리지 않고 나간 거야. 늦은 시각이라 다들 걱정 좀 했지."

"아, 그럼 내가 잘못 들었나 보구먼." 보안관이 말했다.

그러고는 며칠 전에 내 어깨 너머로 집 안을 살펴보았던 것처럼 아버지 어깨 너머로 집 안을 둘러보았다. 그러다가 부엌 문간에 서 있는 나와 눈이 마주치자 나를 한참 동안 물끄러미 쳐다보았는데, 브란트 가의 저택에 낙서한 범인이 누군지 자기는 알고 있다는 눈빛이었다.

"더 할 말 있나, 보안관?"

"이게 다인 것 같군. 자네가 알고 있어야 할 것 같았어."

보안관은 집을 나가 자기 차를 타고 떠났고 내가 식탁을 향해 돌아서자 보안관이 나를 쳐다보던 눈빛과 똑같은 눈빛으로 제이크가 나를 보고 있었다. 아버지가 식탁으로 돌아왔지만 제이크는 아무 말도 하지 않았고 우리는 조용히 아침식사를 마쳤다.

나중에 우리 방에서 제이크가 말했다. "살인자(Murdrer)? 살인자 철자도 제대로 몰랐던 거야?"

"무슨 얘기야?"

"알잖아."

"아니, 모르겠는데."

"분명히 잘 때는 잠옷을 입고 잤는데 아침에 일어났을 땐 팬티에 티셔츠 바람이어서 이상하다 했어. 어젯밤에 브란트 가에 갔던 사람, 형 맞지?"

"너 미쳤구나."

"아니." 제이크는 자기 침대 가에 앉아 나를 올려다보고 있었지만 화가 나거나 걱정스러운 표정은 아니었다. "왜 나는 안 데려갔어?"

"너를 곤란하게 만들고 싶지는 않았어. 근데 제이크, 내가 거기 갔던 건 맞는데 그 단어를 쓴 건 내가 아니야."

"그럼 형은 뭐 했어?"

"엄마가 칼의 스포츠카 창문에 봉투를 꽂아놓고 오라고 해서 그렇게 했어."

"그 안엔 뭐가 들었는데?"

"몰라. 열어보지 않겠다고 약속하래서 안 열어봤지."

"그럼 대문에 낙서한 건 누구지?"

"모르지. 내가 도착했을 땐 벌써 낙서가 되어 있었어."

제이크에게 자세하게 이야기를 해주려고 하는데 작은 자동차 엔진이 거침없이 포효하는 소리가 들려서 창가로 가서 내다보니 칼 브란트의 스포츠카가 집 앞에 와서 섰다. 제이크와 내가 아래층으로 내려갔을 땐 어머니가 드디어 일어나서 토스트와 커피로 식사를 하고 있었다. 교회 목사실로 갔던 아버지도 칼이 오는 소리를 들었는지 재빨리 집으로 돌아왔다.

칼이 현관문을 두드렸고 내가 열어주었다. 칼이 집 안으로 들어올 때 아버지도 칼을 뒤따라서 현관 계단을 뛰어올라왔다. 칼은 참담한 표정이었다. 눈을 내리깔고 어깨를 축 늘어뜨린 채로 서 있었고 마치 실제로 그런 냄새가 있는 것처럼 절망의 냄새가 나는 것 같았다. 어머니가 커피 잔을 들고 부엌에서 나왔다. 칼을 보고도 전혀 놀라는 표정이 아니었다. 칼의 다갈색 눈이 아버지와 나를 잠깐 쳐다보다가 마침내 어머니를 바라보았다. 그가 낯익은 봉투를 들어 보였다. 칼과 어머니는 한마디도 나누지 않았다. 어머니가 식탁에 커피 잔을 올려놓고 나서 봉투를 받아들더니 거실로 걸어갔다. 칼이 그 뒤를 따랐다. 나머지 사람들은 침묵의 연극 공연을 보는 것처럼 조용히 그들을 지켜보았다. 어머니가 피아노 앞에 앉았다. 봉투를 열어 악보 두 장을 꺼내 건반 위 악보대에 펼쳐놓고 연주를 하면서 노래를 부르기 시작했다.

노래는 냇 킹 콜이 부른 명곡 〈언포겟터블(Unforgettable)〉이었다. 어머니의 완벽한 연주와 노래를 듣자니 베개가 마음의 모든 시름을 내려놓고 편히 쉬라고 나를 유혹하는 것만 같았다. 이 노래는 칼과 에어리얼 누나가 올해 봄 고학년 축제에서 이중창으로 불러서 박수갈채를 받았던 곡이었다. 우리 가족 모두 그곳에 갔었고 나는 둘의 노래를 듣고 나서 사랑이 어떤 건지 알 것 같다고 생각했었다.

칼 브란트는 한 손을 피아노 위에 올려놓은 채 서 있었고 나는 몸을 의지할 그 커다란 악기가 없었다면 그가 쓰러졌을지도 모르겠다고 생각했다. 내게는 늘 나이 많고 성숙하고 세련된 청년으로 보였던 그가 그 순간에는 금방이라도 울음을 터뜨릴 것 같은 작은 어린아이로 보였다.

어머니의 연주와 노래가 끝나자 칼이 작은 소리로 말했다. "전 에어리얼을 죽이지 않았어요. 털끝 하나 건드리지 않았다구요."

"네가 그랬다고 생각한 적은 단 한순간도 없다, 칼." 아버지가 대꾸했다.

칼이 돌아서서 아버지를 쳐다보며 말했다. "다른 사람들은 다 그렇게 생각해요. 이제 전 집 밖으로 나갈 수도 없어요. 다들 무슨 괴물을 쳐다보듯 저를 노려봐서요."

피아노 의자에 앉아 있는 어머니가 고개를 들고 칼을 올려다보며 말했다. "네가 내 딸을 임신시켰잖니."

"저는 아니에요." 칼이 말했다. "맹세할 수 있어요, 저는 아니라고."

"내 딸이 아무 남자들하고나 자고 다녔다고 말하는 거니, 지금?"

"아뇨. 하지만 전 에어리얼하고 잔 적이 한 번도 없어요."

"네 친구들한테 했던 말하고 다르구나."

"그건 그냥 한 말이었어요, 드럼 부인."

"남의 마음을 상하게 하는 혐오스러운 얘기를 함부로 하고 다녔구나."

"알아요, 알아요. 저도 그런 이야기를 한 걸 후회하고 있어요. 하지만 남자애들은 다 그런 얘기하고 다녀요."

"그렇다면 남자애들 모두 부끄러운 줄 알아야지."

"저는 에어리얼을 죽이지 않았어요. 하나님께 맹세해요, 손끝 하나 건드리지 않았어요."

그때 현관 계단을 쿵쾅거리며 올라오는 소리가 들리더니 곧 현관문을 주먹으로 두드리는 소리가 났고 어두운 표정의 브란트 부부가 방충망을 통해 안을 들여다보고 있었다.

아버지가 그들을 안으로 들이자 브란트 부인이 달려와 아들과 우리 어머니 사이에 서더니 아들에게 말했다. "어쩌자고 여길 와."

"아니라고 얘기를 해야 했어요." 칼이 말했다.

"그럴 필요 없어. 누구에게도 네가 설명할 의무는 없는 거야."

"아, 그건 아니죠, 줄리아."

브란트 부인이 어머니에게로 관심을 돌렸다. "얘는 당신 딸의 죽음과는 아무 상관없어요."

"임신은요?"

"그것도요."

"칼은 한 입으로 두 말을 하고 있어요, 줄리아."

어머니가 어쩌나 침착하고 단호해 보이는지 놀랍기 그지없었다.

브란트 부인이 아들에게 말했다. "칼, 집에 가서 기다려. 여기 일은 우리가 알아서 할게."

"하지만 이분들도 알아야 해요." 칼이 애원했다.

"말했지, 여기 일은 우리가 알아서 한다고."

"집에 가라, 아들." 악셀 브란트가 말했다. 지친 목소리였고 칼과 마찬가지로 절망이 느껴지는 목소리였다.

칼이 몸을 웅크린 채 천천히 거실을 가로질러 갔고 나는 보안관과 도일이 그의 어떤 모습을 보고 브란트 가의 남자애라고 불렀을지 이해가 갔다. 칼이 현관문 앞에 이르러 잠깐 머뭇거리기에 돌아서서 무슨 말을 하려나 보다 생각했다. 그러나 그는 아무 말 없이 문을 열고 눈부신 아침 햇살 속으로 걸어 들어갔다. 1분쯤 뒤 스포츠카가 출발하는 소리가 들렸다.

"자, 그럼." 줄리아 브란트가 관심을 다시 어머니에게로 돌리며 말했다. "나한테 할 말 있어요, 루스?"

"딱 하나요, 줄리아. 무엇이 그렇게 두려운가요?"

"왜 내가 두려워한다고 생각하죠?"

"당신이 숨어 있으니까요. 네이선과 내가 당신 부부와 칼을 만나려고 찾아가기까지 했는데 우릴 만나기를 거부했잖아요. 왜죠?"

"변호사 때문입니다." 악셀 브란트가 말했다. "다른 누구와 만나 대화를 나누지 않는 편이 좋겠다고 조언을 해줬거든요."

"아무리 그래도 난 당신들이 적어도 우리를 만나는 줄줄 알았습니다." 아버지가 말했다.

"만나고 싶었지만······." 브란트 씨는 말을 끝맺지 못했다. 대신 아내를 향해 비난의 눈길을 던졌다.

"만날 이유가 있어야 만나죠." 줄리아 브란트가 말했다. "칼은 당신들 딸을 해치지 않았어요. 임신을 시키지도 않았고요. 항간에는 결혼한다는 소문도 있었던 모양이지만 결혼할 의향도 전혀 없었고요."

"어떻게 그런 걸 다 알고 있죠, 줄리아?" 어머니가 피아노 의자에서 일어섰다. "칼의 생각과 행동을 전부 다 알고 있는 거예요?"

"난 내 아들을 잘 알아요."

"나도 내 딸을 잘 안다고 생각했어요."

"당신 딸에 대해서는 우리 모두가 잘 알고 있지 않나요?"

"뭐라고요?"

"오래전부터 칼에게 눈독을 들였잖아요. 당신 딸이 왜 임신을 했을 거라고 생각해요?"

"줄리아." 브란트 씨가 경악한 표정으로 아내를 불렀다.

"말해야 돼, 악셀. 에어리얼은 칼이 원하지 않는 결혼을 하게 만들려고 임신을 한 거예요. 우리 가족은 누구도 원하지 않는 결혼을 하게 만들려고요. 사실, 루스, 우린 그런 결혼을 절대로 허락하지 않았을 거예요."

"줄리아, 제발 입 좀 다물어." 브란트 씨가 말했다.

어머니가 조용히 말했다. "왜 반대한다는 거예요, 줄리아?"

"칼이 어떤 집안의 사위가 되었겠어요? 위험부담이 너무 크잖아요." 브란트 부인이 대답했다. "당신 자식들만 봐도 그래요, 루스. 언청이인 딸에, 말 더듬는 아들에, 원주민처럼 마구 날뛰는 아들까지. 에어리얼이 어떤 아이를 낳았겠어요?"

"네이선, 루스. 정말 미안합니다." 악셀 브란트가 성큼성큼 방을 가로질러 와 아내의 팔을 붙잡았다. "줄리아, 집에 갑시다."

"잠깐만요, 악셀." 어머니가 놀라울 정도로 차분하게 말했다. "줄리아, 콧대가 아주 하늘을 찌르는군요. 하지만 난 당신이 자동차 정비일을 하면서 술이나 퍼마셔대던 남자의 딸이었다는 걸 기억해요. 그리고 이 마을 사람들은 당신이 악셀에게 눈독을 들였다는 걸 다 알고 있었죠. 그래서 당신들 결혼식과 아들 출산일까지의 날짜를 계산하면서 이러쿵저러쿵 얼마나 말들이 많았는데요. 그러니까 에어리얼의 상태에 대해서는 한마디도 더 말하지 말아요, 특히 당신은."

"내가 왜 여기서 이런 이야기를 듣고 있는지 모르겠어, 악셀." 줄리아 브란트가 어머니에게서 홱 돌아서면서 말했다.

"당신이 숨기고 있는 것이 무엇이든 내가 꼭 찾아낼 거예요." 어머니가 줄리아 브란트의 등에 대고 말했다.

악셀 브란트는 사과의 말을 몇 마디 더 중얼거린 후 아내를 따라 현관을 나섰다.

그들이 떠난 후 지독한 정적이 감돌았다. 전쟁터에서 총소리가 멈춘 다음에 감돌 법한 정적이었다. 우리는 모두 현관문을 쳐다보며 서 있었다.

어머니가 밝은 목소리로 말했다. "숨어 있던 브란트 가족을 몰고 나온 사람이 누군진 몰라도 굉장히 고맙네, 그치?"

아버지가 어머니를 바라보며 말했다. "몰고 나왔다고? 루스, 그 사람들은 메추라기가 아니야, 우리의 사냥감이 아니라고."

"물론 아니지. 하지만 성인이니까 책임을 져야 해."

"무슨 책임? 확실한 것은 아직 아무것도 없어."

"못 느끼겠어, 네이선? 그들이 감추고 있는 게 있어. 알고는 있는데 얘기 안 하는 게 있다고."

"지금으로서는 이 마을 사람들이 브란트 가족을 대하는 태도에 커다란 실망감밖에 못 느끼겠어."

"그건 당신이 여기서 자라지 않았기 때문이야. 브란트 가 사람들은 항상 죄를 짓고도 책임을 회피했어. 그걸 마을 사람들이 다 알고 있고. 하지만 이번에는 그렇게 안 될걸."

아버지가 대단히 괴로운 표정을 지었다. "어떡하면 당신이 이 분노에서 벗어나게 할 수 있을까, 루스?"

"날 위해 기도하는 거겠지, 네이선. 당신이 제일 잘하는 게 그거 아니야?"

"루스, 하나님은……."

"내 앞에서 하나님이라는 말 한 번만 더 하면, 당신 곁을 떠날 거야. 맹세해, 진짜로 당신 곁을 떠날 거라고."

아버지는 어머니한테 주먹으로 한 대 얻어맞은 것처럼 깜짝 놀란 표정이었다. 아버지가 빈손을 펼쳐 들어 보이며 말했다. "어떻게 그래, 루스. 내게는 모든 것의 핵심에 하나님이 계시는데."

어머니가 아버지 곁을 지나 전화기가 놓인 탁자로 가서 수화기를 들고 다이얼을 돌렸다. "아버지, 루스예요. 한동안 아버지 집에서 지낼 수 있을까 해서요. 아뇨, 그냥…… 네, 한동안이요. 아뇨, 아버지, 별일 없어요. 네, 태우러 와주시면 좋겠어요. 빠르면 빠를수록 좋아요."

어머니가 전화를 끊었고 방 안에는 침묵이 감돌았다.

## 30. 잠시 찾아온 행복

어머니는 여행가방 한 가득 짐을 챙겨 떠났다. 어머니가 외할아버지에게 전화를 건 후, 아버지는 결정을 번복하라고 어머니를 설득하지 않았다. 여행가방을 들어다 주겠다고 제안했지만 어머니가 거절했고 할아버지의 차가 서 있는 곳까지 어머니가 직접 끌고 갔다. 두 남자는 악수를 했고 어색하게 서서 어머니가 커다란 뷰익 승용차에 자리를 잡고 앉는 것을 지켜보았다.

제이크와 나는 그늘진 베란다에 서 있었다. 어머니가 떠나자 아버지가 우리에게로 걸어왔는데 무슨 말을 해야 할지 모르겠다는 듯 당혹스러운 표정이었다. 아버지가 어깨를 으쓱거렸다.

"엄마가 시간이 좀 필요한가 봐, 얘들아." 아버지가 말했다. "그동안 많이 힘들었잖니."

칫, 우리는 안 힘들었나요, 뭐. 다들 힘들었지. 물론 내 생각을 입 밖에 내지는 않았다.

"난 교회에 가 있을게." 아버지가 말했다.

그러고는 우리 곁을 떠나 교회를 향해 천천히 흐느적흐느적 걸어갔다. 그 모습이 꼭 길을 잃고 헤매는 사람 같았다.

제이크가 베란다 지붕을 받치고 있는 기둥을 하릴없이 툭툭 차면서 물었다. "이젠 뭐 할 거야?"

"거스 삼촌 찾으러 가자."

더운 날이었고 아직 시간이 일렀기 때문에 약국에 있지 않을까 생각하고 찾아갔는데 과연 약국 앞에 거스 삼촌의 인디언 치프가 서 있었다. 우리는 안으로 들어갔다. 거스 삼촌은 보이지 않았다. 핼더슨 씨가 손님과 이야기를 나누다가 우리를 보더니 잠깐 실례한다고 말한 후 우리에게로 다가왔다. 마치 우리가 특별 손님이라도 된 것 같았다.

"여어, 친구들." 핼더슨 씨가 말했다. "이른 아침에 어쩐 일이야?"

"거스 삼촌을 찾으러 왔어요, 핼더슨 씨." 내가 말했다.

"아까 왔다가 금방 갔는데. 아마 옆에 이발소로 이발하러 갔을 거다. 그건 그렇고 어젯밤에 브란트 씨네 집 대문에 누가 뭘 써놓고 갔다면서."

"네, 저도 들었어요." 내가 말했다.

핼더슨 씨는 전날 밤 도일 경관이 그랬듯이 나를 향해 다 알고 있다는 듯 은근한 미소를 지었다. 그가 그런 짓을 한 범인을 비난하지 않는 것이 분명했고 누구를 범인으로 생각하는지도 분명했다. 도일이 소문을 퍼뜨리지 않았을까 하는 생각이 들었다.

나는 거스 삼촌이 어딜 갔을지 알려줘서 고맙다고 인사를 한 뒤 옆의 이발소로 갔다. 과연 삼촌은 의자에 앉아 흰 시트를 목에 두르고 고개를 숙이고 있었고, 바케 씨가 전기 면도기로 삼촌 뒤통수의 머리카락을 다듬고 있었다.

그 이발사가 고개를 들고 우리를 맞았다. "어서 와라, 얘들아."

바케 씨는 우리 가족의 이발을 도맡아 해주는 이발사였다. 한 달에 한 번 정도 토요일 오전에 우리 집 세 남자가 이발소로 와서 머리를 깎고 가곤 했다. 나는 이발소가 좋았다. 머릿기름과 향료 냄새가 좋았고 아버지는 절대로 허락하지 않을 만화책과 잡지책들이 수두룩하게 널려 있는 것도 좋았다. 제이크와 내가 야구장에서 다른 아이들과 동네 야구를 하고 나서 잔디밭에 앉아 이야기를 나누며 뉴 브레멘과 세상에 대해서 정보를 교환하듯이, 남자들이 거기 모여서 이런저런 이야기를 나누고 농담하며 서로를 알아가는 것도 마음에 들었다.

"안녕, 프랭키, 제이크." 거스 삼촌이 싱긋 웃으면서 말했다. 내가 거스 삼촌을 좋아하는 이유들 중 하나가 이거였다. 삼촌은 우릴 만나면 항상 반가워했다. "둘이 어쩐 일이야?"

"삼촌한테 할 말이 있어서요." 내가 말했다.

"그래, 그럼 해봐."

내가 거스 삼촌 뒤에 서 있는 바케 씨의 얼굴을 쳐다보자 삼촌은 내 눈길의 뜻을 알아차렸다. "잠깐 거기 앉아서 만화책 읽고 있어. 이발 끝나고 나서 이야기하자, 어때?"

제이크와 내가 소파에 앉았다. 제이크는 성질이 못돼서 항상 문제를 일으키고 다니는 작은 악마가 나오는 '핫 스터프(Hot Stuff)'라는 만화책 시리즈 중 한 권을 집어 들었다. 나는 《액션 포 맨(Action for Men)》이라는 잡지를 집어 들었는데 표지에 사파리 복장을 한 남자가 멋진 소총을 들고 서 있고 옆에는 관능적인 몸매의 금발 여성이 서 있는 사진이 실려 있었다. 그녀는 아주 짧은 카키색 스커트에 여기저기 찢어져서 맨살이 많이 보이고 브래지어가 살짝 드러나 보이는 블라우스를 입고 있었다. 두 사람은 굉장히 굶주린 것 같은 사자와 맞닥뜨리고 있었다. 여자는 잔뜩 겁을 집어먹은 표정이었다. 남자는 아주 침착하고 자신만만해 보였다. 나도 그런 상황이라면 그 남자 같은 태도를 보일 것 같았다. 잡지를 펼치자 아마존에서 독거미 떼의 공격을 받은 남자를 다룬 기사가 나왔다. 하지만 거스 삼촌이 금방 이발을 마쳤기 때문에 다 읽진 못했다. 삼촌이 이발소를 성큼성큼 걸어 나갔고 제이크와 내가 그 뒤를 따라 나갔다. 거리에서 삼촌이 돌아서서 우리를 쳐다보았다.

"그래, 하고 싶은 얘기가 뭔데?"

"엄마가 집을 나갔어요." 내가 말했다.

"집을 나갔다고? 그게 무슨 소리야?"

"가출했다고요. 외할아버지 댁에 살러 갔어요."

거스 삼촌은 금방 깎은 머리를 쓱 쓰다듬었다. "아버지는 어때?"

"교회로 가서 잘 모르겠어요."

"그랬구나." 거스 삼촌이 생각에 잠긴 표정으로 말했다. "그랬어." 삼촌이 평지대 쪽을 바라보았다. "집까지 태워다 줄까?"

물론 우리는 그 제의를 받아들였다.

거스 삼촌이 오토바이에 올라탔다. 나는 삼촌 뒤에 앉았고 제이크는 사이드카에 들어가 앉았다. 몇 분 지나지 않아 교회 주차장에 다다랐고 삼촌이 거기에 인디언 치프를 세웠다. 그러고 나서 우리 집을 향해 고갯짓을 하며 말했다.

"너희는 집에 가서 점심 먹고 있어. 난 조금 있다 건너갈게."

삼촌은 교회로 들어갔고 우리는 길을 건너 집으로 갔다.

우리는 땅콩버터와 젤리를 넣어 샌드위치를 만든 다음 식탁에 앉아 감자칩과 체리 맛 쿨에이드와 함께 먹었다. 그러고 나서 텔레비전을 보러 거실로 갔다. 나는 어머니가 없으니까 거실이 절망에 빠져 허덕이는 것 같은 느낌도 사라졌을 거라고 생각했는데, 퀴퀴한 담배 냄새가 배어 있는 방 안 공기를 호흡하니까 마치 죽음을 호흡하는 것 같은 느낌이 들었다. 딸을 잃은 슬픔에 침잠한 어머니는 우리가 커튼을 걷지 못하게 막았다. 아버지와 에밀 브란트가 어머니를 설득하려고 애를 썼지만 어머니는 강하게 반발하며 거부했다. 사실 우리도 여름에 무더위가 기승을 부리는 동안에는 커튼을 다 치고 살았지만 어머니가 어둠을 고집하는 이유는 그런 것이 아니었다. 제이크가 소파에 풀썩 주저앉아 텔레비전을 켰다. 내가 남쪽 창가로 가서 커튼 한쪽을 젖히고 반대쪽도 젖히자 화사한 7월의 햇살이 쏟아져 들어와 바닥에 부딪혔다가 벽으로 튀어 올랐다. 제이크가 벌떡 일어서서 내가 십계명 중 하나를 어기기라도 한 것처럼 고통스러운 표정을 짓더니 얼마 지나지 않아 갑자기 우리 것이 된 자유를 깨닫고는 동쪽 창가로 달려가 커튼을 모두 젖혔다. 집 안으로 몰려 들어온 것은 햇빛만이 아니었다. 신선한 여름 냄새도 같이 들어왔다. 우리 집 뒤의 초원에서 자라는 야생 데이지의 향기와 에드너 스위니가 빨랫줄에 널어놓은 젖은 빨래 냄새와 두 집 건너에 있는 핸슨 씨네 집 포도덩굴에서 익어가는 포도 향기와 철길 옆에 있는 대형 곡물 창고에서 나는 구수한 곡물 냄새와 심지어 두 블록 떨어진 곳에 있는 강가에서 나는 짙은 흙냄새도 들어왔다. 제이크는 쏟아져 들어오는 햇빛 속에 우두커니 서 있었다. 전기가 통하는 것처럼 얼굴이 발갛게 달아올랐고 해맑게 웃고 있었다.

거스 삼촌이 집 안으로 들어와 엉덩이에 두 손을 대고 서서 우리를 바라보았다.

"너희 지금 뭐 하니?" 삼촌이 물었다.

"아무것도 안 해요." 내가 말했다.

우리가 커튼을 다 젖혀놓은 것을 보고 삼촌이 뭐라고 꾸짖을지도 모른다는 생각이 들었다.

"그럼 승마나 하러 갈까?" 삼촌이 우리 집 패커드 자동차 열쇠를 들어 보이며 말했다.

우리는 계곡을 벗어나 북쪽으로 달려 완만한 구릉의 농장지대로 들어갔다. 주로 시골길을 따라 달렸는데, 옥수수 밭과 콩밭 사이로 구불구불 이어지다가 농장 사이를 가로지르기도 하고 마을을 만나면 사라졌다가 또 금방 나타나기도 하는 시골길은 신기한 미로 같았다. 마침내 우리가 미네소타 강이 만들어낸 계곡보다 훨씬 작은 계곡 마을로 들어서자 깨끗한 흰 울타리에 둘러싸인 알팔파 밭들이 나타났다. 포장도로에서 내려 긴 흙길을 따라 한참을 달려가자 농가가 한 채 나타났다. 헛간과 별채도 몇 칸 있었는데 모두 10여 그루의 커다란 느릅나무 잎들에 덮여 있었다. 집 근처 그늘 속에서 한 여자가 우리가 오는 것을 바라보고 있었는데, 거스 삼촌이 차를 세우자 우리를 맞으러 다가왔다.

"제군들." 우리가 차에서 내린 후 거스 삼촌이 말했다. "여기 이분은 진저 프렌치 양이야. 진저, 내 친구 프랭키와 제이크."

우리는 그녀와 악수를 했고 나는 진저 프렌치가 이제까지 내가 본 여자들 중에서 가장 예쁜 여자라고 생각했다. 키가 크고 호리호리했으며, 긴 갈색의 생머리가 어깨를 덮고 있었다. 진주 똑딱이 단추가 달려 있는 옅은 파란색 셔츠를 입고 검은색 가죽으로 만든 승마 장화

까지 신고 있어서 서부 영화에 나오는 여자 같았다.

그녀가 거스 삼촌의 뺨에 입을 맞추더니 우리를 바라보며 말했다. "출발하기 전에 레모네이드 좀 마실래?"

"아뇨, 프렌치 씨." 내가 대답했다. "바로 출발하죠."

그녀가 웃음을 터뜨리자 거스 삼촌도 따라 웃었다. 그녀가 삼촌의 팔을 잡고 미리 말에 안장을 얹어 대기시켜놓은 헛간으로 갔다.

그날 오후 내가 알게 된 바에 따르면, 진저는—그녀는 성이 아닌 이름으로 불러달라고 부탁했다—미네소타가 아니라 켄터키에서 자랐고 카길이라는 회사에서 근무하는 남편을 따라 서부로 오게 되었다. 그들은 트윈시티에서 살았지만 그녀가 시골 생활을 그리워해서 남편이 이 작은 계곡에 땅을 샀고 주말 목장을 하면서 여름에도 상당 기간을 여기 와서 지냈다. 그러다가 2년 전에 남편이 심장마비로 숨지자 그녀는 목장으로 아예 이사를 와서 자신이 직접 목장을 운영했다. 그녀는 거스 삼촌이 그해에 첫 건초 만들기에 큰 도움을 주었다고, 건초 묶는 작업을 거의 다 혼자 했다고 말했다. 힘이 정말 세더라구, 그녀가 이렇게 말하면서 삼촌을 보며 오랫동안 미소를 지었다.

나는 거스 삼촌에 대해서 꽤 많은 사실을 알고 있었는데, 카운티 전역을 돌아다니며 온갖 잡일을 다 해서 생계를 유지한다는 것도 알고 있었다. 거스 삼촌은 우리 아버지가 담임을 맡고 있는 세 교회의 관리를 맡아 했고, 뉴 브레멘 공동묘지의 무덤을 파고 묘지를 관리하는 일을 했으며, 가끔씩 오토바이 수리가 필요하다며 몽크 정비소에서 전화가 오면 가서 수리를 했고, 옥수수 밭에서 흰독말풀을 제거하는 작업도 했으며, 울타리에 철조망 설치 작업도 했고, 홍수에 침식될 위험이 있는 시냇가에 사석(砂石) 설치 작업도 했고, 간간이 건설공사장에서도 일을 했다. 그리고 이젠 건초 만들기 일까지 했다는 사실도 알게 되었다. 흠, 진저를 위해서라면 나라도 건초 만들기 작업에 기꺼이 나설 것이고 단 한 푼도 받지 않을 것 같았다.

나는 스모키라는 말을 탔고 제이크는 포키라는 말을 배정받았다. 거스 삼촌은 토네이도라는 이름의 커다란 황갈색 야생마를 탔고 진저는 물론 레이디라는 말을 탔다. 우리는 작은 계곡의 아래쪽에서 구불구불 이어지는 시냇물을 따라 나란히 가는 길을 걸어갔다. 그러다가 바퀴가 없고 블록 위에 올려져 있는 작은 트랙터 옆을 지나갔다. 벨트가 뒤쪽 차축에서부터 관개용 펌프까지 연결되어 있어 시냇물을 끌어다가 알팔파 밭에 댈 수 있었다.

"거스가 고안한 거야." 진저가 말하더니 팔을 뻗어 삼촌의 팔을 부드럽게 어루만졌다.

거스와 진저는 조용히 이야기를 나누며 나란히 말을 타고 걸어갔다. 제이크와 나는 그 뒤를 따라갔다. 전에도 두 번의 여름성경학교 때 말을 타본 적이 있어서 그런지 우린 승마를 꽤 잘하는 편이었다. 우리는 말을 타고 달리고 싶었지만 진저는 이번에는 천천히 걸어 다니면서 말들과 친해지는 시간을 갖는 것이 좋겠다고 말했다. 나는 걷든 달리든 상관없었다. 이렇게 아름다운 날 나비들이 알팔파 위를 흩날리는 눈발처럼 날아다니고 푸른 하늘 밑으로 초록의 언덕들이 솟아 있고 들판에 물을 뿌리는 살수 장치에서 나온 박무로 한껏 선선해진 공기를 느끼며 밖에 나와 돌아다니는 것이 참 좋았다. 집으로 돌아오자 진저가 베란다에서 레모네이드와 설탕 쿠키를 대접했고, 켄터키 경마대회 이야기를 해주면서 자기는 해마다 보러 갔다고 말했다. 나는 그 경마대회가 내가 상상할 수 있는 가장 흥미진진한 일로 느껴졌다. 그리고 시간이 너무도 빨리 흘러 벌써 집에 가야 할 때가 되었다.

우리는 작별인사를 했고 제이크가 조수석을 외치더니 앞자리에 탔으며 나는 뒤로 들어가 앉았다. 거스 삼촌과 진저 프렌치는 자동차에서 몇 걸음 떨어진 곳에서 조용히 이야기를 나누더니 삼촌이 진저의 입술에 키스를 했고 그녀는 삼촌을 절대로 놓아주지 않을 것처럼 삼촌의 팔을 꽉 잡고 있었다. 잠시 후 둘이 떨어졌고 진저가 우리를 향해 손을 흔들었으며 거스 삼촌은 흙길을 달려 뉴 브레멘으로 돌아갔다.

집으로 오는 길에 거스 삼촌은 주류 판매점에 들러 맥주를 샀다. 집에 도착했을 땐 저녁 무렵이었다.

삼촌이 우리와 함께 집 안으로 들어와서 말했다. "오늘 저녁식사 준비는 내가 한다."

삼촌은 우리에게 뭐 먹고 싶으냐고 물어보지도 않고 냉장고 문을 벌컥 열더니 쭉 훑어본 후 곧바로 식사 준비에 돌입했다. 제이크와 내게 감자 껍질 까는 일을 시켰다. 삼촌은 냉장고에서 계란 한 갑과 체다 치즈 한 덩어리를 꺼내 조리대 위에 올려놓고 수납장에서 스팸 한 캔을 꺼냈다. 그리고는 스토브에 냄비를 올려놓고 기름을 제법 많이 부었다. 껍질을 깐 감자를 깍둑썰기 한 다음 싱크대 옆 통에 든 밀가루를 살짝 묻혔다. 기름이 뜨거워지자 제이크와 나더러 감자를 넣으라고 한 뒤 주걱을 주면서 감자가 타지 않게 잘 저으라고 했다. 삼촌은 치즈 한 덩어리를 곱게 갈아서 접시 한편에 놓아두었다. 그리고는 다른 화구에 프라이팬을 올려놓고 불을 켠 후 스팸을 깍둑 썰어 약간의 버터와 함께 팬에 던져 넣었다. 계란을 깨서 사발에 넣고 소금과 후추를 살짝 친 후 잘 풀어서 튀겨지고 있는 스팸 위로 쏟아부은 후 익히면서 살살 말았고, 마지막에는 스팸 계란말이 위에 치즈 갈은 것을 뿌리고 나서 프라이팬 뚜껑을 덮었다. 그때쯤 감자가 다 익었고 삼촌은 주걱으로 감자를 꺼내 키친타월 위에 놓아 기름기가 빠지게 했다. 삼촌이 나한테는 식탁을 차리라고 했고 제이크에게는 건너가서 아버지에게 저녁식사 준비가 다 됐다고 알리라고 했다. 삼촌은 준비한 모든 음식을 서빙용 큰 접시에 담아 식탁에 놓은 뒤 나에게 제이크와 내가 마실 우유를 따르라고 했다. 그러고 나서 삼촌은 맥주 두 병의 뚜껑을 땄고 마침 부엌으로 들어오던 아버지가 그 모습을 보고 깜짝 놀라 걸음을 멈췄다.

거스 삼촌이 뚜껑을 딴 맥주 한 병을 아버지에게 건넸다. "대위님의 종교 교리에 어긋난 일이라는 건 아는데요, 이번 한 번만 같이 한잔하시죠?"

다 함께 식사를 했고 아버지와 거스 삼촌은 맥주를 마셨으며 다들, 심지어 제이크까지도, 이런저런 이야기를 했고 소리 내어 웃었다. 오, 하나님. 한동안 우리는 행복했다.

## 31. 넌 괴물이 아니야

제이크와 내가 설거지를 하고 있을 때 칼 브란트가 우리 집에 왔다. 그는 거지처럼 부엌 쪽문 앞에 나타났다. 눈을 내리깔고 거기 서서 자기는 자기가 원하는 것을 요구할 권리도 없고 얻을 가망도 없다고 생각하는 것처럼 기어들어가는 목소리로 아버지를 보러 왔다고 말했다.

거스 삼촌은 저녁식사를 마친 후 오토바이를 타고 어디론가 사라졌는데 어디 간다고 말하진 않았지만 나는 삼촌이 진저 프렌치를 만나러 갔을 거라고 추측했다. 아버지는 에어리얼 누나 장례식의 세부적인 문제들을 처리하러 교회 목사실로 가고 없었다.

나는 젖은 행주를 들고 서서 칼에게 아버지가 어디 계신지 말해주었고 가서 모시고 오겠다고 제의했다. 그러고는 안으로 들어와서 기다리겠느냐고 물었다.

칼이 고개를 가로저었다. "고마워, 프랭크. 그냥 내가 그리로 갈게."

칼이 가고 난 후 제이크와 나는 서로를 쳐다보았고 둘은 분명히 같은 생각을 하고 있었다. 나는 행주를 내려놓고 바지에 두 손을 쓱쓱

문질러 닦은 후 문으로 걸어갔다.

"잠깐만." 제이크가 말했다. 딴지를 걸려나 보다고 생각했는데 아니었다. "그래도 1분쯤은 기다렸다 가야지."

우리는 칼이 교회로 들어갈 때까지 기다렸다가 집에서 튀어나가 기다란 사선으로 내리비치는 햇빛을 얼굴에 받으며 거리를 가로질러 뛰어갔다. 교회의 옆문을 열고 서둘러 계단을 내려가 지하실로 간 뒤 벽난로 배관구멍을 막고 있던 넝마를 재빨리 빼냈다. 그러고는 그 구멍을 향해 고개를 숙여 귀를 갖다 대고 숨도 쉬지 않았다.

"……맹세합니다." 칼이 말하고 있었다. "일을 엉망으로 만든 거 다 압니다. 술을 마시지 말았어야 했고 에어리얼을 잘 지켰어야 했다는 것도요. 하지만 맹세컨대 절대로 에어리얼을 해치지 않았어요, 드럼 목사님. 에어리얼은 가장 친한 친구였어요. 때로는 제 유일한 친구라는 생각이 들기도 했죠."

"네가 같이 어울려 다니는 친구들을 나도 봤는데 그래, 칼. 그 친구들은 뭐가 되라고 그렇게 말하니."

"그래도 에어리얼처럼 저를 이해해준 친구는 아무도 없었어요, 아무도."

"에어리얼이 가진 아기의 아버지가 너냐?"

"아닙니다."

"하지만, 오늘 아침에 루스도 지적했듯이, 넌 네 친구들에게 에어리얼과 성관계를 가졌다고 떠들고 다녔잖아."

"그렇게 말 안 했어요, 그렇게 노골적으로는 말 안 했습니다. 그런 의미로 받아들이게끔 넌지시 말은 했지만요."

"그럼 걔네들이 잘못 이해했다는 거냐?"

"아뇨, 꼭 그런 것만은 아니고요. 보통 사내애들끼리 있을 땐 그런 식으로 말을 하잖아요."

"여자친구와 잔 것처럼?"

"……네."

"그게 사실이 아닌데도?"

칼이 한참 동안 말이 없다가 아주 작은 소리로 중얼거려서 못 알아들을 뻔했다. "특히 그럴 일이 없을 땐요."

"그게 무슨 말이냐?"

누가 일어서서 서성거리는지 우리 머리 위에서 마룻널이 삐걱거리는 소리가 들렸다. 한동안은 배관을 따라 아무 소리도 내려오지 않았다. 나 같으면 대답을 강요했을 텐데 아버지의 인내심이 참으로 놀라웠다. 다리가 수도 없이 많은 벌레 한 마리가 벽난로 밑에서 기어 나왔다. 평소 같으면 단박에 밟아 죽였을 터이지만 그 순간에는 교회 안에 깊은 정적이 흘러서 괜한 소음으로 우리의 존재를 들키고 싶지는 않았다. 제이크도 그 벌레를 보았지만 가만 내버려두었다.

마침내 칼이 입을 열었다. "에어리얼을 임신시킨 사람은 제가 아니었습니다."

머리 위에서 서성거리는 발소리가 내 왼쪽 멀리에서 멎었다. 나는 칼이 해 지는 풍경이 내다보이는 창가에 서 있을 거라고 생각했다. 그의 얼굴이 햇살을 받아 밝게 빛나는 모습이 마음의 눈으로 다 보였다.

"에어리얼과 저는 친구였지만 그런 식의 연인 관계는 아니었어요." 칼이 말했다.

"이해가 안 가는구나, 칼."

"드럼 목사님, 저는……."

칼이 머뭇거리다가 목소리가 갈라지더니 애달프게 흐느끼기 시작했다.

마룻널이 다시 삐걱거리는 것을 보니 아버지가 칼이 서 있는 곳으로 걸어간 것 같았다.

"괜찮아, 칼. 괜찮아, 아들."

"아뇨, 괜찮지…… 않아요." 칼이 흑흑거리면서 말했다. "역겨워요. 끔찍하고요. 사악해요."

"뭐가 말이냐?"

"모르시겠습니까?" 칼의 말투가 갑자기 공격적으로 변했다. 그의 눈물 어린 눈이 사납게 번득이는 모습이 그려졌다. "저는 에어리얼을 그런 식으로 좋아하지 않았어요. 여자애들을 그런 식으로 좋아해본 적이 없다구요. 제겐 여자애들이 그런 식으로 보이지 않아요. 아시겠습니까? 이제 아시겠어요?"

"아." 아버지가 탄성을 내뱉었다.

이제야 무슨 말인지 알겠는 모양이었다.

"저는 게이예요. 괴물이라구요. 역겨운 괴물이요. 저는……."

"칼, 칼, 괜찮아."

"아뇨, 괜찮지 않아요. 평생 동안 저는 다른 남자애들을 유심히 관찰하면서 그 애들과 똑같이 행동하려고 애를 썼어요. '남자는 이렇게 걷는 거야. 남자는 이렇게 말하는 거고. 남자는 다른 남자애들한테 끌리면 안 돼.' 이렇게 혼잣말을 중얼거리면서요. 어렸을 땐 내 안에서 무슨 일이 일어나고 있는지 알지 못했어요. 그러다가 마침내 딱 깨달음이 왔을 땐 내 자신이 혐오스러워서 견딜 수가 없더라구요."

"넌 하나님의 자녀다."

"역겨운 하나님이에요."

"아니, 널 사랑하시는 하나님이지."

"하나님이 날 사랑하셨다면 다른 사내애들과 똑같이 만드셨겠죠."

"나는 네가 괴물이라고 생각 안 한다. 아프다고 생각 안 해."

"그러시겠죠. 저를 살인자라고 생각하실 테니까요."

"아니, 그렇게 생각 안 한다. 한 번도 그렇게 생각한 적 없고."

"그러시겠죠."

"내가 본 너는 항상 내 딸의 친구였고 예의 바른 청년이었어. 네가 실수도 했다는 걸 알지만 이 끔찍한 일을 겪으면서도 나는 네가 에어리얼을 죽였을지 모른다고 생각해본 적이 단 한 번도 없어. 그건 절대적인 진실이다."

아버지는 논쟁의 열기라고는 전혀 느껴지지 않고 믿음을 권유하는 부드러운 목소리로 말했다. 설교 중에 하나님에 대해 이야기할 때도 그런 목소리였다.

"칼, 이 사실을 누가 알고 있니?"

"아무에게도 말하지 않았어요, 심지어 에어리얼한테도요."

"하지만 에어리얼은 알고 있었고?"

"눈치는 챘을 거라고 생각하지만, 그 문제에 대해서 이야기를 나눠본 적은 없어요."

"에어리얼의 임신 사실을 알고 있었니?"

"네, 다들 이야기하는 우리가 했다는 그 싸움도 아기 문제 때문이었어요."

"아기 문제라니?"

"에어리얼한테 알려줬어요. 드럼 목사님, 이런 말씀 드려 정말 죄송하지만 그게 최선이라고 생각했어요. 로체스터에 사는, 이런 상황을 해결해줄 의사를 알고 있다고 얘기했습니다."

"낙태 말이냐?"

"네, 목사님, 낙태요. 그런데 에어리얼은 단호하게 거절했습니다. 여기 뉴 브레멘에서 아기를 낳아 키우겠다고요."

"아기 아빠에 대해서도 얘기하든?"

"아뇨, 한번도요."

"누구 짚이는 사람이라도 있니?"

"아뇨, 목사님, 전혀요."

"밤에 누굴 만나러 몰래 집을 나가곤 했다는데, 혹시 그 사람이 누군지 모르니?"

"몰라요, 정말로요. 에어리얼은 마음만 먹으면 굉장히 비밀스러운 사람이 될 수 있었어요. 제가 에어리얼을 좋아한 이유들 중에 하나도 그거였죠. 비밀을 잘 지켰습니다. 자기 비밀도, 남이 자기에게 털어놓은 비밀도요. 그런 걸 신의라고 하는 거겠죠. 드럼 목사님, 목사님도 지금 제가 말씀드린 것을 다른 사람에게 말하지 않으실 거죠?"

"물론이다, 칼."

"사람들이 알게 되면 어떡할지 모르겠어요. 목사님께 털어놓은 이유는 목사님이 에어리얼과 마찬가지로 신의가 있는 사람이라고 생각했기 때문이고, 저는 절대로 그런 일을 하지 않았는데 제가 에어리얼에게 일어난 일과 관련이 있다고 계속 생각하실까 봐 걱정이 됐기 때문이에요. 에어리얼이 그립습니다. 드럼 목사님. 사무치게 그리워요."

"우리도 그렇단다."

지하실 계단 위에 있는 문이 열렸다. 나는 거스 삼촌이 돌아왔겠구나 생각했고 삼촌이 소리를 내서 우리가 엿듣고 있었다는 사실을 아버지에게 들킬까 봐 겁이 나서 재빨리 벽난로 배관구멍에 넝마를 틀어막았다. 제이크와 내가 돌아서보니 놀랍게도 거스 삼촌이 아니라 사복 차림의 도일 경관이었다. 우리가 어디 서 있는지 보았으니 우리가 무엇을 하고 있었는지는 천재가 아니라도 금방 알아차렸을 것이다.

"거스는 어디 있냐?" 도일이 물었다.

"여기 없어요." 내가 대답했다.

도일이 천천히 계단을 내려와 우리에게로 다가왔다. "교회 주차장에 칼 브란트의 트라이엄프가 있던데. 아버지와 얘기 중이니?"

내가 말했다. "네."

"얘기 다 끝났니?"

"거의 다 끝나가요."

"뭐 좀 들었니?"

도일이 계속 다가오자 제이크는 한 걸음 뒤로 물러섰다.

"내가 알아야 할 거?" 도일이 처음에는 나를 쳐다보았지만, 아버지는 우리가 방금 들은 내용을 다른 사람에게 말하는 걸 원하지 않을 거라는 걸 나는 잘 알고 있었다. 도일이 제이크와 나 사이로 끼어 들어와 우리를 떼어놓고 제이크에게로 완전히 돌아서서 앞에 우뚝 서더니 제이크를 내려다보았다.

"자, 말해봐, 재키. 칼이 네 누나를 죽였다고 고백했어?"

제이크가 얼굴을 잔뜩 일그러뜨렸는데 말을 참으려고 그러는 건지 내뱉으려고 그러는 건지는 알 수 없었다.

도일이 허리를 굽혀 제이크의 코앞에 자신의 얼굴을 바싹 들이대고 제이크를 쳐다보았다. "응? 칼이 자백했어?"

제이크는 두 주먹을 불끈 쥐고 입술을 파르르 떨다가 마침내 말을 내뱉었다. "칼은 사-사-사-살인자가 아니에요. 게-게-게이래요, 그게 뭐-뭐-뭔지는 몰라도."

"게이?" 놀라운 소식에 도일은 눈이 휘둥그레지더니 허리를 펴고 똑바로 섰다. "재키, 들은 거 다 말해줘야겠다."

그날 밤 나는 그 어느 때보다 혼란스러운 기분으로 침대에 누워 있었다. 그날 하루 동안 너무 많은 일이 있었다. 줄리아 브란트와 어머니가 심한 언쟁을 벌였고, 어머니가 우리를 버리고 가출했고, 칼 브란트가 충격적인 고백을 했으며, 도일이 우리가 들은 사실을 전부 알게 될 때까지 우리를 따라다니며 괴롭혀서 결국 우리는 들은 내용을 다 털어놓았다. 나는 심사가 뒤틀리고 피곤했다. 그래도 이런 일들은 어느 정도 이해를 할 수 있었는데 그날 일어난 어떤 일은 설명이나 이해가 불가능한 훨씬 더 심각한 일이어서 나는 기분이 아주 더러웠다. 별일은 아니었다. 단지 내가 한동안 에어리얼 누나를 잊고 행복했다는 것이다. 오, 하나님. 누나가 죽고 나서 이제 겨우 일주일이 지났고 아직 장례도 치르지 않았는데 벌써 누나를 잊은 것이다. 그리 오랜 동안은 아니었고, 진저 프렌치를 만나 승마를 할 때와 거스 삼촌과 저녁식사를 준비할 때, 그리고 식탁에 둘러앉아 웃으면서 식사를 할 때였다. 칼 브란트의 비극적인 얼굴이 부엌문 앞에 나타난 순간 누나의 죽음이 내 머릿속에서 되살아났다. 그런데도 나는 배신자가, 최악의 남동생이 된 기분이었다.

"형?" 제이크가 나를 불렀다.

"응?"

"생각해봤는데."

"뭘?"

"칼에 대해서. 형이 게이라는 사실에 대해서."

게이는 도일이 우리를 괴롭힐 때 자꾸만 주목하던 말이었다. 마치 도일의 목소리가 망치처럼 그 단어를 못 박고 있는 것 같았다.

"그 단어는 쓰지 마." 내가 제이크에게 말했다. "꼭 쓸 일이 있으면, 동성연애자라고 해."

게이라는 단어는 어머니가 예술가들에 대해 이야기할 때 가끔 썼던 단어였다. 어머니는 그 단어를 경멸하듯 말하지 않았고 나는 어머니가 누가 그런 취향이든 아니든 신경 안 쓴다는 것을 알고 있었다. 그러나 내 친구들 중에는 그 단어를 날카로운 칼을 휘두르듯 사용하는 아이들도 있었다.

제이크가 입을 다물고 있어서 내가 말했다. "미안해, 계속해봐."

제이크가 말했다. "칼은 사람들이 자기를 놀릴까 봐 두려워서 이제까지 아무 말 안 한 거잖아."

"그래서?"

"나도 그래. 난 말을 더듬어서 사람들이 놀릴까 봐 사람들하고 말하기가 무서워. 나도 괴물 같다는 기분이 들 때가 있어."

나는 옆으로 돌아누워 제이크의 침대를 바라보았다. 화장실 세면대 위의 전등이 켜져 있고 복도에서도 불빛이 들어와서 시트 밑에 있는 동생이 회색의 윤곽으로 보였다. 동생의 작은 몸을 보고 있자니 내가 옆에 있는데도 제이크가 다른 아이들한테 놀림을 받았던 일이 연달아 생각이 났다. 내가 본 것은 그 오랜 세월 동안 제이크가 자신의 잘못이 아니고 자기도 어쩔 수 없는 일에 대해서 받았던 수많은 놀림과 조롱 중에 극히 일부에 지나지 않을 거라는 생각이 퍼뜩 들었다. 그러자 내가 더 형편없는 형처럼, 더 형편없는 사람처럼, 남들을 실망만시키는 사람처럼 느껴졌다.

"넌 괴물이 아니야." 내가 화를 내다시피 하며 말했다.

"칼은 괴물이라고 생각해?"

잠시 생각해보니 사람마다 다 다른 점이 있고 칼의 다른 점이 다른 모든 사람의 다른 점보다 더 나쁜 것은 아니라는 생각이 들었다.

"아니." 내가 말했다.

"칼이 자기와 에어리얼 누나에 대해서 진실을 말하고 있었다고 생각해?"

"응."

우리는 오랫동안 침묵했다. 제이크가 무슨 생각을 하는지는 알지 못했지만 나 자신은 지금보다 나은 사람이 되고 싶다는 생각을 하고 있었다. 마침내 제이크의 하품 소리가 들리더니 자려고 벽을 향해 돌아눕는 모습이 보였다. 그날 밤 제이크가 마지막으로 한 말은 "나도 그렇게 생각해"였다.

## 32. 망자들의 도시

금요일은 에어리얼 누나의 장례식을 치르기 전에 조문을 받는 날이었다. 아버지는 제이크와 내가 단정한 모습이어야 한다면서 머리를 깎고 오라고 돈을 주었다. 아침식사를 마친 후 우리는 걸어서 이발소에 갔고 아버지는 어머니를 만나러 차를 몰고 외가댁으로 갔다. 아버지가 어머니에게 무슨 말을 할지는 알 수 없었지만 아마도 칼 브란트에 관한 이야기가 아닐까 싶었다. 집으로 돌아오라고 어머니를 설득해볼 것도 같았다. 나는 어머니가 집으로 돌아오는 문제에 관해서는 입장 정리가 잘 안 됐다. 어머니가 없는 집은 완전히 다른 곳이 되었지만 꼭 나쁜 쪽으로 변했다고만은 할 수 없었다.

아침부터 햇볕이 쨍쨍한 것이 이날도 무더운 날이 될 것임을 예고하고 있었다. 이발소 안은 벌써부터 북적였다. 이발 의자에 손님이 한 명 앉아 있었다. 다른 두 명은 기다리고 있었다. 셋 다 잘 모르는 사람들이었다. 이발사 바케 씨가 우리 쪽을 흘끗 쳐다보더니 가위를 든 손으로 창가에 있는 의자 두 개를 가리키면서 친절하게 말했다.

"앉아서 기다려라, 얘들아. 시간이 좀 걸릴 거야."

제이크는 만화책을 집어 들고 의자에 앉았다. 나는 잡지들을 뒤져서 전날 읽었던 《액션 포 맨》을 찾아냈다. 우리는 의자에 앉아 책을 읽기 시작했고 우리가 들어왔을 때 중단되었던 남자들끼리의 대화가 재개되었다.

"도무지 믿어져야 말이지." 기다리던 손님들 중 한 명이 말했다. "옛날에 걔가 워리어스 팀을 이끌고 지역선수권대회에도 나갔었잖아. 모턴슨 코치가 타고난 운동선수라고, 걔보다 더 뛰어난 운동선수는 못 봤다고 할 정도였다구."

"글쎄, 내 말이 맞다니까." 바케 씨가 말했다. "걔는 호모가 틀림없어. 노래도 잘 부르고 연기도 잘하는 게 이상하다고 생각 안 해봤어?"

이발 의자에 앉아 있는 남자가 말했다. "존 웨인도 연기를 그렇게 잘하지만 게이라는 말은 못 들어봤는데."

내가 잡지에서 고개를 들었다. 제이크도 고개를 들었다.

"걔가 게이면 나는 트랜스젠더다." 기다리는 손님이 말했다. "그리고 빌, 그런 소문을 퍼뜨리고 다니는 건 위험한 일 같아. 걔한테 큰 상처를 줄 수 있다구."

"이봐, 이거 다 핼더슨한테서 들은 거야. 핼더슨은 경찰한테서 들었다더라구." 바케 씨가 말했다. "경찰은 동네 사정 모르는 게 없잖아, 거짓말도 안 하고."

"아야!" 이발 의자에 앉은 남자가 소리쳤다.

"미안해, 데이브." 바케 씨가 말했다.

데이브라는 남자가 말했다. "내 머리 다 자를 때까지 이 토론은 중단하는 게 어때? 귀를 잃고 싶진 않다구."

나는 잡지를 내려놓고 일어섰다. 제이크도 나를 따라했다.

"나중에 올게요." 내가 말했다.

"그래, 얘들아. 아무 때나 와." 이발사가 가위를 흔들며 작별인사를 했다.

밖으로 나온 우리는 이발소 창문 밖을 덮고 있는 차양 그늘 속에 서 있었다.

"어떡하지, 형?" 제이크가 말했다.

나는 광장 저 건너편에 있는 경찰서를 쳐다보았다. 도일이 안에 있는지, 또 누구에게 말했는지 궁금했다.

"글쎄." 내가 대답했다.

"거스 삼촌한테 말할까?"

"그래, 그게 좋겠다." 내가 말했다.

제이크가 말했다. "교회에 오토바이 없던데."

상관없었다. 나는 삼촌이 어디 있는지 알고 있었다.

묘지까지 걸어가는 꽤 오랜 시간 동안 우리는 한마디도 하지 않았다. 나는 어떻게 이렇게 나쁜 일이 줄줄이 꼬리를 물고 일어나는지 탄식하면서 내 책임이 크다고 생각하고 있었다. 약자를 괴롭히기만 하는 줄 알았더니 입까지 싼 도일이 너무 미웠고 내가 좀 더 덩치가 커서 그를 불러내 본때를 보여줄 수 있으면 얼마나 좋을까 하는 생각도 들었다. 두렵고 내키지는 않았지만 어쩔 수 없이 아버지에게 모든 것을 털어놓아야 할 것 같았다.

거스 삼촌의 인디언 치프는 모든 장비를 보관하는 작은 건물 옆에 세워져 있었다. 묘지가 굉장히 넓고 에어리얼 누나의 묏자리가 어디에 있는지 몰랐기 때문에 우리는 한동안 헤매고 다녔다. 구름 한 점 없는 하늘 아래서 언덕 전체가 따뜻한 햇볕을 쪼이고 있었다. 저 멀리 생기 넘치는 초록의 들판이 보였다. 새들의 노랫소리가 여기저기서 들렸다. 나는 전에도 많이 와봤고―현충일에도 왔었고 교인들의 매장식에도, 그리고 가장 최근에는 바비 콜과 떠돌이 남자의 매장식에도 왔었다―항상 평화롭고 아름답기까지 하다고 생각했던 장소에 와 있었지만 이번에는 느낌이 달랐다. 이젠 그곳이 본래의 모습대로, 죽은 자들의 도시로 보였고, 나는 고작 단철로 된 울타리 하나를 사이에 두고 뉴 브레멘의 모든 것들로부터 떨어져 있었지만, 익숙하고 편안한 것들로부터 수백만 킬로미터를 비틀거리며 떨어져 나온 것 같은 기분이 들었다. 바비 콜의 무덤 앞을 지나가면서 보니까 동그란 무덤 위에 시들어가는 꽃다발이 놓여 있었다. 떠돌이의 무덤 앞을 지나갈 땐 그를 땅에 묻도록 도와주었던 그날이 생각났다. 그땐 이곳이 참으로 아름다운 곳이라고 생각했었다. 그러나 지금은 묘비가 세워지는 곳에서는 아름다움을 찾을 수 없다고 결론을 지었다.

"저기 있다." 제이크가 말했다.

묘지의 먼 끝 쪽 경사면 보리수 아래였다. 외발 손수레와 금방 파서 쌓아놓은 흙무덤이 보였다. 거스 삼촌은 벌써 무릎 깊이까지 파 들어간 묘혈 속에 있었다.

언젠가 삼촌한테서 자기 조상들은 옛날부터 미주리 주에서 무덤 파는 일을 해왔다는 말을 들은 적이 있었다.

"그 미주리 동네에서는 아주 유명했지." 삼촌이 '미주리'를 '미주라'처럼 발음하면서 말했다. "동네 사람들이 우리 할아버지나 아버지를 찾아와서 사랑하는 사람의 무덤을 파달라고 부탁했어. 그건 그냥 땅을 파는 일이 아니야, 얘들아. 그건 땅을 깎아서 누군가에게 매우 소

중했던 존재를 넣어서 영원히 보관할 상자를 만드는 일이지. 그 일이
잘 끝나면, 사람들은 그것을 땅에 있는 구덩이가 아니라 소중한 보석
상자로 보게 되는 거야. 너희도 언젠가는 이 말을 이해하게 될 거야."

거스 삼촌은 이야기를 재미있게 잘했지만 어디까지가 진실이고 어
디부터 거짓인지는, 특히 삼촌이 술을 마셨을 때에는, 잘 알 수가 없
었다.

삼촌은 작업을 하느라고 더러워진 티셔츠를 입고 작업에 열중하고
있어서 우리가 오는 것을 보지 못했다.

"거스 삼촌." 내가 삼촌을 불렀다.

삼촌이 장갑 낀 두 손으로 삽을 잡고 흙을 푸다가 고개를 들었다.
깜짝 놀란 표정이었고 우리가 별로 반갑지 않은 것 같았다.

"너희 여기서 뭐 하냐?"

"잠깐 얘기 좀 할 수 있어요?"

"지금?"

"네, 중요한 일이에요."

삼촌은 삽에 든 흙을 구덩이 옆에 있는 흙무덤 위로 던지고 나서 삽
을 거기에 꽂았다. 그러고는 가죽장갑을 벗어서 청바지 뒷주머니에
꽂고 우리가 서 있는 곳으로 올라왔다.

"그래, 무슨 얘긴지 해봐." 삼촌이 말했다.

그러나 나는 그 순간에는 한마디도 할 수가 없었다. 나는 거스 삼촌
이 파놓은 흙과 그 속에서 꿈틀거리고 있는 지렁이를 노려보았다. 그
러다가 다음 날 에어리얼 누나가 눕게 될 자리를 내려다보았다. 아무
리 봐도 보석상자로는 보이지 않아서 울고 싶어졌다. 제이크도 말없
이 서서 나랑 같은 곳을 내려다보았고 아마도 나와 같은 생각을 하고

있는 것 같아서 제이크를 데려온 것이 미안해졌다.

"자, 이리로 가자." 거스 삼촌이 말했다.

그러고는 제이크의 어깨에 손을 얹고 보리수를 향해 돌려세웠고 나도 그렇게 돌려세웠다. 우리는 나무 그늘 아래 풀밭에 앉았고 내가 삼촌에게 모든 것을 이야기했다. 이야기가 끝났을 때 삼촌은 아주 걱정스러운 표정이었다.

내가 물었다. "어떡하죠?"

"아버지한테 다 말해야지." 삼촌이 말했다.

내가 고개를 끄덕이며 말했다. "그래야 할 거라고 생각했어요."

"너희 잘못만은 아니야, 얘들아. 내가 너희한테 그 빌어먹을 벽난로 배관구멍을 보여주지 말았어야 했는데." 거스 삼촌이 일어섰다. "너희는 아버지를 찾아서 하나도 빠짐없이 다 말해라."

"엄청 화내실 것 같아요." 제이크가 말했다.

"그래, 그럴 거야. 하지만 너희가 아니라 도일한테 화가 나겠지."

내가 말했다. "도일 경관은 어떡하죠?"

거스 삼촌이 마을 쪽을 바라보았다. "내가 알아서 할게."


현관에서 우리를 맞은 리즈는 아버지는 벌써 갔고 어머니는 쉬고 있다고 말했다. 리즈는 뭐 좀 먹겠느냐고, 과자와 우유라도 먹겠느냐고 물었다. 우리는 괜찮다고 말한 뒤 외갓집을 나와 평지대로 향했다.

걸어가고 있는데 리즈가 뒤에서 불러 뒤를 돌아보았다.

"시간이 지나면 다 괜찮아질 거야, 얘들아. 내 장담한다." 리즈가 말했다.

그러나 잃어버린 모든 것은 영원히 잃어버린 것임을 여실히 느끼게 해주었던 망자들의 도시에서 방금 돌아온 나는, 말로는 "네, 리즈"라고 대답했지만 그녀의 말을 믿을 수는 없었다.

우리는 완벽한 침묵 속에서 평지대로 걸어갔다. 패커드가 우리 집 차고에 주차되어 있었지만 아버지는 집에 없었다. 길을 건너 교회로 가보니 목사실에 아버지가 있었다. 일을 하는 것 같지는 않았고, 우리에게 등을 보이고 앉아서 창밖으로 보이는 철길과 대형 곡물 창고를 바라보고 있었다. 내가 문을 두드리자 아버지가 돌아앉았다. 아버지는 우리의 머리부터 확인했다.

"바케 씨가 너무 바빠서 오늘은 안 된대?"

"아뇨, 아빠." 내가 말했다. "그 때문에 머리를 못 깎은 게 아니구요."

"그럼?" 아버지는 우리의 대답을 기다렸다.

"아빠, 우리, 칼에 대해서 알고 있어요."

아버지의 표정에는 변화가 없었다. "칼에 대해서 뭘 안다는 거니?"

"형이 동성연애자라는 거요."

아버지는 놀라는 기색을 내비치지 않으려고 애를 썼지만 완벽하게 성공하지는 못했다. "왜 그렇게 생각하지?"

"형이 아버지한테 말하는 걸 들었으니까요."

나는 아버지에게 난방 배관구멍에 대해서 설명했다. 그러고 나서 도일 이야기도 다 했다.

"오, 하나님." 아버지가 일어서더니 한 손으로 이마를 짚었다. "불쌍해서 어떡하냐."

기적 소리가 들리고 기차가 덜커덩거리며 지나가는 동안 아버지는 깊은 생각에 빠져 있었다. 화물열차가 다 지나가고 난 후 아버지가 우리를 쳐다보았다.

"남의 말을 엿들은 건 정말 크게 잘못한 거야. 그건 나중에 다시 얘기하자. 그리고 거스 삼촌한테도 할 말이 있지만, 우선 지금 당장은 칼을 만나봐야겠다."

아버지는 교회를 나와 우리 집 차고로 갔고 우리도 아버지를 따라 갔다. 아버지는 주머니를 뒤져 자동차 열쇠를 꺼냈다. "너희는 너희가 알아서 점심 차려 먹고 씻어라. 오후에 누나한테 가야 하니까 옷 갈아 입고 있어."

제이크가 말했다. "엄마는요?"

"엄마도 올 거야. 지금은 너희가 해야 할 일이나 신경 써서 잘해."

차에 탄 아버지는 패커드를 후진해 차고를 나오더니 타일러 거리를 달려갔다.

우리는 점심으로 볼로냐 샌드위치를 먹은 후 장례식장에 가서 조문을 받기 위해 좋은 옷으로 갈아입으러 우리 방으로 갔다. 어머니가 있었다면 샤워하라고 잔소리를 했겠지만 없으니까 세수하고 머리에 브릴크림이나 바르고 깨끗한 셔츠로 갈아입고 넥타이를 매는 정도로도 괜찮겠다는 생각이 들었다.

제이크의 넥타이를 매주고 있는데 전화벨이 울렸다. 내가 복도로 나가서 전화를 받았다. 전화를 건 사람은 클리브 블레이크 경관이었다. 거스 삼촌이 모리스 엥달과 싸운 뒤 유치장에 갇혀 있을 때 삼촌을 데리러 가서 만났던 사람이었다. 그가 아버지를 바꿔달라고 했다.

"아버지 지금 안 계시는데요." 내가 말했다.

"어머니는?"

"어머니도요. 무슨 일이세요?"

"네 아버지 친구 거스를 구금했거든. 폭행 혐의로. 우리 경찰관 한

명하고 싸움을 했어."

"도일 경관이요?" 내가 물었다.

"그래, 맞아. 도일 경관이 네 아버지한테 전화해서 알리라고 해서 전화한 거야."

"거스 삼촌을 데리고 나올 수 있어요?"

"당장은 안 될 것 같다. 월요일에 지방법원 재판이 열릴 때까진 여기 있어야 할걸. 아버지한테 전해주겠니?"

"네, 경관님, 전해드릴게요."

전화를 끊자 제이크가 물었다. "무슨 일이야?"

"거스 삼촌이 도일을 패줬대."

"잘했네." 제이크가 말했다.

"그래서 지금 유치장에 있다는데?"

"처음도 아닌데 뭘."

"에어리얼 누나의 무덤을 다 파놓지 못했잖아."

"다른 누가 맡아서 하겠지, 안 그래?"

"그렇겠지. 하지만 다른 누가 누나의 무덤을 파는 건 싫어. 거스 삼촌이 해줬으면 좋겠어."

"그럼 어떡하지?"

나는 잠깐 생각한 뒤 말했다. "삼촌의 탈옥을 도와야지."

# 33. 상상 속의 위로

인디언 치프는 약국 앞에 세워져 있었다. 거스 삼촌이 유치장에 있다는 걸 알고 있는 나는 삼촌이 도일의 행방을 쫓아 핼더슨 약국까지 와서 여기에서 도일을 공격한 게 아닐까 추측했다. 제이크와 나는 약국을 지나서 광장 저 건너편에 있는 경찰서를 향해 걸어갔다. 제이크가 경찰서로 들어가려는 나를 붙잡았다.

"뭐-뭐-뭐라고 마-마-마-말할 건데?"

"걱정하지 마, 말하는 건 내가 알아서 할게."

"여기 오면 아-아-아-안 되는 거 아닐까?"

"알았어, 그럼 넌 밖에서 기다려. 나 혼자 알아서 할 테니까."

"아냐, 나도 가-가-갈래."

나는 조금도 불안하지 않았다. 오히려 화가 나고 절박한 심정이었다. 그러나 제이크에 대해서는 다른 감정이 들었다. 제이크는 내가 여기 왔기 때문에 따라왔고, 경찰서로 들어가고 싶지 않은데도 내가 들어간다니까 같이 들어가겠다는 거였다. 나는 제이크의 더듬는 말만 듣는 사람들은 알지 못하는 좋은 점들이 제이크에게 아주 많이 있다는 것을 다시 한 번 느꼈다.

경찰서 안에는 남자 두 명이 있었다. 한 명은 아까 나와 통화했던 블레이크 경관이었고 다른 한 명은 도일 경관이었다. 도일은 사복 차림이었다. 빨간 바탕에 노란색 꽃무늬가 있는 하와이안 셔츠에 무명 작업복 바지를 입고 있었다. 오른쪽 눈 주위와 그 아래쪽 뺨에 보라색으로 멍이 들어 있었고 입술 오른쪽이 좀 부어 있었다. 코카콜라 병을 들고 콜라를 마시고 있었다. 우리를 보고도 잠자코 쳐다보기만 했다.

블레이크 경관이 물었다. "거스를 만나러 왔니?"

그는 책상 뒤쪽 벽에 붙은 게시판에 서류를 핀으로 꽂고 있는 중이었다. 아직도 손에 몇 장을 더 들고 있었는데 자세히 보니 수배자 전단이었다.

"그게 아니라요." 내가 책상으로 다가가면서 말했다. "거스 삼촌이 해야 할 중요한 일이 있어서요."

"그래도 월요일까지 기다려야겠는데."

"기다릴 수 없는 일이에요. 지금 당장 해야만 하는 일이거든요."

블레이크 경관이 들고 있던 전단지를 책상에 내려놓았다. "너 프랭크 맞지? 그 중요한 일이라는 게 뭐냐, 프랭크?"

"거스 삼촌이 우리 누나의 무덤을 파고 있었어요. 그런데 끝내지를 못했어요."

"정말 중요한 일이로구나." 블레이크 경관이 인정했다. "이렇게 하면 어떨까, 얘들아. 내가 로이드 아빈 씨한테 전화해줄게. 공원묘지 대표거든. 그분이 다른 인부를 불러서 그 일을 끝내게 해줄 거야."

"다른 사람은 싫어요, 경관님. 거스 삼촌이 해주면 좋겠어요."

도일이 앉아 있는 의자가 삐걱거려서 그쪽을 흘끗 쳐다봤더니 그는 한가롭게 콜라를 마시고 있었다. 지금 상황을 즐기고 있는 것 같았다.

"얘들아, 그렇다면 너희를 도와줄 수 없을 것 같다." 블레이크 경관이 말했다. "미안하다."

"하지만 경관님, 이건 정말정말 중요한 일이에요."

"법을 지키는 일도 정말정말 중요하거든, 프랭크. 아까도 말했지만, 로이드 아빈이 다른 인부를 불러줄 거야. 누가 오든 일을 잘 끝내줄 거고, 분명히."

"안 돼요, 제발요." 내가 말했다. "꼭 거스 삼촌이어야만 해요."

도일이 콜라를 내려놓았다. "왜 꼭 거스여야만 하는 건데?"

나는 도일이 거기 있는 것이 마음에 안 들었고, 내가 더 나이가 많고 덩치도 커서 거스 삼촌이 시작한 일을 내가 끝낼 수 있다면 얼마나 좋을까 하는 생각도 들었다. 그와 말도 하기 싫은 것은 물론이고 알은척도 하기 싫었다.

내가 말했다. "거스 삼촌이 대대로 무덤 파는 일을 해온 집안에서 태어났기 때문이에요. 그리고 또 단순히 구덩이만 파는 게 아니기 때문이고요."

"근데 그게 무덤이야. 구덩이가." 블레이크 경관이 말했다.

"아뇨, 그렇지 않아요, 경관님. 일이 잘 끝나면 소중한 누군가를 간직하기 위해 땅을 깎아서 만든 보물 상자가 되는 거예요. 에어리얼 누나가 누울 보물 상자를 다른 사람이 만드는 건 원하지 않아요."

"네 말에 공감한다, 프랭크. 정말이야. 하지만 그렇다고 수감자를 그냥 내보내줄 수는 없어."

도일이 콜라 병을 집어 들면서 말했다. "보내주지그래, 클리브?"

블레이크 경관은 두 주먹을 쥐고 손가락 마디로 책상 위에 놓인 전단을 꾹 누르면서 도일을 향해 허리를 굽히고는 도일을 쳐다보며 말했다. "벌써 서류작업을 끝냈는데? 그리고 그럴 권한이 나한테 있나. 서장님껜 어떻게 설명하라고."

도일이 말했다. "설명하고 말고 할 게 뭐 있어? 풀어줘서 에어리얼의 무덤 파는 일을 끝내고 다시 돌아오라고 하면 되잖아."

"돌아올 거라고 어떻게 그렇게 확신해?"

"돌아올 거냐고 직접 물어봐."

"이봐, 도일……."

"이리로 데리고 나와서 물어봐, 클리브."

"데리고 나오라고?"

"거스가 자넬 제압하기라도 할까 봐 걱정돼?"

"남 말 하시네." 블레이크 경관이 쏘아붙였다.

"어리숙한 놈이 한 방은 있더라구." 도일이 멍든 곳을 어루만졌다. "데리고 나와, 클리브."

"허허, 이 사람이." 블레이크 경관이 말했다.

그는 도일을 쳐다보다가 눈길을 돌려 나와 제이크를 보더니 고개를 내저으며 두 손을 들었다. 그는 책상에서 열쇠꾸러미를 집어 들고 뒷벽에 붙은 금속 문의 자물쇠를 연 다음 유치장 안으로 들어갔다.

동료 경찰이 자리를 비운 동안 도일은 우리에게 아무 말도 하지 않고 그냥 앉아서 마치 멍든 얼굴과 유치장에 있는 친구와 가망 없는 사명을 갖고 찾아온 순진한 아이들이 자기 삶에는 늘 있는 일인 것처럼 여유롭게 콜라를 마시기만 했다.

나는 이 모든 분란을 일으킨 장본인인 도일의 눈에 침을 뱉어줄까,

아니면 지금 우리를 도와주었으니 내키지는 않지만 고맙다고 해야 할까 망설였다.

아직도 더러운 티셔츠를 입고 있고 눈에 시커멓게 멍이 든 거스 삼촌이 블레이크 경관보다 먼저 걸어 나왔다.

"안녕, 얘들아." 삼촌이 우리에게 인사했다.

도일이 말했다. "얘들이 자넬 빼내려고 온 거야."

그는 웃을 수도 있었을 텐데 웃지 않았다. 그래서 그 말이 심각하게 들렸다.

"상황은 내가 설명했어." 블레이크 경관이 말했다.

도일이 말했다. "이렇게 할까, 거스? 클리브가 자넬 내보내주면 가서 드럼 목사네 딸 무덤을 다 파주고 나서 다시 돌아와. 가능하겠어?"

거스 삼촌이 말했다. "돌아올게."

블레이크 경관은 믿지 못하는 눈치였다. 한마디 하려고 입을 열었지만 도일이 그의 말을 막았다.

"본인이 돌아온다잖아. 돌아올 거야. 보내줘, 클리브."

"하지만 서장님이……."

"서장님은 신경 쓰지 마. 그렇게 하는 게 옳잖아, 알면서." 도일이 거스 삼촌을 바라보았다. "도움이 필요해?"

"아냐, 됐어."

"그래, 그럼." 도일이 작업복 바지 주머니에서 뭔가를 꺼내 거스 삼촌에게 던졌다. "오토바이 열쇠."

"고마워."

도일이 제이크와 나를 쳐다보았다. 나는 그가 무슨 생각을 하는지 알 수 없었다. 감사 인사를 기대하는 걸까? 이젠 우리가 빚진 거 없이 공평해졌다고 생각하는 걸까?

도일이 말했다. "니들이 여기 온 거, 아버지도 아니?"

"아뇨."

도일이 우람한 팔을 들어 손목시계를 보았다. "내가 잘못 안 게 아니라면, 조문이 곧 시작될 텐데. 내가 니들이라면, 집으로 열심히 뛰어가겠다."

내가 블레이크 경관에게 말했다. "고맙습니다, 경관님."

"잘 가." 경관이 말했다. "거스, 두 시간 안에 돌아오지 않으면 후회할 줄 알아."

거스 삼촌이 제이크와 나를 뒤따라 밖으로 나왔다. "오토바이로 집까지 데려다 주면 좋겠지만 지금 당장 묘지로 가야 할 것 같다."

"걸어갈 수 있어요." 내가 말했다.

"에어리얼에게 멋진 무덤을 만들어줄게, 꼭." 거스 삼촌이 약속했다.

그는 광장을 가로질러 인디언 치프를 향해 성큼성큼 걸어가더니 오토바이에 올라타고 재빨리 사라졌다.

제이크와 내가 집을 향해 절반쯤 가서 타일러 거리로 접어들 무렵 패커드가 달려와 우리 옆에 섰다.

아버지가 운전석 창밖으로 고개를 내밀었다. "타."

목소리가 냉랭한 것이 화가 난 게 분명했다. 우리가 허락도 받지 않고 집을 비웠기 때문이기도 하겠지만 아버지가 칼 브란트를 만나러 가서 무슨 일이 있었기 때문일 수도 있었다.

이번에는 제이크가 조수석을 외치지 않아서 내가 냉큼 조수석에 앉았다.

"너희 찾으려고 온 동네를 돌아다녔어." 아버지가 기어를 바꾸고 출발하면서 말했다.

나는 무슨 일이 있었는지 설명했고, 아버지는 중간에 끼어들지 않고 내 말을 끝까지 다 들어주었다. 그러고는 놀랍고 대견하다는 표정으로 나를 쳐다보았다. "저런."

아버지가 두 아들에게 화가 났었는지는 모르겠지만 그걸로 끝이었다.

내가 물었다. "칼을 만나봤어요?"

"대문도 안 열어주더라."

"다들 알고 있는 것 같아요?"

"들었겠지, 분명히. 칼을 만날 수 있으면 좋겠는데."

"좀 조용해지고 나면 만날 수 있지 않을까요?"

"아마도 그렇겠지." 아버지가 이렇게 말했지만 그다지 희망적인 목소리는 아니었다.

집에 돌아와 우리가 장례식장에 갈 준비를 마저 하는 동안 아버지는 외가댁에 전화를 걸어 우리를 찾았다고 말했다. 그러고 나서 우리는 다시 패커드를 타고 반 데르 발 장례식장으로 향했다.


4시에 장례식장에 도착해보니 어머니가 외할아버지와 리즈와 함께 먼저 와 있었다. 어머니는 아버지가 자기 면전에서 하나님을 너무 많이 입에 올렸다고 화가 나서 집을 뛰쳐나갈 때와는 많이 달라진 모습이었다. 단호함이 사라졌고 다행히 화도 많이 풀린 것 같았다. 왠지모르게 노쇠하고 약해진 것 같아 보였고 그런 모습을 보니 사람들이 정교하게 그림을 그려 장식하는, 속을 비워낸 달걀이 연상되었다. 우리 집에서 어머니는 항상 활력이 넘치고 권위와 분노의 상징 같은 존재였는데 이젠 그렇게 보이지 않았다.

어머니가 부드럽게 웃으면서 내 넥타이를 바로 매주었다. "아주 멋져 보이는데, 프랭크."

"고마워요."

"잘 지내고 있지, 너희들?"

"네, 그럼요." 내가 말했다.

"집으로 돌아갈게. 근데…… 시간이 좀 필요할 것 같아." 어머니가 고개를 돌려 양옆이 꽃으로 화사하게 장식되어 있고 뚜껑이 닫혀 있는 관이 있는 방을 바라보았다. "자, 얘들아, 가자."

관을 향해 걸어가면서 뜻밖에도 어머니가 내 손을 잡았다. 그래서 나는 어머니와 손을 잡고 걸어가면서 어머니가 내 손이 아니라 아버지의 손을 잡았어야 했다고 생각했다. 그리고 어머니와 아버지 사이에서 무언가가 사라졌다는 것을, 어머니가 우리 가족에게 소속감을 느끼게 해주던 무언가가 사라졌다는 것을, 그래서 어머니가 우리에게서 멀어지고 있다는 것을 깨달았다. 우리는 에어리얼 누나만 잃은 것이 아니라 서로를 잃어가고 있다는 것을, 모든 것을 잃어가고 있다는 것을 깨달았다.

나는 그전에도 조문을 하러 다녀봤고, 그 이후에도 많이 다니면서 상례(喪禮)에 매우 큰 가치가 있다는 것을 이해하게 되었다. 고인과 혼자서 작별인사를 하고 혼자서 고인을 보내는 것은 힘들고 거의 불가능한 일이다. 이런 조문 예식이 유족을 지탱해주는 난간이고, 가장 끔찍한 시간이 지나갈 때까지 유족이 허리를 꼿꼿하게 세우고 견디게 해주며 서로를 하나로 연결시켜주는 힘이다.

수 카운티에서 굉장히 많은 사람들이 조문하러 왔다. 에어리얼 누나를 알았거나 아버지와 어머니를 아는 사람들, 혹은 우리 가족을 아는 사람들이었다. 제이크와 나는 구석에 서서 부모님이 일일이 조문을 받으면서 딸에 대한 가장 좋은 말만을 듣고 있는 모습을 지켜보았다. 항상 그렇듯 아버지는 예의 바르게 조문객을 맞았다. 어머니는 여전히 속이 빈 계란 같은 모습으로 서 있어서 그 모습을 지켜보기가 고통스러웠고 금방이라도 쓰러지기를 기다리고 있는 것 같은 기분이 들었다. 조문을 받기 시작한 지 꽤 오랜 시간이 지났는데 앞으로도 그만큼 더 있어야 할 것 같았다.

내가 리즈에게 말했다. "바람 좀 쐬고 올게요."

그러자 제이크도 재빨리 말했다. "저도요."

"그게 좋을 것 같다." 리즈가 말했다.

"엄마 아빠한테 말해주실래요?"

"물론이지. 멀리 가지 마라."

우리는 살며시 조문실을 빠져나와 현관문을 열고 뉴 브레멘을 물들이고 있는 복숭앗빛 저녁 햇살 속으로 걸어 들어갔다. 장례식장은 아름답고 오래된 건물로, 원래는 뉴 브레멘 마을이 형성되던 옛날에 미네소타 강 계곡에 큰 통조림 공장을 세워 부자가 된 패리거트라는 사람의 집이었었다. 우리는 장례식장을 드나드는 사람들이 우릴 보고 무슨 말이라도 해야 할 것 같은 의무감을 느낄까 봐 현관 앞을 떠났다.

제이크는 반 데르 발 장례식장을 둘러싼 무성한 풀숲에 쭈그리고 앉더니 네 잎 클로버를 찾아냈다. 그런 것들을 찾아내는 특별한 재주가 있었다.

제이크가 하릴없이 클로버 잎을 뜯어내며 말했다. "오늘 밤엔 엄마가 돌아올까?"

나는 노인 두 명이 비틀거리며 인도를 걸어와 장례식장 계단을 천천히 올라가는 것을 지켜보면서 저분들도 곧 관 속에 눕게 되겠다는 생각을 하고 있었다.

"그걸 누가 알겠어?" 내가 말했다.

제이크는 잎이 다 떨어져 나간 클로버 줄기를 풀 속으로 던졌다. "모든 게 달라졌어."

"그래, 그런 것 같다."

"가끔은 겁이 나."

"뭐가?"

"엄마가 돌아오지 않을까 봐. 그러니까 몸은 집으로 돌아와도 마음은 안 돌아올까 봐."

나는 제이크의 말뜻을 이해했다.

"가자, 제이크. 산책 가자." 내가 말했다.

반 데르 발 장례식장을 떠나 거리를 걸어 내려가다가 다음 사거리에서 왼쪽으로 꺾어 한 블록을 더 갔더니 글리슨 공원이 나왔다. 공원에서 10여 명의 아이들이 야구를 하고 있었다. 제이크와 나는 3루 쪽에 서서 한동안 경기를 관전했다. 야구하는 아이들 중 서너 명은 내가 아는 아이들이었는데, 나보다 어린, 주로 제이크 또래의 아이들이었다. 제이크도 그 아이들을 알 텐데, 경기에 그리 관심이 없는 것을 보면 말을 더듬는다고 제이크를 괴롭힌 아이들인지도 몰랐다. 그중 한 명인 마티 셴펠트가 2루타를 치고 2루로 슬라이딩해 들어가며 먼지를 일으켰을 때 제이크가 말했다.

"레드스톤 씨를 봤어."

"레드스톤? 오, 예수님! 어디서 봤어?"

그해 여름에는 너무나 많은 일이 일어나 우리를 바꿔놓아서 제이크는 내가 주님의 이름을 헛되이 부르는 걸 듣고도 움찔하지 않았다.

"꿈에서." 제이크가 말했다.

"악몽이었겠네."

"아니, 악몽 아니었어. 에어리얼 누나도 나왔는걸."

에어리얼 누나가 내 꿈에 나온 적은 한 번도 없었지만 내가 깨어 있는 시간에 자주 나타나곤 했다. 누나 방문을 닫아놓았지만 나는 가끔씩 몰래 들어가서 한동안 서 있다가 나오곤 했다. 그 방에서 가장 강하게 남아 있는 냄새는 샤넬 넘버5 향수 냄새였다. 누나가 살 돈은 없었고 외할아버지와 리즈가 누나의 열여섯 번째 생일 선물로 준 것으로 누나는 특별한 경우에만 살짝 바르고 나갔다. 실종된 날도 그 향수를 발랐다. 누나 방에서 눈을 감고 누나의 향기를 맡으면 누나가 우리 곁을 떠나지 않고 옆에 있는 것만 같았다. 그러면 결국 눈물이 흐르곤 했다.

하지만 워런 레드스톤은 달랐다. 나는 그가 나오는 악몽을 자주 꾸었고 그 꿈속에서 그를 쫓곤 했다. 도망가는 그를 쫓아 철교 위를 비틀거리며 달려가서 붙잡고 씨름을 하곤 했다.

내가 말했다. "그 둘이 꿈속에서 뭐 하든?"

"에어리얼 누나는 피아노를 치고 있었어. 레드스톤 씨는 춤을 추고 있었고."

"누구랑?"

마티 셴펠트와 2루수 사이에 약간의 언쟁이 있었다. 제이크가 몇 초 동안 그 모습을 지켜보다가 말했다.

"혼자서. 연회장처럼 엄청 넓은 곳에 있었어. 에어리얼 누난 행복해 보였는데 레드스톤 씨는 그렇지 않았어. 뒤에서 누가 몰래 다가와 덤벼들까 봐 겁이 나는 것처럼 자꾸만 뒤를 돌아다봤어."

그날 빗속에서 누나를 죽였을 가능성이 높은 그 남자가 도망갈 수 있게 놓아주고 난 뒤로 나는 내가 한 짓을 누구에게라도 털어놓고 싶은 강한 충동을 느꼈다. 그 비밀이 무거운 짐처럼 매일 매시간 매 순간마다 나를 짓눌러서 그 짐으로부터 벗어나고 싶다는 생각이 굴뚝같았다. 때로는 고백을 하면 그 짐이 사라질 거라는 생각이 들었고, 고백을 한다면 그 대상은 내 동생이 될 거라는, 누군가 나를 이해해줄 수 있는 사람이 있다면 그 사람은 제이크일 거라는 생각이 들었다. 그러나 나는 고백하지 않았다. 그 죄를 나만 알고 있었다.

내가 씁쓸한 어조로 말했다. "이왕이면 그 인간이 지옥 불에서 고통받는 꿈을 꾸지그랬어."

마티 센펠트가 2루수를 밀치자 양 팀의 선수들이 뛰어나와 그들을 둘러쌌다. 당사자 둘이 금방이라도 서로를 향해 덤벼들 태세였고 벤치 클리어링이 일어나고 있었다.

"난 에어리얼 누나와 이야기를 나눠." 제이크가 말했다.

나는 벤치 클리어링 장면에서 고개를 돌려 제이크를 바라보았다. "무슨 뜻이야?"

제이크가 어깨를 으쓱거렸다. "기도랑 비슷한 건데 그렇다고 기도는 아니야. 그냥 가끔씩 누나한테 말을 해, 누나가 방에 같이 있으면서 내 이야기를 듣고 있는 것처럼, 예전에 그랬던 것처럼. 누나가 내 말을 들을 수 있는지는 모르겠지만, 그렇게 말을 하면 기분이 한결 나아져. 누나가 떠난 것 같지가 않아."

누난 떠났어, 제이크, 떠나고 없다고. 난 내가 느낀 대로 이렇게 말해주고 싶었지만 꾹 참고 제이크가 상상에서라도 위로를 받도록 내버려두었다.

아이들이 마티 센펠트와 2루수를 떼어놓았고 곧 경기가 재개될 것 같았다. 무슨 이유에선지 나는 커다란 안도감을 느꼈다.

"제이크, 돌아가자. 우릴 기다리고 있을 거야." 내가 제이크에게 말했다.

그날 밤 깜깜한 한밤중에 시끄럽게 울려대는 전화벨 소리에 잠이 깼다. 아버지가 침실에서 나왔고 나도 일어나 문간에 서서 아버지가 2층 복도에 있는 전화기로 걸어가 전화를 받는 모습을 지켜보았다. 상대방의 이야기를 듣는 동안 아버지는 표정이 바뀌었고 잠이 확 깨는 모양이었다.

아버지가 중얼거렸다. "오, 하나님." 아버지는 도무지 믿지 못하겠다는 듯 고개를 절레절레 흔들었다. "고마워, 보안관."

아버지는 수화기를 전화기 받침대에 내려놓고 놀라서 멍해진 표정으로 계단 아래쪽의 어둠을 물끄러미 내려다보았다.

"무슨 일이에요, 아빠?"

아버지가 천천히 고개를 돌려 나를 쳐다보았고 나는 아버지의 대답이 즉시 나오지 않자 나쁜 소식임을 알아차렸다.

"칼 브란트가 죽었다는구나." 마침내 아버지가 말했다.

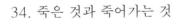

## 34. 죽은 것과 죽어가는 것

토요일 오후에 우리는 에어리얼 누나를 땅에 묻었다. 하늘에는 구름이 별로 없었지만 뉴 브레멘과 미네소타 강 계곡 위에만 두터운 구름이 걸려 있었다. 오랫동안 지속된 더위가 이날도 기승을 부렸고 바람 한 점 없어서 정체되고 열기가 느껴지는 공기를 들이마시자 그 무게가 느껴지면서 꼼짝도 하기 싫어졌다.

그때쯤엔 나는 칼 브란트의 사망에 관한 자세한 소식을 전해 들어 알고 있었다. 그는 애마 트라이엄프를 타고 나가, 아주 오래전처럼 느껴지는 어느 날 제이크와 나를 태우고 달렸을 때처럼 마을 외곽의 시골길을 미친 듯이 달렸다. 너무 속도를 내다가 방향을 꺾지 못하고 전방에 있는 커다란 미루나무로 돌진했다. 그 충격으로 그는 앞 유리창 밖으로 튕겨져 나가 즉사했다. 그는 자기 아버지의 스카치위스키를 병째로 들고 마시고 있었고 미루나무가 서 있는 도로에서 방향을 꺾으려고 시도한 흔적이 전혀 없었다. 이 비극이 음주운전 때문이었는지 그의 혼란스럽고 우울한 마음이 충동적으로 시킨 일이었는지는 아무도 알 수가 없었다.

　에어리얼 누나의 장례식은 오후 2시에 우리 집 건너편에 있는 3번가 감리교회에서 거행되기로 예정되어 있었다. 아버지는 콘래드 스티븐스 교구 감독에게 교회에서의 장례 예배와 이후 묘지에서 있을 간단한 매장식을 모두 인도해줄 것을 부탁했다. 아버지는 음악을 선곡했고 로레인 그리즈월드에게 오르간 반주를 부탁했으며 아멜리아 클레멘트에게는 아름다운 알토 목소리로 찬양을 이끌어달라고 부탁했다. 또 매장식 이후 참석한 조문객들에게 대접할 식사 준비는 플로렌스 헨느에게 맡겼다. 아버지는 목사로서 이런 일을 수십 번도 더 겪어서 무엇을 어떻게 준비하면 좋을지 잘 알고 있었지만 이번만은 느낌이 많이 다를 것이 분명했다.

　어머니는 조문을 받는 일로 그나마 남아 있던 기력까지 다 소진된 것 같았고 조문이 끝나고 나서도 집으로 돌아오지 않았다. 토요일 오전에 아버지가 외가댁에 가서 어머니와 이야기를 나눴고—무엇보다도 칼 브란트의 사망 소식을 전해주었을 것이다—집으로 돌아왔을 땐 너무도 지쳐 보였지만 장례식에서 어머니를 볼 수 있을 테니까 걱정하지 말라고 우리를 안심시켰다. 그게 좋은 생각인지는 확신할 수 없었다. 장례 예배는 고인을 추모만 하는 자리가 아니었다. 고인이 이 세상을 떠나 천국에 가서 하나님과 함께 살게 된 것을 축하하고 축복하는 자리이기도 했다. 그런데 하나님과 불화 중인 어머니가 예배 도중에 벌떡 일어서서 어떤 식으로든 하나님을 모독하지 않을까 하는 걱정을 나는 떨쳐버릴 수가 없었다.

　예배 시작 30분 전부터 사람들이 모여들기 시작했다. 그들은 주차장으로 들어와 차에서 내려 교회 안으로 들어갔고 뒤에 서서 서로 인사와 담소를 나눴다. 그들이 무슨 이야기를 할지는 안 들어도 뻔했다. 에어리얼과 칼의 죽음에 관해 이러쿵저러쿵 말이 많을 것이었다. 이 이야기는 뉴 브레멘 주민들이 수 족의 대반란에 대해 이야기하듯 앞으로 백 년은 우려먹을 이야기일 것이고, 그들은 '날라리'니 '게이'니 '아비 없는 자식'이니 하는 말을 입에 올리면서도 자기들이 말하는 그 사람들이 어떤 사람들이었는지 진실은 전혀 기억하지 못할 것이었다. 나는 제이크와 함께 우리 집 베란다에 앉아서 조문객들을 바라보고 있었다. 집에는 제이크와 나 둘뿐이었다. 아버지는 패커드를 몰고 어머니를 데리러 가고 없었다. 아버지는 우리 가족이 다 함께 교회로 입장하기를 바랐다.

그날 제이크는 말이 별로 없었고, 평소보다도 더 말이 없어서, 나는 칼에게 일어난 일 때문에 그런가 생각했다. 그 일에 대해서는 나도 도무지 이해가 되지 않아 이해하려고 애를 쓰고 있는 참이었다. 나는 그 일이 그가 마신 스카치위스키 때문에 일어난 사고였기를 간절히 바랐다. 만일 사고가 아니라 자살이라면 나도 거기에 한몫했다는 것을 알고 있었기 때문이었다. 비록 내 동생은 그렇게 생각하지 않기를 간절히 바랐지만, 사실 책임은 제이크에게도 있었다. 내가 도일에게 맞서서 우리가 엿들은 것을 말해주지 않겠다고 버텼어야 했는데 그러지 못해서 제이크가 다 말해주었고 그래서 칼 브란트가 죽었다. 나는 마음속에서 스스로와 싸우고 있었다. 칼이 꼭 그렇게 자살할 필요는 없지 않은가. 음울한 비밀을, 자신을 완전히 무너뜨릴 위험이 있는 비밀을 평생 안고 사는 사람들도 있었다. 전쟁통에 우리 아버지에게도 무슨 일이, 뭔가 끔찍한 일이 일어났지만, 아버지는 삶을 이어갈 힘을 찾았다. 나는 누나를 살해한 게 분명한 남자가 도망가게 내버려두었다는 사실을, 때로는 도저히 견딜 수 없을 것 같은 비밀을, 가슴에 품고 살고 있었지만 자살을 생각해본 적은 단 한 번도 없었다. 어떤 장소나 상황이 마음에 안 들고 참을 수 없어지면 그것을 해결할 방법을 찾을 수 있다는 것이 내 생각이었다. 다른 사람과 상의해서 해결책을 찾거나 아니면 아무도 모르는 곳으로 가서 새 삶을 시작하면 되었다. 자살은 최악의 선택인 것 같았다.

제이크가 뜬금없이 말했다. "우리가 도저히 피할 수 없는 일들도 많이 있는 것 같아, 형."

제이크는 우리가 앉아 있는 베란다에서 보면 교회 첨탑 바로 위에 걸려 있는 것처럼 보이는 태양을 물끄러미 바라보고 있었다. 빨리 고개를 돌리지 않으면 눈이 멀 것 같아서 걱정이 되었다.

"무슨 말이야?"

"나는 누구인가 하는 거. 그것을 피할 수는 없잖아. 다른 것은 다 피할 수 있어도 자신이 누구인가 하는 거는 못 피하잖아."

"도대체 무슨 말을 하는 거야?"

"난 앞으로도 계속 말을 더듬을 거야. 그럼 사람들이 계속 나를 조롱하겠지. 때로는 나도 자살하고 싶다는 생각을 해."

"그런 말 하지 마."

마침내 제이크가 태양에서 고개를 돌려 나를 바라보았고 동생의 눈동자는 연필심으로 찍은 작은 점들 같아 보였다.

"어떨 것 같아?"

"뭐가 어떨 것 같다는 거야?"

"죽어가는 거. 죽은 거."

나는 그 둘이 엄연히 다른 거라고 생각했다. 죽은 것과 죽어가는 것은 다른 거였다.

내가 말했다. "그런 거 생각하고 싶지 않은데."

"나는 하루 종일 그 생각만 했는데, 도저히 멈출 수가 없어."

"그만하는 게 좋아."

"그 생각을 하면 너무 무서워. 칼도 무서웠을까?" 제이크가 잠깐 나를 쳐다보다가 다시 태양을 돌아보았다. "에어리얼 누나도 무서웠을까?"

제이크가 꺼낸 이야기는 그때까지 내가 생각하지 않으려고 애쓰고 있던 문제였다. 죽은 것과 죽어가는 것은 엄연히 달랐다. 죽은 것은 이미 일어난 일이고 이미 끝났기 때문에, 그리고 하나님을 믿는다면 더 좋은 곳에 가 있을 것이기 때문에 끔찍한 일이 아니었다. 그러나 죽어가는 것은 지극히 인간적인 과정이었고 고통과 극심한 두려움을 동반하는 과정이어서 그것에 관해서는 생각하고 싶지 않았다. 나는 제이크를 붙잡고 마구 흔들어서라도 머릿속에서 그 모든 끔찍한 생각들을 떨쳐버리게 하고 싶었다.

패커드가 타일러 거리를 달려와 쿵쿵거리며 철길을 건너 교회 쪽으로 달려왔고 외할아버지의 뷰익이 그 뒤에 바짝 붙어 따라왔다. 두 자동차가 교회 주차장으로 들어와 노란 테이프로 줄을 쳐서 확보해둔 전용 주차 칸으로 들어가 섰다. 아버지가 어머니를 부축해 차에서 내리게 했는데 멀리서 본 어머니는 한 줄기 바람이라도 불면 금방 쓰러질 것 같은 모습이었다.

"가자." 내가 한숨을 쉬며 말한 후 일어섰다.

우리는 아버지의 바람대로 함께 교회로 들어갔다. 어머니가 아버지의 팔을 잡고 앞장서서 걸었고 그다음엔 제이크와 내가 또 그다음엔 외할아버지 내외가 따라갔다. 그리즈월드 집사가 우리에게 식순지를 건넸고 사람들은 대화를 중단하고 우리를 위해 길을 터주었다. 우리는 교인석 맨 앞줄로 가서 들어가 앉았다. 에어리얼 누나의 관이 제단 난간 앞에 놓여 있었고 관의 양 옆면에는 전날 조문 때 보았던 그 꽃들이 장식되어 있었다. 전날엔 관을 보는 것이 전혀 힘들지 않았었는데 정작 장례식 날엔 관을 차마 쳐다볼 수가 없어서 자꾸만 고개를 돌리게 되었다. 나는 제단 뒤에 있는 스테인드글라스 창을 바라보면서 새총을 쏘아 그 유리창을 깨는 모습을 상상했다. 로레인 그리즈월드가 옆문으로 들어와 오르간 앞에 앉았다. 스티븐스 목사도 역시 옆문으로 들어와 강대상 뒤 자기 자리로 가서 앉았다. 아멜리아 클레멘트는 남편과 아들과 함께 앉아 있다가 중앙 복도를 걸어와 오르간 옆에 있는 성가대 자리에 혼자 앉았다. 순간 교회 안에 정적이 흘렀고 로레인이 부드럽고 슬프고 품위 있는 곡을 연주하기 시작했다. 아버지가 무슨 곡을 선택했는지 식순지를 살펴볼 수도 있었겠지만 벌써 나는 이 모든 장면과 거리를 두고 바라보는 구경꾼이 되어가고 있었다. 그날 하루 종일 나는 무언가를 도저히 견딜 수 없어지면 안 보면 된다고 생각했었고 생각대로 실천했다. 나는 그해 여름에 일어난 일들을 하나하나 떠올려보았다. 착한 바비 콜과 떠돌이 남자의 죽음, 모리스 엥달을 채석장의 물속으로 밀어 넣은 일, 비를 맞으며 철교를 건너 도망가던 위런 레드스톤의 모습, 진저 프렌치와 승마를 한 일, 칼 브란트가 자신의 트라이엄프를 몰고 미루나무를 들이받아 사망한 일이 머릿속에 동영상처럼 펼쳐졌다. 이렇게 딴 생각에 사로잡힌 결과 장례예배에 대해서는 엄청나게 오래 했다는 것 말고는 아무것도 기억나지 않았다. 사람들이 강대상으로 올라가서 한마디씩 하고 내려왔다.

나중에 알고 보니 에어리얼 누나와의 아름다운 추억을 소개하는 추모사를 했던 거였지만 내 마음은 딴 곳에 있었기 때문에 그들의 말이 귀에 들어오지 않았다. 찬양을 할 땐 익숙한 찬송가여서 내 귀에도 들어왔기 때문에 아마 나도 따라 불렀을 것이다. 스티븐스 목사의 설교는 한마디도 기억나지 않지만 적절하면서도 건조했다는 느낌은 받았다.

이제 장지로 떠날 시각이 되었다. 나는 가족과 함께 푹푹 찌는 바깥으로 나가 찜통 같은 패커드에 들어가 앉아서 땀을 뻘뻘 흘리면서 에어리얼 누나의 관이 반 데르 발의 영구차에 실리기를 기다리고 있다가 영구차를 따라갔다.

그날 나는 기적을 기대했고, 그전 주일날에 아버지가 짧고도 기적적인 설교를 했을 때처럼 기쁨이 내 마음을 가득 채우기를 기대했다. 기쁨이 너무 과하다면 적어도 평화를 얻을 수 있기를 바랐다. 그러나 묘지 출입구를 통과하면서 나는 깊은 슬픔이 내 영혼을 칼로 찌르는 것 같은 느낌을 받았다. 그리고 무덤을 보았을 땐 큰 충격을 받았다. 나는 거스 삼촌이 얘기했던 것처럼 땅에 아름다운 상자가 조각되어 있는 모습을 상상했었다. 네 변이 직선이고 네 각이 직각인 완벽한 직사각형의 평면에 완벽한 수직의 벽면과 평평한 바닥이 있는 기하학적으로 완벽한 상자를 기대했는데 정작 눈앞에 보이는 것은 작은 구덩이에 불과했다.

스티븐스 목사가 무덤가에서 매장식을 진행했고 다행히도 짧게 끝나서 곧 우리는 떠날 준비를 했다. 오, 그런데 에어리얼 누나를 남겨두고 떠나는 것이 제일 힘들었다. 머릿속으로는 누나의 영혼이 오래전에 육신을 떠나 하늘나라로 간 것을 알고 있었지만, 내가 평생을 알아온 누나를, 유쾌하고 친절하고 똑똑하고 이해심이 넘치며 예뻤던 누나를 땅에 묻어 영원히 홀로 남겨두고 간다고 생각하니 견딜 수 없이 괴로웠다. 울음이 복받쳤다. 나는 우는 모습을 남에게 들키기 싫어 고개를 푹 숙이고 있었다. 곧 제이크와 함께 패커드에 타자 앞쪽에서 어머니가 우는 소리가 들렸고 아버지가 손을 뻗어 어머니의 손을 잡았다. 아버지도 울고 있었다.

제이크를 보니 눈이 말라 있었다. 그러고 보니 제이크는 하루 종일 눈물 한 방울 흘리지 않았다. 어쩐 일일까 궁금했는데 궁금증은 그리 오래가지 않아 풀렸다.

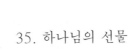

## 35. 하나님의 선물

　우리는 교회로 돌아가 원형의 테이블과 의자가 차려진 친교실로 들어갔다. 주방에 음식이 준비되어 있었다. 햄과 닭고기 튀김, 감자 그라탱, 깍지 콩이 들어간 캐서롤, 샐러드 두 가지, 몇 종류의 롤빵과 과자와 디저트 바 등이 차려져 있었다. 음료로는 시원한 레모네이드와 쿨에이드, 커피가 마련되어 있었다. 그곳에 도착할 때까지 어머니를 제외하고는 다들 어느 정도 진정이 된 상태였다. 어머니는 이제 울음을 그쳤지만 얼굴에 깊은 슬픔이 어려 있었고 아주 오랫동안 물 한 모금 마시지 못한 채 사막을 헤매 다닌 사람처럼 걸었다. 아버지와 외할아버지가 어머니의 양옆에 서 있는 걸 보니 쓰러질까 봐 걱정이 되는 모양이었다. 두 남자가 재빨리 어머니를 테이블 앞 의자에 앉혔고 제이크와 리즈와 내가 어머니 옆에 앉았다.

　벌써 테이블 앞에 자리 잡고 앉아 있는 사람들도 있었고 서서 이야기를 나누는 사람들도 있었지만 아직 감사 기도를 드리지 않았기 때문에 음식을 담으려고 줄을 서 있는 사람은 하나도 없었다. 감사 기도는 아버지가 하게 될 것이 분명했는데 아버지는 어머니를 자리에 앉힌 후 그리즈월드 집사와 조용히 대화를 나누고 있었다. 엄숙한 분위기 때문에 다들 목소리를 낮춰서 말했지만 그래도 많이 소란스러웠다.

아멜리아 클레멘트가 남편 곁을 떠나 우리 쪽으로 왔고 피터도 몇 걸음 뒤에서 따라왔다. 클레멘트 부인은 어머니 옆에 앉아 나지막한 목소리로 어머니에게 말을 건넸고 피터는 내게 말을 걸고 싶어 한다는 것을 내가 느낄 수 있을 만큼 가까이 서 있어서 나는 자리에서 일어나 그에게로 다가갔다.

"누나 일은 정말 유감이야." 피터가 말했다.

"그래, 고맙다."

"있잖아, 우리 아빠가 모터와 기계에 대해서 가르쳐주고 있거든. 모터를 분해했다가 다시 조립하는 방법을 가르쳐주고 모터가 작동하지 않으면 뭐가 문제인지 알아내는 방법도 가르쳐줘. 원한다면 놀러 와서 같이 배우자."

클레멘트 씨네 집 헛간 문 앞에 서서 분해된 부품들을 보고 놀라워했던 일과 피터와 그 어머니의 얼굴에 든 멍을 보았던 일이 떠올랐고, 그때 그들을 걱정하고 불쌍히 여겼던 것도 기억이 났다. 비록 겉으로 드러내진 않았지만 우리 가족이 더 우월하고 뭔가 특별하다고, 우리 가족은 절대로 해체되지 않는다고 생각했었다는 사실을 깨달았다. 그렇게 믿었던 날이 아주아주 오래된 옛날처럼 느껴졌고, 이제 나는 피터의 얼굴에서 그때 내가 그에게 지었던 표정을 보았다. 피터가 나와 내 가족을 걱정하고 있었고, 그의 걱정에는 충분한 근거가 있었다.

"그래, 그럴게." 내가 말했다.

하지만 그렇게 할 것 같지는 않았다.

클레멘트 부인이 일어서서 잠깐 동안 어머니의 손을 잡았다가 놓더니 남편에게로 돌아갔고 피터도 따라갔다.

아버지가 테이블로 돌아왔지만 앉지는 않았다.

"주목해주시겠습니까, 여러분?" 그리즈월드 집사가 큰 소리로 말했다. "드럼 목사님이 식사 전 감사 기도를 해주시겠습니다."

방 안이 조용해졌다.

아버지는 잠깐 마음을 가다듬었다. 아버지는 항상 기도 전에 잠시 묵상을 했다. 아버지의 감사 기도는 대단히 포괄적이어서 식탁에 차려진 음식뿐만 아니라 우리가 감사해야 할 모든 일들까지 포함시켰고 우리보다 불행한 사람들을 기도 속에 기억할 때도 많았다.

아버지의 머리가 적절한 말들로 채워지는 그 침묵의 순간에 어머니가 입을 열었다. "제발 좀, 네이선, 이번 한번만이라도 그냥 평범한 감사 기도를 하면 안 될까?"

기도를 기다리며 경건한 침묵이 흐르던 방 안 분위기가 갑자기 바뀌었다. 이젠 침묵 속에서 불안감과 적대감마저 느껴졌다. 내가 눈을 뜨고 주위를 살펴보니 다들 드럼 목사 가족을 노려보고 있었다. 마치 우리가 자기들 눈앞에 펼쳐지는 재앙이라도 되는 듯이 노려보고 있었다.

아버지가 목소리를 가다듬더니 입을 열었다. "여러분 중에 저 대신 감사 기도를 해주실 분 있습니까?"

아무도 말이 없었고 침묵이 고통스럽게 이어졌다.

그때 내 옆에서 작고 또렷한 목소리가 대답했다. "제가 할게요."

나는 소스라치게 놀랐다. 오, 하나님. 기도를 자청하고 나선 사람은 바로 말더듬이 내 동생 제이크였다. 제이크는 아버지의 허락을 기다리지도 않았다. 자리에서 일어서더니 고개를 숙였다.

나는 그 자리에 있는 사람들을 둘러보았다. 다들 곧 일어날 대형 사고를 놓치지 않겠다는 듯 눈을 동그랗고 뜨고 제이크를 쳐다보고 있었다. 나는 절망하며 속으로 기도했다. 오, 하나님, 제발 이 고통에서 저를 구해주소서.

제이크가 말했다. "하늘에 계신 우리 아……아……아……." 그러고는 말을 멈췄다.

오 하나님, 그냥 지금 저를 죽여주소서. 내가 기도했다.

어머니가 팔을 뻗어 제이크의 어깨에 손을 가만히 올려놓았다. 그러자 제이크가 목소리를 가다듬고 다시 입을 열었다.

"하늘에 계신 우리 아버지, 이 음식과 여기 모인 우리 친구들과 우리 가족에게 복을 주심에 감사하나이다. 우리 주 예수 그리스도의 이름으로 기도하나이다. 아멘."

그게 끝이었다. 너무나 평범한 기도여서 굳이 외울 필요도 없었다. 그러나 나는 그 순간부터 40년이 지난 지금까지도 그 기도를 한마디도 잊지 않고 똑똑히 기억하고 있다.

"고마워, 제이크." 어머니가 말했다.

나는 어머니의 얼굴 표정이 완전히 바뀐 것을 알아차렸다.

아버지는 얼떨떨하지만 행복한 표정으로 말했다. "고맙다, 아들."

그러자 모두들 최면이 풀린 것 같은 표정으로 천천히 일어나 줄을 서서 음식을 접시에 담기 시작했다.

그리고 나는 존경스러운 눈으로 내 동생을 바라보며 속으로 기도했다. 하나님 감사합니다.

그날 밤 어머니가 집으로 돌아왔다. 젖혀져 있는 커튼을 어머니가 그대로 두어 저녁을 맞아 서늘해진 산들바람이 집 안으로 들어왔다. 어머니가 자러 들어갈 때 아버지도 함께 침실로 갔다.

나는 이것저것 생각하느라고 밤늦도록 잠들지 못하고 깨어 있었다.

제이크에게 감사 기도에 대해서 물어보지 않았다. 어떻게 보면 그 불가사의함을 파헤치고 싶지 않은 마음이 있었던 것 같다. 우리가 들은 것은 기적이라는 것을, 에어리얼 누나가 죽은 후 그렇게도 간절히 바랐던 기적이라는 것을 알고 있었기 때문이었다. 그 기적은 평생 동안 남들 앞에서 세 마디 이상을 할 때면 단 한 번도 예외 없이 아주 끔찍하게 말을 더듬었던 소년의 입에서 나왔다. 어머니가 집에 돌아오니까 우리 가족이 그 평범한 감사 기도의 기적으로 구원을 받았다는 생각이 들었다. 하나님이 왜 에어리얼 누나나 칼 브란트나 바비 콜이나 이름도 모르는 떠돌이를 데려가셨는지는 알지 못했다. 그것이 하나님이 하신 일인지 혹은 하나님의 뜻인지 아닌지도 알지 못했다. 그러나 내 말더듬이 동생의 입에서 나온 그 흠 없는 감사 기도가 하나님의 선물이라는 것은 알고 있었고 그것을 드럼 가가 어떻게든 살아남을 거라는 징조로 받아들였다.

에어리얼 누나를 잃은 애통함은 슬픔이 항상 그렇듯 오래갔다. 누나를 땅에 묻은 후 여러 달 동안 혼자 있다고 생각될 때 어머니가 눈물을 흘리는 모습을 종종 보곤 했다. 어머니가 그 화사한 미소를 완전히 되찾을 수 있을지는 알 수 없었지만 아직까지 남아 있는 미소가 내겐 훨씬 더 감동적이었다. 잃어버린 것이 무엇인지, 그것을 왜 잃어버렸는지를 잘 알고 있었기 때문이었다.

## 36. 놀라운 가능성

그다음 날인 주일날 아버지는 담임을 맡고 있는 세 교회 전부에서 예배를 인도했고 설교도 잘했다. 어머니는 성가대를 지휘했고 제이크와 나는 평소처럼 교인석 맨 뒷줄에 앉았다. 도일 경관이 경찰서장에게 말해서 모든 것을 없던 일로 하고 기소하지 않기로 했기 때문에 거스 삼촌도 우리와 함께 앉아 예배를 보았다.

이제 두 가지만 빼면 생활이 다시 정상 궤도에 올라서는 것처럼 느껴졌다. 그 하나는 에어리얼 누나가 없으니 그 어느 것도 예전과 똑같을 수는 없다는 사실이었고, 또 하나는 누나를 살해한 것이 분명한 워런 레드스톤을 경찰 당국이 아직 체포하지 못했다는 사실이었다. 당국이 결국 못 잡을 수도 있겠다는 생각이 들기 시작했고 그럴 경우 내 기분은 어떨지 자꾸만 생각해보게 되었다. 나는 레드스톤이 도망가게 놓아줬다는 죄책감을 평생 안고 살아야 할 것이 두려웠고 그 죄책감을 안고 살 방법을 찾아야 한다는 사실을 알고 있었다. 그러나 에어리얼 누나의 죽음에 대한 분노는 거의 다 사라진 것 같았다. 아직도 상실감에 깊이 슬퍼하고는 있었지만 매 순간을 슬픔에 사로잡혀 살지는 않게 되었다. 나는 그 이유를 알 것 같았다. 누나의 죽음이 나를 완벽하게 혼자로 만들지는 않았기 때문이었다. 아직도 내겐 사랑하고 좋아하는 사람들이 많이 있었다. 제이크, 어머니, 아버지, 외할아버지, 리즈, 그리고 거스 삼촌. 그리고 나는 이젠 주일날 듣는 설교에 나오는 이야기가 아니라 내 삶의 진정한 화두가 되어버린 용서라는 문제에 대해서 진지하게 생각하기 시작했다. 만일 워런 레드스톤이 잡힌다면, 나는 어떻게 반응할 것인가? 사법적인 절차를 밟겠지만 더 크고 심오한 문제가, 내가 평생 동안 아버지에게서 배운 것의 핵심과 관련된 문제가 남아 있었다.

주일날 오후 마지막 예배가 끝나고 난 후 리즈와 외할아버지가 저녁식사를 함께하러 우리 집에 오셨고 거스 삼촌도 합류했다. 상을 당한 후 경황이 없는 동안 이웃들이 가져다 준 음식이 아직 많이 남아 있어서 그것을 먹었다. 식사가 끝난 후 거스 삼촌은 오토바이를 타고 외출했고 외할아버지 내외는 집으로 돌아갔으며 부모님은 베란다의 그네에 앉아서 이야기를 나눴고 제이크와 나는 앞마당에서 캐치볼을 했다. 부모님이 조용히 대화를 나누었지만 나는 요점을 파악했다. 브란트 가 사람들에 대한 이야기였다.

브란트 가 사람들 중에서 유일하게 에밀 브란트만 에어리얼 누나의 장례식에 왔다. 시내 대학의 동료 한 명이 그를 데려왔다. 브란트는 교회 뒤쪽에 앉아 있다가 장지에 가서는 거기 모인 다른 조문객들과 멀찌감치 떨어져서 혼자 서 있었다.

어머니는 아버지에게 장례식에서 에밀을 보았지만 다가가서 말을 거는 것은 도저히 못하겠더라고 말했다. 그때 아무 말도 하지 않은 것이 마음에 걸린다고 했다. 그리고 칼의 죽음도 너무 끔찍하고 안된 일이고 줄리아와 악셀이 불쌍하고 안타까워서 가서 따뜻한 위로의 말이라도 해주고 싶지만 문전박대 당할까 봐 겁이 난다고도 했다.

어머니가 흔들리는 그네에 앉아서 말했다. "에밀에게 말하면 만남을 주선해줄까? 어쨌든 에밀에게 사과는 해야겠어."

"사과는 나도 해야 돼." 아버지가 말했다. "최근엔 좋은 친구가 되어주지 못했거든."

"오늘 갈까, 네이선? 아, 이 무거운 짐을 빨리 벗어버리고 싶어."

제이크도 부모님의 대화를 엿듣고 있었는지 잔디밭에서 불쑥 끼어들었다. "저도 갈래요. 리사 아줌마 보고 싶어요."

나는 아무 말 안 하고 있었지만 그렇다고 나 혼자 집에 남을 생각은 조금도 없었다.

"그래, 좋아." 아버지가 그네에서 일어서며 말했다. "전화해볼게."

30분 후 우리는 개조된 농가의 대문 앞에 이르러 패커드에서 내렸다. 에밀 브란트가 베란다에서 기둥을 붙잡고 서서 우리가 다가오는 모습을 눈으로 좇았고, 그 모습을 보니 늘 그랬듯 우리가 판석이 깔린 인도를 걸어오는 모습을 사실은 볼 수 있는 게 아닐까 하는 생각이 다시금 들었다.

"에밀." 어머니가 두 팔로 그를 따뜻하게 감싸 안으면서 말했다.

브란트는 어머니를 잠시 안고 있다가 뒤로 물러서더니 아버지에게 손을 내밀었고 아버지는 두 손으로 그의 손을 꽉 쥐었다.

"이런 날이 다시는 오지 않을까 봐 걱정했어." 브란트가 말했다. "정말 견디기가 힘들더군. 이리 와서 앉자구. 리사에게 레모네이드와 쿠키 좀 내오라고 말해놨어. 곧 나올 거야."

베란다에는 고리버들로 만든 탁자와 네 개의 의자가 있었다. 어른들이 세 자리를 차지하고 앉았고 나는 베란다 난간에 기대서 있었다.

제이크가 말했다. "정원 좀 보고 올게요."

그러고는 베란다를 뛰어 내려가 집 옆쪽으로 돌아 사라졌다.

"에밀." 어머니가 말했다. "우리 사이에 일어난 일과 칼에게 일어난 일은 정말 유감이야. 너무 끔찍하고 너무 비극적이야."

"비극이 계속되고 있어." 브란트가 말했다. "줄리아가 넋이 나갔어. 진짜로 정신줄을 놓은 것 같아. 악셀 말로는 울고 불면서 죽어버리겠다고 난리를 친다더라구. 그래서 계속 진정제를 강하게 투여해서 진정시키고 있다나 봐."

아버지가 말했다. "악셀이 정말 힘들겠군. 내가 악셀을 만나볼 방법이 있을까?"

"그리고 나는 줄리아를 만나보고 싶은데." 어머니가 말했다.

에밀 브란트는 고개를 가로저었다. "좋은 생각이 아닌 것 같아. 아직은 상황이 복잡해서 말이야." 그가 두 손을 앞으로 뻗어 보이지 않는 눈으로도 어머니의 손을 즉시 찾아내 꼭 잡았다. "기분은 어때, 루스? 진짜 기분."

표면적으로는 아주 단순한 질문이었지만 그 당시에는 단순한 건 아무것도 없었다. 어머니의 손을 잡는 브란트의 조심스러운 손길을 보니 전에 생각했던 속이 빈 계란 같은 이미지의 어머니가 떠올랐다. 그러나 어머니는 이제 그렇게 연약하지 않았다.

어머니가 말했다. "굉장히 아파, 에밀. 아마도 죽을 때까지 이렇게 아프겠지. 하지만 난 살아남았으니까 괜찮아질 거라고 믿어."

갑자기 현관문이 열리더니 리사가 설탕 쿠키 한 접시를 들고 우리를 사납게 노려보면서 베란다로 걸어 나왔다. 작업복 바지에 짙은 파란색 블라우스를 입고 끈 없는 로퍼를 신고 있었다. 그녀는 고리버들 탁자에 쿠키 접시를 내려놓더니 휑하니 집 안으로 들어가 버렸다.

"리사는 우릴 보고도 반가운 것 같지 않구면." 아버지가 말했다.

브란트가 말했다. "한동안 아주 행복했을 거야. 내가 온전히 자기 손길을 필요로 하고 있었으니까. 리사가 행복하기 위해서 필요한 건 별것 없어. 이 작은 안식처와 자기를 온전히 필요로 하는 사람만 있으면 되거든. 어떤 면에서는 참 부러운 일이지. 리사가 정원 일을 하려고 막 나가려는 찰나에 당신들이 온 거야. 정원 일을 무척이나 좋아하는데 내가 먼저 차와 과자를 준비하라고 했으니 토라진 거지 뭐."

제이크가 다시 나타나 계단을 올라오는데 리사가 아이스 레모네이드가 든 유리 주전자를 들고 밖으로 나왔다. 내 동생을 보자 그녀의 태도가 바뀌었다. 유리 주전자를 서둘러 탁자에 내려놓더니 다시 집 안으로 들어갔다가 유리컵을 담은 쟁반을 들고 부리나케 나와서 유리 주전자 옆에 쟁반을 내려놓았다. 그러고는 제이크에게 수화로 뭐라고 말을 하는데 나는 무슨 뜻인지 전혀 알 수 없었지만 제이크는 고개를 끄덕이며 말했다. "네, 그럴게요."

"리사 아줌마 좀 돕고 올게요." 제이크가 말했다.

제이크와 리사는 베란다를 떠나 원예도구와 농기구를 보관하는 창고로 갔다.

그들이 가고 난 후 아버지가 물었다. "회고록은 끝낼 거야, 에밀?"

브란트는 꽤 오랫동안 말이 없었다. "에어리얼이 없는데 어떻게 끝내겠나."

"타이핑할 사람을 찾아보지그래?" 아버지가 제안했다.

브란트는 고개를 가로저었다. "에어리얼이 한 일을 딴사람한테 시키고 싶지는 않아. 아무한테도."

나는 나 자신의 경험과 감정에 푹 빠져 있어서 에어리얼 누나의 죽음이 우리 가족이 아닌 다른 사람에게 미친 영향에 대해서는 생각해본 적이 없었다. 그래서 누나를 가르쳤고 누나의 재능을 알아보고 활동을 지원해주었으며, 누나가 실종된 후에는 기꺼이 많은 시간을 내서 어머니 옆에 있어주었던 에밀 브란트도 엄청난 상실감을 느꼈다는 사실을 그제야 깨달았다. 그의 얼굴이 옆으로 돌려져 있어 옆모습 윤곽만 보였는데, 반대편에 흉터가 있다는 사실을 모른다면 그가 모든 면에서 정상으로, 그리고 중년 남자치고 굉장히 잘생긴 사람으로 보였을 거라는 생각이 들었다.

그리고 그때 너무도 놀라운 가능성이, 나를 그 자리에서 얼어붙게 만들 만큼 엄청난 가능성이 머릿속에 떠올랐다.

브란트와 부모님은 계속 이야기 중이었지만 내 귀에는 아무 소리도 들리지 않았다. 나는 일어서서 다소 멍한 상태로 베란다 계단을 내려갔다. 아버지가 뭐라고 말해서 나는 곧 돌아오겠다고 중얼거렸다. 마당을 가로지르고 제이크와 리사가 작업을 하고 있는 정원을 지나 울타리에 난 대문 앞으로 갔다. 그 문 너머로 보이는 길을 걸어가면 얼마 안 가 비탈길이 나오고 거기를 내려가면 미루나무 숲과 선로와 강으로 이어졌다. 나는 장님이 된 것처럼 눈을 꼭 감고 더듬거리면서 대문 빗장을 열었다. 대문을 밀어 열고 길을 걷기 시작했다. 두 눈을 꼭 감고 조심스럽게 길을 느껴가며 천천히 걸었다. 길가를 따라 이어지는 무성한 덤불과 사람들의 발에 밟혀 생긴 좁은 오솔길을 구분하는 것은 전혀 어렵지 않았다. 미루나무 숲을 지나 주변보다 높이 있는 선로 노반에 이르자 눈을 뜨고 싶은 유혹이 일었지만 굴복하지 않았다. 노반을 올라가 발아래에서 부서진 돌이 밟히는 것을 느끼면서 발을 내딛다가 첫 번째 선로 가로대에 걸려 넘어질 뻔했지만 중심을 잡고 계속 걸었다. 반대편으로 건너가 노반을 내려가니 내가 신은 테니스화의 깔창을 통해 딱딱한 땅이 사라지고 강가의 모래밭에 이르렀다는 것이 느껴졌다. 마침내 나는 강물 속으로 걸어 들어가 종아리까지 차는 물속에 서서 눈을 뜨고 탁한 강물을 내려다보았다. 그러다가 다시 땅으로 올라가 서서 강 상류 쪽을 쳐다보던 나는 지금 서 있는 곳이 시블리 공원에서 모닥불을 지피고 놀다가 에어리얼이 마지막으로 목격되었던 그 모래밭에서 200~300미터밖에 떨어지지 않은 곳임을 깨달았다. 눈을 감고 걸어왔던 길을, 이곳에 익숙한 사람의 눈에만 보이는 좁은 오솔길을 물끄러미 바라보던 나는 에어리얼 누나가 어떻게 강물로 들어가게 되었는지를 분명히 알게 되었다.

## 37. 일상에서의 기적

　제이크가 나를 찾으러 왔다. 내가 오랫동안 보이지 않아 걱정이 된 부모님이 보낸 거였다. 모래밭에 앉아 있는 나를 발견하고 제이크가 물었다.

　"여기서 뭐해?"

　"생각 좀 하고 있어." 내가 말했다.

　"돌아올 거야?"

　"집으로 가겠다고 전해줘. 강을 따라 걸어보려고."

　"왜 그래, 형?"

　"그냥 그렇게 전하기나 해라, 제이크."

　"알았어. 괜히 나한테 신경질이야."

　제이크가 돌아가려고 나섰다가 다시 돌아왔다. "무슨 일이야, 형?"

　"먼저 가서 아까 말한 대로 전해줘. 그러고 나서 관심 있으면 다시 돌아와."

　몇 분 후에 제이크가 헉헉거리며 돌아왔다. 뛰어갔다 뛰어온 모양이었다. 제이크가 내 옆에 앉았다.

늦은 오후, 우리는 선로 옆 키 큰 미루나무들이 드리운 그늘 속에 앉아 있었다. 우리 앞에는 너비가 50미터 가까이 되는 강이 유유히 흐르고 있었고, 그 너머에는 다른 강둑과 범람원(홍수 때 강물이 평상시의 물길에서 넘쳐 범람하는 범위의 평야―옮긴이)이 있었다. 그 평야에는 옥수수 밭이 초록의 벽을 이루고 있었고, 그곳에서 1,500미터 이상 넘어간 곳에는 한때 워런 강의 거대한 강물에 덮여 있었던 언덕들이 우뚝 솟아 있었다.

"그 사람이 누날 죽였어." 내가 말했다.

"누가?"

"에밀 브란트. 그 사람이 에어리얼 누나를 죽인 거야."

"뭐라고?"

"그동안 워런 레드스톤만 의심하면서 바로 우리 앞에 있는 사람을 보지 못했던 거야."

"도대체 무슨 소릴 하는 거야?"

"에밀 브란트가 누날 죽였다고. 누날 죽여서 여기로 끌고 와서 강물에 던진 거야."

"형 미쳤어? 브란트 선생님은 장님이야."

"내가 장님이라고 생각하고 눈을 감고 이리로 와봤는데 아무 문제 없었어. 내가 할 수 있었다면 그 사람도 할 수 있었겠지."

"근데 브란트 선생님이 왜 에어리얼 누나를 해치겠어?"

"누나가 임신을 했고 그 아기가 자기 아이니까."

"말도 안 돼. 브란트 선생님은 너무 늙었잖아. 게다가 얼굴은 완전 흉터투성이고. 잘 모르는 사람이라면 보는 것만으로도 소름이 끼칠 텐데."

"바로 그거야. 아는 사람이기 때문에 상처를 봐도 아무렇지도 않은 거야. 에어리얼 누나도 아무렇지 않았을 거야. 그래서 브란트를 사랑하게 된 거지."

"에이, 말도 안 된다."

"생각해봐. 누난 줄리어드에 가고 싶다고 그렇게 노래를 부르더니 갑자기 안 가고 싶다고, 여기 있고 싶다고 폭탄선언을 했어. 왜 그랬을까? 에밀 브란트가 여기 있기 때문이지."

"칼 때문이었는지도 모르잖아."

"형은 대학에 진학해서 떠날 예정이었잖아." 내가 말했다. "형이 말했잖아, 그럴 거라고. 에어리얼 누나를 사랑하느냐고, 결혼할 거냐고 물어봤을 때, 아니라고 했어. 이제야 알겠지만, 그런 식으로 누날 사랑했던 게 아니었던 거지. 그럼 에어리얼 누나가 또 누구를 만났을까? 다른 남자친구가 있었다면 우리가 몰랐을까? 칼 빼고 누나가 가까이 지냈던 유일한 남자가 에밀 브란트야. 생각해봐, 제이크. 누난 그 집에서 살다시피 했잖아."

"그럼 리사 아줌마가 알아차리지 않았을까?"

나는 어느 날 오후 리사 브란트의 방문 앞에 서서 그녀가 벌거벗은 채로 다림질하는 것을 지켜보고 있는데도 그녀는 내가 있다는 걸 전혀 알아차리지 못했던 일을 떠올렸다.

"아줌만 귀머거리야. 그리고 누난 한밤중에 리사 아줌마가 잠들었을 때 몰래 집을 빠져나가곤 했었어."

"하지만 브란트 선생님이 왜 누나를 죽였겠어? 누나한테 화가 나서? 말이 안 되잖아."

나는 돌멩이 한 개를 집어 들고 강을 향해 던졌다. "어른들은 말도 안 되는 짓 되게 많이 한다, 너."

"엄마 아빠는 왜 그런 거 생각 안 해봤을까? 형은 이렇게 확신하는데, 엄마 아빠는 왜?"

"모르지. 에밀 브란트를 너무 좋아해서 그런 생각이 머릿속으로 들어오는 게 자동 차단이 되는 게 아닐까?"

제이크가 두 팔로 무릎을 끌어당겨 감싸 안은 채 강물을 바라보았다. "그럼 우린 어떡하지?"

"거스 삼촌한테 말하자." 내가 말했다.


거스 삼촌이 어딜 갔는지 도무지 찾을 수 없었다. 주일날 오후라 거리의 상점들이 거의 다 문을 닫은 상태였다. 로지스의 주차장에 가봤지만 인디언 치프는 거기 없었다. 우리는 한동안 마을을 돌아다니면서도 말은 거의 하지 않았다. 우리가 생각하고 있는 것이 대화를 하고 싶은 내용이 아니었기 때문이었다. 에밀 브란트가 에어리얼 누나에게 무슨 짓을 했을 거라는 생각이 떠오른 순간부터 나는 그 장면을 자꾸만 상상하게 되었다. 그가 누나를 둘둘 만 카펫처럼 어깨에 둘러메고 비틀거리며 길을 걸어가서 강물에 던져버리는 모습이 그려졌다. 점점 더 커지는 분노로 피가 거꾸로 솟는 것 같아서 에밀 브란트를 찾아가 비난을 퍼붓고 싶었다. 그리고 경찰이—도일 경관이—그를 거칠게 제압하고 수갑을 채운 뒤 순찰차에 밀어 넣고 경찰서로 끌고 가는 모습을 상상했다.

"브란트 선생님이 범인이 아니었으면 좋겠어." 제이크가 뜬금없이 말했다.

우리는 집을 향해 타일러 거리를 바삐 걸어가고 있었다. 저녁때가 가까웠고 부모님이 걱정할까 봐 빨리 걷는 것도 있었지만 나는 화가 나서 빨리 걷고 있기도 했다.

내가 말했다. "그 인간이 그런 거 맞아. 확 뒈져버렸으면 좋겠다."

제이크가 아무 말도 하지 않아서 내가 대답을 강요했다. "그치?"

"아니."

나는 걸음을 멈추고 씩씩거리면서 제이크를 향해 돌아섰다. "그 인간이 에어리얼을 죽였어, 제이크. 우리 누나를 죽였다구. 경찰이 그 인간을 죽이지 않으면 내가 죽일 거야."

제이크는 분노에 찬 내 말을 못 들은 척하고 다시 걷기 시작했다.

"야." 내가 제이크의 등에 대고 소리쳤다.

"더 이상의 살인은 원하지 않아, 형. 화내는 것도 지쳤어. 슬퍼하는 것도 이젠 지겹고. 엄마가 돌아와서 기뻐. 이젠 다시 예전처럼 살았으면 좋겠어."

"예전처럼 살 수는 없을 거야. 브란트가 감옥에 가고 사형선고를 받기 전에는."

"알았어." 제이크가 말하더니 계속 걸어갔다.

이젠 제이크와 함께 있고 싶지 않아서 뒤로 처져 걸었다. 홀로 걸으며 비참한 기분을 만끽하고 싶었다. 그래서 집에 도착할 때까지 그렇게, 제이크는 앞서 가고 나는 툴툴거리며 뒤따라가는 식으로 계속 걸어갔다.

어머니가 식탁에 음식을 차려놓았다. 샌드위치를 만들고 남은 햄, 마카로니와 콩을 넣은 샐러드, 수박 몇 조각과 감자칩이 놓여 있었다. 식사를 하고 있는데 밖에서 거스 삼촌의 오토바이 소리가 들렸다. 일어나서 내다보니 삼촌이 주차장에 오토바이를 세우고 있었다.

"다 먹었어요." 내가 말했다.

"음식을 거의 입에도 안 댔잖아." 어머니가 말했다.

제이크가 창문 쪽을 흘끗 쳐다보았다. "저도 다 먹었어요."

아버지가 우리 둘을 유심히 쳐다보았다. "너희 굉장히 조용하던데, 무슨 일이냐?"

"아무 일 없어요." 내가 말했다.

어머니가 우리를 향해 미소를 지었다. "그럼 밖에 나가 놀아. 그리고 혹시 거스 삼촌 보면, 배고프면 들어와서 식사하시라고 하고."

우리가 교회 지하실로 내려가니 작은 욕실의 샤워기에서 물 쏟아지는 소리가 났다. 잠시 후 물소리가 멈췄을 때 내가 삼촌을 불렀다.

"거스 삼촌?"

"잠깐만." 삼촌이 외쳤다.

2~3분 후 거스 삼촌이 젖은 머리에 허리에는 흰 수건을 두르고 욕실에서 나왔다.

삼촌이 씩 웃으면서 말했다. "무슨 일이니, 얘들아?"

"삼촌을 찾고 있었어요." 내가 말했다.

"오토바이로 드라이브 좀 했지. 얼굴에 시원한 바람이 와 닿으면 왠지 자유로운 느낌이 들거든. 그 좁아터진 유치장에 갇혀 있을 때의 답답한 느낌에서 벗어나고 싶기도 했고." 그가 우리를 조심스럽게 바라보았다. "심각한 일이구나, 그치?"

나는 수건 한 장 달랑 두르고 서 있는 삼촌에게 내 생각을 얘기해주었다. 삼촌은 귀 기울여 듣더니 탄성을 질렀다. "오, 하나님." 그러고는 하릴없이 자신의 맨 가슴을 비비다가 다시 말했다. "오, 하나님……

아버지한테는 얘기했니?"

"아뇨."

"해야 될 것 같은데."

"그 말은 내 생각이 맞을 수도 있다는 뜻이에요?"

"맞지 않기를 바라지만, 프랭크. 생각해볼 가치는 있을 것 같아."

내가 물었다. "아버지한테 얘기할 때 삼촌도 옆에 있어줄래요?"

"그럼. 우선 옷부터 좀 입고."

우리는 위층 예배당에서 기다렸다. 제이크는 교인석 맨 앞줄에, 아버지의 설교를 들을 때처럼 두 손을 맞잡아 무릎 위에 올려놓고 앉아 있었다. 나는 심란해서 제단 난간 앞을 서성였다. 해가 하늘에 낮게 떠 있었고 강단 뒤에 있는 서쪽 벽의 스테인드글라스 창문은 10여 가지 색의 불꽃으로 활활 타오르고 있는 것처럼 보였다.

"형?"

"왜?"

"아빠한테 말 안 하면 안 돼?"

"왜 말 안 하고 싶은 건데?"

"에어리얼 누나를 죽인 범인이 누군지가 그렇게 중요한 거야?"

"물론 중요하지. 아주 중요하지. 대체 왜 그러는데?"

"그냥 생각 중이야."

"뭘?"

"기적이 일어나기도 하는 것 같아, 형. 근데 내가 기대했던 그런 종류의 기적은 아니야. 나사로처럼 죽은 누나가 살아오는 그런 기적은 아니라고. 근데 엄마가 다시 행복해졌어, 아니 거의 행복해진 것 같아. 그게 기적이야. 그리고 어제 내가 말을 더듬지 않았어. 그리고 이거 알아? 앞으로도 말을 더듬지 않을 것 같아."

"우아, 대단한데. 정말 잘됐다. 나도 기뻐."

에밀 브란트에 대한 끔찍한 반감 때문에 그 기쁨에 그림자가 많이 드리워지긴 했지만 기쁜 건 사실이었다.

"내 생각엔 지나간 일은 다 잊어버리고 모든 것을 하나님의 손에 맡기고 일상에서의 기적을 바라는 게 좋을 것 같아."

나는 서성거리기를 멈추고 제이크의 얼굴을 바라보았다. 너무나 순수하고 정직한 얼굴이어서 아름답다는 말밖에 달리 표현할 말이 없었다. 나는 동생 옆에 앉았다.

"어땠어?" 내가 물었다. "네게 찾아온 기적 말이야."

제이크는 잠깐 생각했다. "어떤 빛을 보거나 어떤 목소리를 듣는 것처럼 그렇게 갑자기 찾아온 것은 아니었어. 난 그냥……."

"그냥 뭐?"

"난 그냥 더 이상 두렵지가 않았어. 다른 사람들은 그걸 기적이라고 생각 안 하겠지만 나한테는 기적으로 느껴졌어. 그리고 내가 하고 싶은 말도 그거야, 형. 모든 것을 하나님의 손에 맡기면 우린 이제 아무것도 두려워하지 않게 된다는 거."

"난 네가 하나님을 믿지 않는다고 생각했는데."

"나도 그렇게 생각했어. 근데 내가 틀린 것 같아."

거스 삼촌이 예배당으로 들어왔다.

삼촌이 말했다. "내 생각엔 여기서 이야기를 나누는 게, 그래서 당분간은 네 어머니가 모르게 하는 편이 제일 좋을 것 같다. 누가 가서 아버지를 모셔올래?"

제이크가 가지 않을 것임을 알았기 때문에 내가 돌아서서 교회를 나갔다. 해가 막 지기 시작하고 있었고 언덕 위에 걸린 구름이 성난 오렌지 빛으로 불타고 있었다. 집 안으로 들어선 내가 제일 먼저 들은 것은 어머니가 피아노로 연주하는 〈월광 소나타〉였다. 에어리얼 누나가 실종된 뒤로 어머니는 연주를 하지 않았는데 그동안 음악 없이 집 안이 얼마나 텅 비고 삭막했는지를 이제야 깨달았다. 아버지는 주일날 저녁 하루의 임무를 모두 끝냈을 때 늘 그랬듯이 소파에 앉아서 신문을 읽고 있었다. 에어리얼 누나를 살해한 범인이 잡히기를 바라는 것만큼 생활이 정상으로 돌아가기를 바라는 마음도 컸기 때문에 나는 걸음을 멈추고 돌아설까 갈등했다. 그러나 에밀 브란트가 범인일 거라는 생각은 나 혼자 하고 있기에는 너무나 중대하고 끔찍한 가능성이어서 아버지에게로 다가갔다.

"거스 삼촌이 할 얘기가 있대요."

"무슨 얘기?"

"중요한 얘기래요. 교회에 계세요."

"제이크는 어디 있니?"

"제이크도 같이 있어요."

아버지는 어리둥절해하는 표정으로 나를 쳐다보더니 신문을 접어서 탁자에 내려놓았다. "루스, 거스가 할 얘기가 있다고 해서 잠깐 나갔다 올게. 프랭크와 제이크도 같이."

어머니는 건반에서 고개를 들지 않고 연주를 계속하면서 말했다. "항상 조심해."

교회로 걸어가면서 아버지가 내 어깨를 감싸 안았다. "해 질 녘이 참 아름답구나, 프랭크."

나는 일몰 같은 건 안중에도 없었기 때문에 아무 말도 하지 않았다.

곧 우리는 거스 삼촌과 제이크와 함께 서 있었다.

거스 삼촌이 말했다. "프랭크, 네가 말할래, 아니면 내가 할까?"

내가 아버지에게 모든 것을 말했다.

내 이야기가 끝나자 거스 삼촌이 말했다. "일리가 있는 이야기잖아요, 대위님."

아버지는 제단 난간에 기대서서 깊은 생각에 빠졌다.

"에밀을 만나야겠군." 마침내 아버지가 말했다.

"저도 같이 갈게요." 내가 불쑥 말했다.

"프랭크, 그건 좀……"

"같이 가고 싶어요. 같이 갈 권리가 있다고 생각해요."

아버지가 천천히 고개를 가로저었다. "이건 열세 살짜리가 끼어들 일이 아닌 것 같다."

"대위님, 죄송하지만, 제 생각엔 프랭크의 말이 맞는 것 같은데요. 이 기막힌 일에 처음부터 개입이 되어 있었잖아요. 에밀 브란트를 의심한 것도 프랭크고요. 얘가 원한다면 거기 같이 갈 권리가 있다고 봅니다. 저는 제3자이긴 하지만 다른 견해도 알아두실 필요가 있을 것 같아서 말씀드리는 거구요."

아버지가 한동안 생각하더니 제이크를 바라보았다. "넌 어떠니, 제이크? 너도 꼭 같이 가고 싶어?"

"전 아무래도 상관없어요." 제이크가 말했다.

"그렇다면 넌 안 가는 게 좋을 것 같다. 거스, 자네도. 에밀이 집단으로 공격을 받는다는 느낌을 갖는 건 원치 않거든."

나는 내심 놀랐다. 아버지의 목소리에서는 화난 기색이 전혀 느껴지지 않았다. 너무나 침착한 목소리였다.

내가 말했다. "에밀 브란트가 범인이에요, 아빠."

"프랭크, 모든 진실이 밝혀지기 전에 성급하게 누군가를 단죄하는 것은 결코 해서는 안 되는 일이야."

"하지만 그 사람이 그랬다구요. 전 알아요, 그 사람이 범인이라는 걸."

"아니야. 네 생각이 분명히 일리가 있는 생각이긴 하지만 에밀 브란트의 사람됨을 고려하지 않은 이야기거든. 난 그에게서 네가 얘기하는 그런 일을 하는데 필요한 폭력성을 느낀 적이 단 한 번도 없어. 그래서 난 우리가 지금은 이야기의 일부만을 알고 있다고 생각해. 에밀이 우리에게 진실을 말해준다면, 모든 걸 알게 되고 이해하게 되겠지."

강단의 스테인드글라스 창문을 통해 들어온 석양빛에 제단과 십자가와 제단 난간과 교인석과 아버지 주위의 바닥이 불에 붙은 듯 빨갛게 물들어 있었다. 나는 이런 불길 속에서 아버지가 어떻게 그리 침착하게 서 있을 수 있는지 이해가 되지 않았다. 아버지의 합리성을 과거에는 높이 평가하고 본받을 점이라고 생각했지만 지금은 생각할수록 화가 났다. 나는 당장 달려가서 에밀 브란트의 멱살을 잡고 흔들고 싶었다.

"프랭크, 가서 이야기는 내가 할 테니 너는 조용히 하고 있어야 한다. 알았지?"

"네, 아빠."

"정말이다."

"약속할게요."

"좋아. 거스, 자네와 제이크는 가서 루스 곁에 있어주는 게 어때? 그동안 못 한 연주를 좀 하고 싶은 모양이던데, 청중이 있으면 좋아할 거야."

거스 삼촌이 말했다. "대위님이 어디 갔느냐고 물으면요?"

"내키는 대로 말해." 아버지가 말했다. "진실만 빼고."

## 38. 잔인한 은총

에밀 브란트의 집까지는 차로 5분 정도밖에 걸리지 않았지만 내게는 그 5분이 영원처럼 느껴졌다. 아버지가 의심하니까 내 마음속에도 의심의 씨앗이 뿌려졌고 제이크의 생각이 옳을지도 모른다는 생각이 들었다. 내가 아무 말도 하지 말고 이 대혼란의 해결을 하나님의 손에 맡겨놨어야 했는지 모른다는 생각이 들었다. 그러나 이미 엎질러진 물은 주워 담을 수 없었다. 그 오래된 농가 앞에 차가 섰을 때 나는 차에서 내려 앞으로 닥칠 시련에 대비해 마음을 단단히 먹었다.

베란다에 이르렀을 때 에밀 브란트가 집 안에서 그랜드피아노를 연주하는 소리가 들렸다. 나는 그 곡을 알고 있었다. 에어리얼 누나가 작곡한 곡이었고, 그 아름다운 선율에서 누나의 숨결을 느낄 수 있었다. 우리는 곡이 끝날 때까지 베란다에 서서 듣고 있었다. 곡이 끝나자 아버지가 마지못해서 손을 들어 현관문을 두드렸다.

아버지가 큰 소리로 말했다. "에밀?"

"네이선?"

방충망을 통해서 브란트가 그랜드피아노 앞 의자에서 일어나 우리를 맞으러 걸어오는 모습이 보였다.

그가 문을 밀어 열고 말했다. "옆엔 누구야?"

"프랭크." 아버지가 말했다.

에밀 브란트가 놀랍고 반갑다는 듯이 활짝 웃었다. "무슨 일로 이렇게 금방 또 온 거야?"

"얘기 좀 하려고."

브란트의 얼굴에서 미소가 사라지고 걱정스러운 표정이 되었다. "목소리를 들어보니 심각한 일이로군."

"맞아, 에밀."

브란트가 베란다로 나왔고 우리는 조금 전에 그가 부모님과 앉아서 정담을 나누었던 고리버들 탁자에 둘러앉았다. 해가 지면서 사방이 음울한 검푸른색으로 변해 있었다.

"무슨 얘긴데?" 에밀 브란트가 물었다.

"내 딸이 가진 아기의 아버지가 자넨가, 에밀?"

아버지가 단도직입적으로 물어보아서 나도 깜짝 놀랐고 브란트는 경악을 금치 못했다.

"무슨 질문이 그래, 네이선?"

"툭 까놓고 물어보는 거니까, 자네도 솔직하게 대답해주면 고맙겠어."

브란트는 고개를 돌리고 오랫동안 꿈쩍도 하지 않고 앉아 있었다. "나를 사랑했네, 네이선. 눈이 멀고 상처투성이인 나를 사랑해주더라구."

"자네도 그 아일 사랑했고?"

"그런 식으로는 아니었지만 그 아이에게 많이 의존하게 되었고 그 아이가 이 집에 있는 것이 좋았어. 그 아일 보면 자꾸만……."

"자꾸만 뭐?"

"그 아이의 엄마가 생각나더라구."

"그래서 열여덟 살짜리 여자아이와 사랑을 나눴나? 그 아이를 보면 그 아이의 엄마가, 옛 애인이 생각나서?"

아버지의 목소리에서 내가 들었던 것이 분노였을까? 격노? 아니면 배신감?

"얼마나 끔찍하게 들릴지 잘 알지만, 네이선, 그런 거 아니야. 그런 일이 한 번 있었네. 맹세코 딱 한 번. 내 자신에게 너무 화가 나더라구. 하지만 에어리얼에게는 그게 훨씬 더 큰 의미가 있었지. 물론 그럴 거야. 그런 일은 그렇게 어린 아가씨한테는 모든 것을 의미하니까. 결혼 말을 꺼내더군. 나한테 결혼하자는 거야, 네이선. 상상할 수 있겠나? 자기보다 두 배 이상 나이가 많고 장님에다가 괴물의 얼굴을 가진 나 같은 남자한테. 그 아이가 눈을 뜨고 자기가 얼마나 손해 보는 장사를 했는지 깨달을 땐 얼마나 후회막급이겠나. 그리고 리사는 어떡하고? 리사는 우리 은신처에 다른 사람이 들어오는 것을 절대로 받아들이지 못할 거야. 특히 자기가 볼 때 오빠의 사랑을 빼앗아 독차지하고 있는 것 같은 여자애는. 네이선, 난 에어리얼에게 안 된다고 얘기했네. 하나님께 맹세컨대 에어리얼이 나 같은 난파선에 삶을 내던지지 않도록 최선을 다해 설득했어. 하지만 그 아이는…… 젊은이들은 자기가 원하는 것에 대해 항상 확신이 있잖나."

브란트가 말을 멈추자 정적이 육중한 바위처럼 우리를 짓눌렀다. 그는 눈이 보이지 않으면서도 마치 수치심에 눈을 들 수가 없다는 듯이 눈을 내리깔았다.

"……내가 과거에도 한 번 자살을 기도한 적이 있었네." 에밀 브란트의 목소리가 멀리서 바람을 타고 들려오는 것 같았다. "알고 있었나? 부상을 당하고 나서 런던의 병원에 있을 때였는데 너무나 깊은 절망에 빠져 있었지. 이런 모습으로 평생을 살아낸다는 건 정말 상상도 할 수 없었어." 그가 손끝으로 흉터가 심한 뺨을 어루만지면서 말을 이었다. "이번에는 왜 자살을 시도했는지 아나? 예전보다 더 숭고한 이유 때문이었어. 아니, 적어도 그렇다고 되뇌면서 내 자신을 다독였지. 난 에어리얼이 나에게서 벗어나기를 바랐네. 근데 다른 방법이 안 보이더라구."

"누나를 죽이는 방법 빼고는 말이죠." 내가 말했다.

"프랭크." 아버지가 주의를 주었다.

"에어리얼을 죽였다고?" 브란트가 고개를 들었고 시력 없는 두 눈이 끔찍한 깨달음의 눈빛으로 바뀌어 있었다. "그렇게 생각하나? 내가 에어리얼을 죽였다고? 그래서 다시 온 건가?"

현관문이 열리더니 리사 브란트가 걸어 나와 걱정과 짜증이 뒤섞인 눈초리로 우리를 쳐다보았다. 그러고는 "에밀?" 하고 자기 오빠를 불렀다. 귀가 멀어서 말이 어눌해선지 '에미우'처럼 들렸다.

브란트가 여동생에게 수화로 말했다.

"이 사람들 가라고 해." 그녀가 낮은 목소리로 웅얼거렸다.

브란트는 누이동생이 자기 입술을 읽을 수 있도록 그녀를 향해 고개를 돌렸다. "끝내야 할 얘기가 있어, 리사. 안에 들어가." 그러나 그녀가 말을 듣지 않자 브란트가 다시 말했다. "괜찮아. 들어가. 나도 금방 들어갈게."

리사는 옅은 안개가 집 안으로 빨려 들어가는 것처럼 천천히 걸어

들어갔다. 나 같으면 들어가서 어디 숨어서 대화를 엿듣겠지만 귀가 들리지 않는 그녀에겐 소용없는 일일 터였다. 나는 방충망을 통해 그녀가 부엌으로 사라지는 모습을 지켜보았고, 그 후 희미하게 들리는 그릇 덜그럭거리는 소리를 들었다.

"그럼 사실이구먼." 아버지가 말했다. "아기 아버지가 자네였군."

"에어리얼이 아기 이야기는 나한테 안 했어, 네이선. 한마디도 안 했네. 그래서 임신한 상태로 죽었다는 걸 알았을 땐 아닌 줄 알면서도 칼이 아기 아버지라면 좋겠다는 생각을 했지."

"에어리얼이 이 남자 저 남자랑 자고 돌아다녔기를 바랐다는 말인가?"

"그런 뜻이 아니라. 불가능해 보여서, 그럴 리 없을 것 같아서 말이야. 에어리얼과 나는 딱 한 번 잤거든."

"야밤에 여기에 자주 왔었잖아." 아버지가 말했다. "에어리얼이 몰래 집을 빠져나가는 걸 프랭크가 여러 번 봤다던데."

"그랬지." 브란트가 인정했다. "하지만 밤늦게 찾아와서는 여기 마당에 서서 내 방 창문을 바라보다가 갔을 뿐이야."

"눈이 안 보이는데 그걸 어떻게 알았어, 에밀?"

"리사가 보고 말해줬거든. 리사는 에어리얼을 쫓아버리고 싶어 했지만 내가 가만 내버려두라고 했네. 그리고 에어리얼을 설득했고, 에어리얼도 심야 방문은 그만두겠다고 약속했지."

"그래서 안 왔나?"

"그런 것 같은데 확실히는 모르겠어. 바로 그 직후에 자살하려고 했으니까. 그러고 나서는 너무나 많은 일이 일어났고."

"에어리얼이 실종되던 날 밤에도 여기 왔었나?"

"안 왔을 거라고 확신해. 왔었다면 리사가 말해줬겠지." 브란트가 주장했다. "난 에어리얼을 죽이지 않았네. 내가 왜 그 아이를 죽였겠나? 난 나만의 방식으로 에어리얼을 사랑했어. 에어리얼이 좋아하는 방식은 아니었지만 내가 할 수 있는 유일한 방식으로 사랑했지. 그건 믿어줬으면 좋겠네, 네이선."

아버지는 두 눈을 감고 어둠이 점점 짙어지는 베란다에서 침묵하며 앉아 있었고 나는 아버지가 기도를 하고 있다고 믿었다.

"난 자넬 믿어." 마침내 아버지가 말했다.

브란트는 고통스러운 표정이었다. "자네가 루스에게 알려야겠군."

"아니, 그건 자네가 할 일이야, 에밀."

"알았네. 내일 루스에게 털어놓을게. 그럼 되겠나, 네이선?"

"응."

"네이선?"

"왜?"

"우리, 친구 관계는 끝난 건가?"

"자넬 용서할 힘을 주시라고 하나님께 기도하려고 해, 에밀. 하지만 자넬 다시 보고 싶지는 않군." 아버지가 일어섰다. "프랭크?"

나도 따라 일어섰다.

"하나님이 함께하시길 빌겠네, 에밀." 아버지가 작별인사를 했다.

가끔 예배가 끝날 무렵 아버지가 교인들에게 하는 강복의 말이었지만 이번에는 그렇게 들리지 않고 판사의 선고처럼 들렸다. 나는 아버지를 따라 패커드로 걸어가 차에 탔다. 출발하면서 돌아보니 에밀 브란트와 다가오는 밤의 어둠이 하나로 합쳐지고 있었고 그가 그곳에 오래 머무른다면 그와 어둠을 구별할 수가 없을 것 같다는 생각이 들었다.

집에 도착해서 아버지는 차고에 차를 세우고 시동을 끈 후 나와 함께 가만히 앉아 있었다.

"기분이 어떠니, 프랭크?"

"진실을 알게 돼서 기뻐요. 근데 차라리 모르는 게 나을 뻔했다는 생각도 들어요. 아무것도 나아진 게 없어서요."

"아들, 그리스에 아이스킬로스라는 극작가가 살았거든. 그가 책에 이렇게 썼어. 배움에는 고통이 따른다. 자고 있을 때조차 결코 잊을 수 없는 고통이 심장에 방울방울 떨어지고, 결국에는 우리의 바람과는 반대로 절망 속에서, 신의 잔인한 은총을 통해 지혜가 찾아온다."

"잔인하다구요?" 내가 말했다.

"나쁜 뜻은 아닐 거야. 인간의 이해 범위를 넘어선다는 뜻이겠지."

"잔인한 거 말고 다른 은혜가 좋겠어요." 내가 말했다.

아버지가 자동차 열쇠를 주머니에 집어넣었다. 그러고는 차 문 손잡이를 잡았지만 문을 열고 나가지는 않았다.

아버지가 나를 돌아보았다. "너한테 말 안 한 게 있는데, 프랭크. 세인트폴 교회에서 나를 담임목사로 초빙하고 싶대. 그래서 제의를 받아들이려고 해."

"이사 가는 거예요?"

"응."

"언제요?"

"한 달쯤 후에. 학기가 시작되기 전에."

"그것도 괜찮을 것 같아요." 내가 말했다. "엄마도 알아요?"

"응, 근데 제이크는 아직 모른다. 우리가 들어가서 말해주자."

"아빠?"

"응?"

"전 브란트 선생님을 증오하지 않아요. 어찌 보면 불쌍한 사람이라는 생각이 들어요."

"출발이 좋구나. 가능하면 마음속에서 원한을 다 비우고 이곳을 떠나는 게 좋을 것 같아."

차고의 어둠 속에서 반딧불이 한 마리가 반짝이는 걸 보고 나는 밤이 깊어지고 있다는 걸 깨달았지만 그냥 잠자코 앉아 있었다.

"뭐 더 할 말 있니, 프랭크?"

워런 레드스톤에 대해 이야기하고 싶었다. 보안관이 에어리얼 누나가 살해된 날 밤의 행적에 관해서 모리스 엥달과 주디 클라인슈미트를 좀 더 조사할 계획이라는 건 알고 있었지만, 그들이 누나의 죽음과 관련이 있다고는 더 이상 믿지 않았다. 레드스톤이 누나를 살해했다. 이젠 그 사실을 받아들였다. 그렇지 않다고 믿으려고 애썼지만 그런 노력의 진짜 목적은 대니의 작은할아버지가 강을 건너 도망칠 때 그를 막지 않은 것에 대한 죄책감에 사로잡히지 않기 위해서였다. 이젠 엄연한 사실을 받아들이는 것밖에 어쩔 도리가 없어진 나는 참담한 기분으로 모든 것을 아버지에게 털어놓았다. 그 모든 끔찍한 이야기가 도저히 막을 수 없는 격류처럼 내 입에서 쏟아져 나왔고 이를 통해 그동안 지고 있던 짐을 완전히 내려놓게 되었다. 나는 아버지가 화를 낼까 봐, 나를 비난할까 봐 겁이 났다. 최악의 상상 속에서는 아버지가 나를 사랑하지 않게 되기도 했었다. 그러나 아버지는 나를 꼭 끌어안고 내 머리 위에 뺨을 대고 누르면서 말했다.

"괜찮아, 아들. 괜찮아."

"아뇨, 그렇지 않아요." 내가 흐느끼면서 주장했다. "그 사람을 잡지 못하면 어떡해요?"

"그러면 하나님과 그 사람이 만날 때 하나님이 그 사람한테 하실 말씀이 아주 많아지겠지, 그렇지 않니?"

나는 아버지에게서 약간 떨어져 나와서 아버지의 눈을 바라보았다. 아버지의 갈색 눈은 슬퍼 보이면서도 부드러웠다.

"저한테 화 안 나요?"

"화는 이제 그만 내려고. 분노하고는 영원히 안녕하려고 해. 넌 어떠니, 프랭크?"

"네, 저도 그러려고요."

"그럼 안으로 들어가자. 좀 피곤하구나."

나는 조수석 문을 열고 나와 아버지와 함께 집으로, 제이크와 거스 삼촌이 기다리고 있고 피아노 앞에 앉은 어머니가 그 밤을 음악으로 가득 채우고 있는 집으로 걸어갔다.

## 39. 일흔 번씩 일곱 번

그 후로 무더운 하루하루가 지나갔지만 비도 제법 내렸고 8월 중순이 되자 아버지의 교인들 중에서 농부들은 계곡 지역에서의 작황이 상당히 좋아 보인다고 조심스럽게 이야기를 나눴다. 그들이 대놓고 말은 차마 못했지만 진짜로 하고 싶은 말은 여러 해 만에 최고의 풍작을 기대하고 있다는 거였다.

어머니는 이사 갈 준비를 하기 시작했다. 그중에서 가장 힘든 부분은 아마도 에어리얼 누나의 방을 정리하는 것이었으리라. 어머니는 이 일을 오랜 기간에 걸쳐 혼자서 했고 어머니가 짐을 싸면서 우는 소리가 종종 들렸다. 우리는 에어리얼 누나의 유품 대부분을 세인트폴로 가져가지 않았다. 추수를 돕기 위해 대규모로 몰려온 이주노동자 가정에 의복을 비롯한 생필품을 나눠주는 자선단체에 누나의 유품을 기증했다.

그해 여름에 우리 가족만 뉴 브레멘을 영원히 떠난 것이 아니었다. 대니 오키프네 가족도 이사를 갔다. 그의 어머니가 그래닛 폴스에서 교사로 임용되어 집을 팔고 8월 둘째 주에 뉴 브레멘을 떠났다.

그 마지막 며칠 동안 뉴 브레멘은 내게 다른 느낌으로 다가왔다. 그것이 우리의 이사 때문인지 아니면 그해 여름에 일어난 그 모든 일 때문인지는 알 수가 없었다. 마을과 그 안에 있는 모든 것이 벌써부터 내 과거의 일부인 것처럼 느껴졌다. 밤에 가끔씩 내가 뉴 브레멘에 대해 어떤 감정을 갖고 있는지 깊이 파고 들어가 알아내려고 애썼지만 모든 것이 얽히고설켜 있어서 쉽지가 않았다. 나는 뉴 브레멘에서 5년을 살았다. 결혼해서 가정을 꾸리고 정착하기 전에 살았던 곳들 중에서 가장 오래 산 곳이 그곳이었다. 그곳에서 나는 유년기에서 청소년기로 가는 문턱을, 그것도 일찍 넘어갔다. 낮에는 주로 혼자 걸어 다니면서 내 기억 속에 오래 남을 장소들을 찾아다녔다. 그해 여름에 일어난 수많은 비극의 현장이었던 철교. 모리스 엥달에게 도전하고 그를 이기면서 유치한 즐거움을 맛보았던 채석장. 서리 낀 머그잔에 나오는 루트 비어를 마실 수 있었던 핼더슨 약국. 나는 강가를 걸으면서 워런 레드스톤이 세운 달개집이 있었던 곳을 지나갔다. 달개집의 벽면은 이미 다 무너졌고 봄마다 찾아오는 홍수가 한 번 지나가면 그나마 남아 있던 그의 흔적들도 모두 쓸려가 사라지고 말 것 같았다. 나는 에밀 브란트와 그의 여동생이 사는 집 아래쪽에 서서 미루나무 숲을 통과하는 오르막길을, 누나가 강으로 업혀올 때 이용된 길이라고 내가 확신했던 그 길을 올려다보았다. 그러다가 좀 더 걸어가 에어리얼 누나의 생전 마지막 모습이 목격되었던 시블리 공원에 가서 한참을 서 있었다. 그곳 모래밭 위에는 모닥불이 타고 남은 검은 재가 나병의 흉터처럼 곳곳에 남아 있었다. 내가 얻고 싶었던 것이 그해 여름에 일어난 일들에 대한 이해였다면 나는 그것을 얻지 못했다.

에어리얼 누나의 장례식 이후 어머니는 제이크를 데리고 언어치료를 받으러 딱 한 번 더 갔다 왔다. 나중에 제이크한테서 들은 말로는 언어치료사들은 제이크의 말 더듬는 장애가 갑자기 사라진 것에 대해서 질문을 마구 퍼부어댔다. 기적이 일어난 결과라고 제이크가 대답하자 그들은 마치 제이크가 개구리에게 키스하고 나서 세 가지 소원이 이루어졌다고 말하기라도 한 것처럼 제이크를 쳐다보았다. 그때 어머니가 나서서 제이크의 말이 전부 사실이고 하나님의 은혜로 일어난 기적이라고 침착하게 말하자 그들은 더 이상 아무 말도 하지 않았다.

거스 삼촌은 집을 비우는 시간이 점점 더 많아졌고 삼촌 자신은 말하기를 주저했지만 나는 삼촌이 진저 프렌치의 농장에서 그녀를 돕고 있다는 것을 아버지에게서 들어서 알고 있었다. 삼촌은 음주를 삼갔고 도일과 어울려 다니는 것도 그만두었다.

이사 갈 날이 가까워지면서 찾아오는 사람들이 많았다. 이웃들이 작별인사를 하러 잠깐씩 들렀다. 아버지 교회의 교인들이 많았지만 뜻밖의 사람들도 많이 찾아왔다. 에드너 스위니가 과자를 갖고 왔다. 그녀와 에이비스가 마침내 만족할 만한 잠자리를 하고 있는지 어떤지는 알 길이 없었지만 마음이 한없이 착한 여자라서 바라는 대로 되었기를 바랐다. 빨랫줄에 널려 있는 그녀의 속옷들이 여름날 산들바람 속에서 마치 나를 손짓해 부르듯이 흔들리던 모습이 가끔 생각날 것 같았다. 클레멘트 가족도 어느 날 저녁에 잠깐 들렀다. 부모들끼리 베란다에서 담소를 나누는 동안 피터와 제이크와 나는 집 뒤쪽에 있는 초원에 앉아서 트윈스와 〈트와일라잇 존〉 이야기도 하고 세인트폴에서의 생활이 어떠할지 추측해보기도 했다. 피터는 좋게 예상하지 않았다. 캐드버리나 뉴 브레멘 같은 마을이 세인트폴보다는 훨씬 더 살기 좋을 거라고 말했다. 세인트폴의 거리에서는 밤에 사람들이 안전하게 나다닐 수 없을 거라고 경고했다. 그리고 모두가 문을 잠그고 살 거라고도 했다. 자기 집으로 돌아가기 전에 피터는 언제고 놀러 오면 모터와 다른 기계 작동법을 가르쳐주겠다고 몇 번이나 말했다. 바비 콜의 부모님도 잠깐 들렀다. 바비가 살아 있을 때에도 그들은 나이가 많았는데 바비의 죽음으로 확 늙어버린 것 같았다. 실제 나이는 잘 해봐야 50대 초반이었는데도 내 기억 속에서 그들은 항상 호호 할머니 할아버지였다. 둘이 손을 꼭 잡고 우리 집을 나서는 뒷모습을 보면서 나는 그들이 바비를 잃었지만 그래도 운이 좋았다고 생각했다. 그들에겐 서로가 있었기 때문이었다.

우리가 뉴 브레멘을 떠나기 일주일 전, 모리스 엥달이 자기가 일하던 통조림공장에서 사고로 사망했다. 맨 법 위반 혐의로 기소되었던 그는 보석금을 내고 풀려나서 심리를 기다리던 중이었다. 엥달이 술에 취한 상태로 출근했더니 공장장이 그에게 집으로 돌아가라고 했고 그러자 그가 상관을 향해 주먹을 몇 번 휘둘렀다. 공장장이 피하자 주먹이 허공을 갈랐고 균형을 잃은 그는 싸움이 벌어졌던 2층 작업대에서 아래층으로 추락하면서 목이 부러졌다. 아이러니하게도 교회를 다니지 않았던 엥달의 아버지가 우리 아버지에게 장지에서의 매장 예배를 인도해달라고 부탁했다. 내가 따라가도 되느냐고 묻자 아버지가 허락했다. 엥달의 장례식은 이제까지 내가 참석한 장례식들 중에서 가장 슬픈 장례식이었다. 엥달을 찾아온 조문객이 한 명도 없었다. 주디 클라인슈미트도 심지어 엥달의 아버지도 나타나지 않았다. 나중에 우리는 엥달의 아버지가 시내의 한 술집에서 술에 취해 사망했다는 사실을 알게 되었다.

세인트폴로 이사 가기 이틀 전인데도 우리 집은 벌써부터 폐가 같은 분위기를 풍겼다. 어머니가 제이크와 나에게 상자를 주면서 우리 짐을 싸라고 지시했기 때문에 우리는 서랍장과 벽장을 비우고 상자에 짐을 쌌다. 제이크는 모형비행기와 만화책을 조심스럽게 상자에 담았다. 나는 그렇게 신경 쓸 만큼 특별한 물건이 없었기 때문에 잡히는 대로 상자에 던져 넣었다. 그러고는 이불과 수건, 식탁보 등이 가득 든 상자, 아버지의 책이 가득 든 상자, 탁자 램프와 꽃병과 액자 등이 담긴 상자, 식기와 각종 냄비와 프라이팬이 담긴 상자 등 집 안 곳곳에 가득가득 쌓여 있는 상자들 사이를 비집고 다녀야 했다. 아직 창문에 커튼은 달려 있었지만 그것 말고는 집 안을 아늑한 분위기로 만들어줄 것이 하나도 없었다.

그 마지막 며칠 동안 제이크는 우리 집에서 보내는 시간만큼 리사 브란트의 집에서도 시간을 보냈다. 우리 부모님은 그전에 이미 에밀 브란트와의 관계를 단절했다. 브란트가 어머니에게 에어리얼 누나와의 관계를 털어놓았을 때 어머니는 노발대발했지만 그 쓸모없는 감정에 오랫동안 사로잡혀 있지는 않았다. "이미 엎질러진 물인데 어쩌겠어." 어머니가 아버지에게 말하는 걸 들었는데 진심인 것 같았다. 어머니가 에밀 브란트를 용서했는지는 모르겠다. 어쩌면 어머니도 제이크처럼 화내는 것에 지친 것인지도 모르겠다. 내가 아는 한 어머니는 그 후로 다시는 에밀 브란트를 보지 않았다. 그것도 역시 어머니에게는 엄청난 상실이었을 것이다.

그러나 제이크는 달랐다. 동생은 리사가 불쌍하다고 했다. 자기가 알기로 리사를 좋아하고 걱정해주는 사람은 이 세상에 자기와 에밀 브란트밖에 없었고, 리사가 오빠와 함께 있을 때도 좋아 보이긴 했지만 자기를 볼 때마다 부인할 수 없는 기쁨으로 얼굴에 광채가 난다고 했다. 제이크는 정원 일을 돕는다는 핑계를 대면서 자주 그 집을 방문해 리사와 함께 있어주었다. 가끔은 베란다에 앉아 있는 에밀 브란트를 보기도 하고 집 안에서 흘러나오는 그의 연주를 듣기도 했지만 그와 말을 한 적은 단 한 번도 없었다. 제이크가 분노를 느꼈기 때문이 아니었다. 제이크는 에밀 브란트에게서 자기를 밀쳐내는 강한 전파 같은 것이 뿜어져 나오는 것을 느꼈다고 주장했다. 제이크도 뭔가 알고 있는 것이 분명했다. 브란트 가 사람들은 항상 저 멀리 떠 있는 으스스한 분위기의 외딴 섬 같았고, 내가 아는 한 그들을 하나로 묶어주고 더 큰 세상으로 이끌어주는 사랑이나 인간적인 유대관계 같은 에너지는 전혀 없었다. 가족으로서 그들은 구심점이 없는 듯했고, 그래서 그 가족이 곧 해체되고 말 것 같은 느낌이 들었다. 우리 가족은 치유가 되어가고 있었고 다시 완전한 하나의 가족이 될 것 같은 느낌이 들었기 때문에 나는 항상 기도 중에 브란트 가 사람들을 기억했다.

우리가 뉴 브레멘을 떠나기 하루 전날 제이크가 내게 자기와 리사가 하는 일을 도와주겠느냐고 물었다. 리사가 정원의 밭을 일구면서 골라내 모아둔 바위들을 이용해서 화단 주위에 작은 벽을 쌓고 싶어 한다고 했다. 제이크는 바위 중에 큰 것들도 꽤 있기 때문에 우리 셋이 작업하면 더 수월할 거라고 했다. 나는 브란트의 집을 다시 찾는 것이 썩 내키지는 않았지만 어쨌든 돕겠다고 말했다.

점심을 먹고 나서 브란트의 집으로 갔더니 리사가 창고 옆에 쌓아놓은 거대한 돌무더기에서 작은 돌들을 골라내 손수레에 싣고 있었다. 화단은 마당 한가운데, 두 그루의 팽나무 밑에 드리워진 짙은 그늘 사이, 햇볕이 잘 드는 공간에 있었다. 둥근 모양이었고 가운데에 새들을 위한 목욕통이 있었다. 리사가 생각하는 것은 작은 돌로 그 화단 둘레에 30센티미터 정도 높이의 벽을 쌓고 화단 안 꽃들 사이사이에 좀 커다란 바위들을 놓아서 인공적인 원형의 화단에 자연미를 가미하는 거라고 제이크가 내게 설명했다.

리사 브란트는 헐렁한 노란색 반팔 블라우스에 작업복 바지를 입고 테니스화를 신었으며 더러운 원예용 장갑을 끼고 있었다. 더운 날씨여서 블라우스가 옆구리와 등에 짝 달라붙어 있었다. 우리는 강 쪽에서 올라와 뒤쪽 울타리에 난 문으로 들어갔다. 리사는 작업에 열중해서 우리가 온 것도 모르고 있다가 제이크가 주위를 돌면서 주의를 끌자 고개를 들고 제이크를 보았다. 그녀는 새 장난감을 선물 받고 기뻐하는 어린아이처럼 손뼉을 치더니 제이크에게 수화로 무슨 말을 했고 제이크도 수화로 대답을 한 뒤에 말했다. "프랭크 형도 같이 왔어요." 제이크가 나를 가리키자 리사가 돌아보았고 제이크를 볼 때처럼 얼굴이 환해지진 않았지만 그래도 반가워는 하는 것 같았다.

그녀가 웅얼거리는 소리로 말했다. "고마워, 프랭."

우리는 바로 작업에 들어갔다. 제일 큰 문제는 수송이었다. 돌무더기에서 바위들을 골라내 30미터 떨어진 화단 앞으로 실어 나르는 게 큰일이었다. 제이크와 내가 이 일을 맡았고 리사는 벽을 쌓았다. 우리는 손수레를 반쯤 채웠다. 그보다 더 실으면 제대로 제어를 할 수 없었다. 그러고 나서 팽나무 그늘을 통과해 마당을 가로질러 가서 화단 가에 돌을 쏟았다. 리사는 양동이에 섞어놓은 회반죽을 조금씩 덜어 조심스럽게 돌들 사이의 틈을 메워가며 벽을 쌓았다.

우리는 오후 늦게까지 일을 했다. 끝이 보일 무렵 집 안 창문을 통해 라흐마니노프의 곡이 흘러나왔고 에밀 브란트가 베란다로 나와 안락의자에 앉았다. 스테레오에 레코드를 걸어놨거나 테이프 녹음기를 틀고 있는 모양이었다. 그로부터 얼마 지나지 않아 벽이 완성되었다. 제이크와 나는 짐 나르는 노새처럼 땀을 뻘뻘 흘리고 있었다.

리사가 회반죽을 바르던 흙손을 내려놓고 원예용 장갑을 벗으면서 말했다. "마실 것 좀 줄까?"

"네." 제이크와 내가 동시에 대답했다.

리사가 미소를 지으면서 제이크에게 수화를 했고 제이크는 그 뜻을 분명히 이해했다. 그녀가 집 안으로 들어가려고 돌아서자 제이크가 말했다.

"창고에서 쇠지렛대를 가져오래. 그걸로 커다란 바위들을 들어 올려서 꽃들 사이에 놓고 싶다고."

"내가 가져올게." 내가 제의했다.

창고 문이 열려 있어서 안으로 들어갔다. 햇빛이 창고 안으로 따라 들어와 내 등을 따사롭게 비추었다. 창고에서는 축축한 흙냄새와 희미하지만 절삭유 같은 기계기름 냄새가 났다. 리사는 그 작은 공간을 깔끔하게 정리해놓고 있었다. 입구 반대편 벽을 따라서 흙 화분과 화분용 영양토가 든 포대가 나란히 차곡차곡 쌓여 있었다. 갈퀴, 괭이, 가장자리를 잘라내는 톱, 가위, 전지가위, 삽, 가래, 쪼는 도구, 모종삽 같은 농기구와 원예 도구들이 벽에, 바닥과 천장 사이 중간 정도의 높이에 5×10센티미터 각목을 수평으로 길게 이어 붙여놓고 거기에 박아놓은 고리나 못에, 가지런히 걸려 있었다. 오른쪽에는 좁은 작업대가 있고 그 위에 바이스가 놓여 있었다. 작업대 위쪽 벽에는 망치, 나사돌리개, 쇠톱, 스패너, 끌 같은 수공구를 걸어놓은 페그보드가 있었고 작업대 밑에는 여섯 개의 서랍이 있는 작은 수납함이 있었다. 수납함은 벌꿀색으로, 꽃 그림이 그려져 있었다. 창고 한쪽 구석에는 기다란 쇠지레가 기대 세워져 있었고 그 옆으로 못 두 개를 건너뛰고 세 번째 못에는 좀 작은 쇠지렛대가 걸려 있었다. 낯익은 쇠지렛대였다. 초여름의 그날 내가 아무 생각 없이 리사 브란트를 건드렸을 때 그녀가 광포해져서 휘둘렀던 흉기였다. 만일 내가 재빨리 몸을 피하지 않았다면 그녀가 휘두르는 쇠지렛대에 맞아 죽었을 것이다. 내가 팔을 뻗어 벽에 걸린 쇠지렛대를 떼어내다가 못 머리에 손가락을 베었다. 벤 상처는 그리 나빠 보이지는 않지만 피가 계속 났고 손이 더러웠다. 나는 쇠지렛대를 밖으로 가지고 나와 제이크에게 가져갔고 손가락의 상처를 보여주었다.

"창고에 있는 수납함 서랍에 밴드에이드가 있다고 했어." 제이크가 말했다. "근데 어느 서랍인지는 몰라."

나는 벌꿀색의 수납함으로 돌아가서 서랍을 하나하나 열어보기 시작했다. 서랍에는 주로 못과 나사, 나사받이가 많이 들어 있었다. 그러나 가운데 서랍을 열었을 땐 다른 것이 눈에 띄었다. 한 움큼의 볼트와 너트 사이에 섬세하게 세공된 금시계와 자개로 만든 머리핀이 놓여 있었다.

제이크는 잔디밭에 대자로 뻗어 누워 있었다. 내가 다가가자 내 얼굴을 흘끗 올려다보더니 벌떡 일어나 앉았다. "무슨 일이야?"

나는 흙과 피로 더러워진 내 두 손을 폈다.

제이크는 내 손바닥에 놓인 것을, 에어리얼 누나와 함께 사라졌던 작은 보물들을 바라보다가 고개를 들어 내 눈을 바라보았다. 그 눈을 보고 나는 한순간 소름이 돋았다.

"넌 알고 있었구나." 내가 말했다.

"아냐." 제이크가 말했다. "확실히는 몰랐어."

제이크는 고개를 돌려 집 쪽을 바라보았다. 베란다 안락의자에 앉은 에밀 브란트가 라흐마니노프의 곡에 박자를 맞추는 메트로놈처럼 의자를 흔들고 있었다. 나는 제이크에게로 다가가 몸을 숙이고 제이크를 쳐다보았다.

"얘기해봐."

"난 몰랐어." 제이크가 말했다.

"확실히는 몰랐다며."

"생각은 해봤어……." 제이크는 말을 잇지 못했고 나는 동생이 다시 말을 더듬기 시작할까 봐 겁이 났다. 다행히도 제이크는 몇 초간 마음을 가라앉힌 뒤에 다시 말을 이었다. "브란트 선생님이 에어리얼 누나를 죽였다고 형이 얘기한 날 그런 생각이 들기 시작했어. 브란트 선생님이 아닐 거라는 생각이."

"왜 아니라는 거야?"

"세상에, 형, 선생님은 눈이 안 보이잖아. 하지만 리사 아줌마는 힘이 세고 볼 수도 있고. 게다가 에어리얼 누나를 안 좋아했고. 하지만 리사 아줌마가 그랬다면 그건 사고였을 거라고 생각했어. 형을 이 쇠지렛대로 때리려고 했을 때처럼 말이야." 제이크가 말하더니 쇠지렛대를 집어 들었다. "기억나?"

"기억나고말고. 근데 사고가 아니었을 수도 있어."

제이크가 고개를 숙였다. "그 생각도 해봤어."

"왜 아무 말도 안 했어?"

"리사 아줌마한텐 아무것도 없어, 프랭크 형. 이 집과 오빠밖에. 어쩌면 에어리얼 누나가 자기 오빠를 뺏어가려 한다고 생각했을 수도 있어. 그리고 사람들이 알게 되어서 리사 아줌마가 감옥에라도 가면 어떡해?"

"감옥에 가야지 무슨 소리야." 내가 말했다.

"이것 봐. 내가 말하면 이렇게 화를 낼 거면서."

"제이크, 이건 리사 아줌마가 약간 심술을 부린 정도가 아니야. 에어리얼 누나를 죽였다구."

"리사 아줌마를 감옥에 보낸다고 해도 에어리얼 누나가 살아 돌아오지는 않아."

"자기가 한 짓에 대한 대가는 치러야지."

"왜?"

"왜라니?"

"주위를 둘러봐. 리사 아줌마는 가끔씩 강으로 내려가는 것 말고는 이 마당을 벗어나지 않아. 나 말고는 찾아오는 사람도 없고. 여기가 감옥 아냐?"

"다른 사람을 해칠 수도 있어. 그건 생각 안 해봤어?"

제이크는 아무 말 없이 쇠지렛대를 풀밭에 내려놓았다.

제이크 앞에 떡 버티고 서 있던 나는 화가 머리끝까지 치민 상태였으면서도 한편으로는 경탄을 금치 못했다. 제이크는 이번에도 우리가 보지 못하고 넘어간 것을 보았고 그 끔찍한 진실을 끝까지 혼자만 알고 있었다. 화는 나면서도 그 짐이 얼마나 끔찍하고 무거웠을까 싶어 안쓰러웠다.

"리사 아줌마한테 네가 알고 있다고 말했어?"

제이크가 고개를 가로젓고 나서 말했다. "일흔 번씩 일곱 번이야, 형."

"뭐가?"

제이크가 햇빛 속에서 고개를 들었다. "일흔 번씩 일곱 번이라고. 그만큼 우리가 용서를 해야 한다고."

"이건 용서의 문제가 아니야, 제이크."

"그럼 무엇의 문제야?"

"법의 문제."

나는 뒤쪽 베란다 문이 열리는 소리를 듣고 고개를 들었다. 리사가 콜라 세 병과 작은 과자 접시가 놓인 쟁반을 들고 걸어 나왔다.

제이크는 내게서 눈을 떼지 않았다. "법의 문제라고? 진짜로 그렇게 생각해?"

리사가 계단을 내려와 마당을 가로질러 우리에게로 걸어왔다.

"형, 제발." 제이크가 간청했다.

리사의 얼굴에 미소가 피어올랐다. 그녀가 가볍게 걸어오는 모습이 보였다.

"제발." 제이크가 말했다.

"그럼 워런 레드스톤은?" 내가 말했다.

제이크가 어리둥절한 표정으로 나를 쳐다보았다. "응?"

"보안관이 아직도 그 사람을 찾고 있어. 마침내 찾아냈는데 그가 도망치다가 총에 맞아 죽으면? 그래도 아무렇지 않게 살 수 있겠어?"

고민하던 제이크는 어깨를 축 늘어뜨리고 힘없이 고개를 가로저었다. 나는 지난 몇 주 동안 에어리얼 누나의 살인범이 도망가게 도와주었다는 죄책감 속에서 살았고 내가 이 짐을 지고 살아가는 방법을 아버지가 알려주었지만, 그래도 그 짐은 조금도 가벼워지지 않고 계속 나를 짓누르고 있었다. 그런데 이 그늘진 농장 안마당에 서 있던 그때

마침내 그 짐이 스르르 사라지는 것을 느꼈다. 워런 레드스톤은 살인자가 아니었다. 우리 가족을 해치는 어떠한 행동도 하지 않았다. 그리고 이제 내가 하려는 행동이 그를 자유롭게 할 것이었다.

내가 두 손을 내밀었다. 우리 앞에 다다른 리사 브란트가 내가 들고 있는 것을 흘끗 쳐다보았고 그녀의 표정은 이 물건들을 알고 있다고 말하고 있었다.

그녀가 재빨리 마음을 가다듬고 웃으면서 말했다. "그게 뭔데?"

내가 말했다. "뭔지는 아줌마도 잘 알 텐데요."

그녀는 계속 웃으면서 고개를 가로저었다.

"아줌마가 에어리얼 누나를 죽였어요." 내가 말했다.

그녀가 갑자기 얼굴을 찌푸렸다. "아냐." 그녀의 입에서 대답이 작은 신음처럼 새어나왔다.

제이크가 나를 올려다보았다. "어쩌려고 그래, 형?"

나는 리사 브란트에게서 눈을 떼지 않았고 그녀가 내 입술을 읽을 수 있도록 그녀를 똑바로 쳐다보았다. "다른 사람들한테 말할 거예요. 먼저 브란트 선생님한테 말할 거구요."

나는 풀밭에 앉아 있는 제이크 곁을 떠나 쟁반을 들고 서 있는 리사 브란트의 곁을 지나갔다. 몇 걸음 걸어갔을 때 갑자기 쟁반과 콜라 병이 쨍그랑거리며 땅에 떨어지는 소리가 들렸고 곧이어 귀신이 내지르는 것 같은 비명과 제이크의 고함이 등 뒤에서 들렸다.

"아줌마, 안 돼요!"

돌아보니 리사가 허리를 굽히고 쇠지렛대를 집어 들더니 상처받은 짐승처럼 울부짖으면서 나를 향해 달려들었다. 그녀가 내 머리를 향해 쇠지렛대를 휘둘렀다. 나는 피하다가 뒤로 자빠져 뒹굴었고 그녀가 쇠지렛대를 들고 다가오는 동안 일어서려고 했지만 발목이 심하게 접질리면서 풀밭에 풀썩 주저앉아버렸다. 그러고는 날아오는 쇠지렛대를 막기 위해 팔을 들었다.

그때 제이크가 그녀에게 달려들어 쇠지렛대를 든 팔을 꽉 붙들고 늘어졌다. 리사는 날카로운 비명을 지르면서 제이크를 떼어내려고 애를 썼고 자유로운 손으로 제이크를 마구 때렸다.

베란다에서 에밀 브란트가 소리쳤다. "무슨 일이야?"

리사가 마침내 제이크를 밀쳐내자 제이크는 땅바닥에 쓰러졌다. 리사가 쇠지렛대를 높이 쳐들고 거칠게 숨을 몰아쉬면서 제이크 앞에 서서 제이크를 내려다보았다. 나는 일어서려고 했지만 접질린 발목 때문에 신속하게 움직일 수 없었다. 제이크는 거기 그렇게 누워 무력하게 그녀를 올려다보고 있었다. 제이크는 자신을 방어하기 위해 팔을 들지도 않았다.

그런데 그때 그해 여름의 마지막 기적이 일어났다. 무언가가—그게 무엇이었는지는 하나님만 아신다—리사 브란트의 손을 붙잡았다.

그녀의 거친 숨소리가 들렸다. 나는 쇠지렛대가 공중에 높이 떠 있는 것을 멍하니 바라보았다. 그녀가 천천히 그것을 내려 자기 발 앞에 떨어뜨렸을 땐 내 눈에서 왈칵 눈물이 솟았다. 그녀는 제이크 앞에 무너지듯 무릎을 꿇고 앉아 기도하듯 두 손을 맞잡고 웅얼거렸다.

"미안해. 미안해."

제이크가 몸을 추스르고 일어나서 그녀 옆에 무릎을 꿇었다. 제이크가 손을 뻗었지만 그녀를 만지지는 않았다.

"괜찮아요." 제이크가 말했다.

에밀 브란트가 고함을 질렀다. "거기 무슨 일 있니?"

제이크가 나를 바라보았고 나는 이제 동생의 마음속에 어린아이는 없다는 것을 느꼈다.

제이크가 말했다. "난 리사 아줌마 옆에 좀 있어줄게, 형."

나는 일어서서 한때 에어리얼 누나의 것이었던 물건들을 꼭 쥐고 베란다에 앉아 있는 에밀 브란트를 향해 그 8월의 오후의 짙은 그늘 속을 접질린 발목 때문에 절뚝거리면서 걸어가기 시작했다.

# 에필로그

　　모두가 잘 아는 수학 문제가 있다. 그 문제에는 두 대의 기차가 등장한다. 하나가 한 장소에서, 예를 들어 뉴욕에서 출발하고, 다른 하나는 또 다른 장소에서, 예를 들어 샌프란시스코에서 출발한다. 두 기차는 다른 속력으로 서로를 향해 달려간다. 문제는 두 기차가 만날 때 각 기차가 달려온 거리는 얼마인가 계산하라는 것이다. 수학 실력이 형편없었던 나는 이 문제를 풀려고 기를 쓰면서 시간을 낭비하지 않았다. 하지만 그 문제에 대해 생각하면서 많은 시간을 보내기는 했다. 기차가 달려온 거리에 대해서가 아니라 두 기차에 탄 여행객들에 대해 생각하면서. 그들은 어떤 사람들이었을까, 왜 뉴욕과 샌프란시스코를 떠났을까, 그리고 목적지에서 무엇을 찾고 싶었을까? 특히 나는 두 기차가 만날 때 무슨 일이 그들을 기다리고 있을지 알았을까 하는 것이 매우 궁금했다. 나는 두 기차가 같은 선로 위를 달리고 있다고 생각했기 때문에 두 기차의 만남은 충돌과 대재앙을 의미했다. 그래서 그 문제는 항상 내게 수학 문제로서가 아니라 삶과 죽음, 불행한 환경이라는 다소 철학적인 문제로 다가왔다.

내 삶에서 이 문제에 나오는 두 대의 기차는 1961년의 여름과 현재이다. 그리고 두 기차는 매년 현충일에 뉴 브레멘의 묘지에서 충돌한다.

올해에는 아버지가 세인트폴에 있는 자신의 아파트의 그늘진 베란다에 앉아서 깨끗한 흰색 야구모자를 눌러쓰고 모자챙 아래로 보이는 세상을 구경하면서 참을성 있게 나를 기다리고 있다. 키가 크고 평생 호리호리한 몸매를 유지했던 아버지는 몇 년 전부터는 점점 더 마르고 쇠약해졌고 심장도 아들들을 걱정시킬 만큼 안 좋아졌다. 내가 진입로로 들어서자 아버지가 벤치에서 일어나 절뚝거리며 내 차로 걸어온다. 아버지는 몸의 관절이 더 이상 자신을 지탱해주지 못할까 봐 겁이 나는지 이쑤시개로 만든 사람처럼 어색하고 뻣뻣하게 걷는다. 차 문을 열더니 깨지기 쉬운 뼈와 축 늘어진 살로 이루어진 초라한 자기 몸을 조수석 안으로 천천히 밀어 넣는다.

"안녕하십니까, 선생."

아버지가 쾌활하게 말하더니 나를 보며 미소를 짓는다. 누레진 이를 다 드러내 보이면서 나와 또 하루를 맞는 것을 기뻐한다고 말하고 있는 것이다.

트윈시티를 벗어나 뉴 브레멘을 향해 남쪽으로 내려가면서 우리는 큰 그림으로 볼 때 중요할 것 하나 없는 일들에 대해 이야기를 나눈다. 야구. 미네소타 트윈스의 올해 성적은 아직까진 괜찮지만 앞으로 갈 길이 먼 긴 시즌이다. 프랑스 오픈. 누가 탈락하고 누가 아직 남아 있더라? 그건 그렇고 흙바닥에서 경기를 할 수 있는 미국 선수는 왜 한 명도 없지? 그리고 물론 날씨. 미네소타에서는 날씨가 다른 어떤 화제보다 우선순위다. 아버지는 예전에는 탐욕스러운 독서가였지만 이젠 책을 거의 읽지 않는다. 손이 떨리고 집중하기도 힘들다고 불평한다. 벌써 여든이 훌쩍 넘었다. 바스라지고 허물어져갈 나이.

맨케이토에서 서쪽으로 방향을 틀어 미네소타 강의 넓은 계곡을 따라간다. 봄에 날씨가 참 좋아서 비가 적지도 않고 너무 많지도 않게 내려주었다. 농작물은 모두 심었고 이제 들판은 온통 초록의 물결이다. 아버지는 앞으로 한참 남은 추수에 개인적인 이해관계가 있는 사람처럼 들판을 바라보며 흐뭇함을 감추지 못한다. 아버지는 그런 분이고 아버지의 말에는 진심이 담겨 있다. 아버지는 변덕스러운 자연에 무기력하게 기대 살아야 하는 농부들에게 좋은 일들이 있기를 바란다. 홍수, 가뭄, 엄청난 파괴력을 지닌 우박을 동반한 폭풍, 메뚜기 떼가 옮기는 역병, 병충해. 이런 것들이 요한계시록에 나오는 기사들처럼 이 계곡을 휩쓸었고, 서서 하늘을 보는 사람들이 유일하게 의지할 것은 기도 아니면 저주다.

뉴 브레멘이 2~3킬로미터 앞으로 다가오면 우리는 늘 그렇듯 말이 없어지고 어느새 생각은 과거의 기억으로 돌아가기 시작한다.

우리가 자신이나 다른 사람의 삶을 되돌아볼 때 보게 되는 것은 깊은 그늘 속으로 꼬불꼬불 이어지거나 그늘에서 빠져나오는 길인 것 같다. 너무나 많은 것을 잃어버린 상태다. 우리는 널리 알려져 있는 것들과 한순간 보고 지나친 것들에 관해 뒤죽박죽 엉켜 있는 기억들을 가지고 과거를 재구성한다. 우리의 역사는 내 아버지의 몸처럼 이쑤시개로 만든 구조물이다. 그러므로 내가 뉴 브레멘에서의 마지막 여름에 대해 기억하는 것은 빛 속에 서 있는 것들과 내가 볼 수 없는 어둠 속에 있어서 상상으로 그려보는 것들로 이루어진 구조물이다.

마을로 들어선 우리는 신축된 다리를 건너가 새로운 도로를 달린다. 동쪽으로 100미터쯤 가면 과거와 현재의 견고한 건축물 중 하나인 철교가 있다. 선로를 따라 이어지던 대형 곡물 창고들은 사라졌지만 타일러 거리 저 아래로 평지대가 펼쳐지는 것은 여전하다. 교회는 여러 해에 걸쳐 개조가 되고 확장이 되어 아직도 그 자리에 서 있고 늦은 오후라 교회 첨탑의 그림자가 아직도 도로를 건너와 한때 드럼 가족이 살았던 집에까지 드리운다.

핼더슨 약국은 지금은 비디오 가게 겸 태닝 숍으로 변해 있다. 바케 씨가 이발 가위를 들고 장광설을 늘어놓고 소문을 퍼다 날랐던 이발소는 지금은 '머리하는 기쁨'이라는 여성 전용 미용실로 변했다. 경찰서는 아직도 광장 한 켠에 그대로 있고 건물 안에는 마을이 처음 생길 때 쌓았던 돌 벽이 그대로 남아 있다고 한다. 내부는 현대화되었다고 들었지만 들어가서 확인해보고 싶은 생각은 전혀 없다. 내게 있어 경찰서는 제이크와 내가 아버지와 함께 거스 삼촌을 데리러 갔었던 아주 오래전 그해 여름날 밤에 처음 보았던 그 모습 그대로 영원히 남아 있을 것이다.

외할아버지와 리즈는 약 20년 전에 돌아가셨고, 할아버지의 집을 산 가족은 그 집에 별 신경을 쓰지 않고 방치했다. 외할아버지가 살아 계셨더라면 황량해진 그 집을 보면서 몇 마디 찰진 욕설을 퍼부어댔을 것 같다.

브란트 가의 대저택은 아직도 브란트 가의 대저택이고 브란트라는 성을 가진 누군가가 아직도 살고 있다고 한다. 악셀과 줄리아 브란트는 한국 출생의 어린 사내아이를 입양해서 애정을 듬뿍 쏟아가며 잘 키웠고 양조장을 유산으로 물려주었다. 입양한 그 아들의 이름은 샘이고 나도 몇 번 만나본 적이 있는데 쾌활하지만 부자들이 흔히 그렇듯이 잘난 체하는 경향이 있다.

묘지에 도착하니 제이크가 입구에서 기다리고 있다. 위노나에서 감리교회 목사로 있는 동생은 위노나에서 여기까지 차를 몰고 와 있다. 키가 크고 품위 있는 남자로 성장했고 얼마 전부터는 머리가 벗어지기 시작하고 있다. 동생이 힘찬 포옹으로 우리를 맞는다.

제이크가 자신의 스테이션왜건을 고갯짓으로 가리키며 말한다. "꽃은 내가 가져왔어."

제이크가 꽃다발과 갖가지 선물과 추억의 물건들로 장식되어 있는 묘비들 사이로 난 길을 우리보다 앞서서 차를 몰고 간다. 우리는 해마다 현충일에 먼저 간 이들을 추모하러 이곳에 온다. 예전에는 각자의 가족들도 데려왔었지만 자식들은 이제 다 컸고 아내들은 이 여행을 너무나 많이 다녔기 때문에 오늘은 다른 계획이 있다고 하여 세 사람만 모이게 되었다. 성묘하고 난 다음에는 마을에 있는 독일 식당으로 가서 브란트 맥주를 마시면서 맛있는 독일식 저녁만찬을 즐길 계획이다.

해마다 우리는 많은 무덤을 찾아간다. 그중에 상당수는 1961년 여름에 만들어진 것이다. 우리는 바비 콜의 묘비 앞에 꽃을 바친다. 그의 죽음은 그해 여름에 연쇄적으로 발생한 비극적인 사건들의 시발점이었다. 사고가 난 직후에는 도일 경관이 다른 가능성을 제기했지만 나는 항상 바비의 죽음은 그가 백일몽에 빠지는 습관 때문에 일어난 비극적인 사고일 거라고 믿었다. 생전에 그런 모습을 많이 보았기 때문이었다. 우리는 또한 떠돌이가 묻혀 있는 이름 없는 묘비와 칼 브란트의 묘비에도 헌화한다. 그리고 모리스 엥달의 무덤에도 잊지 않고 들러서 작은 꽃다발을 놓고 잠깐 머문다. 해마다 가보면 그의 무덤을 신경 쓰는 사람은 우리뿐인 것 같은데 아버지가 반드시 들러야 한다고 고집을 피운다. 우리는 나란히 묻혀 있는 에밀 브란트와 리사 브란트의 무덤에도 헌화한다. 에밀이 비교적 젊은 나이인 쉰 살에 먼저 죽었다. 리사 브란트는 1961년 여름 이후에는 세인트 피터에 있는 미네소타 요양병원에서 여생을 보내다가 일흔 살 가까이 돼서 사망했다. 그녀는 에어리얼을 죽인 것이 기억나지 않는다고 주장했다. 그녀는 그날 밤 자기 집 잔디밭에 서 있는 누나를 발견하고 쫓아내려고 밖으로 나갔다. 에어리얼이 무슨 이유에선지 팔을 뻗어 리사를 건드렸고 리사가 기억하는 그다음 순간에는 자신이 피가 묻은 쇠지렛대를 들고 서 있고 에어리얼은 자기 발치에 쓰러져 있었다. 그녀는 경악했고, 에어리얼을 강으로 끌고 가, 모든 문제가 사라지기를 바라면서 에어리얼을 강으로 던졌다. 사실 그녀는 요양병원에서의 생활이 싫지 않았다. 정원을 가꿨고 혼자만의 방이 있었으며 오빠가 죽기 전까지 정기적으로 동생을 보러 왔다. 제이크도 그녀를 버리지 않았고 임종의 순간에도 함께 있으면서 그녀가 평화로운 안식을 얻게 되기를 기도해주었다.

우리는 외할아버지의 무덤을 찾아가서 잠시 머문다. 외할아버지를 가운데 두고 한쪽에는 외할머니가 다른 쪽에는 리즈가 누워 있다. 우리는 세 분 모두에게 꽃을 놓는다.

우리는 진저 프렌치와 거스 삼촌의 무덤을 찾아간다. 우리가 뉴 브레멘을 떠나고 1년 후에 결혼한 두 사람은 모험을 즐기는 행복한 부부였다. 진저는 거스 삼촌의 인디언 치프를 함께 타고 달리는 것을 좋아했다. 나중에는 그들이 비행에 흥미를 갖게 되었고 작은 파이퍼 컵

경비행기를 구입해 블랙힐즈나 옐로스톤 혹은 도어 카운티까지 훌쩍 날아갔다 오곤 했다. 결혼하고 12년이 지난 후 그들은 네브래스카주 밸런타인을 향해 비행하다가 악천후를 만나 옥수수 밭에 추락해 사망했다. 부부의 합동 장례식에서 아버지는 가슴 뭉클한 추도사를 했다.

여기 있다면 꼭 찾아보고 싶은 무덤이 있다. 바로 워런 레드스톤의 무덤이다. 미네소타 대학교에 재학 중일 때 대니 오키프를 우연히 만난 적이 있었다. 우리는 서로를 바로 알아봤고 다행히도 그는 그해 여름 자기 가족을 뉴 브레멘에서 몰아낸 일련의 사건들에 대해 어떤 반감도 갖고 있지 않았다. 그는 자기 작은할아버지가 돌아와서 그래닛 폴스 근처에서 살고 있다면서 주소와 전화번호를 알려주었다. 나는 우리 누나의 살인범이라고 오해했던 남자를 찾아갔다. 그는 강둑을 따라 목초지가 펼쳐져 있고 포플러 나무가 시원한 그늘을 드리우고 있는 미네소타 강가에서 낚시를 하고 있었다.

워런 레드스톤은 내게 자기 옆으로 와서 앉으라고 고갯짓을 했다. "머리통 두 개 정도는 더 컸구먼. 이젠 어른이라고 해도 되겠는데."

내가 말했다. "네, 어르신. 그런 것 같습니다."

그는 낚싯줄이 사과주스 색깔의 물속으로 사라진 지점을 바라보고 있었다. 넓고 둥근 챙이 있고 화려한 색상의 모자 끈이 있는 검은 모자를 쓰고 있었다. 길게 자란 희끗희끗한 머리를 두 갈래로 땋아 양어깨에 하나씩 늘어뜨리고 있었다.

"자네가 내 목숨을 구해줬지." 그가 말했다.

그를 위험에 빠뜨린 것을 사과하러 찾아갔던 나는 그 말을 듣고 깜짝 놀랐다.

"내가 철교를 건너가는 동안 자네가 입 다물고 있어준 걸 늘 고마워하면서 살았어." 그가 말했다. "그 경찰들은 총부터 먼저 쏘고 그다음에 심문을 했을 거야."

그의 말에 동의하는 건 아니었지만 그렇다고 말해봐야 무슨 소용이랴 싶었다.

내가 물었다. "그때 어디로 가셨어요?"

"로즈버드 원주민 보호구역으로 갔었지. 거기서 받아줘서 한동안 살 수 있었어."

그다음엔 별 말 나누지 않았다. 그해 여름에 우리의 삶이 몇 번의 극적인 순간에 스쳐지나갔던 것을 빼고는 공통된 부분이 거의 없었기 때문이었다. 하지만 내가 떠날 때, 워런 레드스톤이 결코 잊을 수 없는 말을 했다. 그가 등 뒤에서 나를 불렀고, 내가 돌아서자 그가 말했다.

"그들은 결코 우리에게서 멀리 떨어져 있는 게 아니야."

"누가요?" 내가 물었다.

"죽은 사람들. 우리도 마지막 숨을 몰아쉬고 나면 다시 그들과 함께 있게 되는 거지."

작별인사라고 하기엔 좀 이상한 말이었지만 나는 그것이 나와 관계가 있는 말이라기보다는 인생의 마지막인 노년기를 살아내고 있는 레드스톤 자신과 관련이 있는 말 같다고 생각했다.

묘지에서 우리가 항상 마지막으로 들르는 곳은 에어리얼 누나와 어머니가 묻혀 있는 보리수 아래의 작은 묘역이다. 어머니는 예순 살에 유방암으로 돌아가셨다. 아버지는 어머니를 끝까지 지성으로 간호했고 어머니가 돌아가신 후에는 재혼하지 않고 혼자 살았다. 자기도 죽으면 보리수 그늘 아래에 아내와 함께 묻히고 싶다고 한다.

　나는 세인트폴에 있는 고등학교의 역사 교사이고 그동안의 공부와 인생의 경험을 통해 사실로만 이루어진 사건이란 것은 없다는 것을 잘 알고 있다. 우리는 날짜와 시대, 장소, 당사자를 알고 있지만 무슨 일이 있었는지에 대한 기술은 그 사건을 바라보는 시각에 따라 달라진다. 미국의 남북전쟁을 예로 들어보자. 포위당한 남부연합의 주민들은 승리한 북부연맹의 주민들이 기술한 역사와는 매우 다른 역사를 기술했다. 가족사도 마찬가지다. 뉴 브레멘에 대해 이야기를 나눌 때마다 느끼는 건데 제이크와 아버지는 내가 기억하지 못하는 일들을 기억하고 있고 다 같이 기억하는 일도 다르게 기억하고 있을 때가 많다. 단언컨대 각자가 나름의 이유로 공유하지 않고 있는 기억들도 있을 것이다. 우리는 어떤 일들은 과거의 그늘 속에 숨겨진 채로 있기를 바라기도 한다. 예를 들어, 아버지는 전쟁에서 자신과 거스 삼촌이 끔찍한 역할을 했던 사건에 대해 단 한마디도 한 적이 없고, 난 어떤 일이었을지 궁금한 적은 많았지만 한 번도 물어보지 않았다. 뉴 브레멘에서 그렇게 많은 사람들이 죽어갔던 그해 여름에 대해서도 우리는 별로 이야기를 나누지 않는다.

　우리 세 사람은 우리 삶의 중요한 부분이 묻혀 있는 곳에 서 있다. 토사를 실어 나르는 갈색의 강이 보이고 그 너머로는 얼룩덜룩 조각을 기운 듯한 밭들이, 그리고 그 너머로는 그 옛날 워런 강의 얼음 긴 강물을 내려 보냈던 숲이 우거진 언덕이 보인다. 해가 하늘에 낮게 떠 있고 연한 노란빛의 햇빛이 따사롭게 비추고 있으며 축복처럼 고요한 오후이다.

　"좋은 하루였다." 아버지가 만족스럽게 말한다. "좋은 삶이었고."

그 옛날 어렸을 때 아버지가 설교를 끝낼 때마다 그랬듯이 제이크가 속삭인다. "아멘."

나는 두 팔을 벌려 두 사람의 어깨를 감싸 안고 제안한다. "자자, 맥주 한잔하러 가시죠."

사랑과 역사와 환경, 그리고 하나님의 잔인한 은총에 의해 하나가 된 우리 세 남자는 돌아서서 묘비들이 곳곳에 다닥다닥 붙어 있는 좁은 길을 걸어간다. 그 묘비들을 보니까 워런 레드스톤이 작별인사처럼 한 지혜의 말이 생각난다. 이제야 그 말이 무슨 뜻인지 알겠다. 죽은 자들은 결코 우리와 멀리 떨어져 있지 않다. 그들은 우리의 가슴속에, 우리의 기억 속에 있고, 결국 그들과 우리를 갈라놓는 것은 한 번의 작은 숨, 마지막으로 내쉬는 작은 숨결뿐이다.

## 과하지 않은 소설의 미덕

코크 오코너 시리즈 등으로 여러 문학상을 수상한 바 있고 폭넓은 독자층을 확보한 윌리엄 켄트 크루거가 2013년에 발표한《철로 된 강물처럼》은 수많은 비평가들과 독자들의 호평과 함께 에드거 상, 앤서니 상, 배리 상, 매커비티 상, 딜리스 상, 미드웨스트 북셀러 초이스 상, 레프트 코스트 크라임 상을 휩쓸었다. 한 작품이 그 해의 내로라 하는 추리문학상을 모두 휩쓸고 시장과 평단의 찬사를 한 몸에 받는 일은 결코 흔한 일이 아닌데, 이 작품은 무슨 매력이 있기에 이토록 큰 사랑을 받는 것일까? 그러나 책을 읽어가는 동안 그 궁금증은 이내 풀렸다.

《철로 된 강물처럼》은 1961년 여름 미네소타 주 뉴 브레멘이라는 작은 마을에서 잇따라 발생한 일련의 죽음을 직간접적으로 목격한 열세 살 소년 프랭크 드럼이 그 죽음들을 통해 가족애와 하나님의 은혜를 깨닫고 지혜롭고 성숙한 어른으로 커나가는 이야기를 담고 있다. 이 소설에서는 불가사의하고 충격적인 사건의 발생과 이를 해결하기 위한 긴장감 넘치는 추리와 추적이 이야기의 근간이 아니다. '이게 무슨 미스터리 소설이야?'라는 생각이 들 정도다. 그러나 어찌 보면 최대의 미스터리라고 할 수 있는 문제에 대해서 질문을 던지고 해답을 제시하고 있으니 과연 최고의 미스터리 소설이라고 할 수 있겠다. 어찌하여 신은 우리가 사랑하는 사람을 데려가는가? 그것도 불의의 사고로, 절망에 찬 자살로, 수명을 다 채우지 못한 채 가게 하는가? 그리고 그렇게 사랑하는 사람이 떠나고 남은 가족은 어떻게 살 것인가? 어떻게 살아야 하는가? 다섯 차례의 죽음을 겪으면서 프랭크와 그의 가족이 놀라고 절망하고 인정하고 다시 평화를 찾기까지의 이야기를 따라가다 보면 위와 같은 인생에서 가장 미스터리한 문제들에 대한 해답을, 적어도 마음의 위로를, 얻을 수 있다.

《철로 된 강물처럼》이 그토록 찬사를 받은 것은 가족애와 우정, 죽음, 영적인 절망과 구원과 같은 보편적이고 일반적인 주제를 있을 법한 사건 사고들과 생각, 행동들에 담아 과하지 않은 목소리로 담담하게 풀어내고 있어 독자들의 마음을 어루만져주었기 때문일 것이다. 이 소설의 미덕은 과하지 않음에 있다고 생각한다. 사고와 사건, 죽음에 관한 묘사가 과하지 않다. 사랑하는 사람의 죽음을 맞은 가족들과 친지들의 비통함과 절망감이 과하게 넘쳐흐르지 않는다. 어른들의 어두운 이야기에 촉각을 곤두세우고 어른들의 비밀을 알아내려 애를 쓰는 사춘기 소년들의 행동도, 에어리얼이 누군가를 사랑하고 임신을 하게 되는 과정도, 에어리얼이 죽음에 이르게 된 과정과 범인의 동기도, 사랑하는 딸의 죽음을 맞은 어머니의 절망과 하나님에 대한 분노도, 사랑하는 사람을 데려가신 하나님의 잔인한 은총이 일상의 은총으로 바뀌는 기적조차도 충분히 있을 법한 일이고 이해할 수 있는 일이다. 이러한 주제와 서술의 보편성과 평범함이 과함과 넘쳐남, 풍족함, 지나침에 지친 독자들에게 오히려 신선한 충격이 되고 위로가 되어 저절로 눈물이 흐르게 만들었을 것이고, 그래서 모두들 이 작품이 오래도록 잊히지 않을 최고의 소설이라고 단언하고 있는 것이겠다.

그런 작품의 소박한 감동을 내가 잘 옮겨놓았을지 두려움이 크다. 번역가가 아닌 독자로서 큰 감동을 받은 책은 번역하기도 더 겁이 나고 해놓고도 더 많이 걱정이 된다. 제대로 했을까, 내가 느낀 이 감동, 이 먹먹함을 제대로 옮겼을까. 이 작품을 읽기 시작할 무렵 세월호 사고가 일어났다. 수많은 아이들의 슬픈 죽음을 지켜보면서 무기력한 어른들의 수수방관하는 행태들을 목격하면서 많이 분노하고 많이 울었다. 그러면서 이 소설을 읽었고, 크루거가 내게 위로의 말을 건네고 있다는 느낌을 받았다. 《철로 된 강물처럼》은 그런 책이다. 읽고 있는 당신의 근심과 슬픔이 무엇이든 그 상처를 가만히 어루만져주고 당신을 따뜻하게 안아주는 책. 부디 내 번역이 그 위로의 과정에 방해가 되지 않기를 두 손 모아 기도할 뿐이다.

좋은 책을 번역할 기회를 주신 RHK 편집부에 감사드린다. 더불어 번역하는 아내와 엄마의 태업과 일시적인 영업중단(?)을 기꺼이 이해해준 남편과 정우와 연주에게 고마움을 전한다.

2016년 4월
한정아

# 철로 된 강물처럼

**1판 1쇄 발행** 2016년 4월 30일
**1판 2쇄 발행** 2016년 5월 10일

**지은이** 윌리엄 켄트 크루거
**옮긴이** 한정아

**발행인** 양원석
**편집장** 김지연
**책임편집** 정혜경
**디자인** RHK 디자인연구소 마가림, 김미선
**해외저작권** 황지현
**제작** 문태일
**영업마케팅** 이영인, 양근모, 박민범, 이주형, 김민수, 장현기
**독자교정** 박상익, 이창준, 함형준

**펴낸 곳** ㈜알에이치코리아
**주소** 서울시 금천구 가산디지털2로 53, 20층 (가산동, 한라시그마밸리)
**편집문의** 02-6443-8847    **구입문의** 02-6443-8838
**홈페이지** http://rhk.co.kr
**등록** 2004년 1월 15일 제2-3726호

ISBN 978-89-255-5901-8 (03840)